CHAMBRE NOIRE À PÉKIN

Membre de l'Académie française, ancien directeur de la Villa Médicis à Rome, ancien président de la Bibliothèque nationale de France, Pierre-Jean Remy a reçu le prix Renaudot pour *Le Sac du palais d'été* et le Grand Prix du roman de l'Académie française pour *Une ville immortelle*.

PIERRE-JEAN REMY

de l'Académie française

Chambre noire à Pékin

ROMAN

ALBIN MICHEL

© Éditions Albin Michel S.A., 2004.
ISBN : 978-2-253-10831-3 – 1re publication LGF.

Pour Bérénice.

I

Je n'ai pas vu la Grande Muraille. Nous l'avons survolée deux minutes, cinq minutes peut-être, mais je devais être plongé dans mes papiers, les revues, les livres que je rangeais avant l'atterrissage, et personne n'a pensé à me suggérer de regarder par la fenêtre. Merci quand même ! J'avais quitté Paris la veille à trois heures et demie de l'après-midi, il était sept heures et demie du matin, heure locale, nous arrivions à Pékin. Dès le départ, Jacques avait bien fait les choses. Au comptoir d'enregistrement, on m'avait prévenu que j'allais bénéficier d'un surclassement. Première classe rien que ça ! Du coup, une bonne partie de la nuit, parfaitement étendu, presque dans mon plumard, j'ai presque bien dormi. Mais j'ai d'abord voulu lire les journaux. Moi qui ne lis plus la presse, comme on dit, depuis des lustres, j'ai feuilleté tout un paquet de ces images en couleurs qui s'appellent chez nous les hebdos. Entre une enquête sur les vingt meilleurs hôpitaux de France et les trente cimetières trois étoiles pour y pourrir après, c'étaient les mêmes sanglots sur un Tribunal pénal international qui va enfin juger des assassins nés coupables, et des pompiers tabassés à Cergy-la-Poisse ou pas loin parce qu'on s'était auto-flingué dans la commune d'à côté. Vingt ans que je ne lis plus ces conneries-là et je comprends pourquoi ! Pendant le dîner, j'ai tout de même essayé de regarder un film. L'un de ces films bien franchouillards que je ne vais jamais voir en France et que, sur les vols maison, on glisse en douce entre quatre ou cinq films américains, rafales de mitrailleuses, explosions, vingt morts d'un coup, poursuites à travers New York ou San Francisco, deux flics qui ne s'aiment pas (un Blanc et un Noir) mais qui font équipe ensemble et qui vont finir les meilleurs copains du monde : tout ça sur un écran de quinze centimètres par vingt. Mon film franchouillard était franchouillard à souhait, bourré de bonnes intentions, papa divorcé qui s'occupe du fiston et maman qui voudrait bien revenir au foyer conjugal. Je dormais déjà avant que de m'endormir.

Revenir à Pékin : plus de trente ans que j'ai quitté la Chine... Après mon retour à Paris et pendant dix ans au moins, j'ai fait de la Chine mon fonds de commerce. Puis d'autres ont fait le voyage à leur tour, des centaines, des milliers de gogos ou de petits malins. Des écrivains voyeurs, journalistes improvisés, touristes à la plume dégoulinante de rouge vermillonné, tour à tour laudateurs béats de la Révolution culturelle et du maoïsme triomphant, puis de la politique d'ouverture et du miracle économique qui a suivi, nouveaux capitalistes et compagnie. Bien sûr, ce que d'aucuns appellent encore pudiquement les événements de la place Tian'anmen (comme on disait jadis « les événements » pour parler de la guerre d'Algérie qui n'était pas une guerre, n'est-ce pas...) a jeté un froid. L'image du môme qui arrête tout seul un tank – avant que le tank lui passe peut-être dessus –, l'image en question, donc, vous est restée gravée dans la mémoire. Vivent les photoreporters ! Mais il en a coulé, de l'eau, sous

10

les rares ponts du Yangzi. Et quand bien même, il se trouvera toujours quelques jusqu'au-boutistes bien pensants de la défense des Droits de l'homme à tout-va pour nous les ressortir. Pour le reste, les voyages organisés des temps héroïques sont devenus des promenades individuelles – et à la carte, s'il vous plaît ! A chacun sa Chine, comme l'écrivait jadis une de mes amies – qui ne l'était pas tant que ça, mon amie : tant de monde a tant écrit sur la Chine que, sur la pointe des pieds, cela faisait bien vingt ans que je l'avais quittée, ma Chine à moi. En ce temps-là, le voyage en avion vers Pékin vous avait des allures d'épopée, Aeroflot et compagnie. On passait d'abord par Moscou, puis les vols partaient ou ne partaient pas. On atterrissait ensuite à Omsk, et encore une fois les vols partaient ou ne partaient pas. Puis à Irkoutsk : le lac Baïkal gelé et les vols de l'Aeroflot en question qui partaient moins souvent encore. Enfin, c'était le désert, Gobi, qui m'avait toujours fait rêver et qu'on n'avait pas le droit de photographier, fût-ce de sept ou huit mille mètres d'altitude, à travers un hublot embué. Il faisait un froid de loup dans les cabines des Tupolev secouées avec un bruit de ferraille. Les hôtesses vous servaient des choses molles, du pain mou, des tranches de viande molles, jusqu'aux concombres qui vous avaient l'air d'avoir débandé. On fumait ferme, la porte des chiottes demeurait toujours entrouverte, l'odeur d'urine se mêlait à celle du tabac froid. A Irkoutsk, on était parqué derrière de hauts grillages. Pour peu qu'on soit contraint d'y passer une nuit, les chambres d'hôtel où l'on dormait deux par deux étaient plus froides encore que la cabine du Tupolev, on voyait parfois le lac Baïkal. Voulez-vous que je vous dise ? C'était pourtant le bonheur !

Ce matin je n'ai pas vu la Grande Muraille, mais au moins j'aurais eu le droit de la photographier. Comme j'aurais pu prendre des photos de ce qui s'appelle encore le désert de Gobi ; ou, tout à l'heure, photographier ces interminables banlieues qui, vues d'en haut, dessinent autour de Pékin des rangées d'usines ou d'immeubles disposés le long de longues voies rectilignes, toutes semblables... Lorsque l'avion s'est posé, j'aurais voulu entendre les haut-parleurs qui, au plus fort de la Révolution culturelle, diffusaient des hymnes révolutionnaires aux accents éraillés. Mais c'était le silence feutré de la cabine d'un Boeing d'Air France, une musique douce, même pas chinoise, puis les hôtesses qui nous demandaient de rester à bord jusqu'à ce que les autorités d'immigration aient donné l'autorisation de quitter l'appareil.

L'avion a roulé un court moment sur le tarmac pour s'immobiliser devant une double haie d'agents de l'aéroport en uniforme, hommes et femmes, qui semblaient monter une garde d'un autre temps pour saluer l'arrivée des visiteurs. Mais c'était bien dans la Chine d'aujourd'hui que j'allais débarquer.

La première fois, Denis était arrivé par la mer. Oui, c'était un temps où l'on pouvait encore gagner l'Asie, l'Orient extrême, après trois ou quatre semaines de bateau, avec des escales qui portaient des noms de vrai voyage, Alexandrie et Port-Saïd, Aden, Bombay, Colombo, Calcutta ou Saigon. A Aden, personne ne vous cassait les oreilles avec Rimbaud et Saigon était une ville européenne, avec ses rues droites plantées d'arbres, des jeunes filles en bicyclette, des policiers en casque colonial qui réglaient la circulation. Par quel miracle Denis était-il parvenu à obtenir une cabine pour lui tout seul, et qui donnait sur le pont avant par-dessus le marché ? Il n'en était pas revenu lui-même : un ami aux Relations culturelles du Quai d'Orsay, un coup de téléphone aux Messageries maritimes, la chance avait fait le reste.

Le *Laos*, l'un des trois paquebots qui assuraient la ligne d'Extrême-Orient, était déjà un vieux bateau. Plein au départ de Marseille, après Aden il perdait peu à peu ses voyageurs. Il y avait beaucoup de familles, des enfants, des couples, des femmes qui allaient rejoindre leurs maris, des maris qui partaient seuls, en avant-garde. C'était encore un voyage de l'entre-deux-guerres, ou même plus ancien. Naturellement, à bord, il n'avait pas pu ne pas emporter avec lui le *Partage de midi*. Les mots de Claudel, ceux qu'il mettait dans la bouche d'Ysé et de Mésa resteraient longtemps gravés dans sa mémoire. C'était, se disait-il, la plus belle entrée en matière et en Asie qui se pût imaginer.

Il y avait une jeune femme à bord. Elle s'appelait Violette, c'était presque Violaine. Elle allait rejoindre son mari à Saigon. Le premier jour il avait éprouvé pour elle une sorte de tendresse émue. « Ses yeux ont une autre couleur. La mer change de couleur comme les yeux d'une femme que l'on saisit dans ses bras. » Il lui avait cité une réplique d'Ysé et la jeune femme, qui n'avait pas lu *Partage*, avait voulu le lire. L'un et l'autre étaient troublés. Ils prenaient leurs repas à la même table, avec une vieille dame dont le fils était planteur au nord de Saigon. Il y avait aussi un couple, lui consul général de France à Aden, elle professeur de lettres. Ils sympathisèrent. La vieille dame, qui était une brave femme, regardait avec un drôle de sourire le visage de la jeune fille Violaine, puisqu'il l'appelait ainsi, qui rosissait très fort lorsque Denis évoquait les livres qu'elle devrait lire, disait-il. *Partage de midi*, bien sûr, mais aussi *Les Conquérants*, *La Condition humaine* : elle n'avait rien lu. Elle disait : « Je suis totalement inculte. » Il avait aussi avec lui un gros volume relié de toile rouge. C'étaient trois œuvres de Victor Segalen, alors fort peu connu, réunies sous une même couverture. A sa grande surprise, la jeune femme lui dit qu'elle connaissait Segalen. C'était un peu accidentel : elle était amie avec une jeune femme fiancée à un petit-fils du poète. Mais elle avait ainsi entendu parler de lui et ne demandait qu'à en savoir davantage. Sur le même bateau, voyageaient aussi un vieux médecin et son épouse. Tous les deux étaient petits, très maigres. On a dit vieux ? Ils étaient sans âge ! Elle ressemblait à une petite poupée, toujours très maquillée, les lèvres rouges, le teint blanc, les cheveux d'un blond presque naturel. Lui, plus bourru, des petites lunettes de fer, affirmait connaître le secret d'un médicament, qu'on refusait d'homologuer en France, et qui permettait, il le jurait très fort, de « baiser jusqu'à quatre-vingt-cinq ans ». Il disait que c'était son cas, sa frêle petite épouse souriait, baissait un peu les yeux. Un jour, elle avoua à la jeune fille Violaine, qui le répéta à Denis, que le vieux médecin « l'honorait » encore plusieurs fois par mois.

C'était une étrange population que celle de ce bateau, où chacun se disait tout, avec la certitude, ou presque, de ne jamais se revoir. Alors, sans hésiter devant aucun détail, Denis racontait à la jeune femme toutes ses aventures passées. Et celle-ci, du même ton, parlait du cousin qui l'avait déflorée – ce furent ses mots –, certaines vacances, dans le Velay, où sa famille avait une maison. Le garçon s'appelait Paul, il était saint-cyrien. « C'est vraiment tout un monde, si loin de moi... », se disait Denis, en regagnant sa cabine. Sur le pont avant, devant lui, quelques passagers demeuraient des nuits entières. Un jour, il eut la certitude que ce couple qu'il avait repéré à deux ou trois reprises, traversant les troisièmes classes, un homme brun aux cheveux longs, une petite femme très pâle, les cheveux sans couleur, jeunes tous les deux : que ce couple, donc, faisait l'amour là, sous la lune. Il y avait des pas furtifs, d'autres passagers qui passaient. C'était après Aden. Le consul général de France à Aden, qui avait déjà quitté le bord, lui avait dit qu'il connaissait l'homme : c'était ce qu'on appelait alors un *beatnik* qui voyageait sans fin, d'ouest en est et retour, sans jamais quitter le bord du bateau sur lequel il s'était embarqué. Une femme différente l'accompagnait chaque fois, qu'il devait choisir très vite, au cours de l'escale où il changeait de bord.

Denis s'était dit qu'il aurait aimé avoir le courage – c'était une question de courage, non ? – de choisir une vie comme celle-là.

La jeune fille Violaine finit par accepter de le rejoindre, un soir, dans sa cabine. Elle portait une robe de lin blanc, un peu courte, un tee-shirt marqué d'un crocodile trop évident, mais, pour une raison qu'il ne put jamais comprendre, elle refusa toujours de retirer son soutien-gorge. Il se dit qu'elle avait peut-être la pointe des seins à l'intérieur, comme il avait pu le voir chez une amie polonaise. Mais il s'abstint de toute question. En revanche, c'est sans trop de problème qu'elle dévêtit le bas de son corps et se laissa prendre, sans grande passion. Il aurait voulu qu'elle eût les gestes d'Ysé, fît le geste de battre des ailes en accourant, en volant vers lui, mais elle se contentait de grognements sourds. Lorsqu'ils eurent fini, la première fois, elle lui dit qu'avec son mari elle ne pouvait avoir de plaisir. Il eut presque honte pour elle de cet aveu. A mesure qu'ils s'approchaient de Saigon, où elle allait descendre, il la voyait plus nerveuse. Mais lui, déjà, était ailleurs.

Il écrivait tous les soirs ce qu'il avait fait dans la journée, se bornant simplement à une description factuelle de chaque moment. Lorsque la jeune femme comprit que le cahier à reliure spirale qu'elle avait aperçu dans un tiroir du minuscule bureau de la cabine était son journal, elle voulut savoir ce qu'il avait écrit sur elle. Elle lut donc, sans qu'il se fît vraiment prier, les notes attendries, mais pas plus, qu'il avait griffonnées à son propos. Elle les trouva émouvantes. Le dernier jour, elle lui dit qu'elle était convaincue d'être enceinte de lui. Il ne sut jamais si c'était la vérité, si elle s'était trompée, si elle avait voulu lui faire plaisir ou lui faire peur. En effet, les deux ou trois lettres qu'il lui écrivit à Saigon, ou à l'adresse parisienne qu'elle lui avait donnée, restèrent sans réponse. La dernière revint d'ailleurs avec la mention habituelle : « Inconnu à l'adresse indiquée ».

Il relevait aussi dans son cahier des proverbes chinois, cités par le Père Huc, et qu'il avait trouvés quelque part dans Claudel : Cultiver la vertu est la science des hommes et renoncer à la science est la vertu des femmes ; ou encore : Les femmes les plus curieuses baissent volontiers les yeux pour être regardées ; de même : Quand les hommes sont ensemble, ils s'écoutent, les filles et les femmes se regardent. Mais aussi : L'homme peut se courber vers la vertu, mais la vertu ne se courbe jamais vers l'homme. Et surtout : Il faut faire vite ce qui ne presse pas pour faire

16

lentement ce qui presse. Il souligna la phrase deux fois, trois fois, l'encre finit par transpercer le papier. Il écrivait déjà avec un gros stylo Mont-Blanc que ses amis, Nadège et les autres, s'étaient cotisés pour lui offrir avant son départ.

L'appartement de la rue de Leningrad... Les soirées grises... « Tu rentres bien tard, mon chéri. » Quels que soient l'heure, le jour de la semaine, sa mère l'accueillait des mêmes mots, penchée sur son ouvrage. Dans l'appartement, qui donnait sur une cour carrée, au carrelage de petites briques, il faisait sombre. Le soleil, quelquefois dans l'après-midi en été, et encore. Et c'est là que sa mère et Mlle MacDonald, la voisine du dessous avec laquelle elle s'était associée, fabriquaient robes et tailleurs, manteaux aux épaules trop carrées, pour des clientes du quartier qui n'hésitaient pas, lors des séances d'essayage, à aller jusqu'à la chambre à coucher maternelle pour se regarder, en combinaison, dans une armoire à glace. Aussitôt qu'il pénétrait dans l'appartement, on aurait dit que Denis courbait les épaules, comme pour amortir un choc. Alors, saluant rapidement sa mère, la vieille demoiselle, qui était grosse, aux jambes boudinées, aux doigts énormes dont l'agilité ne l'avait jamais fasciné, il se précipitait dans sa chambre et là, effondré sur le divan du cosy-corner qui appartenait aux temps d'une autre vie, disait sa mère, il se plongeait aussitôt dans ses livres.

Lire. Au lycée Condorcet, il faisait le fanfaron, parfois le pitre. L'un de ses amis, fils d'un compositeur célèbre, tapait des rythmes de samba sur le bureau du professeur de lettres, toujours en retard, et lui l'accompagnait. Pascal était blond, mal rasé, vêtu d'un éternel manteau de laine grise, tous deux jouaient leurs sambas et leurs mambos à perdre haleine. Plus tard, son professeur devint un universitaire qui écrivit sur le Grand Siècle et sur Corneille. Pascal ne parlait jamais de son père, lui ne parlait jamais de sa mère. On lui aurait dit qu'il en avait honte qu'il aurait rougi, probablement protesté. Mais dès qu'il se retrouvait dans l'appartement de la rue de Leningrad, il pénétrait dans un monde qu'il haïssait. Ce n'était pourtant pas pour s'en échapper qu'il lisait. Il lisait parce qu'il voulait lire, parce qu'il aimait lire. Alors, les livres s'accumulaient. Il achetait ce qu'il pouvait, en échangeait d'autres. Pour rien au monde il n'aurait fréquenté une bibliothèque. Il haïssait les livres qui ne lui appartenaient pas. Il voulait les posséder, les marquer, les écorner, souligner un mot, ici ou là. Comme tout le monde, il dévora *Les Enfants du capitaine Grant*, s'émerveillant de l'itinéraire fabuleux, balisé à travers la planète, d'une poignée d'adultes et d'enfants. Jules Verne, oui, mais il avait eu d'autres passions plus obscures. Celle de tous les adolescents, la jeune morte du *Grand Meaulnes*, Yvonne de Galais dont les cheveux éteints frôlaient la joue du narrateur. Et surtout peut-être *La Mare au diable*, où la passion entre la petite Marie, qu'il considérait comme une petite fille, et le fermier Germain, qui, pour être jeune, n'en était pas moins un adulte, le troublait. En sens inverse, l'amour de la meunière pour François le Champi l'avait mis mal à l'aise. Mais il aimait les regards qu'échangeaient Marie et Germain. Il avait treize, quatorze ans, il regardait déjà les petites filles.

Les petites filles ? J'ai emporté à Pékin une photo que Sarah m'a donnée : une photographie d'elle à huit

ans, dix ans tout au plus. Elle habitait un pays impro-
bable, entre Brésil et Paraguay, et son papa l'avait
photographiée debout sous un cocotier. Appuyée à
l'arbre, elle portait un maillot de bain bleu : une seule
pièce, très pudique, mais qui était mouillé. Aussi mou-
lait-il si parfaitement son corps de petite fille qu'elle
paraissait plus nue que si elle avait été nue. Oh ! Sarah
n'avait alors pas le plus petit bout de sein. Mais son
bout de sexe, dessiné avec une effarante précision sous
le maillot était déjà, fine amande fendue, le sexe de la
Sarah de vingt-cinq ans que j'aimais, hier encore, à la
folie. « Tu es fou ! » me répétait mon ami Monnier,
qui vendait de belles photos de nus de Laure Albin-
Guillot et même de Man Ray. Il avait raison, j'étais,
je suis fou. J'étais fou, oui. Fou de Sarah hier, fou de
Sarah à dix ans sur une plage au Brésil. Au bord d'une
piscine au Paraguay...

De ces temps reculés, Sarah a gardé le goût des
voyages. J'ai plus de deux fois son âge. Elle m'a quitté
et, partant pour Pékin, je l'ai retrouvé, moi aussi, violent, le goût des voyages.

A bord du *Laos*, entre Colombo et Singapour, ou à
la table de rotin d'un hôtel colonial qui était peut-être
le Raffles, Denis avait écrit les premières lignes d'un
roman. Il sortait des bras de la jeune fille Violaine,
n'était qu'à demi heureux. Il se disait qu'à son retour
de Chine, il publierait un vaste roman cyclique, qui se
déroulerait aux quatre coins du monde, et dont les
femmes et l'écriture seraient le pivot central. Il s'était
même dit que, comme le consul de Lowry dans *Au-
dessous du volcan*, il allait se mettre à boire. Alors, il
voyait en la blanche et impudique Violaine, qui cachait

énergiquement ses seins mais étalait son ventre dans la lumière de la cabine, une de ces femmes battues, humiliées et offensées dont, toute sa vie, il allait chercher à lire la détresse sur des visages trop impassibles.

Parfois, des navires croisaient le sillage du *Laos*. L'un d'entre eux était le *Cambodge*, ou le *Viêtnam*, l'un des deux autres paquebots des Messageries maritimes sur la même ligne. Dans deux ans, se disait-il, il serait à son tour sur l'un de ces bateaux, et ce serait sûrement la mort dans l'âme qu'il quitterait l'Asie. Alors, avec une folle énergie, il raturait les quelques pages qu'il venait d'écrire pour les remplacer par deux ou trois vers, hélas trop inspirés de Segalen ou de Saint-John Perse qui, avant lui, avaient parlé du voyage, de l'exil. Il imaginait Pékin comme une forteresse de lœss, une citadelle aux carrés qui s'emboîtent l'un dans l'autre, au milieu du désert. Il se disait que la Grande Muraille n'était qu'à quelques dizaines de kilomètres de la capitale de l'Empire du Milieu : au loin c'était Gobi, un univers de terre sèche, de sable et de vent sec qui répondait à cette mer sur laquelle il avançait, lourdement humide, son air épais, les brassées de chaleur qui l'asphyxiaient parfois.

Les rêves plus lourds encore de Denis, moite, inondé d'autres sueurs quand, à treize ans, quatorze ans, il lisait la nuit dans la chambre étroite de la rue de Leningrad, toute remplie de livres déjà, qui avaient appartenu à son père. Le père de Denis, dont on ne reparlera guère, lisait peu, mais il possédait d'étranges livres. Outre des collections entières du *Crapouillot* et de la revue *Comœdia*, son fils avait pu découvrir sur les rayons d'une vieille bibliothèque formée de deux portes vitrées des romans de Francis Carco ou de

Galtier-Boissière qui lui donnaient, à lui, de drôles d'idées.

A la lueur d'une lampe de chevet rallumée en cachette, il lisait d'une main des scènes ambiguës où la Mademoiselle Savonnette d'un roman de Carco étranglait entre ses cuisses blanches une demoiselle anglaise friande de plaisirs qu'elle finissait par payer cher. Ou alors – dans quel livre de Jean Galtier-Boissière l'avait-il lue ? – il se répétait la jolie formule d'une autre pute bien parisienne aussi, mais du quartier des Halles, celle-là, qui invitait de gros mandataires sûrement montés comme des percherons bas-normands à « venir lui mettre de la viande entre les bannes ». Ça voulait dire quoi, les bannes ? Les cuisses ? Mais il y avait mieux. Il avait découvert, glissé derrière un rayon, *Les Trois Filles de leur mère*, de Pierre Louÿs et, avec elles, Ricette, ses sœurs et la maman, il s'en donnait à cœur joie. « Ricette suçait mal mais avalait bien », y affirmait un narrateur auquel Denis s'identifiait ! Alors, faute de se faire pomper par la Ricette en question, qui ne devait pas être plus âgée que lui, il s'astiquait désespérément pour finir dans un bouchon de papier-toilette qu'il cachait ensuite, jusqu'au matin, gluant, franchement dégueulasse, sous l'armoire vitrée où le papa avait accumulé ces merveilles en édition de demi-luxe.

La rue de Leningrad s'était appelée rue de Petrograd, elle est devenue rue de Saint-Pétersbourg et il ne faut pas dix heures aujourd'hui pour aller de Paris à Pékin : je suis arrivé. A peine la porte de la cabine ouverte, une jeune fille vêtue de jaune, menue, pas vraiment jolie, Chinoise presque encore d'hier, dont on devinait les petits seins pointus sous un corsage léger, s'est avancée sur la passerelle. C'était une employée d'Air France, de l'aéroport, je ne sais pas. Elle portait une jupe étroite, petites jambes maigres qui trottaient à côté de moi. Ça m'a fait un coup ! La frontière chinoise en jupe au ras-le-cul ! A l'autre extrémité de la passerelle, un homme, jeune encore, m'a fait des signes. C'était mon comité d'accueil. Je fais partie de ce qu'on appelle des « missionnaires », on me doit des égards, que diable ! Paul Rollet, un bon sourire, l'air vaguement mal à l'aise, a voulu prendre mon bagage à main. J'ai tenté de l'en empêcher, chacun a tiré dans un sens, la poignée de mon sac noir m'est restée dans la main. Confusion, vague moment de rire. Puis nous avons longé des couloirs qui ressemblent à ceux de tous les aéroports du monde, un tapis roulant, un contrôle sanitaire qui ne contrôlait rien, un contrôle de police, une file pour les étrangers, plusieurs files pour les Chinois, une file pour les diplomates, où l'on m'a fait m'engouffrer.

L'aéroport que j'avais connu jadis vous avait des allures de baraquement, au milieu de champs en friche. Les souvenirs, déjà... On venait y attendre des amis, les étrangers. Tous, diplomates et autres amis venus de loin, puisqu'il n'y avait guère de touristes, étaient parqués dans les mêmes salons. De vastes salles aux grandes fenêtres oblongues – tendues de rideaux de dentelle mécanique. Les fauteuils étaient profonds, velours écarlate habillé, en repose-tête et sur les bras, de ces mêmes dentelles mécaniques. Les autres meubles, des chaises, des tables de bois blanc, étaient vernis à mort. La même dentelle mécanique, encore, sous les plaques de verre épais qui recouvraient les tables. Partout, des fleurs artificielles, aux murs des portraits du président Mao. Sur les tables, d'énormes bouteilles thermos, puisque l'un des fondements de la culture chinoise, en ce milieu du XXᵉ siècle reposait sur l'usage intensif de la thermos et de l'eau bouillante. Dans les tasses, recouvertes d'un couvercle terminé par un gland de porcelaine, une pincée de thé vert flottait à la surface du liquide brûlant. Sur des rayonnages, des étalages comme dans une librairie de province, les deux ou trois revues en couleurs et en toutes les langues, c'est-à-dire en chinois et en anglais, parfois en français, qui proclamaient, illustrations glorieuses à l'appui, les victoires du régime. Et puis des dizaines de petites brochures, cette fois en d'autres langues aussi, destinées une fois pour toutes – mais cela durait depuis longtemps – à régler le compte de tous les complices du révisionnisme soviétique. L'éloge des dirigeants albanais, cubains ou nord-coréens alternait avec d'acerbes vitupérations adressées au camarade Togliatti, alors secrétaire général du Parti communiste italien et l'une des têtes de Turc de la Chine du président Mao.

Dans cette salle, passage obligé de tout ce qui n'était pas chinois, ou presque, on attendait parfois des heures, soit des bagages quand on venait d'arriver, soit les amis déjà cités qui n'arrivaient pas ; soit l'heure toute problématique d'un embarquement retardé d'heure en heure.

L'aéroport de Pékin d'aujourd'hui, ce sont des galeries marchandes, des cafétérias aux cafés américains, c'est-à-dire imbuvables ; des salons VIP ; des trottoirs roulants, encore...

Jadis, l'herbe était jaune sur le bord de la route de l'aéroport. Jaune, sèche, usée par le soleil. Les pluies de l'été la verdissaient à peine. Jadis, l'herbe était

courte et drue, et des chariots tirés par des bœufs famé-
liques succédaient à des chariots tirés par des hommes.
A pied ou à bicyclette, des hommes, des femmes
tiraient des montagnes de foin, de paille, de bois mort.
On les voyait s'avancer face à nous, en convois souvent
de dix, vingt bêtes de somme humaines. En hiver, les
visages des tireurs attelés à des chariots pesant vingt
fois leur poids étaient écrasés sous de grosses chapkas,
le bas du visage parfois caché par un masque pour les
protéger du froid, de la poussière. En été, au contraire,
la route était un défilé incessant de convois sans fin
dont les haleurs, torses nus ou en chemise, ruisselaient
de sueur. Lorsqu'en voiture on doublait l'un de ces
attelages, on devinait les roues inégales, l'équilibre
branlant de tout l'équipage et le corps penché en avant,
tous les muscles tendus par l'effort de ces vieillards
sans âge qui n'avaient parfois pas vingt ans. J'en avais
pris des centaines de photographies en noir et blanc,
toutes classées ensuite dans des bacs de carton qui ont
disparu. La route de l'aéroport, comme celle de Tien-
Tsin – je ne peux pas m'habituer à écrire Tianjin –,
les seules alors autorisées aux étrangers, avec celles
qui menaient aux tombeaux des Ming ou à la Grande
Muraille, étaient dégoudronnées, défoncées, trouées
d'ornières et de nids-de-poule. Mais, à cinq kilomètres
à peine de la capitale, on était en pleine campagne.
Des hommes travaillaient dans les champs, été comme
hiver. Par beau temps, le ciel était d'un bleu qui
n'appartenait qu'à Pékin...

Paul Rollet mon accompagnateur m'a conduit
jusqu'à une Renault Espace légèrement cabossée dont
le chauffeur, M. Wei, m'a serré la main avec effusion.
Puis nous nous sommes lancés dans un nœud de routes
et d'autoroutes surélevées, pour gagner enfin une route

très droite, à deux fois quatre voies, avec un péage à la sortie, avant de retrouver l'autoroute de Pékin. L'aéroport d'autrefois était à quinze kilomètres de la capitale, celui-ci est à une bonne trentaine. Je regardais ce qui m'entourait, les immeubles qui défilaient devant moi, parfaitement effaré. Aux chariots de jadis, ces lourds convois qui sentaient la peau de bique et la sueur de leurs conducteurs, ont succédé des camions tout aussi brinquebalants, mais aussi des voitures américaines, des Mercedes, des cars de touristes, étincelants... Bientôt, on m'a annoncé le passage du troisième périphérique, puis celui du second périphérique, que nous avons empruntés. Les immeubles succédaient aux immeubles, pyramides absurdes, grandes barres hétéroclites, parfois harmonieuses mais toujours plantées dans le plus parfait désordre. Je regardais, oui, effaré... J'ai reconnu le grand stade des ouvriers, mais ce n'était pas celui où j'avais assisté à l'ouverture de Jeux panasiatiques ou aux glorieuses manifestations de la grande Révolution culturelle prolétarienne. Cet autre stade, plus petit, où des petites filles maniaient des fusils de bois en criant leur haine pour l'impérialisme américain et ses laquais. Le Palais de l'Agriculture, seul, n'a pas changé. Presque de l'émotion à revoir ses toits de tuiles vernissées construits dans les années cinquante, dans le goût chinois. Mais des centaines de banderoles, des ballons captifs de toutes les couleurs, des pancartes en anglais y annoncent un Salon de l'informatique. Mais nous arrivons déjà au quartier diplomatique de Sanlitun : je me retrouvais brusquement chez moi...

Trente ans plus tôt, à l'escale de Saigon, Denis n'avait pas voulu voir le jeune mari venu accueillir sa jeune fille Violaine. La vieille dame qui prenait ses repas à leur table lui avait glissé un petit mot, avec un numéro de téléphone : s'il en avait envie, qu'il l'appelle. Son fils enverrait une voiture le chercher. La guerre d'Indochine était finie depuis longtemps, celle du Viêtnam traînait. Le *Laos* faisait escale trois jours à Saigon. Denis décida d'en profiter. La voiture du fils de la vieille dame était une Buick déjà ancienne, solide et très grosse, noire, avec beaucoup de chromes. Le chauffeur portait une casquette, mais il la retirait sans cesse en s'épongeant le front. A l'arrière de la voiture, il y avait un véritable petit bar, comme sculpté dans de la loupe de merisier. Le chauffeur lui proposa un pastis, il aurait plutôt imaginé des alcools raffinés, exotiques, ou écossais. La vieille dame lui avait réservé une chambre dans l'immeuble où son fils avait ses bureaux. Il travaillait pour une importante plantation de caoutchouc, et sa firme disposait toujours de trois ou quatre chambres pour des agents de passage, entre le Nord et Saigon où ils s'embarquaient pour l'Europe. Il passa sa première soirée solitaire, car la vieille dame avait, disait-elle, une obligation. Il imagina la jeune fille Violaine dans les bras de son mari, il se disait qu'il était peut-être beau, viril, large d'épaules, tout ce qu'il détestait. Il se regarda dans une glace, la salle de bain était de faïence claire, propre, pas très moderne, mais deux cafards énormes couraient sur une plinthe. Il se trouva très laid. Il transpirait, il avait attrapé des coups de soleil sur le bateau. Un boy, puisqu'on disait encore des boys, lui avait demandé s'il n'avait besoin de rien. Il descendit prendre un dîner léger dans une sorte de bar où il était seul, avec deux petits garçons déguisés en maîtres d'hôtel. Comme il allait remonter dans sa chambre, on insista : il n'avait vraiment besoin de rien ? Il comprit après coup que c'était une fille qu'on lui proposait mais il était anéanti par la chaleur. Les pales du ventilateur, au-dessus de lui, ne brassaient rien.

Le lendemain, la vieille dame lui présenta son fils. C'était un gros garçon un peu mou, le front déjà dégarni. Ils prirent une route qui remontait vers le nord. On lui expliqua que, dès la tombée de la nuit, cette route était interdite à la circulation. Les Viêts en prenaient alors le contrôle. On y avait retrouvé une voiture d'Américains dans un fossé, à proprement parler égorgés. Le fils de la vieille dame avait répété : « à proprement parler » égorgés. C'était du sale travail, c'était du beau travail, répéta-t-il aussi, on sentait qu'il n'aimait pas les Américains. De part et d'autre de la route, c'étaient des arbres, parfois un village. Denis ne garda aucun souvenir de cette randonnée au nord de Saigon. Il ne prit aucune note. Il était épuisé. Il se dit que le choc était peut-être trop violent : son premier vrai contact avec l'Asie. Il se prit à espérer qu'à Pékin les choses seraient différentes.

Il passa deux nuits et un jour dans la grande maison qui constituait, avec les entrepôts autour, le cœur névralgique de la plantation d'hévéas. Tôt le matin, on entendait des dizaines de jeunes hommes s'affairer. Il y avait des chiens dans la cour, des oiseaux qui chantaient dans les arbres, dans des cages. Les jeunes femmes qui servaient à table étaient très jeunes, aucune n'était vraiment belle. Elles étaient longues, minces, vêtues à la viêtnamienne. Il s'étonna que son hôte ne lui proposât pas, comme ses boys la veille au soir, une compagnie pour la nuit. Mais autant la vieille dame avait l'air déluré, presque coquin, autant son fils semblait absorbé par son travail. Il n'avait pas voulu garder sa famille auprès de lui, trouvait même que la présence de sa mère « ne s'imposait pas », fût-ce en attendant le retour du *Laos*, une quinzaine de jours plus tard. Tous ses discours étaient émaillés de récits des crimes auxquels il avait pu assister ou qui avaient eu lieu aux alentours de la plantation. Et pourtant, parce que les Américains étaient pour lui l'ennemi, on aurait dit qu'il éprouvait une forme de sympathie pour les Viêts. Il raconta qu'à deux ou trois reprises l'un d'entre eux, qui devait être important dans la région, était venu parler avec lui, le soir. De quoi avait-il parlé ? Il devint évasif. On sentait qu'il avait besoin de se rassurer.

La deuxième nuit, Denis eut l'impression que quelqu'un entrait dans sa chambre. Sans se redresser, il entr'ouvrit les yeux. Une forme, en effet, allait dans la pièce, puis revenait. Il eut la certitude qu'elle ne touchait à rien. Il se dit que c'était peut-être l'une des jeunes femmes au visage sans intérêt, mais au corps probablement souple et désirable. La porte de la chambre se referma doucement sur l'intruse, qui n'était peut-être qu'un intrus. Il se rendormit et, le lendemain matin, ne fut pas certain de ne pas avoir rêvé.

De retour sur le *Laos*, la vieille dame et Violaine disparues, Denis écrivit beaucoup plus.

Ecrire, déjà... Un jour, bien avant, c'était encore le « petit lycée » Condorcet, de la rue d'Amsterdam, Denis avait découvert qu'on tournait un film. Jean Coc- teau mettait en scène *Les Enfants terribles*. Pendant des années, le nom de l'élève Dargelos lui resterait dans la tête, on aurait dit dans la gorge, comme une blessure étrange. Mais c'est une jeune actrice, du nom de Renée Cosima, qui le toucha lorsqu'il vit le film sur les écrans. Elle s'habillait en garçon, avait des cheveux noirs et raides, coupés court, on devinait ses formes de fille sous de gros pull-overs : il en était fou. Bien des années plus tard, il apprendrait qu'elle avait épousé un industriel breton, puis rencontré un jeune homme, homme d'affaires aussi, jeune, assez beau, qui était quelque chose comme son neveu. Il lui parla de sa passion d'adolescent, l'autre l'écouta gentiment. Mais durant les dix ou douze jours que dura le tournage du film, le lycée Condorcet fut en effervescence. C'est dans la cité Monthier, de l'autre côté de la rue d'Amsterdam, qui conduit à la rue Blanche, qu'eut lieu la célèbre bataille où l'élève Dargelos, joué par Renée Cosima, envoie une boule de neige qui frappe au cœur le frère d'Elisabeth. Denis n'avait pas participé au tournage : on avait sélectionné une douzaine de collégiens, il n'en était pas. Pourtant, longtemps il affirma avoir tourné dans cette partie du film. Se projetant un jour la cassette vidéo des *Enfants terribles*, il crut même se reconnaître. Un matin, vers la fin du tournage, on découvrit sur un tableau noir d'une salle de classe investie la veille par les cinéastes un dessin de Jean Cocteau. Du coup, il lut les poèmes de Cocteau. Sa mère elle-même admirait la prestance de celui qui n'était pas encore académicien et qui régnait sur les festivités parisiennes, Festival de Cannes, Bal des Petits Lits blancs. Dans la foulée encore, il lut un autre roman de Cocteau, *Thomas l'imposteur*. Il éprouva une véritable jouissance à découvrir qu'on pouvait mourir d'un mensonge, comme d'une balle dans la tête. Il l'écrivit même, dans un cahier tout neuf à la couverture orangée, qui portait la marque « Héraclès ».

Ecrire. Au fond, toute ma vie, je n'ai vécu que pour cela. Je corrige pourtant : écrire et baiser ! Est-ce ma faute à moi si, à vingt ans, quand je voyais une fille, je bandais en dévissant le capuchon de mon stylo – ou le contraire. La page blanche et le ventre nu ; l'encre et le jet de foutre. Heureusement que je continue d'écrire à la plume, le traitement de texte ne permet pas ces petits plaisirs-là ! Quand je faisais, devant Jacques, mon petit numéro de polygraphe incontinent, il m'écoutait en se marrant. Il se moquait peut-être un peu de moi mais je lui ai fait lire tant de premières pages qui en sont restées là. C'était déjà à Pékin, nous avions encore presque vingt ans... C'était déjà lui qui me faisait croire que je pourrais un jour parler de la Chine.

Et c'est encore lui, aujourd'hui, qui va peut-être faire croire à ces cons que je suis encore un peu un écrivain. Et me le faire croire, par la même occasion. En tout cas, c'est bien grâce à lui que je me retrouve ici. Sans lui, je serais toujours à Paris à glander, à gémir sur le départ de Sarah, à torcher n'importe quoi en une demi-journée parce qu'il faut bien vivre. Est-ce qu'il y a cru lui-même, ce bon Jacques, quand il m'a invité à passer six mois à Pékin ? Je n'en suis même pas sûr. Peut-être que ça l'a seulement amusé de se dire qu'il aurait des chances de se retrouver dans le livre que je ne manquerais pas d'écrire à mon retour. Comme il s'était retrouvé il y a plus de trente ans dans l'autre, le seul, en somme, que j'aie jamais écrit. « Si tu écris une suite à ton bouquin, m'a-t-il lancé un jour, tout ce que je te demande, c'est de ne pas me faire chauve ! » C'est vrai qu'il est fier de sa belle chevelure noire en désordre sur un front d'éternel gamin, notre ambassadeur de France à Pékin. L'âge glisse sur Jacques Benoist. Sur

moi, il a bien fini de glisser : il colle, et de partout. Le
départ de Sarah a sonné le temps des derniers aban-
dons.

Un ami était venu attendre Denis à Hong Kong. Ils
s'étaient connus aux Langues O. Frédéric Merlot faisait
son service militaire, on l'avait envoyé au consulat
général de France à Hong Kong, cela ne s'appelait pas
encore de la Coopération. Son consul, disait-il, était un
brave homme qui n'aimait qu'une chose, fumer sa pipe
en regardant la mer. Ils montèrent au consulat : c'est vrai
que, vue de la hauteur à laquelle ils se trouvaient, une
grande maison à arcades entourée de bougainvilliers, la
rade de Hong Kong était belle. De l'autre côté de l'eau,
les immeubles de Kowloon se détachaient sur un ciel
encore rose, bien que le soleil se couchât beaucoup plus
à main gauche. Cent bateaux, des ferries, des jonques se
déplaçaient sans discontinuer sur l'étroite bande de mer
qui séparait l'île de la terre ferme. Des deux côtés, la
mer semblait s'élargir jusqu'à de vastes horizons. Une
partie de la 7e flotte du Pacifique était là, en attente.
   – En attente de quoi ? interrogea-t-il.
Frédéric Merlot hocha la tête :
   – D'une guerre, n'importe laquelle.
Le consul était absent, parti pour l'Europe quelques
jours auparavant. Il avait prêté une aile de sa maison
à son jeune collaborateur. L'autre aile était occupée
par un consul adjoint, marié à une Chinoise. L'un
comme l'autre n'avaient qu'un désir : être appelés à
l'ambassade de France à Pékin.
   – Vous n'imaginez pas ce que c'est que de voir la
Chine de ce côté-là, et de se dire que, pour le moment
encore, on ne pourra pas traverser...

Le consul adjoint et sa femme étaient depuis cinq ans à Hong Kong. Avant cela, le consul avait fermé le consulat de France à Nankin. On racontait qu'il avait été jockey et qu'il avait gagné des millions, puis qu'il en avait perdu autant, aux courses, aux jeux, aux cartes ou au mah-jong. Sa femme était lourde, forte, elle sentait l'ail, elle respirait la bonne humeur. Elle, elle semblait n'avoir aucune envie de rentrer en Chine. Mais lui qui, jusqu'à la reconnaissance de la République populaire de Chine par le Général quelques mois auparavant, n'avait même pas pu y effectuer une mission, bouillait d'impatience.

– Vous voyez, entre eux et nous il y a un pont, le pont de Lowu, qui pourrait tenir dix fois sur la passerelle des Arts, à Paris. Et pourtant, ce pont a été infranchissable pendant quinze ans...

Pendant des années, il avait végété à Paris dans un bureau. Puis il avait obtenu ce poste à Hong Kong et maintenant, alors que tous, les uns après les autres, ses amis, ses jeunes collègues, regagnaient la Chine, lui-même demeurait là. Avec un consul général qui ne faisait jamais que fumer la pipe face au trafic des ferries dans la baie, il fallait bien quelqu'un pour garder la boutique...

Ce soir-là, dans un bar de Wan Chai, où Merlot l'avait conduit, Denis vit deux marins américains, ivres, battre une petite Chinoise. La police de la colonie, short kaki et casquette brune, les maîtrisa en attendant la Military Police.

Denis avait donc passé le pont. Lowu : le consul adjoint l'avait bien dit, dix ou vingt mètres de ferraille et de bois, que l'on traversait à pied. D'abord parce que la voie ferrée en amont était plus étroite ou plus large que celle des chemins de fer chinois. Et puis parce qu'il fallait passer le pont. Traverser à pied l'espace, réel et mythique en même temps, qui séparait ces deux mondes. Une valise dans chaque main, un sac sur le dos – c'était pour deux années entières qu'il était chargé de livres... –, il avait trébuché sur les caillasses du remblai, sous le regard débonnaire d'un soldat engoncé dans un uniforme trop grand. Le gosse, venu peut-être de l'autre bout de l'Empire, lui avait lancé un « bonjour ! » en français. Lui-même s'était appliqué à lui répondre en chinois.

Il avait attendu ensuite longtemps dans une série de petits bureaux qui ressemblaient plutôt à des salons transformés en bureaux. Trois ou quatre hommes d'affaires, deux Français au moins, s'agitaient dans l'une des pièces. Ils jouaient aux habitués, parlaient trop fort de la Foire de Canton qui était le rendez-vous annuel de beaucoup de leurs semblables. Mais Denis n'avait aucune envie de leur adresser la parole.

Ce fut encore en français qu'une petite employée, le visage rond, les joues très rouges, les couettes que l'on pouvait attendre, nouées de rouge, de part et d'autre du visage, vint lui demander de la suivre. Il se retrouva devant un homme, presque un vieillard, qui tirait avec application sur un fume-cigarette d'ivoire. Il régnait autour de lui une fumée bleue, on aurait pu penser, l'odeur douceâtre, presque du miel, à des fumées opiacées. L'homme avait le visage plissé, ridé, c'était à coup sûr un vétéran de la Révolution, et de la première heure. Toujours en français, mais un français cette fois châtié, élégant, il expliqua au nouveau venu combien la Chine et le peuple chinois étaient heureux de le recevoir. Le geste magnifique du général de

Gaulle, qui avait renoué avec le président Mao des relations qui n'auraient jamais dû être interrompues, avait résonné comme un coup de gong dans un univers jusque-là glacé. Maintenant, ils étaient nombreux, les Français comme lui qui allaient et venaient en Chine librement. Librement, oui, à condition naturellement de respecter les règlements. Parce que la Chine est encore un pays pauvre, agressé de toutes parts, et qu'il lui fallait être sans cesse sur ses gardes.

Le discours du vieux monsieur avait quelque chose de convenu, on aurait presque dit qu'il s'ennuyait en le récitant. Puis, avec un sourire amusé, il raconta comment lui-même avait vécu à Paris, dans les années vingt. Il habitait un hôtel dans le haut de la rue Saint-Jacques et descendait chaque matin à pied jusqu'à la Sorbonne. « C'était une trotte ! » Pour prononcer le mot « trotte », il avait mis juste ce qu'il fallait d'affectation pour que l'on devinât qu'il savait que c'était là un mot d'argot. A ses côtés, la petite fille aux bonnes joues rouges, aux deux tresses, le regardait avec un bon sourire. On sentait une connivence entre ces deux-là. On aurait pu s'imaginer que, le soir venu, dans l'un des parquements au-delà du pont, le long de la voie ferrée qui conduisit à Canton, le vieux monsieur racontait encore des histoires à la petite fille. On aurait pu imaginer d'autres choses aussi, que notre ami ne se fit pas faute d'imaginer, plus tard, mais l'heure n'était pas à ces folies-là. D'un air ennuyé, le vieux monsieur fit signe à deux garçons en uniforme, debout près de la porte, de jeter un coup d'œil dans les bagages du visiteur. « Ce n'est qu'une formalité », assura-t-il. Le nombre de livres qu'on commença à sortir de la première valise parut faire plaisir au vieil homme. Il montra autour de lui, sur une table basse, les brochures de propagande qui étaient à la disposition des visiteurs. Sans ironie pourtant, le vieux monsieur indiqua au voyageur qu'il pouvait prendre ce qu'il voulait, cela pouvait l'intéresser. Puis il ralluma sa cigarette éteinte, des vapeurs plus âcres encore envahirent la pièce, on tamponna le visa, le passeport, une déclaration de douane, un certificat médical, un certificat de vaccination, tout cela n'était que de la routine, mais tout cela avait pris deux bonnes heures. Ensuite, tous les passagers du train de Hong Kong s'embarquèrent dans un wagon panoramique, ou présenté comme tel par l'hôtesse qui n'allait plus quitter Denis jusqu'à son départ de Canton le lendemain matin. Le convoi s'ébranla lourdement, on roulait à petite vitesse, on sortit très vite d'une zone de villages avec, çà et là, piquées, quelques maisons de style occidental, pour avancer à travers des rizières ou des champs inondés. Dans l'eau jusqu'aux genoux, des hommes et des femmes devaient repiquer du riz. Ils se redressaient au passage du train, avec tous le même geste de la main pour s'éponger le front. Sans raison, le train s'arrêta un moment en pleine campagne. A cinq ou six mètres de la voie, trois femmes, qui paraissaient plus jeunes que les autres, s'étaient redressées. L'une d'entre elles portait une blouse blanche, qui lui collait au corps. Elle avait un large sourire, sous un chapeau de paille à larges bords. La voiture était vaguement à air conditionné, mais on pouvait en baisser les vitres. L'un des hommes d'affaires français, qui parlait un peu le chinois, adressa quelques mots à la fille. Elle partit d'un bon éclat de rire. Puis il dut ajouter une ou deux paroles plus lestes, et son visage subitement se figea. Elle hésitait, se fâchait ? Sourire encore ? Elle sourit à nouveau, mais d'un air contraint, gêné. Et ce fut Denis qui se sentit gêné à son tour. Gêné par la vulgarité de ses compatriotes, gêné par le sourire, gêné lui aussi, de la petite guide qui les accompagnait. Elle avait dit qu'elle s'appelait Xiaonan, ce qui voulait dire Petite Nan. La jeune femme de la rizière demeura quelques instants à regarder les voyageurs. Au loin, deux buffles tiraient un lourd attelage sur une route surélevée, une sorte de digue. Elle se retourna vers ses compagnes, elle avait des seins très lourds. Pendant toute une partie du voyage, Denis, rempli d'une telle honte devant l'attitude des Français débraillés du wagon, griffonna sur son carnet les idées qui lui passaient par la tête après cette rencontre. Lorsque le lendemain matin il expliqua à Xiaonan l'embarras qu'il avait ressenti la veille, face à la grossièreté des Français, la jeune fille eut un petit rire pour lui dire de ne pas s'inquiéter : beaucoup de nouveaux venus en Chine se conduisaient de la sorte.

Dans la besace qu'il avait toujours avec lui, avec son passeport, des papiers, son carnet recouvert de toile noire et un appareil photo, Denis avait aussi, à portée de la main, le premier volume du vieux Proust en Pléiade – qui était alors tout jeune, recouvert de rhodoïd.

Dans la maison des Arcs, qui était celle de sa grand-mère maternelle, Denis retrouvait chaque été deux cousins et deux cousines. Et des livres. Le père des cousines était notaire, celui des cousins médecin. Ils étaient riches, lui les enviait parfois. Il enviait surtout le grand appartement des cousines au-dessus du parc Monceau et l'immense bibliothèque où tous les livres avaient été reliés après avoir été lus. Un jour, il se rendrait compte que ces reliures étaient médiocres et que le papier, ordinaire et acide comme c'était le cas à l'époque, en avait jauni, il se cassait. Mais dans la maison des Arcs comme dans l'appartement du parc Monceau, il découvrit toute une littérature qui le plongea dans un état d'exaltation extrême : ainsi, c'étaient là les livres qu'on lisait lorsque son oncle avait vingt ou trente ans ! Giono, Mauriac, Larbaud, Roger Martin du Gard. Il fit lire à Danielle, l'une de ses cousines, le roman de Mauriac qu'il préférait. C'était, et c'est encore, *Le Désert de l'amour*. L'histoire de cette belle femme, touchée par la jeunesse du fils de son amant rencontré chaque jour dans un tram du côté de Bordeaux, lui semblait émouvante. Ce n'est que bien plus tard qu'il comprit que l'amant médecin ou le jeune potache, la maîtresse elle-même, n'étaient pas des gens très intéressants. Ce n'en était que plus pathétique. Caressant les jambes de Danielle, assise à côté de lui sur le grand canapé de velours beige de la maison des Arcs, il lui avait pourtant expliqué que c'était une très grande histoire d'amour.

La maison des Arcs : une sorte de havre de grâce, si loin des senteurs lourdes, poisseuses, de la rue de Leningrad. Là, il parvenait à oublier que sa mère cousait tous les jours pour des femmes sans âge à la forte odeur d'aisselles, lors de chaque essayage. Aux Arcs, les livres étaient partout, dans le salon, dans le bureau à l'étage de l'oncle médecin, et dans toutes les chambres. Lui-même s'était constitué sa propre bibliothèque, sous le regard bienveillant de l'oncle. Outre les Mauriac et les Roger Martin du Gard, il avait ramené sur les rayonnages à côté de son lit tous les volumes de Gide qu'il avait pu trouver. Comme lui, Danielle se délectait à prévoir chaque geste du jeune héros des *Caves du Vatican* lorsque celui-ci, enfermé dans un compartiment de chemin de fer avec sa victime, comptait jusqu'à dix avant de la précipiter par la portière.

– Tu n'oserais tout de même pas faire cela ? interrogeait la jeune fille.

Elle avait quatorze ans, il haussait les épaules : naturellement, qu'il n'oserait jamais. Il était presque honteux de le reconnaître. Mais lorsque sa main s'aventurait un peu plus haut sur la cuisse de la jeune fille, celle-ci se dégageait rapidement et s'enfuyait vers le jardin.

Des livres, jusque dans la chambre des trois sœurs, aux Arcs. Les trois sœurs, c'étaient les filles de la fermière, qui semblaient porter des noms d'opérette : Lily, Suzon et Mado. Mado était la plus jeune, bien ronde, blanche, à la bouche épaisse, déjà un début de double menton à quinze ou seize ans. L'aînée, Suzon, était maigre et rousse. En plein milieu de l'été, le mois d'août brûlant jusque sur les hauts plateaux du Cantal, le char de foin traîné par deux bœufs rouges qui s'avançaient lentement dans les prés fanés pour la seconde fois, les filles s'agitaient comme des garçons, la chemise entr'ouverte. Denis n'avait alors que sept ou huit ans, mais il voyait ces choses : les gamines qui ne portaient pas de soutien-gorge et qui, sur le coup de midi, s'effondraient avec deux domestiques sous un grand frêne, au milieu du pré, pour casser la croûte. Lui venait parfois les aider, on s'extasiait sur sa dextérité à manier un petit râteau de bois qu'on avait fabriqué spécialement pour lui. Siméon, le domestique, avait bien passé deux dimanches à les tailler, les petites dents de bois du râteau avec lequel Denis fanait comme les autres. Et quand il entendait la cloche du repas annoncer les midis, il n'avait qu'un regret, celui de ne pas partager le casse-croûte des trois sœurs, qu'il suffisait de quelques gouttes de vin dans une bouteille d'eau fraîche pour faire rire un peu fort. Mais le soir, chez elles, dans leur chambre, lorsqu'il venait les retrouver, elles étaient sagement occupées à lire. Des romans d'alors : Max du Veuzit ou Delly. Qu'on lise Max du Veuzit et Delly dans ces campagnes, alors, était déjà miraculeux. Et lui, qui ne se coucherait que plus tard, de se glisser dans le lit près de la plus jeune des filles, qui sentait maintenant l'eau de Cologne et qui lui faisait un peu de place dans un trou chaud du matelas pour qu'il lût avec elle. Lorsqu'elle se penchait vers lui, c'était un sein presque entier qu'elle découvrait dans l'échancrure large de la chemise de nuit. A vrai dire, le sein gauche de Mado, la fille du fermier des Arcs, fut le premier sein de femme que Denis ait jamais vu. Mado lisait ce soir-là un livre dont il ne devait jamais oublier le titre : *Séduite et abandonnée par son légionnaire* ! Que ne lisait-on pas, à cette époque, dans les campagnes !

Les pales du ventilateur brassaient l'air, Canton et le volume de Proust ouvert à côté de lui, Venise ou Balbec, Denis avait repoussé le drap qui lui collait à la peau. Il avait le sentiment d'étouffer. Il avait bien essayé de rejeter la moustiquaire, mais en quelques instants deux ou trois piqûres avaient suffi à lui montrer que le mince rideau de voile, troué pourtant, était là pour quelque chose. Et puis, dehors, tous les bruits de la grande ville montaient à l'assaut de l'hôtel, le plus grand de la ville, construit par les Russes dès le début des années cinquante, où l'on isolait les voyageurs en transit à Canton. Il ne parvenait pas à dormir. C'était sa première nuit de Chine. Il se dirait plus tard, pensant à Pékin : l'exil le plus total qui se puisse imaginer. Et cependant, d'une certaine manière, Canton était déjà un exil incroyable, à l'exotisme, au sens le plus vulgaire du mot, presque agressif.

La gentille Xiaonan l'avait emmené faire un tour en ville une partie de la soirée. Ils s'étaient retrouvés dans une sorte de parc d'attractions populaire, qui ressemblait à un gigantesque Luna Park à la mesure de ce pays. Il y avait des balançoires, des dragons en carton, des grandes roues et des petites voitures, une kermesse ouverte à tous les vents, avec des centaines, des milliers peut-être d'enfants, de jeunes gens et de jeunes filles, d'adultes même qui riaient comme dans n'importe quelle kermesse quelque part en Europe. Cette kermesse-là était la plus grande qu'il eût jamais vue. Foulards rouges et bleus de chauffe, chemises blanches, pantalons trop larges, les cheveux en tresse des gamines, le crâne presque rasé des garçons. Et puis les vieux, souriants, qui mâchaient une pipe entre les chicots qui leur servaient de dents. La musique était endiablée, c'étaient des airs révolutionnaires peut-être, il apprendrait à les connaître. Il hésitait, mais Xiaonan le poussa dans l'une des nacelles de la grande roue. Ils se retrouvèrent vite très haut, et peut-être parce qu'on avait prévenu qu'il était un ami étranger, la voiturette s'immobilisa là, afin qu'il pût regarder le paysage. Il avait le sentiment, mais ce n'était qu'une idée, n'est-ce pas, que la petite Chinoise se pressait un peu contre lui. Mais on l'avait averti : pas un geste, pas un regard équivoque, à plus forte raison, pas une parole. Elle lui décrivait la ville, lui montrait la rivière des Perles au loin, lui indiquait l'île de Shamien où se trouvaient jadis les anciennes concessions, le consulat de France. Elle savait que ces choses-là intéressaient les amis étrangers. Elle lui indiqua également, itinéraire obligé, l'emplacement d'un monument aux martyrs de la Révolution, et d'autres mausolées, des parcs, elle prononça le nom de Sun Jiazheng, le seul qu'il connût parmi d'autres noms chinois qu'il apprendrait, eux aussi, à connaître. Lorsqu'ils redescendirent, elle expliqua gravement qu'il ne fallait pas qu'il confonde ce parc d'attractions avec n'importe quel parc d'amusement, en Occident ou ailleurs. C'était un parc de la Culture et, s'il y avait des jeux, on y voyait aussi des expositions, des opéras, des théâtres de marionnettes. Ils soulevèrent le lourd rideau de toile qui fermait la porte d'un baraquement. Là, c'était un opéra de Canton dont les acteurs, en costumes bariolés, chantaient ou modulaient des airs aux stridences redoutables. Le gong, la flûte, les rires du public car c'était une scène comique qui se déroulait sur le plateau, tout cela vous avait un côté bon enfant, chaleureux, si loin de l'image qu'il se faisait de la Chine austère et grandiose qui l'attendait à Pékin.

Etendu sur son lit, la nuit, près du ventilateur et de la moustiquaire, il se dit qu'en somme deux Chines existaient et avaient toujours coexisté côte à côte : celle de ce soir, bruyante, humide, collante, débraillée, remplie d'odeurs, qui était peut-être la Chine de Claudel ; et celle, immobile et silencieuse, des carrés successifs de la ville tartare et de la Cité impériale qu'il allait découvrir, les stèles du bord des routes, qui étaient la Chine de Segalen. Très vite, cette opposition entre deux univers allait s'imposer à lui. Pour Victor Segalen, c'était le dehors et le dedans. Pour lui, c'est tout simplement deux Chines.

Avant de rentrer à l'hôtel où il prendrait une légère collation, Xiaonan l'avait encore emmené voir une exposition, dans l'un des bâtiments à colonnes, très néo-staliniens, qui bordaient le parc de la Culture. C'était une exposition consacrée à la planification des naissances. D'immenses vitrines exposaient tout ce qui pouvait y contribuer, dessins, maquettes, figurines de cire à l'appui. Le nez collé sur les vitrines, des petites filles à tresses, des gros garçons ébahis regardaient, écoutaient sans vraiment comprendre les commentaires qu'une voix de femme à l'accent chantant diffusait dans des haut-parleurs. Lui-même n'y comprenait pas grand-chose, car la femme parlait en cantonais. Il interrogea Xiaonan : parlait-elle le cantonais ? Elle répondit que oui, mais qu'elle-même n'était pas de Canton. Elle était née très loin dans le nord, à Dalian. C'était au bord de la mer, dans l'ancienne Mandchourie. Comment supportait-elle le climat chaud et humide de Canton ? Elle éclata de rire : comment voulait-il qu'elle le supportât ? Bien, naturellement. D'ailleurs, elle travaillait pour le peuple chinois, pour le président Mao et pour les amis étrangers. Aussi, elle était heureuse.

Pendant la collation qui avait suivi, du *toufu*, c'est-à-dire du fromage de soja, qui baignait dans une soupe qu'on aurait dite parfumée à la vanille, il remarqua qu'elle mangeait goulûment, avec des gestes rapides. On servit ensuite du poisson, dont elle écartait les arêtes avec une virtuosité surprenante. De même le bœuf sucré qu'on leur proposa ensuite. Elle avait refusé le thé au jasmin que lui-même buvait, pour une bouteille de ces orangeades tièdes qu'il apprendrait à connaître, trop gazéifiées, tout au long de son séjour. Lorsqu'il lui demanda si elle habitait très loin, Xiaonan parut étonnée : mais non, elle habitait tout près puisqu'elle habitait dans l'hôtel. Il découvrit alors

42

qu'elle avait une chambre, au même étage que lui. Y habitait-elle toute l'année ? Elle fut évasive, répondit que oui, parfois, peut-être... Aussi, toute la nuit, il imagina le corps un peu rêche, la bouche très rouge de la petite fille, il se dit qu'elle devait dormir dans un pyjama de coton blanc. Il mit très longtemps à s'endormir, puis se réveilla d'un coup. On tambourinait à sa porte, qui n'était faite que de deux battants de lattes de bois, à quatre-vingts centimètres du sol et qui s'arrêtaient à la hauteur des épaules. Il fallait qu'il se dépêche, il fallait manger, puis aller visiter, précisément, le mausolée aux martyrs de la Révolution. Le train pour Pékin partait en début d'après-midi.

Il partageait son compartiment de classe « molle », c'est-à-dire aux banquettes rembourrées et transformées en lits pendant la nuit, avec un Suisse taciturne. Ce Fred, de trente-cinq ans, se prétendait journaliste, mais Denis ne parvint pas à comprendre pour quel journal travaillait Fred. Pendant toute la durée du trajet, deux jours et deux nuits, hormis le temps qu'il passa à dormir ou celui, fort long, à contempler le paysage qui défilait sous ses yeux, il lut Proust. Il s'était dit que relire Proust au début de son séjour en Chine accentuerait encore l'exotisme de Pékin. C'est dès lors en compagnie d'Oriane et de Swann, des Cambremer et des Villeparisis qu'il traversa du sud au nord une grande partie de cette Chine qu'il allait si âprement aimer : les rizières inondées et les buffles à l'horizon, les paysans coupés en deux, des chapeaux de paille, de minuscules gares désertes, et encore des champs, et encore des buffles, et encore des paysans et des paysannes occupés à repiquer le riz. Au début, il s'amusa à déchiffrer les slogans peints en rouge sur fond blanc qui célébraient les efforts des masses, la commune de Tazhai quelque part très loin au nord, où les masses en question avaient fait encore mieux qu'ailleurs, ou les vertus de l'union des ouvriers et des paysans. Puis, comme les slogans revenaient toujours les mêmes, il n'y prêta plus attention. Pour tout dire, il avait une telle hâte d'arriver à Pékin que le trajet lui parut interminable. On leur servit leur repas à leurs places, probablement pour qu'ils n'aient pas à se rendre à un wagon-restaurant plus ou moins lointain qui les aurait obligés à traverser les couloirs bondés des wagons « durs ». Sur la tablette, devant la fenêtre, il y avait deux petites lampes aux abat-jour de soie jaune, semblables à celles qu'on voyait dans les vieilles voitures de l'Orient-Express. Au milieu, une très grosse bouteille thermos et deux tasses de porcelaine avec un couvercle. Et puis une boîte cylindrique en métal cabossé contenait du thé vert. Toutes les deux ou trois heures, une jeune femme passait pour leur apporter de l'eau bouillante. La première nuit, il remarqua que le Suisse se leva vers les neuf heures du soir. Il ne reparut qu'avec les premières heures de l'aube. Il aurait aimé lui poser des questions, mais s'en garda bien. La deuxième nuit, le journaliste disparut de la même manière, mais il revint beaucoup plus tôt, houspillé poliment par deux employés en uniforme qui lui intimaient l'ordre de ne pas quitter sa voiture. Au regard qu'on lui jeta à lui, il comprit qu'on le tenait dorénavant pour responsable de la bonne tenue de son compagnon de voyage. Mais celui-ci dormait déjà.

Les champs de blé dur, les prés jaunes et râpés avaient remplacé les rizières, ils arriveraient bientôt à Pékin.

Les nouvelles vont vite à Paris. Deux jours après le coup de téléphone de Jacques et son invitation, c'était Marion qui m'appelait. Pour me dire sa joie, bien sûr, de savoir que j'allais revenir à Pékin – elle qui passe chaque année trois ou quatre semaines en Chine et a enseigné une année entière à Beida. « Oh ! Denis ! Tu as une de ces chances ! Mais tu verras ! Tu ne reconnaîtras rien ! » Il y a eu un petit silence au téléphone puis, son accent anglais reprenant subitement le dessus, elle a fini par remarquer : « C'est tout de même drôle qu'on t'ait demandé d'aller là-bas. »

Voilà, ça y était. Marion a beau être une ancienne, très ancienne amie, connue à Pékin, elle s'étonnait : c'était « tout de même drôle »... Lorsqu'à notre retour de Chine à tous elle avait lu ce que je continue à appeler mon roman chinois, elle m'avait dit qu'elle avait pleuré. Et je l'avais crue, bien sûr. Elle me l'avait dit, encore : pour elle, c'était à la fois toutes nos Chines à chacun d'entre nous, éphémères Pékinois d'une planète en pleine convulsion, qu'elle avait retrouvée. Mais c'était il y a combien de temps ? Plus de trente ans, non ? Voilà longtemps que j'ai perdu le compte des années. Alors, Marion a encore eu un petit rire pour me dire qu'elle espérait que je ne serais pas déçu... Pauvre Marion, sinologue notoire ! qui a fait de la Chine son métier alors que j'en ai seulement tiré un roman...

Le téléphone chinois avait mieux que jamais mérité son nom. Tous les anciens de Chine le savaient désormais : je retournais à Pékin. Denis de retour à Pékin, c'était un événement ! J'étais le seul à n'y être jamais revenu. Suivit le scénario habituel en ces occasions.

Après la surprise, les congratulations. Et puis, à nouveau, l'étonnement. Et chacun de faire, plus ou moins,
la même remarque que Marion : c'est tout de même
curieux... Personne, pourtant, n'a posé la question : tu
ne crois pas que les Chinois vont s'étonner de te voir,
toi, leur parler à eux de littérature française ?

Il n'y a que Jacques à n'y rien trouver de drôle : un
romancier qui n'écrit plus, sinon des saloperies, invité
à Pékin pour enseigner la littérature française à des
petits branleurs de Chinois qui n'ont qu'une idée,
comme leurs papas, et depuis vingt ans : se faire un
maximum de fric ! « Enfin, je pense que, toi aussi, ça
te fait un peu rigoler, non ? » a même lâché Marc
Hessler qui, lui, n'est plus depuis longtemps mon ami.

Même s'ils l'ont manifesté avec moins de spontanéité, tous les anciens de Pékin étaient sûrement de
l'avis de Marion. Un mois avant mon départ, Pascaline
Borne a tenu à donner un dîner pour réunir autour de
moi ceux d'entre eux qui n'avaient pas tout à fait
disparu.

Nous nous sommes retrouvés rue Las Cases, où les
Borne habitent un appartement sur deux étages, au-
dessus de la place Sainte-Clotilde. Cela fait deux ans
que Bertrand Borne attend un poste que la nouvelle
majorité aux affaires ne semble pas décidée à lui
donner. A trente ans, on lui prédisait une belle carrière,
à soixante il s'était retrouvé ambassadeur à Manille
quand il rêvait du Saint-Siège ou d'un palais à Lisbonne : ce n'aurait pas été le Pérou, mais la Villa
Borghèse comme Lisbonne lui étaient passées sous le
nez. Pas sûr, non plus, qu'il aurait eu le Pérou. Ma
chère Pascaline, elle, est grand-mère, elle fait très jeune
grand-mère, Bertrand est déplumé, amer.

– Toi, au moins..., a-t-il commencé à me dire.

Il a secoué la tête. Il voulait dire que moi au moins, fût-ce sur le tard, je ne m'en tirais pas trop mal. Marc Hessler ne s'en tirait pas trop mal, lui non plus. Ce salaud-là avait traîné derrière lui assez de casseroles pour ne pas obtenir davantage qu'un poste d'ambassadeur itinérant, comme ils disent dans leur boutique. Il affectait de s'en moquer, affirmait à mi-voix qu'un vrai poste d'ambassadeur ne valait plus le coup : il n'y avait plus rien à tondre sur la bête ! Ambassadeur itinérant, ça ne voulait rien dire, mais ça lui permettait de revenir parfois en Chine. N'empêche qu'un séjour de six mois d'affilée à Pékin ne lui aurait pas déplu. Il vivait maintenant avec Min Niu, une longue Chinoise de Toronto qui avait défilé pour Pierre Cardin avant d'aider le couturier dans ses entreprises chinoises. Elle dirigeait à présent, de Paris, un journal de mode destiné au marché chinois. Je la trouve belle, mais je me méfie d'elle. D'ailleurs, je ne suis pas sûr qu'elle ne me méprise pas un peu : je n'ai ni de hautes fonctions diplomatiques, ni argent, ni vrai succès dans n'importe quelle branche de l'art : toutes réussites qui, à ses yeux, vous font un homme. C'est la belle Min Niu qui fut la plus directe : « Mais tu as les diplômes qu'il faut, pour enseigner en Chine ? » Sur ce point, tout le monde la rassura : j'ai depuis longtemps, hélas ! les diplômes nécessaires. Au fond, je n'ai même plus que cela. Presque complice, Chantal Weiss, aussi de la partie, me regardait quand même avec une pointe de jalousie. « Tout ce temps passé, n'est-ce pas ? » Elle soupirait. Elle ajouta encore : « Tout ce temps perdu... » Mais je comprenais bien qu'elle parlait autant pour elle que pour moi et je ne lui en voulais pas.

D'autres amis d'alors nous ont rejoints après le dîner. Un attaché culturel qui, dès le début des années quatre-vingt, avait commencé à constituer une assez belle collection d'art contemporain chinois. L'art chinois d'après 1980 est devenu à la mode, Pardieu n'est plus attaché, ni même conseiller culturel. Il se dit collectionneur, il a ouvert une galerie rue Saint-André-des-Arts. On se presse à ses vernissages, il pérore et affecte de regarder de haut tous ceux qui ont connu après lui les mêmes enthousiasmes. Shan Sa, une jeune romancière chinoise qui fait une belle carrière en France, est venue accompagnée d'un vieil écrivain français qui, après moi, a écrit de beaux livres sur la Chine. Il y avait aussi notre vieux copain John Ding, qui a emprunté son nom de plume à un roman de Lao She. Il n'écrit plus depuis longtemps mais il est devenu, lui, un homme d'affaires chinois redoutable. Du coup, d'ailleurs, Min Niu le regarde avec une certaine complaisance et je suis sûr que ce filou de Marc Hessler saurait, le cas échéant, y trouver son intérêt.

D'autres, encore, sont venus. On m'embrassait... François Cheng dont on a enfin découvert l'œuvre à Paris, fit une apparition. Il me serra la main. Lui au moins était sincère pour me dire qu'il était heureux de ma nomination – fût-elle de six mois seulement. Les autres donnaient un peu l'impression d'être venus en service commandé chez Pascaline. Mais on m'a offert un cadeau de départ, un bel ordinateur tout neuf, en formulant le vœu que j'abandonne enfin ma collection de vieux stylos.

D'ailleurs, à minuit – il était six heures du matin à Pékin –, Jacques Benoist a téléphoné pour nous embrasser tous. Il se lève de bonne heure, le bougre ! C'est peut-être con, mais j'en aurais pleuré...

La voiture ne s'était pas encore immobilisée dans la cour que, dès notre arrivée devant l'ambassade – l'ambassade de France, j'entends... –, le gentil Paul Rollet m'a posé la question : « Alors, là au moins, vous n'êtes pas dépaysé ! Vous reconnaissez, n'est-ce pas ? » Tu parles, que je reconnais ! Je reconnaissais tout, oui... C'était d'ailleurs pour cela que, au sortir de l'avion, j'avais tout de suite demandé à passer par Sanlitun. Là, au moins, je savais que rien n'aurait changé !

Le quartier de Sanlitun : ça a été le deuxième ensemble immobilier construit à Pékin pour les diplomates après la Révolution, quand la plupart des ambassades étrangères jusque-là cantonnées dans l'ancien quartier des légations, au sud de ce qu'on appelait la ville tartare, ont été obligées de s'exiler. Ah ! la nostalgie du vieux quartier des légations ! Les *compounds* aux murs de brique et les lions de pierre furibonds qui veillaient de part et d'autre de l'ancienne ambassade de France... J'imagine qu'aujourd'hui des troufions kaki à casquette plate veillent encore sur ce qui doit être une administration tatillonne ou, toujours, une résidence pour invités officiels du gouvernement. Quant aux diplomates d'alors, on les a relogés. D'abord à l'est de la ville, mais près encore des anciennes murailles : c'était un quartier à l'anglaise, fait de grands immeubles de brique construits dans un parc. Puis, à la hâte, à Sanlitun, on a tracé au cordeau les rues et les limites des ambassades, résidences et chancelleries. L'ambassade de France n'a pas changé. Les mêmes grilles, avec les mêmes Chinois en uniforme qui montent la garde à l'extérieur, les mêmes CRS ou gendarmes, à l'intérieur. Dans les années soixante, l'immeuble de la chancellerie n'était déjà séparé de la résidence de l'ambassadeur que par un mur entre les deux jardins que l'on franchissait par une porte en forme de lune. Jacques Benoist et Linlin, sa femme, habitent la même résidence que celle où vivait Lucien Paye, qui fut le premier ambassadeur de France en Chine après le rétablissement des relations diplomatiques entre les deux pays en 1964. Quant à la chancellerie, je l'ai aussitôt reconnue. Mais la grande salle de cinéma, au premier étage, a fait place à des bureaux, une salle de documentation, à cette « chambre sourde » où l'on se réunit loin des micros indiscrets pour parler de tout, de rien, de n'importe quoi. De la même manière, tous les anciens et grands bureaux ont été divisés, cloisonnés. Cela fait vingt ans que l'on doit construire une nouvelle ambassade de France à Pékin. Promis, juré, signé... Cela fait vingt ans qu'à Sanlitun on multiplie les cloisons, que l'on couvre les cours intérieures pour gagner des bureaux. Mais j'ai retrouvé le bureau de Bertrand Borne. Tout au bout d'un couloir, c'était une pièce minuscule attenant à une salle de bain. La salle de bain existe toujours, comme du temps de Bertrand Borne, qui était mon ami ; des dossiers en vrac encombrent le fond de la baignoire, elle-même couverte par des planches sur lesquelles quelques dossiers sont posés en piles, plus en ordre.

L'ambassade de France à Pékin : comme un éblouissement. Pourquoi eux ? J'ai revu en un instant les visages, les silhouettes des deux CRS qui protégeaient jadis les honorables diplomates étrangers de toute incursion dangereuse en territoire pourtant couvert par l'immunité diplomatique. L'un d'entre eux, jeune, les cheveux en brosse, très pâle en dépit de son allure sportive, les yeux étroits, pupilles bleues, avait une femme jolie, petite personne sémillante qui faisait les délices des gardes, marocains ou algériens, des ambassades voisines. L'autre CRS, en faction devant le Sanlitun d'alors, était plus lourd, avec l'estomac, cette fois, qui débordait au fil des mois par-dessus la ceinture, son épouse avait été coiffeuse, ces dames en raffolaient.

Dans le hall, aujourd'hui, une secrétaire m'attendait. Nous sommes montés ensemble au premier étage, une autre secrétaire, un petit bureau trop étroit, c'était celui du ministre-conseiller, puis le bureau de Jacques. Du temps de Lucien Paye, et comme dans toutes les ambassades de France à l'étranger, de grandes tapisseries de Lurçat ou de Fernand Léger couvraient les murs. Aujourd'hui, Jacques a choisi des tableaux de François Rouan, de Garache et les photographies les plus pudiques qu'ait jamais faites Bettina Rheims. Jacques m'attendait, il m'a serré vigoureusement la main. Cela faisait trois ans que nous ne nous étions pas revus. Tout de suite, il m'a dit combien il était heureux que j'aie accepté sa proposition. « Et puis tu verras : non seulement tu auras des étudiants intéressés par tout ce que tu pourras leur dire ; mais tu auras aussi des étudiantes pas mal du tout... » Il a ajouté : « Et c'est un euphémisme ! » Linlin, son épouse, a étudié le français à l'Institut des langues étrangères de Pékin. Elle a été chanteuse d'opéra, elle peint des paysages dans la plus pure tradition chinoise agrémentés, çà et là, d'une touche d'humour insolite – et surtout elle écrit des romans, et des romans à succès. Elle est passée très vite, elle est restée un instant dans le bureau de Jacques, m'a très vite embrassé sur la bouche, ce qui n'est qu'un signe d'amitié. « Il faudra tout de même que tu rencontres mes copines ! » Puis elle a disparu, pressée, pressée. Une secrétaire nous a apporté du café, brusquement le décalage horaire se faisait sentir, à Paris il était deux heures du matin. « Tu verras, pour les premiers jours, avant que tu décides où tu préfères loger, je t'ai mis dans un hôtel qui t'amusera... » Jacques a quatre ans de moins que moi, après toutes ces années vécues en Chine, ou en marge de la Chine dont il est le meilleur spécialiste au Quai d'Orsay, on dirait que ses yeux ont commencé à s'allonger vers les tempes, à se brider... Je le répète et cela fait trente ans que je le proclame, Jacques Benoist est l'un de mes trois ou quatre meilleurs amis. Nous passons parfois, comme cette fois, près de trois ans sans nous voir. Mais l'amitié est demeurée la même...

En me raccompagnant jusqu'à la grille – les CRS de garde à présent dans une cage de verre dans le hall d'entrée mais le même perron aux angles pointus, le même pavement de ciment sale –, Jacques m'a posé la même question : « Alors ? tu reconnais ? » Je reconnaissais tout, oui... J'étais bien revenu. Mes cours ne vont pas commencer avant trois bonnes semaines, un peu plus : j'ai tout le temps du monde devant moi.

II

Ce jour de 1964, quand Denis était arrivé pour la première fois à Pékin, la gare était à peu près vide. Un an et demi plus tard, elle deviendrait un terrifiant caravansérail, un formidable tohu-bohu, une fourmilière où s'agiteraient en tous sens Gardes rouges débarqués de la Chine entière, maigres escouades qui partaient déjà pour la campagne, vieillards honteux, tête basse, certains qui portaient au cou des pancartes infamantes. Mais le jour de son arrivée, les quais, les halls étaient déserts. Seuls des haut-parleurs, qui hurlaient à plein volume l'un des trois ou quatre chants révolutionnaires que, pendant tout son séjour, Denis allait entendre rabâcher de plus en plus fort avec les mois, créaient une animation d'autant plus singulière qu'elle contrastait avec l'apathie des quelques porteurs, vagues employés qui traînaient sur le quai. Tirant ses deux valises et son sac, Denis sortit de la voiture. Même en ces derniers jours de septembre, la chaleur était encore très forte. Non pas comme à Canton une chaleur humide, étouffante, mais bien plutôt une sorte de brûlure sèche qu'il ressentit aussitôt qu'il eut mis le pied à terre. Il y avait aussi un peu de vent, il se dit que c'était le vent de Gobi.

Il savait que quelqu'un viendrait de l'ambassade

pour l'accueillir. Il en était rassuré, redoutant d'avoir à partir seul à l'aventure, à la recherche d'une université qu'il savait lointaine, très à l'écart du centre de la ville. C'est ainsi qu'il avait rencontré Jacques.

A l'époque, Jacques Benoist commençait à Pékin un séjour qui allait durer presque deux ans. Elève de l'ENA, il y effectuait son service militaire en poste à l'étranger, comme Frédéric à Hong Kong. Rue de Lille, à la Sorbonne, Denis n'avait fait que croiser ce garçon qui traînait avec lui une réputation de rêveur, voire de mythomane. A deux ou trois reprises, ils s'étaient retrouvés côte à côte à des examens, à des surprises-parties, comme on disait alors, mais c'était tout.

– On peut dire que tu as une chance de pendu, toi, lui lança Jacques dès qu'il le reconnut, de loin.

Le garçon était accompagné d'un employé de l'ambassade, qui s'empara aussitôt des valises du nouveau venu. Celui-ci s'étonna :

– Une chance ? Et pourquoi ? Ne me dis pas que toute l'ambassade, au grand complet, est venue m'accueillir pour un dîner diplomatique !

L'autre semblait s'amuser : c'était cela, ou presque. Puis il s'expliqua. En réalité, les dortoirs de l'Institut des langues étrangères où devait loger la nouvelle cuvée d'assistants prévue pour l'automne étaient encore en travaux. On avait donc fort aimablement demandé aux ambassades dont les ressortissants devaient arriver plus tôt que prévu de pourvoir à un hébergement temporaire.

– Ne t'inquiète pas, ce n'est pas à l'ambassade que je vais te conduire, mais dans un palace !

Et ce fut bien dans un palace, en effet, que Denis passa ses six ou sept premières nuits. L'ambassade de France disposait d'un contingent de chambres au

Grand Hôtel de Pékin, pour loger certains diplomates, des agents de passage du ministère des Affaires étrangères. Denis se retrouva ainsi dans une pièce étroite, surchauffée malgré la chaleur extérieure, aux rideaux de velours rouge, canapé rouge, dessus-de-lit rouge et des dentelles cette fois trop mécaniques pour ne pas être fabriquées à la main, un peu partout sur tous les meubles.

Dans les couloirs de l'hôtel, on croisait des personnages célèbres, ou du moins célèbres, en Chine. Ceux qui l'étaient chez eux mais l'étaient moins à Pékin semblaient errer, désœuvrés, tel ce vieil écrivain baroudeur français, qui attendait depuis trois semaines un rendez-vous avec Mao Zedong. Il interpella notre ami dans l'ascenseur, dès le soir de son arrivée.

– Ne me dites pas que vous êtes venu vous aussi ici dans l'espoir d'apprendre quelque chose ! s'exclama-t-il.

Il bougonnait, Denis admirait l'écrivain, il s'éclipsa pourtant rapidement. Pour lui, l'écrivain bougonnant venu se perdre à Pékin était ce qu'on appelait alors un écrivain engagé...

C'était la fin de la guerre d'Indochine. Denis lisait *L'Express* qui paraissait sur un papier journal ordinaire. Pendant quelques mois *L'Express* serait quotidien, on l'oubliera vite. Chaque semaine, Denis lisait aussi *France-Observateur, Témoignage chrétien.* Jean-Jacques Servan-Schreiber faisait partie de sa mythologie intime. Il avait été « lieutenant en Algérie », et il racontait. De la même manière, le général de la Bollardière raconterait ; ou Germaine Tillon ; ou Henri Alleg. Mais c'est à *L'Express* qu'il puisait son énergie.

Une citation de François Mauriac, paraphrasant le Corneille de *Polyeucte*, l'avait ravi : « Je sais, je vois, je crois : je suis démerpisé. » Le MRP était à l'époque le parti de la droite bien-pensante, chrétienne, libérale mais pas trop. La guerre d'Indochine, plus tard la guerre d'Algérie : le MRP d'alors portait très haut le fanion tricolore. Du coup, Denis avait écrit à François Mauriac. Une lettre vibrante, où il évoquait sa passion presque enfantine pour les grands romans bordelais, *Le Désert de l'amour*, mais aussi d'autres plus oubliés : *La Robe prétexte*, *L'Enfant chargé de chaînes*. Il aimait sourdement un autre livre de Mauriac, qui s'appelait *Les Anges noirs*. Sombre histoire de crime, génie du mal et rédemption poisseuse, *Les Anges noirs*, publié en 1936, n'était pas un très bon roman. Mais il lui avait laissé au cœur comme une griffure. C'est ce qu'il avait tenté d'expliquer à François Mauriac, décrivant longuement à l'académicien combien son engagement de grand écrivain catholique lui paraissait exemplaire. Pour toute réponse, il avait reçu quatre lignes dactylographiées qui se terminaient par une formule risible : « Je vous serre la main. » Il avait failli déchirer la lettre, à peine marquée d'un paraphe au crayon à bille. Il l'avait pourtant conservée, dans les dossiers d'une correspondance intermittente avec si peu de gens. Mais c'était la fin de la guerre d'Indochine, Pierre Mendès France était resté au pouvoir sept mois et dix-sept jours. Lors d'un congrès historique du Parti radical valoisien, comme on disait alors, qui s'était tenu salle Wagram, Denis avait fait partie du service d'ordre, un casque de motocycliste sur la tête, une matraque de bois à la main. Aurait-il eu à s'en servir, il n'avait jamais su si, oui ou non, il aurait osé frapper. Lors de la chute de Diên Biên Phu, l'une de ses amies, qui habitait le XVIe arrondissement, avait annulé, en signe de deuil, la surprise-partie qu'elle devait donner dans l'appartement de ses parents.

C'était l'Algérie qui l'avait fait ce qu'il était. Mendès France avait été dupé par Edgar Faure lors de l'unique dissolution qu'ait connue une IVe République agonisante, et Guy Mollet, devenu président du Conseil par surprise (Mendès une fois de plus dupe !), avait reçu des tomates à Alger. Les socialistes, qui s'appelaient alors SFIO, avaient rangé au vestiaire les costumes trop larges pour eux dont, l'espace d'une campagne électorale, on avait failli les habiller et Guy Mollet ou Robert Lacoste deviendraient vite pour Denis les symboles grotesques en même temps que honnis de toutes les lâchetés. A la même époque, on avait appris qu'un jeune militaire français envoyé en Algérie, l'aspirant Maillot, communiste à l'heure où le PCF approuvait la politique de répression, avait déserté pour rejoindre les rangs du FLN. Denis s'était posé des questions... La démission de Pierre Mendès France, ministre d'Etat sans portefeuille du gouvernement Mollet, avait achevé de lui ouvrir les yeux. Le 22 octobre 1956, Denis avait un peu plus de dix-neuf ans, l'aviation française interceptait l'avion qui transportait du Maroc au Caire Ben Bella, Aït Ahmed et quelques autres : sous-lieutenant en Algérie quatre ans plus tard, Denis était presque devenu gaulliste mais, de Gaulle au pouvoir, il avait continué à lire des livres, *La Gangrène* de Germaine Tillon et quelques autres, qui dénonçaient la répression en Algérie. Il avait même travaillé un moment dans le sillage de prêtres de la Mission de France qu'on allait arrêter pour « intelligence avec l'ennemi ». Lui-même n'avait pas été inquiété, il en avait presque été vexé. De même avait-il enragé de n'être que du menu fretin, indigne de signer, aux côtés de 121 intellectuels, la déclaration qui proclamait le droit à l'insoumission.

C'est pourquoi, comme les autres, il avait fini par partir pour un service militaire de vingt-sept ou vingt-huit mois et, comme tant d'autres, il s'était retrouvé près d'Oran. Et là, il avait vu. Cela faisait des années qu'il s'affirmait très haut « contre la guerre d'Algérie », sans vraiment savoir de quoi il s'agissait. Mais, à Oran, il avait vu des petits Arabes lynchés à mort par de grands jeunes gens aux gourmettes dorées qui, l'instant d'avant, s'étaient fait cirer les pompes par leurs victimes, sur la place de la Bastille. Il avait entendu la grande plainte qui montait du Ras el-Aïn, cette vallée-casbah-bidonville séparée du reste de la ville par des chevaux de frise et des barbelés. Il avait eu aussi un cousin, égorgé par le FLN, quelque part dans l'Aurès. Et il y avait ces photographies, déjà, qu'on lui avait montrées. Des femmes, des très jeunes, d'autres plus âgées, dont on avait arraché le voile pour les obliger à regarder en face, le visage nu, l'œil de l'objectif. On ne pensait peut-être pas à mal, à ce moment-là. L'armée établissait son propre état civil. Mais le regard des femmes, des jeunes filles surtout, était embué de tant de honte, de tant de haine. Ces photos-là, on les a revues depuis, des livres publiés, des expositions. Mais lui, à l'époque, à Oran où il habitait, il les avait eues en main. Il n'avait pas pu les oublier. Pas plus qu'il n'avait pu oublier la jeune secrétaire brune, presque noire, qui l'accueillait chaque matin avec un grand sourire au dispensaire où il avait été affecté pour donner de-ci de-là un coup de main ;

« Bonjour, monsieur le sous-lieutenant ! » Parce que, pour être sous-lieutenant, il suffisait alors de suivre les cours faits pour ça où beaucoup d'étudiants comme lui, sursitaires un moment, finissaient par aboutir. La jeune fille s'appelait Emilie, il devinait ses seins durs, sous la blouse blanche. Un matin, il ne l'avait pas revue, elle avait été assassinée. Par l'OAS. Pour elle, il avait écrit un poème. Il l'avait même publié, dans une feuille sans importance.

Paul Rollet, dans la voiture qui me conduisait ensuite à mon hôtel, m'a lancé avec un bon rire : « Vous savez que votre roman sur la Chine m'a marqué comme il a marqué toute une génération d'apprentis des choses de ce pays... » Rollet a fait les Langues O, puis la rue d'Ulm. Il a écrit un ouvrage plus que sérieux, savant, sur l'Opéra de Pékin. Et il me parle de mon roman ! La voiture s'engageait sur l'un de ces périphériques qui font maintenant de Pékin ce qu'il est aujourd'hui : quelques morceaux épars d'une cité ancienne, éparpillés au cœur d'un imbroglio de voies express et d'autoroutes surélevées. Je me suis retourné vers Rollet – j'étais assis à l'avant, à côté du conducteur : tout voir, ne rien perdre de cette première traversée de la ville : « Vous vous moquez de moi, ou vous voulez me faire plaisir ? » Le même rire de Paul Rollet.
– Bien sûr, que je veux vous faire plaisir : vous venez d'arriver, je n'ai encore aucune raison de ne pas avoir envie de vous faire plaisir. Mais je ne me moque pas de vous. Je vous dis la vérité.
Nous suivons un périphérique inconnu, incongru, même, et j'ai pourtant l'impression de tout reconnaître. Comme à Sanlitun. A gauche et à droite, bien sûr, des

rangées d'immeubles, nouvelles. Mais très vite, j'ai retrouvé un premier repère : l'ancien Observatoire des jésuites, qui jouxtait jadis la muraille. La muraille n'existe plus, la tour carrée de l'Observatoire est maintenant perdue au milieu d'immeubles, comme dans un nœud d'autoroutes, mais on distingue parfaitement, se découpant cette fois sur les murailles des gigantesques façades voisines – jadis, c'était sur le grand ciel de Pékin... –, les grands instruments astronomiques construits en bronze, aux XVIIᵉ et XVIIIᵉ siècles. C'étaient des jésuites belges, italiens ou français qui avaient appris aux Fils du Ciel à savoir mieux lire le ciel. Puis je retrouve l'avenue Chang'an, qui traverse la ville d'est en ouest. Elle a simplement doublé, quadruplé de largeur, et paraît occupée de bout en bout par un énorme embouteillage. Les centaines de milliers de cyclistes de jadis ne sont plus que quelques dizaines de milliers. Les centaines de voitures sont des dizaines, des centaines de milliers.

Au-dessous de nous, le ciel était gris, lourd, plombé. Les immeubles neufs succèdent aux immeubles en construction. Tous énormes, colossaux, gigantesques. Avec des formes absurdes, incurvées, concaves ou convexes. Ils s'élèvent tout droits, parfois surmontés d'un toit en forme de pagode chinoise traditionnelle en tuiles vernissées, absurdes, rigolotes. Les couleurs aussi. Autour d'un rose dominant, rose bonbon, ce sont des roses saumon et des rouges brique, des jaunes citron, des bleus pâles, bleus salle de bain. Et puis des façades entières de verre, verre noir, sombre, ou verre au contraire parfaitement transparent. Les hôtels succèdent aux immeubles de bureaux, d'autres hôtels, d'autres buildings encore dont on m'explique que ce sont des immeubles d'habitation en construction. Il y a des arches, des pyramides, des cubes, de larges esplanades ouvertes en demi-cercle sur l'avenue. On dirait que tout Chang'an, sur ses deux rives, a été conçu par un urbaniste à qui l'on aurait donné pour s'amuser un jeu de construction pour enfant. Qu'il en fasse ce qu'il voulait...

Après la place Tian'anmen, nous avons obliqué à gauche. Le temps de voir, immuable, la grande porte rouge, le portrait géant de Mao revenu à sa place – Mao et sa chère petite verrue, comme un clin d'œil au menton – et nous avons pris une artère droite, qui descend vers le sud. Puis à droite, encore, dans une ruelle étroite, tout encombrée de marchands ambulants, de vélos, de livreurs aux plates-formes carrées tirées ou poussées par des bicyclettes. Et j'ai respiré. Je retrouvais mon Pékin d'autrefois. Au-dessus de nous, un réseau étroitement serré de fils télégraphiques et de poteaux électriques emmêlés. Parfois, un envol de pigeons. Ici, les maisons sont encore des petites boutiques traditionnelles, mais çà et là l'énorme chancre d'un bâtiment moderne a tout écrasé autour de lui. Deux cents mètres encore, et nous étions arrivés : à droite, la porte chinoise à l'ancienne de ce qui était autrefois le restaurant du Sichuan. Jadis, c'était la résidence du prince Yu, m'explique Paul Rollet. L'avais-je jamais su ? Restaurant du Sichuan, j'y étais parfois invité par un diplomate russe qui savait que j'avais des amis à l'ambassade de France. Nous déjeunions avec des collègues à lui, hongrois, tchèques. Nous parlions de tout, sauf de politique. Parfois, une question presque indiscrète à laquelle je n'aurais même pas su répondre... C'est devenu le China Club.

La première cour était encombrée de lourdes voitures, un banquet donné dans le pavillon principal. Des jeunes filles en robes collantes, fendues jusqu'en haut des cuisses, s'affairaient autour des premiers invités. Après la jupette au ras-la-motte à ma descente d'avion, ces jambes longues infiniment, nues jusqu'au sommet des hanches. On ne s'est guère occupé de moi, je ne suis qu'un hôte comme les autres. Mais j'avais le droit de regarder, non ? Jacques Benoist a tenu à me loger là pour mon arrivée. Question de couleur locale. Il devinait que je n'aurais pas aimé les chambres d'invités, surchauffées, de sa résidence. Le China Club, m'a-t-on expliqué, est une branche d'un nouveau groupe hôtelier, dont le cœur est à Hong Kong, dans l'ancienne Banque de Chine. Tout un programme. On restaure parfaitement des immeubles, voire, comme ici, des palais anciens, on les décore, on les meuble ensuite à la chinoise. Mais à la chinoise telle que les Occidentaux ont pu rêver la Chine des années trente, c'est-à-dire telle que le cinéma, des clichés glanés un peu partout ont pu nous la faire imaginer. Fauteuils de cuir et cloisons de bois, boiseries à la chinoise, peluche rouge, broderie mécanique. Ma chambre : deux pièces. Un salon minuscule, très sombre, qui donne sur un petit balcon. Le balcon sur la cour, dans la cour les grosses voitures et les chauffeurs qui s'affairent, les petites jeunes femmes en rouge. Une chambre avec un lit en alcôve, un grand lit plat, des dragons de bois découpé. Salle de bain, eau froide, l'eau chaude coule froide. Couleur locale... Mais une multitude de petits ustensiles de toilette, les savons, les eaux de Cologne, les eaux de bain, les peignes, brosses à dents, dentifrices, rasoir, mousse à raser, tout cela enveloppé dans des étuis rouges, très chinois, très design. « J'espère que vous serez bien ici. » Paul Rollet était resté dans la cour. Je me suis installé rapidement, dix minutes pour prendre une douche, l'eau chaude a fini par couler tiède. Puis nous nous sommes retrouvés au bar. C'est une longue pièce, dans la deuxième cour carrée. Des fauteuils club type anglais ; aux murs, des journaux, un aspect bibliothèque de bon ton. Un grand bar qui court tout le long de la pièce. Serveuses aux mêmes robes fendues, qui se penchent vers vous. Des odeurs... Se souvenir des « long bars » de Shanghai, que je n'ai jamais vus. Références... Marlène accoudée devant un gin-fizz. On imagine naturellement de belles aventurières, intrigantes... *Shanghai Express* ou *Shanghai Gesture*... Le rôle était prévu pour, donc, Marlène Dietrich, nous n'avons eu que sa doublure...

Ici les doublures des doublures vous ont déjà une sacrée allure : j'avais oublié que d'autres, bien avant mon temps à moi, avaient pourtant connu cette Chine-là. Longues putes énigmatiques – naturellement ! Ou douces petites fiancées, dont on rêvera toute une vie : la Chine de tous les clichés retrouvés... Mais le café qu'on nous a servi sous le nom d'espresso était si infect que Paul Rollet a préféré boire, lui, un demi-litre de café dit américain. Il y en a pour tous les goûts. Il vide son bidon d'eau chaude en me posant la question : « Et ici, maintenant, vous avez l'intention d'écrire un autre livre ? »

Denis était parti pour Oran avec très peu de livres. C'est là-bas qu'il avait lu l'*Aurélien* d'Aragon. C'est là-bas aussi qu'il avait entrepris la lecture du *Rêve dans le pavillon rouge*, dont les épisodes poétiques, les amours de Jia Baoyu et de Lin Daiyn et le destin tragique des jeunes filles qui croisent le chemin du jeune héros, devaient, pendant ses années de Chine, alimenter tant de conversations, de soirées silencieuses, ou de beuveries fraternelles avec ceux qui, dans la Chine d'alors, osaient encore aborder ces lectures. A Oran, il avait aussi emporté quelques livres de poésie de son temps : Yves Bonnefoy aux côtés de Patrice de La Tour du Pin. Il s'éloignait déjà doucement des *Enfants de septembre* et commençait à s'enfoncer dans les profondeurs de *Douve* qu'il ne devait plus quitter. Avec ceux qui étaient alors ses amis, il disputait jusqu'à pas d'heure de frénétiques parties de poker pour rentrer bien après le couvre-feu dans les villas trop luxueuses qu'on leur avait assignées. Ou alors, ils écoutaient Léo Ferré : Léo Ferré qui chantait Aragon. Quelques années plus tard, en Chine, il écouterait le même disque, le ferait écouter à ses amis chinois, à Meilin aussi, au temps où ils se tiendraient seulement la main. « Est-ce ainsi que les hommes vivent ?... », interrogerait la jeune fille. A Oran, c'était une Muriel, elle était dentiste, pourquoi pas, qui lui posait la question : « Est-ce ainsi... » Profitant du laissez-passer dont il disposait après l'heure du couvre-feu, il l'entraînait sur une plage, au-delà de Mers el-Kébir. Et là, se moquant parfaitement de tout ce qui aurait pu leur arriver, il la dénudait sur le sable, et regardait ses seins. Ils étaient lourds, à l'aréole sombre. Ecrasée sous lui, elle gémissait, mais elle disait non. Elle se réservait, jurait-elle, à l'homme qui l'épouserait. Lui riait un peu, ne le lui montrait pas trop, mais respectait ce qu'en lui-même il appelait connerie. Un jour, Muriel n'est pas venue au rendez-vous qu'il lui avait donné, dans l'un des cafés du centre-ville. Il ne l'avait jamais revue, n'avait jamais su ce qui lui était arrivé. La veille, un attentat de l'OAS avait fait trois morts. Les poseurs de bombe s'étaient fait eux-mêmes péter avec leur engin dans la voiture qui les transportait Dieu sait où. Il y avait une fille parmi eux. On ne l'avait pas identifiée... A son retour en France, il avait écrit, puis publié son premier roman. C'était l'histoire de cet attentat, personne ne l'avait lu.

Le succès était venu beaucoup plus tard. Il faisait très beau ce jour-là, Claude Gallimard avait décidé qu'on ouvrirait les portes du jardin et le cocktail donné pour Denis qui venait d'obtenir un prix littéraire débordait largement sur la pelouse encore bien verte, presque jusqu'au petit pavillon du fond du jardin où régnait, Denis l'apprit alors, Raymond Queneau. Celui-ci fit d'ailleurs une apparition furtive. Dans l'embrasure d'une porte, Gaston Gallimard serrait beaucoup de mains. Ce devait être l'une de ses dernières apparitions en public. Affolé, bouleversé, Denis ne savait plus très bien où il était. Des vieilles dames empanachées venaient vers lui, lèvres peintes et qui lui postillonnaient au visage des miettes de petits-fours. Il y avait des visages qu'il reconnaissait pour les avoir vus dans les journaux. Subitement, lui dont le premier livre, publié jadis chez Christophe qui n'était plus son ami, n'avait recueilli que deux ou trois critiques, à peine une ou deux interviews parce qu'il y parlait de l'Algérie et que l'Algérie était encore un sujet brûlant, il voyait converger vers lui les flashes des photographes, l'œil des caméras. L'ancêtre qui présidait alors aux destinées du prix Goncourt posait pour la dixième fois avec lui pour *Paris-Match*. Autour de lui, des petits jeunes, aux dents déjà longues et qui rêvaient d'être à sa place, regardaient Denis avec défiance : on ne saurait jamais témoigner trop peu de respect aux vedettes du jour...

Et puis il y avait des femmes. Denis avait l'impression qu'elles tournaient autour de lui, le regardaient comme il n'avait jamais été regardé. Cette petite blonde là-bas, tout ébouriffée, avec des lèvres dessinées en violet. Ou cette autre, très brune celle-là et opulente, poitrine opulente, des hanches larges qu'il imaginait accueillantes. Elle alla d'ailleurs vers lui, fit trois tours de piste avec deux mots aimables, une phrase laissée en suspens, son numéro de téléphone sur un bout de papier qu'elle avait tiré de son sac. Une autre encore, rousse... C'est ce jour-là que Denis lança pour la première fois la formule dont quelques amis bien intentionnés devaient ensuite faire des gorges chaudes. « Pourquoi j'écris ? Peut-être tout simplement pour mieux séduire les filles. » Il parlait à un journaliste qui en fit le sous-titre de son article le lendemain.

C'est aussi lors de ce cocktail qu'il rencontra Jeanne Pierné. Elle dirigeait alors les pages consacrées chaque semaine aux livres par le journal *Le Monde*. Avant le prix, elle avait déjà écrit un article plein d'éloges sur le livre de Denis. Avec un petit sourire malin, elle affirmait à qui voulait l'entendre que c'était elle qui l'avait découvert :

– J'espère vous redécouvrir l'année prochaine, dans un an au plus tard...

Jeanne Pierné devait rester l'une des seules vraies amies de Denis.

Dieu merci, tout le groupe des anciens de Pékin avait débarqué en force. Pascaline faisait à présent très femme de diplomate. Elle s'était prise au jeu. Son mari travaillait à la direction d'Europe du ministère des Affaires étrangères. Il s'occupait en particulier de l'Angleterre. Elle avait apporté un cadeau à Denis : une photographie qu'elle avait prise elle-même de la fille d'une de ses amies. Une photo dans le goût de celles d'Iris dont l'un et l'autre admiraient le travail depuis leur séjour. Pascaline se serra contre Denis, des centaines de souvenirs lui revinrent à la mémoire. Marion était là, Chantal Weiss qui avait épousé un Chinois de Hong Kong. Elle aussi apportait un cadeau à Denis : une petite boîte en porcelaine bleu et blanc de la fin du XVIIIᵉ siècle, comme on en trouvait partout sur les marchés de Pékin. Mais, ouverte, celle-ci révélait, peintes à l'intérieur du couvercle et de la boîte elle-même, deux scènes érotiques d'une naïveté touchante...

– Peut-être qu'avec ça, au moins, tu penseras à moi...

Marion avait éclaté de rire, ni Denis ni Chantal Weiss n'avaient compris pourquoi. Marion était très pâle, son mari, Franck, l'était plus encore. Mais tous paraissaient si heureux !

Puis l'état-major entier de la maison Gallimard occupa le devant de la scène, Claude promit à Denis un nouveau contrat, ils se retrouvèrent tous ensuite à dîner au restaurant La Méditerranée, en face de l'Odéon. Dans la foulée, une petite Xiang Yun qui était venue avec Marc Hessler s'était jointe aux invités de l'éditeur.

Lorsqu'il avait publié son roman « algérien » (il avait à peine vingt-trois ans), Denis avait vraiment cru qu'il accomplissait là « un acte politique ». De même que, quelques années auparavant, quand il défendait Mendès France, une matraque de bois à la main dont il savait bien qu'il ne se serait jamais servi, peut-être avait-il cru qu'il suffisait d'écrire un livre... Plus tard, éphémère amateur de vrai théâtre, il décrirait avec passion un « théâtre politique » où Brecht, revu et corrigé par les metteurs en scène du temps, faisait encore rêver dans les chaumières à ne pas désespérer Billancourt. Il n'en avait été que plus déçu de constater qu'aucun des journaux qu'il admirait, ni *L'Express*, ni le *France-Observateur*, ni même ce bon vieux *Témoignage chrétien*, qu'il lisait avec trop d'ostentation pour ne pas s'avouer à lui-même que c'était un peu ennuyeux : aucun de ces journaux-là n'avait parlé de lui. Seul, ou presque, un critique, qui devait devenir son ami, lui avait consacré deux petites colonnes dans *Combat*. Il y avait loué la qualité de son style, l'émotion que suscitait le drame vécu par ses héros. Mais ni Alain Bosquet ni personne n'avait deviné l'engagement politique que l'auteur avait voulu faire transparaître dans ce petit volume.

Dix ans plus tard, alors qu'il s'était obstinément refusé à porter, sinon un jugement du moins un regard politique sur la Chine dont il revenait, c'était précisément son « engagement dans le siècle » – la formule était de *France-Observateur* – qu'on admirait dans son roman chinois.

Aux Langues O, il avait senti pour la première fois la différence. Jusqu'alors, le lycée, la maison des Arcs, les longues promenades à pied dans Paris : il savait bien que sa mère s'abîmait les doigts à coudre sous la lampe des robes laides pour des femmes laides, des grosses, des carrées, chevalines. Pourtant, même loin d'elle, il était encore parmi les siens. Mais rue de Lille, tout changea très vite.

– Tu sais que tu es presque beau ?

Nadège était belle, blonde, frêle, longue, un profil d'archange, avait-il tout de suite pensé. C'était dans sa chambre, square de l'Alboni. Une immense pièce Napoléon III qui dominait la Seine, le métro aérien, la tour Eiffel à main gauche. La pièce était ronde, en coupole, la jeune fille à moitié étendue sur un lit, elle écoutait Mozart. Et lui qui se disait qu'elle avait probablement couché avec un François Ravelard, qu'il trouvait laid et vulgaire, mais qui écrivait de sentencieux éditoriaux dans *L'Express* d'alors – il n'osait pourtant pas avancer la main vers elle. Elle portait une robe d'un bleu très clair, à peine retroussée sur des bas cendrés. Il devinait une veine bleue qui palpitait, au-dessus du genou. Elle avait tendu la main :

– Viens t'asseoir près de moi.

Elle avait vingt-deux ans. Ses parents auraient voulu lui interdire de fréquenter un garçon capable d'écrire tant d'horreurs sur l'Algérie, mais elle avait tenu bon. Ils occupaient deux appartements, aux derniers étages de l'immeuble qu'un film vaguement sulfureux devait rendre célèbre quelques années plus tard. Elle avait une voiture de sport, une petite MG décapotable, elle passait ses week-ends dans une grande maison au bord de la Seine. Il s'y était rendu une fois, le fleuve formait là une courbe, la maison était tout juste assez décrépite pour ne pas faire trop nouveau riche, avait remarqué un jour Nadège en riant. Il se disait que, jamais plus dans sa vie, il n'éprouverait ce sentiment d'attente, d'émotion, de beauté. C'est cela : tout en Nadège ; tout, dans le sillage de Nadège, était beauté. Il s'approcha, comme elle le lui demandait, s'étendit sur le lit à côté d'elle, mais sur le dos, un peu plus bas qu'elle. Il ne la regardait pas, il regardait le plafond. Quand ses doigts à elle glissèrent sur son visage, il ne bougea pas. Trop de beauté tue parfois, ou peut vous pétrifier.

Deux heures plus tard, lorsqu'il regagna le bas de la rue Saint-Guillaume, où il avait loué une chambre pour échapper à la touffeur de la rue de Leningrad, il ne savait pas pourquoi il n'avait pas regardé Nadège cet après-midi-là. Alors, avec un haussement d'épaules presque vulgaire, calculé en tout cas pour paraître gouailleur à cette autre fille à qui il raconterait la scène, il remarquerait seulement : « Au fond, ce doit être cela qu'on appelle la lutte des classes ! »

Nadège était, comme lui, étudiante aux Langues O. Quelques heures par jour, ils partageaient quelque chose. Un café, au café des Beaux-Arts, près de l'Institut ; des plateaux-repas au restaurant universitaire de la rue Mabillon ; des cours de chinois, bien sûr, et puis des cours de russe qu'ils suivaient aussi. Parfois, ils allaient au cinéma ensemble. Il l'emmenait voir des westerns, car il aimait les westerns, il avait écrit deux ou trois courts articles pour une revue de cinéma, il jonglait avec les noms des films d'Anthony Mann et de Budd Boetticher et Nadège, sagement, regardait des westerns à côté de lui. Il lui dit un jour qu'elle ressemblait à Julie London dans *L'Homme de l'Ouest*, elle sourit en remarquant qu'il était trop blond pour ressembler à Gary Cooper. Dans les mois qui suivirent, il commença dix romans, tenta d'écrire encore des poèmes, parla parfois de Nadège avec des mots émus, mais il n'écrivit plus rien qui méritât vraiment l'attention.

Pourtant, il se disait déjà qu'il fallait tout écrire. Tout garder. A ceux qui, plus tard, lui demanderaient s'il était collectionneur, il prendrait l'habitude de répondre très sérieusement qu'il n'était pas collectionneur, non, mais accumulateur. Il accumulait les choses, les objets, les références, les souvenirs. Incapable de lire en bibliothèque, même aux jours heureux de la bibliothèque des Sciences po, il achetait tous les livres dont il avait besoin. Il les gardait. Comme il conservait précieusement le moindre souvenir, tout ce qu'il avait pu vivre, connaître, aimer, surtout aimer... L'Auvergne, les petites cousines : entreposés dans des coins de la mémoire, oui, mais aussi des notes, des bouts de lettres, des carnets commencés qu'il ne finissait jamais. Des photos, déjà... Ensuite, de ses années d'étudiant, il avait aussi tout gardé. Puis ç'avait été le souvenir de Nadège, oui, et Claudine, très présente. Elle avait des seins bien ronds, se laissait faire l'amour, interdisait qu'on jouît en elle : elle n'avait pas les moyens, disait-elle, de se payer un voyage en Suisse. Denis ne supportait pas l'idée d'avoir recours à un préservatif, ils n'allèrent pas bien loin ensemble. Une Chantal aussi, des petites couettes de part et d'autre du visage, qu'il retrouverait quelques années après sous la casquette verte à étoile rouge, la bonne bouille des petites filles de l'ALP ou des convoyeuses d'ascenseur, dans les hôtels pour étrangers de Pékin. Chantal, c'était Chantal Weiss. Outre le chinois, elle apprenait le japonais et quelques-unes de ces langues rares où deux voyelles oscillaient entre une douzaine de consonnes et que seules quelques tribus errantes parlaient peut-être encore, au milieu de l'Asie centrale. Elle n'était pas vraiment jolie mais, comme lui, elle conservait des souvenirs de tout. Alors, ils échangeaient leurs souvenirs. Un jour, elle lui fit cadeau d'un cahier, rédigé de la première à la dernière page, qui était la cinquante-deuxième. C'était le récit d'un voyage imaginaire, une manière de retour idéal de Pékin, où elle n'était pas encore allée. Voyage qui prenait à rebours celui du bouddhisme, passait par Dunhuang ou Gandhara, croisait des troupes d'Alexandre, la Croisière jaune de Georges-Marie Haardt en perdition au large de Gobi. Elle avait écrit ce voyage d'une petite écriture serrée, illustrant de dessins, de photographies découpées dans des magazines le visage du Bouddha, celui de statues hellénistiques y répondait à des croix nestoriennes dont la jeune fille s'amusait à inventer les traces. Elle aimait faire l'amour, prenait tous les risques, ne se retrouva jamais enceinte. Puis un jour elle rencontra Marc Hessler et oublia tous les autres.

Comme en écho aux pages de journal de Chantal, Denis faisait déjà d'elle un personnage de roman. Ce n'étaient encore que des notes, des ébauches jamais terminées de textes qui tournaient court, des bribes ou de longues descriptions d'un visage, parfois des gestes de l'amour.

Un jour, Marc Hessler lui avait montré un petit carnet noir. C'était, recouvert de cuir véritable, le catalogue de Don Juan tenu par Leporello. Sur chaque page, soigneusement divisée en quatre parties pour multiplier par quatre la contenance du carnet, il avait noté le nom de chacune de ses bonnes fortunes. Chaque fois, le nom s'accompagnait de détails précis sur les capacités de la jeune personne, et, bien entendu, puisque Marc Hessler était un goujat, d'une note chiffrée de 0 à 10.

– Mais tu les as toutes...

La voix de Hessler, assurée, amusée aussi :

– Toutes, oui. Hélas, j'ai beau me creuser la tête, je ne crois pas en avoir oublié...

A l'époque, Marc Hessler n'avait sûrement pas plus de vingt-trois ans. Denis connaissait la plupart des filles qui figuraient sur le carnet. Il le tournait et le retournait entre ses mains, le feuilletait. Il ressentait une impression étrange, faite d'envie, d'une sorte de désir sourd en même temps que d'un peu de mépris. Hessler résumait ses conquêtes en quelques lignes, des adjectifs très crus.

– Je parie que toi, tu ne t'en es pas fait le quart !

L'expression n'était pas de celles que Denis utilisait, il ne répondit pas, rendit le carnet à Hessler. Mais rentré chez lui, rue Saint-Guillaume, et reprenant des notes qu'il avait prises sur Chantal ou sur Claudine, il se mit lui aussi, à froid, à faire une description des corps de ces jeunes femmes dans le plaisir. Il en éprouva lui-même un plaisir intense. C'est ce jour-là, ou dans ceux qui suivirent, qu'il se dit pour la première fois que l'acte d'écriture et l'acte d'amour, au sens le plus précis du mot, n'étaient pas si dissemblables. Lorsqu'on le surprenait en plein travail, il levait les yeux pour affirmer à qui voulait l'entendre qu'il était en train d'éjaculer.

Notant à son tour, une à une, chacune de ses conquêtes, Denis se disait aussi qu'il écrivait là une manière de roman d'apprentissage.

Nadège avait quitté les Langues orientales. Denis avait rencontré Assia, qui était russe. Elle affirmait que son grand-père avait fui la Russie en 1917 et avait servi de chauffeur à des « flopées » – c'était son expression – de Rothschild. Comme Denis, elle faisait du chinois mais aussi un peu de japonais. Très vite, elle coucha avec lui. Elle faisait ça avec un plaisir intense, se donnant violemment, prise ensuite de tremblements, presque de convulsions, puis abattue par de profonds maux de tête. Il aimait la regarder nue, elle se montrait sans pudeur, effectuant tous les gestes, prenant toutes les positions qu'il lui demandait de prendre. Il se dégageait de son sexe une odeur âcre. Lorsqu'elle avait envie de faire l'amour, l'odeur devenait plus âcre encore, elle disait qu'elle était une femelle en chaleur, elle disait : « Je suis ta bête russe. » Quelquefois, elle remplaçait le mot « bête » par le mot « chienne ».

La première fois qu'il se rendit chez elle, il fut stupéfait de l'atmosphère qui régnait dans le petit pavillon de Vincennes où elle habitait. Assia vivait avec toute une parentèle d'oncles, de tantes, de cousins et de cousines. On entendait des gosses courir à l'étage, dévaler des escaliers. La mère d'Assia semblait aussi jeune qu'elle, presque aussi maigre, les seins plus menus. Devant ses parents, Assia se conduisait en petite fille sage, on aurait dit qu'elle rougissait au moindre mot. Deux cousins, deux jumeaux d'une vingtaine d'années qui portaient de gros pull-overs en shetland blancs, la regardaient en coin.

– Tu couches avec eux ?

C'était au retour de leur première visite, ils regagnaient à pied la station de métro Porte Dorée. Elle avait haussé les épaules :

– Qu'est-ce que ça peut te faire ?

Il avait rivé le clou :

– Et avec eux, tu es aussi une chienne ?

Elle n'avait pas répondu mais là, au milieu de la rue, à deux pas de l'entrée du métro, elle avait commencé à l'embrasser éperdument. Plus tard, ce même jour, dans la chambre de la rue Saint-Guillaume, il lui avait parlé de Nadège. Elle avait eu un éclat de rire :

– Et tu crois que tu vas passer toute ta vie comme cela, ballotté entre le côté de l'Alboni et celui de Vincennes ? Des salopes frigides comme ta Nadège et des Russes comme moi, vaguement nymphos ?

C'était ce jour-là que, comme une sorte de défi, il lui avait annoncé qu'il partirait bientôt pour la Chine. Il n'avait encore entrepris aucune démarche, pas fait la moindre demande. Trois semaines après, avec l'approbation de son directeur de thèse, il avait posé sa candidature pour un poste d'assistant à l'Institut des langues étrangères de Pékin.

Dès ses premières années aux Langues O, il avait lu *Stèles*, les poèmes les plus connus de Victor Segalen, et *René Leys*, son roman qui racontait la fascination par la Chine d'un intellectuel occidental – une fascination qui pouvait aller jusqu'à la mort –, mais il ignorait tout le reste, les travaux de Segalen sur l'archéologie chinoise, pour ne pas parler de son grand livre qui parlait d'autre chose que de la Chine, *Les Immémoriaux*. Mais à qui voulait l'entendre, il affirmait qu'on ne devait pas réduire Segalen à la seule image de la Chine, et qu'à travers *Stèles*, comme *Équipée* ou *Tibet*, il fallait lire l'aventure de l'exil, non pas comme un exotisme au pittoresque de carte postale, mais une aventure intérieure qui rassemble le voyageur et la terre du voyage. Denis désirait ardemment le faire à son tour, ce voyage.

Et il avait obtenu son poste : pour deux ans. Il lui restait trois mois en France, il les avait passés à marcher. Marcher dans les rues de Paris. Toute sa vie, il avait aimé marcher dans Paris. Le titre seul du livre de Léon-Paul Fargue, *Le Piéton de Paris*, l'enchantait. Partant d'abord au hasard, il retrouvait peu à peu des itinéraires brusquement familiers : ceux de Frédéric dans *L'Education sentimentale*, ceux de tel personnage de Proust traversant le boulevard Saint-Germain ou l'esplanade des Invalides pendant la guerre ou ceux de tous les surréalistes, Anicet ou Nadja. Le passage des Panoramas, le passage Verdot, la galerie Vivienne, le passage du Havre de ses années de Condorcet : il s'émerveillait de découvrir des boutiques chaque fois plus étranges, où l'on vendait des objets désuets, parfois ambigus, presque obscènes dans leur désuétude. Il se dessinait un Paris d'images, de reflets et d'échos, la rue Monsieur-le-Prince et ses trottoirs en escaliers appelaient immédiatement le boulevard Bonne-Nouvelle, la façade du Théâtre de l'Ambigu, celle du Cirque Médrano. Il avait dix-sept ans, vingt ans, vingt-deux ans, il se gorgeait des émotions qu'il se fabriquait. Il aimait Paris, il y suivait un visage, une silhouette. D'une table derrière la vitrine d'un café, rue Saint-Denis, il épiait des putains. Souvent, l'une d'elles l'interrogeait : « Tu n'as pas envie ? » Il avait envie quelquefois, il lui arrivait de monter. Comme Assia, elles ne faisaient pas d'embarras. Il s'étonnait qu'elles soient si gentilles avec lui. Un jour, pour voir, il monta avec une fille, du côté de la porte de Clignancourt. La fille était presque belle, elle dit qu'elle s'appelait Aline, elle mima très bien le plaisir. Dans cet hôtel sordide, la chambre qui sentait le salpêtre, l'humidité, les serviettes grises suspendues aux lavabos, c'était, nue, une putain des beaux quartiers. Il se souvenait de celles, boudinées, atroces, que des hommes guettaient jadis, sur la petite place de Budapest, quand il descendait la rue d'Amsterdam. Celle-ci était radieuse, elle parla un peu d'elle. Elle était née à Bourges. Il revint deux fois, trois fois dans le quartier, mais ne la revit jamais.

Ou alors, il marchait autour du Panthéon et de la rue Mouffetard qui avait l'air d'une rue de province. Les marchandes des quatre-saisons de la rue Lepic, les zincs des bistrots du quartier, les Auvergnats qui étaient encore des vrais bougnats, les caves à charbon qui s'ouvraient sur la rue et qui sentaient la vinasse : il aimait ce Paris-là.

La dernière fois qu'il s'y promena, trois jours avant son départ, il se dit qu'il aurait voulu garder chaque impression, chaque image. Aurait-il disposé d'un appareil de photo, il aurait gardé des clichés de tout, la moindre porte, la plus petite échoppe. Qu'on se souvienne que c'était encore un temps où les pharmaciens affichaient d'énormes bocaux pleins d'eau colorée en bleu, en rose, en violet. C'était un temps où il existait des merceries, des plombiers, des droguistes qu'on appelait aussi des marchands de couleurs. Trois jours plus tard, il s'embarquait à Marseille sur le *Laos*. Un mois encore, il était à Pékin et dînait chez le conseiller culturel de l'ambassade de France.

Raymond Bernier habitait l'un des plus grands appartements de Sanlitun. Adolescent, il avait connu la vieille ambassade de France, au milieu du quartier des légations. Son père y avait été chargé d'affaires, en des temps où le Guomindang et le Parti communiste chinois se déchiraient avant de faire front commun devant l'envahisseur japonais. Ce premier soir, le conseiller culturel raconta l'atmosphère qui régnait dans l'enceinte, qu'on appelait le *compound* et la petite colonie française qui vivait là, repliée sur elle-même. La résidence de l'ambassadeur, les collections de jades, les peintures Yuan et Ming sur les murs ainsi que les photos des différents ambassadeurs qui s'étaient succédé à Pékin. Le tennis, la roseraie, les cocktails qu'on donnait le vendredi soir, à la belle saison, les jeunes femmes en blanc, les capelines qui leur couvraient le visage et les invités américains ou anglais qui portaient encore le spencer. Les maîtres d'hôtel s'y succédaient de père en fils, on y buvait du champagne que l'on battait avec des fouets d'ivoire, ou des cocktails qui étaient des grands classiques, alexandra ou manhattan. Plus tard, Denis apprendrait que le monsieur rougeaud, un peu rondouillard qu'était devenu Raymond Bernier avait été aimé follement par une princesse mandchoue qui avait trois fois son âge. Denis se souvenait de *René Leys* et des divagations d'un jeune Belge aimé, disait-il, par la première épouse de l'empereur, aussi hésiterait-il d'abord à croire ce brave Bernier, à la moustache en brosse à dents sur la lèvre supérieure violacée. Ce serait Jacques Benoist lui-même, quelques mois plus tard, qui lui expliquerait qu'en Chine il faut parfois faire confiance aux plus folles confidences. D'ailleurs, Jacques Benoist était lui-même invité à ce dîner. Il était affecté au service culturel. Il tentait de remettre de l'ordre parmi les débris de l'ancienne bibliothèque du Centre culturel français, fermé depuis longtemps, dans la ruelle de Taijichang, en marge du vieux quartier des légations. Mais ce jour-là, Denis lui adressa à peine la parole. L'espèce de satisfaction perpétuelle qu'arborait dans les couloirs de la rue de Lille le sourire de Jacques Benoist avait d'entrée de jeu irrité celui qui ne savait pas encore qu'il deviendrait son ami : il ne savait pas non plus quelles incertitudes pouvait cacher ce sourire.

Marc Hessler était aussi du dîner, et lui, Denis ne le connaissait que trop. Il était arrivé à Pékin quelques jours auparavant, en compagnie de Chantal Weiss dont il affirmait très haut qu'elle serait dorénavant sa première concubine...

Les premiers mots que lui souffla Chantal à l'oreille furent une sorte de supplique : « Tu ne m'oublies pas, n'est-ce pas ? » Il répondit d'un sourire, il était fatigué, il n'avait guère dormi de tout le voyage, une immense chape de sommeil s'abattait sur lui. Pourtant il était heureux de revoir Marion, la femme de Desjardins, aperçue cent fois rue de Lille, qui était belle et anglaise. C'était une longue jeune femme à la peau blanche, avec des cheveux noirs ondulés qui lui descendaient sur les épaules. Des taches de rousseur très pâles sur les joues, un corps qu'on imaginait doux, très tendre : la première fois que Marion lui apparut à Pékin, Denis l'aima tout de suite.

Mais il y avait aussi Pascaline, mariée à Bertrand Borne, deuxième secrétaire de l'ambassade. C'était le premier poste de Borne, énarque jusqu'au bout des ongles, encore que son goût des livres, de la poésie surtout, en fît un énarque moins classique qu'on aurait pu d'abord le redouter. Arrivé à Pékin avec le premier chargé d'affaires, au début du printemps, Bertrand Borne semblait déjà bien connaître la ville. Ce fut lui qui, le premier, évoqua devant le nouvel arrivant le charme des petites rues, derrière la tour de la Cloche et la tour du Tambour, où il disait aimer se perdre. Franck Desjardins, qui était déjà venu à Pékin, évoqua une petite rue du Tigre Noir, le Xiaoheihu Hutong, et l'ancien temple de la Sainte Mère du Fourneau d'Or, désormais transformé en atelier, avec une bonne dizaine de familles réparties dans les salles alentour.

Jadis, on y célébrait la mémoire de la fille d'un fondeur de cloches qui tenta, pendant de longs mois, de fabriquer la plus grande cloche de la ville. Fonte après fonte, chaque tentative était un nouvel échec. C'est alors que la fille de l'artisan eut une révélation : si elle se jetait dans la cuve de métal en fusion, la cloche sonnerait, profonde et claire. Sans hésiter la jeune fille sauta dans la cuve et son père, qui tenta de l'en empêcher, ne put saisir que sa chaussure. Mais la cloche qui sortit de la cuve fut bien la plus belle du monde. Pourtant, chaque fois qu'on la frappait, sa sonorité la plus douce gémissait doucement un son d'une tendresse infinie qui ressemblait à *xie*, le mot chinois qui signifie « chaussure ». A ce moment de son récit, Desjardins s'était arrêté pour vider d'un coup le verre de bordeaux qu'il avait devant lui, car Raymond Bernier, Bordelais, se faisait un devoir de ne servir à ses invités, en toutes circonstances, que d'excellents vins. Le regard de Marion croisa celui de Denis : celui-ci crut y voir un voile. La jeune femme qui était à la droite de Denis haussa les épaules : « Si nous sommes ici pour entendre répéter pour la nième fois des histoires qui courent partout sur un Pékin qui n'existe plus, ce n'était vraiment pas la peine de venir ! » Desjardins la regarda et sourit, sans rien dire. Ce fut Bertrand Borne qui répondit que, pour les ignares comme lui, il n'était pas une de ces histoires du vieux Pékin dont il ne fît son miel. C'est seulement lorsqu'ils se levèrent de table que Denis se rendit compte que Pascaline Borne était enceinte. Elle avait les traits un peu tirés, le sourire convenu et heureux qu'on a dans ces moments-là flottait sur ses lèvres.

– Alors ? J'espère que vous allez nous écrire quelque

chose sur la Chine, avec tout ce que vous allez entendre pendant deux ans !

Raymond Bernier était venu s'asseoir à côté de Denis. Familièrement, il avait posé une main sur son genou.

– J'espère qu'au moins vous tiendrez un journal et que vous noterez avec soin tout ce que vous verrez et que vous entendrez ici. Dites-vous que vous vivez peut-être les derniers jours d'une Chine qui a déjà disparu et qui demain, peut-être, va mourir tout à fait.

Jacques Benoist s'éclipsa le premier. Ce soir-là, Denis et lui n'avaient pas échangé plus de trois phrases. Rentré dans sa chambre de l'Hôtel de Pékin, qui s'appelait jadis l'Hôtel des Chemins de Fer, Denis avait pris ses premières notes : ce Bernier qu'il ne connaissait pas, le visage de Marion Desjardins, la pâleur, la beauté de Pascaline Borne. Et Jacques Benoist retrouvé.

Je peux le dire : lorsqu'en mai j'ai reçu le coup de téléphone de Jacques, j'ai d'abord cru à une blague. Un canular comme nous jouons depuis plus d'un quart de siècle à nous en faire, Jacques et moi. Il faut dire qu'elle était hénaurme, la proposition qu'il me faisait. « Ça te dirait de revenir passer six mois à Pékin ? » J'en étais sur le cul. D'autant que ce n'était pas en touriste, qu'il m'invitait, notre Maître Jacques qui en était, lui, à son troisième, quatrième séjour en Chine. Non : mon vieux copain Jacques me proposait ni plus ni moins un poste de professeur invité à Beida, l'université la plus prestigieuse de Pékin. Et j'enseignerai quoi, s'il vous plaît ? Je l'ai entendu rire à l'autre bout du fil. « Mais tu n'es bon à rien, sinon à écrire : tu leur

donneras un cours sur le roman français contemporain ! » Qu'est-ce que j'imaginais ? Que j'allais
enseigner la géopolitique ?

Revenir à Pékin : je n'y croyais pas encore vraiment.
« Tu te moques de moi, ou quoi ? » Comme au gentil
Paul Rollet qui me parlait, ce matin, de mon roman
chinois. Mais je commençais à sentir qu'il ne se
moquait pas de moi, Jacques. Il a éclaté à nouveau de
rire : « Qu'est-ce que j'y peux si j'ai envie de te revoir
à Pékin ? » Puis, avec le même rire, il a ajouté : « Après
tout, c'est le privilège de l'ambassadeur de court-
circuiter ses services pour choisir tout seul ses victimes... »

Il avait suggéré mon nom aux autorités de l'Université parce qu'il savait – je le cite ! – que je serais le
meilleur pour dire franchement ce que je pensais de
ce qui s'écrivait en ce moment en France et qu'on
appelait roman. Alors, je me suis quand même posé
la question : savait-il vraiment ce qu'il faisait, l'ami
Jacques, en lançant cette invitation ? J'imaginais déjà
les ricanements des petits copains : moi, à Pékin ? A
l'université de Pékin, s'il vous plaît ! Et pour parler du
roman français, par-dessus le marché ? Ils n'en crève-
raient pas de jalousie, non : ils en éclateraient tout
bonnement de rire ! Mais ça fait bien longtemps que
ça ne me déplaît pas vraiment de susciter ce rire-là,
chez ces gens-là. Et quinze jours après, je recevais la
lettre officielle de Beida. Un salaire de misère en perspective, mais logé et six mois de Chine à la clef : pour
tout dire, il est venu à point, le coup de téléphone de
Jacques. Et puis, ça m'aiderait peut-être à me remettre
du départ de Sarah : quand une fille de vingt ans quitte
un homme qui en a quarante de plus, il faut bien la
Chine pour oublier ! Sous mes fenêtres, les marron-

niers de la place Saint-Sulpice étaient encore en fleur, mon arrivée à Pékin était prévue pour le début du mois de septembre.

Nous sommes le 4 septembre. De la ruelle ouest du Fil-de-Soie, le Xionxian Hutong, sous mes fenêtres aujourd'hui, montent une odeur de friture et le cri d'un enfant, qui doit chanter, peut-être... Je me souvenais : lors de mon premier séjour, on appelait aussi le restaurant du Sichuan installé dans les lieux la « Maison de Yuan Shikai ». Pourquoi ?

Première promenade dans les rues de ce Pékin retrouvé. D'abord tout droit au lac des Dix-Monastères, le Shichahai. Mon nouvel ami attaché culturel sait, il a lu mon livre, que j'aimais m'y promener. Autrefois. Le petit pont où je m'arrêtais pour regarder l'animation autour du restaurant mongol. Le restaurant mongol existe toujours. C'était presque une cahute, un premier étage, les bancs qui boitaient, la « marmite mongole » qui réchauffait en hiver la pièce aux vitres givrées. Il est devenu gigantesque, ripoliné, élargi, immense. Tout rouge et jaune. On se croirait dans un restaurant de Hong Kong. Des tablées entières d'hommes. Des tables rondes, face au lac. Nous déjeunons rapidement, des petits pains au sésame, farcis de viande de mouton. Puis la première promenade. Le bord du lac. Là, des petites maisons grises, semblables à ce qu'elles ont toujours été. On m'apprendra que beaucoup ont été détruites, puis reconstruites pour être revendues très cher – et pas seulement à des étrangers. C'est un quartier de Pékin que l'on veut conserver, c'est-à-dire détruire mais pour le reconstruire à l'identique. Des groupes de vieillards, sept ou huit, dix hommes d'un côté, des femmes de l'autre, qui jouent au mah-jong. Jadis, là, des amoureux... Ils étaient timides, les amoureux du Pékin d'alors. Nous quittons le bord du lac par d'autres hutong, plus animés. D'abord une petite rue, tortueuse. Nous sommes souvent croisés, dépassés par des bicyclettes. Des femmes qui se veulent élégantes, avec de grandes capelines blanches, des longues chemises ou des chemisiers blancs qui leur couvrent les bras. Et des gants, s'il vous plaît, pour ne pas prendre de coups de soleil. Elles roulent seules, ou par deux. A gauche et à droite, des échoppes. Comme autrefois. Référence à l'autrefois : il y a même un marchand de brocante, de n'importe quoi, même s'il ne vend rien du tout : on ne vient pas là pour acheter des antiquités, vraies ou fausses. Un établissement de bains, minuscule boutique qui ouvre sur un entrelacs de cours. Une femme devant la porte, enveloppée d'une sorte de peignoir blanc.

Nous sommes arrivés à la tour du Tambour, dégagée des anciennes maisons qui semblaient monter jusqu'à elle. Comme à Paris, sur le parvis de Notre-Dame, la tour se dresse maintenant seule, à l'extrémité d'une grande place pavée. Une jeune femme, l'air débraillé, qui vend des pastèques, des melons d'eau. Quand elle se penche en avant, on devine l'ouverture d'un corsage. Elle se rend compte que je la dévisage, se redresse brusquement. Le regard sombre. Pas belle. La boutique à côté, un boucher. La viande pend, noirâtre avec des filaments blancs, des écorchés vifs fatigués. Autour de l'esplanade, trop neuve mais au ciment déjà maculé de taches claires, des cyclo-pousse flambant neufs attendent le chaland. On m'explique qu'on se promène beaucoup en cyclo-pousse dans ce quartier, parfaitement restauré. C'est le vieux Pékin que la Chine officielle aime montrer : un Pékin parfaitement salubre. Les deux tours, le Tambour et la Cloche, poursuivent la verticale sacrée qui, longeant le temple du Ciel, passe par la porte de Qianmen, traverse en son cœur la Cité interdite, bute contre la colline de Charbon érigée là pour protéger à la fois des vents et des mauvais génies venant du nord puis, Tambour et Cloche, aboutit après un décrochement à Andingmen, à la porte de la Constance, je crois. La tour du Tambour, grise jadis, surgissait d'entre les toits. Dégagée, elle paraît presque neuve. Dans son socle massif, on a aménagé des salles où l'on vend de la fausse brocante, des objets bariolés, des livres, des images. Des livres d'images aux couleurs vives, que j'aimerais feuilleter. Je les trouve chers. Il faut payer quelques yuan pour monter au premier étage. La tour de la Cloche a mieux gardé sa beauté. On en a également dégagé les alentours, une grande esplanade à la place d'un ancien marché. Je retrouve le vieux gris de Pékin. Nous déambulons autour des deux tours et finissons, sur la droite, par entrer dans un marché. C'est un ancien temple taoïste dont il ne reste plus que l'entrée. On monte trois marches, à l'intérieur, une sorte de bazar, les objets de toujours de la Chine que j'ai connue, bouteilles thermos, plats de terre et pots de fer, baguettes, couteaux... Une autre partie est un marché aux poissons, à la viande, des odeurs. En ressortant, une très jolie fille en bicyclette. Je voudrais la photographier, je n'ai pas le temps. Je sais qu'elle était belle, j'ai déjà oublié son visage. Nous déambulons encore un moment. Puis nous voilà de retour au petit pont qui sépare les deux parties du lac. De là, j'observe à nouveau le va-et-vient des passants. Je photographie à tour de bras. Au téléobjectif. Des visages, des cyclistes, des jeunes femmes, un vieillard. Des ballons rouges, un petit garçon, d'autres cyclistes. Sur la gauche, en face de l'ancien restaurant mongol, devenu cette façade trop rouge et jaune, un marchand de légumes. Des piles d'oranges, des piles de mandarines, d'autres fruits que je ne connais pas. Des jeunes filles passent, deux par deux : essayer de garder un visage... Les milliers de photos prises jadis : qu'en reste-t-il vraiment ?

Livia était aussi blonde que Nadège, mais c'était, comme on dit, une « beauté nordique ». Dans les couloirs de l'Hôtel de Pékin où il avait passé ses premiers jours, Denis avait croisé à deux ou trois reprises la jeune femme et avait cru la reconnaître. C'était une étrangère, suédoise ou norvégienne, danoise peut-être. Ils se retrouvèrent un jour dans la salle à manger. La grande salle aux tentures rouges, aux boiseries sombres, était déserte. Quatre-vingts tables identiques, alignées en huit rangées de dix tables rondes, recouvertes des mêmes nappes blanches, les mêmes services bleu et blanc dits « à grains de riz » et les mêmes flacons des mêmes sauces chinoises, soja ou vinaigre, de quelque repas qu'il s'agisse. C'était le petit déjeuner, Denis avait commandé du thé et des toasts qu'on lui servait invariablement mous et pas assez grillés, quand la jeune femme était entrée. Elle avait paru hésiter un instant puis, sans l'ombre d'un regard dans une autre direction, elle s'était avancée tout droit vers sa table : « Vous permettez ? » Elle s'était assise en face de lui, expliquant qu'elle ne pouvait supporter plus longtemps sa solitude.

A ce moment, il l'avait reconnue, c'était une actrice suédoise célèbre. Il avait dû la voir dans des films de Bergman, mais il l'avait surtout remarquée dans un autre film dont il avait oublié le titre. Elle y jouait une jeune femme libérée qui se baignait nue dans de l'eau glacée, posait en plein soleil sur des rochers. Un ami photographe prenait d'elle des clichés que toute la presse avait publiés à l'époque : vêtue d'un chemisier largement échancré, elle arborait une poitrine qu'il avait été l'un des premiers à découvrir, splendide, dans un cinéma d'art et d'essai de la rue Champollion. Après s'être énervée en attendant le maître d'hôtel, impassible, qui vint prendre sa commande d'un air ennuyé, elle explosa : ce pays, ces gens, cet hôtel, tout lui était devenu insupportable ! Elle expliqua ensuite qu'elle était venue en Chine avec un ami finlandais, metteur en scène dont Denis ignorait le nom. Mais celui-ci était malade depuis trois semaines, on ne savait pas trop ce qu'il avait, il avait été hospitalisé dans un hôpital qu'elle s'obstinait à appeler l'Hôpital Rockefeller, elle était seule, n'avait rien à faire.

– Qu'est-ce que vous voulez ? J'ai visité trois fois la Cité interdite, je suis allée aux tombeaux des Ming, à la Grande Muraille : et puis après ?

Elle parlait sans cesse, s'exprimant en un anglais parfait, avec pourtant des accents gutturaux qu'il trouva très vite exotiques. Lorsqu'ils eurent achevé tous les deux leur petit déjeuner, elle se leva la première :

– Et maintenant, vous faites quoi ?

Il n'avait en fait rien à faire. A l'Université, les cours n'avaient pas encore commencé, il comptait se promener dans les quartiers commerçants de la ville chinoise. Elle parut accepter avec enthousiasme de le suivre, et lui demanda seulement de l'accompagner jusqu'à sa chambre ; car elle devait se changer. Et puis, il fallait attendre une heure l'ascenseur, ces couloirs d'hôtel étaient sinistres, il n'allait pas rester tout ce temps à poireauter en bas. Naturellement, il entra derrière elle dans sa chambre mais ce fut elle qui, à peine la porte refermée, l'entraîna sur le lit :

– N'ayez pas peur, je suis seulement un peu nymphomane..., précisa-t-elle.

Les seins de Livia étaient admirables. Longtemps, il se dit qu'il n'en avait jamais vu de plus beaux. La jeune femme aimait l'amour, elle aimait faire l'amour avec une sorte de violence qui fit presque peur à Denis. Assise sur lui, alors qu'il était fiché en elle à la verticale, elle haletait bruyamment, la bouche ouverte, poussant de véritables cris. Puis, le plaisir atteignant son paroxysme, elle se laissa tomber sur lui et lui déchira presque le visage en le mordant.

Ils se reposèrent un moment côte à côte. Elle lui dit alors que c'était la première fois de sa vie que, depuis l'hospitalisation de son ami finlandais, elle avait passé trois semaines sans se faire baiser. La première fois de sa vie ? Il avait eu l'air surpris, il l'imaginait petite fille, elle corrigea : la première fois depuis le jour où un frère de son père l'avait baisée parce qu'elle venait d'avoir treize ans.

– Mais j'avais déjà des seins pas mal du tout ! corrigea-t-elle.

Ce fut lui, alors, qui lui mordit le sein gauche. Elle cria plus fort et vint à nouveau se ficher sur lui. Lorsqu'il quitta la pièce, autour de midi, il remarqua que la grosse petite fille revêche qui semblait surveiller tout cet étage, en face des ascenseurs, notait quelque chose sur un grand cahier blanc. C'est le soir même que lui, à son tour, nota tout. Il employa des mots précis, très crus. Lorsqu'il eut fini d'écrire, il se rendit compte qu'il bandait. Le lendemain, l'amant finlandais de Livia était de retour. Ils prirent leur petit déjeuner à la même table. Le Finlandais remercia Denis de s'être occupé de son amie puis le couple disparut vers des étages.

C'est Paul Rollet qui a voulu que nous le fassions ensemble. Il me l'avait dit dès notre première rencontre : « L'une des choses qui, à l'époque, m'avaient le plus frappé dans votre livre, c'est la manière dont vous racontez votre bonheur à remonter très vite la Cité interdite, du sud au nord... » Et c'est vrai que, pendant ces deux années passées à Pékin, il n'était pas de mois, j'allais dire de semaine, où je n'aie éprouvé le plaisir d'aller, non pas flâner dans la Cité interdite – encore que ça me soit arrivé souvent – mais marcher, très vite donc, de la grande porte massive de Wumen, au sud, encore aujourd'hui surmontée du gigantesque portrait du président Mao, à la porte nord de la Cité, celle qui débouche sur la colline de Charbon. J'avais alors l'impression de respirer plus fort, une espèce d'ivresse...

« On y va ? » Paul Rollet avait un bon sourire d'enfant. Il a insisté pour payer les deux billets d'entrée aux guichets à droite de la porte, en avant dans la cour. Il me semble que « de mon temps » – comme je me surprendrai à le dire souvent, peut-être... –, de mon temps, c'était une simple cahute de bois, une sorte de guérite peinte en rouge, tout près, à gauche de la voûte. Et nous avons marché. D'un bon pas.

L'air était presque frais, encore, il n'était que dix heures du matin, nous avons passé la première porte et les marchands du Temple – vendeurs pour touristes de faux jades et de vraies merdes – et, d'un coup, l'air m'a paru plus frais encore. Une grande bouffée de lumière, le ciel plus bleu que je ne l'avais vu bleu depuis mon retour, l'immense cour quadrangulaire à la rivière des Poissons d'or, rivière de marbre que franchissent des ponts de marbre. Des touristes, bien sûr, ils étaient des centaines, des troupeaux japonais, des cohortes bruyantes de géants américains, des mamies canadiennes aux cheveux bleu-blanc-rose à vous donner des humeurs de tueurs de dames, des Chinois, Dieu merci, des Chinoises aussi, des centaines de Chinoises et même de jolies Chinoises. Mais je ne les voyais pas : je crois m'en souvenir, c'est tout. Je ne voyais que la vastitude au gris tout de lumière, le marbre et les minces colonnes loin sur les bords de cette immense cour, la triple terrasse qui la fermait au nord, le dégradé des toitures d'or dont j'avais oublié la longue et fine élégance. Au hasard, très vite, j'ai fait quelques photos. Puis nous avons obliqué sur la droite pour gagner ces cours latérales que négligent les touristes et j'ai retrouvé, entre les pavés gris, l'herbe drue qui pousse dans les plus silencieux de ces longs espaces oblongs où, çà et là, Paul Rollet s'arrêtait pour prendre une photographie. Il avait un vieux Leica, un M4 rafistolé dont un morceau de sparadrap usé confortait la fermeture. Il s'arrêtait, photographiait le détail d'une brique, une fleur unique sur une seule brique au bas d'un mur entier, uniforme et gris, du beau gris de Pékin avec lequel je renouais.

Nous avons ainsi marché, très vite. Passant sous un porche, j'ai aperçu les yeux, les yeux seulement, d'une petite balayeuse comme il en existait jadis, le bas du visage – hygiène ! hygiène... – masqué de blanc. Elle m'a regardé, j'ai cru qu'elle souriait. Nous sommes repartis plus vite encore vers le nord. C'est vrai que je respirais plus fort. J'étais heureux.

90

Premier dîner chez Jacques. Il s'agit de fêter mon arrivée, mais aussi de me faire rencontrer quelques-uns de ceux qui seront mes interlocuteurs dans les mois à venir. Rollet est venu me chercher au China Club. L'ambassade est fermée d'une double grille, gardée par des troufions chinois et destinée à empêcher des réfugiés nord-coréens de venir occuper les chancelleries étrangères. Devant la porte, dans une guérite, un policier chinois. Il y a trente ans, je gravissais de la même manière les trois marches du perron, quand c'était Lucien Paye qui recevait les étudiants et les professeurs étrangers. Dans le vestibule, des grandes peintures contemporaines. Ce sera mon premier tête-à-tête à Pékin de l'art contemporain chinois. Ici, ce sont des visages d'hommes et de femmes, comme tremblés... Tous ont le regard très fixe, bleu, ils regardent à l'intérieur, sans me voir. Puis les deux grands salons. Aux murs, deux toiles encore de François Rouan. Des tirages du photographe Gao Bo, dont j'avais vu des œuvres à Paris. Et des calligraphies de Linlin, la femme de Jacques. Ce sont des brefs poèmes, six ou huit caractères, pour dire une fleur, le repos dans la montagne. Linlin écrit surtout des livres, des romans directement en français. C'est elle qui arrive la première dans la pièce. Jacques est encore occupé, un coup de téléphone de Paris. Très grande, très droite, dans une robe noire qui la moule. Jupe fendue. L'envie de l'embrasser.

À l'intérieur des salons, l'air conditionné, très fort. Mais dehors, la chaleur est retombée. Dans le jardin, on a installé une table, des fauteuils de bois, des coussins. Le maître d'hôtel nous apporte à boire, Linlin boit de la citronnade, avec une paille. Les arbres ont poussé dans ce qui n'était qu'un gazon sale, du temps du pauvre Lucien Paye. Des grands arbres même, dans lesquels passent des oiseaux qui sont des pies de Mongolie, bleues et grises. Linlin me dit qu'elle a tellement aimé mon livre. Quel livre ? Mais *mon* livre, voyons ! Celui que j'ai publié à mon retour de Chine. Trente ans ? Trente ans ! Elle m'explique que c'est à la lecture de mon livre qu'elle a eu envie, elle aussi, de parler d'une Chine qui n'était ni celle d'hier ni celle d'aujourd'hui. Une Chine d'entre deux... Je l'avais oublié, le dernier roman de Linlin a eu lui aussi un prix. « Tu ne l'avais pas remarqué ? Il y a un paragraphe entier que j'ai piqué dans ton livre... » Elle se lève, va chercher son livre, me lit le passage en question, je ne me souviens de rien. « C'est de toi... » Jacques arrive. Il pose une main sur mon bras : « J'espère qu'ici, au moins, tu vas finir par trouver que le décor a un peu changé... » Il a l'air si heureux, Jacques. Il me montre la robe de Linlin. « N'est-ce pas qu'elles sont belles, toutes les deux, ma Linlin et sa robe ! » C'est une amie de la jeune femme, styliste à Shanghai, qui l'a dessinée pour elle. « Je t'emmènerai la voir un jour, elle fait des choses superbes », m'explique Linlin. « Et elle a de ces modèles, je ne te dis que ça », continue Jacques avec le sourire trop complice qu'il s'amuse à prendre dans ces moments-là.

Puis les invités sont arrivés. Mme Mu, d'abord, qui dirige le département de français de l'Université : une longue femme sans âge, vêtue d'un strict tailleur bien démodé. Elle est accompagnée de deux de ses collègues, qui enseignent la littérature française. Petits tous les deux, vêtus de costumes étroits, chemise blanche, cravate terne. L'un m'a dit avoir entrepris une traduction du *Soulier de satin*.

– Je suppose que Paul Claudel ne vous intéresse pas vraiment, a-t-il remarqué avec un petit sourire qui pouvait être ou bien gêné, ou bien rempli de sous-entendus.

J'ai protesté : à quinze ans, j'avais appris par cœur le prologue du *Soulier*, la tirade du frère jésuite crucifié à son mât. Je me souviens de Vitez, dans la cour d'honneur du Palais des Papes. Et de Ludmila Mikaël. Bonheur... M. Dong Shen c'est le nom du traducteur en question, a eu un meilleur sourire.

Un vieux professeur de littérature à la retraite, M. Lu, est arrivé à son tour. On m'avait prévenu : M. Lu avait été l'ami très proche de Fu Lei et de Sheng Chenghua, les traducteurs de Gide et de Romain Rolland, promis au suicide ou simplement à la mort pendant la Révolution culturelle. M. Lu est un homme grand, lourd et silencieux. Ses amis eux-mêmes le constatent chaque jour : en dehors de ses cours à Beida, cela fait près de vingt ans que le vieux professeur ne parle plus. Il écoute, il sourit, il se tait.

Toute l'équipe du service culturel nous a rejoints, ainsi qu'un jeune couple. Lui travaille à l'ambassade : elle, elle a les dents de devant écartées, ce qui est toujours bon signe. Paul Rollet est arrivé le dernier. Jacques m'a fait remarquer qu'il voulait que nous dînions « entre nous ».

– Tu verras, il y a beaucoup d'amis chinois parfaitement francophones qui s'intéresseront sûrement à ce que tu es venu faire ici. Il y a aussi beaucoup d'autres Français que j'aurais pu te faire rencontrer ce soir, mais tu te débrouilleras sûrement très bien sans moi !

Nous avons bu du champagne, commencé le repas par un soufflé aux truffes. A deux ou trois reprises, le regard de Mme Mu, assise à la droite de l'ambassadeur, s'est posé sur moi. Je devinais qu'elle cherchait à comprendre. Elle n'a pas tort, la pauvre femme ! Mon nom ne figure plus depuis longtemps au tableau des effectifs de l'Éducation nationale. Et l'on ne peut pas dire que, ces quinze ou vingt dernières années, mon œuvre littéraire ait beaucoup parlé pour moi.

C'est M. Yu Dan, celui de ses deux acolytes qui ne traduit pas Claudel, qui a parlé pour elle :

– Depuis que nous savons que vous allez nous rejoindre, je lis attentivement le journal français que nous recevons chaque semaine, mais je n'ai rien vu vous concernant ces derniers temps... J'espère lire bientôt un nouveau texte de vous !

Combien d'années que le journal français en question ne se risque pas à imprimer mon nom ? Après le soufflé aux truffes, il y a eu des escalopes aux morilles, le grand jeu, quoi, et un nougat glacé au Grand-Marnier : chapeau, Jacques, Linlin et les cuisiniers. On a aussi parlé, un peu, de littérature, puis, bonsoir les petits, on est tous allés se coucher de bonne heure.

C'est à ce moment que j'ai quand même posé la question à Jacques.

– Tous ces gens ont l'air un peu étonnés de me voir débarquer chez eux... Tu n'as pas peur que...

Je n'ai pas achevé ma phrase. Mais Jacques avait compris. Il s'est mis à rire :

– Ne t'inquiète pas. C'est parce que tu es ce que tu es que j'ai voulu que ce soit toi qui viennes ici. Toi, et pas un autre !

Dernière nuit, au China Club. Je me sens quand même trop loin du vrai Pékin dans ce décor d'un

Hollywood d'avant-guerre reconstitué pour Marlène ou pour la pauvre Ona Munson, j'ai retrouvé son nom, qui joua à sa place dans *Shanghai Gesture*. Jacques me l'a dit : c'était un clin d'œil de sa part de me faire habiter dans l'ancien palais princier où, voilà un quart de siècle, on mangeait le meilleur poulet mendiant, façon Sichuan, de Pékin. Dernière nuit, donc... Je profite jusqu'au bout de ce que j'ai trouvé là : une Chine d'autrefois mise en scène par un décorateur hongkongois d'aujourd'hui.

Les rideaux sont de simples voiles que l'on tire sur les panneaux de bois découpés des fenêtres à la chinoise. Dans la ruelle du Fil-de-Soie, la lumière jaune, d'une boutique en face, ouverte très tard. Lorsque plus tard, dans la nuit, je me réveillerai, la lumière jaune aura disparu. C'est un bleu pâle, je crois d'abord que c'est le bleu de la nuit, qui règne dans la pièce. Je découvrirai pourtant que c'est un projecteur, avec une lumière violente, très loin, qui éclaire un immeuble en construction. Mais les bruits de la nuit, les vrais ? Jadis, on avait tué tous les oiseaux, tous les chiens, on n'entendait plus pleurer que les petits enfants. Pendant des jours et des nuits, on avait tapé sur des marmites pour empêcher les oiseaux de se poser jusqu'à ce que, épuisés, ils tombent à terre : ils mangeaient le grain dont on fait le pain des hommes, non ? Et les chiens, est-ce qu'on les avait mangés ? Cette nuit, un chien aboie, un autre lui répond. Deux chiens alors qui se battent. Dans le Pékin d'aujourd'hui, on a réinventé les pékinois, touffus, tout fous, avec lesquels jouent les gosses, comme avec des boules de poils. Et puis, le cri rauque d'un oiseau de nuit. Je ne dors pas. Les ombres dans la pièce, qui se dessinent parfaitement sur la cloison de la salle de bain. Le dessin de la fenêtre, celui de la lanterne suspendue au plafond, celui du bois du lit. Le lit est dur, comme je les aime. Un instant, l'image de Sarah s'impose à moi. Le cœur qui se serre, un instant : se débarrasser de cette image... Je suis seul à Pékin, pour six mois. Avec le matin, d'autres bruits vont revenir, très vite. Les cris d'enfants, l'appel d'un marchand ambulant. Le rétameur qui sonne à chaque porte, chaque jour. Nous sommes dans un hutong de la partie sud de la ville tartare, presque la ville chinoise. Paul Rollet m'a raconté que, pour peu qu'on soulève le rideau qui dissimule l'arrière-boutique des salons de coiffure, les jeunes coiffeuses vous y suivent. Elles deviennent des masseuses très intimes... Ce matin, j'entends que l'on vend des melons d'eau, puis des kakis. Il est tout juste sept heures, je sors sur mon balcon. Toutes les grosses voitures qui étaient l'avant-veille dans la cour, la veille encore, ont disparu. Une vieille femme frotte la cour avec un balai de crin. Le crissement régulier du balai sur les dalles... Je vois une jeune personne disparaître très vite, dans l'angle gauche de l'aile qui me fait face. Elle portait une robe rouge. Puis un homme sort dans la cour, un Chinois, en bras de chemise, qui s'étire. Je prends une douche, d'abord tiède, qui devient très chaude, brûlante, bouillante. J'ai tout juste le temps de sauter de la cabine de douche, je dois faire de l'acrobatie pour fermer le robinet sans m'ébouillanter.

Demain, je m'installe dans un grand hôtel moderne, le Palace, tout près de Wangfujin.

Denis, lui, était tout de même resté trois semaines à l'Hôtel de Pékin. Le temps de vaguement réaménager des dortoirs à l'Institut des langues étrangères destinés aux étrangers. En trois semaines, il avait déjà eu le temps d'acheter quelques livres anciens, des estampes et, même, trois ou quatre peintures, dont un beau rouleau assurément du milieu de la dynastie Qing qui représentait un cortège pénétrant lentement dans une ville, quatre mètres de petits personnages qu'il s'était amusé à déchiffrer à la loupe. Il y avait des nobles et des chevaux, des soldats, des femmes, à la fin du cortège, comme pressées, poussées par des hommes aux torses nus... Bernier, le conseiller culturel, lui avait prêté la voiture et le chauffeur du service pour déménager ensuite tout cela jusqu'à l'ouest de la ville, au-delà des murailles. C'était là, dans un ensemble de casernes et de campus universitaires, parsemé çà et là des toits de tuiles vernissées de ce qu'il restait d'un temple, sur la route du palais d'Eté, qu'il allait maintenant vivre.

III

Nouvelles promenades dans Pékin, cette fin de première semaine : dans le nord-ouest de la ville. On m'explique que quelques étrangers ont réussi à s'installer dans des palais, voire dans des temples. L'un d'entre eux vivait même dans les collines de l'Ouest. Il avait un temple à lui, comme ces diplomates des années trente dont j'ai trouvé un album entier de photographies, à Paris. C'était une vie en pleine Chine, en marge de la Chine.

On louait alors un temple pour l'été. On buvait du champagne frappé sur des terrasses de marbre, à la tombée du soir... Les moustiques, tant pis, on avait apporté un phono, des disques, des rumbas et des fox-trot. Les femmes de ces messieurs étaient souvent faciles, les maris fatigués, les amants italiens ou britanniques. On tolérait un ou deux Chinois, par-ci, par-là, comme avant la guerre on avait un ami juif. A l'automne, les feuilles des ginkgos faisaient comme une pluie de piécettes dorées.

On pousse une porte, pour rendre visite à ce Robert Sarle. Robert Sarle avait-il, comme ses grands-pères d'alors, maîtresses et concubines ? Il a dû quitter les collines de l'Ouest mais il n'est pas trop à plaindre, me semble-t-il. Le temple où nous pénétrons avait été dédié au père de Puyi, le dernier Empereur. Les premières cours sont assez bien entretenues, le reste est en l'état, herbes folles, émouvant. Paul Rollet veut prendre quelques photos mais un Chinois en chemise courte le rattrape, pour lui expliquer qu'il n'en a pas le droit. Nous sommes devant le Bureau des Affaires tibétaines. C'est pourtant un simple temple, avec d'énormes caractères anciens, qui datent de la Révolution culturelle. Blancs sur un fond rouge délavé, ils proclament tout à la fois la gloire du président Mao, celle de la jeunesse de ce pays, celle des travailleurs. On m'explique qu'un journaliste français vit ici, et le représentant à Pékin de Fiat, je ne sais plus. Dans la dernière cour, un Français d'une quarantaine d'années. C'est Robert Sarle. Il est petit, je pense à Maurice Roy, le modèle du René Leys de Segalen qui avait inventé pour son élève – le narrateur du roman de Segalen... – toute la part de mystère que le poète voulait deviner, à l'intérieur de la Cité interdite. Le « monde du dedans », face à celui « du dehors ». Robert Sarle est vêtu d'un costume à la chinoise, manifestement coupé pour lui. Un certain charme. A l'extérieur de son pavillon, une dizaine de cages de bois dans lesquelles des oiseaux, des merles surtout, des pies de Mongolie, comme à l'ambassade, chantent ou crient. Il s'en amuse. A l'intérieur, un mélange de mobilier chinois et de kitch second Empire. Quelques belles peintures, des fixés sous verre. Un opéra qui gueule très fort, je reconnais la voix de Maria Callas. C'est sûrement un Bellini, ce doit être *La Somnambule*. Robert Sarle parle, il parle beaucoup, montre des photographies qu'on a prises dans sa maison. Tous les grands de ce monde, je veux dire les grands à notre mesure, y ont défilé. Je devine que sa maison constitue l'une des étapes obligées prévues par nos amis de l'ambassade de France dans l'exploration d'un Pékin qui existe quand même. Un désordre de disques, d'ordinateurs, des vidéos un peu partout. Tout cela au milieu des chinoiseries, des photos de Gérard Depardieu et d'Alain Peyrefitte. Il nous dit qu'il organise des concerts, des opéras, qu'il faut venir entendre de la musique dans la cour de sa maison. Nous buvons du thé glacé sur la terrasse de pierre, une balustrade de marbre, qui entoure sa maison. En face de nous, à l'autre extrémité de la cour, deux étrangers fument, sur une terrasse jumelle. Les cris des pies, celui des merles blancs...

Sur les photographies que j'ai prises de Robert Sarle, l'homme d'affaires français enfermé avec ses merles et ses disques d'opéra dans un palais construit pour le père du dernier empereur de Chine, ressemble à un Alain Delon de trente ans, rayonnant des plaisirs d'ici-bas – mais inquiet de ce qui viendra après...

Au fond, si je reconnais tant Pékin tout en n'y retrouvant que si peu de choses, c'est surtout l'impression d'y revenir en étranger parmi les pseudo-Pékinois d'à présent qui me frappe le plus. Ils sont tous si bien installés dans leur confort d'aujourd'hui, leurs circuits d'amitiés et de complicités, les quelques Chinois ou écrivains artistes ou écrivains chinois, couturiers même ou simplement vrais ou faux milliardaires qu'ils sont si fiers de connaître – ou dont ils lancent négligemment le nom – que je me sens très loin d'un monde qui m'a jadis si profondément appartenu. Et lorsque je dis, l'air entendu, que j'ai vécu ici voilà un quart de siècle, on me considère comme un dinosaure venu d'une autre planète – quand on ne me regarde tout simplement pas d'un regard de superbe indifférence. Et personne ne s'avise de me demander ce qu'était mon Pékin d'alors. Au mieux, on prend l'air apitoyé qu'on a devant un grand malade : « Alors ? Vous devez trouver tout ça bien changé... » Tout ça, oui.

Des Robert Sarle, au demeurant tout à fait sympathique, je sens que j'en rencontrerai d'autres, leurs maîtresses chinoises et leurs pies de Mongolie dans des cages ou en liberté. Jadis, vivre à Pékin était un bonheur rare, qu'on partageait avec quelques amis, comme un trésor qu'on portait en soi. Nous avions nos circuits, nous aussi, de si rares vrais amis chinois, mais nous étions, au fond, des *happy few* dont le Stendhal du temps se serait appelé Segalen.

On m'a parlé d'un agent du service économique de l'ambassade qui s'amuse à écrire des petits romans policiers où calembours et contrepèteries voisinent avec mille et un traits d'esprit sur le petit monde des Français de Pékin d'aujourd'hui. On les reconnaît tous, l'ambassadeur en tête et les mignonnes secrétaires putes de je ne sais plus quelle grande firme française ! C'est une joyeuse petite colonie de fantoches plus ou moins grotesques parmi lesquels leurs principaux modèles sont pourtant si heureux de se retrouver ! Comme dans les mêmes restaurants à la mode (on se croirait à Paris ou à Londres) et les mêmes boîtes un peu branchées pour les fistons à papa. Des fois qu'on les aurait oubliés ! On m'interroge, condescendant : « Alors, vous devez trouver tout ça bien changé ? » Tout ça, oui. On écoute Maria Callas dans d'anciens palais où chantent des oiseaux en cage.

Denis, assistant à l'Institut des langues étrangères de Pékin : les dortoirs avaient été construits quatre ou cinq ans seulement auparavant, ils étaient déjà sordides. C'étaient de longs bâtiments de quatre étages serrés les uns contre les autres sur ce que personne n'aurait osé appeler un campus. De grands murs de plus de deux mètres de haut les entouraient d'une ceinture de briques grises. Les dortoirs des garçons étaient séparés des dortoirs des filles par une vague esplanade caillouteuse où chaque matin des jardiniers qui ressemblaient à des bidasses s'obstinaient à arroser un gazon qui n'existait pas.

Tous les étudiants français ou francophones avaient été réunis dans le même bâtiment. Le révisionnisme soviétique ayant fait son œuvre, les dortoirs jadis occupés par des Russes ou par des étudiants venus des pays de l'Europe de l'Est abritaient à présent un nombre impressionnant de Cubains et d'Albanais qui, répartis les uns et les autres sur deux étages, passaient leurs soirées à boire. Au grand scandale des agents chinois de sécurité chargés de les surveiller, qui n'osaient cependant pas intervenir dans les querelles animées et bruyantes qui concluaient inévitablement les beuveries des étudiants des deux « pays amis ». On les entendait de loin, on savait qu'on tolérait chez eux la présence d'étudiantes, on les enviait parfois.

C'est tout cela que Moboto expliqua au nouveau venu le soir de son arrivée. Les responsables de l'université avaient pris bien soin de cantonner les étudiants noirs, pour la plupart nigériens ou maliens, aux deux premiers étages du bâtiment, tandis que Français, Suisses, Canadiens et Belges se répartissaient dans les étages supérieurs. Mais tout de suite, le Malien Moboto avait reconnu Denis, croisé plusieurs fois au restaurant universitaire de la rue Mabillon. Denis se souvenait d'ailleurs de ce grand Noir à l'allure dégingandée, souvent accompagné d'une petite rouquine qui s'accrochait à lui avec une impudeur parfaitement innocente. En deux mots, Moboto raconta que la gamine était repartie pour Nantes, qu'elle était fiancée avec un étudiant en médecine, mais qu'au lit c'était une sacrée affaire. Puis, timidement, il interrogea Denis : peut-être qu'ils pourraient être amis, tous les deux ? C'est avec lui que Denis pénétra pour la première fois dans la chambre qui devait être la sienne pendant ces deux années. Moboto lui fit les honneurs du lieu, la petite pièce étroite, la table devant la fenêtre, la grosse bouteille thermos, l'ampoule jaune et solitaire au plafond, le lit étroit recouvert d'un tissu beige, les quatre rayonnages de bois dont l'un déjà entièrement occupé par les œuvres complètes du président Mao qu'on offrait en cadeau de bienvenue à tout nouvel arrivant, avec une dizaine de ces brochures qu'on trouvait dans les hôtels, dénonçant le camarade Togliatti ou à la gloire de l'Albanie. Il y avait aussi deux chaises, une penderie fermée d'un rideau de plastique et une commode avec trois tiroirs. Moboto expliqua que toutes les chambres étaient identiques, mais que celles situées au nord étaient glaciales en hiver. La chambre de Denis ouvrait à l'ouest, sur un autre bâtiment en tous points identique à celui où il se trouvait. Puis Moboto expliqua encore qu'il avait besoin de parler, ce n'était pas sa faute, mais il ne pouvait plus supporter les Chinois – ni les nègres d'ailleurs ! affirma-t-il dans un grand éclat de rire. Eh oui, lui aussi devenait raciste. Mais les Chinois n'aimaient pas les Noirs et lui, les Noirs qu'il appelait les nègres, il ne pouvait plus supporter leurs éternelles jérémiades. Il raconta ensuite comment, dans les bals qui avaient lieu chaque samedi dans l'un des halls de l'université, les étudiantes chinoises refusaient de danser avec les nègres comme lui. Un soir, l'une d'entre elles avait été plus téméraire et lui avait révélé, après une bière ou deux, que ses petites camarades redoutaient la longueur de son..., enfin, il comprenait, qui pouvait, paraît-il, leur faire très mal. Il lui avait proposé de la rassurer mais au regard que lui avait jeté un camarade étudiant en doctorat, pourtant spécialiste de Zola, elle s'était éloignée très vite.

– A part ça, la vie est tout à fait supportable ici, tu verras !

Moboto avait raison : étouffants en été, les dortoirs de l'Institut des langues étrangères de Pékin deviendraient glacials dès les derniers jours d'octobre. Deux vitres, à l'extrémité de chaque corridor, semblaient en permanence cassées dans le seul but de permettre à d'incessants courants d'air d'envahir tous les étages et les cages d'escalier, de glisser sous les portes des chambres qui s'arrêtaient à deux ou trois centimètres du sol carrelé. Mais en septembre, il y faisait doux, un peu humide encore. A la différence des étudiants chinois, les étrangers parqués dans cette partie du campus disposaient de leurs chambres à eux. Les autres, les Chinois, étaient à quatre, parfois à six ou à huit par chambre. Seuls les Africains, ceux du rez-de-chaussée, se trouvèrent peu après l'arrivée de Denis logés à deux dans la même pièce. Pour faire entrer un deuxième lit dans l'étroite chambre de Moboto, il lui fallut renoncer à sa penderie, et accrocher ses vêtements à une ficelle tendue au-dessus de la commode et de la bibliothèque basse. L'étudiant malien qu'on lui donna comme compagnon refusait de s'exprimer autrement qu'en chinois : il avait été formé par des instituteurs chinois débarqués douze ans auparavant dans le coin de brousse reculée où il était né et en éprouvait une indicible fierté. Du coup, plus que jamais, Moboto s'accrocha à Denis.

La vie dans les dortoirs s'organisait selon un rythme à peu près immuable. Tout le monde se réveillait à sept heures. On prenait alors une douche plus souvent tiède que chaude et plus souvent froide que tiède dans une grande salle située à l'extrémité du corridor opposé à l'escalier. Face à face, la salle de douche et les toilettes. Les toilettes, c'étaient des cuvettes de chiottes installées de part et d'autre d'une allée centrale, dans des cabines séparées par des cloisons de bois qui partaient à cinquante centimètres du sol et ne mesuraient pas plus de quatre-vingts centimètres de haut. Naturellement, chaque cabine était dépourvue de porte, ce qui faisait qu'en pleine opération, on pouvait s'abîmer le plus librement du monde dans la contemplation des deux ou trois voisins d'en face qui chiaient comme vous. Un rouleau de papier hygiénique qu'une simple pression du doigt pendant la phase finale de l'opération suffisait à transpercer était mis tous les quinze jours à la disposition de chaque étudiant. Dieu merci, le papier-cul était en vente libre dans tous les magasins de Pékin.

A huit heures moins le quart, un petit déjeuner de bouillie de riz et de pain *mantou* était servi avec du thé vert. Les étudiants étrangers qui en avaient les moyens pouvaient naturellement s'acheter des boîtes de conserve de quelque chose qui ressemblait à de la confiture, voire du beurre. Moboto et ses amis, eux, se

105

contentaient de riz et de pain cuit à la vapeur mais froid depuis longtemps.

On se dispersait ensuite dans les salles de classe, soit pour y recevoir un enseignement, soit pour en dispenser un aux amis chinois. Là, on retrouvait des étudiantes, la guerre des sexes pouvait commencer.

Dans les dortoirs régnait souvent une odeur de merde, que dissimulait imparfaitement celle du grésyl ou de l'eau de Javel. Dans les salles de cours, le grésyl et l'eau de Javel luttaient en un combat inégal avec les relents de transpiration de ceux que rebutait la douche froide à sept heures du matin. Mais la Chine était un grand pays, et Denis savait qu'il y serait heureux.

Autrefois, il y avait seulement l'Hôtel de Pékin – le grand Beijing Fandian... – où j'étais descendu lors de mon premier séjour, trois ou quatre fois agrandi depuis. Maintenant, dans Wangfujin, l'avenue qui longe à l'est l'Hôtel de Pékin et remonte vers le nord, à partir de Chang'an, les immeubles neufs, colossaux, se succèdent. En attendant de me trouver un logement définitif, on va donc me faire habiter le Palace. On ne peut imaginer contraste plus violent avec le faux 1930 du China Club. Grand hôtel de luxe, dans une rue large, qui s'appelait autrefois la ruelle des Poissons-d'Or, le Palace est un immense palace, donc, où l'on m'explique que l'ambassade de France a des prix spéciaux... Un hall, entouré de boutiques de luxe, Vuitton et compagnie. Au milieu, une cascade, qui fait un bruit d'enfer. Un bar, genre salon de thé, sur la gauche. Les grooms, les serveurs, les garçons de restaurant sont tous vêtus de la même tenue rouge, au liseré d'or. Les filles portent la veste rouge, jupe très courte. Certaines d'entre elles sont belles, souvent plus que belles, elles le savent, sourient aux étrangers.

Devant la réception, des touristes allemands. Débraillés, mais pas trop ! L'un d'eux affecte de porter un chapeau de toile à grands bords : laideur soudain absolue de ceux qui me ressemblent. Mais nous montons directement au dix-huitième étage, où se trouvent les chambres les plus confortables. Un petit salon, une tasse de café, et je me retrouve dans un appartement sur deux étages, avec mezzanine. Salle de bain avec cabine de douche en verre, immense baignoire. Une autre cabine de douche, au rez-de-chaussée de ce petit appartement. Tout d'un coup, je pense que ce serait amusant de voir, nues et dansant, dans chacune des cabines de douche, gigotant sous des jets d'eau tiède, quelques-unes des petites filles chinoises que j'ai pu croiser dans les rues de Pékin. Je me dis : en amener une jusqu'ici, pourquoi pas ? Après tout, ce sont des gamines, et je ne suis pas tout à fait un vieillard. Tout me semble brusquement très décalé, je vis ailleurs.

Dans le hall du Palace, le soir venu, un quatuor à cordes joue du Schubert. La cascade, qui faisait un boucan impossible, s'est arrêtée. Trois jeunes filles, en robe noire, gravement, jouent un mouvement lent. Le pianiste est un garçon, presque un enfant. Personne n'écoute ni Schubert ni les musiciens. Je resterai un long moment, accoudé à une colonne. Puis je viendrai m'asseoir, dans un grand fauteuil de soie rouge. Je commanderai du thé, on me demandera si je veux du thé noir, c'est-à-dire du thé occidental. Des petits gâteaux, très sucrés. J'écoute, je regarde les musiciens. La gravité de l'altiste, surtout... Le menton écrasé sur son instrument, elle ne regarde pas la partition devant elle, ferme les yeux. L'adagio s'achève, c'est un mouvement rapide, le pianiste a l'air de s'amuser, les trois filles semblent toujours aussi graves.

Plus tard encore, dans la soirée, je prendrai ces notes, assis à la même place. Une fille assez belle, une prostituée, vient s'asseoir en face de moi. Elle me dit quelques mots en chinois, je réponds que je suis là pour regarder. Elle me demande si je ne veux pas mieux la regarder, elle, je lui dis que je la regarde bien comme cela... Elle me donne son nom, je l'oublie aussitôt. Le Palace, à Pékin, est un hôtel d'un confort somme toute très américain, ou très suisse. Je remarquerai, dans les jours qui suivront, qu'il est rare que les prostituées fassent le premier pas. Esquissent même un geste. Ma petite prostituée à la robe moulante et verte va me quitter pour suivre un Latino corpulent, moustachu, qui lui a simplement tapé sur l'épaule.

– Il paraît que tu as écrit un livre, que tu es un romancier, que tu es un grand auteur français ?

Le garçon qui interpellait Denis était lourd, carré, avec un visage parfaitement impassible, la bouche, les yeux qui ne riaient pas mais contrastaient étrangement avec l'ironie que Denis devina tout de suite dans sa voix. L'étudiant se présenta, il s'appelait Lin Dongzu. Il préparait un diplôme de français et annonça tout de suite qu'il avait l'intention d'entrer au ministère des Affaires étrangères.

Puis il proposa de l'inviter à déjeuner. Pour préciser aussitôt : chacun paierait son écot, naturellement, mais il allait emmener Denis dans un restaurant qu'il ne connaissait sûrement pas. L'entrée en matière était surprenante, Denis n'avait jamais remarqué jusque-là ce Lin Dongzu à l'allure de géant débonnaire. Il le suivit pourtant et tous deux se retrouvèrent bientôt à bicyclette, pédalant vers le sud.

Sur la route du Palais d'Eté, l'Institut des langues étrangères paraissait au bout du monde. A moins de se lancer dans de longues pérégrinations en autobus, on n'aurait su y vivre sans bicyclette, aussi, dès le surlendemain de son installation, Denis était allé acheter un vélo. Il l'avait choisi avec soin, dans un magasin près du marché de l'Ouest, ce grand Xidan où il apprendrait si vite à faire la plupart de ses courses. C'était un vélo d'occasion, encore un peu rouillé, qui avait appartenu à un soldat de l'Armée de Libération Populaire qui y avait laissé sur une plaque de métal son nom, son grade et avait précisé sa ville d'origine, Shaoshan, comme le président Mao – soigneusement gravés sur toute la longueur du cadre. Comme la plupart des vélos que l'on trouvait alors, celui du soldat Bao Lu n'était pas équipé d'une lanterne, qu'on remplaçait par une lampe de poche maintenue par un harnais de fil de fer. Avec l'achat de sa bicyclette, Denis avait le sentiment d'avoir franchi une étape de plus sur le chemin de la liberté.

Les deux garçons pédalaient côte à côte, frôlés parfois par l'une des rares voitures qui se frayaient un chemin dans la nuée des vélos. Il faisait beau, doux encore, le mois de septembre s'achevait. Bientôt, ce seraient les grandes marées rouges de l'anniversaire du 1er octobre. De temps en temps, le Chinois se retournait pour lancer, par-dessus une épaule, un mot d'encouragement à son camarade : ils étaient bientôt arrivés...

Ils arrivèrent en effet, c'était, au nord de Fuxingmenwou Dajie, une manière de village dans la ville établie autour du Dagoba blanc, la Pagode blanche ou Patosi, construite par Koubilaï Khan au temps des

Yuan. Le Dagoba lui-même, immense tour blanche circulaire surmontée d'un plateau de cuivre où pendent mille clochettes, domine tout ce quartier, admirable et parfaitement étranger au style du Pékin qui l'entoure. On raconte que le dieu des architectes intervint en personne pour le sauver de la ruine lorsque, à plusieurs reprises, il parut sur le point de s'écrouler. Ancien haut lieu du culte des lamas, le Dagoba blanc rassemble autour de lui des dizaines de familles qui ont littéralement colonisé les salles du temple, faisant sécher vêtements et draps en plein air sur des fils tendus entre les toitures vernissées et cuisinant sans vergogne dans les marmites de bronze jadis destinées à l'offrande. Partout, des gosses, garçons et filles aux mêmes pantalons fendus à l'endroit des fesses pour qu'il leur suffise de s'accroupir pour satisfaire un besoin, vestes de cotonnade multicolore, rouge vif, jaune canari, la bonne bouille éclatante de santé des enfants de cette Chine-là qui sont tous des petits rois.

C'est avant l'entrée principale de ce dédale qui conduit au cœur du temple que Lin Dongzu obliqua sur la gauche pour s'arrêter subitement devant une porte qui ressemblait à tout sauf à l'entrée d'un restaurant. Des grands caractères peints en rouge, déjà à demi effacés, intimaient aux passants d'imiter en tous points l'exemple de tel héros de l'Armée populaire, mort bêtement mais glorieusement pour protéger ses camarades. On devinait, sous les caractères neufs, les traces d'une inscription plus ancienne où il était question de dragons et de gloire. C'était pourtant bel et bien un restaurant, où l'on accueillit l'étudiant chinois comme un ami. Deux gamines en blouse blanche, bonnet blanc sur la tête à la place de la rituelle casquette étoilée de rouge, lui serrèrent la main avec

110

affection, bientôt suivies de toute une famille. Le grand-père avec quelques poils tire-bouchonnés sous la lèvre en guise de barbe, la grand-mère tout engoncée dans une casaque et des pantalons qui étaient déjà des costumes d'hiver, une femme enfin, assez belle, jeune encore, qui portait un enfant sur les bras. Le garçon parut un peu gêné de tant d'attentions, mais il serra toutes les mains avant de s'asseoir à l'une des trois tables de la dernière salle du pavillon où était établi le restaurant. Et c'est là qu'il commença à parler à Denis de Zola. Zola semblait toute sa vie, il en récitait des phrases par cœur, évoquait l'héroïsme de ceux qui osent s'opposer à la conquête de Plassans et contrer la fortune des Rougon. Il parlait un français très haché, par fragments de quatre ou cinq syllabes. C'est parce qu'il avait appris que Denis était écrivain qu'il avait voulu tout de suite le rencontrer. Pour lui parler de ce qu'il aimait. On leur servit des nouilles frites, du fromage de soja, quelques filaments de viande épicée et un bol de riz. De temps en temps, le visage de l'un ou l'autre des occupants du restaurant apparaissait derrière le rideau de gros coton noir qui tenait lieu de portière. L'étudiant leur adressait un petit signe amical, leur manifestant en même temps son désir de les voir s'éloigner. Il fallait qu'il fût en confiance. Car il avait à parler. Au bout d'un moment, des figures héroïques des Rougon-Macquart, il passa aux images les plus humbles. C'est ainsi qu'il évoqua la mort parfumée de la fiancée de l'abbé Mouret puis, avec une sorte de voile de tristesse dans la voix, l'image de Renée Rougon, l'épouse outragée recluse dans un hôtel particulier construit comme un tombeau en bordure du parc Monceau.

– Est-ce que tu es allé au parc Monceau ? Est-ce que

tu as vu des maisons qui peuvent ressembler à celle de la pauvre Renée ?

On aurait dit que, parlant des offensées et des humiliés des Rougon-Macquart, ce Chinois solide au visage toujours plus impassible, abordait à des territoires interdits pour lui, artisan d'une Chine nouvelle qui n'avait que faire de ceux qu'il appela lui-même quelques instants plus tard des « héros négatifs ». Quand il apprit que le livre de Denis était consacré à la guerre d'Algérie, son visage ne marqua aucune surprise.

Un soir qu'une bouteille bien carrée de bourbon, c'était du Jack Daniel's, rapportée de Hong Kong, par un lecteur suédois, avait réchauffé l'atmosphère de la petite salle au rez-de-chaussée du dortoir des francophones, Lin Dongzu avait pris la main de Denis :

– Et si je te faisais un aveu, qu'est-ce que tu dirais ?

Ils en étaient arrivés à cette heure avancée de la nuit où même un étudiant chinois aurait osé révéler qu'il n'avait pas lu de la première à la dernière ligne les œuvres complètes du président Mao. Mais si c'était bien de littérature que Lin voulait parler, on était bien loin de Mao, de ses pompes et de sa verrue. Non, Lin Dongzu, dont nul n'ignorait qu'il était en train de devenir un spécialiste de la pensée politique de Zola telle qu'on pouvait la découvrir à travers l'ensemble des Rougon-Macquart, avait soudain éprouvé le besoin urgent de faire à son ami français une confidence autrement plus compromettante. Au fond, Zola l'ennuyait. Il précisa : « Il m'emmerde. » Cela faisait trop longtemps que ses camarades et lui vivaient dans la mystique d'une littérature prolétarienne française dont un Maupassant, par exemple, était l'épigone ambigu. Mais

112

depuis deux ans, Lin avait découvert Proust. Et c'était Proust, à présent, qui faisait l'objet de sa dévotion. Non pas le Proust peintre de la société de son temps, le chroniqueur détaché, ironique, d'une aristocratie dont on pouvait s'imaginer qu'il en raillait les rites et les pratiques, mais le Proust esthète, qui parlait de Ruskin comme d'Elstir, qui découvrait dans des musiques de Fauré, de Franck, de Saint-Saëns ou dans « L'enchantement du vendredi saint » de *Parsifal* les sources de la musique de Vinteuil.

– Depuis que j'ai lu Proust, je ne peux plus imaginer le monde qui est le vôtre – il voulait dire l'Occident, la France, sa littérature... – autrement qu'à travers son regard...

Le froid de cette petite salle, aux chaises de bois disposées en désordre autour d'une table, était devenu glacial. La bouteille de bourbon était vide. Tous leurs camarades s'étaient éclipsés. Le Français et le Chinois au visage carré étaient restés face à face, les coudes sur la table, l'un et l'autre rêveurs. Denis se souvenait de sa propre découverte de Proust, les vieux volumes dépenaillés dans la bibliothèque des Arcs. Et son oncle, le père de Danielle, qui, le premier, lui avait tendu le *Côté de chez Swann*. C'était le même oncle qui lui avait fait lire Mauriac et *Le Désert de l'amour* : il était mort deux ans plus tard en sanatorium, non sans lui avoir recommandé une dernière lecture, *La Montagne magique*.

– Et toi, comment es-tu arrivé à Proust ?

Le jeune Chinois n'avait pas répondu ce jour-là. C'était comme si on lui avait demandé de dénoncer un ami très cher. Après tout, lire Proust n'était pas encore dangereux, mais cela pouvait le devenir, et la suite le prouva. Mais Lin avait parlé trop souvent du professeur

Gao, qui enseignait la littérature comparée à Beida, pour que le jeune Français n'ait déjà deviné que c'était ce Gao Min qui avait joué pour Lin le rôle de l'oncle mort de tuberculose.

– Je vais te montrer quelque chose..., s'était borné ce soir-là à dire le grand Lin à son ami français.

Il avait alors ramassé à terre une besace de toile kaki, comme en portaient étudiants et militaires dans la Chine d'alors. Et de là, enveloppés dans du papier journal, il avait tiré deux des trois volumes de l'édition de *La Recherche* de la Bibliothèque de la Pléiade. C'était pour lui un trésor. Pas plus qu'il ne prononça ce soir-là le nom du professeur Gao, il ne voulut révéler comment il se l'était procuré. On devinait de mysté-rieuses filières, des amitiés passionnées ou, plus sim-plement, l'œuvre édifiante d'une Alliance française, pourtant inconnue en Chine, pour la culture française à travers le monde.

– Et le troisième volume ? interrogea Denis.

L'autre eut un sourire navré : seuls les deux premiers volumes lui étaient parvenus. Alors, l'ivresse aidant, la force de l'amitié aussi, et puis l'amour qu'il savait pouvoir partager avec le Chinois pour la prose de Proust, Denis se leva. L'autre le regardait sans comprendre. Mais quand le Français revint, avec le troisième volume de Proust, celui qu'il n'avait pourtant pas encore achevé de relire depuis que, dans le train qui l'amenait de Canton à Pékin, il avait entamé sa troisième lecture du *Temps perdu*, le jeune Chinois avait compris. Sans la moindre fausse pudeur, il saisit le livre, le tourna, le retourna entre ses mains comme s'il s'était agi d'un objet inconnu. Il s'était levé, il se rassit, il en bafouillait. Enfin, regardant son ami dans les yeux, d'un air très grave, il lui affirma qu'à partir de maintenant celui-ci pourrait lui demander ce qu'il voudrait. Entre eux, précisa-t-il d'un air très grave, c'était à présent à la vie et à la mort.

« C'est aussi dans votre livre que j'ai découvert le Yuanmingyuan », lui a encore dit Paul Rollet, le lendemain ou le surlendemain. Wei était au volant de la voiture de service, nous avons pris la route de l'ancien Palais d'Eté. En avions-nous rêvé, de cet ancien palais ! On partait à sa recherche, jadis, à travers des champs et des rizières. Quelques ruines se dressaient, l'arc d'une porte, deux formidables arcs-boutants de pierre en forme de S. Une fontaine, c'était une coquille Saint-Jacques de quatre ou cinq mètres de diamètre. Et c'était tout. On arrivait très vite au Yuanmingyuan, situé pourtant sur la périphérie nord-ouest de la ville. On stationnait au bord de la route.

Ce matin, il nous a fallu plus d'une heure pour parvenir jusqu'au site de l'ancien palais d'Eté, à côté de l'université Beida. Des embouteillages incroyables, sur le troisième, on dira bientôt sur le quatrième périphérique. Les voitures, les camions sont à touche-touche et notre chauffeur se glisse sur la file de droite, réservée au stationnement d'urgence. Par moments, des passages surélevés permettent de voir, en contrebas, ce qu'il reste encore de petites maisons, tassées les unes contre les autres, avec des cours, des arbrisseaux. Mais tout cela est écrasé par d'énormes bâtiments, quelquefois de vingt ou trente étages. Ce n'est pas que chacun soit d'une laideur absolue – mais l'ensemble disparate qu'ils forment est ahurissant. Ce n'est pas qu'aucun soit vraiment laid, non, encore que... Mais c'est le désordre de tout cela, ces tours de verre et de béton

115

peints de couleurs pastel qui surgissent d'un coup, n'importe où, n'importe comment... Les unes en face des autres ? Non, les unes contre les autres. Circulation monstre, donc. Un moment nous avons frôlé la campagne, j'ai cru qu'on était sauvé, mais ce n'était qu'un faux espoir : cent mètres après les champs de je ne sais trop quoi que l'on cultive encore, après des plantations d'arbres, très régulières, ce sont à nouveau des bulldozers, c'est de nouveau la plaine que l'on défonce. Dans six mois, les champs auront disparu, il y aura de nouveaux bâtiments.

Le Yuanmingyuan : je ne reconnais rien. Je ne sais même plus par où nous entrons. D'ailleurs, je l'avais presque oublié : le palais d'Eté détruit en 1860, ce n'était pas seulement ces palais baroques construits par des Occidentaux un siècle ou un siècle et demi plus tôt que d'autres hommes, venus de l'ouest, ont mis à sac. C'était aussi un jardin de paysages à la chinoise. J'ai vu à la Bibliothèque nationale un grand livre de peintures sur soie qui représentait ces lacs, ces montagnes minuscules, ces pagodes et ces ponts en forme de boucles de ceintures de jade. C'est un peu tout cela qui a été reconstruit aujourd'hui, recréé. Pas réellement laid. Nous commençons par marcher longtemps, à travers des sentiers étroits, longer d'immenses étangs sur lesquels poussent, de plus en plus nombreuses, des fleurs de lotus d'un très beau rose. Quelques touristes, pas beaucoup. Par moments, tout cela a un côté Luna Park. Parc d'amusement. Une affiche nous montre d'ailleurs plus loin un Bambi et d'autres animaux de Walt Disney. Sur la droite, un îlot au milieu d'un lac semble représenter un camp indien...

Nous parvenons enfin aux anciennes ruines, très loin vers le nord. Elles sont entourées d'une grille de fer

116

forgé, style parc Monceau 1890, qui n'étaient pas là, paraît-il, voilà quelques mois. Elles n'ont pas été relevées, on a construit de nouvelles ruines, à l'identique. Mais dans une pierre totalement différente. Et l'on a laissé les vieilles pierres à côté. Par terre, dans les herbes, en désordre. Un redoublement des pierres, en somme, qui se trouvent par terre. Je reconnais pourtant mon arc, ces deux arcs-boutants en forme de S, la grande vasque. Peu de visiteurs. Essentiellement des Chinois. Deux petites Chinoises de quatorze ou quinze ans qui se font photographier un petit peu partout, et cinq ou six garçons qui semblent les suivre. Je les photographie aussi. Des visages d'enfants. Sur la dernière photo que j'ai prise, l'une d'elles esquisse un clin d'œil complice en direction de sa petite camarade. Toutes deux m'ont griffonné quelque chose sur un bout de papier : leur adresse, que je leur envoie mes photos, promis ? Mais le ciel est maintenant très bas, assez sinistre. Je ne savais pas : la pollution, il reste si peu de nos bleus de Pékin.

Nous avons tant marché que nous sommes épuisés. Mais nous marchons encore. C'est dans les ruines des palais jésuites que je veux m'attarder. Marion m'avait photographié, debout dans cette porte de pierre qui ouvrait sur le ciel. J'y photographie deux, puis trois petites Chinoises. L'une d'entre elles prend la pose. Elle a des jupes très courtes. Une autre me demande de venir près d'elle : je fais tellement étranger qu'on veuille être photographié à côté de moi ? Oui, je suis un homme de soixante ans, qui a connu une Chine qu'elles n'imaginent même pas – à côté de gamines de vingt ans qui rient, s'amusent et font un V de l'index et du majeur tendus, pendant que leurs petits copains les photographient pressées autour de moi. C'est tout juste si j'en profite pour les serrer un peu plus – et d'ailleurs elles se laissent faire ! Paul Rollet nous photographie aussi, avec ce vieux Leica qu'il manie sans hâte. Je me souviens d'Henri Lartigue qui photographiait de la sorte des jeunes filles, sur une plage à Cannes, pendant un festival du film. Nous étions en train de déjeuner, le Leica était dans un sac en plastique, il l'en sortait doucement, prenait sa photographie, puis le remettait en place. J'aimerais voir la photo que Rollet a prise de moi avec la petite fille à la jupe courte, qui faisait un V de la main droite et qui riait aux éclats... A la porte est du parc, la voiture qui nous a amenés nous attend, au milieu d'autobus, de marchands de cartes postales, deux ou trois petits étals de fausses antiquités. Deux femmes d'une quarantaine d'années se protègent sous deux ombrelles, l'une bleu pâle, l'autre rose pâle, d'un soleil qui n'existe pas. Quelque part, très loin au-dessus de la brume de chaleur et de pollution de ce Pékin à la fin de l'été, il y a peut-être pourtant du ciel bleu.

Denis avait commencé ses cours. On attendait beaucoup de lui, lui avait dit le professeur Gao, dont il était l'assistant.

– Je suis un vieil homme fatigué : je vous passe le relais, en somme...

Le professeur l'avait reçu dans un étroit bureau qui sentait la pisse de chat. Cela faisait pourtant belle lurette (avait pensé Denis) que les chats, comme les chiens et les oiseaux, n'avaient plus droit de cité en Chine. Les oiseaux revenaient : on les tolérait... Un bureau puant, donc, aux murs nus. Pas un livre. Pas une image, hormis un portrait du président Mao épinglé sur le mur en face de la fenêtre. Le professeur Gao savait que Denis avait écrit un roman. C'était pour cela qu'il avait été préféré à d'autres candidats à ce poste – mais il ne lui en avait pas parlé, lors de leur première rencontre. Lointain, presque distant, il s'était borné à lui donner quelques conseils. Ainsi, sans paraître gêné le moins du monde, il l'avait mis en garde sur la tentation qu'il pourrait avoir de s'occuper plus particulièrement de tel ou tel de ses étudiants...

– ... ou de vos étudiantes : ce sont des choses qui ne se font guère chez nous.

Il avait ajouté :

– Vous savez que les Chinois sont un peuple austère.

Mais, Dieu sait pourquoi ! Denis avait le sentiment que, disant cela, le professeur Gao se payait sa tête. Une heure plus tard, il se retrouvait face au premier groupe d'étudiants auxquels il devait donner des cours de conversation. On lui avait expliqué qu'il lui faudrait éviter tous les sujets polémiques, politiques ou trop intimes. Les trente-deux ou trente-cinq gamins ou gamines, en face de lui, se ressemblaient tous. C'est à peine si le visage d'une étudiante se détachait de la masse des autres, bonnes joues rouges, les deux couettes de rigueur de part et d'autre du visage. Il leur parla de Paris, de la Seine, leur fit apprendre le nom de tous les ponts de Paris.

Les bruits les plus divers couraient sur le professeur Gao. Né lui aussi à Shaoshan, dans le Hunan comme le président Mao, on savait qu'il avait fait une partie de la Longue Marche et s'était retrouvé à Yan'an où il avait composé des poèmes si peu orthodoxes que ses amis d'alors lui avaient conseillé de ne pas publier.

Très proche d'un autre poète, qui était Guo Mojo, devenu entre-temps ministre de la Culture, il avait ses entrées dans toutes les maisons d'édition de Pékin et ce n'était un mystère pour personne que le vieux professeur de littérature comparée de l'université Beida qui consentait, une fois par semaine, à superviser les cours de conversation de Denis, écrivait chaque jour un article, un conte ou un poème, parfaitement dans la ligne du Parti désormais, qu'il publiait chaque jour dans un journal ou une revue différente, chaque fois sous un nom d'emprunt. Les pseudonymes changeaient avec les semaines et les mois et c'était, pour ses étudiants, une manière de jeu de piste que de suivre sa production littéraire ultra-bien-pensante à travers un dédale de petites revues obscures ou des plus grands journaux du pays. Parfois, au détour d'une ligne, deux mots en désaccord avec le reste du texte témoignaient du fait que le vétéran de la Longue Marche devenu l'un des plus illustres professeurs de Pékin n'avait pas tout à fait capitulé devant l'ordre ambiant et que, çà et là, l'espèce d'anarchiste qui vivait encore en lui montrait le bout de l'oreille. Mais la protection que lui assurait Guo Mojo le mettait au-dessus, sinon au-dessous de tout soupçon, du moins de toute attaque.

Cette situation durerait ce qu'elle allait durer : la Révolution culturelle permettrait aux Gardes rouges d'arracher le masque d'un déviationniste de droite de plus. Mais on n'en était pas encore là.

– Vous ne pouvez pas imaginer ce qu'était le quai du Point-du-Jour à cette époque..., avait un jour soupiré le vieux professeur.

Très vite, il avait abandonné l'attitude d'indifférence qu'il avait d'abord eue à l'égard de Denis. Ce jour-là, il l'avait entraîné dans l'un des cafés du marché couvert de l'Est où se retrouvaient diplomates et étudiants étrangers. C'était un café russe, où l'on servait le thé dans des verres maintenus par des cercles d'argent. Les gâteaux étaient immondes, mais vous avaient des allures de mille-feuilles ou de choux à la crème parisiens. La grande spécialité y était le Strudel allemand et la Sachertorte viennoise fabriqués depuis trente ans par des pâtissiers qui n'étaient jamais sortis du pays. Mais le professeur Gao y venait régulièrement, pour y retrouver, disait-il, une atmosphère :

– Et puis il y avait cette pâtisserie viennoise de la rue de l'Ecole-de-Médecine où, déjà, on mangeait ces délicieux gâteaux...

Il avait ajouté :

– Avec beaucoup de crème fouettée...

Son regard brillait. Etudiant à Paris au début des années vingt, au côté d'un Bajin et d'un Qian Zhongshu, il avait fréquenté Montparnasse et le quartier Latin, habité à Boulogne et pris tous ses petits déjeuners, café crème et croissants, dans un bistrot du quai du Point-du-Jour.

– J'ai même rencontré André Gide, et Thomas Mann lors d'un voyage qu'il avait fait en France.

Il avait écouté le grand écrivain allemand s'adresser à ses pairs devant un parterre de femmes du monde et de journalistes, dans une salle de conférences boulevard Saint-Germain. Il avait aussi côtoyé Roger Martin du Gard, Jacques Copeau et applaudi Louis Jouvet au Théâtre du Vieux-Colombier. Lisant couramment non seulement le français, mais aussi l'allemand et l'anglais, il avait commencé à traduire en chinois des romans de Conrad. Dès lors, plaçant *Nostromo* au même rang que *Les Caves du Vatican* ou que *Les Thibault* qu'il découvrirait plus tard, c'était avec un sourire condescendant qu'il expliquait à ses étudiants, dont Lin Dongzu aujourd'hui, les mille et un clichés de Zola, les outrances d'Henri Barbusse ou le travail de laboureur d'un Romain Rolland dont il était obligé de nourrir chaque jour ses étudiants.

– Vous êtes sûr que je peux en reprendre un ?

Il montrait à Denis un éclair au café débordant d'une crème jaunâtre. Autour d'eux, on parlait anglais, russe, suédois, parfois chinois. Ces dames des ambassades se gorgeaient des mêmes saloperies et rêvaient d'un retour en Europe par Oursk et Irkoutsk. Mais Denis écoutait avec amusement le vieux professeur. C'est à ce moment que, devant le nouveau gâteau qu'on venait de lui apporter, le vieux monsieur reposa sa fourchette.

– Ecoutez-moi, Denis. Si le Boul-Mich' et le quai du Point-du-Jour sont aussi présents en moi aujourd'hui qu'ils l'étaient il y a trente ans, c'est parce que chaque soir, pendant les dix-huit mois que j'ai passés à Paris, j'ai scrupuleusement noté tout ce que j'avais fait, tout ce que j'avais vu, tous ceux et celles que j'avais rencontrés. Et j'ai conservé ces notes. Elles sont le bien le plus précieux que je possède. On ne sait jamais ce qui peut arriver : je les ai cachées quelque part chez moi, je les relis souvent, je me dis qu'un jour, lorsque j'aurai pris ma retraite, je m'en servirai. Alors, mon cher Denis, si j'ai un conseil à vous donner, un seul, c'est de faire comme moi...

Le mot Boul-Mich' avait fait sourire le jeune homme. Pourtant, c'est avec émotion qu'il avait écouté le vieux monsieur. Les perruches autour d'eux, ces femmes de journalistes ou de diplomates qui n'avaient d'autre idée que de trouver le moyen le plus discret de tromper un mari, pépiaient et jacassaient bruyamment : la voix du professeur était un murmure. Prendre des notes, conserver des traces : depuis son arrivée, Denis était rompu à cet exercice. Mais c'est ce jour-là, au salon de thé chinois du marché couvert de l'Est, qu'il décida de tout conserver de son séjour en Chine : des notes, oui, mais aussi des articles de journaux, des coupures de presse, des fragments d'affiche, des photos, chaque lettre, chaque mot qu'on glissait parfois sous sa porte. De tout cela, un jour, il tisserait, comme le vieux professeur, une mémoire.

C'est bien le temps des retrouvailles. Aujourd'hui, promenade du côté des Collines parfumées. J'en reviens. C'était, jadis – toujours ce « jadis » dont, vieux Chinois – on disait, jadis : *Old Chinese hand* –, je ne peux me départir – l'une des quatre ou cinq promenades du dimanche ouvertes alors aux étrangers... On y pique-niquait entre deux visites de temples, les Cinq Cents Lohan ou le Bouddha couché, qu'on avait déjà parcourus. Mais chaque fois, on s'amusait à reconnaître le profil de Marco Polo parmi les cinq cents Bienheureux du paradis bouddhique. Ce matin, dans la vapeur grise de la pollution qui s'abat sur tout Pékin et sur ces banlieues qui n'en finissent pas, on distingue tout de même la ligne des collines. Elles sont là-bas, à l'horizon, comme de vraies petites montagnes. Et voilà soudain, tout près de nous, cette haute et fine pagode que l'on voyait autrefois de très loin, un peu au-dessus de la plaine. A l'époque, la grande pagode était interdite. C'était une zone militaire. Je découvre non loin une construction dont j'ignorais l'existence, les ruines d'une sorte de faux château gothique, de faux château médiéval occidental, à gauche de la colline où se dresse la pagode.

Aux Collines parfumées, nous ne faisons que déjeuner au grand hôtel-restaurant qu'a construit Pei, l'architecte chinois vivant aux Etats-Unis. D'entrée de jeu, on voit que ce bâtiment moderne a horriblement mal vieilli. La façade semble se fissurer. Quant au plafond au-dessus de l'entrée, c'est du plâtre qui part en poussière. Tout est vide, désert, très Chine des années Mao. Il y a d'ailleurs dans le hall une Boutique de l'Amitié que ne renierait pas la Chine de mes années soixante. On est bien loin des grands et beaux magasins des hôtels du centre. Des corridors à l'infini, qui ne conduisent à rien. Deux restaurants, dont un restaurant du Sichuan, pas désagréable du tout. De bonnes nouilles bien épicées, comme autrefois, mais trop épaisses. On mangeait les meilleures au restaurant du Club international, en face de l'ancienne municipalité de Pékin. Le maire de Pékin, Peng Chen, a été l'un des premiers à passer à la trappe de la Grande Révolution culturelle prolétarienne. En face, au Club international, on mangeait donc de bonnes nouilles très épicées, on se faisait aussi tondre le crâne par des coiffeurs trop zélés. A la piscine, en été, on pouvait à peine nager tant le bassin était petit, trop nombreux les étrangers qui baignaient dans cette eau tiède. Mon ami Bertrand Borne ne jouait au tennis qu'aux heures de grande chaleur : il jouait mal, il n'y avait que deux courts, Bertrand était gêné de les occuper alors qu'il savait tout juste renvoyer quelques balles...

Au restaurant des Collines parfumées, même si elles sont trop épaisses, les *dandanmian*, les nouilles du Sichuan épicées à vous brûler la gueule, sont les meilleures que j'aie mangées depuis longtemps. La serveuse est mignonne, toute plate, les seins à peine dessinés sous une tunique d'officier de fantaisie à fond vert rehaussé d'un fil d'or. Un visage un peu écrasé, enfantin. D'elle aussi je prends quelques photos. Elle rit, un peu gênée. Une photo d'elle quand, penchée, elle dépose un plat devant moi. Un bras gracile en premier plan, l'avant-bras si lisse, on le dirait d'opale, et le visage de petite fille en retrait, lèvres entr'ouvertes... Mais le service est d'une lenteur exemplaire. Au dessert, je commande un parfait au chocolat à base de corn-flakes mélangés de crème au chocolat. Paul Rollet a commandé un parfait aux fruits, c'est une glace violette, dont ni lui ni moi n'avons la moindre idée du parfum. Nous commandons ensuite des cafés, et c'est une extraordinaire expérience de vingt-cinq minutes que de voir préparer ces deux cafés. On nous propose le choix entre plusieurs sortes de cafés – arabica, je-ne-sais-trop-quoi, je n'ai jamais su et je m'en fous, j'aime le café-un-point-c'est-tout – que l'on moud délicatement devant nous, puis que l'on fait passer, dans une cafetière cona. Tout cela prend un temps fou, manipulation, petits gestes qui évoquent peut-être la cérémonie du thé, au Japon ou en Chine du Sud. Ce qu'on nous sert en bout de course, c'est un breuvage infâme, à l'allure de thé tout juste un peu trop fort.

Les toilettes de l'hôtel dessinées par Pei, dans les Collines parfumées, sont gigantesques. Je me souviens des toilettes de l'Hôtel Astor, à Dianjin : elles étaient grandioses, nous disions qu'elles avaient de la grandeur...

La première fois que je suis allé aux Collines parfumées, c'était avec Pascaline Borne. Elle conduisait une Simca 1000 flambant neuve et avait peur, je m'en souviens, de l'abîmer...

L'appartement de Bertrand Borne et de sa femme était très petit. Quatre pièces, mais minuscules, séparées par un corridor central qui conduisait à trois cagibis, l'un qu'on pourrait appeler cuisine, l'autre salle de bain, le troisième débarras, foutoir, tout ce que l'on peut imaginer. C'était naturellement à Sanlitun, en face, ou presque, de la grille de l'ambassade de France. Les gardes de sécurité saluaient Pascaline le matin, quant ils la voyaient tirer ses rideaux. L'immeuble était neuf à l'époque, mais construit à la va-vite, sonore, laid... Chaque nuit, les Maliens qui vivaient à l'étage au-dessus des Borne réveillaient le petit Régis, leur fils, qui ne voulait pas se rendormir. Borne ne parlait pas chinois, mais il mettait tant de bonne volonté à tenter de l'apprendre qu'au bout de quelques mois il était quand même arrivé à baragouiner quelques phrases et à connaître une cinquantaine de caractères. Il était tout heureux lorsqu'il pouvait déchiffrer quelques-uns des mots essentiels du vocabulaire chinois d'alors, *Pékin* et *Président Mao*, *Quotidien du Peuple* et *Révolution prolétarienne*. Sur le petit carnet qu'il tenait à l'époque, il notait fièrement ses progrès, accumulait mots et caractères. Son vrai problème était celui de l'accent, de l'accentuation, l'accent tonique, ces quatre diables d'accents qui montaient et descendaient parmi lesquels il ne savait se reconnaître.

Pascaline faisait de la photographie. Avant de quitter Paris, son père lui avait donné un vieux Leica, qu'il avait utilisé dans sa jeunesse. Elle s'était également acheté à Hong Kong un appareil japonais, un Bronica, un gros appareil 6 × 6 qu'elle appelait, avec l'air de presque y croire, le Hasselblad du pauvre. Et, sans relâche, elle parcourait les rues de Pékin, photographiant et photographiant ce qu'il restait de temples, de palais, de portes anciennes et de toits vernissés. Elle passait ensuite ses week-ends à développer elle-même ses photographies dans la chambre noire qu'elle s'était aménagée dans l'une des quatre pièces, et Pascaline était belle, le visage penché sur les cuves de produit, à la lumière rougeoyante qui l'éclairait à peine. Elle expliquait à Denis que c'était un étrange bonheur de voir apparaître, lentement, sur le papier plongé dans le liquide, le détail d'une architecture ou le visage d'un enfant. Parce que Pascaline photographiait aussi les passants qu'elle croisait dans ses promenades, les enfants qui jouaient dans la rue, le regard grave ou triste de petites pionnières surprises parfois dans un moment de solitude. Classées ensuite dans des boîtes de carton, c'était tout le Pékin de ce temps-là que, peu à peu, les photos de Pascaline commençaient à raconter.

Tout de suite, Denis avait aimé le jeune couple – même si l'expression même de jeune couple lui paraissait désuète. Peu de temps après son arrivée, Pascaline Borne avait fait une fausse couche, elle en avait été très affectée.

Assez curieusement, Denis, qui n'aurait pas passé une journée de sa vie sans tenter de séduire une femme, se sentait désarmé face à elle. Assez grande, les cheveux coiffés en arrière, elle évoquait pour lui la Nadège du square de l'Alboni. Elle venait du XVIe arrondissement, avait dû fréquenter comme elle Sainte-Marie-de-Neuilly. Un jour, il vit des photos du mariage de Bertrand et de Pascaline. Ils s'étaient mariés à Chamonix, sous la pluie, on les abritait d'un parapluie, elle était rayonnante devant la porte de la petite église au pied du Brévent. Bertrand raconta qu'ils avaient fait leur voyage de noces en Italie, descendus jusqu'au bout de la Sicile dans une minuscule Fiat 500. Denis l'avait envié. Mais il l'avait envié sans jalousie : il enviait simplement leur bonheur à tous deux, la quiétude qui émanait de ce couple. C'est pourquoi les remarques que pouvait faire à leur propos Marc Hessler le remplissaient de colère. Hessler qui déclarait que « la petite Pascaline, on pourrait si bien se la faire, que ça entrerait comme dans du beurre ». Comme l'autre avait eu pour lui un regard complice, Denis avait haussé les épaules.

Très tôt, les Borne l'avaient invité à dîner. Hessler était là, en compagnie de Chantal Weiss. Il y avait aussi les Desjardins, Franck et Marion. Le cuisinier chinois des Borne avait fait pour le dessert un gâteau à la poudre de marrons recouverte d'une dentelle de caramel, on l'appelait « Poussière de Pékin », tant la crème aux marrons y était légère. Denis s'en servit trois fois, sous les yeux amusés de Pascaline. Mais chaque fois qu'elle lui souriait, le regard de Pascaline se dirigeait ensuite vers son mari. Cette entente entre eux lui faisait presque mal. Ce soir-là, ils jouèrent au poker. Ni Denis, ni les Desjardins, ni Marc Hessler ne disposaient de beaucoup d'argent. Pour modeste que fût le grade de Bertrand Borne, celui-ci était beaucoup plus riche qu'eux. Au début, il gagna un peu, puis, brelan de valet, full aux dix, couleur, Marc Hessler se mit à gagner. Il gagnait furieusement, il jubilait en gagnant. Denis eut subitement une impression : il ressentait une sorte de malaise. En effet, il eut vite la certitude que Hessler trichait. Comment celui-ci procédait-il, Denis n'aurait pu le dire, mais chaque fois que revenait son tour de donner, les cartes glissaient, et il gagnait toujours. Bertrand Borne perdait régulièrement, mais cela ne l'affectait guère. Au bout d'un moment, Hessler décida de hausser la mise. Ils étaient assis autour d'une table ronde, à la chinoise, sur laquelle on leur avait servi le dîner. Ils jouaient entre hommes. Les filles, Marion, Chantal, étaient dans la pièce voisine, qui était la chambre à coucher. Le rire de Marion était très grave, celui de Pascaline ressemblait à des perles qu'on aurait égrenées une à une sur un sol de marbre où elles seraient tombées en résonnant longtemps. Chantal, elle, ne riait pas. Denis comprit que Marc Hessler savait parfaitement les cartes que Bertrand avait en main. Desjardins avait repris deux cartes, Hessler qui donnait allait en demander deux, comme lui. Qu'est-ce qui se passa à ce moment dans la tête de Denis ? D'un geste faussement maladroit, il renversa son verre sur le paquet de cartes dans lequel Hessler allait se servir, voulut rattraper sa maladresse, tâtonna sur la table et fit si bien que c'est tout le talon du paquet qui tomba à terre. Le jeu était brouillé, le coup annulé.

« Espèce de con ! » : l'insulte de Hessler avait fusé, comme une grimace entre ses dents. Le plus désolé avait beau être Bertrand Borne, persuadé qu'il allait emporter le coup, Denis savait qu'il avait en quelque sorte fait une bonne action. Lorsqu'ils rentrèrent en bicyclette ce soir-là, pédalant fort contre un vent du nord qui leur envoyait déjà dans le visage des rafales de ce sable rouge de Gobi qui s'abat parfois sur Pékin, Denis eut une autre certitude, celle que son compagnon avait compris qu'il savait qu'il avait triché. Avant de pénétrer dans les dortoirs, Marc Hessler se contenta de hausser les épaules : « Ce que tu peux être con, quelquefois... » Mais Denis en éprouvait une curieuse jubilation. Il se disait qu'il aimait cette vie. Et Pékin.

Il avait pris l'habitude de revenir chez les Borne. Ce n'était pas seulement le charme de Pascaline, légère, toujours un peu dans la lune, pleine d'attentions pour les êtres et pour les choses, qui l'attirait. Il éprouvait aussi une véritable sympathie pour le jeune diplomate : Bertrand Borne ressemblait si peu à ses congénères, qu'il imaginait tous nés à la sortie de l'ENA avec un col amidonné à l'anglaise et une cravate rayée. Borne, lui, se rendait à son bureau avec une vieille chemise bleue élimée sous une veste de sport qui avait, comme il disait, voyagé. Et puis, il avait lu les mêmes livres que Denis. Mieux : ce fut Bertrand qui fit découvrir à Denis un Bernanos, qu'il ne connaissait pas, ou qu'il connaissait peu. Bertrand Borne était croyant. Les héroïnes de Georges Bernanos, Mouchette ou Chantal, amenaient, quand il les évoquait, comme un voile dans ses yeux. Il parlait aussi de grâce, et remarquait qu'il aurait aimé pouvoir affirmer, comme le curé de campagne de Bernanos, et jusqu'au milieu de l'horreur, que « tout était grâce ». Lorsqu'ils marchaient dans la rue, qu'ils s'avançaient à travers les cours de la Cité interdite, Bertrand Borne et sa femme se tenaient par la main. De cela aussi, de ce geste si simple, Denis éprouvait une sorte de désir nostalgique : il aurait aimé comme lui tenir une femme par la main et qui aurait été la sienne. Puis, comme s'il refusait de s'abandonner à ce genre de pensée, il haussait – en pensée ! – les épaules pour se railler lui-même : allons donc ! Les Borne étaient un couple de petits-bourgeois tout à fait sympathiques, mais lui-même sentait en lui sourdre d'autres forces...

Parce qu'il écrivait toujours, ou plutôt préparait le

travail de ce qui serait, espérait-il, son grand-œuvre. Il continuait à prendre des notes, il avait entrepris de rédiger des descriptions méticuleuses des visages, des personnages, des silhouettes aperçues dans une rue, ou à rapporter par le menu des conversations dont il avait été témoin mais qu'il transformait déjà en introduisant dans chaque moment de vérité des instants de fiction.

Mais c'étaient peut-être les photographies que prenait Pascaline qui le touchaient le plus. Ou plutôt, le fait que ce fût Pascaline qui prît ces photos-là. A sa demande, gentiment, elle effectuait désormais un second tirage de chacun de ses clichés et, tous les huit jours, lui faisait ainsi remettre un petit paquet de photographies qu'il passait ensuite des heures à compulser, à feuilleter, voire à jouer avec comme s'il s'était agi d'un jeu de cartes. Un jour, Pascaline lui donna ainsi tout un lot de visages de femmes qu'elle avait photographiées au cours d'une soirée folklorique offerte aux diplomates. C'était dans l'un de ces grands bâtiments de la place Tian'anmen où l'on tenait généralement ce genre de manifestation. Après deux heures et demie d'interminables chants et danses de toutes les minorités nationales de la planète Chine, un cocktail avait été offert auquel les artistes avaient participé. Armé cette fois d'un Pentax muni d'un flash tout neuf qu'un diplomate suisse avait rapporté pour elle de Hong Kong, Pascaline commença à photographier les jeunes filles aux costumes éclatants qui, sagement, riaient, buvaient de l'orangeade ou mangeaient des gâteaux avec les amis étrangers. La plupart de ces photographies avaient été prises de très près, et toutes en noir et blanc. Mais on aurait dit que Pascaline avait choisi chaque fois l'instant où quelque chose tremblait, se dérobait dans le visage de chacune de ces jeunes femmes. Toutes, d'une manière ou d'une autre, semblaient se poser une question, exprimer une inquiétude, plus simplement une incertitude. Les lèvres étaient souvent entr'ouvertes, on aurait dit qu'elles étaient toutes bouche bée, si l'expression n'entraînait l'idée d'une surprise un peu naïve. Ce n'était pas le cas. Au contraire, il semblait que, entre un éclat de rire et deux mots de français ou d'anglais péniblement répétés à la demande d'un secrétaire d'ambassade entreprenant qui voulait jouer les professeurs, il y avait des moments de vide que Pascaline savait deviner. Toutes les photos, tirées au format de cartes postales, tous les visages pris à la même distance, il se dégageait de la liasse de ces images une impression lancinante de désespoir très doux. On se disait que, rentrées dans leur pays, le Tibet, la Mongolie extérieure ou les tribus Miao à l'ouest du Yunan, chacune de ces jeunes filles retrouverait une vie de tous les jours très grise, comme si les tuniques de toutes les couleurs et les bonnets aux teintes vives, les bouquets de fleurs dont elles étaient parées n'étaient qu'un costume de scène qu'on abandonne, par contrat, en quittant le plateau.

— J'ai parlé un peu avec celle-ci..., remarqua Pascaline en tirant l'une des photos du paquet, le soir qu'elle les lui donna.

C'était une jeune fille au visage assez plat, la bouche minuscule et des yeux qui paraissaient disproportionnés tant ils étaient larges, grands, ronds et écarquillés. Elle avait regardé l'objectif en face, le flash avait dû la surprendre, on l'aurait crue au bord des larmes.

— Elle parlait un peu d'anglais. En réalité, elle vit à Pékin depuis un an et se produit dans toutes les fêtes, tous les défilés où l'on a besoin d'exhiber des gens de sa région. Elle est très malheureuse, elle n'a qu'une envie, c'est retourner chez elle...

La petite fille au gros visage rond venait du pays Miao. Elle avait là-bas un père, une mère, quatre grands-parents, une flopée d'oncles et de tantes, des arrière-grands-parents et des grands-oncles, une multitude de petits cousins, elle vivait seule dans un dortoir avec vingt autres filles, à quinze kilomètres du centre de Pékin. C'était la première fois qu'une étrangère lui adressait la parole. Elle avait appris l'anglais toute seule, avec un livre.

– Mais des visages comme ça, j'en ai des dizaines, des centaines peut-être, ajouta Pascaline : je vous en ferai des retirages, si cela peut vous faire plaisir.

Denis la remercia. Il lui dit aussi qu'il aimerait avoir une photographie d'elle, elle lui dit : « Pourquoi pas ? » Il était ensuite rentré chez lui avec l'idée de faire, à son tour, davantage de photographies. C'est ainsi que, quelques jours plus tard, ils avaient entrepris tous deux, Pascaline et Denis, de grandes équipées photographiques à travers Pékin et ses environs, les Collines parfumées, le palais d'Eté.

C'était un bal du samedi soir. Entre eux, les étudiants étrangers disaient plutôt : une danse. Comme chaque samedi, ils étaient une quarantaine, toutes nationalités confondues, sexes soigneusement attentifs à ne pas donner l'impression de trop se mélanger, qui piétinaient sur place au son d'une musique cubaine, puisque la musique des Cubains, venus en nombre avec accordéons, bandonéons et guitares mais aussi disques de leur pays, l'emportait aisément sur les slows et même les rocks, lorsqu'il s'agissait de faire danser les autres.

Bien sûr, quelques Chinois dûment autorisés se glissaient parmi les étrangers. Ils étaient une douzaine, souvent les mêmes, au sourire trop éclatant, à la bonne volonté trop évidente pour ne pas être obligés, dans l'heure qui suivrait la fin de la soirée, de courir faire leur rapport à qui de droit. Wei Xiaoxiao était l'un des plus assidus parmi ces visiteurs du soir. C'était un tout petit bonhomme avec une bonne bouille, des cheveux dressés en bataille. Il affectait de porter un costume-cravate à la fois trop large et étriqué. Boudiné dans un pantalon qui le serrait de partout, lui qui n'était pourtant pas très gros, il flottait au contraire dans une veste de la même étoffe, froissée, mais impeccablement propre. La chemise était d'un blanc immaculé et laissait voir, parfaitement discernables sous le tissu synthétique, les mille petites côtes d'un maillot de corps. Quant à la cravate, elle était éblouissante, très large, importée de Hawaii ou de Honolulu, décorée à la main de deux palmiers et d'un soleil couchant sur une mer d'émeraude. Chaque fois qu'il débarquait dans le salon du rez-de-chaussée du dortoir où avaient lieu ces festivités, il était hilare. En fait, espion jusqu'au bout des ongles, il n'en prenait pas moins un vrai plaisir à s'amuser, si l'on peut parler de s'amuser, en compagnie de joyeux étudiants étrangers parmi lesquels traînait toujours une bouteille de whisky, de vodka ou de rhum cubain.

Cette fois, il débarqua un peu plus tard que d'habitude, accompagné d'une jeune fille assez frêle, dévorée par des yeux qu'en d'autres temps on aurait dits fiévreux. Elle était mince, maigre peut-être, presque pas de poitrine, cela se voyait, sous le pull-over bleu marine, et sa jupette à plis la faisait ressembler à une pensionnaire de Sainte-Marie-de-Neuilly. Tout de suite, Denis la remarqua. Elle s'appelait Yen Min. On dansait une rumba comme on n'en jouait plus depuis les années trente, les gigantesques haut-parleurs disposés au sommet de bibliothèques de bois verni grésillaient, Denis s'approcha de la jeune personne et l'invita. Il aurait dû remarquer le regard satisfait de Wei Xiaoxiao, mais Wei avait toujours l'air heureux quand il était à plus d'une vingtaine de mètres de ses employeurs. La jeune fille expliqua qu'elle venait d'arriver à Pékin, en cours d'année. Elle était née à Xindao, capitale de la bière. Est-ce que ce fut une impression ? Denis eut le sentiment que le corps de la jeune fille s'abandonnait beaucoup plus contre le sien que celui de toutes les petites Chinoises qui, de temps à autre, participaient au bal du samedi soir. On l'avait pourtant prévenu : ce n'était ni le lieu ni l'heure pour draguer. D'ailleurs, en dehors de Jacques Benoist, qui aurait osé affirmer qu'il avait dragué des Chinoises en ces années d'un rigorisme puritain absolu ? Pourtant, ce fut bientôt une certitude. Lorsqu'un véritable slow – une trompette qu'il n'identifia pas mais qui aurait pu être celle de Miles Davis – répandit dans toute la pièce ses humeurs langoureuses, le corps de la petite Yen Min se colla littéralement à celui du jeune Français. Il devinait les mouvements de ses hanches, de ses cuisses, l'absence délicieuse des petits seins contre sa poitrine. Seul le visage de la jeune fille se tenait sagement à l'écart de celui de son compagnon, car danser joue contre joue était strictement interdit dans ces fêtes, Wei Xiaoxiao avait dû en informer la nouvelle venue.

Il sembla à Denis que le slow dura longtemps. Lorsque celui-ci fut achevé, l'une des éternelles musiques cubaines reprit le dessus et un Cubain, précisément, vint arracher à Denis sa cavalière. Il ressentit une manière de véritable frustration. C'est alors que Wei Xiaoxiao vint vers lui, pour lui dire avec le même bon sourire éclatant que sa camarade Yen Min était une valeureuse étudiante venue d'une famille particulièrement pauvre et qu'elle avait gravi seule les échelons qui avaient pu faire d'elle une aspirante chercheuse. Elle travaillait sur la littérature française, Voltaire et Rousseau, il ne savait pas trop, mais elle serait sûrement désireuse de perfectionner son français avec Denis. Tout cela était dit avec tant d'ingénuité que Denis en hésitait à le croire. Le Chinois ajouta qu'il espérait bien que sa camarade ne danserait pas trop longtemps avec ce Cubain barbu parce que, s'il lui avait suggéré de l'accompagner ce soir, c'était précisément pour qu'elle le rencontrât lui, Denis. Aussitôt la danse achevée, la jeune fille rejoignit les deux garçons. Elle but un verre de rhum, demanda si c'était du cognac, regretta que ce ne fût pas un alcool français. Elle souriait, mais son visage demeurait triste. Ils dansèrent encore deux fois, trois fois puis la bienséance maoïste ambiante l'obligea à s'abandonner aux bras de deux ou trois autres Cubains qui donnaient l'impression d'attendre leur tour. La regardant danser, Denis eut pourtant la certitude qu'elle n'avait pas le même mouvement de tout le corps qui l'avait fait se glisser littéralement contre lui.

La fête s'acheva sagement vers les onze heures du soir. La fête officielle. Ensuite, on terminait la soirée dans la chambre de tel ou tel, à discuter de n'importe quoi, des mérites comparés du rock et de la musique cubaine. La jeune fille vivait dans un dortoir à l'autre extrémité du campus. Elle demeura évasive quant à son emplacement exact, mais laissa Denis la raccompagner jusqu'à l'entrée principale. Un moment, il crut qu'elle allait sortir, la porte fermait à minuit, elle avait encore un bon quart d'heure, mais elle lui fit un petit geste de la main et disparut dans une allée qui menait bien à l'autre bout de l'enceinte universitaire.

A deux ou trois reprises, dans la semaine qui suivit, Denis tenta de retrouver Wei ou l'un ou l'autre des étudiants chinois qui avaient partagé la soirée. Mais il ne savait pas à quel département ils appartenaient. D'ailleurs, étaient-ils vraiment des étudiants ? Mais le samedi suivant, Wei Xiaoxiao était de retour, avec sa cravate à palmiers et, surtout, sa camarade Yen Min. Et la soirée se déroula exactement comme la précédente, le corps de la fille abandonné contre celui du Français, puis tenant à distance les Cubains. A onze heures et demie, arrivés à la grille à laquelle, comme la semaine précédente, Denis l'avait raccompagnée, la jeune fille lui suggéra de repartir en sens inverse. Elle voulait parler avec lui. A la grande stupéfaction du jeune homme, elle mit alors la conversation sur un roman qu'elle avait lu, un roman français, et qui l'intriguait beaucoup. Est-ce que tous les Français, même au XVIIIe, se conduisaient comme ce chevalier de Valmont qui séduisait tout à la fois une marquise, une présidente et une toute jeune fille qui s'appelait Cécile de Volanges ? Denis mit tout de même une minute ou deux à expliquer à Yen Min que si Valmont séduisait bel et bien Cécile et la présidente de Tourvel, c'était plutôt la marquise de Merteuil qui le tenait sous sa coupe. Arrivaient-ils en vue du dortoir de la jeune fille ? Son pas se ralentissait. L'allée était maintenant obscure, éclairée seulement à une cinquantaine de mètres par un réverbère à la lumière jaune. Il lui prit le bras, elle ne se déroba pas. Il s'arrêta, elle s'arrêta aussi. Un chemin s'ouvrait à droite, qui conduisait à un terrain de sport. Il l'entraîna, elle se laissa faire. Parvenus à la hauteur des vestiaires, c'étaient des bâtiments de bois, sans étage, prolongés par une galerie extérieure, ils firent quelques pas sur le plancher de bois de la galerie. Celui-ci résonnait ou craquait sous leurs pas. Toutes les portes étaient fermées, mais chacune était découpée dans une sorte de renforcement. Et c'est là que, très doucement, il plaqua le dos de la jeune fille contre la cloison d'une porte et commença à l'embrasser. Tout de suite, celle-ci lui rendit ses baisers. On aurait dit qu'elle tremblait, son corps totalement imprimé contre celui de son compagnon. Alors ses mains à lui commencèrent à glisser sur ce corps, et il eut l'impression très forte que, dans un même mouvement, la jeune fille cherchait à s'écarter de lui, à se dérober, tout en se plaquant plus étroitement contre lui. Il promenait ses mains sur ses épaules, sur les hanches de la jeune fille, qui continuait à l'embrasser passionnément tout en se débattant mais, plus elle se débattait, plus elle se collait aussi à lui. Il toucha ses hanches, ses cuisses, ses fesses. Il appuya ses deux mains, l'une après l'autre, sur les seins de la petite Yen Min. Leur absence, les petits bouts qu'il devina à peine durcis sous le pull-over de laine bleue le bouleversèrent. Il avait envie d'appuyer, de toucher et de toucher encore. Ses mains atteignirent le ventre de la fille, cette fois-ci elle le repoussa mais, dans le même temps, il sentait les cuisses qui s'écartaient, le bas du ventre qui se tendait littéralement vers lui. Tout cela fut très doux, très lent, très passionné aussi, très sensuel enfin. Pas un instant Denis n'eut l'impression de forcer la jeune fille, pas un instant celle-ci ne tenta de s'échapper vraiment. Puis un pas résonna, sur la galerie de bois d'un autre dortoir, elle souffla à l'oreille du garçon quelque chose comme : il faut faire attention, attention, s'il vous plaît... Lentement, il se détacha d'elle. Mais elle était encore contre lui, ce fut elle, enfin, qui s'arracha de lui. « Il vaut mieux que je parte seule, maintenant... » L'instant d'après, elle avait disparu derrière le bâtiment. Quelques secondes encore, et Denis devinait le visage hilare de Wei Xiaoxiao dans l'obscurité. C'était son pas qu'on avait entendu, il fumait une cigarette. Il ne parut pas étonné de voir Denis là, il expliqua qu'il repassait mentalement, tout seul, dans sa tête – il le répéta : tout seul et dans sa tête –, une leçon pour le lendemain. Mais le samedi suivant, Yen Min ne revint pas. Elle ne revint pas non plus le samedi d'après. Wei Xiaoxiao, interrogé, se contenta de dire qu'elle avait probablement quitté Pékin.

Mes soirées d'hier ? Et celles d'aujourd'hui ? Tourisme branché dans le Pékin d'aujourd'hui. On a voulu m'emmener au Loft. C'est une énorme boîte de nuit, ouverte voilà à peine un mois et demi. Musique techno, ambiance. Une longue fille brune, occidentale, vêtue à la chinoise et qui ressemble à Barbara, un grand aigle noir et pâle, nous accueille. Elle est la maîtresse des lieux, on lui a annoncé notre arrivée. Nous nous frayons un passage au milieu d'une foule dense, des gosses, pour la plupart, des Chinois, beaucoup d'étrangers. Ils dansent chacun pour soi, dans une lumière blanche et bleue, un vacarme épouvantable. Un long bar, avec de hauts tabourets, des filles perchées plus haut encore, cassées en deux au-dessus du comptoir. Elles boivent de la bière, du Coca-Cola. D'autres choses aussi, dans des verres bleus. On nous dirige vers une extrémité de la pièce, trois ou quatre marches à monter, une sorte de plate-forme surélevée. Peut-être pour mieux voir. Une table ronde, je suis toujours accompagné de Paul Rollet et d'un autre attaché culturel de l'ambassade qu'on me présente, il s'appelle Donald Androt. A côté de nous, écroulés dans des fauteuils et sur des divans, quatre ou cinq hommes. Des Chinois du Sud, ceux-là, les doigts couverts de bagues, Rolex, chaînes en or autour du cou. Tous semblables : une veste noire sur une chemise blanche, largement ouverte. Ils parlent très fort, rient très fort. Mais la musique est plus forte encore, on n'entend rien. Des jeunes femmes paraissent belles, on les devine d'avance soumises, jolies putes faites pour ça, dorées sur tranche aux maquillages de cinéma. La peau recouverte d'un enduit blanc, épais. Les lèvres dessinées en carmin foncé, ou violet. Des faux cils, les cheveux droits et raides qui leur descendent jusqu'au milieu du dos. Enfoncées dans leurs fauteuils tout près de leurs hommes, les minijupes qu'elles portent remontent très haut, découvrant les cuisses, plus haut. Idiot que je suis, je cherche à saisir un regard, mais en vain. A un moment donné, elles se lèvent toutes ensemble, d'un seul mouvement, pour aller faire pipi. Comme un seul homme. Restés seuls, leurs hommes éclatent de rire, ils se tapent sur les cuisses. Elles reviennent, tortillant du cul, je remarque qu'elles sont plus âgées que les gamines en dessous de nous. J'ai commandé du Jack Daniel's. On me l'a servi avec de la glace, j'ai retiré les cubes de glace avec les doigts. Je bois un bourbon, deux bourbons. La fille brune qui ressemble à Barbara vient s'asseoir à notre table. Elle nous explique que, dans quelques semaines, ils ajouteront une aile à la partie boîte techno de la maison : ce sera une galerie de peinture. Que je leur donne mon nom, mon adresse internet, ils m'inviteront pour le vernissage. Elle a le nez busqué, ses lèvres à elle aussi sont peintes de violet. On dirait une longue fleur – non pas une fleur : une plante vénéneuse. J'apprends qu'elle est née à Hong Kong, d'un père chinois et d'une mère australienne. Elle s'appelle Judith. Sous la table, ses genoux frôlent les miens. Je n'éprouve aucun plaisir. Les photos que je vais prendre d'elle, au flash, accentuent la blancheur de sa peau, l'acuité ironique de ses traits. Devant nous, elle ne souriait guère. Sur les photos, on dirait qu'elle se moque de moi. Elle n'a d'ailleurs pas tort. Mais je regarde plutôt, à deux pas de moi en contrebas, une petite blonde de dix-sept ou dix-huit ans. Elle danse avec un grand garçon qui porte à la main la chevalière d'une université américaine. Quand elle danse, ses seins dansent avec elle, nus sous un chemisier blanc. Les hommes effondrés dans les fauteuils, près de moi, sortent d'épaisses liasses de billets de cent yuan pour payer. Peuvent pas faire mieux, y a pas plus gros ! Subitement, au moment où elles quittaient la salle, l'une de leurs femmes s'est retournée vers nous, mais ce n'est pas moi qu'elle a regardé. C'est Paul Rollet. Un regard interrogateur... Je me sens frustré. Saloperie. Et c'est cette Chine-là que je dois maintenant aimer ?

Cette Chine-là : oui. Des boîtes de nuit, des restaurants... le Courtyard, en face de l'une des portes de la Cité interdite. J'en suis à m'émerveiller de tout, soit. Ce n'est pas désagréable. Nous arrivons tard dans le soir, la porte de l'Est est éclairée. Elle est très belle, se dessinant au-dessus des douves. Le restaurant, une ancienne maison noble, a été totalement restauré, modernisé, très design contemporain. J'apprends que des photographies en ont paru souvent dans des magazines. C'est vrai que c'est très beau, très branché. De l'entrée, on atteint une partie de la salle en franchissant un pont fait de lattes de bois sur une manière de rivière immobile, entre de grandes pierres plates. Au sous-sol, il y a une galerie de peinture. J'apprendrai vite que c'est l'une des plus célèbres galeries de Pékin. Une jeune femme y expose des œuvres qui se déroulent sur les murs comme des rouleaux anciens. Ce sont des photographies modernes, sur lesquelles des filles, nues et très maigres, chevauchent des bicyclettes absurdes aux roues carrées, aux guidons minuscules. D'autres jeunes filles nues s'appuient à des arbres, d'autres regardent passer des hommes, nues elles aussi. Je découvre un peu plus de cet art contemporain chinois furieusement à la mode. Et je photographie les photographies. Surtout, devant les photos, je photographie deux jeunes femmes longues et minces, vêtues de robes chinoises qu'on dirait dessinées à Paris. Le geste de l'une pour désigner le corps nu d'une demoiselle maigre, à bicyclette. Son bras dessine un arc de cercle. La tête est rejetée en arrière. Elle est celle qui pige, qui sait, se moque un peu. Tout ça aussi, oui. C'est bien cette Chine différente et que je découvre un peu plus chaque jour... Chaque nuit...

Le restaurant est tenu par une Autrichienne, ou par une Suissesse. Elle parle anglais avec un accent très fort, on nous sert une nourriture vaguement occidentale, un peu chinoise. Du canard au sucre, des glaces en forme de pyramides. Un homme, qui semble le propriétaire des lieux, vient nous parler, fort aimable. Mais quand nous monterons plus tard à l'étage, jusqu'à ce qu'il appelle un peu pompeusement son « fumoir » dominant les douves qui entourent la Cité interdite, il nous ignorera superbement, fumant d'énormes cigares en compagnie d'Américains. Un groupe d'Allemands. Très homos chic, tous... A onze heures, ou à minuit, les splendides éclairages de la porte Est de la Cité s'éteignent d'un coup. Dans le fumoir, les conversations sont feutrées. Il n'y a que des étrangers, avec des filles chinoises. Un groupe pourtant de Chinois, costume clair et cravate. Bagues aux doigts, chevalières plutôt : j'apprendrais vite à les reconnaître, ceux-là. Avec des étrangères, occidentales. On diffuse une musique de jazz, je crois encore une fois que c'est Miles Davis, j'interroge un serveur, on me répond que c'est un musicien chinois. Mais j'ai oublié son nom. Avant de partir, l'Autrichienne ou la Suissesse qui nous a accueillis m'apporte les catalogues des trois ou quatre dernières expositions qui se sont tenues dans la galerie du sous-sol. Dans l'un d'entre eux, d'autres photographies de jeunes femmes nues, bien chinoises et aux seins nus, lourds, en gros plan. Elles sont étendues par deux, trois ou quatre, sur de grands canapés de soie...

Et les marchés aux puces ? Il n'existait pas, jadis, le marché de Panjiayuan que mes amis m'ont fait découvrir, cet immense espace, au sud-est des anciennes murailles de la ville, où se tient chaque samedi et dimanche un marché aux puces comme je n'en ai jamais vu ailleurs. Des centaines, que dis-je ? des milliers de marchands, certains installés sous une grande halle qui protège de la pluie ou du soleil, d'autres en plein air, accroupis. Paul m'y a entraîné. Je sais que j'y reviendrai souvent. Sous la grande halle, ce sont des quartiers entiers où l'on ne vend que des objets de bois, des boîtes, des malles, des étuis, tout ce qui peut servir aussi à enfermer des objets d'écriture, des nécessaires de voyage. Là, plus loin, des pots bleus et blancs, formidable armée de pots d'un mètre cinquante parfois, dressés, au-dessus de fourmilières de petits bleus et blancs à des prix dérisoires. Ailleurs des tapis, ailleurs des sceaux... Mais je m'attarde surtout dans la partie extérieure du marché. Là, des hommes et des femmes assis à terre, parfois des paysans, proposent, disposés à plat sur de vieux journaux, des assiettes entières et des plats cassés, des pipes à eau, des figurines de pierre, de fausses statues de temples taoïstes hautes de dix centimètres, des petites figurines de terre cuite représentant des sages, des saints, des femmes, des enfants. Certains étals ne sont faits que de débris, posés côte à côte. Ils constituent d'étranges et merveilleux puzzles, vus de loin on dirait des étoffes peintes par Klimt. Et la bonne bouille des vendeurs, gros bonshommes qui s'éventent, bonnes femmes plus grosses encore, les pantalons relevés jusqu'aux genoux, mollets blancs, genoux blancs, les coudes qui débordent des chemises. Ou alors, parfois, une très jolie fille, dix-huit, vingt ans, qui vous regarde de côté, les yeux étroits, plissés, le teint mat d'une Gitane, simplement vêtue d'un tee-shirt, d'une chemise. Je photographie à tour de bras ces visages de gamines, qui ont presque toutes des allures de paysannes montées à la ville pour vendre sur le marché ce qu'elles ont trouvé, tessons, pièces rouillées, en bêchant leur lopin de terre – quand bien même tout cela, faux, archifaux, a été fabriqué comme le reste, la veille et en série dans la banlieue de Shanghai. D'autres photos encore. Une jeune femme maigre vend d'ailleurs des photographies anciennes. Ce sont des photos de famille, des groupes de trois, cinq, quelquefois sept ou huit personnes. Il y a les aïeuls, au centre, puis les enfants, les petits-enfants, voire les arrière-petits-enfants qui s'éparpillent sur la gauche et la droite de la photographie. Les bébés, au milieu, petites boules de tissu, crâne rasé. Certaines de ces photos peuvent avoir quatre-vingts ans, d'autres plus. J'en achète un paquet à une jeune femme maigre, accroupie, les jambes nues, vêtue d'un short très court. Elle n'est pas belle, mais je regarde ses mains, aux doigts d'une très grande finesse. Souvenir, presque brutal, des mains de Sarah en train de me caresser. Presque brutalement, je prends mon paquet de photographies, et je paie très vite.

Du coup, je cherche d'autres photographies anciennes. J'en trouve une ou deux, en très mauvais état. Et puis, le portrait de ces jumelles, probablement des années 1910. Elles ont la même frange, les mêmes lunettes rondes sur le visage, le même nez plat, le même sourire presque ironique. La photographie est encadrée par une baguette de bois très simple, le verre est cassé dans un angle. J'ai l'impression que les deux filles se moquent de moi. Je m'arrête ensuite devant une autre fille, une vraie, celle-là. C'est une gosse de quinze, seize ans tout au plus, assise avec ses parents. Ils sont installés à l'extrémité d'une allée, elle vend un petit étal sans importance. De très jolies jambes, brunes, un short encore une fois très court. La couleur pain d'épice de ses jambes. Le buste bien dégagé, les seins bien dessinés, un joli visage sous des cheveux coupés en casque. Elle me regarde longtemps, mais c'est simplement parce que je la dévisage. Subitement, je me rends compte que je sens mon âge, plus que jamais. C'est à peine si, en France, j'ose regarder des gamines, et même des jeunes femmes. Il y a eu Sarah, oui... La petite fille me regarde encore, je choisis de ne pas me retourner. J'aurais pu la photographier, je ne sais pas si elle se serait laissé faire.

J'achète encore quelques photographies, puis deux poupées, on dirait des poupées de Bellmer, rudimentaires, en bois peint en noir. Figurines de femmes, avec des seins très marqués, l'une d'entre elles avec le sexe presque proéminent. Ce sont des pantins articulés ou plus ou moins désarticulés, de trente à trente-cinq centimètres de haut. Rien du tout : soixante yuan l'une, cinquante yuan l'autre. Dérisoire. Il commence à pleuvoir. C'est à peine si les vendeurs, à l'extérieur, autour de la grande halle, semblent s'en émouvoir. Certains glissent une feuille de plastique sur leur étalage, ils ouvrent des parapluies. J'achèterai encore une énorme sacoche de cuir dur, sacoche de postier ou d'agent de quelque chose, puis la pluie s'arrête. Bonne bouille, encore des filles en bonnet rouge, écarlate, qui se laissent photographier. Des paysans encore. Des Mongols avec de grands chapeaux. J'achète une douzaine de petites figurines de terre cuite, je ne sais pas trop pour qui. Et puis un couple de porcelaine assez étrange : une femme et un homme couchés, de douze centimètres de long environ. Tout à fait kitch, face à face, un peu érotiques. A la dernière minute, sur le chemin du retour, j'achète encore une poignée de photos. Le soleil revient, le soleil de Pékin en ces années de construction à tout-va, de pollution généralisée, c'est-à-dire un soleil blanc, sale...

Les photographies, enfin ! Trois ou quatre jours après le coup de téléphone de Jacques m'invitant à Pékin, Jérôme Monnier m'avait appelé à son tour : les nouvelles vont vite... Mon ami marchand de photos avait quelque chose à me dire. Quelque chose d'important : il s'agissait d'une affaire ! Au téléphone, pourtant, il n'avait pas voulu m'en dire davantage. Si je voulais en savoir plus, je n'avais qu'à passer chez lui. Monnier habite à quelques centaines de mètres de sa boutique de la galerie Véro-Dodat. Rue des Victoires, dans l'énorme salon-bibliothèque aux canapés défoncés, il avait placé bien en évidence, sur une table basse, un carton à dessin. C'est Mirna, sa femme, qui m'a ouvert la porte. Elle aussi avait un air mystérieux. La petite Mirna, sa fille, Mirna II, a battu des mains en me voyant arriver. Jérôme lui-même a mis un moment avant de nous rejoindre. Je l'entendais dans la pièce voisine, une sorte de bureau qu'il s'était aménagé au milieu de piles branlantes de livres, il téléphonait. Mais tout de suite, il est entré dans le vif du sujet. Il avait appris que j'allais passer quelques mois en Chine. Alors il voulait me montrer quelque chose. Ce quelque chose, c'était la photographie contenue dans le carton à dessin. Je l'ai tout de suite reconnue, c'était une photo d'Iris. Une simple jeune fille nue, très jeune, à peine nubile, un tirage des années cinquante. Vingt-cinq centimètres sur vingt centimètres environ, sur papier mat. Les noirs étaient admirables, soulignant tout juste les seins en train de naître. Iris : j'étais plongé d'un coup dans les années lumineuses puis si sombres de mon premier séjour en Chine. Certes, je n'ai pas connu Iris, qui avait alors déjà quitté Pékin depuis longtemps. Mais d'autres – Bernier, le conseiller culturel, Verviers, qui travaillait aussi à l'ambassade et puis Simon, bien sûr, avaient souvent évoqué devant moi le nom de cette photographe, à moitié française, à moitié britannique, qui avait vécu à Pékin au lendemain de la guerre. Tous ceux qui l'avaient côtoyée avaient fait d'elle un personnage de légende. Et ses photographies, comme elle, étaient devenues légendaires. Rien que des portraits, rien que des portraits de femmes, souvent nues. La belle Iris des années cinquante à Pékin était aussi, dans la mémoire de tous, un personnage ambigu, aux mains carrées, athlétique, androgyne...

Mirna, Mirna II, presque grimpée sur mes genoux, regardaient avec moi la photographie. J'avais un jour évoqué les photos d'Iris avec Jérôme, comme ça, en passant. Mais aujourd'hui, il avait appris quelque chose qui pourrait m'intéresser. Voilà quelques semaines, une photo d'Iris était passée en vente chez Sotheby. C'était une vente de photos contemporaines, elle avait été rajoutée à la dernière minute, elle y portait un numéro *bis*, 35 *bis* ou 135 *bis*. L'œuvre n'était pas illustrée dans le catalogue. Mieux : elle n'avait pas été exposée chez l'expert qui organisait la vente. Pourtant, estimée à quelques centaines de dollars, son prix s'était envolé. Deux acheteurs chinois se l'étaient disputée. Finalement, celui qui l'avait acquise avait payé une somme ahurissante. Puis il avait aussitôt disparu, le public n'avait fait qu'entrevoir la photo, le commissaire-priseur n'avait pas voulu révéler le nom de l'acheteur. Quant à son concurrent malchanceux, nul ne savait de qui il s'agissait. Mais Jérôme avait voulu en savoir plus. Alors il avait interrogé, à droite, à gauche. Un ami new-yorkais, conservateur d'une grande collection privée, l'avait mis sur une piste. La photo vendue quelques jours auparavant faisait partie d'une énorme collection privée de photos prises en Chine par Iris, une collection parfaitement identifiée et que l'on croyait perdue... Je me suis tout de suite souvenu d'une jeune femme que j'avais croisée jadis à Pékin. Elle s'appelait Denise, c'était la fille d'un vieux médecin, le docteur Ma. Cette Denise Ma avait été très liée à Iris. Chez elle, j'avais vu des photos d'Iris. J'ai tout de suite compris ce que Jérôme appelait « une affaire ». Il s'agissait, pendant mon séjour en Chine, d'essayer de localiser la collection en question. Mais le nom du docteur Ma ou de sa fille n'évoquait rien pour Jérôme Monnier. En revanche, il en prononça un autre. Celui d'un certain Pendergast, dont les plus anciens résidents étrangers que j'avais pu croiser à Pékin m'avaient parlé. Cet Emile Pendergast était un sinologue belge né tout à fait à la fin du XIXᵉ siècle. Il s'était établi en Chine entre les deux guerres, très lié à un docteur Belmont, que j'avais moi-même revu à mon retour de Pékin. Expulsé de Chine au tout début des années cinquante pour une sombre affaire de tentative d'assassinat de l'un des principaux personnages du nouveau régime, il était mort à Hong Kong dans les années soixante. Le bruit avait couru à l'époque qu'il avait été assassiné et qu'on lui avait dérobé des papiers importants, notamment une collection de photographies. Mais il ne s'agissait en aucune manière de photos prises par Iris. C'était, bien plutôt, plusieurs centaines de ces terribles images que Georges Bataille publia dans un livre consacré à l'Eros et à la Douleur. De monstrueuses images de ces supplices chinois où un condamné à mort se voit arracher, lambeau par lambeau, toute la peau de la poitrine et des membres, sans jamais se départir d'une sorte de sourire extatique. Mais des photographies d'Iris ? Et volées par-dessus le marché, puis revenues à Pékin ? C'était un peu rocambolesque, non ? J'ai posé la question à Jérôme Monnier qui a pris un air mystérieux : romanesque, en effet... Mais il avait une piste... Mirna et sa fille sont arrivées avec du thé de Chine, un thé vert de Longshan, récolté l'année même, m'a précisé Mirna. C'était un cadeau d'un de leurs amis, photographe à Pékin. Il s'appelait Qu Cai. C'était lui, la piste... Nous avons bu le thé offert par le photographe chinois d'aujourd'hui en continuant à parler des photos d'une Chine d'hier prises par une Occidentale capable, m'affirma d'un ton presque trop sentencieux Jérôme Monnier, d'y découvrir jusqu'à l'innommable. J'ai noté ensuite l'adresse et le numéro de téléphone de ce Qu Cai, Jérôme m'a recommandé d'être très discret sur cette affaire. « Tu l'imagines bien, même les Chinois du XXIe siècle peuvent vous avoir de ces pudeurs ! » Il a ajouté que l'affaire pourrait rapporter gros, j'ai compris qu'il ne m'oublierait pas. Cela faisait un an que j'avais vendu les derniers volumes de ma bibliothèque d'éditions originales du XIXe siècle. Pour tout dire, j'étais aux abois. Comme le coup de téléphone de Jacques, l'affaire dont me parlait Jérôme tombait à pic.

En ce temps-là, on avait baptisé du nom de Marco Polo le plus grand magasin d'antiquités de l'ancien quartier des légations. Morrison Street ou rue Marco-Polo, déjà dans les années soixante les nouveaux Pékinois ne savaient plus très bien quel avait été, jadis, le vrai nom de cette large artère qui débouchait sur Chang An, presque dans l'axe de Wangfujin. C'est là que s'ouvraient les grandes vitrines d'un vaste magasin un peu vieillot, toujours encombrées de superbes tapis mongols ou du Xinjiang, d'authentiques statuettes Ming ou de meubles en bois de rose réservés à une clientèle étrangère. Le propriétaire des lieux, qui n'était qu'un gérant appointé par l'administration, s'appelait

M. Chang, ou M. Han, mais pour tous ses clients il était Marco Polo, M. Marco Polo. Curieusement, il ressemblait à Zhou En-lai. C'était un homme entre deux âges, affable, le front dégagé, qui parlait le russe comme le français, l'italien comme l'allemand. Un passage plus ou moins bref dans sa boutique constituait l'étape obligée de toutes les femmes de diplomates qui n'allaient pas voir plus loin que Marco Polo quand il s'agissait de dégoter cloisonnés et autres chinoiseries tarabiscotées mais aussi de superbes pièces, dûment estampillées pour l'exportation. On imaginait M. Marco Polo *comprador* dans la Chine d'avant-hier, peut-être espion pendant la guerre, excellent antiquaire dans ces années Mao mais toujours prêt à faire du renseignement à l'occasion. Les belles étrangères se laissaient aller chez lui à bien des confidences : le tapis mongol ou le rouleau Qing n'ont pas d'odeur et M. Marco Polo savait faire des prix à qui le méritait. A sa manière, il était une figure historique d'un Pékin qui allait bientôt basculer dans l'oubli.

C'est avec Pascaline que Denis s'était rendu pour la première fois chez lui. M. Marco Polo connaissait bien Pascaline, il savait qu'elle recherchait des rouleaux peints du XVIIIe ou du XIXe siècle, qu'elle affectionnait les paysages horizontaux, longuement déroulés, de vallées, de montagnes, de nuages et de pluie ; mais aussi les fleurs, les oiseaux saisis dans un instant de poésie.

– Vous allez voir, il m'a montré l'autre semaine un oiseau orangé sur fond d'aubépine auquel je ne me lasse pas de rêver...

Marco Polo revenait déjà d'une arrière-boutique qui devait ressembler à une grotte aux trésors, les mains chargées d'une brassée de rouleaux soigneusement fermés de cordelettes de soie. Mais Pascaline avait secoué la tête :

– Vous savez bien celui que je veux, l'oiseau jaune et les roses blanches.

Marco Polo avait eu alors un petit rire gêné : il avait vendu la pièce moins de deux heures auparavant à un diplomate marocain. Denis regarda Pascaline. Il eut la certitude que ses yeux étaient brusquement gonflés de larmes. Il aurait voulu prendre sa main, courir dans la réserve de Marco Polo, retrouver le même oiseau, les mêmes aubépines. Mais le marchand continuait à secouer la tête, avec le même sourire gêné, qui se voulait pourtant compatissant :

– Une pièce comme ça, surtout à ce prix-là, était exceptionnelle... Regardez ce que je vous ai apporté...

Il déroula d'autres peintures, des fleurs encore, des oiseaux, il y avait même des oiseaux orangés, il y avait des aubépines, d'autres oiseaux jaunes sur les mêmes aubépines, mais aucune de ces peintures, qui remontaient probablement à la fin du XVIIIe siècle, ne devait avoir la poésie de celle que la jeune femme avait perdue. Lorsqu'ils quittèrent la boutique, un vent presque frais, malgré le soleil, venait du nord.

De l'incertitude des passions...

– Comment ? Tu ne le savais pas ? Mais ton Bertrand Borne, si amoureux de sa petite femme, etc. : il s'envoie régulièrement en l'air avec une secrétaire de l'ambassade de Suède !

Marc Hessler prenait sa revanche. Dans l'autobus qui les ramenait du quartier du Pont du Ciel à la place Tian'anmen où ils avaient laissé leurs bicyclettes, Hessler avait sorti une photographie de Pascaline de sa poche. Non pas l'une des photographies que la jeune femme prenait chaque jour, au hasard de ses promenades dans la ville, mais une photo de Pascaline elle-même, celle peut-être que Denis lui avait demandée et qu'elle ne lui avait pas encore donnée. Il eut un brusque mouvement de colère. Mais Hessler haussa les épaules.

– T'inquiète pas ! Je l'ai piquée l'autre jour chez elle. Je me dis que ça serait pas mal de l'ajouter à ma collection.

L'idée que la photographie de Pascaline Borne pourrait rejoindre, dans le carnet de bord d'Hessler, une Chantal Weiss et toutes les étudiantes parisiennes que, selon le mot charmant qu'il employait en ces occasions, Marc avait « tringlées ou failli tringler » indignait Denis. Mais l'autre continua :

– Je te dis de pas t'inquiéter. La pauvre idiote est trop amoureuse de son hypocrite de mari pour penser à autre chose qu'à la toute petite bite qu'il doit avoir...

Puis il se reprit :

– Enfin, peut-être qu'elle est un peu plus grosse quand il en bourre sa Suédoise !

Denis connaissait Inghe, la secrétaire de l'ambassadeur de Suède. C'était une camarade de travail d'Agneta, chez qui il était passé à deux ou trois reprises boire un verre en fin de soirée. Agneta et Inghe partageaient en effet l'une des rares maisons chinoises qui soient encore demeurées à la disposition de diplomates étrangers. Elles se ressemblaient, on les aurait crues jumelles, l'une était sage, l'autre ne l'était pas. C'était Agneta qui n'était pas sage. Inghe couchait avec Bertrand Borne, en effet, Denis se l'entendit répéter, ici ou là, mais c'était avec un intense sentiment de remords. Quant à Bertrand Borne lui-même, on aurait dit que c'était douloureusement qu'il trompait sa femme. Avant de connaître Pascaline, il n'avait eu que peu d'aventures ; depuis le premier jour, ensuite, il lui avait été fidèle. Et voilà que la jeune et vigoureuse Suédoise, sportive, sûre d'elle, s'était retrouvée un soir seule avec lui en voiture. Il l'avait raccompagnée jusque chez elle, elle lui avait proposé d'entrer fumer une dernière cigarette, c'était elle qui s'était jetée dans ses bras. Elle l'aimait, oui, elle l'aimait vraiment. Elle s'était mise à pleurer, lui avait expliqué qu'elle le savait bien, jamais elle ne rencontrerait un autre homme comme lui. Alors, elle lui demandait pardon, mais elle l'aimait tant... La pitié, ç'avait d'abord été de la pitié qui avait traversé Bertrand, puis une autre forme d'amour était née. Denis devait ainsi découvrir peu à peu que nul, dans la colonie étrangère de Pékin, n'ignorait la liaison du diplomate français et de la secrétaire suédoise.

– Il n'y a que cette pauvre Pascaline à ne se rendre compte de rien ! s'était exclamé Marc.

Il avait ajouté :

– Tu vois bien qu'il faudrait que l'un d'entre nous se dévoue pour la consoler !

Mais à partir de ce moment, Denis avait regardé autrement le couple parfait que formaient Bertrand et Pascaline. Et c'est plus de tendresse encore, plus d'envie aussi qu'il ressentait à leur égard.

Et puis, il y eut leur promenade aux tombeaux des Ming. C'était la deuxième ou troisième fois peut-être que Denis y revenait, mais cette fois il était seul avec Pascaline. La jeune femme avait pris le volant de la petite Simca 1000 gris métallisé que le jeune couple avait fait venir de France, via Tianjin. Elle avait raconté comment son mari et elle étaient allés la chercher au port où on l'avait débarquée. En dépit de la présence d'un agent chinois de l'ambassade, il avait fallu près de quatre heures de démarches, de tractations pour la dédouaner. Ensuite, très gravement, un responsable de la sécurité publique leur avait fait apprendre à tous les deux, à Bertrand et à Pascaline, les rudiments du code de la route chinois. L'un et l'autre en avaient surtout retenu qu'il ne fallait ni boire, ni manger, ni même fumer en conduisant. Pour le reste, la meilleure façon de conduire en Chine consistait simplement à éviter tous les passants, touristes, charrettes, vélos, marchands ambulants et autres obstacles qui proliféraient sur les chaussées. Nul à l'ambassade n'ignorait la mésaventure survenue à Boudet, alors premier secrétaire, dont la voiture avait heurté un cycliste. Celui-ci n'avait fait que tomber à terre, il s'était aussitôt relevé, mais une foule de trois ou quatre cents personnes s'était déjà rassemblée autour de la voiture des étrangers. Trois agents de police en uniforme étaient intervenus, cinq heures de discussion avaient suivi avant que le malheureux Boudet et sa femme qui l'accompagnait puissent quitter le carrefour de Dongdan où s'était déroulé l'incident.

– Si vous saviez avec quelle prudence Bertrand a ramené la voiture de Tianjin : nous ne faisions pas du quarante à l'heure ! expliqua Pascaline alors que, passé Deshengmen, la porte nord de Pékin qui conduisait à la Grande Muraille et aux tombeaux des Ming, ils abordaient une longue route plate, droite, tout encombrée, précisément, de cyclistes, de voitures à bras et des mille types d'attelages, chevaux, vaches ou bicyclettes, chargés d'amoncellements de bois mort, de

155

paille ou de meubles entassés très haut au-dessus des essieux flageolants.

Encore quelques chariots de paille, une caravane d'attelages humains – des hommes jeunes, petits, maigres mais tous les muscles tendus, un bandeau plat sur le front tenant lieu de harnais supplémentaire... –, et ils quittèrent la route principale pour obliquer à droite vers celle, en cul-de-sac, qui dessert l'ensemble des tombeaux des Ming. Quelques minutes après, ils étaient parvenus au premier *pailu* qui en marque l'entrée monumentale. Ils étaient seuls. Un mercredi, un jeudi en semaine, il n'y avait aucun touriste, pas même ces petits groupes de visiteurs chinois qu'on voyait déjà, venus mystérieusement d'on ne sait où, admirer longuement les vestiges d'une antiquité dont le régime n'avait pas encore demandé la destruction.

– Vous ne pouvez imaginer l'impression de repos, de calme, j'allais dire de poésie que j'éprouve, chaque fois que j'arrive ici..., remarqua Pascaline en immobilisant sa voiture sur le côté de la route.

Devant eux, au-delà de l'arc triomphal, la première grande porte Rouge, Tahungmen, qui ouvre la Voie royale. Au-delà, dans l'embrasure, on devinait le Peiding, qui abrite, expliqua Pascaline, la stèle la plus colossale de la Chine tout entière. Au-delà encore, l'allée des animaux de pierre, puis cette vallée ouverte comme une main dont chacun des doigts aurait donné naissance à l'enceinte d'un tombeau.

– Quelquefois, en été, nous allons nous baigner dans le lac du petit réservoir, à notre gauche...

On devinait, au-delà d'une colline qu'on appelait pourtant montagne du Dragon, la dépression d'une pièce d'eau, le lac lui-même, très bleu sous un ciel qui l'était plus encore.

156

Ce n'est vers aucun des grands tombeaux connus, à plus forte raison pas celui fouillé, ouvert au public et transformé en musée, qu'ils se dirigèrent, mais beaucoup plus loin, tout au fond de la vallée. Là, les monuments étaient encore à demi abandonnés, collines plates et circulaires cernées de chemins de ronde enfouis sous le feuillage. Ils avancèrent un moment sur les grandes dalles de l'allée à demi recouvertes d'herbe, pour parvenir aux murs rouge sang mais délavés qui dressaient, en face d'eux, de colossales barrières crénelées, surmontées de toits aux tuiles jaunes vernissées. Pascaline avait sorti son appareil photo, un long téléobjectif et, lentement, posément, elle saisissait ici un dragon à l'arête d'un toit, là la branche gorgée de kakis qui venait barrer un mur d'enceinte. Elle demanda à Denis de poser pour elle, il s'exécuta de bon gré. Elle s'approcha très près pour prendre, de très près, son visage. Denis voulut à son tour faire des photos de la jeune femme, ce qu'elle lui laissa faire après avoir protesté : elle n'était pas venue pour ça ! Mais elle tendit quand même son appareil à son compagnon.

Ce qui se passa alors devait, par la suite, inspirer bien des rêveries, sinon des pages entières au jeune homme. L'appareil était maintenant équipé d'un téléobjectif de puissance moyenne, un 125 mm. Assise sur un muret, Pascaline avait renversé sa tête en arrière sur une manière de créneau auquel elle avait appuyé son dos. Et c'est là, le cou comme déployé, le menton aigu, les traits abandonnés, que Denis commença à la photographier. Il cadrait avec soin chaque image, et n'appuyait sur le déclencheur que lorsqu'il était totalement satisfait non seulement de la beauté totale du visage qu'il captait dans son viseur, mais aussi de ce qui l'entourait, de la tonalité d'un fond sur lequel se détachaient le mouvement des lèvres entr'ouvertes, le front légèrement bombé, les paupières demi-closes et les cils dorés, recourbés. Alors seulement il prenait la photo, avec le sentiment, chaque fois, d'être sur le point de posséder la jeune femme.

Il s'approcha d'elle, prit légèrement son visage entre ses deux mains pour le déplacer. Pascaline se laissait faire. Denis avait même le sentiment que, davantage que ce n'aurait été nécessaire, elle laissait reposer sa joue sur ses doigts, sur sa paume ouverte. Lorsqu'il avait ainsi – comme de la terre tiède, douce, aimée, le visage de cette jeune femme qui maintenant le bouleversait – modelé la tête dans la position qu'il souhaitait, il en éloignait doucement les mains. Et, miraculeusement, le visage demeurait immobile. Ensuite, reculant d'un mètre ou deux, son appareil à la main, il photographiait et photographiait encore. Il sentait que son cœur battait. Il fit se déplacer la jeune femme à deux ou trois reprises, debout contre un arbre, appuyée contre une muraille grise. Elle ne disait rien, souriait. A un moment, il défit de lui-même deux boutons du chemisier, dévoilant presque la naissance d'un sein : elle se laissait toujours faire, il s'approcha pour surprendre ces quelques centimètres carrés de peau claire, il pensait de chair tendre, dont il se disait qu'elle palpitait comme la gorge d'un oiseau prisonnier. Et prisonnière, Pascaline l'était bien, en cet instant, des mains, du souffle de celui qui continuait à faire bouger lentement son visage, de l'œil de la caméra qui la fixait, l'immobilisant radicalement, papillon qu'on crucifie sur le fond blanc d'une boîte que le verre de son couvercle gardera encore faussement vivant pendant des mois, des années.

A regret, le rouleau de pellicule fini, Denis laissa retomber doucement sa main qui tenait l'appareil. On aurait dit que Pascaline se réveillait d'un long rêve, ses yeux étaient pourtant ouverts, elle les ouvrait encore davantage, respira plus fort, s'étira longuement puis eut un petit rire gêné : « Tout s'est passé comme vous voulez ? »

Tout s'était passé mieux encore que Denis n'aurait pu l'imaginer. Ils avaient apporté un pique-nique. Dans l'enceinte du temple le plus éloigné, le tombeau de l'empereur Hung Chih, ils mangèrent ainsi un sandwich au poulet, des gâteaux préparés par le cuisinier de Pascaline. Autour d'eux, tout près, le paysage était baigné d'une lumière de fin du jour, il n'était pourtant que deux ou trois heures de l'après-midi. Il y avait des champs de blé couverts de chaume, des arbres fruitiers, les kakis de l'automne, du maïs, et puis, plus loin encore, on devinait des paysans affairés, des ânes, des petits enfants. Le tombeau où Denis avait photographié Pascaline était celui de l'empereur Zheng Tong qui régna de 1436 à 1449. Souverain phénix, il abandonna alors le pouvoir et, après un interrègne de huit ans, revint sur le trône en 1457 sous le nom de Tian Shun. Il mourut en 1464.

Mais d'autres photos encore d'un Pékin qu'on aurait dit immuable naissaient sous les doigts de Pascaline : les images qui montaient des bacs rougeoyants de sa chambre noire. Ici, un hutong étroit et clair, dans la grande lumière d'un matin encore froid de printemps, la fumée pâle d'un brasero. Ou deux vieux en calottes, de part et d'autre d'une porte au linteau sculpté de lions de pierre.

Ou des photographies de Pascaline elle-même. Denis en avait pris quelques-unes chez elle, dans l'intimité du salon, qu'il avait ensuite voulu tirer lui-même quelques jours plus tard. Ils étaient seuls, ce jour-là. Il l'avait fait poser devant un long paysage où un moine, sur la droite de l'image, contemplait au-dessous de lui un abîme de pics à demi engloutis dans une mer de nuages. Et c'est l'arrondi de son front, le nez légèrement proéminent qui naissaient maintenant du bac de révélateur posé devant Denis, à la lumière rouge d'une ampoule voilée. Pascaline était à ses côtés, dans la pièce transformée en studio où elle avait installé son atelier, l'agrandisseur, tout son matériel. Elle était penchée à côté de lui, il devinait son souffle.

Sa main se posa un instant sur la sienne pour lui signifier qu'il fallait retirer le papier de la masse liquide d'où son double avait émergé. Il saisit la photo du bout de ses pinces et l'immobilisa dans le bac de fixateur à côté. Il se disait, chaque fois, Pascaline à côté de lui, que c'était un peu d'elle-même qu'elle donnait. Puis il voulut faire un nouveau tirage du même cliché mais plus pâle. Les traits de la jeune femme apparurent alors à peine esquissés, les yeux seulement, l'arrondi du nez, le dessin des lèvres, le menton. Du paysage derrière elle ne restait que la trace de quelques vaguelettes de nuages. A deux reprises encore, trois, il procéda à d'autres tirages de la même photo, prolongeant plus ou moins le passage dans le révélateur. Chaque fois, il se disait qu'il possédait encore, autrement, cette Pascaline accoudée maintenant contre lui, mais dont il se disait aussi qu'il ne la toucherait jamais.

On frappa à la porte de la pièce plongée dans l'obscurité. C'était Bertrand qui rentrait. La voix de Pascaline s'éleva, pour lui demander d'attendre un instant. La dernière photo, très sombre celle-là, achevait de noircir encore. On aurait dit un fusain. Seuls en émergeaient à présent le blanc des yeux, les pommettes hautes et le haut du front. Un instant, le temps de plonger la dernière image dans le bain du fixateur puis Pascaline lança à son mari qu'il pouvait entrer. La porte s'ouvrit, un rai de lumière claire pénétra dans la pièce à la demi-obscurité rougeoyante. Les photos tirées une à une, toutes du même format, dansaient sur un fil, tenues par des pinces de bois. Denis et Pascaline s'étaient retournés en même temps. La main de Bertrand se posa sur l'épaule de sa femme. Denis savait que ce qui existait entre eux était très simple, mais qu'il ne connaîtrait jamais ce dont ce très simple était fait. Bertrand voulut l'un des tirages qu'ils venaient de faire. Il en choisit un ni trop sombre, ni trop clair, un tirage normal, en somme.

Cette folie, à présent, des photographies : retrouver la Chine de toujours dans ces images jaunes... J'ai découvert une autre source d'approvisionnement en photos anciennes. Un endroit surprenant... C'est à l'est de l'enceinte principale du temple du Ciel, un grand magasin qui s'appelle le Hongqiao. Au rez-de-chaussée, alimentation, odeurs de poissons et de nouilles frites. Des postes de radio, l'électronique au premier ; vêtements au deuxième mais le troisième étage n'est qu'un immense étalage de perles en tous genres, colliers, bracelets, perles à l'unité, à la douzaine avec, dans le fond de l'étalage, une minuscule brocante. Des jeunes filles, souvent plus que jolies, vous interpellent, les perles paraissent ruisseler entre leurs doigts. Pour quelques dizaines de yuan, parfois...

Mais dans le fond, après de plus que traditionnelles échoppes d'artisanat de toujours fabriqué hier et vendu à des prix dérisoires – théières et petits vases, faux jade sous toutes ses formes –, s'étale une petite brocante. Et c'est là que Mme Niang – si vieille et si grosse qu'elle ne se lève jamais de son siège et vous montre seulement le tiroir, le rayon où il n'y a plus qu'à fouiller – a entreposé tout un lot de ces photos que j'aime. Des familles, oui. Mais aussi des enfants, des femmes, des petites filles au regard trouble... J'en achète un beau paquet, non sans avoir longuement marchandé, car les prix de Mme Niang ne sont pas ceux du Panjiayuan...

– Et tu as trouvé cette Mme Niang tout seul ?

Jacques s'amuse. Je lui ai montré quelques-unes de mes trouvailles. Pour une fois, c'est moi qui ferai découvrir à Jacques un peu du Pékin qu'il connaît si bien.

– Il faut pourtant que je te montre autre chose ! m'a lancé Jacques.

C'est lui qui l'a décidé : Linlin était souffrante, Jacques et moi allions faire « une virée en garçons ». Il veut m'emmener à Chengde, l'ancienne Jehol des souverains mandchous.

J'avais toujours voulu aller à Jehol, la résidence d'été des derniers empereurs. Nous y partons pour deux jours. C'est là que Qixi, l'impératrice douairière, est venue se réfugier en 1860, après le sac du palais d'Eté. C'est là qu'est mort son mari, l'empereur... Au départ, une route qui ressemble à toutes les routes, six voies, quatre voies, des camions dans une campagne qui n'existe plus mais qui devient peu à peu sauvage. On traverse alors des paysages déployés comme des feuilles ouvertes, que l'on surmonte, très haut : un lac, un réservoir, une grande étendue d'eau... Il y a peut-être des usines, je ne les vois pas. Je ne vois, très bas au-dessous de nous, qu'un paysage d'une Chine ancienne, comme recréée aux couleurs d'une peinture des derniers Qing. L'eau et la montagne, les nuages, des vapeurs d'eau.

Nous passons à proximité de la Grande Muraille. Ce n'est certes pas le fragment où nous allions jadis, qu'on me dit aujourd'hui colonisé par le tourisme. Ici, presque personne. Deux voitures, trois tout au plus. Il faut quand même parlementer longtemps, car on a installé des barrières, des guichets, des panneaux, avant d'arriver à gagner en voiture le pied même de la muraille. Parfaitement organisé, Jacques est parti avec deux sacs de toile remplis de victuailles pour un vrai pique-nique. Pique-niquer sur la Grande Muraille... Jacques porte tout, je ne porte rien, tout juste mon sac avec mes appareils photo. La barrière de pierre est devant nous, on grimpe jusqu'à une espèce de tourelle, par des escaliers très abrupts. Puis nous nous engageons sur la muraille elle-même. Des marches inégales, de brusques escaliers, je sue, je peine. Je transpire d'une manière incroyable. Je me sens lourd, fatigué. L'âge, mon ange, oui, l'âge, merde ! Et Sarah qui me disait que c'était sans importance !

Jacques me dit que, lorsqu'il vient ici avec Linlin, il leur arrive de faire trois ou quatre kilomètres à pied, prenant la muraille là où nous sommes arrivés et la quittant beaucoup plus loin, son chauffeur le retrouvant là-bas. Nous pique-niquons sur la pierre brûlante, dans un coin d'ombre. En face de nous, les pentes et contre-pentes du mur, et personne. En bas, j'avais vu deux ou trois voitures, ici, nous sommes totalement seuls, en dehors de ces deux gosses, qui rôdent autour de nous. Plus tard, j'apercevrai seulement un photographe, un Allemand ou un Autrichien, avec tout un barda d'appareils que portent deux gamines. Des petites filles et un vieux monsieur. Merde ! C'est qu'elles sont mignonnes, celles-là, les salopes ! Le vieux salaud a su choisir. Très loin, la muraille court encore, dessinant jusqu'à l'horizon sa forme épineuse, crénelée, piquée çà et là de tours, sur la crête les collines qui, vues d'en bas, formaient un horizon. Couleur de la pierre, brune, frappée de rouge. Jacques allume une cigarette, il ne fume jamais, aspire une ou deux bouffées, très longuement, puis éteint soigneusement sa cigarette dans une anfractuosité de la muraille. La halte a été très belle. J'ai sorti mon carnet recouvert de moleskine noire et j'ai tout noté...

Nous reprenons ensuite la route de Chengde, où nous arrivons une heure, une heure et demie plus tard. La ville moderne n'est pas si laide qu'on a voulu me le dire, elle ressemble à beaucoup d'autres. Au pied des murailles, on dégage progressivement les petites maisons pas vraiment anciennes qui s'accrochaient à la cité, pour laisser à celle-ci toute sa grandeur. C'est peut-être dommage. Notre hôtel est enclavé dans l'enceinte du palais royal. C'est une série de pavillons, nous habitons le plus modeste. A la réception, une théorie de gamines, en jupes fendues très courtes jaune et or, sont comme au garde-à-vous devant nous. Ces gamines, une douzaine, une quinzaine, animent la vie de l'hôtel. Nous les retrouverons au dîner, assises en cercle autour d'une table, nous épiant en silence, ou se racontant des histoires, pouffant de rire. Lorsqu'elles auront fini de dîner, elles se lèveront toutes et, d'un seul mouvement, la douzaine, la quinzaine de petites filles mettra alors de l'ordre dans la pièce et, surtout, s'affairera à briquer, à astiquer, frottant chacune l'un des éléments d'une sorte de buffet chaud qui devait être dressé avant notre arrivée. Se souvenir, tout le long de cette table de sept ou huit mètres de long, de ces gamines qui s'activent, vues de dos. Celles qui ont des jupes fendues se penchent en avant. Longues jambes pour certaines, d'autres sont grassouillettes. On dirait une manière de ballet, ou plutôt une comédie musicale américaine. On aurait envie de filmer...

Dans l'après-midi, nous allons voir l'ancien palais royal. Nous avançons dans un vaste jardin semé de lacs et d'îles. Le jour tombe, le soleil peu à peu se dégage à nouveau, devient de plus en plus beau, doré. Certaines îles sont construites de pavillons aux toits dorés qui s'avancent sur un lac. Je photographie tout, longuement. Un peu partout, des escouades de gamines qui nous font des bonjours, qui nous saluent. Toutes portent maintenant des soutiens-gorge qui mettent en valeur leur poitrine, jolies jambes, le bonheur de regarder ces petites filles. Alors, je les photographie à cœur perdu. L'ai-je dit ? Chaque photo que je prends d'une femme – ici, il s'agit presque de petites filles : je suis bon pour la tôle ou pour l'interdiction aux mineurs de moins de dix-huit ans ! –, chaque photo que je prends, donc, de l'une ou l'autre, me procure l'impression un peu étrange de la posséder un peu, cette gamine ou cette femme.

Une pagode s'appelle le Pavillon d'or, nous nous arrêterons longtemps. Des hirondelles fendent l'air, se croisant et s'entrecroisant, à la vitesse de petites fusées lancées au-dessus de nous. Beauté de ce silence, rompu seulement par le cri des hirondelles, le sifflement de leur vol. Jacques et moi parlons un moment. Il évoque, Dieu sait pourquoi ici, la mort de Lao She. Il me dit avoir rencontré le vieil écrivain dans les tout premiers jours de son premier séjour à Pékin. Lao She est mort pendant les premiers mois de la Révolution culturelle. On l'a retrouvé noyé dans dix centimètres d'eau, dans une mare puante au sud de la ville chinoise, à Pékin. Octobre 1966, je crois. Jacques me récite aussi un poème de Segalen, un poème de Li Bo : « Le jour d'hier m'abandonne, jour que je ne puis retenir... » J'ai le sentiment que nous faisons une promenade hors du temps, suspendu dans une mémoire qui n'est plus seulement la mienne mais celle de Jacques et de tous mes amis d'autrefois. Une Chine qui a presque basculé dans l'oubli et qui, avec le nouvel âge qu'elle habite, revient lentement à la surface. Le soin que l'on met à entretenir chaque pavillon, à reconstituer à l'intérieur de l'un d'entre eux un salon de thé où l'on peut déguster des thés très rares, très chers... Jacques m'annonce qu'il aura une surprise pour moi, le lendemain.

Après le dîner, je rentre dans ma chambre, jamais je n'ai eu autant envie que ce soir de prendre des notes. Je me souviens de ce que disait le pauvre Bernier : tout garder, tout conserver. C'était il y a plus de trente ans.

Et Jacques déjà, il y a trente ans :
– Tu connais la tour du Renard ?
Denis secouait la tête : il ne savait pas où se trouvait la tour du Renard. Mais Jacques insistait : il savait bien, cette étonnante construction à l'extrémité Est du rempart qui séparait la ville tartare de la ville chinoise. Pas vraiment une porte, non, simplement un bâtiment d'une grande élégance, une tour d'angle aux façades beau-

coup plus larges que celles des portes, une toiture aux courbes raffinées. Elle semblait complètement à l'abandon, on disait que, la nuit, des renards y traînaient, criaient et s'y battaient – qui étaient des jeunes femmes, sorcières peut-être transformées en animaux par d'autres sorcières plus habiles qu'elles.

– Eh bien, la tour du Renard ?

– La tour du Renard, oui...

C'était là, affirmait-il, que Jacques allait rôder souvent le soir. Il quittait Sanlitun après dîner, et gagnait l'avenue de Chang'an. De là, il obliquait jusqu'à la gare puis, par un lacis de ruelles désertes, passait devant l'hôtel Xinqiao et la dernière porte au sud de cette partie de la muraille, sans toutefois quitter la ville tartare, il parvenait au pied de la gigantesque façade nord de la tour du Renard. Des maisons, des cahutes se pressaient à ses pieds. Il déposait sa bicyclette à l'entrée d'un hutong plus étroit encore que les autres, superbement malodorant, pour arriver jusqu'à deux ou trois maisons en contrebas. Il avait trouvé le chemin tout seul et c'est tout seul qu'il avait poussé la première porte. Et là, dans la fumée d'un feu de bois qui éclairait seul la pièce, des vieilles femmes fumaient des pipes de bois tout en tricotant ou ravaudant des morceaux d'étoffes. Elles ne levaient jamais les yeux sur lui. La première fois, avait-il vraiment traversé seul la pièce ? Il était arrivé dans une arrière-cour, qui débouchait directement sur la haute tour. Des jeunes femmes étaient là, qui fumaient des cigarettes.

– La première fois, j'ai cru que c'étaient des prostituées. Puis je me suis rendu compte que c'étaient elles, les renardes, qui hantaient la Tour.

L'une d'entre elles lui avait fait signe de la suivre. Ils avaient pénétré ensemble dans l'édifice, dont l'intérieur était totalement ruiné. A chaque niveau, reliés entre eux par des escaliers qui ressemblaient à des échelles, les planchers de bois étaient souillés de chiures de rats et de tous les oiseaux qui se réfugiaient là. Leur arrivée, à chaque étage, dérangeait des tourbillons de corneilles et de chauves-souris. Parvenus au dernier étage, la jeune fille avait fait signe au Français de s'asseoir à côté d'elle. Puis elle avait commencé à chanter une chanson, dont Jacques n'avait pas saisi tous les mots. C'était une histoire d'amour, de mort, de résurrection. On y parlait de fiancées mortes, de jeunes filles pendues ou noyées. Jacques était assis à terre, le dos appuyé à l'une des parois de pierre et de terre battue de la grande salle au-dessus de l'ancienne muraille. Etendue à même le sol, la tête sur les genoux du jeune homme, la jeune fille chantait, elle parlait, racontait des histoires, et sa voix peu à peu devenait un souffle, un babil d'enfant. Un moment, Jacques dut s'endormir, lorsqu'il se réveilla il était seul dans la pièce, il avait très froid.

– C'est à ce moment-là que je me suis levé et que, subitement, j'ai vu un renard d'un rouge éclatant filer à l'autre extrémité de la salle et s'enfoncer dans un trou du mur...

Il avait dit : d'un rouge éclatant. La nuit était obscure, il l'avait précisé un moment auparavant. Mais Denis ne l'avait pas relevé. Deux ou trois fois, Jacques était revenu à la tour du Renard, il avait traversé la même pièce où des vieilles femmes tiraient sur leur pipe de bois puis, peu à peu, il avait commencé à y rencontrer des femmes plus jeunes, qui montaient avec lui dans les étages, mais elles ne se transformaient pas en renardes après l'avoir endormi de leurs chansons.

– Tu ne crois pas que tu te moques un peu de moi ?

Jacques souriait : tout pouvait arriver dans cette partie de Pékin, à la tombée de la nuit, n'est-ce pas ? C'était un autre monde.

La tour du Renard, que je crois bien être aujourd'hui le seul à Pékin à appeler ainsi, est devenue une galerie de peinture. On la distingue parfaitement, sur la droite du premier périphérique lorsqu'on descend vers le sud. Je l'ai vue en allant vers Panjiayuan, dans la brume un peu grise qui règne sur la ville, sa silhouette solide se détache à peine parmi les immeubles qui sont nés autour d'elle, au-dessus d'un entrelacs de routes surélevées et de voies de chemin de fer, puisque la gare est proche.

Vue de loin, la tour du Renard a pourtant gardé sa forme comme cambrée, arc-boutée sur un reste de rempart. Mais les renards d'autrefois...

– Il faudra que vous voyiez ça, m'a dit Paul Rollet : l'espace intérieur est superbe, avec plusieurs niveaux de galeries que supportent d'anciennes poutres entre-croisées.

Mais là, un marchand de peinture australien ou néo-zélandais organise des expositions d'art contemporain. On me dit qu'aux vernissages, un samedi par mois, se presse une foule qui est celle de tous les vernissages d'art contemporain du monde entier.

J'imagine que les petites renardes, affolées, se sont terrées dans des trous de la muraille et qu'elles jettent peut-être un sort à ces belles étrangères, trop belles Chinoises en jupes trop courtes ou longues robes trop chinoises, venues jusque-là leur voler leurs derniers amoureux.

Jehol, deuxième journée. J'ai mal dormi. Le lit était informe, les draps sentaient le tabac. J'ai dormi trois heures de suite, puis je me suis réveillé et j'ai pris un somnifère sans me rendormir. A sept heures, j'ai frappé au mur, pour réveiller Jacques. Puis petit déjeuner à l'européenne dans une salle à manger, cette fois loin de la salle à manger des jolies Chinoises. C'est fermement, à peine gentiment, que l'on nous a poussés dans ce pavillon-là. Du pain de mie, pâteux, à peine grillé, humide ; du beurre à demi fondu, aigre ; dans le fond d'une assiette, quelque chose qui ressemble à de la confiture. Nous mangeons tout cela très vite, avec un œuf. La jeune femme qui nous a servis, si gentille, si gaie la veille, semble maugréer. Elle court après nous, pour nous rappeler qu'il faut payer le petit déjeuner, vingt yuan.

Puis nous avons commencé la visite des temples. J'ai tant écrit depuis notre départ que j'ai achevé mon petit carnet noir. Du coup, j'écris sur n'importe quoi, au crayon. Des feuilles de papier que j'ai trouvées dans la chambre d'hôtel. Le premier temple est encore en activité, desservi par des lamas. Beaucoup de monde pour assister à un service. Une cinquantaine de prêtres commencent par dire des prières, récitant des versets du Sutra. De temps en temps, ils s'interrompent, petite clochette, un frottement de tambour – environnés de touristes, qui passent et repassent devant eux, sans la moindre pudeur. Après un moment, quelques moinillons feront dans la cour des danses sûrement sacrées, sous le regard d'abord vaguement intéressé, puis de plus en plus indifférent des mêmes touristes. Mais c'est trop long pour eux... Les groupes passent, des chefs et des cheftaines, les cons, des Japonais, d'autres Fran-

170

çais, un chapeau blanc sur la tête et agitant des petits drapeaux.

Deuxième temple : en haut, sur les terrasses supérieures, beaucoup moins de monde, des jeunes filles se font encore photographier. Je les photographie aussi. Allons ! encore une qui m'appartiendra sans qu'elle en sache rien ! Une jeune femme très bon chic bon genre, en robe bleue. Dans le même temps, je me mets subitement, douloureusement à penser à Sarah. Et d'un coup, au milieu de ce paysage, de cette foule, de cette marée de toits qui succèdent à des toits, je commence, à nouveau, à en vouloir terriblement à Sarah. Le sentiment d'avoir été floué. Je ressasse des phrases qu'elle m'a dites à la fin de ces six mois passés ensemble, mais aussi des moments de bonheur. Je me souviens de la pièce de Beckett : *La Dernière Bande*. Le personnage, un vieil homme, se rappelait toujours et répétait sans fin une scène qu'il avait enregistrée sur une bande magnétique quand, étendu dans le fond d'une barque, longtemps auparavant, du temps de sa jeunesse, il voyait une femme se pencher vers lui. C'est Sarah qui s'incline pour la première fois vers moi, les seins nus. Ce sont les sourires qu'elle avait dans ces moments-là. Ce sont les caresses qu'elle me prodiguait puis que, très vite, elle a refusées, si vite.

Le troisième temple est le plus fameux, c'est une réplique du Potala de Lhassa. On le voit de très loin, avec sa silhouette massive peinte en sang de bœuf, six étages de fenêtres : trois de fausses fenêtres trapézoïdales, puis trois étages de vraies fenêtres, de la même forme. Là, vraiment beaucoup de monde. En bas, des rangées de petites boutiques et toute une série de restaurants, installés à touche-touche, sous de larges tentes : chaque restaurant est séparé du suivant par des draps blancs tendus. A notre arrivée, des cuisinières, des jeunes femmes se précipitent vers nous, brandissant des menus.

Monter vers la Potala, dans la foule... Brusquement, je me sens épuisé. Jacques, lui, monte d'un pas leste. Linlin parle de lui en l'appelant son « fringant jeune homme ». Du Potala, je verrai seulement l'entrelacs des cours intérieures, le même sang de bœuf à demi restauré. Je redescends déjà.

Et ce sera enfin le temple, celui de la Paix lumineuse. Cette fois, personne. Les lieux sont presque à l'abandon. Une première porte, puis une seconde, plus massive, avec les habituels gardiens, statues furibondes de demi-dieux en colère. Des pins, une dernière petite porte, enfin la structure principale. C'est le silence des vieux tombeaux Ming qui nous appartenaient autrefois. Je me dis que j'aurais aimé m'avancer là en compagnie de Sarah. Puis j'écarte le souvenir : je suis avec Jacques, je suis avec un ami, il fait doux, je respire mieux. A droite, deux pavillons abandonnés. Devant l'un d'entre eux, une petite fille, Petit Chaperon rouge, sa jupe rouge relevée sur sa culotte. Elle joue avec deux chèvres. Les chèvres tournent autour d'elle. Au milieu de la cour, entouré de pins, un immense brûle-parfum de bronze. Des arbres devant nous, le mur qui ferme la clôture. Il fait très beau, très doux, presque frais. Moment de bonheur, tranquillité. Les hirondelles qui passent et qui repassent, des corneilles quelque part dans les toitures et, par moments, lorsque le vent se lève, des clochettes suspendues au-dessus des toits, qui tintent... Une pie. C'est alors que Jacques me fait la surprise qu'il m'avait annoncée. Il sort de son sac deux paquets, dont il déplie lentement le papier brun qui les enveloppe. Ce sont deux livres. L'édition originale de

Stèles, de Segalen, le volume imprimé à Pékin, à la chinoise, en 1912. Les deux belles couvertures de bois, les étiquettes qui portent des caractères chinois. L'autre livre, c'est *Connaissance de l'Est*. L'édition préparée par Segalen, publiée chez Kra. Je choisis *Stèles*, naturellement. Jacques s'assied sur la terrasse du dernier temple, les jambes dans le vide, avec *Connaissance de l'Est*. Je suis appuyé au mur sang-de-bœuf écaillé. Les poèmes de Segalen : depuis combien de temps, depuis toujours ? La petite fille avec ses chèvres passe devant nous, curieuse. Et un paysan, qui pousse une brouette. Je lis un moment, puis je sens que je somnole. Je m'étends sur la terrasse de pierre, le volume de Segalen à côté de moi. Sous la tête, le sac de toile dans lequel Jacques a apporté les deux livres. Je m'endors peu à peu. Il y a trente ans, dans le plus éloigné des tombeaux des Ming, celui que personne ne pensait à visiter, je m'endormais de la sorte. Pascaline lisait près de moi. Lorsque je me réveille, toujours très droit, sur le bord de sa terrasse, Jacques continue à lire le texte de Claudel. Il me dit : « C'est comme ça qu'il faudrait parler de la Chine : des petits fragments, très rapides, qui s'enchaîneraient les uns aux autres... »

Je fais le tour du temple principal. La petite fille aux chèvres a attaché ses deux bêtes à un piquet. Lorsque je passe à leur hauteur, elles bêlent longuement. Une cloche qui sonne, et toujours des hirondelles. J'essaie de noter encore quelques images, puis Jacques vient vers moi, je me sens plus lourd que jamais, lui ne paraît pas avoir vieilli. Le chauffeur marche derrière nous, il tient le sac dans lequel les deux livres de Segalen et de Claudel, enveloppés de papier brun, m'ont donné une manière de remords : tout ce que je n'ai jamais su vraiment lire, et dont j'ai pourtant tellement, tellement parlé...

– Sais-tu que je l'ai revue, ma petite renarde de la tour du Renard ?

Jacques et Denis se promenaient alors dans le nord de la Cité interdite, le dédale compliqué et les jardins plus chinoiseries que nature de l'impératrice douairière. Et avant elle, de l'empereur Qianlong. Tous deux avaient déambulé dans les salles glaciales du musée des Bijoux et des Ors précieux, éléphants émaillés porteurs de pendules, lions minuscules aux yeux de rubis et autres symboles ternis d'une époque disparue. Ils venaient de passer le beau théâtre privé de l'impératrice, avec son pavillon dit des Bruits mélodieux, dont les deux étages abritaient les décors des opéras qu'elle se faisait jouer pour elle seule, quelques favoris, des eunuques criards. C'étaient maintenant des jardins, une galerie couverte, un rocher artificiel avec un pavillon perché à son sommet où, dit-on, Qianlong, qui était poète, écrivait des vers. Ils venaient de s'arrêter devant un puits circulaire et bas, fermé d'une lourde dalle.

– Tu vois, c'est là que la belle Zhen Fei, qui était la concubine préférée de l'empereur Guangxu, a été précipitée par l'impératrice dont elle avait osé douter du courage quand la cour entière quittait Pékin à l'arrivée des troupes alliées...

La cour s'était rendue à Jehol. C'était alors, pour les résidents étrangers de Pékin, une terre inconnue, interdite, qu'on imaginait fourmillante de lamas chassés des nombreux temples tibétains dont l'image, reproduite dans des livres anciens, laissait imaginer les jardins oubliés et de colossales forteresses. La concubine assassinée, la petite renarde de la tour d'angle au sud de la muraille de la ville tartare : quel rapport ?

– Eh bien, tu me croiras si tu le veux, la petite renarde est redevenue femme et je l'ai rencontrée cette fois, tout bêtement, dans une maison de thé de Dashala. Elle s'appelle Zhen Fei !

Comme la pauvre « Concubine de Perles ». Denis s'était dit qu'il n'en croyait pas un mot, ou plutôt qu'il n'aurait pas dû en croire un mot. Mais Jacques le regardait de côté, avec un sourire ironique, comme s'il s'était attendu au sourire, amusé celui-là, dubitatif quand même, qui flottait sur les lèvres de son ami.

– Je te l'ai dit : ne me crois pas si tu le veux... Mais la petite Zhen Fei de Dashala m'a reconnu, elle. Elle était assise à une table avec un homme beaucoup plus âgé qu'elle et, lorsqu'elle m'a vu, elle m'a fait un petit signe, de loin...

Puis la jeune fille s'était levée, seule, et Jacques l'avait suivie. Dans la rue, elle se retournait tous les vingt ou trente mètres pour s'assurer que le jeune Français était toujours derrière elle. Elle marcha ainsi longtemps, descendant vers le sud par des ruelles de plus en plus étroites pour parvenir, après un long moment, jusqu'à une zone incertaine, comme un véritable marécage en pleine ville, à la limite de la cité chinoise et du canal qui contourne sur trois côtés cette partie de Pékin. Les maisons y sont rares, la nuit était venue, des ombres flottaient sur le lac à demi envasé où viendrait se noyer un jour le romancier Lao She, écrasé par la Révolution culturelle. Elle parvint de la sorte à la rive boueuse du lac. Ce n'était plus une renarde qui attirait ainsi le jeune homme jusqu'à l'eau, mais une ondine, une sirène, une truite. Pourtant, ce fut bel et bien une jeune fille qu'il serra un moment après dans ses bras. Zhen Fei – elle lui avait tout de suite murmuré son nom à l'oreille – s'abandonna à lui comme, précisa-t-il, aucune Chinoise ne l'avait fait jusqu'à présent. Les lieux semblaient déserts, ils grouillaient pourtant de femmes, de vieillards, d'enfants. Mais tout ce monde s'agitait dans la pénombre, à la seule lueur de lampes éparses.

– Tu ne te moques pas de moi ?

Denis ne parvenait pas à vraiment croire au récit de son ami. Le même rire de Jacques :

– Tu sais bien que je me moque toujours de toi !

Il avait insisté sur le mot « toujours ». Pour reprendre ensuite son récit. La petite Chinoise et lui étaient jusque-là restés en bordure du lac, dans un passage étroit, encombré de vélos, entre deux cahutes. Et peut-être qu'ils allaient s'aimer là, debout contre un mur ou rouler sur le sol souillé. Mais Zhen Fei se redressa et fit signe au Français de la suivre. Elle l'entraîna à nouveau dans un dédale de baraques et de maisons aux murs de terre.

Çà et là, l'espèce de marais où s'élevaient ces constructions fragiles reprenait tous ses droits, Jacques avait l'impression de patauger dans la boue. Ils arrivèrent pourtant à une porte que la jeune femme poussa. A l'intérieur, dans une première salle, trois vieilles femmes qui ressemblaient à celles de la tour du Renard fumaient en silence, tout en triant des grains qui ressemblaient à des haricots ou à des pois chiches. La seconde pièce était une véritable chambre d'étudiante, au lit étroit, une table, une bibliothèque et des livres. C'étaient tous des livres d'un autre temps, des poètes qu'on ne devait guère lire dans la Chine d'alors, Qu You, Liu Yuxi ou le mythique Liu Zhen. Comme à la tour du Renard, la jeune fille se laissa glisser à terre.

Mais cette fois, ce fut elle qui s'appuya à une cloison de la pièce, tandis que Jacques demeurait assis sur l'unique chaise. Et, comme Zhen Fei, ou celle à qui elle ressemblait à la tour du Renard, elle se mit à chantonner un poème, puis à lire des vers. Ils s'aimèrent ensuite sur le lit étroit. Cette fois, Jacques ne s'endormit pas, Zhen Fei ne se fit ni renarde ni truite, peut-être était-elle tout simplement un peu sirène, mais elle demeura bien de chair et de baisers entre ses bras. Quand il la quitta, les vieilles dans la chambre voisine avaient dû aller se coucher, il y faisait encore tiède, l'odeur de la fumée des pipes flottait dans l'air.

– Et tu l'as revue, ta Zhen Fei ?

Ils étaient sortis de la Cité interdite par la porte nord. En face d'eux, le parc de la Colline de Charbon où se pendit le dernier empereur Ming était fermé. Provisoirement : quelques mois plus tard, il le serait, et pour longtemps. Il faisait un frais soleil, très clair. Des groupes de gamines, revêtues de l'uniforme de l'ALP, l'Armée de libération populaire, la casquette à l'étoile rouge et l'uniforme trop grand, venaient vers eux en chantant. Jacques avait revu Zhen Fei, oui...

Dans une semaine, dix jours au plus tard, je quitterai mon hôtel trop confortable au centre de Pékin. Je crois bien avoir trouvé une petite maison, ce qu'on appelle une « cour carrée », une maison à la chinoise. « Ça durera ce que ça durera ! » s'est exclamé Jacques. C'est que le formidable travail de destruction des bulldozers progresse. Maintenant que c'est devenu officiel, que Pékin va accueillir les Jeux olympiques, ce sont à nouveau des quartiers entiers que l'on anéantit. L'autre matin, tout près de l'hôtel, je me suis promené dans un champ de ruines. Comme ceux que l'on devine, au-delà des murs de brique dressés le long des rues déjà éventrées. Tout était fracassé, on avait seulement déblayé le plus gros : à terre, des fragments de porcelaine, de briques, des vieilles chaussures. J'ai photographié le sol entre mes pieds. Ce qu'il reste d'une ville anéantie, des camions chargés du reste ont roulé sur ces débris.

Tout à l'heure, dans le hall de l'hôtel, j'ai reconnu la petite putain du deuxième ou du troisième jour. Elle portait la même robe noire, fendue jusqu'aux cuisses. Elle m'a fait un petit sourire, je suis allé parler avec elle. Elle vient de Dalian, l'ancien Port-Arthur. Elle parle de la vie là-bas, de la ville qui est belle, de la mer... Je ne lui pose naturellement pas de questions. Mais très vite, elle semble se ressaisir. Comme si on l'observait. Comme si on la surveillait. Elle m'interroge : je ne veux toujours pas monter avec elle ? Je secoue la tête. Alors elle se lève et va, très ostensiblement, s'installer un peu plus loin.

Le quatuor des jours précédents est devenu un trio. Mais c'est toujours du Schubert. Je reconnais l'altiste. La violoncelliste est belle aussi, elle tient serré entre les cuisses le classique violoncelle qui nous fait tous rêver, nous les hommes... Je la regarde fixement, elle ne détournera pas les yeux vers moi. Puis, le trio achevé, les demoiselles se lèvent, elles rangent leurs instruments, lissent les plis de leurs robes, disparaissent en coulisses. Entre le magasin Vuitton et une boutique Saint Laurent. On vend aussi des bagages, que je trouve très beaux. J'en demande le prix : très cher. Je monte dans ma chambre. J'ai envie d'appeler Sarah, je sais que je ne dois pas le faire... Je donne mon premier cours dans quinze jours.

IV

Linlin a tenu à m'emmener avec elle chez un certain Théo Gautier, un journaliste qui met un point d'honneur à répéter qu'il est *free-lance*. Il habite une belle maison au nord de Wangfujin. D'entrée de jeu, je n'ai pas aimé ce Théo Gautier mal rasé comme c'est la mode. Disons plutôt que j'ai tout de suite senti qu'il ne m'aimait pas. J'ai aimé des choses chez lui. Ainsi, ce diptyque à l'acrylique : la partie de droite est la photographie originale, mais en trompe-l'œil, dix fois agrandie, d'une petite fille de treize ou quatorze ans, petite Chinoise aux nattes courtes, un sourire amusé. Elle est debout au bord d'une piscine, minuscule maillot de bain une pièce, collant, mouillé. A gauche, le deuxième élément du diptyque, Théo Gautier me l'a expliqué. Le peintre est une jeune femme qui, sur chacune de ses toiles en noir et blanc a reproduit une photo d'elle à un an, à deux ans, à dix ans, à trente-deux ans : une photo par année d'âge. Chaque photographie est accompagnée d'une image de la Chine de ce temps-là. Ici, Deng Xiaoping sourit béatement, écroulé dans un fauteuil qui semble l'engloutir, entre une interprète lunetteuse et un homme d'Etat africain : illustration, lorsque le peintre avait treize ou quatorze ans, de la politique d'ouverture de la Chine étendue aux cinq continents...

Hormis cette toile – le peintre, la jeune femme, s'appelle Yu Hong –, c'est un mélange hétéroclite d'art contemporain et de chinoiseries tarabiscotées. Et puis, pourquoi ne pas le dire ? J'ai presque été choqué – sinon jaloux ! – de l'aisance avec laquelle le journaliste semble vivre parfaitement à l'aise entre une épouse légitime et plus française que nature, une Clarisse au visage allongé, parsemé de taches de rousseur, et une maîtresse chinoise, une concubine en somme, Yin Ja ou Yue Hua, je ne sais plus, si joliment enceinte des œuvres du monsieur. Deux ou trois autres Chinois, vêtus Armani que c'en est trop, et une jeune femme au visage très pâle. Elle est française, s'appelle Suzanne Vernant. J'ai compris qu'elle devait être la femme de l'un des Chinois en costume dernier cri. Juste avant de passer à table, sans paraître le moins du monde gênée, elle a commencé à allaiter un bébé, ce qui n'a semblé étonner personne. Le père, si le père de l'enfant était bien l'un des Chinois, n'a pas eu un regard pour elle. Ni pour l'enfant. D'ailleurs, au milieu du dîner, l'un des Chinois déguisés par Armani a reçu un coup de téléphone et tous trois – Kaifeng, le mari de la belle Suzanne, et son ou ses amants – se sont levés, comme un seul homme. Un rendez-vous urgent, impérieux. Mais ils ne se sont pas excusés pour autant. Dix minutes après, un autre Chinois, jeune et accompagné d'un adolescent blond, aux cheveux décolorés, venait prendre leur place. « Vous voyez, cher ami, chez moi, on ignore la politique de la chaise vide : c'est au contraire sans façon que l'on joue au jeu des chaises tournantes... », m'a seulement fait remarquer Théo Gautier. Sa femme venait de se lever de la place qu'elle occupait, à ma gauche, pour laisser la petite Yue Hua s'asseoir à côté de moi. On a servi ensuite un dessert à la poudre de marron et au caramel que je n'avais pas mangé depuis le temps de mes dîners chez Pascaline et Bertrand Borne. Je croyais que la recette pékinoise d'avant la Révolution culturelle s'était perdue dans la nuit des temps. C'est comme je m'en resservais que Gautier m'a lancé, l'air de rien : « Il faudra tout de même que vous m'expliquiez un jour comment vous avez fait pour vous retrouver professeur invité à l'université de Beida ! » Linlin a eu un petit rire : « Théo est journaliste : attention à ce que tu lui diras ! Tout peut être retenu à charge contre toi, tu sais ! » Déjà, nous nous levions de table. Deux couples – venus pour le café, expliqua notre hôte – nous avaient rejoints. L'une des femmes était française. Elle était rousse, opulente, j'ai compris qu'elle s'appelait Mireille. Assise seule dans un coin de canapé avec son bébé sur les bras, Suzanne Vernant avait à nouveau ouvert son corsage. Gonflés, d'une pâleur extrême, ses seins étaient admirables. Linlin et moi, nous l'avons ensuite raccompagnée chez elle, jusqu'à une maison à cour carrée, semblable, en plus petit, à celle de Gautier. Les feuilles dorées d'un ginkgo qui tapissent la cour... « Il faudra revenir me voir..., m'a dit la jeune femme. Mais revenez vite, dans un mois, dans deux mois au plus tard, cette maison n'existera plus... »

C'est vrai, Pékin qui s'en va. Ou, plus précisément, Pékin qu'on abat, qui s'effrite et qui disparaît.

– Vous n'avez pas encore commencé vos cours ? m'a encore lancé Suzanne Vernant au moment où nous partions.

C'est vrai aussi, j'en arrive à les oublier, ces foutus

cours ! Après tout, je suis venu pour ça, non ? Quand bien même un Gautier mal rasé vient de s'en étonner !

La belle Suzanne Vernant s'est penchée une dernière fois vers la portière de la voiture, un petit salut de la main. Belle, oui. Etrangement lourde, pâle et belle...

Je devine que, pas plus que Théo Gautier, Kaifeng, le mari déguisé en Armani, ne sera un ami.

C'est finalement grâce à Suzanne Vernant que j'ai fini par la trouver, la maison dont je rêvais. Jacques avait bien découvert autre chose qui m'avait plu mais, trois jours avant que je m'y installe, on avait officiellement informé l'ambassade que tout le quartier, au sud du temple des Lamas, allait être détruit. Je m'y étais rendu à deux ou trois reprises, avec Linlin. L'immense caractère peint en blanc et entouré d'un cercle qui, tracé sur le mur, indique qu'une maison est destinée à être anéantie, m'avait fasciné. Ainsi, j'avais failli vivre là, et déjà j'en étais chassé. « *Chai* », « Détruire ! » ordonne le caractère chinois entouré d'un cercle rouge. Linlin m'avait photographié devant le signe gigantesque puis elle avait pris une seconde photo de moi, écroulé comme un pantin au pied du mur détruit, en somme. J'ai toujours aimé jouer les pitres – mais ce n'était pas drôle du tout. Et voilà que Suzanne Vernant m'a téléphoné : « Vous cherchez toujours une maison ? »

Elle m'a donné rendez-vous devant l'ancien temple de la Sauvegarde de l'Etat, le Huguosi. Du temple lui-même, il ne reste pas grand-chose, à l'exception du toit d'une salle que l'on peut apercevoir de la rue, au-dessus d'un mur. Jadis, s'y tenait une foire célèbre. On y vendait de tout, des pains mandou et des soupes, des jujubes, des prunes. Et un bric-à-brac bon marché d'éventails, de pots bleus et blancs, de fume-cigarettes et de briquets. Je ne savais pas que Suzanne Vernant était photographe : je ne savais pas non plus qu'elle connaissait si bien Pékin. De loin, elle a ainsi pris des photos de moi devant le temple. Elle photographie aussi les ruines. Elle m'a entraîné ensuite à quelques pas de là, jusqu'à une porte close, au milieu d'un mur gris. De chaque côté de la porte, des petits lions de pierre maintenaient un cadre de bois rougi. Elle a frappé à la porte et, d'un coup, j'ai découvert la maison où j'avais envie de vivre. C'était une cour carrée, comme tant d'autres, qui disparaissent une à une. En son milieu, un sophora dont l'ombre serait sûrement la bienvenue au plus fort des chaleurs de l'été. Un minuscule puits, ou plutôt un bassin à poissons rouges. Et quelques plantes rabougries, d'où surgissent des fleurs blanches, colorées... Une vieille femme est venue vers nous, j'ai d'abord cru comprendre qu'elle était la propriétaire, ou la sœur du propriétaire. Et nous avons visité les lieux. C'était toute la première cour qui était à louer, et ses quatre pavillons sur les quatre côtés. La seconde cour est déjà occupée par une Suédoise, m'a expliqué la vieille femme. Une Suédoise qui fait quelquefois beaucoup de bruit : elle espérait que cela ne me gênerait pas... Les deux parties du bâtiment, de part et d'autre de l'entrée, servaient l'une de cuisine, l'autre de logement à la vieille dame : si cela ne me dérangeait pas qu'elle y reste... Au fond de la cour, le pavillon nord était divisé en trois pièces, qui pouvaient être un bureau, un salon et une chambre. Les deux ailes latérales formaient deux petits appartements indépendants. Je me suis enquis du prix, il m'a paru ridiculement bas. Mais la vieille femme a eu un bon sourire, pour dire qu'elle savait, et que le propriétaire savait aussi, que j'étais un vieil ami de la Chine... Je n'ai pas cherché à comprendre d'où venait leur information ni qui serait mon propriétaire. Je savais, moi, que, dans cette cour, à l'ombre du sophora, fût-il dépouillé de ses feuilles pour l'hiver, je serais heureux. De chaque côté du pavillon principal, deux passages permettaient d'atteindre la deuxième cour, celle de la Suédoise.

J'ai à peu près fini mon installation dans ma « cour carrée », une *siheyuan* comme on dit ici pour parler de ces maisons traditionnelles avec une cour ouverte sous le ciel. Combien de temps pourrai-je y vivre avant que le pic des démolisseurs ne m'en chasse ? Je n'y pense pas. J'avais, je me souviens, un ami consul à Florence : avec quel bonheur il parlait de sa maison, une petite villa de la Renaissance avec ses deux terrasses de citronniers en pots, qui dominaient la ville, un peu en-dessous de Fiesole. Subitement, ma cour carrée m'a donné ce même sentiment de jouissance et de possession. Même si je n'en suis que le locataire, et que je quitterai Pékin au printemps. J'ai fait livrer tout ce que j'avais acheté depuis quelques jours et qu'on avait entreposé dans un garage de l'ambassade. Des meubles un peu plus confortables que les hauts fauteuils chinois de bois dur, le *kang*, ce lit à la chinoise, bas et dur, qui occupe une partie du salon central. Et une petite chaîne haute fidélité, des disques achetés dans un magasin qui vend CD et DVD piratés, à des prix absurdes. Un magnétoscope, un lecteur de DVD, et je crois bien que c'est à peu près tout. La vieille dame que j'avais prise pour la propriétaire des lieux doit être une sorte de gouvernante, elle m'a proposé de tenir ma maison. Je l'appelle Mme Shi. Mme Shi parle quelques mots de français, qu'elle s'obstine à utiliser, avec un bon rire, à la fois gênée de parler si mal et toute fière, quand même, de parler un peu...

Très vite, mes voisins sont venus me rendre visite. D'abord, la Suédoise qui longe les pavillons latéraux pour aller jusque chez elle. C'est une belle femme de trente-cinq à quarante ans, blonde naturellement, solide. Elle s'appelle Liv Söjberg : un nom à jouer dans un film de Bergman. Mais quand je le lui ai fait remarquer, elle a poussé un cri horrifié. « Un film de Bergman ? Mon Dieu, j'espère bien que je n'ai, et que je n'aurai jamais rien à voir avec ce type ! » Je suis tombé des nues, elle m'a expliqué que, pendant la Deuxième Guerre mondiale, la conduite du grand Ingmar Bergman avait été ambiguë. Je fais partie de ces gens pour qui ces choses sont maintenant si loin, et le talent de Bergman tellement plus important... Mais elle a discuté avec moi, d'arrache-pied : je n'avais pas le droit d'oublier ces choses. Même si je ne les avais jamais sues ? Elle a eu un petit rire : peut-être que si mon grand Bergman avait été catholique, il en serait déjà à son vingtième ou trentième procès ! Mais Bergman, comme tous les Suédois, est un protestant puritain et austère, sous ses airs de comprendre le monde entier. Est-ce qu'on a jamais vu un protestant inquiété après la guerre ? Surtout, vingt ans après la guerre ? Je ne me sentais pas le goût de discuter, d'ailleurs la jeune femme avait fait son numéro, elle passait à autre chose. M'expliquant qu'on avait dû me prévenir qu'elle faisait du bruit : ce n'était pas tout à fait inexact. C'est-à-dire qu'elle recevait beaucoup d'amis, des hommes surtout, elle espérait que cela ne me déran-

185

geait pas. « Et puis, si vous le préférez, vous pourrez toujours garder fermés les rideaux de celles de vos fenêtres qui donnent sur ma deuxième cour ! » Elle avait eu un air entendu...

Un peu plus tard, toute la famille qui habite la maison voisine, au numéro deux du hutong, a débarqué. Le père, un homme manifestement malade, très maigre, les yeux cernés de noir. Une vieille grand-mère, affairée, dont on aurait presque pu jurer qu'elle avait eu les pieds bandés, bien qu'elle fût tout de même née bien après la chute de l'Empire. Une jeune fille, enfin, qui s'est présentée sous un nom français : Camille. J'ai compris que Camille étudiait le français à l'Institut des langues étrangères... Je vais enseigner à Beida, elle ne sera donc pas mon étudiante. Elle a accompagné son père et sa grand-mère pour nous servir d'interprète, elle s'étonnait maintenant que je parle à peu près parfaitement le chinois. Du coup, elle passait du chinois au français, du français au chinois. J'ai compris que le père était malade en effet, et que sa femme vivait depuis une quinzaine d'années aux Etats-Unis. Lui-même avait habité près de Philadelphie, il en gardait un mauvais souvenir, il préférait ne pas évo-quer ces moments-là. Camille, qui s'appelle en réalité Guo Yunmei, m'a soufflé à l'oreille que son père avait beaucoup souffert en Amérique. Sa mère y était restée, pour gagner de l'argent. Le père de M. Guo – Mme Shi me l'a dit après leur départ – avait été général. M. Guo lui-même était poète, il passait ses journées à peindre, à calligraphier. A la question que j'ai posée à Mme Shi : M. Guo avait-il jamais publié un ouvrage ? Mme Shi est partie d'un petit rire saccadé, comme si ce que je lui demandais était la dernière des absurdités. Puis, d'un seul mouvement, les Guo se sont retirés. Ils m'avaient apporté trois boîtes de thé vert, probablement un thé précieux, dans des pots de porcelaine peints de paysages de cascades et de montagnes. Liv Söjberg, elle, m'a offert en cadeau de bienvenue une photo d'elle-même...

Mes cours à Beida ne doivent commencer que dans une dizaine de jours, je me suis dit que j'avais encore du temps devant moi... Du coup, j'ai entrepris de relire le gros roman de Lao She, *Quatre Générations sous un même toit*, dont l'action, précisément, se déroule dans ce que j'appelle maintenant mon quartier, près du temple de la Sauvegarde de l'Etat. Je me sens presque heureux.

Je ne peux que le répéter, oui, le coup de téléphone de Jacques est arrivé à point. D'une certaine manière, je crois bien que, cette année, je n'étais plus très loin du fond. A dix-huit ans, quand j'y croyais encore, j'affirmais haut et fort la vérité du proverbe chinois inventé de toutes pièces par Dieu sait quel humoriste occidental qui veut que, plus le singe monte haut, plus il montre son derrière. Je n'étais pas monté très haut, ou plutôt j'avais trop vite atteint le sommet de mon tout petit cocotier, on avait eu le temps de voir un gros morceau de mon cul, mais j'étais retombé plus vite encore, et c'est tout en bas, cens dessus dessous – j'insiste sur cette orthographe –, cul par-dessus tête et le pantalon déculotté, que je montrais mon derrière à tout le monde.

D'abord, mes livres ne se vendent plus, ou presque plus. Ça, ce n'est pas nouveau. Il y a quinze ans, Christophe, mon éditeur intermittent, se désespérait, moi je faisais comme si. A présent, Juliette, puisque je me retrouve avec une éditrice qui s'appelle Juliette, Juliette elle-même a décidé d'en rester là. Quelque part entre le compte d'auteur et le best-seller qui ne perce jamais, Juliette publiait tout et n'importe quoi. Après tout, je n'étais pas n'importe quoi, le papa de Juliette se souvenait de mes succès d'antan. Du coup, sa fille, cette radasse, avait voulu me relancer. Tu parles ! Elle m'a peut-être relancé, la Juliette, mais pas du bon côté. Dès le premier livre que j'ai publié chez elle, je me suis cassé la gueule, mais elle y croyait encore. Pour la forme, je la baisais, elle aimait ça. Quand elle posait la tête sur mon estomac déjà passablement rebondi, elle vous prenait des airs attendris... C'est fou, les idées qu'elles se font, les pétasses qui se veulent aussi grosses que les gros éditeurs du moment. Ça a tout de même duré quatre ans : la baise et les bouquins. On forniquait une fois par semaine, on sortait un livre par an. J'avais atteint ma vitesse de croisière, je m'y étais habitué, le Viagra faisait le reste et je croyais Juliette au septième ciel parce qu'elle criait au bon moment. Tu parles, encore une fois ! J'aurais voulu qu'on voie avec quel regard, parfaitement glacé pour une brune que je croyais brûlante, elle m'a expliqué quelque part entre janvier ou février, je ne sais pas, qu'elle et moi c'était fini. La baise, si je voulais encore, pourquoi pas ? Mais les bouquins, sûrement pas. J'ai refermé le capuchon de mon gros Mont-Blanc, j'ai remonté la fermeture Éclair de ma braguette et j'ai tiré ma révérence.

Oui, il est arrivé au bon moment, le coup de téléphone en question...

Jacques Benoist était un rôdeur. Denis pensait aux errances nocturnes d'un Restif de la Bretonne dans les rues de Paris : un promeneur de Pékin toujours aux aguets, qui aurait éperdument suivi, pendant des nuits entières, des silhouettes aperçues dans l'ombre, jusqu'à ce que peu à peu un visage, un corps de femme se dégage du flou de l'obscurité où elle était enveloppée.

– Tiens : c'est de cette façon que j'ai rencontré Ninye.

A deux ou trois reprises déjà, il avait évoqué le nom de cette fille qu'il rencontrait, disait-il, dans des maisons de thé ou des restaurants autour du marché couvert de l'Ouest.

C'était sur le petit pont qui sépare Xihai de Houhai, les deux lacs situés au nord du parc de Beihai où les amoureux osaient parfois, souvent, se tenir par la main. Le pont entre les deux lacs constituait une manière de véritable tour de guet sur l'un des carrefours les plus animés de cette partie de Pékin.

La fille, qui avait tout juste dix-huit ans, poussait devant elle une bicyclette aux pneus crevés. Parvenue au milieu du pont, elle s'était arrêtée, s'essuyant le front du revers de la manche. On était au cœur de l'été, il faisait très chaud. La foule était nombreuse, Jacques avait pourtant choisi de l'aborder. Il la suivit d'abord longtemps, qui descendait le long de la rive sud du lac puis gagnait l'une des grandes avenues parallèles aux murs de la Cité interdite. Elle s'arrêtait de temps en temps, fatiguée de pousser la bicyclette. C'est à la quatrième ou cinquième halte qu'il vint vers elle.

La jeune fille avait accepté de parler avec lui. Et tous les soirs, pendant plus de six mois, Jacques s'était débrouillé pour passer un moment avec elle. Jamais, pendant tout ce temps, il n'avait fait autre chose que lui tenir furtivement la main. Il avait compris que Ninye, dont le père faisait l'un des métiers les plus méprisés de toute la Chine puisqu'il ramassait la merde des autres dans un grand tonneau de bois qu'il poussait chaque matin sur une brouette à deux roues, était une fille timide et craintive qui repousserait toutes les avances d'un diable étranger. Alors, il ne lui avait fait aucune avance, il avait parlé avec elle. Et c'était lui, le diable étranger, le Français qui connaissait parfaitement la langue et la littérature de son pays, qui avait peu à peu appris à la petite Chinoise les richesses d'une culture que le régime d'alors avait déjà commencé à laminer. Il achetait pour elle des livres, Lu Xun ou Bajin, mais aussi des poètes classiques, des fragments des grands romans chinois qu'elle ignorait et, à la lueur de l'unique ampoule de la pièce où elle vivait seule avec son père, dans l'odeur infecte que le pauvre homme traînait toujours avec lui, elle lisait des nuits entières.

Dans la journée, elle travaillait dans un atelier improvisé dans l'enceinte d'un ancien monastère, derrière la tour de la Cloche, où l'on réparait toutes sortes d'objets mécaniques. Interrogée plus avant sur le sujet par Jacques, elle n'avait même pas pu dire de quels objets il s'agissait. Mais le soir, la nuit, elle lisait. Et elle qui ne savait rien, avec les jours elle avait commencé à savoir. Mieux : au bout de quelques mois, elle avait déclaré à Jacques qu'elle aurait voulu écrire elle aussi des histoires. C'était dans un restaurant minuscule situé tout près de l'atelier de la tour de la Cloche. Deux jours après, dans le même restaurant, elle sortait d'une poche de sa veste quelques feuillets recouverts de minuscules caractères. Miraculeusement, l'écriture chinoise de Ninye était superbe. Elle racontait là sa vie, celle de son père, la découverte d'un ami étranger qui lui avait tout appris. Jacques tenta de lui faire comprendre qu'il fallait qu'elle inventât d'autres histoires, mais la jeune fille sourit en secouant la tête : elle ne pouvait dire que ce qu'elle savait. Alors, pendant les mois qui suivirent, jusqu'à ce qu'elle disparût à son tour dans la tourmente de la Révolution culturelle, elle apporta tous les quatre ou cinq jours à Jacques des fragments de papier qui, mis bout à bout, racontaient le destin de la fille d'un vidangeur dans le nord de Pékin.

Jacques Benoist avait tout gardé, un jour, s'était-il promis, il publierait les histoires de Ninye. Il était assis en face de Denis, une fois de plus, dans le café russe du marché de l'Est. Et Denis se rendit compte qu'il enviait Jacques de connaître une Ninye. Il l'enviait bien davantage de cela que de ses rencontres avec la petite renarde de la tour d'angle sur la muraille ou des autres aventures qu'il inventait peut-être, ou qu'il n'inventait pas, selon la saison.

Il est arrivé au bon moment, oui, le téléphone de Jacques... Il faut dire que je sortais d'une histoire qui m'avait laissé sur le flanc. Une de ces histoires dont le moins qu'on puisse dire est qu'elles n'arrivent pas tous les jours à un type de mon âge. Je plaisante, mais l'ami Restif a écrit un bien joli livre qui s'appelle *Sara ou la Dernière Aventure d'un homme de quarante-cinq ans*. Pauvre Restif, qui l'a connue à quarante-cinq ans et des poussières, sa dernière aventure : moi, l'aventure en question et qui risque bien d'être la dernière, j'ai tout de même fait mieux. C'est soixante ans et plus que des poussières, que j'avais. Comme on dit dans les journaux, je n'osais pas y croire. Ou plus. C'est que Sarah, elle, en avait vingt-cinq. Même un peu moins.

Ajoutez à cela qu'elle était mariée, qu'elle avait un bébé, un mari homme d'affaires avec chasse je ne sais pas où et château en Normandie, plein aux as, et que moi je n'ai rien...

J'ai croisé par hasard Sarah dans un couloir. Arnaud, son mari, n'était pas vraiment de mes amis, mais un ami d'amis. Il nous avait tous invités pour un long week-end, en nous précisant que sa femme ne serait pas là. Mais c'est qu'elle était là, cette coquine. Simplement, elle se cachait. Le premier soir, on venait d'entendre une partita pour violon seul de Bach – il faut savoir aimer les choses simples, non ? – et j'étais monté à l'étage pour faire pipi. J'ai oublié de le dire : Arnaud et quelques-uns de ses amis aussi friqués que lui organisent ce qu'ils appellent des week-ends musicaux. Un château en Normandie ou une grande maison près de Montfort-l'Amaury, une quinzaine de couples un peu compassés, quelques ahuris comme moi et trois ou quatre musiciens que les couples en question et les célibataires de rigueur qui vont avec paient plutôt chichement pour jouer le samedi soir sous les portraits de famille. Ce week-end-là avait commencé tôt, je ne sais plus, la violoniste devait regagner l'Angleterre le lendemain, bref, un premier concert avait eu lieu le vendredi soir. Les émotions, ça vous creuse, moi ça me donne envie de pisser. Il suffit que je sois à un concert, à l'Opéra c'est pire, je n'ai qu'une idée à la fin du premier acte, c'est gagner les toilettes au plus vite, quitte à prendre ensuite mon temps si je ne suis pas seul devant ma pissoire, car je fais partie de ces gens qui ne savent pas pisser en compagnie.

Donc, me voilà dans le couloir du premier étage de mon château en Normandie. Et c'est là que je suis tombé sur Sarah. Elle était très grande, la peau pâle, vêtue de blanc, elle tenait un paquet de livres anciens dans les bras. Joliment déhanchée, elle m'a souri. Comme un imbécile, je lui ai demandé où étaient les toilettes, elle m'a montré une porte, c'était sa chambre, la chambre conjugale s'il vous plaît, avec salle de bain attenante, tous les marbres qu'il faut et des robinets dorés en forme de bec de cygne. Pour un peu, ça m'aurait coupé mes effets. Mais quand je suis ressorti, la jeune femme m'attendait devant la cheminée. Toujours avec ses livres dans les bras. Et là, d'un coup, le vrai coup de foudre. Elle était belle, d'une de ces beautés peut-être trop parfaites, le front très haut, le nez fin, bien dessiné, des lèvres qui souriaient en rose et les cheveux ramenés en chignon sur le sommet du crâne. Elle m'a parlé tout de suite d'un livre qu'elle avait lu de moi. J'ai craint le pire, mais pas du tout, c'était mon gros roman chinois qu'elle avait trouvé dans la bibliothèque de ses parents, quand elle était encore très jeune, me dit-elle. Très jeune ? Elle a ri : c'était il y a cinq ou six ans, maintenant elle était très vieille... Nous sommes restés à parler, puis je suis redescendu au salon. Sarah, qui s'était juré, je ne l'ai su que plus tard, de ne pas rencontrer les amis de son mari qui ne l'intéressaient guère, est apparue pendant la chaconne de la deuxième partita, rien que ça : il y a des musiques qu'on dirait faites pour... Elle est venue s'asseoir près de moi, cette fois sans ses livres. Après le concert, nous avons parlé un moment, d'autres invités se sont joints à nous, elle ne les regardait pas. Moi, bien sûr, je ne regardais qu'elle. Il me semblait qu'elle ne regardait que moi. Mais je me disais que ce n'était pas possible... D'ailleurs, pendant un an, je n'ai plus entendu parler d'elle. Je suis même retourné dans le château du mari, pour un autre concert, d'un trompettiste de jazz, cette fois, la preuve qu'on est éclectique dans ces milieux-là, mais Sarah n'est pas apparue. Au détour d'une conversation, j'ai compris qu'elle était en Italie.

Jamais je n'aurais imaginé que les choses auraient pu ne pas en rester là. Mais voilà qu'un an et un jour après, ou presque, Sarah Bardeau-Ripois – le mari s'appelle ainsi, il y a encore quelques femmes aujourd'hui pour se mettre au garde-à-vous devant le nom de l'époux ! – Sarah, donc, m'a téléphoné. Ou plutôt, elle a laissé un message sur mon répondeur. Je n'ai pas compris grand-chose, elle parlait très vite, d'une voix hachée, j'ai pensé comme un idiot que son élocution était lamentable. Mais la jolie femme claire, toute de blanc vêtue, des livres sur la hanche, que j'avais rencontrée en Normandie, dans le couloir d'un château aux portraits de famille, voulait me voir. Elle avait, me dit-elle, quelque chose à me demander...

Je passerai sur ce quelque chose, ce n'était rien. Je ne l'ai compris qu'ensuite, lorsque, à notre troisième rencontre, elle m'a expliqué que cela faisait des mois que nous nous étions rencontrés, des années, même, qu'elle voulait me revoir. D'ailleurs, nous nous étions aperçus depuis : est-ce que je ne l'avais pas remarquée ? Dans une vente de livres, la vente du *Figaro* – où j'avais été invité par quelle erreur ? Elle avait vu mon nom sur la liste des auteurs qui signaient leurs ouvrages, elle n'était venue que pour cela. Mais au dernier moment, elle n'avait pas osé s'approcher de ma table... Pourquoi n'avait-elle pas osé ? Lorsque j'y pense, je me dis à nouveau que c'était trop fou, impossible, absurde. Mais tout cela, elle me l'a raconté à notre troisième ou quatrième rencontre. Je l'avais invitée à passer chez moi, elle voulait voir les photos de Chine dont je lui avais parlé. Nous avions rendez-vous à quatre heures de l'après-midi, à cinq heures moins le quart elle est arrivée, haletante, elle s'était trompée d'adresse, d'heure, de chaussures ! Elle portait une chaussure grise à un pied, à l'autre pied une chaussure noire. Je lui ai offert du thé, j'ai découvert qu'elle m'en avait apporté. Un thé vert parfumé à la menthe. Elle était sûre que j'aimerais...

Sarah a tenu à préparer elle-même le thé. Elle a ébouillanté la théière, y a jeté quelques feuilles, les a arrosées à leur tour d'eau bouillante, a vidé le tout, puis a remis du thé, de l'eau bouillante. Elle a laissé infuser quatre ou cinq minutes, avant de remplir, à ras le bord, la tasse que je lui présentais. Le thé était trop brûlant pour que je puisse seulement y plonger les lèvres, je l'ai posé sur une table basse, devant le canapé. Nous nous sommes assis, elle tenait sa tasse à la main, je n'espérais rien. Alors Sarah a posé sa tasse sur la table à côté de la mienne, elle se tenait toute droite, dans l'angle opposé du canapé. Sa main droite reposait sur le tissu usé, j'ai eu envie d'avancer la mienne, je lui ai effleuré les doigts. Elle s'est laissé faire. Elle avait des doigts très longs, ses mains étaient tièdes, un peu moites. Elle a dit : « J'ai les mains moites... » Alors je lui ai embrassé les doigts – timidement, Bon Dieu ! et sans oser y croire, sans croire à rien d'ailleurs ! – et puis voilà que, d'un coup, c'est elle qui, d'un seul élan, a basculé vers moi. Elle s'est pelotonnée contre moi, complètement serrée contre moi. Et nous nous sommes embrassés. Elle embrassait comme une petite fille, avec une tendresse qu'on aurait dite goulue. Ce premier baiser a duré longtemps. Soudain, nous étions bien deux enfants. Je nous voyais comme un petit frère, et sa petite sœur, je me disais qu'elle était ma petite sœur. Mais j'avais soixante ans, merde ! Alors, comme une petite sœur, je l'ai prise sur mes genoux, moi, déjà si lourd, déjà si accablé de mes foutues soixante années et plus. Et elle, cette jeune femme, souple, si grande, si blanche... Notre baiser a duré encore. J'ai commencé à la caresser. Elle avait des seins menus, très doux, lisses, à la pointe rose. J'ai tout de suite aimé lui embrasser les seins. Je me suis renversé en arrière sur le canapé, sans cesser de l'embrasser, elle s'est étendue contre moi. Il y a eu cet instant où, pour la première fois, j'ai vu ses seins inclinés vers moi, elle se laissait faire, s'abandonnait, c'était très beau. Et moi, je me disais que c'était une sorte de miracle qui se produisait. Je ne savais pas comment lui dire cette émotion. Mais il a fallu bientôt se séparer, ce premier jour, il ne fallait faire de peine à personne : la quitter m'a subitement paru très dur.

Je ne savais pas encore que, frappé de plein fouet par cet élan d'une jeune femme de quarante ans plus jeune que moi, j'allais en être blessé comme je ne me souviens pas avoir jamais été blessé.

J'ai revu Sarah le lendemain de ce premier baiser. Mais qui étais-je, grands dieux, pour parler comme un amoureux de cartes postales ? Entre-temps nous nous étions laissé des petits messages sur nos répondeurs téléphoniques. C'est elle qui m'a appelé la première, de bonne heure, nous avons parlé. Mais elle était pressée, elle allait à gauche, à droite, rendait visite à des amis, elle devait passer à sa galerie : c'est vrai, je ne l'ai pas dit, Sarah est peintre. Elle fait des portraits de jeunes femmes qui lui ressemblent, toutes ont un petit air triste. Sur ses toiles, d'une belle écriture qui

ne lui ressemble pas, on dirait l'écriture d'une vieille
tante, d'une grand-mère, elle écrit des petits poèmes.
Lorsque j'ai suggéré de la revoir ce jour-là, elle m'a
dit que non, pas cette fois-ci. Elle était encore pressée,
un vieux monsieur – plus vieux que moi ! – qu'il lui
fallait voir, un jeune homme, une amie antiquaire... Le
surlendemain, elle est repartie pour la Normandie.
J'aurais voulu l'accompagner à la gare, elle m'a
expliqué que c'était difficile, il ne valait mieux pas. Il
y avait beaucoup d'amis qui risquaient de prendre ce
même train, c'était un vendredi, le train du week-end.
J'étais encore tout éberlué de ce qui m'arrivait. Mais
à son retour, trois jours après, elle est venue chez moi.
Comme une petite fille, elle s'est assise sur mes
genoux. Je me sentais bouleversé. Elle portait des bas
qui lui arrivaient jusqu'à mi-cuisses, une petite culotte
noire, avec des frous-frous. Je l'ai serrée contre moi
et, le plus naturellement du monde, elle s'est déshabillée tout à fait. Nous sommes restés plusieurs heures,
l'un près de l'autre, étendus sur ce lit. Je la caressais,
elle frissonnait, nous parlions beaucoup. Tantôt elle,
tantôt moi. L'idée faisait son chemin : elle était bien
ma petite sœur jumelle, elle était aussi la jeune fille
venue de trop loin pour moi. Il y avait quelque chose
de presque incestueux dans la tendresse que je ressentais pour elle, dans celle qu'elle éprouvait pour moi.
J'étais bouleversé par le besoin qu'elle semblait avoir
d'être embrassée. Pour dire s'aimer, elle disait : « Nous
nous embrasserons. » Je devinais chaque grain de
beauté de son corps et c'est ce jour-là, dans la semi-
obscurité d'une pièce éclairée par le jour qui basculait
tout doucement, éclairant peu à peu la place Saint-
Sulpice d'une lumière orangée, que je me suis rendu
compte que le corps de Sarah était vraiment une carte

du ciel, constellé d'étoiles dorées. Alors, avec une incroyable inconscience, je lui ai tout raconté. Je voulais qu'elle sache tout, ce que j'avais vécu, ces femmes, toutes ces femmes qui avaient croisé ma vie. Mes lâchetés, mes terreurs. Le lendemain, elle m'a dit qu'elle avait été un peu jalouse. Elle avait ressenti un pincement dans le cœur. Et c'est moi, à mon tour, qui ai éprouvé ce pincement à l'idée d'avoir pu lui faire de la peine. Alors, j'ai voulu qu'à son tour elle me raconte tout. Elle m'a parlé de ses amours, de celles qui avaient compté pour elle, des autres. L'un surtout, un cousin, qu'elle avait tendrement aimé. Et de son mari, qu'elle aimait... Pour la première fois, j'ai presque souffert lorsque, évoquant son retour à la maison après l'une de nos premières rencontres, elle avait dit comme cela, en passant, qu'elle avait pris un bain et qu'ensuite, elle et lui s'étaient aimés.

Des déjeuners rapides, dans des quartiers excentriques, aux quatre coins de Paris : Sarah était toujours pressée, elle faisait trop de choses. Elle peignait, elle avait ses modèles, elle-même servait de modèle à une vieille dame qui était peintre aussi et fit d'elle un portrait redoutable. J'étais terrifié par tout ce qu'elle avait à faire, des obligations qu'elle se découvrait et que je découvrais avec elle. Je savais que la retrouver dans un restaurant une heure par jour ne me suffisait pas. Jamais, jusque-là, nous n'avions véritablement couché ensemble. Je l'avais caressée un peu, beaucoup, mais je n'étais pas allé plus loin. A nos âges, on a parfois de ces pudeurs – et qui deviennent terreurs... Un matin, elle a débarqué chez moi de bonne heure, un bouquet de fleurs à la main. Elle m'a dit qu'elle aimait acheter des fleurs. Elle m'avait apporté des anémones, des pivoines. Des fleurs très roses. Et puis elle repartait dans ses expéditions à travers Paris. Je l'attendais à des stations de métro improbables, Richelieu, Montmartre ou Ménilmontant, la Porte Maillot ou Rue du Bac. Et je la voyais venir de si loin, pressée, rapide. Altière, aussi.

Enfin, nous avons eu notre nuit tout entière. La soirée avait commencé tôt dans l'après-midi, coupée de courses, d'allées et venues, mais c'était l'émerveillement, la première véritable rencontre. Ce que nous attendions l'un comme l'autre. Nous avons déjeuné, nous avons dîné ensemble. Nous avons regardé ensemble un film à la télévision, et nous l'avons aimé. C'était *Le Jardin des Finzi-Contini*, Bassani et ses joueuses de tennis, si blondes. De temps en temps, le film basculait dans le vide, tant nous nous embrassions. Elle était nue sous un immense peignoir. J'inventais des caresses, elle me disait que c'était la première fois. C'est alors que j'ai remarqué qu'à certains moments de l'amour, Sarah se mettait à pleurer tout en souriant. Lorsqu'elle a quitté l'appartement, le lendemain matin, j'ai découvert une note que je n'ai lue que plus tard dans la matinée. Là, de sa belle écriture pointue, elle m'expliquait qu'elle avait pleuré trois fois, précisément d'amour et de joie, et que j'étais, moi, le troisième homme qui avait su la faire pleurer de cette sorte. J'en ai été heureux, mais aussi, dans le même temps, un peu jaloux des deux premiers.

Mais la nuit avait été très longue. Très courte aussi, car elle était partie à l'aube. Nous avions dormi dans les bras l'un de l'autre, sans nous quitter un instant. Je découvrais chaque centimètre de sa peau. Et chaque centimètre carré de peau était un moment d'émotion. Les caresses nouvelles que j'osais : chaque fois une émotion nouvelle. Je la caressais ainsi pendant des

heures, je la regardais, tandis qu'elle s'abandonnait.
Elle était très belle, n'arrêtait pas de sourire. Les yeux
fermés. Lorsque Sarah parlait de caresses, elle se servait simplement du mot toucher. Alors, comme elle, je
lui disais que j'aimais la toucher. C'est cette nuit-là
que, moi, je l'ai prise pour la première fois. Tout était
très doux, j'ai glissé vers elle, j'ai glissé sur elle,
bientôt je nageais en elle...

Le matin, elle s'est levée tôt. Elle a pris une douche,
elle s'est lavé les cheveux. Elle ressemblait à ce
moment-là à une fleur épanouie, une fleur vivante,
longues jambes, le bassin offert, ses tout petits seins,
une fleur très saine, très charnelle. La nuit avait été
courte et longue. A deux reprises, elle s'était réveillée
en sursaut, elle ne savait pas pourquoi. Mais chaque
fois, elle se rejetait dans mes bras, qu'elle n'avait d'ailleurs pas quittés. La troisième fois, c'était une demi-
heure avant que le réveil, inexorable, sonne. Alors nous
avons encore parlé une longue demi-heure, puis à la
hâte, nous avons bu du thé tiède, mangé des croissants
de la veille, appelé un taxi et je l'ai accompagnée à la
gare...

Le dernier amour d'un homme de soixante ans ?
Nous nous retrouvions dans des cafés, dans un restaurant au bois de Boulogne, dans un autre à Saint-
Germain-des-Prés. Ou alors, c'était chez moi, dans un
lit ou sur un canapé : mon appartement de célibataire
dont j'avais presque honte. Elle parlait toujours de la
même voix hachée, rapide. Elle racontait les garçons
avec qui elle avait dansé quand elle avait quinze ans.
Parfois, elle disait que celui-ci ou celui-là « la touchait ». Elle prononçait le mot « toucher » avec un petit
air à la fois gêné, comme nostalgique. Elle m'a montré
le journal qu'elle tenait à cette époque. C'était déjà la

même grande écriture un peu tourmentée, à l'encre violette. Elle décrivait des soirées, des surprises-parties. Elle remarquait qu'elle passait des bras de l'un à l'autre, et qu'elle était peut-être « un peu saloppe » ! Elle écrivait « saloppe » avec deux *p*, et cela m'attendrissait. De la même façon, elle remarquait qu'elle aimait bien se faire « pelotter ». Cette fois, c'était deux *t* qu'elle mettait au mot « pelotter ». Et j'en souriais, d'attendrissement. Elle m'a raconté que la première fois qu'elle avait vraiment couché avec un garçon, elle avait dix-huit ans, c'était à Londres. Le garçon ne l'intéressait pas beaucoup, ils s'étaient aimés rapidement, elle avait un peu bu. Il habitait quelque part du côté de Hyde Park. Elle l'avait quitté de très bonne heure le matin, elle chantait, elle dansait presque en traversant le parc. L'image de cette grande fille étoilée de blond dansant sur l'herbe verte après sa première nuit d'amour m'a longtemps fait rêver.

J'avais voulu voir des photos d'elle quand elle était petite, elle m'en avait montré beaucoup, des albums entiers, soigneusement mis en pages. Chaque fois, sous sa photo, il y avait une légende. C'était elle à sept ans, avec sa petite sœur, qui avait un drôle de nom. C'était elle à huit ans, avec son frère, avec son chat. Ils avaient eu un chat qui s'appelait Angora, il était mort, on l'avait enterré dans un coin du jardin. C'était quelque part en Amérique du Sud. Son père y avait été en poste. Elle me montra des photos de ces femmes très belles, un peu lourdes, qui avaient été ses nounous. Elle m'a montré aussi des photos de ses parents, tellement jeunes. Elle me parlait d'un grand-père qu'elle avait beaucoup aimé, il était compositeur. J'avais entendu son nom, c'était un ami de Georges Auric, de Germaine Taillefer. Elle m'a montré d'autres photos encore, beaucoup d'entre elles avaient été prises par des amies à elle. C'étaient des jeunes femmes que, disait-elle, elle fascinait. Je ne la reconnaissais pas toujours. Elle paraissait souvent plus que son âge. D'autres fois, au contraire, c'était une vraie petite fille.

Deux photos de Sarah m'ont bouleversé particulièrement. J'ai déjà évoqué l'une, celle de Sarah au Brésil, le dos appuyé à un arbre, son maillot bleu d'une seule pièce, mouillé, qui la moulait étroitement. L'absence de ses seins, oui, mais surtout le renflement, bleu, d'un sexe de petite fille, parfaitement dessiné sous le tissu mouillé, la fente parfaitement perceptible en son milieu. J'avais été ému. D'un geste rapide, au risque de déchirer la photographie, Sarah l'avait arrachée de l'album et me l'avait tendue. Je l'avais rangée précieusement dans mon portefeuille.

Sur une autre photographie, c'était différent. Normalement, je n'aurais même pas dû la voir. Sarah y était enceinte en Normandie, à deux jours, trois jours peut-être de son accouchement. On la voyait de profil, et parfaitement nue. Son ventre était énorme, totalement rond. Elle souriait, une brassée de fleurs dans les bras. Mais je ne voyais que ce ventre, disproportionné, qui me rappelait une peinture. C'était un petit tableau que j'avais vu à Venise. Une nymphe y tenait devant elle un grand globe transparent, lumineux, laiteux. C'était une allégorie qui représentait peut-être la lune. Le ventre parfaitement rond de Sarah, à trois jours de l'accouchement de son petit garçon, avait la forme exacte de cette lune peinte par un peintre vénitien à l'extrême fin du XVe siècle. Je n'avais jamais beaucoup aimé les femmes enceintes, je ne les regardais pas. Mais je me suis mis à désirer cette photographie, éperdument. Sarah, pourtant, ne me l'a pas donnée. Elle m'a dit qu'il fallait être prudent. Bien cacher toutes les photos que j'avais d'elle. Que personne ne les trouve, personne ne les voie, personne ne sache...

Bien avant, il y avait tant de photos, tant de femmes. Ainsi Marion, la femme de Franck Desjardins. Franck était poète. Il traduisait en une langue légère – on aurait dit aérienne... – Li Shungyin et d'autres poètes Tang. Son visage était grave, on aurait dit qu'il souriait en pensant à des choses très lointaines, qu'aucun de ceux qui l'entouraient ne pourrait jamais deviner. Il devait mourir jeune, trente ans, trente-cinq peut-être, avec derrière lui la réputation d'un fin lettré, celle aussi d'un interprète émérite dont un président de la République, amateur des choses de la Chine, ne pourrait pas se passer. Mais Marion, sa femme... Elle deviendra cette longue silhouette un peu cassée, qui hantera tous les lieux où l'on parlera de la Chine, de l'enseignement du chinois. Elle s'en fera même une spécialité : apprendre à n'importe qui le chinois, en moins de quelques mois, sans avoir jamais recours aux caractères écrits. Les sinologues la railleront un peu, elle sourira, l'air triste.

A Pékin, en ces années-là, elle était déjà triste. Longue silhouette aussi, la peau blanche, les cheveux noirs. Elle ressemblait peu à Pascaline et pourtant, d'une certaine manière, Denis se disait qu'elle était une sorte de double de Pascaline. Elle aussi avait un mari que Denis aimait bien, elle aussi semblait inaccessible. Il voulut la photographier, elle se prêta à son jeu, avec moins de bonne volonté que Pascaline. Il la photographia d'abord dans une rue, des clichés pris n'importe comment, à la va-vite, des souvenirs dans une foule.

Mais les photos que Denis voulait d'elle étaient naturellement différentes. Elle finit par accepter. Il passa une journée entière dans un coin désert du campus de l'Institut des langues étrangères, à prendre trois rouleaux, six rouleaux de photos de Marion.

Il ne voulut pas les tirer chez Pascaline. Un étudiant cubain du dortoir voisin du sien avait aménagé un labo. C'est chez lui que, du fond d'un bac de révélateur, il vit monter vers lui le visage de Marion. Lentement, dès la première photographie, Marion venait à lui. Et il eut le sentiment que le visage de cette femme, qui semblait pressée alors, voire mécontente de se prêter à ce jeu, était à présent offert, ou sur le point de l'être. Il eut la quasi-certitude, en cet instant, au pli des lèvres, à l'amorce du sourire, qu'un jour Marion serait à lui. Et que ce jour viendrait vite.

Des photos ? Il y avait eu aussi Liliane Boudet – et Denis n'en était pas très fier. Liliane Boudet avait les lèvres écarlates. Des lèvres minces qu'elle peignait soigneusement d'un rouge gras qui lui faisait une grosse bouche, luisante. Elle avait un tout petit nez, des cheveux répandus en un savant désordre autour du visage mais, d'elle, c'était d'abord ses lèvres que l'on retenait. Du temps de l'Algérie, quand il courait la gueuse à Oran, Denis avait rencontré une femme qui avait ces lèvres-là. Epouse d'un officier quelque part dans le bled, elle trompait sa solitude avec une poignée de sous-lieutenants qu'elle traînait dans son sillage. Un général l'avait remarquée : elle avait une bouche à faire des pompiers ! Et c'est vrai qu'ils étaient jouissifs, les pompiers de la voluptueuse épouse de l'officier paumé dans son bled. La meilleure vide-couilles de toute l'Oranie, disait encore le général. Telle était cette Marie-Françoise jadis, telle était maintenant Liliane Boudet, épouse d'un premier secrétaire falot, qui ne pouvait avoir, lui, qu'une gueule de cocu.

Assis à côté d'elle, lors d'un dîner à l'ambassade, Denis avait tout de suite été fasciné par ces lèvres-là. D'autant que la Liliane en question se penchait vers lui pour lui parler presque à mi-voix, un coude sur la table, le menton posé sur la main, la bouche en avant. Du coup, sans l'ombre d'un scrupule, il avait joué le jeu. L'entraînant sur des terres hasardeuses où elle croyait pouvoir s'aventurer, il l'avait saoulée des mots qu'elle attendait d'un jeune romancier égaré chez les diplomates. Liliane, pour s'occuper – parce qu'il faut bien s'occuper, n'est-ce pas ? quand on est femme de diplomate –, passait quelques heures par semaine au Taijichang, l'ancien centre culturel français, transformé en bibliothèque. Des milliers de livres, accumulés avec les années, hérités de diplomates de passage, de donateurs disparus, étaient à classer, au hasard de rayonnages branlants.

C'est là que Denis vint la retrouver deux jours plus tard. Elle était seule, ne fit pas beaucoup de manières pour se laisser embrasser, Denis déchira presque ses vêtements. Liliane ne pouvait qu'aimer cela. Elle poussait des petits cris d'oiseau tandis qu'il la possédait avec violence. C'était au fond de la troisième salle de la bibliothèque. Il y avait une table, des piles de livres renversés, elle était couchée, cuisses écartées, au milieu des livres et de la table. Comme elle était profondément bête, profitant d'un moment d'accalmie et parce qu'elle croyait peut-être que ces choses-là se faisaient, elle attrapa un volume au hasard, c'était du Valéry, elle s'exclama que, Paul Valéry, elle adorait ! Denis n'en

205

recommença qu'avec plus d'énergie à la bourrer : il aimait le mot, il se dit qu'il bourrait une pétasse. La pétasse en question était maigre, avec des gros seins. Son ventre était blanc, la touffe noire hérissée, les lèvres d'en bas du même rouge écarlate, aussi luisant que celui de sa bouche. Au moment crucial, elle lui demanda de se retirer, elle n'avait aucune protection, mais il était trop tard. Denis gicla en elle avec une sorte de rage. Puis la photographia ainsi, écartelée, trempée encore de lui. Elle se laissa faire avec une complaisance obscène. Plus tard, il développa les photos chez son ami cubain qui en fit des tirages pour lui, pour d'autres étudiants. Les photos circulèrent, le sexe de Liliane très noir, le ventre blanc. Denis avait pris deux rouleaux, trois, puis il avait entendu quelqu'un entrer dans la pièce voisine. Il remonta sa braguette à la hâte : il n'avait même pas retiré son pantalon.

J'ai écrit à Sarah tous les jours, ou presque. Je lui écrivais des lettres tendres, mais aussi des lettres d'amoureux, des lettres d'amant. Je m'étais même mis à écrire des poèmes. J'écrivais des poèmes sur elle, des textes courts qui la racontaient rayonnante au milieu de son monde à elle, que je ne connaissais pas. Je parlais de la Normandie, de la rivière qui traversait le parc, l'étang où elle se baignait petite fille. Avec elle, je renouais avec toutes les campagnes de mon enfance, des journées entières dans des granges de foin. Ou alors, l'exotisme à fleur de peau des enfances de Sarah, je me mettais à rêver de palmiers et de plages blanches, du chat Angora enterré dans la jungle et de cacatoès.

Sarah, elle, me récitait Apollinaire, des poèmes d'Aragon, René Char, Eluard. Alors, je redécouvrais à mon tour les textes que j'avais si passionnément aimés jadis. Sarah aimait aussi Musset, passionnément. Du coup, j'avais redécouvert Musset, j'éprouvais une véritable ardeur juvénile à relire les premières pages de *La Confession d'un enfant du siècle*. Après tout, était-ce si loin des premières lignes de *La Chartreuse de Parme* ? Est-ce que je n'avais pas trop lu Stendhal et pas assez Musset ? Et comme Sarah aimait aussi George Sand, nous nous sommes plongés tous les deux dans sa correspondance avec Musset. Rien du fatal séjour des amants à Venise ne nous fut plus, dès lors, étranger. Je n'avais que cela à faire, mais Sarah, quand en avait-elle le temps ? Sarah prenait pourtant le temps de s'enfermer des journées entières rue de la Grande-Chaumière pour peindre des jeunes femmes qui étaient aussi des héroïnes de Musset, de George Sand. Et puis, elle disparaissait à nouveau. On aurait dit qu'elle avait à faire aux quatre coins de Paris, toujours dans des lieux plus improbables. A Villejuif, dans une aile d'hôpital désaffecté où elle retrouvait un groupe d'amis. A Pigalle ou près de la porte Saint-Denis. C'était là qu'elle se rendait le plus souvent. Elle y rendait visite à une vieille dame qui s'était occupée d'elle et de sa mère lorsque, petite fille, elle n'était pas confiée aux soins des belles et lourdes nounous des îles, entre Antilles et Amérique du Sud. Rue Saint-Denis, je l'attendais parmi les sex-shops et les putains en maraude. Il y avait surtout deux Noires, dont l'une était très belle. Poitrine de choc et fesses de rêve. Mais je me disais que la douce poitrine de Sarah, ses seins menus, c'était tellement plus doux. Alors, je la voyais venir de loin, sortant de Dieu sait où. Elle surgissait soudain à vingt mètres, trente mètres de moi, vêtue du même blouson ou d'un long manteau couleur de rouille. Elle venait vers moi, souriante, se jetait dans mes bras. Je savais que l'heure qui suivrait, l'après-midi tout entière parfois, serait très belle. Dès l'ascenseur qui nous conduisait au quatrième étage de la place Saint-Sulpice, Sarah commençait à me dévorer. C'étaient ces baisers goulus dont j'ai déjà parlé. Elle m'embrassait voracement, aspirant ma bouche, mes lèvres. Dans le même temps, je lui écartais les jambes avec mon genou que je fichais là, entre ses cuisses. L'ascenseur arrivait à l'étage, nous continuions à nous embrasser, mon genou toujours prisonnier des jambes de Sarah qui le serraient très fort. Une fois, quelqu'un a ouvert la porte, nous avons eu tout juste le temps de ne pas donner l'impression d'être vraiment trop inconvenables.

Je n'avais jamais vécu cela... Ou du moins je le crois. Je ne me lassais pas de la caresser et, surtout, elle ne se lassait pas d'être caressée. Son sexe était tout petit, bordé de rose. C'était avec une immense tendresse que mes mains, mes doigts tournaient autour de lui. Il suffisait que je l'effleure pour qu'elle entre, je le lui ai dit un jour, en vibration. Alors, parlant d'elle, j'oserai des mots qui, pour évoquer une autre, m'auraient choqué. J'aimais la caresser du pouce, je lui disais que je la dégustais sur le pouce et elle, bouleversée, s'abandonnait à ce pouce qui n'ignorait plus rien de chaque vallée, de chaque sillon, de la moindre colline au plus profond d'elle.

A la différence de la plupart des femmes que j'ai connues, Sarah n'avait jamais cette fuite vers la salle de bain, ou cette échappée rapide, qu'elles ont si souvent après l'amour. Non, Sarah s'en allait ainsi, disant qu'elle portait un peu de moi. Et cela, je le ressentais comme une manière de plaisir très neuf.

De même, regarder attentivement le visage de Sarah pendant les moments de l'amour était un autre sujet d'émerveillement. Elle avait les yeux fermés, la bouche entrouverte, haletante. Et pourtant, sans raison, alors que l'instant d'avant elle venait d'être secouée par un tremblement miraculeux, elle ouvrait les yeux, elle souriait, semblait suivre avec amusement dans la pièce le vol d'un papillon. Je lui disais qu'elle était elle-même un papillon, Sarah répondait qu'elle aimait papillonner, jusque dans l'amour. Et puis, elle parlait, elle poussait les petits cris qu'on devine, mais elle avait aussi de longs discours. Sa voix, haletante, les mots qui s'entrechoquaient était ceux de la fièvre, de la chaleur, de l'ivresse, mais aussi ceux d'une effusion gentille, étonnée.

Ce qui métamorphosait aussi en bonheur absolu mon plaisir, c'était la fabuleuse longueur des extases de Sarah. On aurait dit qu'elle pouvait les renouveler vingt fois, trente fois, cinquante fois. J'ai dit qu'elle entrait en vibration : c'était bien de cela qu'il s'agissait. Subitement, son corps était secoué par des dizaines de décharges électriques successives. Lorsqu'elle me chevauchait, je voyais son visage agité par des sourires, des grimaces qui étaient des sourires, et même des sortes de petits rires intérieurs. Un jour qu'elle s'était abattue contre moi avant de se relever pour reprendre, infatigable, sa chevauchée magnifique, ses dents s'étaient refermées sur ma joue, sur ma pommette. Elles restèrent un moment ainsi, fichées dans ma chair, et lorsqu'elle s'arracha à moi, elle m'avait déchiré un morceau de joue. J'avais saigné beaucoup, j'en étais fier.

Une autre fois, la tension de Sarah avait duré si longtemps qu'elle finit même par se laisser tomber sur le côté, totalement épuisée. Elle était à bout de souffle, très pâle. Elle avait mal à la tête. Une violente migraine, d'un coup. Elle m'a dit : « Je t'ai trop aimé... » C'était la plus belle des déclarations d'amour. Je suis revenu avec un linge humide que je lui ai passé sur le front. Elle tremblait de tous ses membres, très pâle, les lèvres bleues, les joues enfoncées. Je me souvenais d'Anouk Aimée dans le film inspiré de Barbey d'Aurevilly, qui mourait d'amour, au sens le plus littéral du mot mourir, dans les bras d'un bel officier. Sarah tremblait de tous ses membres, très pâle, les lèvres bleues, les joues enfoncées. Elle avait les yeux grands ouverts, le regard fixe. Je l'ai soignée comme une petite fille, je l'ai fait boire en soulevant un peu sa nuque, subitement raidie.

Le dernier amour, oui. Que dire encore ? Sinon la description minutieuse de ces moments-là que jamais je n'ai voulu conserver autrement que dans ma mémoire.

Des photos ? C'est Jacques Benoist qui avait introduit Denis chez le Dr Ma. Denis n'avait alors pas encore entendu parler d'Iris, ni des photos que la jeune femme, puis la femme entre deux âges, avait prises pour un certain nombre de diplomates étrangers en poste à Pékin avant 1949, puis, plus discrètement, pour des Chinois à qui elle rendait ces services. Le Dr Ma était le médecin officiel de la colonie étrangère. Ou du moins d'une partie des étrangers résidant à Pékin, notamment des Français. Il avait fait ses études à l'Ecole de santé navale de Bordeaux, comme Victor

Segalen, se plaisait-il à répéter. Habitant au nord de la cité tartare, dans une grande maison qu'on lui avait permis de conserver, il vivait là comme le Pr Gao, dans un luxe de livres, d'objets d'art, de calligraphies, que la Révolution culturelle allait balayer. Veuf de bonne heure, il avait une fille de près de trente ans qui avait, Denis l'apprit plus tard, bien connu Iris. Lorsque Jacques conduisit son ami dans la belle maison proche du temple des Lamas, le médecin était seul avec sa fille. Tous deux les reçurent dans le bureau du docteur, parfaitement occidental, hormis une table de travail et des chaises en bois de rose. Comme chez le Pr Gao, les rayonnages des bibliothèques débordaient des œuvres de Romain Rolland, Valéry, Thomas Mann ou Wittgenstein.

La fille du Dr Ma avait reçu le prénom français de Denise. Denis et Denise : elle regarda pourtant sans un sourire particulier le nouveau venu. Elle avait fait elle aussi des études de médecine à Shanghai, à l'ancienne université française Aurore. Mais très vite, elle avait abandonné la pratique pour se consacrer, disait-elle, à la recherche. Quelles recherches ? Nul ne le savait vraiment. On savait, en revanche, qu'elle se rendait plusieurs fois par an à Hong Kong, où Iris passait alors chaque hiver, ou à Londres, quand la photographe s'installait au printemps dans la maison de son ami John Chessmann.

Jacques voulait faire parler le Dr Ma de cette période trouble qui avait suivi, à Pékin, la prise du pouvoir par les communistes. La rumeur d'un attentat contre le président Mao avait couru un moment, auquel des Occidentaux, un Italien, un Belge, un Français peut-être avaient été mêlés. Il y avait eu quelques diplomates fameux dont les relations avec les nouvelles autorités

211

étaient empreintes de mystère et de confiance : c'est de tout cela que Jacques voulait que le Dr Ma parlât. Il savait que la curiosité de Denis était immense, et il ne doutait pas que le médecin lettré ne fût flatté de l'intérêt qu'on lui portait ainsi. Le Dr Ma parla donc mais, assise en retrait derrière lui, on aurait dit que sa fille le surveillait. Elle faisait penser à ces interprètes inutiles qui assistent parfois à des entretiens officiels en chinois entre diplomates étrangers ou visiteurs et hautes personnalités du régime. Ils ne disent rien, ne prennent pas forcément de notes, mais gardent tout en mémoire. C'est un peu cela que semblait faire Denise Ma qui tirait de longues bouffées de fumée d'un fume-cigarette en ivoire qui aurait pu être celui d'une Marlène Dietrich dans un film chinois de Von Sternberg.

On parla ainsi de Simon Anglade, qui allait devenir l'ami de Denis. On parla aussi de Chessmann, l'écrivain anglais qui avait voulu raconter ce monde-là, dans un livre qu'il n'avait jamais réussi à achever. Et on en arriva à Iris.

A peine le nom de la photographe eut-il été prononcé que Denise Ma se leva doucement pour disparaître dans une pièce voisine. Sans un bruit, on aurait dit qu'elle glissait sur le sol. Elle revint avec un grand carton à dessin recouvert de papier marbré et fermé de trois cordons d'étoffe noire qu'elle dénoua.

– Je pense que vous aimerez voir cela..., murmura la jeune femme.

Ses mains étaient blanches, aux ongles peints d'un violet bien rare sous ces latitudes et en ces temps-là d'une Chine à deux doigts de basculer dans la Révolution culturelle. De ses longues mains, de ses longs doigts, ses ongles qui semblaient acérés, prêts à griffer jusqu'au sang, elle ouvrit le carton. Et la première photo apparut. C'était un tirage des années quarante, sépia. Peu jalouse des tirages que l'on pouvait faire ensuite de son œuvre, Iris était la seule à tirer ses propres images en sépia. Jacques Benoist connaissait le contenu du portfolio. Pour Denis, le choc fut d'une violence extrême. La douzaine de clichés réunis dans le carton représentaient tous le corps d'une très jeune fille, presque une enfant. Photographiée en gros plan, du haut des cuisses jusqu'aux épaules, sans que le dessin d'un visage vînt lui donner une autre vie, ce n'étaient que des bustes d'une impudeur extrême. Ni bras, ni jambes, on l'aurait dite pourtant chaque fois écartelée, fouaillée par l'œil du photographe. Aucune sensualité, pas la plus petite trace d'une promesse de volupté : seulement la nudité d'une jeune fille à peine nubile, soigneusement rasée.

– Nous en avons beaucoup d'autres..., murmura d'une voix grave la fille du Dr Ma, sans que l'on sût si ce « nous » concernait son père et elle-même.

Puis le vieux lettré leur offrit un thé, quelques gouttes d'un alcool de prune dont il affirma que c'était Catherine Gide, la fille d'André Gide, qui lui en faisait parvenir une bouteille chaque année, et Denise Ma se redressa : elle avait à faire, ailleurs, son père était fatigué. Denis et Jacques Benoist prirent congé rapidement. De retour dans la rue, Denis n'aurait su dire où il avait passé les deux heures précédentes.

Sarah ? Il y avait eu l'après-midi entière passée dans une chambre d'hôtel, près de l'Ecole militaire. C'était un quartier que je ne connaissais pas, c'était la première fois que j'entrais dans cet hôtel. Une amie m'en

213

avait parlé, elle y descendait quand elle venait d'Angleterre. C'était un établissement très correct où nous fûmes accueillis par une longue jeune femme pâle. On nous a conduits jusqu'à une chambre au bout d'un long couloir, au rez-de-chaussée. La chambre donnait directement sur la rue. Les stores étaient baissés. On pouvait néanmoins voir les passants, on entendait des conversations, des bruits de pas. La chambre était si petite qu'en un instant elle fut remplie de tous les vêtements dont Sarah s'était dépouillée. Elle s'était amusée à les jeter aux quatre coins de la pièce, avant de se laisser tomber nue sur le bord du lit, jambes ouvertes, un défi dans le regard : « J'adore cet hôtel, on a envie d'y faire des folies : viens vite ! » Elle m'appelait. C'est vrai qu'elle avait un drôle de regard, ce jour-là. Je m'étais dit qu'elle était peut-être un peu folle. Ou droguée. Si gaie qu'il y avait une provocation dans son appel, dans son regard, dans ses gestes. Je la voyais comme je ne l'avais jamais vue, renversée sur ce bord de lit, les jambes ouvertes. A mon âge, eh oui ! Puis dans les bras l'un de l'autre, enlacés comme on ne peut l'être davantage, nous nous sommes endormis.

Lorsque nous nous sommes réveillés, il faisait presque nuit. Alors, Sarah, dans un souffle, m'a demandé de revenir. De tout son corps, de tout son ventre, de ses cuisses qui se serraient sur moi, elle m'attirait en elle. Ensemble, nous avons eu un même soubresaut de tout le corps, un seul, et puis je me suis abîmé tout entier en Sarah. La nuit était tout à fait tombée.

C'est aussi ce jour-là, je crois bien, que j'ai quand même voulu photographier Sarah nue. J'avais apporté mon petit Contax, le vieux, le premier Contax automatique de sa génération. Il était lourd, d'acier poli, j'en étais si fier. Mais Sarah a refusé. « Et d'abord, tu n'as pas besoin de ça ! Regarde : tu m'as déjà tout entière ! » Elle se déployait, s'ouvrait comme une fleur, un beau fruit vivant – j'ai déposé mon Contax sur la table de nuit.

Et puis il y a eu ce matin.

Sarah s'est arrêtée devant une glace. Nous faisions rarement l'amour le matin, c'était rare que je voie Sarah nue avant midi. Ce jour-là, Sarah était nue, il était midi. Elle se regardait dans la glace et m'a posé la question : « Tu ne trouves pas que mes seins ont grossi ? » Je n'ai pas compris tout de suite ce qu'elle voulait dire. Je suis venu derrière elle, comme j'aimais le faire souvent lorsqu'elle était face à une glace. Et là, l'enlaçant devant la glace, j'ai posé mes deux mains sur les globes si pâles, aux pointes si claires, si belle-ment piquées d'étoiles blondes. Peut-être Sarah avait-elle raison, peut-être ses seins étaient-ils un peu plus lourds. J'en ai éprouvé une jouissance extrême et je l'ai serrée plus fermement contre moi. Elle a faibli doucement, ses genoux ont ployé, elle s'est glissée à terre, sans cesser de me tourner le dos. Et là, sur la moquette grise de la chambre à coucher, nous nous sommes aimés avec une tendresse infinie. Mes deux mains n'avaient pas quitté la forme des seins écrasés avec elle sur la moquette. Je regardais son visage, retourné sur le côté gauche, elle avait les yeux clos, les traits refermés, de grands soupirs, des halètements presque douloureux. J'ai mis longtemps à venir en elle, remuant à peine, la fouaillant doucement, très douce-ment... Puis, écrasé sur elle sur cette moquette grise, je suis demeuré sans un geste. Au bout d'un moment, j'ai senti que mes mains s'ankylosaient sur ses seins. Je me suis dégagé doucement. Alors elle s'est relevée, elle est allée jusqu'à ses vêtements éparpillés au pied du lit. Elle a passé une petite culotte rouge.

Depuis quelques jours, c'était devenu une manière de jeu : chaque jour, elle portait des petites culottes de couleur différente, et s'amusait à m'en faire deviner la couleur à l'avance. C'étaient des sous-vêtements fragiles, légers, de prix : ils venaient d'une boutique italienne connue. La plupart étaient en soie de couleur vive, avec des dentelles blanches ou noires. Lorsque j'ai voulu l'embrasser encore une fois, au moment de nous séparer, elle s'est laissé faire, mais il m'a semblé qu'elle était moins abandonnée. Cinq ou six jours plus tard, elle m'a posé la question : « Et si j'étais enceinte ? » La question m'avait paru saugrenue. Je ne pouvais pas la prendre au sérieux. Alors je l'ai interrogée : avait-elle couché récemment avec son mari ? Elle a eu un petit rire amusé – était-il triste ou un peu méprisant ? – pour répondre qu'il y avait bien longtemps qu'elle n'avait pas couché avec son mari. Ils dormaient l'un près de l'autre, et c'était tout. Nous étions à nouveau dans ma chambre, étendus sur le grand lit couvert d'un dessus-de-lit rouge sombre. « Tu es sûre que tu n'as pas couché avec lui ? » J'ai répété la question. Elle a secoué à nouveau la tête. Non, mais elle avait fait un rêve horrible la nuit précédente. Elle avait rêvé que son mari et son fils étaient morts, et que cela ne lui faisait rien. Je la regardais. C'était vrai que ses seins paraissaient aujourd'hui plus lourds. Lorsqu'elle s'est redressée, j'ai eu la certitude de les trouver plus beaux que jamais, comme gonflés, la pointe grenue, l'aréole colorée, saillante. Je me suis dit que j'avais plus que jamais envie d'en sentir le poids dans mes mains. Plus tard, j'ai remarqué que ses seins emplissaient entièrement le soutien-gorge. Il était bleu, avec de la dentelle noire. Lorsqu'elle s'est rhabillée, elle portait une robe légère, en coton, qui épousait de près son corps. J'ai eu encore envie de la toucher, comme je ne pouvais cesser de le faire. J'ai touché ses seins, ses hanches, ses fesses. J'aimais de plus en plus les fesses de Sarah, blanches, si solides aussi. Je les ai caressées un moment, tandis qu'elle se recoiffait devant la glace. Je me suis dit que je lui flattais les fesses, comme à une belle pouliche. Le mot était un peu trivial, je ne l'ai pas regretté pourtant.

– C'était une femme étonnante...

Denis était allé voir Simon Anglade dans le minuscule bureau que celui-ci occupait encore pour quelques mois aux Editions en langues étrangères de Pékin. On était au plus fort de l'hiver, la pièce était à peine chauffée et Anglade portait des mitaines pour taper à la machine.

Devant Simon Anglade, posée à plat sur sa table, parmi les feuillets épars du roman de Lao She qu'il était en train de traduire en français, il y avait une photographie d'Iris. Non pas l'une de celles qu'Iris prenait pour la délectation des puissants de ce monde-là et des autres, mais une photographie qui la représentait. Une photo anonyme, due peut-être à Chessmann, ou à Otrick, ou à l'un quelconque des hommes qui traînaient dans son entourage. C'était un cliché de format carte postale où le visage aux traits parfaitement dessinés de la jeune femme se détachait sur un paysage indistinct, qui aurait pu être anglais ou normand. Pour la première fois, Denis découvrait le

217

visage de cette femme qui avait, sa vie durant, photographié tant d'autres femmes. Il s'étonna de sa ressemblance avec Ingrid Bergman. Une Bergman du temps des premiers films de Rossellini, quand elle fuyait les caméras indiscrètes et les paparazzi qui la traquaient. Dans le visage de la photographe photographiée, arroseuse arrosée, il y avait ce même éclat de crainte.

– Vous parlez d'elle au passé, avait dit Denis.

Simon, qui s'était un instant absenté dans la contemplation de la photographie, avait relevé la tête.

– Mais c'est qu'elle appartient déjà à un autre monde. Même si elle travaille, à Hong Kong, à Londres, son travail est différent. Ce ne sont plus les mêmes photos qu'elle fait, quand bien même elle choisit les mêmes modèles. Iris était faite pour la Chine, c'est en Chine qu'elle a donné le meilleur d'elle-même...

Dans la partie inférieure de la photographie, on voyait les mains d'Iris, les doigts croisés. Elle appuyait son visage sur ses mains. Simon eut un geste du menton pour les désigner.

– Vous voyez, elles n'ont l'air de rien, comme ça. Mais Iris avait des mains d'une force incroyable. Je l'ai vue casser une canne de colère d'un simple geste des deux mains.

On sentait une grande nostalgie dans la voix de celui qui n'était toujours qu'un modeste employé. On sentait aussi, à l'endroit d'une Iris qui n'existait peut-être plus, une sorte d'immense tendresse.

– Les mains d'Iris me faisaient penser à celles d'un sculpteur. On aurait dit qu'elle façonnait littéralement, qu'elle modelait les corps qu'elle allait photographier. Elle leur imprimait des courbes, des sinuosités, des

218

creux, dont aucun sein, aucun ventre de femme n'aurait été capable si les mains de cette femme-là ne l'avaient, en un instant donné, littéralement pétri...

L'une des photographies les plus célèbres d'Iris, Simon devait le dire plus tard à Denis, représentait le bas-ventre d'une femme, au sexe littéralement ouvert : fendu en deux comme un fruit très mûr. Un fruit qu'on devinait juteux, goûteux, auquel Iris, après l'avoir ainsi ouvert, avait peut-être goûté.

– Pour tous ceux qui l'ont connue, la photographie d'Iris prend encore une autre dimension, une mesure supplémentaire que l'on voudrait faire partager à ceux qui ne l'ont jamais rencontrée.

Je suis retourné au Hongqiao rendre visite à Mme Niang. Cette fois, la grosse dame était en compagnie d'une jeune fille assez belle, vêtue à la chinoise d'une robe longue et fendue : l'éclair de ses cuisses lorsqu'elle s'est accroupie à la place de sa mère – Mme Niang me l'a présentée comme sa fille – pour chercher sous un comptoir un paquet de photographies.

– *Look, these ones are very pretty...*

La jeune fille parlait en anglais pour me montrer une série de quatre ou cinq photos, prises dans les années trente. Sur chacune d'elles, on voit trois ou quatre jeunes femmes assises dans un salon ou à demi étendues sur un canapé, en train de jouer avec un petit garçon de six ans peut-être. Souriantes, elles sont vêtues comme Mlle Niang, pudiquement, très impudiquement, de longues robes fendues, très collantes. Sur chaque photographie, au moins l'une des demoiselles se baisse ou croise les genoux, révélant ainsi, comme la fille de la marchande, l'éclair d'une cuisse claire.

– *Nice, isn't it ?* remarque encore la jeune vendeuse.
Les photographies valent nettement plus cher que celles que j'ai achetées précédemment. Je m'en étonne, mais c'est Mme Niang, la mère, qui me l'explique : elles ont été prises dans un bordel. Ce sont de jeunes prostituées qui s'amusent avec le fils de l'une d'elles. Si pudiquement vêtues. Si impudiques. J'ai acheté les six photos, Mlle Niang m'a fait, comme l'avait fait sa mère, un empaquetage grossier de papier journal et de grosses bandes de scotch transparent.

Sarah et moi avons passé encore une nuit ensemble. Il faisait très chaud. Nous avons transpiré beaucoup, tout en nous aimant. Collé à Sarah, pendant toute une partie de la nuit, j'ai épié son souffle. A plusieurs reprises, elle m'a parlé, devinant que moi-même je ne dormais pas. Comme au tout début de nos rencontres, elle me racontait ses souvenirs d'enfance, son frère, sa sœur, les bonnes argentines ou brésiliennes. Pour la première fois, je lui ai dit combien je tenais à la petite photographie qu'elle m'avait donnée, gamine au maillot de bain bleu et collant sur un corps d'enfant. J'ai évoqué la précision avec laquelle se dessinait son sexe de petite fille. Le sexe de Sarah jeune femme était très doux, parfaitement dessiné entre mes mains, la nuit dura longtemps. Nous dormions l'un et l'autre, mais à moitié. Tout était très doux. Au matin, lorsqu'elle a pris une douche devant moi, je l'ai caressée, puis je me suis agenouillé devant elle et je lui ai embrassé les seins. C'est vrai qu'ils avaient grossi... Lorsque je me suis relevé, elle m'a dit que le lendemain, le surlendemain au plus tard, il fallait tout de même qu'elle se fasse faire une prise de sang. Elle a frissonné, j'ai compris qu'elle avait vraiment peur d'être enceinte.

Sarah savait qu'un laboratoire d'analyses médicales se trouvait plus bas, sur le boulevard du Montparnasse. Jamais elle n'a été plus tendre que ce jour-là. Elle voulait que je demeure en elle, elle me serrait, me serrait très fort et me racontait toujours des histoires de son enfance. Elle me disait qu'elle aurait aimé être ma fille, j'aurais été son père. Elle aurait aimé être ma sœur, j'aurais été son frère. Nous aurions joué ensemble... Avec un bon rire, elle me rappela des pages de son journal à quinze ans, quand elle disait qu'elle était une saloppe avec deux *p*, qu'elle aimait qu'on la pelotte avec deux *t*, mais pas trop... « Peut-être que je n'ai pas tellement changé ? » Elle voulait que je lui réponde, elle n'avait pas changé, non. Je l'ai appelée ma petite saloppe, je mettais deux *p* au mot, je me suis amusé à la pelotter, avec deux *t*, j'étais toujours en elle, elle riait.

Pendant qu'on faisait sa prise de sang, je l'ai attendue dans un café qui faisait un coin de rue. Ce devait être près d'un collège, il y avait beaucoup de garçons et de filles entre treize et quinze ans. A une table, quatre filles parlaient. Elles étaient toutes jolies, toutes paraissaient bel et bien des saloppes, avec deux *p*, qui devaient sûrement aimer se faire pelotter, avec deux *t*. Quand Sarah est revenue, elle portait un blouson de cuir noir. Elle était pâle. Elle est entrée dans le café, sans vouloir s'asseoir. Elle a simplement posé sa main sur mon épaule. Elle aurait les résultats deux heures plus tard. Nous avons décidé de marcher, en attendant.

Nous avons marché longtemps, pour nous retrouver au salon de thé du Crillon. Une harpiste jouait des morceaux que j'avais entendus cent fois depuis tant d'années que je venais là. Sarah n'écoutait pas. Elle parlait sans fin. A six heures cinquante-cinq, devançant de cinq minutes l'heure prévue, Sarah a appelé le laboratoire. Je l'ai entendue seulement dire son nom à l'interlocuteur anonyme, puis répéter deux fois de suite : « Ah ! bon, Ah ! bon... » Puis elle a raccroché. Elle était enceinte. Nous nous sommes regardés avec l'envie tous les deux de pleurer. Puis elle a pris ma main, elle a dit que c'était très bien comme cela. Sarah devait partir, elle se levait déjà. A la hâte, j'ai jeté un billet sur la table. J'ai suivi Sarah dans la rue, nous avons traversé la place de la Concorde en silence. Aucun de nous n'osait parler. Nous nous sommes quittés devant l'Assemblée nationale. Dès que je suis rentré chez moi, je l'ai appelée. Elle était seule avec son petit garçon, elle lui parlait en riant. Je lui ai demandé ce qu'elle allait faire, elle m'a dit qu'elle « garderait notre enfant »...

Quand nous nous sommes retrouvés le lendemain, Sarah m'a d'abord paru semblable à ce qu'elle avait toujours été. A une question un peu inquiète que je lui ai posée, elle a été plus exaltée que jamais : notre amour, changé ? Mais il était indestructible, notre amour ! Elle répéta à deux ou trois reprises le mot « indestructible », qui devait revenir encore souvent dans les jours qui allaient suivre. Puis, comme je me penchais sur elle, vêtue d'un jean bleu serré que fermait une ceinture de cuir et que je lui disais, avec un petit air gêné, que j'hésitais presque à ouvrir cette ceinture, ce fut elle qui la déboucla d'une seule main. Elle m'a ensuite aidé à la dépouiller du jean étroit qui lui collait au corps. Sa tendresse était toujours la même. J'en oubliais presque ce qui nous arrivait. Je lui ai fait longuement l'amour, simplement étendu sur elle, comme si tout autre geste aurait pu démentir la simplicité et l'évidence de ce que j'éprouvais pour elle. Lorsque nous nous sommes quittés, elle m'a peut-être appelé dix fois sur mon téléphone portable.

Le commencement de la fin, pourtant... Toujours place Saint-Sulpice. Sarah était vêtue d'une longue robe qui se déboutonnait d'une bonne vingtaine de boutons, depuis le col en arrondi jusqu'au dessous des genoux. Elle était immobile devant la glace, face à laquelle nous nous étions si souvent aimés. Lorsque je me suis approché d'elle par-derrière, la collant contre moi en lui prenant les seins, elle n'a pas renversé la tête sur mes épaules. C'était pourtant le mouvement naturel qui lui venait dans ces moments-là. Elle me regardait dans les yeux, par le jeu des miroirs. Elle a dû deviner un début de désarroi chez moi, puisqu'elle s'est retournée lentement : « Tu me trouves trop distante ? » Je n'ai pas répondu. Alors, lentement, elle s'est agenouillée devant moi. J'étais debout, appuyé à la cheminée que surmontait la glace. Je me disais que la scène avait quelque chose d'irréel et j'ai interrompu son geste. Elle s'est étendue alors sur le canapé. Lorsque j'ai voulu la prendre, elle m'a interrogé : « Tu ne diras plus que je suis distante, n'est-ce pas ? » Comme je me détachais d'elle, encore affalée de travers sur les coussins rouges, jambes écartées dans une posture parfaitement mais si bêtement obscène, j'ai compris qu'elle regardait dans le vide, avant de dire, comme au sortir d'une profonde réflexion, qu'elle avait une terrible envie de voyager, aller loin, très loin...

Trois ou quatre jours plus tard, Sarah avait à nouveau

rendez-vous avec son médecin. Je devais la retrouver à la sortie de l'immeuble, boulevard Malesherbes. Je suis arrivé un peu en retard. Elle était assise sur les marches du porche, dans une attitude tout à fait inattendue. Vêtue de son jean et de son gros blouson de cuir, elle téléphonait. C'est à peine si elle a levé le visage vers moi lorsque, planté devant elle, j'attendais qu'elle eût fini sa conversation. Ensuite, elle a été à peine gentille. C'était la première fois. Je ne comprenais plus du tout. Aux questions que je lui posais, elle répondait par monosyllabes. Tout allait bien ? Oui. Pas de mauvaises nouvelles ? Non. Fallait-il faire de nouveaux examens ? Oui... Etc. J'ai voulu prendre son bras, mais elle s'est dégagée. Elle connaissait trop de gens dans le quartier, me dit-elle. Nous nous sommes retrouvés dans un café de l'avenue de Villiers. Elle a refusé de boire du thé, on lui avait interdit tous les excitants. C'est alors qu'elle a déclaré que, la semaine suivante, elle allait suivre son mari au Mexique, il partait là-bas en voyage d'affaires. Ça a été si brutal que j'ai eu la certitude que je pâlissais. Je ne savais que dire, mais mon silence ne suffisait pas à Sarah. Il fallait qu'elle rivât le clou. Oui, elle allait partir, quinze jours, peut-être plus. Elle avait besoin de changer d'air. Et son mari avait envie d'être un peu seul avec elle. J'ai tenté d'expliquer que je venais précisément de renoncer à un voyage en Provence, mais Sarah a haussé les épaules : j'aurais dû y aller, en Provence ! Puis, avec un rire qui n'était pas très gai, elle est revenue sur son voyage au Mexique. Non, elle n'irait ni au Mexique, ni ailleurs. Son mari y avait pensé, oui, mais c'était tout. Elle voulait voir comment j'allais prendre cela. Je l'avais mal pris, j'avais eu tort.

Je ne voyais plus Sarah que deux ou trois fois par semaine. Elle semblait prise par un tourbillon d'obligations professionnelles, familiales, mondaines. Un soir, elle a organisé un cocktail, elle ne m'a pas invité. Pendant deux jours, elle n'a parlé que de cette réception. Puis elle a eu un nouveau professeur de dessin, avec lequel elle voulait travailler. C'était une Grecque qui affirmait avoir connu Maria Callas. Ensuite, il y avait un groupe de musique baroque, auquel Sarah avait décidé de se joindre. L'ai-je dit ? Sarah chantait aussi. Elle allait et venait dans Paris, ne quittait la rue Saint-Denis que pour des auditions à Vincennes, pour une leçon à Clichy, autre chose à Villejuif, encore autre chose à Pigalle. Elle savait tout faire, voulait tout faire, tout rencontrer. Moi, je restais en plan... Elle arrivait place Saint-Sulpice en affirmant qu'elle ne disposait que d'une heure. J'insistais, elle restait deux heures, elle restait un peu plus. Mais elle s'abandonnait de moins en moins. Elle faisait l'amour douloureusement. Un jour, enfin, j'ai eu réellement l'impression de la violer.

Sarah avait refusé de me suivre dans ma chambre. C'est sur le canapé élimé de mon bureau que la scène s'est déroulée. Après avoir écarté toute caresse, toute approche, elle s'est abandonnée contre moi et, sans hésiter, j'ai glissé mes mains sur sa croupe, sur ses fesses. Je l'atteignais par-derrière, passant entre la ceinture, le pantalon et sa peau. Et à mesure que ma main s'aventurait plus loin en elle, je la sentais qui s'amollissait. Brusquement, d'un geste presque violent, elle s'est arrachée à moi. J'ai cru qu'elle s'en allait. Mais c'était pour se dépouiller elle-même, avec une hâte incroyable, du pantalon qu'elle portait. Elle avait gardé son chemisier, un pull-over. Tout ce qu'elle veut, ai-je pensé maintenant, c'est baiser. Mais ce n'est que lorsque ma main s'est de nouveau ancrée dans sa chair qu'elle s'est abandonnée. Après un moment, elle a remarqué que, tant qu'à faire, on pouvait aller dans la chambre. Etendue sur le lit, elle s'est laissé déshabiller. Je pensais qu'elle était une morte. Mais, nue, elle me tournait le dos. J'ai dit sa croupe : j'ai recommencé à la caresser. Couchée sur le côté, elle ne réagissait pas. Je la sentais prête, offerte, elle ne disait pas un mot. Alors je l'ai prise. J'avais l'impression que son cul, ses fesses devenaient énormes. Sarah se laissait faire, elle était molle, totalement abandonnée. Elle était couchée trop près de la tête du lit et sa tête venait y cogner. Je lui ai dit que je lui faisais peut-être mal, elle n'a pas répondu. Sans la quitter, j'ai tenté de la faire glisser plus bas sur le lit. Mais j'ai entendu sa voix rauque qui disait que c'était sans importance, qu'il fallait que je continue. J'ai continué. Tout cela a duré longtemps. Elle qui parlait toujours en ces moments-là, elle ne disait plus rien. Je me suis dit – je souffrais, j'étais heureux – je me suis dit que c'était peut-être la dernière fois.

C'est elle qui s'est dégagée la première. Pour la première fois, elle est allée dans la salle de bain. J'ai voulu la suivre, elle a refermé la porte derrière elle. J'ai entendu l'eau couler, j'ai compris qu'elle se lavait. C'était la première fois aussi. Puis elle est revenue, presque gaie. Je me suis assis à côté d'elle sur le lit, j'ai voulu parler, faire allusion à l'enfant qui allait peut-être perturber sa vie de tous les jours, notre vie. Elle m'a dit que ça ne me regardait pas. J'ai voulu la toucher, elle refusait. Elle riait, elle était gentille pourtant. Puis, sans aucune explication, elle s'est redressée et a commencé à s'habiller. Avant même que je m'en sois rendu compte, elle était debout devant moi, son jean, son gros pull-over. D'habitude, je l'accompagnais dans la rue, je marchais jusqu'à Saint-Germain. Mais elle a refusé. Lorsque je lui ai demandé quand nous allions nous revoir, elle m'a regardé dans les yeux. Elle souriait, avec un sourire qui n'était pourtant pas méchant. « Je ne sais pas quand nous allons nous revoir. Mais je crois que tu as compris que c'était la dernière fois que nous nous embrassions, n'est-ce pas ? » Sarah disait « s'embrasser » pour « faire l'amour ». J'ai voulu prendre sa main, elle était déjà partie.

Sarah, Marion... Marion était née à Brighton, quelque part entre les fish and chips et les guirlandes d'ampoules sur les pontons colorés – et la grâce un peu molle, néoclassique et langoureuse du Royal Pavilion. Un soir, Denis l'avait retrouvée en larmes dans le salon de télévision de son dortoir. Franck, son mari, était malade. Ils étaient sortis d'abord, et avaient passé une longue soirée à parler. Denis parlait de lui, bien sûr. Il avait parlé de son livre aussi, celui qu'il avait écrit ; et de celui qu'il voulait écrire. Pour la première fois, il expliquait en détail comment il avait envie de parler de la Chine. Mais tant de visiteurs pressés racontaient leur Chine à eux qu'il ne se sentait nullement le désir d'entrer en compétition avec ces gens-là. Marion lui avait raconté ses années d'enfance, les petits copains du samedi soir et un oncle diplomate qui avait vécu en Chine et l'avait violée un soir. Elle en gardait un souvenir étrange... Ils avaient parlé encore, dans un restaurant musulman de Chang'an, où l'on mangeait de l'agneau rôti. Puis ils s'étaient tus. Ils avaient alors marché dans les rues d'un Pékin que la nuit avait envahi depuis longtemps. Les dortoirs de l'université, qu'ils avaient quittés en autobus, étaient loin. Il n'y avait plus d'autobus à cette heure, Denis et Marion avaient marché jusqu'à l'Hôtel de Pékin pour y prendre un taxi. C'est à l'arrière de la voiture que la tête de la jeune femme s'était doucement inclinée sur l'épaule de Denis. Il avait approché ses lèvres des siennes, ils s'étaient embrassés furtivement. Mais, dans le rétroviseur du taxi, on devinait le regard d'un chauffeur trop curieux. C'est Marion qui avait alors donné une adresse au chauffeur. Celle de Jacques Marcuse, le journaliste de l'Agence France-Presse. Sa femme et lui étaient en vacances, on lui avait laissé les clefs de l'appartement pour s'occuper des plantes vertes que Danièle Marcuse entretenait avec un soin jaloux dans le grand immeuble du premier quartier diplomatique, tout près du Magasin de l'Amitié.

Et c'est Marion qui avait entraîné Denis, payé elle-même le taxi puis pénétré devant son compagnon dans le *compound* diplomatique. C'était elle qui, avec une parfaite assurance, avait salué le planton de garde au pied de l'immeuble. C'était elle enfin, dans la chambre des Marcuse, qui s'était déshabillée la première.

Ce qui avait suivi avait été très beau, très doux. Denis devait le noter le lendemain matin : leurs gestes à tous deux étaient d'une lenteur extrême, comme sortis d'un film ancien qu'on aurait projeté au ralenti. Pourtant, au moment du plaisir, le corps de la jeune femme avait été agité d'une espèce de tremblement terrible. Elle s'était mise à pleurer. Denis l'avait doucement calmée. Ils s'étaient endormis dans les bras l'un de l'autre. Plus tard, elle lui parlerait encore de la maladie de son mari,

ses impuissances. Plus tard, encore, ils se retrouve-
raient de même dans un appartement ou un autre, des
chambres d'amis, et chaque fois Denis éprouverait la
même tendresse pour le corps de la jeune Anglaise,
triste à en mourir de la tristesse de son mari.

Sarah est revenue chez moi. Nous avons déjeuné
dans la cuisine, j'avais préparé un repas froid. Elle
aussi a parlé de son mari, si loin, si proche pourtant.
Ensuite, sans protester, elle m'a suivi dans la chambre.
Elle s'est étendue à côté de moi et elle est restée immobile. Elle s'est laissé caresser le visage. Avec un accent
de regret, elle a remarqué que je pouvais être d'une si
grande douceur, quand je la caressais ainsi. Mais elle
ne voulait pas aller plus loin, elle s'est dégagée quand
j'ai tenté d'autres gestes. J'ai probablement essayé
alors, purement et simplement, de la violer. La semaine
précédente, elle avait refusé, puis s'était abandonnée.
Cette fois, elle tenait bon. Obstinément, bêtement, je
me suis acharné à la dépouiller du collant noir qu'elle
portait sous une jupe de toutes les couleurs. Et, obstinément, Sarah s'accrochait à ce collant. La scène
devenait vaudevillesque. Bientôt une partie de fesses
de Sarah apparut, très blanche, sur la bordure de tissu
noir. Je ne voyais plus que cela, un corps à peine
dénudé, ce ventre qui émergeait, cette cuisse, ce cul.
Puis elle s'est renversée en arrière et elle m'a regardé.
C'était toujours le même défi : si je voulais, je n'avais
qu'à la prendre ! Je me suis arrêté dans les gestes que
j'avais. Mais après quelques minutes, bêtement, obstinément, je suis revenu à la charge. Alors elle m'a
dévisagé à nouveau : « Si tu me veux, puisque tu
me traites comme une putain, paie-moi comme une

putain ! » J'allais me lever pour aller chercher les quelques billets que j'aurais posés sur l'oreiller à côté d'elle. Mais elle m'a regardé, toujours dans les yeux. « Tu es fou, mon pauvre ami ! » Elle est pourtant restée deux heures, étendue sur le lit à côté de moi. Pendant près de deux heures, nous nous sommes battus, moi qui cherchais à lui arracher ses vêtements, elle qui s'agrippait à ses collants, qui refermait les boutons de son chemisier. Mais elle ne s'en allait pas. Elle ne s'en allait toujours pas. Elle restait. Il n'y avait aucune tendresse sur son visage. Alors je crois bien que je me suis mis à pleurer, et je crois bien qu'elle m'a regardé pleurer, sans rien dire...

Toute la nuit qui a suivi, et les jours d'après, j'ai revu ce corps de Sarah, contorsionné sur le lit tant il me résistait, demi-nu. Peu à peu, le corps de Sarah m'apparaissait comme un ensemble de membres, presque désarticulés. Les cuisses de Sarah, le cul de Sarah, le buste de Sarah, les seins de Sarah qui apparaissaient et disparaissaient. J'ai pensé à une poupée de Bellmer, désarticulée aussi, qui n'était plus que sexe. Mais pour la première fois que Sarah se refusait à moi, je n'avais pas vu, ce jour-là, le sexe de Sarah.

Sarah n'est jamais revenue chez moi. A plusieurs reprises, j'ai tenté de l'appeler. Parfois je lui parlais, d'autres fois je ne lui parlais pas. Il m'arrivait de raccrocher en entendant simplement sa voix. Lorsque nous parlions, c'était juste pour échanger quelques mots. Elle avait une voix tellement naturelle pour me dire que tout allait bien – mais elle était toujours pressée. En quelques paroles hachées, elle me racontait ce qu'elle avait fait la veille, ce qu'elle ferait ce jour-là, mais lorsque j'évoquais une rencontre possible, je l'entendais simplement se taire. Puis, très vite, elle me disait qu'elle était plus pressée encore, elle raccrochait déjà. Jadis, elle était capable de me parler pendant des heures, tout en s'occupant de son fils, en lui donnant un bain, en préparant un repas. Maintenant, c'était parce qu'elle devait donner son bain à son fils, parce qu'elle faisait la cuisine pour son mari qu'elle ne pouvait pas me parler plus longtemps.

Parfois, j'étais heureux d'entendre simplement son souffle qui me répondait. D'autres fois, et c'était peut-être ce que je préférais, j'écoutais sa voix sur son répondeur, puis je raccrochais. Comme lors du premier message qu'elle m'avait laissé jadis sur mon propre répondeur, sa voix était hachée, elle avalait une syllabe, un mot entier. Puis Sarah partit en voyage. Elle devait aller en Normandie, me demandait de ne pas l'appeler pendant quelques jours. Je me suis borné à l'écouter sur son répondeur. Mais j'ai bien tenu le coup huit jours : j'entendais sa voix. Au matin de son retour, j'ai attendu qu'elle décroche le téléphone. Il avait été vaguement question d'un déjeuner. Elle a éludé la question. On en parlerait le lendemain. Et pour la première fois, je l'ai interrogée sur l'enfant : avec le plus de prudence possible, des précautions oratoires : est-ce que tout allait bien, est-ce qu'elle n'était pas trop fatiguée, est-ce que... Alors elle m'a coupé la parole, simplement pour me dire qu'il n'y avait pas d'enfant, qu'elle s'était trompée, j'ai stupidement usé du mot « fausse couche », elle m'a dit qu'il n'y avait ni fausse couche ni enfant. Je n'avais donc pas compris ? Non, je n'avais pas compris. Elle a raccroché. Un quart d'heure après, parce que je ne comprenais toujours pas, je l'ai de nouveau appelée. Alors, cette fois, Sarah s'est déchaînée. Elle a commencé par me faire remarquer vertement que j'étais saoulant. Saoulant, elle a répété le mot : saoulant avec mes appels répétés. Depuis quinze jours, je n'avais cessé de lui téléphoner ! C'était à dessein, bien sûr, qu'elle n'avait ni décroché ni rappelé. Alors, dans la foulée, d'une voix sèche, plus hachée que jamais, comme si elle exhalait une rancœur contenue depuis longtemps, elle a répondu point par point à tout ce que j'aurais pu lui dire : répondu avec une cruauté qui m'a paru incroyable. Non, je ne lui avais jamais rien apporté, je ne pourrais jamais rien lui apporter. De l'amour ? Ce n'est pas de l'amour qu'il y avait eu entre nous, tout au plus, de sa part à elle, ce qu'elle qualifia d'« emballement ». Quant à moi, je ne m'intéressais qu'à son cul, elle avait deviné depuis longtemps. Si elle avait couché avec moi ? Ou plus exactement, si elle s'était « retrouvée dans mes bras » ? C'est parce que son mari – à l'époque ! elle se hâta de le préciser : à l'époque ! – ne la touchait pas. Elle a d'ailleurs pris soin d'ajouter que tout ce qui s'était passé n'avait fait que la rapprocher dudit mari. Et moi, l'imbécile, qui insistais, totalement inconscient de ce qui était en train d'arriver. Alors, d'une voix ironique, sur un ton mordant, elle m'a expliqué ce que je ne voulais pas comprendre : elle n'avait aucun respect pour moi. Comment pourrait-elle aimer quelqu'un qu'elle ne respectait pas ? Nous avions parlé d'un amour indestructible ? Allons donc ! C'était une plaisanterie, un jeu auquel nous avions joué tous deux. Mais j'étais allé trop loin. Trop loin. Elle répétait les mots. Je devais m'en rendre compte. Elle martelait les mots : j'étais allé trop loin. Enfin, parce que je posais encore une fois une question absurde sur l'enfant qui n'allait pas naître, elle a poussé un véritable hurlement au téléphone : est-ce que je ne pouvais pas me mettre dans la tête qu'il n'y avait jamais eu d'enfant, et que de toute façon, s'il y en avait eu un, il n'aurait pas été de moi ? Puis, comme si elle s'était subitement calmée, Sarah a paru revenir sur terre. Elle m'a demandé ce que j'allais faire, si je partais en vacances, si je parvenais à écrire à nouveau. Ensemble, ensuite nous avons raccroché tous les deux, c'était fini.

Fin de l'histoire de Sarah. J'avais soixante-trois ans.

Oui, le coup de téléphone de Jacques était arrivé au bon moment ! Je crois bien qu'au départ de Sarah, j'ai eu le sentiment de couler à pic, pour ne jamais remonter à la surface : combien de temps peut flotter une épave ?

V

Ma classe. Mme Mu, qui dirige le département de français, m'attendait sur le pas de la porte. Pour ce premier jour, Paul Rollet avait tenu à me conduire lui-même en voiture. Je n'ai pas tout de suite reconnu Mme Mu, le visage plus épais, la carrure plus large que lors de notre rencontre à l'ambassade. Il est vrai que, ce jour-là, elle portait un tailleur étroit, presque bien coupé. Ce matin, elle était en veste grise, pantalon gris, un chemisier boutonné très haut sous la veste, avec un col Claudine. Un petit écusson à la boutonnière, celui de son université. A ses côtés, deux jeunes gens, on aurait dit deux jumeaux. Ils étaient l'un et l'autre presque vêtus à la chinoise du temps des années Mao. Seul le tissu de leur veste n'était pas le coton bleu d'autrefois. Je les ai déjà rencontrés avec Mme Mu à l'ambassade, mais je ne les avais pas reconnus, Yu Dan enseigne le français langue étrangère, Dong Sheng est le principal professeur de littérature française. C'est lui qui est censé avoir sollicité mon invitation. Il m'avait parlé de Claudel, il me dit à présent son amitié pour quelques poètes, Yves Bonnefoy, Philippe Jaccottet, il a connu René Char... Il s'étonne que nous ne nous soyons jamais rencontrés à Paris : c'est un vieil ami de Jacques, de Marion Desjardins, de Chantal

Weiss. Il a passé deux fois six mois à Aix-en-Provence. Il me parle du festival, où il n'a jamais pu aller, parce que c'était trop cher. Mais déjà Mme Mu m'entraîne. Au milieu du campus, encore fleuri, les grands arbres qui commencent à perdre leurs feuilles, le département de français est constitué de deux bâtiments, aux couloirs étroits. Une petite bibliothèque, pas très riche... Mme Mu me fait d'abord entrer dans son bureau, elle insiste pour que les deux professeurs se joignent à nous. Yu Dan a d'abord protesté : « Je croyais que vous auriez préféré être seuls, pour parler un peu... » Mais c'est au tour de Mme Mu de protester : « Comme si nous avions le temps de parler ! » Mon cours commence dans un quart d'heure. Nous parlons donc dix minutes. Personne ne me pose la moindre question sur ce que j'ai l'intention de raconter à mes étudiants. Mme Mu m'a simplement dit qu'elle me faisait confiance ; Dong Shen s'est excusé de n'avoir lu aucun livre de moi. Il a toujours une bonne tête, mais j'ai eu l'impression qu'il me lançait un drôle de regard... Une gamine est venue nous servir du thé brûlant, on aurait dit une petite paysanne, le visage, les mains rouges. Elle porte une veste d'un autre temps, d'un rose presque agressif. « Il faudra tout de même que vous rencontriez notre président... » Sans conviction, Mme Mu fait allusion à un déjeuner, qu'elle organisera dans les semaines à venir. Elle a dit les semaines, non pas les jours à venir. Brusquement, j'ai l'impression de sentir une certaine méfiance chez cette dame austère, pour qui l'étude du français, l'enseignement de l'histoire de France, l'enseignement de la littérature française tiennent la première place dans la vie. Jacques me l'a dit, je sais qu'elle a beaucoup souffert pendant la Révolution culturelle. On avait voulu, paraît-il, lui faire « désapprendre » le français. Alors, envoyée à la campagne, au fond du Yunan, on l'avait obligée, pendant trois ans, à apprendre le miao, la langue parlée par une ethnie de la Chine du Sud, parlée aussi au nord du Viêtnam, dans toute une partie du cœur de cette Asie du Sud-Est-là. Mais Jacques Benoist m'a demandé de ne jamais évoquer devant Mme Mu cette période de sa vie, très douloureuse. Moins chanceux qu'elle, son mari n'avait pourtant été envoyé qu'à quelques centaines de kilomètres de Pékin, du côté de Taiyuan, près des grottes bouddhiques ravagées par les Japonais de Tianlongshan. Mais il était déjà malade, il n'a pas résisté au premier hiver...

Mme Mu m'a ensuite entraîné le long d'un premier couloir, un escalier, deux étages, un deuxième couloir, puis elle a poussé une porte vitrée, c'était ma classe. Entre trente et quarante étudiants étaient installés sur des bancs, disposés en gradins jusqu'à la chaire où j'allais officier. Ils se sont levés à notre entrée, en chinois Mme Mu leur a demandé de s'asseoir, puis elle s'est aussitôt adressée à eux en français. Pour leur annoncer que le professeur tant attendu, que leur université avait invité pour six mois, venait enfin d'arriver de France. Il leur parlerait du roman français contemporain. Il était lui-même romancier, avait écrit des scénarios de films, des centaines d'articles, c'était un véritable lettré... Jamais je n'ai eu, aussi forte qu'à ce moment, la sensation d'être vraiment ce que j'étais : un imposteur. J'étais encadré par Yu Dan et Dong Shen. Nous étions debout, tous les quatre, un peu à l'écart de la chaire, face aux étudiants, assis à présent. Dong Shen a pris la parole à son tour, simplement pour dire à ses étudiants qu'il ne leur en dirait pas plus. Ce serait à eux d'apprendre à me connaître, ce serait à moi d'apprendre à les connaître... D'ailleurs, il ne les présenterait pas plus à moi qu'il ne m'avait présenté à eux. L'amitié entre un professeur et des étudiants animés par une même passion n'a pas besoin de cérémonies artificielles, a encore expliqué Dong Shen avant de me serrer la main et de me souhaiter bon courage. Je devinais déjà que, lui au moins, n'était pas dupe du discours qu'avait tenu sur moi Mme Mu. Je suis resté debout jusqu'à ce qu'elle et ses deux acolytes aient gravi la quinzaine de degrés qui conduisent à la porte par laquelle nous étions entrés. Puis je suis revenu à mon bureau. J'ai tiré de la sacoche de cuir épais achetée quelques jours auparavant au marché aux puces, la chemise dans laquelle j'avais pris quelques notes, les trois ou quatre livres avec lesquels j'avais l'intention de commencer mes lectures, et un appareil photo. Alors, tout en expliquant à ceux qui allaient pour six mois devenir mes étudiants que je voulais toujours garder une image de chaque instant que je vivais, j'ai commencé à photographier ma classe. Un plan d'ensemble au milieu, un plan à gauche, un plan à droite, puis une série de plans rapprochés, au zoom, des visages interloqués de ces garçons et de ces filles qui ne comprenaient pas très bien ce qui leur arrivait. *Never explain* : j'expliquai tout de même que je prenais encore trois ou quatre photos, quatre ou cinq, une ou deux, c'était la dernière. La dernière photo était celle d'une étudiante, assise au premier rang, qui avait sorti de son sac une petite bouteille de thé, une sorte de thermos métallisée dont elle buvait le contenu avec un chalumeau en plastique. En face de moi : sans plus se gêner que je ne l'étais moi-même à la photographier.

Qu'on ne se méprenne pas. Mon cours, je l'ai préparé. Je pourrais dire que je l'ai même vachement préparé ! Je n'en ai guère parlé jusqu'ici mais depuis le début de l'été, quand j'ai appris que j'allais passer six mois à Beida, j'ai réfléchi à ce que je pourrais bien dire. Le roman français contemporain : tout un programme... Moi qui lisais si peu les livres des autres, je m'y suis jeté, tête baissée. J'ai lu, dévoré, le plus souvent détesté. Il y a les torrents d'imprécations, que charrient les imprécateurs notoires ; il y a les livres de ces dames, souvent peu ragoûtants ; il y a de petits textes propres, très clean, que l'on écrit du bout des doigts sur un ordinateur ultraplat et qu'on lit de même, la bouche en cul-de-poule ; il y a les polars politiques des bien-pensants professionnels ; il y a l'autobiographie à toutes les sauces, le « je » qui n'est même plus un jeu, on appelle ça l'autofiction ; il y a le cinéma, la téléréalité, les pages littéraires de *Libération*, *Le Monde des Livres*, jusqu'au *Figaro littéraire* où j'ai écrit, parfois, voilà si longtemps... J'ai lu, j'ai tenté de comprendre. J'ai construit mes six mois de cours. Quelques idées, pas trop, pas trop de cynisme, non plus : un peu. Et des lectures alternant avec des commentaires : on voulait que je parle du roman français d'aujourd'hui, eh bien, j'allais en parler.

Au fond, je n'étais pas mécontent de tout ce que j'avais préparé. A mon tour, j'allais jouer les imprécateurs, dégonfler des baudruches, évoquer le temps où Alain Robbe-Grillet et consorts étaient les vaches sacrées des campus américains, pour mieux tirer à la mitrailleuse lourde sur les vaches sacrées d'aujourd'hui. Au moins, le pauvre Robbe-Grillet, il vous a encore une certaine allure, sa moustache a un peu vieilli, c'est tout... Préparant mes cours, je m'amusais

238

beaucoup. Mais hier soir, une appréhension m'a saisi brutalement. Ces gamins à qui je vais m'adresser, cette trentaine ou cette quarantaine de petits Chinois dont on m'a prévenu qu'ils m'écouteraient en silence, comprendraient-ils seulement ce que je tenterai de leur dire ? Faire passer un message, comme on écrivait autrefois des romans à thèse, mais dans une université chinoise ? Mais je n'ai pas de message, moi, et je n'en ai jamais eu ! Voilà pourquoi la veille au soir, à minuit, sous la pluie, assis devant la porte ouverte de ma chambre, la cour carrée ruisselante devant moi, pas d'autre bruit que la pluie, même plus les dialogues à plein volume des téléfilms chinois qu'affectionne la chère Mme Shi, je me suis senti terrassé par l'angoisse. J'ai fini par me décider. J'ai refermé ma porte et j'ai commencé à me déshabiller. C'est alors que j'ai entendu des éclats de rire plus forts que d'habitude, et puis des bruits étranges, que j'ai trop bien reconnus, ils venaient de la deuxième cour. J'ai tiré le rideau de soie bleue de l'étroite fenêtre qui donne sur la maison de ma voisine, Mme Söjberg. Toutes lumières allumées, porte du salon principal grande ouverte, dans une clarté très crue et comme si c'était un spectacle qui m'était tout particulièrement destiné, la belle Liv Söjberg était en train de se faire enculer sur le seuil de sa maison par un géant blond tandis qu'allégrement, ne s'interrompant dans sa tâche que pour lancer des gémissements gutturaux, elle suçait un autre géant qui lui faisait face. Parfaitement cadrée dans l'encadrement de la porte, la scène qui se déroulait devant moi vous avait l'aspect d'une photographie américaine de notre temps, hyperréaliste et parfaitement obscène. Aucun érotisme, nul désir, que la représentation du plaisir des autres.

Au matin, j'avais l'impression d'avoir fait un mauvais rêve – mais je n'avais plus peur. J'ai pourtant voulu noter tout cela. Sait-on jamais ?

– Une seule remarque... Mais peut-être est-ce l'image que je me fais, moi, du roman d'aujourd'hui. Votre livre a quelque chose de trop linéaire. Un début, une histoire, son commencement et sa fin. J'imagine autre chose. Une écriture plus éclatée, des personnages comme éparpillés aux quatre coins du livre comme on peut être dispersés aux quatre coins du monde, qui ne s'égarent en route que pour se retrouver à l'arrivée... Une multitude de séquences qui se recoupent, et que l'on monte finalement comme un film de cinéma... Mais encore une fois, c'est un point de vue très subjectif que je vous exprime là.

Denis et Simon Anglade étaient assis dans le petit restaurant dit des Trois Tables. C'était l'heure du déjeuner, trois Français discutaient ferme à la table voisine. Denis avait reconnu le correspondant de l'Agence France-Presse, Jacques Marcuse. Un grand bonhomme un peu raide, portant monocle, qui avait vécu en Chine avant la guerre, tout jeune. Il y était revenu après la Révolution, d'aucuns affirmaient que, lorsqu'il s'adressait en français à un Zhou Enlai par exemple, qui avait lui-même fait une partie de ses études en France, il le tutoyait. Marcuse avait serré la main de Denis à la lui broyer. Il était autour de treize heures, on disait qu'à partir de midi le journaliste était saoul et qu'il ne dessaoulait plus de toute la journée. Ses fins de soirée étaient chaotiques mais grandioses.

– Vous ne m'en voulez pas de vous parler aussi franchement..., avait repris Simon.

Denis secoua la tête : lui-même ne s'était jamais posé de question sur son premier roman. Il l'avait écrit d'un trait, sans même penser à faire un plan, au fil d'une inspiration sûrement trop sentimentale.

– Tenez ! Vous prenez des photographies : eh bien, j'ai quelquefois le sentiment qu'écrire, organiser des idées, c'est un peu comme saisir des instantanés de ce qui vous entoure. Le vrai et le faux, le possible, l'imaginaire.

On venait de servir l'une des spécialités du restaurant, des galettes de riz sur lesquelles on versait une sauce de crevettes très épicée. Les grains de riz, gonflés, crépitaient. Simon s'interrompit : « Goûtez ça... » puis, le plat achevé, tandis qu'on encombrait maintenant la table d'une multitude de petits plats, légumes, œufs de cent ans, filaments de viande au vinaigre, il continua ce qui ressemblait à un monologue :

– Ne vous méprenez pas, je vous dirai plutôt : faites ce que je dis mais ne faites pas ce que je fais. Parce que moi, toute ma vie, je me suis dit que je devrais les prendre, ces notes, ces bribes de conversations, ces moments fugitifs... J'ai parfois tenté, et puis je me suis laissé aller.

Il parla alors de son ami, John Chessmann, cet Anglais qui vivait à Londres, et qui tentait précisément de l'écrire, ce livre absolu, fait de milliers de références, de rencontres, d'images et de visages. Pour la première fois, Denis l'interrompit :

– Et le livre en question, votre ami l'a terminé ?

Nouveau sourire de Simon : naturellement non, Chessmann se battait encore avec son livre. Cela faisait des années qu'il luttait. Mais il savait bien qu'un jour, ce livre-là, il finirait par l'écrire. A la table voisine, Marcuse pérorait. Il racontait une rencontre avec le maréchal Zhen Yi, alors ministre des Affaires étrangères. C'était un vieux complice. Le journaliste vidait, gobelet de porcelaine après gobelet de porcelaine, une petite cruche entière de vin jaune. Ses invités, deux hommes d'affaires français de passage à Pékin, le regardaient avec effarement, tant les histoires qu'il devait leur raconter dépassaient l'entendement. Mais Denis devait l'apprendre plus tard, tout ce que disait Jacques Marcuse était toujours vrai.

– Tenez, quelqu'un comme Marcuse : vous ne pensez pas que ce serait un extraordinaire personnage de roman ?

Denis sursauta. Mais l'autre continua :

– Je veux dire, un comparse, un personnage parmi beaucoup d'autres. Regardez son visage en ce moment. Regardez le monocle qui tombe, regardez le geste saccadé qu'il a pour porter à ses lèvres la petite coupe de porcelaine. C'est cela qu'il faut noter, c'est cela qu'il faut enregistrer, comme vous le feriez avec votre appareil de photographie. Et c'est de cela que vous vous servirez un jour, si votre séjour en Chine doit vous servir à quelque chose. Malraux aurait pu en faire le baron Clappique de *La Condition humaine*.

Ce sont des brèves notations, des remarques, des bribes de conversations. Bientôt, photographies et carnets commencent à se compléter. Pascaline est en train de porter à ses lèvres une tasse de thé chinois, dans le salon de thé du marché couvert. Autour d'elle, il y a des femmes de diplomates indifférentes, elle-même rayonne. Denis sort son appareil de photographie : « Tu permets ? » puis, lentement, posément, le coude appuyé sur la table afin de ne pas bouger car la lumière est faible à l'intérieur de la pièce, il prend une photo, deux photos de Pascaline. Plus tard, rentré chez lui, ou seul dans le café car la jeune femme a dû rejoindre Sanlitun, il décrit pour lui-même ce qu'il a déjà enregistré avec son appareil. Les mains très fines de Pascaline, l'alliance un peu trop large à la main gauche, les doigts très longs, la tasse de thé qu'elle tient à deux mains. Le mouvement des lèvres qu'elle a pour s'avancer sur le rebord de la tasse, ses yeux qui se plissent à ce moment-là, puis la tasse qu'elle repose, un peu brusquement. La tasse a tinté sur la soucoupe. On dirait qu'elle savoure la gorgée de thé, qu'elle se brûle peut-être. L'amorce d'une grimace, mais le thé n'en est que meilleur. Plus tard encore, la photographie développée, il prendra une deuxième série de notes sur ce même visage, sur ce même instant.

Ou alors, dans une rue de la ville chinoise, il s'amuse à griffonner n'importe comment, très vite, dans le désordre, trois ou quatre notations sur des passants qu'il croise. Ce vieux, presque un paysan, hors de propos dans Dashala, dont les magasins sont probablement les boutiques les plus urbaines de cette partie de la ville. Ces deux gamines qui se tiennent par le bras et qui riochent, lui décochant même un sourire en le croisant. Cette autre, très droite, qu'il regarde longuement et qui passe devant lui, sans détourner les yeux. Ou encore cette autre femme qui... etc. C'est presque devenu un jeu : noter très vite, le plus vite possible, dans la hâte, l'urgence.

Et les carnets s'amoncellent, trois carnets, quatre carnets déjà, bientôt une dizaine. Ils sont coincés dans un rayonnage de sa bibliothèque, entre la vieille méthode de chinois qu'il traîne avec lui depuis sa première année aux Langues O, deux ou trois dictionnaires, et les livres qu'il a emportés, Conrad et *Nostromo*, le journal de Gide, et les livres qu'il emprunte à la bibliothèque française de la rue des légations, *Les Thibault*, Roger Martin du Gard dans la lecture duquel il s'est plongé.

Par la valise diplomatique, via Jacques Benoist et Perruchot, le jeune agent contractuel de l'ambassade chargé du courrier, on lui a envoyé de Paris de nouveaux carnets recouverts de moleskine noire, que ferme un élastique. Perruchot lui a remis le paquet. C'est un bon gros garçon, au bon sourire un peu naïf de paysan bourguignon. Il est né à Dijon, son père y est encore tourneur, il a des mains aux doigts toujours un peu écartés. Un jour, il a demandé à Denis de lui faire lire son livre sur l'Algérie. « C'est difficile, d'écrire un roman ? » a-t-il interrogé.

Le même soir, sur son carnet de moleskine, Denis a noté cette description du brave Perruchot.

Je ne suis pas sûr que le petit jeu auquel je me suis amusé en photographiant ma classe ait été vraiment apprécié par mes étudiants. Mais, depuis le premier jour, je savais que je voudrais commencer mes cours par ces photographies. Je savais aussi qu'à chaque cours, j'apporterais mon appareil et que, au hasard, je prendrais d'autres photos. Et s'ils ne sont pas contents, je n'en ai rien à foutre ! Le visage fermé de la fille qui buvait son thé en face de moi avait été une première réponse : qu'elle aille se faire foutre ! D'autres, pourtant, avaient paru s'amuser. Mais parmi les quelque trente-sept étudiants assis en face de moi – j'avais fini, presque sans m'en rendre compte et surtout sans qu'ils s'en rendent compte eux-mêmes, par les compter... –, je ne distinguais pas encore vraiment les visages. Tout au plus, ici et là, un sourire, une mèche de cheveux, des yeux écarquillés. Il y a au moins trois filles pour un garçon, dans ma classe. Peut-être quatre... Les garçons m'ont semblé de deux sortes : ou bien petits, l'air appliqué, lunetteux, prenant des notes sans arrêt ; ou bien de grands échalas, désinvoltes, renversés en arrière sur leurs bancs. Les filles, c'est différent. Ce n'est pas vrai que je ne distinguais aucun visage. Tout de suite, l'une d'entre elles m'a paru se détacher du groupe. Elle était plus hâlée que les autres, les lèvres charnues. Très faisable, la gamine ! Pour le reste, il y avait au moins cinq ou six jolies filles, réunies en un groupe presque compact, en haut et à droite de la classe. Elles étaient très maquillées. Lorsque mon cours s'est achevé, qu'elles se sont levées, j'ai vu qu'elles portaient sûrement des soutiens-gorge parfaitement rembourrés, tant leurs poitrines semblaient à la fois raisonnablement volumineuses et parfaitement dessinées...

Quant à mon cours, j'avais préparé mes effets. Après le coup des photographies, je me suis borné à lire pendant dix minutes quelques pages de *Fermina Marquez*, puis coup sur coup, après Larbaud, trois pages de Céline. J'ai ensuite ouvert *La Nausée*.

Tout de go, je suis passé ensuite à trois extraits de romans publiés l'année dernière. Leurs auteurs : deux jeunes gens, une fille. Le texte de la fille, surtout, d'une obscénité particulièrement délectable. Je veux dire : grotesque, risible. Tout en prononçant les mots les plus crus avec une gourmandise appuyée, j'observais mes étudiants. En face de moi, la plupart paraissaient totalement hébétés. D'autres riaient, gênés comme sont tous mes amis chinois quand ils ne savent pas s'ils doivent prendre au sérieux ce que je leur dis. Les quatre pin-up, en haut et à droite de la salle, gloussaient ouvertement. Pas loin d'elles, un grand garçon dégingandé, une mèche noire sur le front, était renversé encore davantage sur son siège. Lui me regardait fixement, un sourire ironique au bord des lèvres.

Pour ce premier cours, je n'ai rien fait d'autre : seulement lire cette demi-douzaine d'extraits de romans publiés il y a plus d'un demi-siècle, ou voilà moins d'un an. Une entrée en matière, en somme... Une sonnerie marquant la fin du cours a retenti à l'instant précis où j'achevais ma dernière lecture. J'ai remercié mes étudiants, je me suis levé et j'ai commencé à ranger mon matériel, notes et appareil photo. Trois ou quatre jeunes filles sont venues vers moi, elles voulaient savoir si le dernier texte que je leur avais lu avait été publié sans problème en France, ce que la presse en avait dit, si la critique avait été très sévère. Nous sommes restés un moment à bavarder, j'ai parlé de l'enthousiasme des thuriféraires habituels de ce genre de littérature dans la presse spécialisée, c'est-à-dire dans les journaux que je ne lis plus. L'une d'entre elles m'a dit qu'elle avait été vraiment choquée... Je l'ai entraînée avec moi à travers les couloirs. Devant nous, les derniers étudiants s'égaillaient. La jeune fille avait quelque chose de Meilin, la Meilin d'autrefois...

Avec les jours, Denis rencontrait de plus en plus souvent Simon Anglade. Avec Jacques, Simon était devenu l'un de ses meilleurs amis. D'ailleurs, Jacques Benoist et Simon Anglade entretenaient une relation ambiguë, une espèce d'amitié ironique qui reposait pourtant sur une véritable affection. Pour Simon, Benoist était un gamin dont il écoutait les frasques avec délices. Mais il savait aussi que Jacques pouvait se révéler un fin connaisseur des choses de la Chine. Le jeune homme n'était arrivé à Pékin qu'une dizaine de mois auparavant, mais il parlait chinois mieux que la plupart des autres Français de l'ambassade, voire aussi bien que Simon. Il avait une sorte d'intuition pour deviner les réactions de ceux qu'il appelait « nos amis chinois ». Par Marcuse, le représentant de l'AFP au monocle de baron Clappique, Benoist avait été introduit auprès de quelques-unes de ces hautes personnalités chinoises que Simon, au moins pendant un temps, avait fréquentées. Le maréchal Zhen Yi appelait Jacques Benoist Xiaohuozi, ce qui veut dire « le jeune homme ». Mais aussi le gosse futé, le gosse malin. Simon Anglade prétendait que Jacques était devenu son meilleur élève. Il s'amusait à lui dévoiler les arcanes de la réalité politique d'une Chine dont l'un comme l'autre avaient fait ou feraient leur vie.

Avec Denis, il parlait d'autre chose. Il devinait bien que, pour lui, la Chine était d'abord un objet d'observation, sinon de littérature. Alors, il parlait de littérature, de poésie : Pierre Emmanuel, René Char, toute une poésie de la Résistance à laquelle, pendant un temps, Simon avait appartenu. Il avait publié un petit ouvrage aux Editions de Minuit clandestines, des vers très sobres, très froids, qui racontaient la mort d'un homme. C'était un Allemand qu'il avait tué en Auvergne dans les derniers jours de la guerre. Un convoi qui remontait par le nord avait été arrêté par un pont que les maquis avaient fait sauter. Trois cents mètres au-dessus de la route, les FTP qui avaient préparé l'attentat tiraillaient sur les soldats vert-de-gris qui s'extrayaient des camions. Et ceux-ci ripostaient, bientôt à la mitrailleuse lourde. Il y avait eu plusieurs

blessés, des morts même, dans les rangs du maquis. Et
puis, au moment où Simon croyait que tout était fini,
un jeune homme était apparu soudain devant lui. Il
avait vingt ans, la tête nue ; une blessure au front, une
mitraillette à la main. Les deux garçons étaient face
à face dans le coin d'un pré. Au-dessus, le Plomb du
Cantal. Un peu plus loin, l'entrée du tunnel du Lioran.
Et le jeune Allemand qui regardait le Français. Un
instant, l'un comme l'autre avaient hésité. Puis Simon
avait tiré le premier. L'autre était tombé mort dans
l'herbe verte. Cinquante pages très denses, aux phrases
courtes, faites seulement de descriptions pudiques dans
lesquelles Simon Anglade avait raconté le visage du
jeune Allemand, la tache blanche et blonde au milieu
de l'herbe, la tache rouge au milieu du front.

– Vous voyez, Denis, on ne se relève quelquefois
pas d'avoir écrit un livre.

Après ce livre-là, Simon n'avait plus rien écrit.
Sinon des babioles, un peu de poésie qu'il n'aimait
guère. Denis l'écoutait. Ils déambulaient quelque part
autour de Shishahai, où l'un comme l'autre aimaient
à se promener. C'était Simon qui avait emmené Denis,
un jour où le vent de Gobi apportait sur Pékin des
tourbillons de poussière rouge, jusqu'à Xizhemen, la
porte de l'angle nord-ouest de la muraille. Et Denis
avait pu voir avancer vers lui, lentement, dans la poussière, l'une des dernières caravanes de chameaux
venues du Grand Ouest du pays jusque dans la capitale.
Il s'était souvenu d'une photo encore, prise par Hélène
Hoppenot, la femme d'un diplomate français en poste
en Chine et qui avait publié, préfacé par Claudel, un
bel album de photographies. C'était Xizhemen dans la
poussière et quelques chameaux qui avançaient dans
la ville.

– Je savais qu'un jour comme aujourd'hui, de tempête et de vent, il ne pouvait qu'y avoir aussi cette caravane, avait remarqué Simon.

L'Opéra de Pékin : le Théâtre du Peuple... Je suis le seul étranger de la salle. Linlin a pris soin de revêtir une robe chinoise noire, une jupe plutôt, légèrement fendue, et une tunique fermée par des lacets de soie. La salle est un beau capharnaüm de gros Chinois ventrus, de petites mamans, et puis des jeunes, beaucoup plus de jeunes que je ne l'aurais cru. Tout un groupe a pris les places qui nous étaient attribuées, sans paraître se gêner. Sans davantage de gêne, à notre arrivée, ils ont reculé de deux ou trois rangs. A ma gauche, un tas informe, une grosse jeune femme, des cheveux ébouriffés, des vilaines lunettes, qui n'arrête pas de manger. Elle croque à une vitesse ahurissante, dégoûtante, des graines de pastèque peut-être, en prenant une dans la main gauche, la fourrant dans sa bouche, recrachant dans sa main droite, remettant aussitôt ce qu'elle a craché dans un petit sac, puis recommençant. Je suis exaspéré. Linlin s'amuse, elle croyait que je comprenais mieux la Chine. En revanche, devant nous, un peu sur la droite, une très belle jeune femme. Un nez busqué, aquilin. Un air de princesse mandchoue, me dit Linlin. Une queue de cheval. Un petit col de fourrure. Pendant la scène la plus émouvante, vers la fin de l'opéra, elle essuiera des larmes. Je tenterai, dans un noir presque total, de prendre quand même deux ou trois photos d'elle.

L'opéra, c'est *Le Serpent blanc*, une histoire classique devenue opéra dans les années soixante, en plein maoïsme. Beaucoup d'airs très beaux. Plusieurs chanteurs et chanteuses se succèdent, changeant de rôle d'acte en acte, car la soirée a été organisée avec les jeunes chanteurs d'une école d'opéra. Je crois bien que c'est la première fois que l'opéra de Pékin me touche aussi fort. Linlin m'a rappelé l'histoire, j'avais déjà vu *Le Serpent blanc*.

C'était quelques semaines avant le déclenchement de la Révolution culturelle. Nous étions dans ce même Théâtre du Peuple, et je l'avais oublié. Toute une bande : Pascaline, Marion et Franck Desjardins. A mon oreille, Linlin me rappelle ce que je ne saisis pas tout de suite dans l'histoire de ces deux sœurs qui sont des serpents mais qui, parce qu'elles aiment un homme, décident de se transformer en femmes. Il y a le moine jaloux, le petit apothicaire charmant et ahuri, la jeune femme redevenue serpent qui mord son amoureux, la recherche dans la montagne de la seule plante qui puisse le sauver, etc. C'est dans cette scène, le passage d'un col difficile à travers la montagne, la douleur du serpent redevenu femme qui redoute la mort de l'homme qu'elle aime, que la princesse mandchoue, devant moi, a commencé à pleurer. Penchée à mon oreille, Linlin m'explique encore que le président Mao aimait par-dessus tout cette pièce. Il en prenait l'action tellement à cœur qu'après une représentation il serra avec émotion la main de tous les chanteurs, mais refusa même de regarder celui qui jouait le rôle du moine jaloux. Une autre fois, me dit encore Linlin, le Président, qui avait coutume de dégrafer sa ceinture pour être plus à l'aise lorsqu'il était à l'opéra, se leva brusquement pour applaudir – et son pantalon tomba à ses pieds...

J'ai suivi la princesse mandchoue jusque dans la rue, puis elle a disparu, au bras d'une très vieille dame.

« Tu pourras toujours inventer une histoire où on la reverra, ta princesse mandchoue ! » Linlin est une bonne copine. Nous sommes allés manger du crabe dans un restaurant shanghaïen de l'autre côté de l'avenue. A la table voisine, on riait beaucoup, un homme d'une cinquantaine d'années s'est levé, il voulait nous photographier, Linlin et moi. Il s'est longuement excusé, demandant la permission, aussi ai-je été surpris du ton sec et cassant avec lequel Linlin a refusé. Puis elle s'est penchée vers moi : « Et si tu étais mon amant, hein ? Tu ne crois pas que ça serait compromettant ? » L'idée d'être l'amant de la femme de mon ami Jacques ne m'a jamais effleuré. L'homme a eu le rire gêné qu'ont beaucoup de gens en Chine, pour masquer leur déconfiture. Puis les crabes sont arrivés, avec du vin jaune. Aux tables autour de nous, Linlin a reconnu des amis, des actrices, l'une des chanteuses de l'opéra que nous venions de voir. Tout le monde s'est retrouvé à la même table, Linlin a dit qui j'étais, pourquoi j'étais revenu à Pékin. On m'a interrogé sur ma vie, pendant la Révolution culturelle, tous ces jeunes gens avaient trente ans de moins que moi.

Un soir, rentrant chez lui, Denis ne retrouva pas ses cahiers. Entre les dictionnaires franco-chinois et les œuvres de Romain Rolland sur l'étagère de gauche à côté de la fenêtre, il y avait un trou. Une place vide : les carnets de moleskine, d'autres recouverts de carton rouge frappé de l'image de la place Tian'anmen avaient disparu. Il interrogea à gauche, à droite, personne ne savait rien. Les autres Français du dortoir, le Cubain du dortoir voisin chez qui il développait ses photographies : personne n'était au courant. Il était dix heures du soir, il dut attendre le lendemain matin. Alors, il alla directement voir les autorités de l'Institut des langues étrangères : Simon lui aurait peut-être déconseillé la démarche, mais sa rage était telle qu'il lui fallait tout faire, et tout de suite, pour arrêter un processus qui conduirait peut-être, si ce n'était déjà fait, à l'auto-dafé de ses carnets.

– Vous prenez des notes sur votre séjour à Pékin ? Quelle bonne idée... Croyez bien que nous ne pouvons que vous y encourager. Et croyez aussi que nous mettrons tout en œuvre pour vous aider à retrouver vos papiers, avait lancé avec un sourire parfaitement hypocrite celui qui jouait le rôle d'intendant dans l'organisation de la vie de tous les jours des assistants étrangers de l'Institut.

Là-dessus, ce M. Chang – ou n'importe quel nom approchant, car ils étaient tous interchangeables, les responsables administratifs de l'Institut – avait appelé un secrétaire en le chargeant de mettre tout en œuvre pour retrouver les carnets disparus.

– Je pense malheureusement que ce ne peut être que l'un de vos camarades étrangers, car vous le savez, en Chine, le vol est une mauvaise habitude qui a disparu depuis la Révolution...

Elles étaient courantes, à Pékin et ailleurs, les histoires de jeunes filles qui vous couraient après jusqu'à la porte de votre hôtel pour vous rapporter deux Kleenex oubliés par mégarde sur une table : l'honnêteté était ici une vertu cardinale.

C'est le soir même que Denis retrouva ses carnets. Moboto les avait repérés : tout simplement dans des latrines publiques, à l'entrée de l'Université. Non pas les toilettes individuelles des dortoirs, mais des chiottes immondes, utilisées par le personnel. Ils gisaient dans la merde, enfoncés dedans, à demi recouverts par les excréments neufs et bien frais, quelque peu liquides, car le régime était alors aux salades cuites, que quelques dizaines d'employés de l'Université avaient consciencieusement déféqués depuis la veille au soir. Consciencieusement car ils savaient tous, en bons citoyens de la Chine maoïste, que c'est avec de la merde fraîche que l'on fait les meilleurs engrais et que ce sont ces engrais-là qui vous font du blé, du riz et du maïs pour nourrir la Chine tout entière.

Denis se rendit aux lieux d'aisances en question. Du bout d'un bâton, il retira ses carnets. Enfermés dans un sac de plastique, il les rapporta dans son dortoir et empuantit tout l'étage à les nettoyer. Deux ou trois carnets étaient irrécupérables. Dès lors, avec les photographies qu'il prenait, c'est désormais chez Jacques Benoist qu'il les entreposa. Maculés de taches brunes, les carnets sauvés des latrines...

Pour fêter mon premier cours, Jacques a voulu donner une réception pour moi. La grande salle des banquets de l'Hôtel Palace. Trois cents personnes peut-être, des professeurs, beaucoup d'étudiants. Un buffet franco-chinois, avec crevettes sautées au bout d'une baguette de bois, petits canapés au fromage... Quelques très vieux messieurs, très vieilles dames, semblent se souvenir de quelques-uns de ceux qui ont été mes amis, jadis. Une manière de fantôme, de momie plutôt, sûrement près de quatre-vingt-dix ans, s'avance vers moi. L'homme tient dans une main un verre de champagne, dans l'autre une canne, sur laquelle il s'appuie. « Vous ne me reconnaissez pas ? » Il prononce un nom, qui ne me dit rien. Il évoque alors le souvenir de Franck

Desjardins, de Marion... Il est allé en France à deux ou trois reprises, a rencontré Marion après la mort de Franck. « Je crois qu'elle vous aimait beaucoup... » Mais déjà, c'est Mme Mu, la directrice du département de français, qui s'approche de moi avec trois de mes élèves. Parmi elles, je reconnais celle avec qui j'ai échangé quelques mots après mon cours. La jeune fille, que j'avais « vraiment choquée », s'appelle Wang Haimei. Elle a les cheveux longs jusqu'au milieu du dos. Une bouche toute petite, de celles qu'on appelait autrefois des bouches en forme de cerise. Le nez un peu plat, des yeux presque ronds, qui s'étirent à peine vers les tempes, des mains minuscules. Près d'elle, la fille, plus hâlée que j'ai aussi remarquée le premier jour, beaucoup plus grande, le teint plus foncé, une bouche au contraire très charnue. Mme Mu m'explique que toutes les deux travaillent sur Proust. Je devrais bien leur parler de Proust... Je ne sais pas si elle a eu des échos du premier cours que j'ai donné, j'ai l'impression qu'elle me donne là une sorte de conseil. Mais le très vieux monsieur à la canne et au verre de champagne s'est approché d'elle, il lui parle avec beaucoup de respect. La petite Haimei, presque timidement, m'explique que le monsieur en question a beaucoup souffert pendant la Révolution culturelle, qu'on a brûlé ses livres, les poèmes qu'il écrivait. « Mais c'est encore un grand poète... » Sa camarade, qui me dit s'appeler Géraldine renchérit : il faut absolument que je lise des poèmes de M. Jin, elle est sûre que je les aimerai beaucoup. Comment en arrive-t-elle à prononcer alors le nom de Patrice de La Tour du Pin ? Elle parle des *Enfants de novembre* : à dix-sept ans, j'avais appris par cœur le poème de La Tour du Pin. Camille Guo, ma jeune voisine précisément, nous a rejoints. Mais une

254

vieille dame volubile m'entraîne plus loin, c'est une grosse Chinoise à la robe trop largement fendue jusque sur la hanche. Elle énumère tous les amis qu'elle a en France, tous les écrivains qu'elle a rencontrés, tous les professeurs dont elle est familière. Elle connaît tout le monde, a une gueule de maquerelle et parle un français de sous-préfecture. Elle pue du bec, en plus : ça se mélange à un parfum très fleuri, le tout est écœurant. Je vois Haimei et Géraldine disparaître, comme englouties dans la foule pépiante de ces dames, jeunes et vieilles, qui font avec quelques rares bonshommes profession d'être amoureuses de la France... J'aperçois de loin Clarisse, l'épouse de Théo Gautier, venue en compagnie de Linlin. Clarisse a les yeux rouges, je comprends qu'elle a pleuré. Toutes deux vont alors m'entraîner pour dîner, et c'est au moment de partir que je retrouve la petite Haimei. « Vous partez déjà ? » Elle m'a posé la question, tout doucement. Je lui explique que je vais dîner avec deux amies, d'autres amis nous rejoindront ensuite. J'interroge Linlin, puis je reviens à la petite étudiante : si elle veut se joindre à nous... Je la vois qui rougit de plaisir, elle doit téléphoner à ses parents, elle sort un téléphone mobile de son sac, la conversation dure à peine une minute, elle revient vers moi : elle nous accompagnera.

Je découvre le restaurant Red China. Je ne sais pas très bien dans quelle direction nous allons, je suis assis sur la banquette arrière, tassé entre Clarisse et Haimei. Je sens la cuisse tiède de la petite Chinoise contre ma jambe gauche. Clarisse lui pose des questions. Ainsi, elle travaille sur Proust ? La voiture roule le long d'un hutong particulièrement défoncé, Haimei parle de Proust, elle explique qu'elle va entreprendre une thèse de doctorat sur Proust et la musique. Je m'en étonne, elle me dit qu'elle a tout de même vingt-cinq ans... Elle espère venir en France l'année prochaine.

Nous arrivons au Red China. Devant la porte, une immense limousine, lourde, briquée à mort. C'est une « Drapeau Rouge », l'un des orgueils du régime, autrefois. Seuls les dirigeants d'alors se promenaient dans ce type de voiture qui, tous rideaux tirés, traversait silencieusement les rues désertes d'un Pékin où fourmillaient bicyclettes et piétons. A l'intérieur du restaurant, on a voulu reconstituer l'atmosphère de la Révolution culturelle. La petite Haimei me fait remarquer qu'elle ne trouve pas cela de très bon goût, Linlin éclate de rire : elle est drôle, ma petite camarade... Tous les serveurs sont donc habillés en Gardes rouges, les filles portent les deux nattes en forme de couettes, le foulard rouge. Mais elles n'ont pas le visage rougeaud des petites filles que je voyais cracher sur des vieillards à la sortie de la gare de Pékin. Elles auraient plutôt la taille mannequin, fines, dans leurs vêtements trop larges. Nous traversons un premier pavillon, une première cour. Linlin a reconnu un industriel français à une table, elle me fait signe, il a lu mon livre sur la Chine, en a un peu oublié le titre, mais il avait trouvé cela très bien : c'était il y a combien de temps ? Puis nous poussons la porte d'un deuxième pavillon. Là, cinq ou six tables. Trois d'entre elles sont occupées. Chaque fois deux couples. Deux hommes, trente ou quarante ans, chevalières d'or massif et Rolex obligatoires, avec des filles maquillées comme des putains. Des filles pour nouveaux capitalistes chinois, dans toute leur splendeur. L'une d'entre elles est belle, elle louche du côté de Linlin. Est-ce que j'ai rêvé, ou j'ai cru voir un sourire effleurer les lèvres de la femme de Jacques ? Sourire de connivence ou simplement de politesse ? Pendant le dîner, toutes les dix minutes, l'une ou l'autre des filles se dirigera vers les toilettes. L'une d'entre elles lancera même à la cantonade : « *I powder my nose !* » comme elle l'a vu faire dans des films américains.

A la table qu'on nous a réservée, je reconnais Robert Sarle, qui m'a accueilli l'un des tout premiers jours dans sa jolie maison, toute pleine de cages de merles, de pies de Mongolie... Avec lui, un jeune homme en qui je reconnais l'un des amants de Kaifeng, le mari de Suzanne Vernant. Avec un rien de cérémonie, l'amant en question – s'il y a vraiment amant ! – me dit que cela fait des semaines qu'il mourait d'envie de me revoir... Tu parles ! La pauvre Haimei a l'air toute perdue, intimidée. On parle chinois, anglais, français... Le menu est rédigé comme un dazibao, une affiche murale de la Révolution culturelle. Les serveuses nous servent un vin chinois qui s'appelle Dinasty. Je crois comprendre qu'il est fabriqué avec la complicité d'un célèbre château du Bordelais. Il est buvable, sans plus. Haimei est assise à côté de moi, à deux reprises, mon genou effleure le sien, elle ne se dérobe pas. J'ai plus de soixante ans, elle en a un peu plus de vingt. Mon âge m'obsède. On continue à parler, français, anglais, parfois chinois. On parle de la mode et de la haute couture chinoises. On évoque le nom d'un couturier célèbre, qui aurait dû nous rejoindre et qui n'a pu venir. C'est un ami de Sarle, son petit ami peut-être, je mélange un peu tous les noms. Alors, je me penche vers ma petite voisine, et je lui raconte la maison de Proust, à Illiers. Elle voudrait voir la chambre qu'on a reconstituée et qui était celle du jeune Marcel. Elle m'interroge sur les vitraux de l'église, sur le Côté de Guermantes... Je me rends compte qu'elle en sait plus que moi. Pendant tout le reste du dîner, donné somme toute pour moi, je ne parlerai plus qu'avec Haimei.

Il pleut. La pluie tombe sans désemparer, régulière, presque lumineuse pourtant, parce que le soleil est là, quelque part, au-delà des nuages. Elle tombe sur le sophora, dont les feuilles plient. Certaines sont déjà à terre. Elle frappe de mille gouttelettes le petit bassin dans lequel tournent et retournent quatre poissons rouges, au milieu de ma cour carrée. La vieille Mme Shi m'a apporté du thé, un grand verre de ce thé vert que m'a offert la famille Guo en cadeau de bienvenue. J'ai acheté un disque qui, sur ma machine à musique, joue des airs du *Serpent blanc*. Deux ou trois des carnets recouverts de moleskine noire que j'ai déjà remplis de notes depuis mon arrivée à Pékin sont ouverts devant moi. Une feuille blanche aussi. Les deux photographies, ratées naturellement, que j'ai prises de la jeune femme à la queue de cheval noire, devant moi, l'autre soir au Théâtre du Peuple. Ma princesse mandchoue... Par tous les moyens, mon gros stylo noir à la main, j'essaie maintenant de raviver ma mémoire, de retrouver les traits de la jeune femme. Je me souviens de l'anecdote racontée par Segalen, la manière dont, ayant découvert quelque part dans le Sichuan un grand tigre han rongé par les ans et qui avait perdu toutes ses formes : on aurait dit, remarque Segalen, qu'il avait littéralement fondu, sucé par le temps... – il parvint, le dessinant simplement, à en retrouver les contours exacts. Le tigre renaissait sous les traits de son crayon. Mais j'ai beau évoquer le profil de ma princesse mandchoue, il me manque son regard, son sourire. Elle avait l'air si grave, vue seulement de trois quarts, essuyant ses larmes : je ne l'ai pas vue sourire, n'est-ce pas...

La librairie du marché couvert de l'Est était sur Wangfujin, une caverne d'Ali Baba où, dans le désordre, les sinologues étrangers pouvaient trouver d'anciennes et rares éditions chinoises, tandis que les simples touristes, ou les amateurs du vieux Pékin, découvraient des livres sur la Chine publiés dans toutes les langues du monde, épuisés dans le monde entier, mais que le contenu de quelques bibliothèques privées, probablement vendues à l'encan après la Révolution, permettait à M. Fou, le gérant barbichu de la librairie, de sortir parcimonieusement de ses réserves. C'était à qui arriverait le premier au marché couvert, généralement en début de semaine, après que le vieux monsieur en avait refourni ses rayons.

Jacques Benoist fréquentait la librairie de M. Fou depuis le premier jour. C'était Marcuse qui la lui avait fait découvrir. Il avait pris le libraire à part pour lui expliquer que ce jeune homme était quelqu'un d'un peu spécial, qu'il s'intéressait à tout et à rien, et qu'il fallait avoir la bonté de satisfaire toutes ses curiosités. Du coup, à chacune de ses visites, Jacques Benoist repartait avec un guide des années trente, des histoires de fantômes publiées au début du siècle ou même quelques exemplaires de la revue satirique qu'un certain Nachbaur, journaliste et éditeur jadis à Pékin, publiait sous un titre sans équivoque : *Le Rire jaune*. Ce qui n'empêchait pas Jacques de rapporter aussi, chaque fois, du marché couvert deux ou trois classiques chinois, de beaux exemples de calligraphie, voire quelques estampages anciens.

Ce fut presque avec les mots qu'avait eus Jacques Marcuse pour lui que Jacques présenta à son tour Denis au vieux libraire. Il ajouta que son ami s'intéressait à la photographie. Et le libraire de revenir aussitôt avec un exemplaire du bel ouvrage d'Irène Hoppenot qu'on a dit. Tout un Pékin d'entre les deux guerres qui revivait en noir et blanc. Vieillards coiffés de l'ancienne « demi-pastèque », marchands de bibelots, murailles encore intactes, dressées, grandioses... Une jeune personne assez laide, vêtue d'une robe traditionnelle chinoise, apparut à son tour. C'était l'une des filles de M. Fou. Il en avait, paraît-il, une dizaine, toutes employées dans des librairies de la ville. Celle-ci, qui répondait au prénom américain d'Helen, s'occupait plus particulièrement du fonds de livres étrangers. M. Fou expliqua qu'elle serait à la disposition de Denis, chaque fois que celui-ci aurait besoin de quelque chose. Puis, l'instant d'après, il disparut pour reparaître avec un rouleau qu'il proposa négligemment à Jacques. C'était une peinture du XVIIe siècle, un paysage avec un lac, des moines taoïstes, une auberge, un pavillon de thé.

– Naturellement, une copie moderne ?

Jacques avait posé la question d'une manière trop anodine. Le vieux monsieur secoua la tête : naturellement, oui. Puis il montra aux deux Français certains détails de la peinture, des rochers particulièrement bien dessinés, des poissons d'or que l'on distinguait à moitié dans l'eau du lac.

– Du travail bien fait, n'est-ce pas ?

Jacques approuva, il paya la copie moderne de la peinture Ming un peu plus cher qu'il n'aurait dû le faire pour une copie habituelle, puis entraîna très vite

Denis. Lorsqu'ils se retrouvèrent dans Wangfujin, il prit son bras :

– Tu as compris, bien sûr, que cette copie est parfaitement fausse ?

Devant le regard ahuri de Denis, il expliqua encore :

– Mais oui, ma peinture taoïste est tout ce qu'il y a de plus original. Interdite à la vente aux étrangers, à l'exportation. C'est pourquoi ce vieux filou de Fou, qui sait encore vivre, se débrouille pour vendre comme étant fausses d'authentiques peintures Ming. Mais devant tout le monde, même devant sa fille, il joue la comédie.

Retour, hier, à Wangfujin, en fin d'après-midi. L'avenue semble avoir triplé de largeur : les trottoirs, la rue centrale. A trois cents mètres de Chang'an, la rue devient piétonnière – on devine ce que ça veut dire ! Bien sûr, à droite, une grande librairie, une autre plus haut à gauche. Mais de monstrueux magasins de souvenirs, de photographies, des affiches multicolores et encore presque d'un autre temps. Et puis d'immenses grands magasins. Des galeries marchandes qu'on appelle des *malls*, des *plazzas*... On a parsemé les trottoirs de statues. Un musée en plein air, l'art contemporain le plus officiel qui se puisse imaginer, tout, c'est-à-dire rien. Des figures de sportifs qui se disputent un ballon, des boules, des ronds, rien, de l'art qu'on croit ici celui d'aujourd'hui, alors qu'ailleurs, dans des « villages d'artistes » au-delà des périphériques, il existe, et bien vivant, l'art d'aujourd'hui. Le vieux marché de l'Est dont j'arpentais le dédale des ruelles a été remplacé par un centre commercial, quatre ou cinq étages grossièrement empilés en balcons débordant de monstruosités, un sous-sol, des escaliers roulants absurdes qui relient entre eux des encorbellements aussi absurdement « modernes » que les statues modernes de la rue.

Deux gamines laides me racolent. Elles ont tenté leur chance en anglais. Puis en français : « Bienvenue en Chine ! » Elles trottent derrière moi sur le trottoir. Je finis par comprendre qu'elles veulent m'entraîner dans une espèce de galerie couverte. Elles se disent élèves d'une école des beaux-arts. Me montrent leurs œuvres, s'il vous plaît ! Et celles d'un petit copain qui les a rejointes. Tous parlent quelques mots de français. Leurs œuvres... De lourdes peintures à l'eau traditionnelles. Des compositions abstraites plus laides encore : on hésite entre les mots nullité et indigence. Tout le sous-sol – on l'atteint par un escalator – n'est qu'une vaste salle d'exposition du plus vide, du plus inutile qui se puisse imaginer en matière d'encre ou d'aquarelle, mais aussi de peinture à l'huile. Un homme plus âgé s'approche : est-ce que je suis intéressé par ce que font ses étudiants ? Est-ce que je veux acheter ?

Un peu plus loin, sur l'avenue, au coin de la rue qui conduit au Palace, d'autres statues. Cette fois, ce sont des personnages de bronze, grandeur nature. Un tireur de pousse et son pousse. Des petites filles éclatent de rire en se faisant photographier dans le pousse. Le rire des petites Chinoises de sept ou huit ans dans un pousse de bronze, à un coin de rue. En face, au Baihuotalou, qui existe toujours et qui était alors le plus grand magasin de la ville, on trouvait une bonne douzaine de variations sur le thème du faux Elizabeth Arden : la Révolution culturelle en avait dégarni les comptoirs en un soir.

Les enseignes lumineuses de Wangfujin s'allument

d'un coup. Trois cents personnes s'agitent dans un couloir étroit aux murs de miroirs où sont disposés d'immenses bacs remplis de saloperies : bouquets, colliers, montres même, je crois. Tout à dix yuan. Dix francs d'hier, pas même un euro et demi d'aujourd'hui. Tout est à vendre. Vive la Chine !

Mon deuxième cours s'est déroulé ni mieux ni plus mal que le premier. Il est probable que les trois ou quatre pin-up, dans le fond à droite de la salle, ont été déçues que je ne leur débite plus de citations de ces demoiselles si mal embouchées qui font la littérature française d'aujourd'hui. Après tout, des demoiselles shanghaïennes aux noms de bonbons fondants écrivent les mêmes horreurs. Ce que je raconte à ces gamins est sans importance : c'est simplement ce que je pense, et depuis toujours. Mais ce n'est qu'un commencement, camarades, ils verront comment nous continuerons le combat ! J'ai l'impression de régler mes comptes avec des dizaines de petits branleurs et autres chieuses distinguées qui m'emmerdent depuis tant d'années avec leurs dégueulis de merde portés aux nues par des critiques merdiques à la botte de leurs éditeurs.

Le grand escogriffe à la mèche noire au milieu du front, le dégingandé du fond de la salle, pas trop loin des quatre petites putes, m'a écouté en ricanant. Juste devant moi, la fille à la thermos de thé a continué à boire son thé, comme si, d'un cours à l'autre, elle s'était bornée à remplir sa bouteille. Consciencieusement, d'autres gamines prenaient des notes. Peu à peu, je m'en suis rendu compte, c'est seulement à Géraldine et à Haimei que je m'adressais. Assises côte à côte, au troisième rang sur ma gauche, l'une et l'autre semblaient boire mes paroles. Mon bonheur d'être écouté par des petites filles... J'ai remarqué que Géraldine avait dû changer de soutien-gorge en mon honneur : celui qu'elle portait aujourd'hui lui donnait une poitrine ma foi fort appétissante...

L'autre jour, Paul Rollet m'a entraîné dans une petite rue, pas loin du Musée des beaux-arts, qu'il appelle « la rue des petites culottes ». Une autre forme de bonheur, à la portée de tous les voyeurs. Se succédant des deux côtés d'une ruelle étroite, ce ne sont, boutique après boutique, que petites culottes, certes, mais soutiens-gorge et le reste – et les jolies pétasses qui vont avec. J'ai photographié à cœur joie ces rangées de lingerie bon marché, de dentelles aux couleurs aguichantes, de cache-sexe en forme de cœur, jusqu'à de la fourrure blanche là où il faut, ou plutôt là où il ne faudrait pas. Etalées à touche-touche sur des comptoirs qui mangent la moitié de la chaussée ou déployées en girandoles régulières sur les trois murs des échoppes ouvertes sur la rue, ces saloperies de toutes les couleurs déploient un paradis du kitsch naïf le plus ahurissant. Au milieu, créatures de rêve un rien peinturlurées, vaguement pouffiasses, mais toujours chinoises jusqu'au bout des ongles, hauts talons et la minijupe encore au ras du cul malgré la fraîcheur qui finit par arriver, les gamines se baladent bras dessus, bras dessous, entrent ici, poussent un rideau là pour essayer, derrière un paravent. J'ai photographié tout cela comme un malade...

En tout cas, je ne sais pas pourquoi, mais j'ai la certitude que ce n'est pas dans la rue des soutiens-gorge et autres petites culottes que la jolie Géraldine est allée s'acheter ses sous-vêtements.

Lorsque j'ai eu fini mon cours, Haimei s'est enfuie très vite.

Helen, la fille de M. Fou le libraire, était devenue l'amie de Denis. Il devinait un corps fluide, gracile, sous la traditionnelle robe chinoise qu'elle était peut-être l'une des seules à oser porter encore dans cette partie de Pékin soumise à l'ordre rigoureux du bleu de chauffe et du foulard rouge de pionnier. Elle était très jeune, en fait, Helen : vingt-deux, vingt-trois ans, tout au plus. On l'aurait dite aux aguets : il suffisait que Denis passât une ou deux fois devant la librairie sans s'arrêter pour qu'elle comprenne qu'il repasserait un quart d'heure plus tard et que, cette fois, il entrerait. Alors, elle allait chercher dans la réserve l'un de ces livres des années vingt ou trente qu'il affectionnait et, l'air de rien, le disposait sur le rayonnage parmi d'autres livres que les diplomates de passage, ses principaux clients, avaient dix fois feuilletés. Denis entrait alors, l'air de rien. Il commençait par fureter à gauche, à droite, avant de se diriger vers la partie des bibliothèques où il savait trouver ce qu'il recherchait. Très vite, il avait entre les mains le volume choisi par la jeune fille pour lui. Le prix en était toujours dérisoire. C'était le vingtième, le trentième ouvrage de ce type qu'il achetait depuis son arrivée à Pékin. Dans sa chambre de l'Institut des langues étrangères, ils occupaient déjà tout un rayon. Un rayon et demi. Denis savait qu'il s'en servirait un jour, quand il voudrait parler de Pékin. Parce que, maintenant, il en avait la certitude, il devrait l'écrire, son livre sur la Chine. D'ailleurs, les notes qu'il prenait s'accumulaient, et

déjà l'esquisse d'un plan, des silhouettes de personnages.

– Si vous revenez la semaine prochaine, j'aurai peut-
être même quelques photos intéressantes...

Helen parlait un anglais très limpide. Et la semaine
suivante, elle lui apporterait deux albums de photographies prises par l'un de ces résidents étrangers qui
louaient jadis pour la saison un temple dans les Collines de l'Ouest. On y voyait des hommes bottés, des
femmes en chapeau cloche, jupes courtes et longs colliers de fausses perles, en train de prendre le thé sous
une galerie de bois, surmontée de phénix et de dragons.
L'une des femmes ressemblait d'ailleurs à Marion. Et
Denis reviendrait encore la semaine suivante, la fille
de M. Fou aurait trouvé encore autre chose pour lui.
Ainsi cet album de photographies d'amateur prises
dans les années trente : photos de classes dans un lycée
étranger de Pékin, écoliers en blazers blancs. Petites
filles aux uniformes très stricts, petites jupettes plis-
sées, socquettes blanches.

– Je pensais bien que vous aimeriez ça !

A Londres, lorsque, quelques années après son
séjour en Chine, il s'était retrouvé professeur au lycée
français de Cromwell Road, Denis s'était remis à la
photographie. Il avait acheté un nouvel appareil muni
d'un zoom assez puissant qui lui permettait de photographier de très loin. Le dimanche, il partait ainsi en
chasse et revenait avec d'amples moissons de gamines
anglaises en minijupes qu'il développait puis tirait
ensuite lui-même dans le labo que sa logeuse lui avait
installé dans une salle de bain, à mi-étage de sa maison
de Walton Street.

Il ne se rendait déjà à ses cours que son appareil à la main et photographiait à tout-va. Il photographiait tout, les filles comme les garçons, mais aussi les professeurs, des détails en noir et blanc des classes où il enseignait, le vieux concierge mafflu qui ressemblait à un hippopotame. Des gamines surtout, des gamines encore. Il avait vite compris que, filles de diplomates en poste à Londres ou adorables petites grues anglaises qui en rajoutaient dans la provocation, elles se faisaient une joie de changer deux fois la semaine de corsage, de minijupe ou de jean collé aux fesses pour ce qu'elles avaient bien deviné être sa plus grande joie à lui. Alors, il y allait sans vergogne, et pour donner le change mitraillait pour la forme la sale bouille des gamins boutonneux qui ne l'intéressaient pas, mais ne ratait pas l'échancrure d'une chemisette un peu trop entrouverte sur la naissance timide d'un bout de sein ou les lèvres aussi joliment entrouvertes d'une Lolitette de quinze ans qui l'aguichait d'un sourire rêveur...

Le lycée tout entier admirait son talent. On organisa même dans le réfectoire une exposition de ses œuvres que l'ambassadeur en personne vint inaugurer. Un peu pafs parce qu'on servait sans trop de discernement du vin blanc dans des gobelets de carton, les petits modèles de Denis dodelinaient gentiment de la croupe pendant qu'entre deux baisemains aux mamans, leur professeur continuait à les mitrailler de l'œil rond de son Pentax au zoom tendu en téléobjectif impudique.

Etrange, étrange visite qu'a tenu à me rendre l'une de mes collègues. Je l'avais rencontrée chez Gautier, je me souvenais à peine d'elle. Une collègue ! Rien qu'à prononcer ce mot, j'ai la chair de poule. Cette

Yolande doit avoir quarante-cinq ans, une allure de post-soixante-huitarde, la peau couverte de taches de son et sûrement du poil sous les bras, au moins l'odeur qui s'en dégage. Cette beauté, professeur de français, s'il vous plaît, l'Académie des sciences sociales, la grande rivale voisine, m'a téléphoné. Elle avait quelque chose d'important à me dire. Et je l'ai vue débarquer, tous cheveux et toute sueur au vent. Sans façon, elle s'était invitée. Mme Shi l'a introduite, avec le rien de cérémonie qu'elle accorde à tous les visiteurs étrangers. Elle a apporté ensuite un plateau, du thé, des petits gâteaux puis nous a laissés. Et tout de suite, la rousse Yolande a déballé ce qu'elle avait à me dire.

Elle voulait me mettre en garde. Oui, monsieur, oui, Denis – si vous permettez que je vous appelle ainsi – il faut que vous compreniez certaines choses. Et cette grande jument de m'expliquer les bruits qui lui étaient revenus. Il paraissait que, dans les cours que je donnais, je ne montrais pas la modernité de la littérature contemporaine. « Vous comprenez, Proust et Saint-John Perse, ça commence à faire chier ! » Comme si j'avais parlé de Proust et de Saint-John Perse ! Mais brusquement, elle est passée au « tu » : « Même moi, ça me fait chier, pas toi ? » Faussement timide, je suis resté au « vous ». Je n'avais aucune envie d'entrer dans une conversation sérieuse avec elle, aussi je me suis borné à raconter des salades, que ce n'était que le début de mon cours, que je cultivais le suspense, je ménageais mes effets : avant deux mois, mes étudiants verraient bien ce qu'ils verraient ! Yolande a compris que je me foutais d'elle... Elle a haussé les épaules. Enfin, je ne pourrais pas dire qu'elle ne m'avait pas prévenu. Et dans la foulée, elle a fait allusion au dîner au Red China, où j'avais, paraît-il, entraîné une de mes étudiantes. Bien entendu, j'étais libre de faire ce que je voulais. Et de voir qui j'avais envie de voir... Mais là aussi, il fallait que je sois plus prudent. On avait beau dire que la Chine avait changé, bien des choses étaient restées les mêmes. Si les parents de la petite jeune fille avaient l'idée absurde de se plaindre de ce qu'un professeur ne se montrait pas, comment dire ? tout à fait politiquement correct avec leur fille, c'est l'ensemble du corps professoral français en poste en Chine qui aurait à en pâtir. Pour un peu, elle m'aurait annoncé qu'elle représentait la FSU ou le syndicat SUD de l'enseignement supérieur ! Là où les choses ont commencé à se présenter plus dangereusement pour moi, c'est lorsqu'elle m'a demandé si je n'avais pas quelque chose d'un peu plus réconfortant à boire que du thé Earl Grey. J'ai sorti une bouteille de Jack Daniel's, elle en a bu un verre, deux verres, sec, comme moi, sans glaçons. L'alcool a fait roussir encore davantage ses taches de rousseur. Peu à peu, elle devenait languide. Les vapeurs d'alcool mêlées à l'odeur de transpiration, tout cela lui montait peut-être à la tête. A moi, pas du tout. Il était huit heures du soir, cela faisait une heure et demie que j'entendais ses discours. D'un geste qui était peut-être machinal, elle avait déboutonné le premier bouton de son chemisier. Elle s'est approchée de moi, elle a pris ma main, pour me parler maintenant sur le ton de la confidence. Tout ce qu'elle me disait, c'était pour mon bien... Elle avait beaucoup de sympathie pour moi. Et il ne fallait pas que je croie qu'elle n'aimait pas mes livres. Certes, elle n'en avait pas lu beaucoup, mais elle en avait lu un, elle ne se souvenait plus duquel, mais elle l'avait vraiment aimé. L'air de rien, j'ai senti qu'elle tripotait ma main ou plutôt qu'elle la glissait sur sa propre cuisse. Et subitement je l'ai vue qui basculait en arrière sur le canapé, m'entraînant avec elle. Heureusement, j'ai réussi à faire basculer en même temps le plateau avec théière, tasses et sous-tasses, verres à whisky et bouteille de Jack Daniel's. Je crois qu'un seul verre s'est cassé, car mes tapis sont épais, mais la chaleur a baissé d'un cran. Elle s'est excusée, je me suis excusé bien davantage, elle est partie, si j'ose dire, la queue entre les jambes. Mais j'ai bien deviné que, celle-là non plus, je ne l'emporterais pas au paradis. D'ailleurs, comme je la raccompagnais jusqu'à la porte sur la rue, elle a eu un petit rire, vraiment méchant pour me dire que, pour un auteur de romans pornos, j'étais plutôt du genre timide...

Peut-être que Théo Gautier y avait déjà fait allusion, mais cette fois, la salope n'avait pas pris de gants pour me la jeter à la figure, ma production pornographique d'entre deux Chines. J'ai écrit des romans de cul ? Et alors ? Ça n'a fait de mal à personne. Sauf à moi, à qui ça risque d'en faire aujourd'hui. La rousse avec le feu au cul, c'était la première alerte...

– Les ambassadeurs qu'on nous envoie à présent et leurs cohortes de conseillers et autres secrétaires ne sont plus que des fonctionnaires !

C'était la première fois que Simon Anglade accueillait Denis dans ce qu'il appelait sa turne, deux pièces anonymes d'un immeuble des années cinquante construit à la périphérie de Pékin, en direction des Collines de l'Ouest. Cinq ans auparavant, il avait dû déménager, quittant la toute petite maison de la ville tartare qu'on lui avait laissée jusque-là. Comme il avait pu, il avait réussi à caser ici ses livres, des milliers de pages de notes, des dossiers, des collections de journaux. Les livres occupaient des bibliothèques sur les quatre murs des deux pièces, envahissaient la cuisine, la minuscule salle de bain. Les dossiers étaient rangés par terre, dans des enveloppes de carton ou des chemises toilées fermées par des sangles de tissu. Là aussi, partout, des photographies. Elles aussi étaient des images d'un temps révolu. Il y avait un double de la photo d'Iris qu'il avait déjà montrée à Denis dans son bureau. Un tirage plus sombre, qui accentuait le modelé du visage de la jeune femme.

– J'ai reçu une lettre de John Chessman, chez qui elle vit à Londres : elle va peut-être venir passer quelques semaines à Pékin, d'ici peu... Je crois qu'elle trouvera que tout a bien changé.

Avec les jours, Denis remarquait que Simon Anglade parlait de plus en plus de la photographe. Il l'interrogea, à brûle-pourpoint :

– Elle était votre maîtresse ?

Le sourire amusé, un peu triste aussi, de Simon. Non, Iris n'était la maîtresse de personne, pas plus qu'elle n'appartenait à quiconque. Elle avait des amis, des amies, surtout. On connaissait beaucoup d'hommes, dans son sillage. Mais aucun dont on pût dire qu'il était, fût-ce de manière très épisodique, un amant.

– Peut-être que, son appareil de photo au poing, elle arrachait trop aux autres, les dépouillait de trop nombreuses parcelles de leur vie pour qu'ils puissent leur rester le désir de l'aimer.

Ce n'est pas qu'on n'aimât point Iris, loin de là. Tous ceux qui la rencontraient faisaient hautement profession de l'adorer. On adorait Iris... On l'aimait aussi, oui, mais pas d'amour. Les femmes qui succombaient à son pouvoir, et elles étaient nombreuses – expliqua encore Simon –, pouvaient éprouver pour elle un désir violent, une fascination totale. Mais toutes, et tous, avaient d'une certaine manière peur d'elle.

– Son objectif était comme un scalpel : elle disséquait de trop près, avec trop de soin, trop de cruauté aussi, même si ce n'était pas cela qu'elle voulait, tous ceux, toutes celles qui l'approchaient.

Les rares photographies prises par Iris que Simon avait gardées en sa possession étaient là, glissées parmi les livres. On aurait dit que l'employé des Editions en langues étrangères de Pékin avait pris un soin particulier à choisir chaque volume où il avait caché une photo d'Iris. Ici, dans *Paludes*, c'était un portrait de Clawdia, qui fut la maîtresse de Chessmann. La jeune femme est photographiée de face, un cadrage très rapproché, les yeux sont pâles, comme écarquillés, très ronds, ils contemplent l'objectif autant que celui-ci la regarde. Que ce soit entre les pages du mince livre de Gide qu'elle se soit égarée pourrait être pour elle un apaisement. Entre les pages 242 et 243 du *Sang noir*, de Louis Guilloux, Simon a glissé un portrait de Chessmann. Celui-ci est photographié d'en bas, appuyé à la barre d'appui d'une fenêtre, probablement dans sa grande maison de Hampstead. Sa main qui pend dans le vide tient en suspens une bouteille de whisky, mais le sourire ironique de l'écrivain anglais montre bien que c'est là une mise en scène. Il est celui qui ne parviendra jamais à écrire le livre sur la Chine que d'autres écriront pour lui. Cripure, le héros de Guilloux, buvait du vin rouge qu'on imagine râpeux, très noir. Mais nulle part, dans aucun livre, aucune de ces photos scandaleuses qui ont fait la réputation sulfureuse de leur auteur.

– *Paludes*, *Le Sang noir*, Malcolm Lowry, voilà les livres qu'Iris emportait avec elle, dans ses voyages. Elle a un jour abandonné chez moi un exemplaire de *Paludes* qui avait dû faire le tour du monde, tant il était maculé de taches de tout ce qui peut tacher un livre, zébré de coups de crayon, les pages cornées, deux pages arrachées, qu'elle avait probablement voulu conserver avec elle, dans un autre livre, peut-être... Lorsque Iris viendra, je vous la ferai rencontrer...

Puis, après un silence :

– Mais je doute qu'elle se décide à revenir : je doute surtout que les autorités chinoises la laissent jamais rentrer.

– Elle a donc fait des choses si terribles ?

Le sourire de Simon pour répondre que la photographe n'a jamais rien fait d'autre que prendre des photographies.

Denis est à présent arrêté devant la porte d'un petit palais privé de la Cité impériale. A deux cents mètres à vol d'oiseau, les murs de la Cité interdite, les douves, le reflet d'un pavillon d'angle. C'était la maison d'Iris, aujourd'hui un département du ministère des Douanes. La porte rouge a été repeinte voilà peu, le mur d'enceinte rouge plus pâle est marqué de grands caractères blancs à la gloire de Lei Feng, ce héros de l'Armée de libération populaire qui mourut en recevant sur la tête un poteau télégraphique. Ou dans un accident de voiture. Sourire de Simon :

– Je suis sûr que notre bonne Iris aurait su faire une photo particulièrement étonnante du cadavre de ce jeune imbécile dont on veut aujourd'hui faire un saint...

Iris, qui devait revenir à Pékin, n'en a pas eu

l'autorisation. On lui a refusé son visa. La porte de son ancienne maison s'ouvre, pour laisser passer deux fonctionnaires aux vareuses et aux pantalons impeccables, gris-bleu, le stylo et le crayon qui dépassent ostensiblement de la poche sur la poitrine. Une voiture les attend, tous rideaux fermés, dans laquelle ils s'engouffrent...

– Et si l'administration des Douanes qu'on nous affirme être ici, avec l'éloge d'un soldat de l'Armée populaire de libération pour mieux river le clou, dissimulait en réalité, que sais-je ? un salon de rendez-vous, une maison de massage, un bordel, pourquoi pas ? Iris, en tout cas, préférerait cela à une nichée de gabelous !

Simon a allumé une cigarette. Debout de l'autre côté de la rue, il contemple la porte maintenant fermée.

– Si vous saviez ce qu'était la maison d'Iris, quand elle y recevait ses amis, ses modèles, les amateurs venus tout spécialement pour lui préciser les photos qu'ils attendaient d'elle...

Et Simon de raconter la première cour, les quatre pavillons qui l'entouraient, les seuls ouverts à ceux qui, pour Iris, étaient des étrangers. Un salon à gauche, un autre à droite pour que les clientèles ne se mélangent pas, que les amateurs surtout de ses photographies ne risquent pas de se rencontrer. Là, tout était fait pour l'apparence. Des grandes peintures de la fin du XIXe siècle, un peu voyantes, trop d'oiseaux sur trop de fleurs. Ou des paysages trop vertigineux pour ne pas sembler de carton-pâte. Mais, au-delà, c'était la deuxième cour. Là se trouvait son studio. Le pavillon de droite abritait le laboratoire, où elle effectuait ses tirages, celui de gauche avait été cloisonné en plusieurs petites pièces où les modèles, ces gamines qu'on lui ramenait d'un peu partout en Chine, pour des particularités que le client recherchait, s'habillaient ou se déshabillaient, s'affublaient des costumes ou des bijoux avec lesquels on voulait les voir poser. Enfin, tout au fond, une dernière cour, beaucoup plus petite, conduisait à la chambre d'Iris et aux deux minuscules salons-bibliothèques où elle recevait ses amis. Dans l'angle de cette dernière cour, se dressait une minuscule stèle moderne dont l'inscription célébrait une beauté disparue. La légende voulait, et Iris ne la démentit jamais, qu'une jeune femme qui avait succombé pendant une séance de pose ait été enterrée là.

– A une époque, à la fin des années quarante, juste avant la prise du pouvoir par Mao, la maison d'Iris était devenue le refuge de tous ceux qui ne voulaient pas voir que le monde était en train de s'embraser sous leurs yeux !

Simon a tiré une dernière bouffée de sa cigarette avant de l'écraser sous la semelle de sa chaussure. La porte de l'administration des Douanes s'est ouverte à nouveau, c'est encore un employé, vêtu d'une vareuse bleue ordinaire, lui, qui est sorti cette fois dans la rue. Il a traversé la chaussée étroite pour s'approcher des deux étrangers. Que font-ils, ces deux-là, plantés devant la porte d'un bâtiment officiel ? Simon n'a même pas tiré de sa poche le document marqué de trois ou quatre cachets rouges qui lui permet, où qu'il aille à Pékin, de jouir des mêmes privilèges que n'importe quel haut fonctionnaire chinois. Il a simplement haussé les épaules et entraîné Denis : allons donc, ce n'est sûrement pas une maison de rendez-vous ni même un bordel ! Tout juste un immeuble des Douanes.

L'appartement de Simon Anglade : une sorte de havre de paix, protégé de l'extérieur par une barrière de livres, classiques chinois et littérature occidentale confondus. Denis s'y retrouvait à nouveau avec un verre de Jack Daniel's, le seul alcool que bût Simon.

– Il faudrait pouvoir raconter tout cela, ce monde incertain d'avant et d'après la Révolution, les fonctionnaires chinois apeurés, les intellectuels et les lettrés qui s'enfermaient dans leurs bureaux pour parler de tout, sauf de politique...

C'est ainsi que Simon en était arrivé à évoquer un certain M. Liu, qui n'était plus aujourd'hui, du moins en apparence, que l'un des patrons des Editions en langues étrangères. C'était de lui que Simon dépendait directement. C'était M. Liu qui, tous les quinze jours environ, surveillait de loin son travail, relisait ses traductions, lui suggérait de modifier, çà et là, un passage dont les lecteurs français risqueraient de ne pas comprendre le sens véritable. M. Liu avait été de la Longue Marche ; il était arrivé à Yan'an en même temps que Mao. Pourtant, dans les moments les plus sombres comme dans ceux d'exaltation, il avait su raison garder. Il avait écrit de courts récits, d'une belle rigueur, sur ce qu'avait été la guerre contre les Japonais, puis contre le Guomindang. Il n'était ni un chantre appointé du régime ni un poète aveugle. Très proche de Zhou Enlai, il faisait partie de la poignée d'honnêtes hommes dont aimait alors s'entourer le Premier ministre de la République populaire de Chine. Puis, délibérément, il avait choisi de revenir à Pékin, alors même que la capitale déchue était encore aux mains des nationalistes. Là, il avait pu observer à loisir les derniers soubresauts d'un univers en voie de disparition. Les représentations diplomatiques officielles étaient toujours établies à Nankin, les étrangers de Pékin constituaient un monde mélangé, qui ne pouvait se résoudre à quitter la Chine.

– C'est à ce moment que le cher M. Liu a rencontré Iris...

Et Simon d'expliquer comment ce M. Liu, aujourd'hui son patron, fréquentait assidûment la deuxième, et même la troisième cour de la maison de la photographe. Il y avait ses entrées à lui, épiait discrètement ceux de ses compatriotes qui en formaient le gros de la clientèle. Tard le soir, en compagnie d'Otrick et de quelques autres, M. Liu demeurait à disserter devant Iris du monde nouveau qui allait naître. Dans le même temps, il voulait tout savoir de l'activité de la jeune femme et se faisait montrer les plus secrètes de ses photographies.

– Je crois bien qu'Iris fascinait M. Liu, mais surtout qu'elle était fascinée par lui. Alors que tous ses amis avaient depuis longtemps renoncé à trop en savoir sur elle, seul M. Liu connaissait parfaitement par le menu le détail de ses activités professionnelles comme de sa vie personnelle.

C'était grâce à M. Liu qu'après 1949 la photographe avait pu rester encore deux ans et demi à Pékin. Puis, lorsque sa présence était devenue définitivement impossible, c'était M. Liu qui avait facilité son déménagement, l'acheminement en lieu sûr de toutes ses collections.

– Après le départ d'Iris, le cher M. Liu m'a avoué que, pour un peu, il aurait été amoureux d'elle !

A l'époque, Iris devait avoir quarante-cinq ans, M. Liu était déjà sans âge, on ne lui connaissait aucune liaison, il ne s'était jamais marié, l'un de ses ennemis l'avait traité un jour d'eunuque, ce qui avait suscité de la part du vieux monsieur un énorme éclat de rire.

Quelques jours avant mon départ pour Pékin, j'ai voulu revoir Simon. Trente ans plus tôt, il était de ceux qui m'avaient ouvert le grand livre de Pékin. Puis la Révolution culturelle l'avait chassé lui aussi de son minuscule bureau aux Editions en langues étrangères. Il était rentré en France, était presque devenu ministre et vivait maintenant dans un grand appartement, très années trente, au-dessus du Luxembourg. Une immense baie vitrée ouvrait sur le jardin où les arbres moutonnaient à l'infini. C'était la fin de l'été, à peine si, çà et là, dans le vert profond des marronniers, apparaissait un éclat jaune. Au milieu de tous les préparatifs du départ, je n'avais pourtant pas oublié « l'affaire », comme avait dit Jérôme : les photographies perdues quelque part et que je pourrais bien retrouver. Après tout, c'était Simon qui, le premier, m'avait parlé d'Iris. Il était devenu un vieil homme. Il vivait avec une femme entre deux âges que je ne me souvenais pas d'avoir jamais vue avec lui. C'est à peine si, à mon retour de Chine, je l'avais revu à deux ou trois reprises. Comme si l'amitié qui nous avait liés alors s'était diluée dans la grisaille parisienne. Je savais qu'il n'avait pas vraiment aimé ce que j'avais écrit sur la Chine. Pourtant, lors du succès de mon livre, il m'avait envoyé un mot affectueux. Nous avions dîné ensemble. A ce moment-là, la jeune femme qui m'avait accueilli dans l'appartement de la rue Guynemer était suédoise, Simon m'avait dit qu'elle écrivait de la poésie. Elle m'avait envoyé un livre quelques jours plus tard, une traduction française qui paraissait publiée à compte d'auteur, je n'y avais pas compris grand-chose.

On aurait dit que tous mes faits et gestes, toutes mes démarches avaient été prévus d'avance. Ainsi Simon savait-il que je venais pour lui parler d'Iris. Comme chez Jérôme, on avait préparé un dossier que la femme entre deux âges est allée chercher. « Vous allez voir, c'est pour le moins curieux... » La main de Simon tremblait un peu. C'est encore elle qui, une à une, m'a montré la dizaine de photos contenues dans le sous-main. Il s'agissait de jeunes femmes nues, de jeunes filles, parfois de très jeunes filles. Mais chacun des tirages avait été coupé, cisaillé même, de telle manière qu'on n'en voyait qu'une partie. On aurait dit qu'on avait voulu, chaque fois, supprimer un deuxième personnage dont pourtant, sur deux ou trois photos, on voyait une main posée sur le corps de l'enfant. « Toutes les photos étaient dans cet état quand je les ai reçues... » Enfermées dans le même sous-main, elles lui avaient été envoyées de Chine quelques mois plus tôt par la poste. Qu'elles aient pu passer la censure postale chinoise paraissait ahurissant. A moins que... Anglade m'a alors expliqué qu'il en avait la certitude : le deuxième personnage absent sur les images, l'homme qu'on avait en quelque sorte voulu faire disparaître, était à coup sûr, et dans chaque cas, une personnalité importante. « D'une manière ou d'une autre, ces photos sont dangereuses... » Il y avait autre chose... Très calmement, Simon Anglade m'a dit qu'il ne pouvait supporter l'idée qu'un Jérôme Monnier ait l'intention de faire, comme il disait, « une affaire » avec ça. Faire de l'argent avec les photographies d'Iris, soit. Mais avec celles-là ! « Surtout dans l'état dans lequel se trouvait à présent Iris... »

On aurait dit qu'il n'avait accepté ma visite que pour cela : m'annoncer la maladie de la photographe. Celle-ci, depuis plusieurs années, était atteinte de la maladie d'Alzheimer. Elle avait quitté Londres et vivait à Paris, dans une petite maison près du parc Montsouris. Est-ce que je voulais y aller ? Il y avait une sorte de défi dans la voix de Simon Anglade. Comme si, me reprochant de vouloir gagner de l'argent avec les photos de son amie, il voulait me mettre en face de la décrépitude de celle qui avait été l'une des plus grandes photographes de son temps.

Tout avait été préparé, la femme entre deux âges avait commandé un taxi, nous sommes aussitôt partis pour le parc Montsouris. J'avais déjà rencontré Iris à Londres, et dans une autre vie. Que dire ? Elle était devenue un fantôme. On devinait qu'elle avait été forte et carrée, solide, belle aussi. La structure des os, la solidité de la mâchoire étaient demeurées. Mais elle était d'une maigreur effarante, assise dans un fauteuil, incapable de dire un mot. Très doucement, Simon a tiré une chaise pour s'asseoir à côté d'elle. Une jeune fille veillait sur elle, une Chinoise, une gamine de vingt-trois ou vingt-quatre ans, maigre, à la peau très jaune. Elle me rappelait la petite Mei Yun qui dansait contre moi jadis dans les dortoirs de Pékin. Sans un mot, la gamine nous a apporté du thé, des petits gâteaux au gingembre. Cependant, Simon continuait à parler à Iris. Celle-ci le regardait, il évoquait les années d'autrefois, les photos qu'il avait aimées d'elle. Quelque chose qui ressemblait à un sourire se dessinait peu à peu sur les lèvres de la malade. Et l'entretien des deux vieillards, ou plutôt le monologue de l'un à l'autre, s'est poursuivi. Je ne cherchais même pas à le suivre. La pièce où nous nous trouvions était blanche, sans autre décoration qu'une grande photographie qui représentait un visage de jeune homme. La photo semblait récente. Le garçon était un Chinois, aux cheveux en désordre, le col de chemise largement ouvert. Après une heure, une heure et demie peut-être, la fille qui nous avait servi le thé est revenue se planter derrière la malade : l'entretien était terminé. Simon s'est levé, il a embrassé la vieille femme. Celle-ci m'a tendu la main, toujours sans un mot. Lorsque nous nous sommes retrouvés dans la rue, où la femme qui nous avait accompagnés nous attendait, au volant de la voiture, Simon m'a d'abord lancé : « Et c'est de tout ce qu'il reste de cette femme que vous voulez faire le commerce ? » Subitement, je ne me suis pas senti très fier de moi. Ensuite, comme il s'asseyait à l'avant de la voiture, il s'est retourné vers moi : « A propos, la très belle photo au mur, tout à l'heure, vous savez de qui il s'agit ? » Il m'a expliqué que c'était une photo de condamné à mort chinois, prise quelques instants avant son exécution. « Et savez-vous qui était le photographe ? » C'était Qu Cai, l'ami chinois dont m'avait parlé Jérôme Monnier, celui qui lui envoyait du si bon thé de Longshan. « Qu Cai est un très grand photographe », a encore dit Simon Anglade. Je n'ai pas cherché à comprendre s'il savait que la seule piste que j'avais à Pékin, pour retrouver les photographies d'Iris, était le nom, l'adresse et le numéro de téléphone de ce Qu Cai. Qui photographiait des condamnés à mort...

Dès mon arrivée à Pékin, j'avais parlé à Jacques des photos d'Iris. Je lui avais raconté ma visite à Jérôme Monnier, ce qu'on m'avait dit de la collection de Pendergast. Jacques avait lui aussi entendu parler du sinologue belge. Il ne m'a rien dit de précis pourtant, mais j'ai eu l'impression qu'il en savait plus qu'il ne voulait en dire. J'ai ensuite évoqué ma visite à Simon, puis l'expédition au parc Montsouris, cette Iris que j'avais vue pour la première fois à Hampstead et qui était devenue cette épave. Je n'aime pas quand Jacques, ambassadeur de France à Pékin, prend son air d'ambassadeur. Mais il l'a pris, cette fois, cet air-là. Et comment ! Il m'a même fait tout un cinéma ! D'abord, il m'a écouté avec de plus en plus d'attention, penché en avant sur son fauteuil, comme pour mieux me scruter. Lorsque j'ai eu terminé ma petite histoire, il a fait un drôle de bruit avec ses lèvres, comme un sifflement : manifestement, pas plus que Simon Anglade, il ne devait trouver de bon goût que je sois mêlé à ce que Jérôme Monnier avait appelé une affaire... Ce n'était pourtant pas de cela qu'il s'agissait. L'air plus ambassadeur que jamais, il s'est levé de son siège pour aller jusqu'à la petite porte qui, derrière son bureau, conduit à des toilettes mais aussi à un coffre-fort. Le coffre était ouvert, il y a fouillé un instant pour en sortir une enveloppe. Puis il est revenu vers moi et m'a littéralement jeté l'enveloppe sur les genoux : « Regarde ça ! » J'ai ouvert l'enveloppe. Tout de suite, j'ai bien vu qu'il s'agissait d'une photographie prise par Iris, dans les années cinquante. On y voyait une adolescente, l'image était absolument abominable. Comme si la photographe avait voulu fixer l'image d'un crime et d'une agonie. Et la fille était nue. Elle avait dix-sept, dix-huit ans. Ce n'était pas d'une Chinoise qu'il s'agissait, cette fois. « Tu vois avec quoi tu es en train de jouer ? » C'est alors qu'il a ajouté que notre ami Marc Hessler s'intéressait lui aussi de très près à ces photographies. Je ne comprenais plus : « En

282

quoi s'y intéresse-t-il ? » Hessler vivait à présent entre Shanghai et Séoul, parfois à Taipei, il avait téléphoné quelques jours auparavant à Jacques, lui avait posé des questions. Il avait fait allusion à la vente de Sotheby's, au prix qui avait flambé... « Lui aussi, il veut peut-être faire une affaire, comme tu dis... » Jacques était devenu ironique. Alors, avec une solennité qui ne lui était pas habituelle, mon vieux camarade m'a mis en garde : « Ne touche pas à ça. Ne te lance pas dans cette histoire... » Encore une fois, je comprenais qu'il aurait pu m'en dire davantage, mais qu'il ne le voulait pas. A tout hasard, j'ai quand même parlé de Qu Cai. Jacques le connaissait, il m'a montré quelques photographies de lui qu'il avait, encadrées et posées les unes contre les autres, contre un mur. J'ai évoqué le Dr Ma. Le vieux médecin était mort depuis longtemps, Jacques avait rencontré à une ou deux reprises sa fille. Il ne savait pas, m'affirma-t-il, qu'elle eût jamais possédé des photos d'Iris. En sortant de chez lui, j'ai cherché à joindre Qu Cai, au téléphone on m'a répondu en anglais qu'il ne reviendrait pas à Pékin avant plusieurs semaines. Il était à l'étranger, mon interlocuteur était très vague... Aujourd'hui comme hier, une même Chine qui ne paraît s'offrir que pour se dérober plus vite.

Au fond, c'était avec Jacques que Denis était le plus heureux. Ensemble, les deux garçons continuaient à explorer, quartier après quartier, le dédale des ruelles et des hutong, des culs-de-sac et des minuscules placettes que vingt-cinq ans plus tard, on allait peu à peu anéantir. Ils avaient ainsi imaginé d'entreprendre à travers la ville tartare et la ville chinoise de véritables chasses aux temples. Hormis quelques monuments célèbres, le temple du Ciel, naturellement, mais aussi le temple des Lamas ou celui dit de l'Origine de la Loi, Fayuansi, le plus grand temple bouddhique de la ville chinoise, il fallait une autorisation spéciale pour le visiter, la plupart des édifices religieux, bouddhistes ou taoïstes, étaient laissés à l'abandon ou, plus souvent, transformés en logements, en ateliers, parfois en administrations. Il s'agissait donc, à l'aide d'un guide ancien de la ville comme on en trouvait parfois à la librairie du marché de l'Est, de retrouver, rue après rue, la trace de ce qui avait été un jour un lieu de prière, de méditation, ou simplement de rencontre. Alors, à pied ou en vélo, ils partaient à l'aventure, chaque fois avec un but précis. Ainsi, après une rue qui s'appelait rue du Tigre-de-Pierre et une autre, l'avenue de la Vaste-Paix, on arrivait au temple de la Reconnaissance de l'Etat. C'était l'un des plus anciens temples de la ville, dont l'origine remontait, disait-on, à la dynastie Chou. Reconstruit sous les Ming, il s'y tenait des foires, qui attiraient des foules importantes. Etudiants, lettrés, professeurs y venaient faire leur moisson de classiques.

Un portique ouvrait sur la rue, suivi d'une porte fermée. Une enceinte de murs rouges entourait le bâtiment. Jacques poussa la porte, pour arriver dans une cour. Là, quelques vieilles femmes étaient occupées à préparer une tambouille. Au fond, le premier pavillon abritait une administration municipale. Il y avait des gosses, de la fumée. Personne ne parut remarquer l'arrivée des deux étrangers. Pourtant, Denis avait le sentiment d'avoir franchi une barrière invisible, ouvrant sur un territoire interdit. Ces femmes, deux vieillards qui jouaient aux cartes, le crâne couvert de la traditionnelle toque en forme de demi-pastèque, une femme plus jeune qui étendait du linge, et surtout, ces fumées, des fumées qui montaient des feux ouverts, une odeur un peu âcre de bois brûlé, de charbon, d'encens peut-être – brûlait-on encore de l'encens dans une salle reculée du temple de la Reconnaissance de l'Etat ? : c'étaient deux Chines qui coexistaient sous ses yeux. Deux Chines très anciennes, celle du peuple et celle des dieux.

– Tu crois que l'on peut...

Jacques haussa les épaules : bien sûr que l'on pouvait ! Ils s'avancèrent plus loin, finalement une vieille femme les salua, une autre encore. Deux gosses coururent vers eux. D'une certaine manière, le charme de la scène, d'abord vue comme à travers une glace sans tain, était rompu. Mais c'était toujours une Chine amicale, chaleureuse qui les enveloppait. Jacques gravit les trois marches de bois qui conduisaient au pavillon du fond. Là aussi, sans une hésitation, il poussa la porte. Ils étaient dans une vaste pièce, où l'on devinait dans l'ombre les statues monumentales de ces guerriers féroces, peinturlurés, qui gardent l'entrée des temples. Ceux-ci étaient à demi dissimulés par un rideau qui tombait du plafond. Au centre de la pièce, assis devant une table, un petit homme en costume bleu, casquette sur la tête, bésicles sur le bout du nez, semblait rédiger une note. Il leva les yeux vers les nouveaux arrivants et brusquement un sourire éclaira son visage. Il se leva, la main tendue : manifestement, Jacques et lui se connaissaient de longue date. Allons ! Si chasse aux temples à découvrir il y avait, cette fois les dés avaient été pipés. Jacques Benoist eut un bon sourire en sa direction.

– Je voulais que tu connaisses le vieux M. Miao.

C'est un véritable lettré, comme il en existe encore beaucoup plus que tu ne peux l'imaginer à Pékin !

Le vieux monsieur s'inclinait, faisait mille saluts. Il frappa dans ses mains pour appeler un employé, demanda du thé, des cigarettes. Puis, ayant tiré deux chaises de l'ombre des géants qui montaient la garde de chaque côté de la pièce, il fit signe à ceux qu'il appelait ses amis de s'asseoir. Denis comprit que M. Miao était effectivement un lettré. C'était aussi un poète qui, avant la Révolution, avait eu son heure de gloire. Il avait su louvoyer, flatter ceux qu'il était nécessaire de flatter – il l'avoua avec un petit rire – pour survivre aux Cent Fleurs et à toutes les campagnes de rectification qui avaient pu suivre. Il avait obtenu cet emploi de chef de bureau d'une administration inutile où, cinq ou six agents sous ses ordres, il pouvait leur déléguer le peu qu'il avait à faire. Lui, il continuait à écrire des vers. Pour le moment, il était occupé à un roman qui racontait précisément la vie de tous ceux qui s'étaient installés dans ce temple, Baoguosi, rebaptisé quelque part au XVe siècle Ci'rensi, temple de la Vertu compatissante. L'histoire et la vie de tous les jours y étaient étroitement mêlées. Occupée par les Boxers, détruite en 1900 par les troupes alliées, transformée en école puis en usine, la petite administration dirigée par M. Miao y était comme un corps étranger d'où le vieux lettré pouvait, de sa tour d'ivoire, observer les allées et venues de chacun, les joies et les peines de tout un petit peuple en qui il s'habituait, peu à peu, à se reconnaître.

Au moment de se séparer, le Pr Miao tint à offrir à Denis une petite brochure publiée en 1938 sur les presses du Beitang, l'imprimerie catholique française de Pékin. C'était un long poème en prose qu'il avait écrit alors que les armées japonaises avaient envahi la Chine, que la guerre et la mort régnaient aux portes de Pékin : il y parlait de fleurs, d'oiseaux, de musique...

– Ne revenez pas me voir trop souvent, remarqua encore le vieux monsieur, prudemment, avant de serrer une dernière fois la main à ses deux visiteurs : je me demande si le garçon que vous avez vu tout à l'heure m'apporter si gentiment un autre verre de thé que je ne lui avais pas demandé n'est pas un peu plus espion que cela n'est vraiment nécessaire.

Après le Paguosi, Jacques et Denis virent encore le Qangqunsi, le temple du Printemps perpétuel où la mère de l'empereur Wanli, qui avait juré de consacrer son fils au service de Bouddha, abrita un jeune moine qu'elle avait substitué à l'empereur. Le Yongchunsï était devenu un dispensaire, une matrone en blouse blanche, calotte blanche sur la tête, en interdit cette fois l'entrée aux deux Français.

En douce, son appareil parfois à demi dissimulé dans une vieille sacoche, Denis prenait des photographies de tout ce qu'il découvrait. Ainsi deux collections d'images de la Chine se mettaient-elles en place avec lui. Il y avait les temples retrouvés qu'il photographiait, le petit peuple des rues ou le calme des hutong, les murs clairs, un arbre à un carrefour. Et ces photos de femmes, toutes les femmes. Il feuilletait parfois ces images comme une source d'inspiration aussi puissante que si celles qu'il avait saisies en l'espace d'un centième de seconde dans la rue ou dans sa chambre étaient à nouveau devant lui. Vivantes...

Il fait encore très doux. J'éprouve de plus en plus de plaisir à demeurer ainsi des soirées seul, assis dans

l'un des deux fauteuils de toile et de bois que j'ai
installés devant le pavillon central de ma cour carrée.
Comme Robert Sarle, je me suis acheté une cage, avec
des oiseaux. Je n'ai tout de même pas acheté des pies
de Mongolie, seulement une sorte de canari, qui
s'arrête de chanter aussitôt que je recouvre sa cage
d'une housse de tissu noir. Mais je laisse chanter mon
canari très tard, oubliant même d'écouter un disque
– *Le Serpent blanc* ou Schubert, je passe de l'un à
l'autre. Tout à l'heure, trois hommes, vêtus de tee-
shirts et d'une veste de cuir, ont traversé la cour pour
gagner la maison de Mme Söjberg. Ils avaient l'air
suédois, comme elle, l'un d'entre eux tenait un petit
bouquet de fleurs, les deux autres une bouteille
d'alcool. Ils m'ont fait un petit salut, au passage.
Bientôt des éclats de rire, très forts, ont éclaté derrière
moi. Mais je ne les entends pas. Je me suis remis à
écrire, régulièrement. Et pas seulement des notes sur
un petit carnet noir. De grandes feuilles blanches, que
je couvre d'une écriture de plus en plus malhabile,
comme si j'avais désappris à écrire. Hier, à la même
heure, j'ai reçu une visite étrange, celle de ma petite
voisine, Yunmei, la Camille de l'Institut des Langues
étrangères. Elle est entrée, pleine d'une fausse timidité.
Mme Shi avait l'air gênée de l'introduire. D'un air
maussade, elle m'a annoncé que c'était la fille du professeur Guo. Sur le moment, je n'ai pas compris. Mais
Camille est arrivée, plus grande que dans mon souvenir, dégingandée, vêtue d'un jogging rouge foncé.
La poitrine plus forte que je ne l'aurais pensé, mais les
soutiens-gorge chinois savent arranger ces choses-là.
Les fesses aussi, ma foi, confortables. Elle m'a tendu
la main en riant. L'autre main, elle l'a portée à sa
bouche. J'ai remarqué alors qu'elle avait sur les dents,

mâchoire supérieure comme mâchoire inférieure, l'un de ces appareils métalliques qu'on met aux enfants pour redresser leur dentition. Avec sa gueule de fer, elle était attendrissante. Elle ne voulait pas me déranger. Elle voulait simplement savoir si j'avais un livre de Jean-Paul Sartre. Elle voulait lire *La Nausée*. Bien entendu, j'avais *La Nausée*. Est-ce que je pouvais lui prêter le livre jusqu'au lendemain ? Un de ses amis lui en avait parlé, elle voulait absolument le lire. Un ami ? Elle m'a expliqué que c'était son petit ami, son copain, plutôt, il s'appelle Luc. Comme tous les étudiants en français de sa génération, le petit copain de Camille s'est vu lui aussi attribuer un nom français. Camille s'est assise en tailleur, sur son fauteuil. Ses pieds, nus dans des sandales légères, sont très foncés, presque sombres. L'une des sandales est tombée, j'ai vu qu'elle avait les ongles peints en doré. Elle a remarqué que je l'avais vu, elle a très vite remis sa sandale. « Mon père n'aime pas du tout cela, comme vous probablement... » Je lui ai dit que je trouvais ça joli, j'ai même dû prononcer le mot « ravissant ». Elle a eu l'air ravi. Sans paraître s'y intéresser vraiment, elle a continué à me poser des questions sur Sartre, sur d'autres romans de lui, sur son théâtre. Elle avait lu un livre de Simone de Beauvoir, *L'Invitée*, elle ne l'avait pas aimé. Son opinion ? Elle l'avait trouvé « nauséabond ». Où avait-elle trouvé, elle, ce mot-là ! Elle s'attardait. La famille Guo avait dîné depuis longtemps, je voyais que Mme Shi s'impatientait, elle voulait me servir. Elle voulait surtout rentrer chez elle, s'enfermer dans son demi-pavillon près de la porte d'entrée et s'endormir devant l'une de ses mille et une séries télévisées. Un jour, elle m'avait demandé si cela ne me dérangeait pas : le bruit, les dialogues, la musique. Ça ne me dérangeait pas vraiment, à l'époque... Du coup, Mme Shi ne me demande plus jamais la permission d'enfler le volume du son – elle est un peu sourde... – lorsqu'elle s'attendrit devant des mélos sentimentaux filmés dans le Shanghai d'aujourd'hui ou inventés dans la Chine des Royaumes combattants ou des Trois Royaumes.

Mais Camille ne se décidait pas à partir. Elle m'a reparlé de son copain, Luc. Maladroitement, je ne sais pas trop comment je m'y suis pris, mais j'ai voulu savoir si, en Chine, les étudiants de l'âge de Camille et de Luc faisaient l'amour, comme en Occident. C'est moi qui ai utilisé la formule : « comme en Occident ». Elle n'a pas eu l'air gêné. Elle m'a simplement répondu qu'il était très difficile, en Chine, de vivre « en concubinage » lorsqu'on n'était pas marié. Je lui ai dit que le mot « concubinage » était amusant dans sa bouche, elle m'a répondu que ça pouvait être une chose très grave. Après un moment encore, c'est Mme Shi qui s'est décidée, elle est venue vers nous, pour dire quelques mots à l'oreille de la jeune fille qui s'est levée brusquement : elle était désolée, elle m'avait mis en retard, cela ne se reproduirait plus... Mais elle pourrait revenir me rapporter le livre de Sartre ? Et je lui en prêterais d'autres ? J'ai dîné seul, des crevettes sautées, des petits pains avec des lamelles de mouton frit, une soupe, des pêches. Dès le premier jour, j'avais expliqué à Mme Shi que, pour le moment au moins, je souhaitais qu'elle ne me prépare que de la cuisine chinoise.

Chaque temple retrouvé faisait l'objet d'une petite fiche dont Denis se disait qu'il s'en servirait un jour. Chaque fiche était illustrée des photos que Denis en prenait. Ainsi le Libaisi, le temple de la Prière, a toujours été connu sous le nom de mosquée de la rue de la Vache. A la différence de beaucoup de monuments anciens de la capitale, la mosquée de la rue de la Vache était demeurée ouverte au public.

– Tu comprends, c'est la politique d'ouverture du gouvernement central aux minorités nationales...

Jacques montre deux ou trois échoppes, de part et d'autre de l'édifice. Les caractères sont arabes, on est au centre d'un quartier musulman où se trouve regroupée la plus grande partie de la population hui de la ville. Devant la porte, deux gamines vêtues de bleu, cheveux courts et une frange sur la tête, sourire hilare, le foulard rouge autour du cou, vendent des boulettes de viande : gaiement, elles précisent qu'elles vendent du porc, que du porc, rien que du porc. Provocation, naturellement, au milieu de cette rue qui n'a plus rien de vraiment religieux. Les fumées qui s'envolent, l'odeur de viande grillée, Denis a faim.

– Tu crois que c'est nécessaire d'acheter une boulette de porc ici ?

Jacques Benoist indique la porte de la mosquée, des magasins musulmans. Mais les filles, bonnasses, ont déjà enfilé sur une baguette de bois les boulettes que Denis leur a désignées.

– C'est une idée à vous, de vendre des boulettes de porc ici ? interroge Jacques.

Les filles s'esclaffent, elles répondent que c'est leur père qui le leur a suggéré. L'une d'entre elles devient même entreprenante, elle interroge à son tour Jacques : est-il russe ? Jusqu'à une date récente, la plupart des étrangers que l'on voyait dans les rues de Pékin étaient des Russes. Jacques sourit, faussement énigmatique. Alors il est anglais ? Lorsque Jacques répond qu'il est français, l'une d'entre elles prononce « le général de Gaulle ». Il faut s'habituer à entendre prononcer le nom de De Gaulle en Chine pour comprendre que c'est lui dont il s'agit. Mais c'est bien de Gaulle qu'elle a dit, la bonne fille aux joues rondes.

– Vive de Gaulle et vive le président Mao ! s'exclament-elles encore.

Et elles se retournent pour regarder les deux garçons pénétrer à l'intérieur du temple. C'est une mosquée, oui, mais on dirait n'importe quel temple chinois, précédé d'un pailou et d'un pavillon multicolore. Les pavillons ont la stricte ordonnance d'un temple bouddhique. Tout au plus, dans la salle de prière, le plafond est-il orné de motifs géométriques et d'arabesques, seule concession à l'interdiction du Coran de représenter personnages ou animaux. Tout au fond, derrière la salle de prière principale, il y a un minuscule pavillon vers lequel, comme quelques jours auparavant au Paguosi, Jacques va entraîner son ami. Et là aussi, comme dans le temple de la Reconnaissance de l'Etat, ils trouveront un petit vieux, occupé à classer des livres. A la différence du Pr Miao, le petit vieux en question, sa calotte sur la tête, n'est guère bavard. Mais il laisse Jacques fureter sur les rayonnages de la bibliothèque, jusqu'à ce qu'un homme, beaucoup plus jeune, vêtu avec une étrange élégance, vareuse noire boutonnée jusqu'au col, pantalon aux plis impeccables pénètre à son tour dans la pièce. Alors, d'un air furibond, le petit vieux va déclarer au nouvel arrivant que ces étrangers sont entrés sans demander la permission, qu'ils fouillent partout, qu'ils mettent du désordre, il ne réussit pas à les chasser... Poliment, l'homme à la vareuse noire va expliquer aux deux garçons qu'ils se trouvent dans un lieu de prière et de méditation, dont ils ne doivent pas troubler le calme. Qu'ils se rendent compte : ils ont affolé ce pauvre vieux monsieur, qui en a oublié jusqu'aux principes traditionnels de l'hospitalité ! Avec beaucoup de confusion, un clin d'œil au petit vieux qui a été contraint de jouer la comédie, Jacques s'excuse, puis les deux garçons quittent le temple.

Devant la porte, la plus hardie des deux vendeuses de boulettes interpelle à nouveau Jacques : s'il revient la semaine prochaine, elle vendra non seulement de la viande de porc, mais aussi des galettes de sésame. Celles-là, c'est sa grand-mère qui les fabrique : c'est un véritable délice... Jacques, qui a deviné qu'elle aurait voulu poursuivre la conversation, s'approche d'elle, mais Denis n'entend pas les deux mots que les jeunes gens échangent à voix presque basse. Revenu vers Denis, Jacques a le sourire satisfait qu'il a toujours en ces moments-là : cette fois au moins, sa chasse aux temples n'a pas été inutile.

– Et tu reviendras la semaine prochaine ?

Jacques a secoué la tête : il se pourrait bien qu'il revienne avant la semaine prochaine. Devant eux, la rue de la Vache étend ses façades grises, les boutiques déglinguées des derniers marchands musulmans. Un peu plus loin, ils vont retomber sur le Paguosi ; ils sont presque en terrain familier. Face au temple, deux petites filles aux tresses dans le cou posent sans aucune gêne devant Denis, qui photographie en gros plan leur visage. Au tirage, l'une d'elles, indifférente et bonne fille dans la simple lumière de la rue, se révélera d'une beauté fragile. Elle riait devant l'objectif : pourquoi semble-t-elle, ici, au bord des larmes ?

Linlin m'a emmené au Green Tea. C'est un salon de thé, un bar, un restaurant, pas très loin de ce qu'on appelle la rue des bars, dans le quartier de Sanlitun. Nous y avons rendez-vous avec Robert Sarle. Il est déjà arrivé, avec l'une de ces très jeunes femmes longues qui sont, indifféremment, des modèles, des chanteuses ou qui travaillent avec des maisons de couture chinoises. Celle-ci s'appelle Linan. Elle est plus longue encore que Linlin, la gorge plus marquée. Sarle, au visage d'Alain Delon fatigué, lui tient la main. Un peu plus tard, tout en parlant Linan prendra ma main ou plutôt le bout de mes doigts. Elle en jouera un moment, comme d'un objet qu'on tripote, sans y attacher plus d'importance. C'est Marlène qui nous reçoit. Marlène, qui a dû choisir avec beaucoup d'attention son nom, est la maîtresse des lieux. Le Green Tea lui appartient : la salle en longueur, les bouquets de fleurs un peu partout, les orchidées aux formes tourmentées, les simples branches de pommier aux fleurs presque éternelles... Marlène vit au milieu de ses clients, qui sont des amis, nous dit-elle. Linlin a commandé des glaces compliquées, qu'on nous sert avec des chapeaux de paillettes, des bouquets de fleurs vraies ou fausses.

Tout au plus une douzaine de tables, c'est déjà beaucoup. A dix d'entre elles, au moins, des Occidentaux. Souvent, des hommes jeunes, américains pour la plupart, avec d'autres hommes, des Chinois fluets, élégants, les cheveux longs, des gestes de chatte. Marlène me le répète : ce sont tous des amis... Elle me présente à une table, à deux tables, on me serre la main avec indifférence, puis ces messieurs retournent à leurs chatteries.

A l'extrémité de la salle, un *kang*, un lit plat, sur lequel deux filles sont étendues. Deux Chinoises, mais à y regarder de très près, l'une d'elles a tout l'air d'une New-Yorkaise bon teint, costumée à la chinoise. Elles fument de l'herbe, se parlent bouche à bouche, somnolent. Une musique joue des airs du Shanghai des années trente. Linlin demande à Marlène de faire mieux que ça : « Montre à notre ami ce que tu sais faire... » Alors le cérémonial commence, on apporte une longue cithare chinoise, deux petites filles tout en courbettes s'inclinent en transportant l'instrument. Puis, lentement, Marlène fixe à ses ongles des ongles de métal acérés, pour mieux gratter les cordes. Linlin m'a préparé une cigarette, elle me dit que ce n'est que du tabac, je lui trouve un goût sucré, délicieux en fait. Puis la musique d'ambiance s'éteint doucement, et Marlène commence à jouer. Les conversations se sont arrêtées à toutes les tables. Sauf à celle d'un gros Américain, avec son petit copain chinois. Il continue à parler très fort, le petit Chinois rit plus fort encore, d'une voix suraiguë. J'ai l'air agacé, Marlène, tout abîmée dans sa pensée, qui joue entre des fleurs, au milieu de paravents, des laques, des boiseries découpées, secoue à demi la tête : tout cela n'a guère d'importance, elle joue. Sarle voulait me voir pour me parler d'un album de photos qu'il a trouvé : un album entier constitué par une dame d'honneur de l'impératrice Cixi. Comme les journalistes américains du début du XXe siècle, Sarle dit : « Le vieux bouddha » pour évoquer Cixi. Il me prévient tout de suite que l'album vaut très cher. Il n'est pas dans mes prix. Sarle a un geste gentil : tant pis ! Il voulait me rendre service. La main de Linan s'est arrêtée sur sa nuque. Il sourit. Les notes qu'égrène Marlène montent très haut, frôlent l'aigu le plus lointain, une musique du ciel, me dit Linlin, et c'est vrai. Je tiens la main de Linlin dans ma main, je regarde mieux Marlène. Elle a le visage parfaitement rond, la bouche un peu grande. Tandis qu'elle joue, sa langue pointe entre les lèvres peintes d'un rouge profond. Ses cheveux, plus en désordre à mesure qu'elle continue à jouer, envahissent son visage. Elle a le nez très droit. Sur la table, on a disposé de nouveaux petits plats, avec des fraises, des litchis, des fruits que je ne connais pas. « J'aime beaucoup venir ici, me dit Linlin. Jacques n'aime pas beaucoup ça, lui. Mais ça me donne des idées... » C'est vrai, je l'oublie trop, Linlin est écrivain. D'ailleurs, penchant la tête de côté, elle a un petit rire. Toutes les lumières se sont éteintes, il ne reste plus que quelques bougies... On dirait que l'Américain et son giton se sont endormis. Sur le lit plat, à l'extrémité de la pièce, les deux filles sont renversées en arrière sur les coussins.

En sortant du Green Tea, j'apercevrai dans la pénombre d'une porte une femme d'une trentaine d'années, le visage blafard, une jupe de cuir qui lui monte haut sur les cuisses, qui tente de racoler.

Pékin la nuit. Je vois Sarle et Linan s'éloigner à pied dans cette nuit. Ils ont refusé la voiture de Linlin. Linan trébuche sur ses hauts talons. Ses doigts, tout à l'heure, sur ma main, étaient froids.

La chasse aux temples pouvait conduire à d'étranges rencontres. Denis n'avait pas oublié le temple de la Grosse Cloche. Pour découvrir le Dazhongsi, pas besoin de quitter le quartier de l'Hôtel de l'Amitié. Denis et Jacques avançaient simplement à bicyclette le long des routes encombrées de vélos et de charrettes, voitures à bras, attelages brinquebalants. Et là, dans un extraordinaire mélange de Chine d'hier et de Chine d'autrefois, au-delà du zoo, ils découvraient pagodes, stupas et ponts de marbre parmi ateliers, usines, édifices administratifs construits n'importe comment les années précédentes. Poussant un peu plus loin, c'étaient de véritables temples qu'ils atteignaient. Certains fort connus, le temple des Cinq Pagodes avec ses cinq pyramides de marbre blanc sur un socle massif, presque indien ; mais d'autres à demi abandonnés, dont on savait qu'ils avaient été florissants. C'était le cas du Dazhongsi, jadis célèbre pour ses foires où se disputaient des courses de chevaux. Seul était encore visible le dernier pavillon, qui abritait la cloche auquel il devait son nom. Mais on devinait, au-delà d'une mare empuantie qui en flanquait les murailles à l'est, des pavillons, des cours immenses.

– En hiver, des gosses jouent ici sur la glace..., remarqua Jacques comme ils dépassaient le plan d'eau putride.

Une cour était ouverte, très vaste, ornée de nombreuses stèles. Au centre, le pavillon de la Cloche. C'est une petite vieille qui, là, laisse entrer les visiteurs, dégage une énorme pièce de bois accrochée à côté de la cloche qu'elle balance ensuite à plusieurs reprises, lourdement, au bout des grosses cordes qui la soutiennent avant qu'elle atteigne le bronze. Alors, un doigt sur les lèvres, la vieille fait écouter à ses visiteurs le son grave et prolongé qui résonne dans tout le pavillon, dans toute la cour, sûrement dans le temple entier, peut-être dans tout le quartier. Les enfants qui jouaient aux alentours s'arrêtent, certains s'approchent à leur tour du pavillon, mais la vieille les chasse sans ménagement. Et c'est alors que, brusquement, au moment où les deux garçons se préparaient à quitter le temple, ils ont vu arriver les quatre touristes américains. Quel engagement politique, idéologique, ou plus simplement économique les conduisait là ? Les Américains étaient entourés d'une nuée d'accompagnateurs et d'interprètes. Une autre question : pourquoi, pour un séjour de quelques jours à Pékin, les conduire à ce temple isolé, sans célébrité ? Les deux hommes avaient une quarantaine d'années, un peu gras ; des costumes qui avaient dû être impeccables, mais froissés par la voiture qui les avait amenés. Les deux femmes, au contraire, la trentaine chacune, avaient une beauté de blondes platinées dans un film de ces années-là. Un instant, la scène s'est figée : deux Français égarés avec une petite vieille au milieu d'un temple comme beaucoup d'autres, et cette délégation officielle, sa pompe, ses interprètes qui n'avaient certainement pas imaginé rencontrer là d'autres étrangers. Les gosses, qui entouraient Jacques et Denis, étaient eux-mêmes immobiles. On aurait dit deux mondes qui s'affrontaient, deux castes : les nouveaux venus, à qui tout devait être dû, et les deux apprentis sinologues. On a deviné l'embarras dans l'escorte des Américains, il y a eu des murmures, puis une petite Chinoise, lourde et laide, s'est détachée du groupe pour dire quelques mots à l'oreille de la vieille. Celle-ci a paru comprendre, elle a acquiescé, elle a expliqué à Jacques qu'il lui fallait partir. Il y avait des visiteurs officiels...

Comme des voleurs, Jacques et Denis ont quitté le temple de la Grosse Cloche. Ils sont passés à moins de deux mètres des quatre Américains, toujours piqués au milieu de la cour, mais qui n'ont pas eu un geste, pas un mot pour ces Français que l'on chassait afin qu'une Amérique, qui n'avait pourtant aucun lien diplomatique avec la Chine, puisse la pénétrer déjà un peu. La poitrine barrée, sinon bardée, d'appareils photo, les Américains ont chassé Denis et Jacques de leur terrain de chasse.

VI

J'ai d'abord téléphoné à Suzanne Vernant avant de m'inviter chez elle. Elle a paru un instant gênée, puis elle m'a dit de venir. Quand je suis arrivé, deux des Chinois qui avaient si vite quitté le dîner de Théo Gautier étaient sur le point de prendre congé. Ils sont partis encore une fois très vite, après des saluts désinvoltes, vêtus de longues redingotes étroites qui leur moulaient le corps. « Il ne faut pas vous étonner : les amis de mon mari sont comme lui, des artistes... » Li Kaifeng, le mari de Suzanne, est acteur – il joue dans des films et des séries télévisées à Shanghai, il est souvent absent. « Mais nous avons trouvé un mode de vie, je ne le dérange pas, il ne me dérange pas... » Elle tenait son bébé dans les bras comme Sarah tenait ses livres, en Normandie, sur la hanche. Sans manifester plus de gêne que le premier soir, Suzanne a dégrafé son corsage. Goulûment, l'enfant s'est jeté sur le beau sein blanc aux veines bleues, et j'ai senti une curieuse émotion. Mais cela n'a duré qu'un instant. Tout de suite, la jeune femme m'a parlé de photographie... Elle a fait une allusion aux photos d'Iris en passant. Pour remarquer ensuite :

– Au fait, vous n'avez peut-être attendu qu'une chose, pendant toutes ces années : revenir...

Puis elle m'a montré ses propres photos, des visages de femmes, d'enfants, quelques vieillards. A trente ans de distance, j'ai retrouvé les images que prenait Pascaline. Simplement, Suzanne Vernant opérait parfois avec une désinvolture marquée, comme c'est la mode. D'où ces images floues, ces distorsions des visages, dues à l'utilisation intensive du grand-angle. L'avouer ? Aucun de ces regards de femmes ou de jeunes filles ne me touchait vraiment. En revanche, la silhouette un peu lourde de Suzanne Vernant allant et venant dans cette maison dont, elle me l'a répété, le destin était scellé – on la détruirait dans deux mois, trois au plus tard – m'a touché. J'avais envie de parler avec elle, de l'écouter. De me raconter aussi, comme je ne le fais que trop souvent.

Je ressentais autre chose. On l'a compris, ce sont les jeunes femmes, les très jeunes femmes qui m'ont toujours attiré. Est-ce ma faute à moi si, à seize ans, dans le film *Le Blé en herbe*, je ne regardais pas du côté d'Edwige Feuillère, la femme mûre, belle, séduisante, mais du côté de la blonde et sage Nicole Berger, la jeune fille par excellence. Est-ce ma faute à moi si je n'ai jamais été amoureux des amies de ma mère – pauvre Maman : de laquelle de ses amies aurais-je pu jamais tomber amoureux ! Est-ce ma faute à moi si, à seize ans, j'aimais les filles de seize ans – et si je n'ai pas vraiment changé ! Et voilà que les chairs pâles et calmes, les chairs presque opulentes de Suzanne Vernant, Suzanne l'enfant au sein, Suzanne que j'imagine au bain, bien sûr, voluptueusement guettée par le vieillard que je suis devenu, Suzanne qui semble parfois si malheureuse : et voilà que cette Suzanne encore bien inconnue m'attire presque insidieusement.

D'ailleurs, lorsque son Chinois de mari est arrivé, j'ai presque sursauté, comme si j'avais été pris en faute.

– Tiens ! Voilà le vieil amant de ma femme !

La phrase qu'a eue Kaifeng – en français, s'il vous plaît – en m'apercevant face à la mère au sein nu, l'enfant accroché à son sein, se voulait ironique, mais sûrement pas amusée. Je me suis levé, maladroit, Suzanne s'est levée aussi – Suzanne et son vieillard... – pour faire des présentations tout à fait inutiles. Mais l'autre, l'acteur de mari, n'en avait cure. Se souvenait-il seulement que nous nous étions déjà rencontrés chez Théo Gautier, le journaliste bigame à gueule de faux derche ? Il passait en coup de vent. Il avait oublié un papier, un contrat, a-t-il lancé à son épouse avant de disparaître dans la pièce voisine. Suzanne a rougi, brusquement. A côté, on entendait des tiroirs qu'on ouvrait, qu'on fermait. Un juron, un bruit de chute, le contenu d'un tiroir entier renversé sur le plancher. Un autre juron, en chinois, un « merde ! » en français et le mari est reparu, une liasse de papiers à la main.

– Je vous laisse à vos marivaudages ! a-t-il encore lancé avec un sens de l'à-propos remarquable.

Puis il est ressorti. La porte a claqué. Je l'ai vu traverser la cour à grandes enjambées. Un homme vêtu de noir Armani l'attendait devant la porte qui donnait sur la rue.

– Ne vous inquiétez pas, a seulement remarqué Suzanne en ragrafant son corsage. Il est toujours comme ça...

Puis, avec un petit rire triste :

– Il ne faut pas oublier que c'est un artiste !

Lorsque j'ai raconté la scène à Linlin et à Jacques, le soir même, Linlin a haussé les épaules :

– Un artiste ! Tu parles ! Un salaud, oui, qui joue

dans des films minables, se fait un maximum d'argent et bat sa femme !

J'ai regardé Jacques : Li Kaifeng, acteur chinois de comédies télévisées et de sagas en costume, héros invulnérable de toutes les chroniques des Trois Royaumes, battait la mère de son fils ? Jacques a haussé les épaules à son tour.

– Rien ne dit que ce soit son fils. Voilà peut-être le problème. Mais de toute façon, c'est un vrai salaud. Et beaucoup d'autres bruits courent sur lui.

Là-dessus, Jacques a pris son air fermé d'ambassadeur qui ne veut pas en dire davantage et nous sommes passés à table. Chez Suzanne Vernant, j'avais bu deux tasses de thé vert ; à son habitude, Jacques nous a fait servir un superbe bordeaux.

C'était donc au Théâtre du Peuple où Denis et ses amis s'étaient retrouvés, à quelques semaines de la Révolution culturelle, pour l'une des dernières représentations, pour bien des années, du *Serpent blanc*. Se procurer des billets n'avait pas été facile, mais Jacques Benoist y avait ses entrées. Il connaissait une caissière qu'il avait su séduire par son bagout, peut-être aussi par les paquets de chewing-gum, dont il avait découvert qu'elle raffolait. Du coup, il avait pris des places pour toutes les représentations. Les billets coûtaient deux fois rien, mais ils étaient rares : la vieille Mme Tang avait été d'une générosité exceptionnelle. Elle se souvenait qu'en son temps elle avait aussi fréquenté assidûment les théâtres d'opéra traditionnel, et elle était sûrement touchée de l'enthousiasme du jeune Français pour un art alors en voie d'extinction.

– Sais-tu qu'elle a une très jolie voix ? avait

remarqué Jacques, qui entraînait Denis dans cette rue animée du nord-est de la ville tartare où, passé le mur rouge entourant les restes d'un temple construit du temps des dynasties mongoles, ils parvenaient devant les grilles du théâtre.

Un jour, la vieille Mme Tang avait eu l'audace d'inviter celui qu'elle appelait son ami français dans le petit logement qu'elle partageait avec deux autres femmes, tout en bas de la ville chinoise, au sud du temple du Ciel. Les trois femmes vivaient dans une seule pièce qui ne semblait meublée que pour mettre en valeur un énorme tourne-disque des premiers temps du microsillon. Cet objet de bois vernissé, avec des appliques de bronze, des boutons de bakélite et un haut-parleur protégé par un tissu de soie doré, leur servait à écouter toutes trois, sans fin, des disques de Mei Lanfang, Du Jinfang et autres Yuan Shihai, que toutes trois avaient pu entendre, sur la scène du Théâtre du Peuple ou du Théâtre moderne de Wangfujin. Et là, gavé de nougat aux grains de sésame et de petits gâteaux plâtreux, Jacques avait écouté avec le même recueillement quelques airs d'opéra. Puis Mme Tang avait déposé sur le plateau du tourne-disque un vieux 78-tours, et c'était sa voix à elle qu'elle avait fait écouter à son ami français. Elle y chantait précisément un air du *Serpent blanc*, et, tandis que la musique emplissait la pièce, de grosses larmes coulaient sur les joues de la vieille dame.

– Elle a vraiment une voix pas mal du tout..., avait répété Jacques alors qu'ils prenaient place dans la salle déjà aux trois quarts pleine de spectateurs, occupés à grignoter des graines de pastèque ou à lire et relire en tous sens l'unique feuille du programme.

C'est alors qu'à deux rangs devant eux, un peu sur

la droite, ils avaient remarqué le couple étrange que formaient Marc Hessler et Perruchot, l'agent du service de la valise de l'ambassade à la figure poupine marquée d'acné. Mais l'opéra commença.

C'était une troupe de très jeunes chanteurs qui se produisait pour la première fois au Théâtre du Peuple. La jeune femme qui chantait le rôle du Serpent blanc, l'héroïne de la pièce, était un peu connue. En revanche, celle qui chantait le Serpent vert, très belle, très pâle, était une parfaite inconnue. Son rôle était beaucoup plus bref, mais il y avait une ingénuité, une spontanéité dans sa voix qui emplissait la salle d'admiration. Perruchot surtout, qui applaudissait à tout rompre. A l'entracte, suçant une glace à l'eau qui lui dégoulinait sur les doigts, le gros garçon apparut soudain à Denis sous un jour nouveau. Il était rayonnant, parlait de la voix des chanteurs, de celle du Serpent vert surtout, avec une compétence qui étonna Jacques lui-même. Il le fit remarquer :

– Je ne savais pas que vous vous intéressiez à ce genre de théâtre...

Perruchot secoua la tête : cela faisait un an et demi qu'il était à Pékin, il apprenait le chinois avec assiduité, il avait vu tous les opéras contemporains que l'on pouvait jouer en ville, pour une fois qu'il y avait de l'opéra traditionnel, il ne pouvait pas manquer cela !

– Et puis, cette femme est si belle...

L'enthousiasme du bon Perruchot pour la jeune interprète du Serpent vert avait quelque chose de naïf et de réconfortant, se dit Jacques comme ils regagnaient leurs places. A la fin de la pièce, les deux amis n'avaient pas revu Perruchot. Marc Hessler était seul, il eut un geste évasif pour remarquer, d'un ton rogue, qu'il n'était pas chargé de surveiller ses compatriotes.

Un cocktail donné quelques jours plus tard à l'ambassade pour une délégation de parlementaires français. Tous les clubs d'amitié franco-chinoise et autres comités France-Chine faisaient à l'époque fureur. C'est que tout le monde voulait le faire, son voyage à Pékin. Bon prince, l'Ambassadeur parsemait ses invités, officiels chinois et résidents français à Pékin, de quelques étudiants de Beida ou d'assistants de l'Institut des langues étrangères. Ainsi Denis était-il maintenant sur les listes officielles et, chaque fois qu'une manifestation de ce genre était organisée, il était convié, avec Hessler, les Desjardins et quelques autres, à venir expliquer à ces touristes d'un nouveau genre combien la Chine était plus ouverte encore que ce qu'ils pouvaient croire.

– Je ne savais pas Perruchot si sensible au charme des jeunes gens...

Pascaline l'avait remarqué la première : dans la foule des invités, autour d'un buffet de sinistres canapés au caviar pressé et au fromage blanc fabriqué à la chinoise, le jeune agent semblait très affairé auprès d'un Chinois d'une trentaine d'années tout au plus, vêtu d'un costume occidental à la coupe rustique comme on les faisait, pourtant sur mesure, chez le tailleur de l'ancienne rue des Légations. Pascaline Borne avait pris le bras de Denis.

– Mais c'est qu'il est très mignon, le fiancé de notre troisième secrétaire !

C'était le rang qu'occupait officiellement Perruchot sur la liste diplomatique. Et c'était vrai que le jeune homme au costume grotesquement coupé avait un visage délicat, un sourire qu'on aurait dit peint sur les lèvres. Parfaitement gominés, ses cheveux étaient un peu longs, ce qui lui donnait peut-être l'ambiguïté que Pascaline avait soulignée. Mais déjà Perruchot faisait signe à la jeune femme de le rejoindre.

– Est-ce que je peux vous présenter mon ami Wuzi ? Il fait partie du groupe de jeunes chanteurs qui s'est produit le mois dernier au Théâtre du Peuple...

Le Chinois avait tendu une main un peu molle que Pascaline, puis Denis serrèrent tour à tour.

– Vous jouiez dans *Le Serpent blanc* ? J'ai vu la pièce, j'étais à la première...

Avec un sourire un peu las, Wuzi expliqua que, hélas, il n'était encore qu'une doublure. Il remplaçait au pied levé les chanteurs défaillants.

– Malheureusement, si j'ose dire, tous mes camarades ont témoigné d'une santé de fer pendant cette saison. Disons que j'ai chanté tous les rôles, mais en coulisses...

Il parlait un français très pur, châtié, même. Devant l'étonnement de Pascaline, et aussi celui de Denis, il expliqua qu'il l'avait appris à l'Ecole du théâtre de Pékin, où l'on exigeait des comédiens et des chanteurs une formation complète dans tous les domaines.

– Mais vous parlez particulièrement bien le français, insista Pascaline.

– C'est que j'ai eu la chance d'avoir un très bon professeur. Et maintenant, avec Bernard, j'ai peut-être un professeur meilleur encore...

Il désignait Perruchot qui se rengorgea un peu, l'air satisfait, mais pas trop. Le Chinois poursuivit :

– Je sais même chanter l'opéra occidental. J'ai appris tous les rôles de *Carmen*, de *Faust*, des *Noces de Figaro*...

– Tous les rôles ?

Il les avait appris tous, oui, mais c'était un exercice, une pure formation, précisa-t-il. Seule Pascaline l'interrogeait. Denis l'observait, un peu sur le côté. La jeune femme avait raison, ce Wuzi avait à coup sûr quelque chose d'efféminé. Denis en éprouvait un malaise qu'il n'arrivait pas à préciser. Ce n'était pas que l'homosexualité du troisième secrétaire le gênât en quoi que ce soit, non, c'était quelque chose de plus complexe, une manière de flou, le halo qui entourait les traits délicats du jeune chanteur. A côté de lui, Bernard Perruchot paraissait tellement pataud : que pouvait-il y avoir de commun entre ces deux hommes ? Le sexe, oui... Il se souvint pourtant que Boudet, le mari de Liliane, avait raconté que lors de ses voyages à Hong Kong pour accompagner une valise, voyage qui donnait lieu à mille et un achats que les accompagnateurs de la valise diplomatique rapportaient avec eux dans d'immenses sacs postaux occupant un compartiment entier de chemin de fer : lors d'un de ces voyages à Hong Kong, donc, Perruchot lui avait demandé, l'air embarrassé, de lui ramener des préservatifs. On n'en trouvait pas à Pékin ? Bien sûr qu'on en trouvait à Pékin, mais ils étaient de si mauvaise qualité... Mais le jeune Chinois s'adressait à présent à lui :

– Bernard m'a dit que vous étiez romancier, que vous aviez écrit des livres...

Denis répondit avec volubilité, tout en corrigeant : il n'avait publié qu'un seul roman. Wuzi écoutait avec attention. Un moment, machinalement, il eut le geste étonnant de poser une main sur le bras de son interlocuteur en déclarant avec un rien d'emphase qu'il n'était aucune chose au monde qu'il n'admirât davantage que l'écriture. Ah ! si lui-même avait pu être écrivain...

Mais Marc Hessler s'approchait, accompagné d'une jeune femme, manifestement cambodgienne, qu'il présenta comme étant une nièce du prince Sihanouk.

– Vous permettez que je vous enlève Wuzi : je voudrais que mon amie Aurore fasse sa connaissance.

Aurore, étudiante à Pékin, faisait partie de la nombreuse suite qui avait accompagné le prince Sihanouk en exil. Elle avait un visage rond, des lèvres en forme de cœur, des accroche-cœur autour du visage et, à travers la robe blanche cambodgienne, on devinait d'autres rondeurs encore. Elle jeta un bref regard, interrogateur peut-être, à Denis, mais Wuzi semblait la fasciner. Elle se lança immédiatement avec lui dans une grande conversation en chinois sur l'art du chant, sur les mélodies que son oncle le prince composait lui-même, Denis et Pascaline s'éloignèrent.

C'est au moment où les derniers invités quittaient la résidence de l'ambassadeur que Marc Hessler, seul cette fois, revint vers Denis, toujours accompagné de Pascaline.

– Elle n'est pas mal, hein ? la petite copine de ce gros cochon de Perruchot !

Denis se méprit sur le sens que Marc Hessler avait voulu donner au mot « copine ». Il n'aimait pas que l'on se moque de ces choses-là. Mais Hessler éclata de rire.

– Comment ? Tu as vraiment cru que Wuzi était un homme ? Mais c'est une femme, bien sûr : une chanteuse qui s'habille en chanteur pour tromper son monde !

Il expliqua alors que ce cochon de Perruchot, comme il disait, était tombé amoureux fou de la jeune femme qui chantait parfois le rôle du Serpent vert. L'affaire n'avait pas traîné. Comment Perruchot s'était-il débrouillé ? Toujours est-il qu'il avait mis cette Maomei dans son lit. Mais l'un et l'autre avaient rusé puisque, pour tromper son monde, Maomei s'habillait en garçon. Comment les services chinois, qui veillaient en général avec une rigoureuse attention sur ce type de situation avaient-ils été bernés ? Là aussi, mystère ! remarqua encore Marc Hessler qui ajouta :

– A moins qu'il y ait ici un dieu pour les chanteuses amoureuses !

A plusieurs reprises, dans les semaines qui suivirent, Denis revit Bernard Perruchot en compagnie du faux Wuzi qui continuait à jouer impeccablement son rôle de chanteur de talent, doublure pourtant malheureuse de camarades qui réussissaient toujours à ne jamais tomber malades.

Wuzi ou Perruchot hier, Li Kaifeng et les hommes en noir vêtus d'Armani aujourd'hui, ma voisine suédoise ou les petites Chinoises de Beida : je continue à m'amuser à voir défiler devant moi cette panoplie de personnages de comédie. Et j'en oublie le reste. Un coup de téléphone de Jérôme Monnier m'a ramené sur terre. Alors, ces photographies ? Où en étais-je ? Du coup, j'ai cherché à revoir la fille du Dr Ma. J'aurais pu le faire plus tôt, bien sûr...

Je me souvenais du quartier, vaguement de la rue où se trouvait l'ancienne maison à cour carrée du vieux médecin. Mais le quartier était à peu près entièrement anéanti. Les grands travaux de Pékin, les hutong qui disparaissent, les rues, une à une, effacées. A détruire ! Ce signe que l'on trace en un gros caractère blanc sur le mur des maisons, l'une après l'autre : idéogramme parfait, qui s'écroulera en poussière avec la maison qu'il a désignée. Là où s'élevaient tant de ces murs au beau gris de Pékin, un tournesol jaune, parfois, qu'on apercevait au-dessus du mur, il ne restait que des gravats, des débris, parmi lesquels quelques hommes, tirant des charrettes, cherchaient à récupérer quelque chose, n'importe quoi. Et pourtant, la maison du Dr Ma était toujours en place. La seule, comme miraculeusement préservée. Que je l'aie retrouvée était un miracle, mais le vrai miracle, c'était qu'elle n'ait pas été détruite. J'y étais allé d'instinct – tout cela remontait à plus de trente ans – mais j'ai eu la certitude que je reconnaissais la porte. Et c'était là, j'ai frappé à la porte, un homme m'a ouvert. Il était vêtu à l'occidentale, m'a interrogé en anglais, j'ai prononcé le nom Dr Ma, je me souvenais que sa fille s'appelait Denise, il m'a fait entrer.

C'est alors que j'ai eu une première surprise. L'homme s'est éclipsé, aussitôt remplacé par une jeune fille qui m'a proposé du thé. Et cette jeune fille était la sœur jumelle, le double exact de la jeune femme à la peau très jaune que j'avais aperçue au parc Montsouris. Elle avait les mêmes gestes que la garde-malade d'Iris pour servir le thé de la main droite dans une tasse posée devant elle tout en protégeant celle-ci de la main gauche. Sœur jumelle ? En anglais, la jeune fille m'a dit, oui, qu'elle avait une sœur qui vivait en France.

Après m'avoir tendu ma tasse de thé, elle a reculé de deux ou trois pas, pour rester immobile, le dos à la porte qui donnait sur la cour carrée. La maison était telle que je m'en souvenais, les deux cours, les pavillons bas, jusqu'aux peintures anciennes que je croyais retrouver, identiques à celles que j'avais vues. Et pourtant, on m'avait raconté que la maison avait été pillée par les Gardes rouges, abîmée, que sais-je ?

Après un long moment, une vieille femme est entrée dans la pièce. Elle, je ne l'aurais pas reconnue. C'était Denise Ma. Comme Simon, comme Jacques probablement, la fille du Dr Ma avait été prévenue de ma visite. Je n'ai pas cherché à savoir par qui. Elle s'est assise en face de moi, sur un fauteuil semblable au mien, au dossier très droit, d'une forme très pure. Le bois en était noir, dur. Elle portait la même robe ancienne, de style traditionnel, que la jeune femme toujours immobile, le dos à la porte. Mais la robe de la jeune femme était d'un gris pâle, celle de Denise Ma était de soie noire. Elle se souvenait parfaitement de moi, m'assurat-elle. Son père, dit-elle encore, m'aimait beaucoup. Elle évoqua sa mort, qui avait été horrible. On avait traîné son corps dans la cour, on l'avait jeté au milieu de ses livres en flammes. Il s'en était échappé, on l'avait battu, il était mort quarante-huit heures plus tard. Elle racontait ces monstruosités d'une voix très douce, comme elle aurait décrit une peinture, une scène qu'elle aurait vue au théâtre. Puis, sur le même ton, sans autre transition, elle en est arrivée aux photos d'Iris. Mais ce fut pour me dire, avec le même calme, qu'il n'en restait plus rien. Les Gardes rouges les avaient-ils détruites, avec la bibliothèque, avec les livres ? Elle a eu un sourire : non, les photographies d'Iris avaient été volées. La veille de la mise à sac de sa maison, trois hommes étaient arrivés en voiture jusqu'au milieu du hutong dont il ne restait aujourd'hui que cette tranchée nue et vide de pierrailles et de débris. Les deux plus grands encadraient un tout petit bonhomme à la voix brisée. Elle l'avait reconnu, il était venu autrefois chez son père. Ç'avait été un cadre du

Parti, elle croyait que l'ordre qui régnait alors à Pékin l'avait destitué, mais il devait n'en être rien. Le vieil homme s'était en effet enfermé avec le Dr Ma dans la pièce où nous nous trouvions maintenant. La fille du médecin avait voulu demeurer près de son père, mais celui-ci l'avait écartée d'un geste. Il avait allumé une cigarette, nerveusement aussi, puis il avait refermé la porte. Une demi-heure plus tard, les trois hommes étaient ressortis, les deux plus grands portant des cartons qu'elle avait reconnus. C'étaient les photographies d'Iris. « Alors, tout a disparu ? » Ma question était idiote, pas si stupide que cela pourtant, peut-être, puisque la vieille dame a secoué la tête : oui, tout avait disparu. Enfin non, il lui restait peut-être, quelque part, quelques photos. Mais depuis la mort de son père, elle n'avait plus voulu y toucher ni les voir. Je ne lui demandai pas comment certaines photos avaient pu échapper à l'autodafé. Elle me promit seulement de les chercher, elle allait sûrement les retrouver. Je n'avais qu'à revenir le lendemain, ou plutôt au début de la semaine suivante.

Elle paraissait fatiguée, la petite Chinoise m'a fait signe, un peu comme sa sœur dans la maison du parc Montsouris, qu'il était temps de me retirer. J'ai salué Denise Ma, que j'avais connue presque belle, et suis parti. Quand je suis revenu, huit jours plus tard, l'unique maison miraculeusement préservée au milieu de ce no man's land avait elle aussi disparu. Mieux, de tous les débris, les gravats, les pierres brisées, les fragments de plâtre, les morceaux de bois qui avaient été des poutres, des charpentes il ne restait plus rien. Tout avait été parfaitement nettoyé. Y compris le quadrilatère où s'était élevée la maison à la double cour carrée. Pourtant, à cet endroit, le sol était plus sombre, presque noir. Aucun doute n'était possible, la maison avait disparu, mais auparavant elle avait probablement brûlé. Je me suis renseigné, j'ai posé des questions autour de moi. On m'a répondu qu'on ne savait rien. C'était un hasard que la maison qui avait été celle du Dr Ma soit demeurée si longtemps intacte. Quelques jours après, par Jacques, j'ai appris que la fille du Dr Ma était partie en France, pour se reposer...

– Cela faisait un moment que j'avais envie de parler avec vous...

Le jeune homme marchait à côté de Denis. Depuis qu'ils s'étaient rencontrés dans le petit restaurant, près du zoo, où ils s'étaient donné rendez-vous, on aurait dit que Wuzi, dont le français était pourtant si parfait, donnait l'impression de chercher ses mots. Ce n'était pas qu'il butât sur un mot, mais bien plutôt qu'il hésitait. Comme s'il avait réfléchi longuement avant chaque phrase, presque avant chaque mot.

– Je ne voudrais pas que ma démarche puisse vous paraître suspecte..., poursuivit-il : en fait, je n'ai rien de spécial à vous dire. Je voulais seulement vous rencontrer.

D'autorité, le Chinois avait pris un taxi en stationnement devant la porte du zoo et l'avait guidé jusqu'à ce carrefour, un peu plus à l'est, un peu plus au nord, où il l'avait arrêté. Là, comme machinalement, il avait pris le bras de Denis. Et c'est à ce moment que le Français s'est rendu compte que, depuis qu'il avait retrouvé cette Maomei déguisée en homme dont Perruchot paraissait si éperdument amoureux, pas un instant il n'avait eu le sentiment de se trouver vraiment en compagnie d'une jeune femme. Et maintenant qu'ils avançaient à grands pas dans l'herbe haute qui leur venait presque jusqu'aux genoux pour atteindre un chemin de terre qui, au-delà du campus de l'université de Pékin, semblait se perdre dans des prés et des broussailles, il commençait à s'émerveiller de la manière dont la jeune femme pouvait ainsi jouer et tenir pendant si longtemps le rôle qu'elle s'était assigné. Dans le même temps, il éprouvait une sorte de malaise. Il aurait dû ressentir pour cette jeune fille travestie, que d'autres auraient trouvée délicieuse quelque chose qui ressemblât à de l'émotion. Or, ce n'était pas le cas. Contrairement à ce qu'il avait éprouvé quand il avait appris que l'ami de Perruchot était une femme, toute ambiguïté avait désormais disparu pour lui. C'était une fille, soit, mais Denis ne la percevait pas comme telle. Et naturellement, il traitait l'étrange Maomei en garçon.

Ils avaient marché depuis dix minutes environ lorsque le Chinois – puisque Chinois il y avait ! – lui montra les premières ruines :

– Voilà, c'est ici que cela commence...

Denis découvrait le Yuanmingyuan. Bien sûr, il en avait entendu parler. Dans des livres qu'il avait achetés au Marché du Peuple, dans le marché couvert, il avait lu des descriptions de l'ancien Palais d'été construit par des Jésuites occidentaux pour un Empereur chinois et détruit en 1860 par les Français et les Anglais. Il avait vu des images de ces vasques qui s'écoulaient aujourd'hui dans des coquilles, ces colonnes aux chapiteaux corinthiens, ces arcs triomphaux de marbre blanc, si loin des pailou chinois et des pavillons aux toitures de brique vernissée qui constituaient, de toute éternité, l'architecture monumentale de Pékin mais qui avaient peu à peu disparu dans la végétation qui les avait envahis de toutes parts. On y avait dérobé des pierres, les fûts des colonnes s'étaient écroulés, il ne resterait plus que cela :

– Regardez cette porte, au sommet de cet escalier, sur le ciel : est-ce qu'on ne dirait pas qu'elle ouvre sur un monde qui n'est ni le vôtre, ni le nôtre, mais un monde que nous pourrions reconstruire ensemble ?

C'était Wuzi qui, face à ce qu'il restait peut-être de plus remarquable des anciens palais, se lançait dans un discours exalté sur la Chine et la France.

– Vous comprenez pourquoi je voulais que vous veniez ici : je voulais que vous vous rendiez compte de ce que, à un moment de notre histoire, nous avons pu bâtir ensemble...

Denis avait sorti son appareil photo. Sous tous les angles, il mitraillait à présent les colonnes et les escaliers brusquement interrompus, les ruines foudroyées. Mais quand il voulut photographier Maomei, celle-ci écarta brusquement l'appareil, trop rapproché de son visage.

– Non, je vous en prie, je n'aime pas qu'on me photographie.

Denis n'insista pas. Manifestement, la jeune femme qui se faisait passer pour un garçon ne voulait pas que des images d'elle puissent, d'une manière ou d'une autre, la trahir. Mais Wuzi-Maomei continuait :

– Vous voyez, je crois bien que nous nous trouvons au confluent de toutes les questions qu'un étranger peut se poser sur la Chine : pourquoi cette formidable capacité qui est la nôtre à recevoir puis à assimiler tout ce qui nous vient de l'extérieur, en même temps que notre plus fantastique capacité encore à pouvoir si bien nous passer de toutes ces choses-là ?

Il était midi. Cela faisait une heure et demie qu'ils

marchaient au milieu des ruines presque invisibles d'un palais qui n'existait plus. A cent mètres d'eux, deux paysans étaient affairés à planter, piquer ou repiquer quelque chose. Pour un peu, Denis aurait imaginé des rizières. D'ailleurs une vache qui ressemblait à un buffle se découpait sur une pièce d'eau devenue marécage. On entendait, venues de loin, les rumeurs d'un haut-parleur qui diffusait l'une des chansons révolutionnaires alors en vogue à Pékin. Et puis, quelque part au-dessus d'eux, le chant d'une alouette. Etait-ce une alouette ? Quelque chose, un lièvre peut-être, courut dans l'herbe devant eux. Wuzi se pencha, il ramassa une pierre qu'il tendit à son compagnon :

– Je voudrais que vous gardiez ceci en souvenir de notre promenade.

C'était un fragment de feuille d'acanthe, parfaitement découpée dans le marbre. Comme ils allaient quitter la vaste étendue de l'ancien Yuanmingyuan, Wuzi remarqua encore que si Denis écrivait un jour un roman qui se passât en Chine, il devrait se souvenir de la feuille d'acanthe ramassée à deux pas de ces paysans qui travaillaient à la sueur de leur front dans un champ de blé dur. Puis il demanda à Denis de ne pas parler à Perruchot de leur promenade. Après tout, conclut-il, avec une légèreté trop affectée : chacun peut avoir ses petits secrets, non ?

Les mystères de Pékin. Dix jours après la disparition de la maison à la cour carrée de Denise Ma : dix jours exactement, pas un de plus, j'ai enfin reçu le coup de téléphone que j'attendais – ou que je n'espérais plus ! – de Qu Cai. Volubile, en un français absolument parfait, le photographe m'a raconté qu'il venait de rentrer de

l'étranger, qu'il avait organisé des expositions en Alle-
magne, en Autriche, que sais-je ? et qu'il voulait me
voir le plus vite possible. Pourquoi ? Mais parce que
je l'avais cherché, bien entendu. Nous pourrions dîner
ensemble le lendemain. Il y aurait de jolies filles :
qu'est-ce que j'en pensais ? Le lendemain, c'était un
samedi, je suis donc parti du côté de chez Qu Cai.

Il faisait un temps sinistre, il pleuvochait et surtout
une brume épaisse, d'un gris de suie, semblait s'être
abattue sur Pékin tout entier. Mais que dire, alors, de
la banlieue de Pékin ? Ne doutant de rien, j'avais
demandé à un chauffeur de taxi de me conduire à
l'adresse que Qu Cai m'avait indiquée. A commencé
alors un périple interminable à travers la zone incertaine qui s'étend au nord de Pékin, à l'ouest de la route
de l'aéroport. Nous avons d'abord suivi la route qui
conduit à la Grande Muraille. Puis nous avons obliqué
à droite, le long de grandes voies parfaitement rectilignes, bordées d'arbres, parfois de longs fossés boueux.
La brume envahissait tout le paysage. J'avais le sentiment que nous étions totalement perdus. De temps à
autre le chauffeur s'arrêtait pour demander son chemin.
Il remontait en voiture, parfaitement assuré, aussi parfaitement perdu qu'avant. En désespoir de cause, j'ai
fini par téléphoner à Qu Cai, qui m'a demandé de lui
passer le chauffeur. Ont suivi, à plusieurs minutes
d'intervalle, plusieurs échanges téléphoniques de plus
en plus animés. Mais, garages en contrebas de la route,
tournants à droite ou à gauche sur des routes indis-
tinctes de celles que nous venions de quitter, rangées
parfois de petites boutiques, avec toujours des flots
ininterrompus de camions, tous feux éteints, qui
fonçaient en notre direction dans le brouillard : nous
étions plus perdus que jamais. Et puis, subitement, le

chauffeur s'est arrêté. Sur un petit pont, à gauche de la route, un homme nous faisait des signes. J'ai compris que Qu Cai avait envoyé l'un de ses assistants, pour signaler l'embranchement qui conduisait jusqu'à chez lui. L'homme était en vélo, nous avons alors roulé très lentement derrière lui, pendant encore deux ou trois kilomètres. C'est ainsi que nous avons traversé un nouveau canal, puis que nous sommes entrés dans un village qui semblait sorti d'une Chine paysanne d'il y a un demi-siècle. Un carrefour aplati, des ruelles qui s'en échappaient, quelques échoppes pauvrement éclairées, on aurait dit par des lampes à acétylène. Des étals de marchands de légumes, de viande parfois posée à même le sol. Et des gosses qui jouaient, comme jadis. Nous sommes parvenus à une porte, elle s'est ouverte avant même que nous nous arrêtions et nous nous sommes retrouvés au cœur d'un jardin à l'occidentale, arbres entretenus, parterres de fleurs, presque des oliviers, qu'on aurait pu voir dans les Alpilles ou dans le Luberon. Un maître d'hôtel courait vers nous, au loin la maison était éclairée. C'était une maison parfaitement occidentale dont le photographe avait lui-même dessiné les plans. Deux parties distinctes, une partie à vivre, avec une chambre en mezzanine au-dessus d'un grand salon où brûlait un feu de bois ; et le studio, prolongé par un immense laboratoire-chambre noire avec de gigantesques bacs à tirage, une bibliothèque remplie de livres sur la photographie, beaucoup de photos de femmes. J'étais chez Qu Cai. Planté en face de moi, volubile, souriant, le photographe m'a fait les honneurs de sa maison puis m'a offert à boire. Il avait ouvert une bouteille de champagne, c'était du dom-pérignon... Bientôt, étonnamment discrètes, deux jeunes femmes longilignes, belles certes mais d'une maigreur remarquable, se sont jointes à nous. Elles parlaient tout juste quelques mots d'anglais. J'ai compris qu'elles étaient des mannequins, des modèles, mais que l'une d'entre elles possédait maintenant une maison de couture. Alors, dans la maison de ce photographe célèbre, je me suis offert le luxe de photographier moi-même ces deux modèles, qui étaient probablement ses maîtresses aussi. Une autre femme nous a rejoints au moment où nous allions passer à table. Je l'avais déjà rencontrée, c'était Li Nan, aperçue avec Robert Sarle. Elle m'a embrassé comme du bon pain puis a rejoint les deux filles. A table, les trois femmes étaient d'un côté. Elles parlaient fringues : on parle beaucoup fringues dans la Chine d'aujourd'hui.

Nous sommes entrés dans le vif du sujet : j'avais voulu le rencontrer ? Mais pourquoi donc ? Bien entendu, Qu Cai me jouait la comédie et il a tout de suite éclaté de rire : « Ce sont les photographies de cette pauvre Iris que vous recherchez ? » Dans la foulée, il m'a expliqué qu'il les connaissait bien, ces foutues photos, qu'il en avait vu beaucoup. D'ailleurs, une dizaine d'années auparavant, l'un de mes amis était venu lui en proposer. Un de mes amis ? « Oui, Marc Hessler. » C'était à la fin des années quatre-vingt. Je n'étais pas sûr de comprendre : Hessler souhaitait-il vendre les photographies d'Iris ; ou, au contraire, voulait-il les acheter ? Le même rire de Qu Cai : « Les vendre, naturellement ! Et pour une bouchée de pain, à l'époque... » Le français qu'utilisait Qu Cai était d'une précision parfaite. Une bouchée de pain, le trésor d'Iris ! Le photographe a répété : « Oui, une bouchée de pain... » Mais à l'époque, ce genre de photos ne l'intéressait pas. Il était lui-même en train d'entreprendre un admirable travail sur le Tibet, des grandes images d'hommes et de femmes vus de face, tirées sur d'immenses feuilles de papier à dessin dont il assurait lui-même la préparation et qu'il tirait ensuite dans les grands bacs que j'avais pu voir. Des hommes et des femmes, des enfants, habillés de couleurs sombres, sur un fond très sombre, presque charbonneux et qu'on aurait dit brossés au fusain tant était belle la qualité du tirage. « Ce n'est pas que ce que me proposait votre ami Hessler ne m'intéressait pas, c'est plus compliqué... Il faut dire que beaucoup de ces photographies étaient très spéciales ! » Comme Simon, comme Jacques Benoist, mais à mots plus couverts encore, Qu Cai m'a fait comprendre que certaines pouvaient être très compromettantes pour plusieurs personnes alors très en vue. C'étaient là des choses dont il préférait qu'elles ne passent pas entre ses mains... Depuis, il n'avait aucune idée de l'endroit où pouvaient se trouver ces photographies.

Pendant qu'il parlait, l'assistant qui était venu m'attendre au bord de la route principale allait et venait dans la pièce, préparait les grandes planches qu'il voulait nous montrer. Le garçon baissait la tête. On aurait dit qu'il voulait éviter de croiser mon regard. Je l'ai pourtant reconnu : c'était le jeune homme accompagné d'un blondinet qui était arrivé chez Théo Gautier au milieu du seul dîner que j'avais fait chez lui. J'ai voulu m'approcher de lui mais il m'a évité. Qu Cai étalait côte à côte des tirages à terre, créant ainsi, sur le sol du studio, une sorte de grand damier d'images. J'ai aussi photographié l'échiquier des photos tibétaines tirées en noir si noir et en blanc si blanc à ses pieds... Il m'a ensuite montré son travail sur des condamnés à mort photographiés quelques instants avant leur exécution. Tous avaient l'air d'enfants. Il y avait aussi des femmes, l'une m'a paru très belle, on la maintenait immobile par un cordon de cuir qu'on lui avait passé autour du cou. Impassibles, les deux policiers qui l'avaient à demi garrottée paraissaient aussi jeunes qu'elle. Elle était belle, à peine une petite grimace sur le bord des lèvres. Elle allait bientôt mourir...

J'ai pensé qu'entre les photographies prises par Iris voilà parfois plus d'un demi-siècle et les photos de mon nouvel ami, il n'y avait peut-être pas une telle différence. Je suis sûr que Qu Cai a compris ce que je ne disais pas, il a seulement ri, puis m'a demandé de choisir une photo dans le damier posé à terre. J'ai pris deux visages de jeunes Tibétaines, un foulard autour du visage.

Denis connaissait désormais le chemin du Yuanming-yuan. Il y retourna. Jacques Benoist s'était d'ailleurs étonné : .

– Je croyais que je t'en avais parlé, c'est quand même l'un des lieux les plus admirables de Pékin !

Et Jacques d'expliquer que c'était là une de ses « spécialités » : faire découvrir à de jeunes étudiantes chinoises une merveille souvent située à deux pas de leur université et qu'elles ne connaissaient pas.

– Tu n'imagines pas comment le romantisme des ruines à l'occidentale peut faire de l'effet sur la peau attendrie d'une petite Chinoise !

Puis, comme n'importe quel amoureux n'importe où dans le monde, il sortit de son portefeuille deux ou trois photographies prises, avec des jeunes filles diffé-rentes, dans les ruines de l'ancien palais d'Eté. Comme n'importe quels amoureux, n'importe où dans le monde, ils avaient posé ensemble devant l'objectif d'un appareil photo à déclenchement automatique. C'était chaque fois devant le même portique que celui devant lequel Wuzi-Maomei s'était arrêté. Trop artificiel, le décor baroque dans la campagne chinoise avait quelque chose de la toile de fond décorative d'un atelier de prises de vue aux temps héroïques de la photographie. Chaque fois, pâmée entre les bras ou sur les genoux de Jacques, l'étudiante du moment avait le sourire d'une amoureuse de carte postale, fût-elle vêtue d'un bleu de chauffe, casquette étoilée et couettes à rubans rouges assorties.

Ainsi, à son tour, Denis emmena-t-il Pascaline, puis Marion à l'ancien palais d'Eté. Ensemble, ils tentèrent de retrouver les traces de ce qui avait été. Pascaline prit des dizaines de photographies, Denis la photographia elle-même, appliquée à déchiffrer des signes, sur des colonnes.

Marion accepta, une après-midi entière, de poser pour lui parmi les monuments fracassés. Elle se déshabilla même un peu. On aurait dit une longue plante de chair nacrée, parmi toutes les autres, vivaces, voraces, d'un vert gras et épais d'herbes dévoreuses qui envahissaient de partout les ruines. Rentré chez lui, Denis écrivit le mot « torsade » pour parler de ce buste, de ces hanches, de ces seins.

Lorsqu'il développa ses photos dans l'atelier du Cubain, il découvrit avec stupeur que sur l'une d'elles, à quelques mètres à peine de la jeune femme mollement étendue comme au creux d'une vasque de pierre, on voyait le visage interrogateur d'un jeune homme, un Chinois, témoin de la scène et que ni l'un ni l'autre n'avait remarqué. Il fit un agrandissement de ce visage, on aurait dit celui de Wuzi. Homme ou femme ? Les yeux écarquillés, le jeune homme observait le photographe, non son modèle. Mais peut-être que, de là où il se tenait, celui qui ne faisait après tout que trop bien son métier d'espion, ne pouvait deviner la jeune femme assise au creux de la vasque baroque. Denis agrandit encore la photographie, ce n'était pas Wuzi, une ombre de moustache en ourlait la lèvre supérieure, ce n'était certes pas une femme déguisée en homme...

Ce matin, je suis passé prendre un café à l'hôtel Palace. Clarisse m'y avait donné rendez-vous. La femme de Théo Gautier a l'air triste. Elle portait une robe fendue à la chinoise, fendue moins haut, pourtant, que la longue jeune femme vêtue de rouge qui vint nous servir deux express un peu trop allongés et des biscuits secs. A une table voisine, trois hommes d'affaires à l'air australien ou néo-zélandais parlaient avec un minuscule petit Chinois, vêtu d'un costume trois pièces, une cravate rouge, un diamant à la main gauche.

Ils parlent avec lui ? Non, ils l'écoutent respectueusement, prennent des notes. Pourquoi ai-je pensé néo-zélandais ou australiens plutôt qu'américains ? Peut-être parce qu'ils sont plus lourds encore, plus vulgaires... Clarisse m'a expliqué qu'elle voulait rentrer en France, que la vie à Pékin devenait difficile... Ou alors, si elle pouvait trouver un travail... Je l'ai écoutée distraitement. Puis je suis sorti, je voulais prendre d'autres photographies de ce quartier en destruction que j'ai repéré, en sortant à droite de l'hôtel, en traversant Dongmendajie. Là, sur environ trois ou quatre cents mètres de profondeur, deux ou trois cents mètres de largeur, sur le sol, la terre grise de Pékin, des débris de petites maisons grises, des morceaux de carrelage. Quelque chose brille sous mes pieds, je le ramasse, c'est une tuile vernissée verte : comme s'il y avait eu un temple, ici... Il fait froid, très beau. Des hommes et des femmes emmitouflés s'affairent à ramasser des morceaux de bois qui ne servent à rien, des vieux carrelages même. Dans le soleil, la lumière, on dirait qu'il flotte par endroits une nappe de poussière. Et puis, toute seule, une maison se dresse sur ma gauche. C'est une petite cahute, la boutique d'un menuisier. Elle a été épargnée, Dieu sait pourquoi. Elle y passera demain, la semaine prochaine... Autour d'elle, uniquement ces ruines aplanies. Devant la porte de sa boutique, que prolonge sur la droite un minuscule hangar, l'homme s'affaire. Il scie une planche, à la main, sans se presser. Une vieille femme est assise sur le pas de la porte. Quand je m'approche d'eux, l'air de rien, eux aussi s'esquivent, l'air de rien... Je reste un moment, espérant qu'ils vont ressortir, mais je ne les vois pas. A cinquante mètres de moi, à contre-jour, quatre charrettes tirées par des bicyclettes défilent dans la lumière, chargées de morceaux de charpente.

Je marche dans ce désert, très gris, très beau. Ciel plus bleu que jamais, je photographie à mes pieds la mosaïque de carrelage fracassé, de fragments de bois, de bouts de tuiles, tout cela dans le superbe camaïeu du gris de Pékin.

Hier, me promenant dans le sud de la ville chinoise, j'ai vu la même chose, ou presque. Une ruelle dont les maisons du côté nord, les magasins, étaient tous en activité. Des marchands de légumes, de poissons, des fritures. Trois filles aux bonnes joues rouges qui m'interpellaient. A droite, au contraire, on avait déjà tout rasé, tout nivelé. Sauf la boutique d'un coiffeur : un parallélépipède de trois mètres de façade, six de profondeur, quatre de hauteur peut-être, un minuscule étage, une petite fenêtre au-dessus de la boutique. La façade de la boutique : portes grandes ouvertes, le coiffeur travaillait. Un homme est étendu, renversé en arrière sur le fauteuil mécanique. On lui coupe les cheveux. A droite de l'entrée, un de ces tubes de verre dans lesquels tourne parfaitement un autre cylindre, bleu, blanc et rouge, l'enseigne des coiffeurs. A gauche et à droite de la boutique, rien. Comme près de Dongmendajieh, le sol a été nivelé, c'est tout juste si, çà et là, il reste un morceau de brique. J'ai longuement, dix fois, vingt fois, photographié le sol : les fragments de briques éclatées, de carrelages et les débris de bois, des meubles, le linteau d'une porte, qui ont fait une vie...

Ce monde qu'à l'époque d'aucuns disaient déjà englouti... C'est ainsi qu'on en avait raconté d'autres sur le Pr Gao. Par l'un de ses anciens étudiants, Denis avait appris que le vieux monsieur avait gardé le droit d'habiter une grande cour carrée, à l'est de la cité tartare. C'était une belle maison avec deux cours intérieures dont quatre pavillons étaient entièrement consacrés à une bibliothèque française, mais aussi allemande et anglaise. Il vivait là avec son épouse, deux nièces et deux petites-nièces : jamais Denis n'aurait imaginé être convié par le Pr Gao à lui rendre visite. Ce fut pourtant ce qui arriva un jour d'hiver, quand le ciel était très bleu et que des cerfs-volants montaient dans l'air glacial dans le parc de Beihai. Un carnet à la main, Denis prenait des notes. Assis sur un banc, il devinait les doigts de deux amoureux qui s'effleuraient, sur un autre banc, au bord de l'eau du lac. Ou bien ce couple qui marchait côte à côte, l'enfant devant eux, une manière de bonheur irradiait d'eux. Ou encore ces trois gamines, l'air presque insolent en dépit des costumes matelassés identiques, bleus de chauffe, grosses bottes de tissu aux pieds. Malhabiles, elles marchaient pourtant en dansant. Devant le marchand de pommes caramélisées que l'on croquait au bout d'une baguette de bois, une queue de sept ou huit mères de famille, leurs rejetons à la main, attendaient sagement. C'était l'hiver à Pékin, oui.

Pourquoi le Pr Gao lui adressa-t-il la parole ? Le vieux monsieur passait devant lui, sans même qu'il le remarquât, accompagné d'une silhouette frileusement enveloppée d'un grand manteau mongol, une fourrure à poils longs qui traînait presque à terre. Denis ne l'avait pas vu, ce fut le professeur qui, l'ayant dépassé, se retourna pour revenir sur ses pas :

– Alors, jeune homme, on écrit de la poésie face au lac ?

Il l'avait apostrophé en français, amusé de le voir plongé de la sorte dans la contemplation de ces scènes d'hiver. Comme pris en faute, Denis avait brusquement refermé son carnet. C'est alors qu'il avait remarqué le visage de la jeune fille enfouie sous les fourrures à côté de son professeur. Elle pouvait avoir dix-sept ou dix-huit ans, elle avait des traits très fins, la peau pâle, elle semblait légèrement maquillée.

– Je voulais que vous rencontriez ma petite-nièce, elle s'appelle Ya, reprit le professeur. Et c'est une des plus jolies femmes de Pékin !

Il avait ajouté la dernière phrase en chinois, bien qu'elle fût particulièrement surprenante dans sa bouche, au milieu de ce parc public où tout le monde pouvait l'entendre. Et puis, ce n'était pas là le langage ordinaire d'un Chinois de l'an de grâce 1965, à six mois de la Grande Révolution culturelle prolétarienne qui allait achever d'emporter ce qu'il restait encore, éparpillé au détour des parcs et des hutong, de la Chine de toujours. Denis devina que la jeune fille avait rougi, mais elle lui tendit la main : c'est une poigne énergique qui serra la sienne.

– Nous n'allons pas rester ici à nous geler, alors qu'il ferait si bon chez moi, devant une tasse de thé brûlant. Cela vous fait envie ?

Plus encore que ce qui avait précédé, l'invitation du professeur à se rendre chez lui déconcerta Denis. Du coup, il faillit refuser, ou du moins s'excuser, il hésitait. Et ce fut la jeune fille qui eut un petit rire perlé pour insister à la place de celui qui s'était dit son grand-oncle :

– Allons, venez, je suis sûre que vous avez aussi froid que moi !

C'était bien en chinois qu'elle s'était adressée à lui, cette fois. Mais elle avait raison. Le soleil avait basculé d'un coup au-delà du dagoba immense qui surplombait le lac et le froid paraissait plus intense. En quelques instants, d'ailleurs, les promeneurs s'étaient dispersés. La queue des mamans devant le marchand de pommes caramélisées avait disparu. Le vieux monsieur et sa nièce se dirigeaient déjà vers la sortie sud du parc, Denis leur emboîta le pas.

Très vite, ils parvinrent aux douves de la Cité interdite. Là, le soleil très bas qui arrivait du plein ouest donnait à l'eau glacée des reflets d'un rose parfaitement artificiel. Avec ses tours d'angle aux toits vernissés successifs, les dragons et les petits génies qui les dominaient, la Cité interdite devenait un chromo, mais quel chromo ! A gauche, le jardin public qui entourait la Colline de Charbon était en train de fermer ses portes. Des nuées de petits pionniers déboulaient dans la rue en piaillant. Le vieux marchait très vite, la jeune fille en fourrure trottinait plus vite encore, semblait-il, à ses côtés. Et lui, Denis, un ou deux pas en retrait, se demandait où il allait se retrouver.

Ils longèrent encore la Cité interdite à l'est, les douves étaient cette fois dans l'ombre, d'un bleu sombre et dangereux, ils prirent à main gauche un hutong, un autre à droite, un autre à droite encore puis ils tournèrent à gauche. Ou à droite : soudain, Denis eut l'impression que son guide s'amusait volontairement à le perdre. Pour qu'il ne retrouvât pas le chemin de son domicile ? C'était vraisemblable. Il en était là de ses réflexions – ni le vieux monsieur ni sa nièce n'avaient plus ouvert la bouche – quand ils s'arrêtèrent devant la grande porte de bois sombre d'une maison : ils étaient arrivés.

Les deux cours intérieures, des brûle-parfums et des cigognes de bronze au milieu, les deux fois deux salles de rayonnages de livres en toutes les langues : avec une étonnante spontanéité, le vieux monsieur montra ses trésors à Denis. A la lueur d'une lampe torche qu'il promenait à travers les rayons, le Pr Gao récitait chaque titre qu'il découvrait comme s'il s'était agi d'un vers de poésie. Puis, très vite, ils gagnèrent la salle principale, dans laquelle ronflait un poêle bourré jusqu'à la gueule de blocs de charbon. Et c'est là que Denis put voir le vieux monsieur au milieu de toutes ses femmes. Il y avait d'abord son épouse, qui pouvait avoir soixante-dix ans. Elle avait un visage grave et poupin à la fois, elle souriait, l'air absent. Aux brèves paroles que prononça en français le professeur, Denis comprit que l'esprit de son épouse était désormais ailleurs. Les deux femmes d'une quarantaine d'années qui l'entouraient s'occupaient d'elle, comme elles préparèrent du thé, quelques gâteaux chinois qu'elles offrirent à l'invité. L'une comme l'autre étaient belles, le visage également grave, mais d'une étonnante finesse. L'une et l'autre parlaient français. Denis s'en étonna, le professeur ne donna aucune explication. Il se borna à remarquer que c'étaient là les deux filles de l'un de ses frères morts pendant la guerre sino-japonaise et qu'il avait recueillies. Quant aux deux petites-nièces, la petite Ya déjà entrevue sous ses fourrures, et une petite Su, d'un an plus jeune, le vieux monsieur ne précisa ni leur origine ni la parenté qui les attachaient à lui. Toutes s'activaient dans la pièce, rajoutaient du charbon dans le poêle qui n'en avait pas besoin, se levaient pour chercher du thé ou partir à la recherche d'un bocal de fruits au sirop, le regard sans cesse fixé sur leur oncle ou grand-oncle, comme s'il leur avait fallu à tout instant deviner ce que le vieux monsieur pouvait désirer.

Cet étrange ballet dura une grande heure. On passait du chinois au français, parfois l'une des deux plus jeunes filles lançait quelques mots en anglais, on évoquait l'hiver de Pékin, les promenades qu'il ferait bon faire, au printemps, dans les collines de l'Ouest, ou le voyage que l'une d'entre elles – mais laquelle ? Denis ne put le comprendre – allait bientôt entreprendre jusqu'à Qufu, qui était le village natal de Confucius. Mais, Confucius ou fruits au sirop, les arbres en fleurs dans les collines de l'Ouest ou autour des tombeaux des Ming : on était bien loin de la Chine de Mao dans laquelle, les uns comme les autres, ils étaient tous plongés.

Au bout de la grande heure qu'on a dite, il y eut un silence. Denis comprit que le moment était venu de se retirer. L'une des jeunes filles proposa de le raccompagner jusqu'à la place Tian'anmen. Le jeune homme refusa, mais le Pr Gao insista : il ne fallait pas qu'il se perde ! Ce fut cette fois la petite Su qui enfila un gros manteau de fourrure semblable à celui de sa sœur, ou de sa cousine, et le froid de la cour, puis de la rue, les happa à nouveau. Tandis qu'ils marchaient très vite en direction du sud, ou du moins Denis put le croire, le Français tenta à deux ou trois reprises de nouer une nouvelle conversation avec la jeune fille, mais celle-ci se bornait à partir d'un petit rire, pas vraiment timide, un rire qui se contentait de couper court à toute autre conversation. Arrivés Dieu sait comment à l'angle de l'Hôtel de Pékin et de l'avenue de Chang'an, la jeune fille s'arrêta net, lui lança un *zaijian*, au revoir rapide, puis pivota sur ses talons. L'instant d'après, elle avait disparu.

C'est seulement dans le taxi qui le ramenait vers l'Institut des langues étrangères qu'il commença à s'interroger sur les relations qui pouvaient exister entre le vieil homme et ses cinq femmes. Et l'idée qui lui traversa alors l'esprit lui parut si plaisante qu'il faillit en éclater de rire. Allons ! tout n'était pas encore perdu dans cette Chine qu'il commençait à aimer si passionnément !

Aujourd'hui, j'en arrive à aimer les cours que je fais deux fois par semaine à cette quarantaine de gosses qui m'écoutent bouche bée leur raconter tout ce qu'ils ont toujours voulu savoir sur la littérature française contemporaine, mais que personne n'a jamais osé leur dire. Pour tout dire, je m'amuse.

Mise en scène. J'arrive chaque fois avant mes étudiants. Assis derrière le pupitre légèrement surélevé sur l'estrade qui fait face aux gradins, mon appareil photo à la main, je les mitraille à mesure qu'ils pénètrent dans la salle. Ils y sont désormais habitués. Au début, les filles me faisaient un sourire, parfois un petit signe de la main, mais je leur ai demandé de ne pas s'occuper de moi, d'être naturelles. Seules les quatre vamps du fond n'y peuvent rien, elles jouent les vamps, et c'est d'ailleurs délicieux. Je suis sûr que c'est à dessein qu'elles changent chaque fois de tenue, robes moulantes, petits culs délicieusement moulés de jean ou de cuir, les seins en forme de bombe plus anatomique encore qu'atomique, comme seuls les soutiens-gorge de la rue des « petites culottes » peuvent vous les mouler. La fille à la thermos du premier rang suçote sa thermos, Haimei et Géraldine font tout ce qu'elles peuvent pour donner l'impression de ne pas se rendre compte que je m'attarde un peu plus sur elles que sur les autres. Les garçons, eux, font la gueule, mais je m'en fous !

Mise en scène : acte deux. Je lis alors, comme à chaque séance, un passage particulièrement grotesque d'un livre récent qui a fait un carton dans les pages plus que politiquement correctes du *Monde des Livres*. Puis je commence à parler du bouquin en question...

Ce matin, j'ai passé deux heures à débiter à ces jeunes gens tout ce que je pensais du roman policier français d'aujourd'hui, version intello et bien-pensante. Le prêchi-prêcha des flics de Marseille ou de Nice qui bouffent du bourgeois ou de l'entrepreneur pourri, boivent le pastis comme on sifflait le bourbon du temps de Dashiel Hammett et font trinquer les municipalités de droite en enfilant tristement des putes au grand cœur, n'a plus de secret pour ces chéris. J'ai même esquissé un fulgurant rapprochement, malrauxien en diable, entre le roman engagé de l'après-guerre, Sartre, Camus, j'en passe et des moins bons, et les conneries prétendument engagées des bons apôtres du polar français dit d'aujourd'hui.

Et puis Meize fit son apparition à l'Institut des langues étrangères et dans la vie de Denis. C'était une jeune femme d'une trentaine d'années, professeur à Suzhou. Elle y enseignait la littérature française, mais elle avait aussi appris l'anglais, l'allemand, et même le russe puisque, dans sa jeunesse, une grande partie des lycéens suivaient encore des cours de russe. La première fois que Denis l'aperçut, traversant une allée de l'Institut, il fut frappé par la robe qu'elle portait. En un temps où le pantalon bleu était la règle pour presque toutes les femmes, à moins d'une jupe bleu marine trop longue sur des socquettes blanches, Meize était vêtue de ce qui, de loin, pouvait passer pour une robe chinoise à l'ancienne, de soie noire, épousant d'assez près les formes de son corps. Tout juste, se dit Denis, si cette fille ne porte pas une jupe fendue ! Ce fut elle qui, de loin, lui fit un petit salut. Après tout, c'était normal, il était un assistant étranger, on avait sûrement appris à la jeune femme qu'il fallait accueillir avec gentillesse tous les amis étrangers qui venaient se dévouer au service de la Chine. Mais voilà, Meize n'était pas comme toutes les Chinoises à qui on apprenait ces choses.

– Est-ce que vous me permettez de m'asseoir à côté de vous ?

Denis avait fait le premier pas. Entre camarades de la jeune République populaire de Chine, garçons ou filles, il n'y avait pas de règle établie définissant qui devait aborder l'autre. Parfois, on expliquait gravement à l'autre qu'il fallait qu'on ait ensemble une « conversation à cœur ouvert » et ce n'était pas, en apparence du tout, ce que l'on croit ; bien plutôt – officiellement, s'entend – une forme de lavage de cerveau. Mais Denis n'avait pas besoin de ce subterfuge. La jeune femme avait aussitôt acquiescé et il avait pris place à ses côtés sur la table de bois blanc de la cafétéria. Il était dix heures du matin, elle buvait un café, ou ce qu'on appelait café sous ces latitudes ; plus prudent, Denis avait devant lui un traditionnel pot de thé vert. Tout de suite, la jeune femme se présenta, pour dire aussitôt qu'elle savait qu'il était écrivain ; elle avait hâte de lire un de ses livres. Modestement, Denis expliqua une fois de plus qu'il n'avait pas écrit des livres, mais un seul roman. Lorsqu'il évoqua la guerre d'Algérie, la jeune femme lui demanda si son livre était un livre politique. Il répondit que non, elle parut satisfaite de sa réponse.

– Vous ne faites donc pas partie de ce que vous appelez en France des écrivains engagés ?

Denis lui expliqua que si son livre était un livre sérieux, grave même, qui avait pour cadre la guerre d'Algérie, lui-même ne se considérait plus comme un romancier engagé.

Il lança alors, un peu par défi, des noms qui étaient ceux de Roger Nimier ou de Michel Déon, Félicien Marceau, ceux qu'on appelait les hussards. Meize n'avait pas entendu parler d'eux, mais elle serait trop heureuse si Denis pouvait lui prêter quelques-uns de ces livres. Il dut s'excuser, il n'avait apporté avec lui ni du Nimier ni du Déon, mais ce n'était pas grave, il pourrait en commander en France.

Leur deuxième conversation eut lieu le lendemain,

au même endroit. Meize avait quatre ou cinq ans de plus que Denis. Elle portait toujours la même robe noire, sur laquelle elle avait jeté une sorte de blouson de cuir fatigué, qui détonnait étrangement avec le reste de ses vêtements. Denis remarqua qu'elle s'était maquillée. Il lui posa la question, comme ça, de but en blanc : elle eut un rire court pour dire que oui, elle ne devait pas être une bonne Chinoise puisqu'elle se mettait un peu de poudre sur les pommettes. Elle portait aussi un soupçon de rouge à lèvres. Cette fois encore, ils parlèrent de littérature. Si Meize ne connaissait pas les hussards du moment, elle avait lu Gide, les romans de Jean-Paul Sartre et de Simone de Beauvoir. Et elle aimait les grands écrivains anglais, les sœurs Brontë, Virginia Woolf et, par-dessus tout, Conrad.

– Enfin, si on peut dire que Conrad soit un écrivain anglais...

Elle avait subitement l'air gêné que Denis pût penser qu'elle avait commis une bourde. Mais celui-ci la rassura, il parla à son tour de Conrad, du personnage principal de *Victory*, qui le hantait depuis toujours, et de *Nostromo*, qui était pour lui l'un des plus beaux livres de la littérature de tous les temps. Meize avait lu *Nostromo*, ils évoquèrent ensemble l'art qu'avait le romancier de passer d'un lieu à l'autre, d'une époque à une autre, au cours d'un même paragraphe, parfois d'une même phrase.

Quelques jours après, Meize et Denis n'avaient plus besoin de parler de littérature. Ils venaient de sortir de la librairie ancienne du marché de l'Est où la jeune femme avait trouvé un roman de Mao Dun qu'elle cherchait depuis longtemps. Le libraire les avait raccompagnés jusqu'à la porte avec une attention toute particulière pour Denis. Sortis dans la galerie couverte, la jeune femme s'était étonnée :

– Vous connaissez bien cet homme ? Il a l'air de vous aimer...

Denis avoua qu'il ne connaissait guère M. Fou, sinon pour l'avoir rencontré à plusieurs reprises dans sa librairie, mais que le vieux monsieur lui trouvait parfois des livres étonnants.

– Vous croyez que je peux vous parler en toute liberté ? l'interrogea alors la jeune femme.

Ce fut elle qui l'entraîna vers une petite boutique où l'on vendait des pâtes sautées, des beignets. Il y avait deux tables, l'odeur de friture était somptueuse, deux grosses filles en toque blanche aplatie leur servirent deux bols de nouilles. Et c'est alors que Meize raconta qu'elle avait dû quitter Suzhou après une histoire d'amour très triste. Très, très triste, répéta-t-elle.

– Imaginez que j'étais tombée amoureuse d'un de mes étudiants ! Pour moi, c'était comme un petit frère. Nous nous sommes embrassés deux fois. Deux fois seulement. Et même si c'étaient des baisers d'amoureux, j'avais l'impression que c'était un petit frère que j'embrassais dans ces moments-là...

De tels aveux, de la part d'une jeune femme en Chine, surtout d'une femme à un étranger qu'elle connaissait au fond si peu, avaient quelque chose de surprenant. Mais Denis comprit qu'elle avait besoin de parler à quelqu'un, qu'elle devait raconter son histoire. Alors il écouta jusqu'au bout l'histoire des amours de Meize avec le petit Qeng Yi. C'était une histoire très simple, très triste en effet. Le jeune homme et son professeur se promenaient souvent ensemble, dans les rues de Suzhou, ses jardins et ses canaux. Ils prenaient grand soin de ne rien laisser paraître de la tendresse qui les habitait. C'est tout juste si, une après-midi, dans une maison de thé au bord d'un lac, parce que c'était dimanche et parce que des amoureux, autour d'eux, se tenaient discrètement la main, Qeng Yi avait saisi, sur la table, celle de Meize. Le malheur avait voulu qu'à une autre table se trouvât un camarade du garçon. En deux jours, l'affaire était remontée jusqu'au président de l'Université. Le dossier du jeune Qeng Yi était déjà très mauvais, ce fut lui qui paya. On le renvoya dans son village, à plus de trois cents kilomètres. Il voulait être poète, il redevint paysan, comme ses parents. Meize elle-même ne fut pas réellement inquiétée. Tout au plus lui suggéra-t-on d'aller suivre un stage de perfectionnement à Pékin. C'est ainsi qu'elle s'était retrouvée à l'Institut. Elle sortit du petit sac qu'elle tenait à la main une lettre écrite sur un mauvais papier, qui ressemblait à du papier d'emballage. C'était Qeng Yi qui la lui avait écrite, elle l'avait reçue l'avant-veille. Il conduisait des buffles, repiquait du riz, il était horriblement malheureux. Mais grâce à elle, l'espace de quelques mois, il avait connu autre chose. Il savait qu'ils ne se reverraient jamais. Il lui demandait simplement de ne pas l'oublier. Denis avait à ce moment levé les yeux vers la jeune femme. Elle pleurait. Elle se leva très vite.

– Si vous le voulez bien, nous parlerons encore quelques fois comme cela.

Ni l'un ni l'autre n'avait vraiment touché à son bol de nouilles, les deux filles en toque blanche se dépêchaient déjà de récupérer les restes pour les rejeter dans une marmite. En quelques pas, ils furent dans la rue, en plein air. Meize respira très fort.

– Je crois que je me sens mieux. J'avais besoin de parler. J'avais besoin de vous parler...

Les mystères de Pékin, oui ! Ce samedi après-midi, Blaireau m'a invité à prendre le thé, à ce qu'il appelle encore le Lotus bleu. Blaireau et le Lotus bleu. Blaireau, je l'avais aperçu deux ou trois fois, de loin. On aurait dit qu'il guettait le bon moment. Blaireau est un attaché commercial au bureau d'expansion économique français. C'est un petit bonhomme rondouillard, qui a dû avoir une arrière-grand-mère viêtnamienne ou chinoise. Il a fait ses études à Montpellier, parle avec l'accent qu'il faut et connaît Pékin aussi bien que l'ami Rollet. Mais si Blaireau est Blaireau, c'est-à-dire traité par tous les expatriés français de Pékin comme un brave type dont il faut tout de même se méfier un peu, c'est que c'est lui qui, sous le pseudonyme de Lorblé, écrit ces romans policiers pas piqués des hannetons dont la particularité est de se dérouler dans la capitale chinoise ou dans les principales villes où des ressortissants français traînent leurs bottes. Attachés financiers, hommes d'affaires plus ou moins véreux et épouses desdits hommes d'affaires y côtoient agents du SDEC et contre-espionnage chinois dans une joyeuse farandole. J'en ai lu deux, presque aussi cons que médiocres. Mais tout cela ne porterait pas à conséquence si, sous des noms d'emprunt aussi transparents que celui qu'il s'est choisi pour pseudonyme, Blaireau ne mettait aussi en scène les membres les plus éminents de la colonie française. Le prédécesseur de Jacques a été payé pour le savoir. Petit bonhomme maigrichon et à lunettes, doué d'un sale caractère et de remarquables trous de mémoire, il était, dès le premier roman de Blaireau, devenu sa tête de Turc. On murmure encore à Pékin que s'il a demandé son rappel à Paris, c'est que le pauvre Ledentu ne pouvait plus supporter de voir toute la colonie française l'appeler derrière son dos rien moins que Lecornu. Il faut dire que les prouesses de son épouse dans ladite colonie française et au-delà étaient phénoménales... On le voit, non seulement Blaireau a une physionomie de garçon de bain papelard, mais il en a aussi l'esprit.

Quant au Lotus bleu, sur le bord du lac des Dix Monastères, qui doit son nom à un épisode bien connu des aventures de Tintin et Milou, c'est un bar qui a eu son heure de gloire. Et même s'il a changé dix fois de nom depuis, c'est toujours un bistrot très fréquenté le samedi et le dimanche par la faune des fils à papa, principalement français, mais aussi occidentaux de tous poils qui, petites copines chinoises collées comme un gentil chewing-gum à la hanche, s'effondrent dans les canapés profonds des deux salles intérieures devant des cocktails aux noms bizarres inventés par un friteur de nouilles de Tianjin monté faire fortune dans la capitale. L'intérieur du Lotus bleu est enfumé, je doute qu'on s'y délecte de l'opium qui fit la célébrité du livre d'Hergé, mais je ne doute pas qu'un peu d'herbe remplace à l'occasion la bonne vieille Marlboro qui tue plus vite encore.

Lorsque je l'avais rencontré à l'ambassade, Blaireau était rigolard et indifférent. Aujourd'hui, il m'a donné trois ou quatre bonnes claques dans le dos, tout en se montrant plus rigolard que jamais. « Alors, vous, on peut dire que vous cachez votre jeu ! » Je l'ai compris tout de suite, le Blaireau en question avait entendu parler de moi et de ma production littéraire de ces dernières années. On a les bons amis qu'on mérite et je n'en ai pas beaucoup. Alors pornographie, pédophilie, que sais-je encore ? Ce n'est pas parce qu'on

m'a parfaitement oublié qu'on ne m'en prête moins !
Surtout que je me suis vraiment amusé à les écrire,
ces cochoncetés ! J'ai pété plus haut que mon nez,
quoi : il fallait bien que ça me retombe dessus. Blaireau
a d'ailleurs tout de suite enchaîné : « En tout cas,
faut pas vous faire du mouron, ces constipés de votre
université ne voudront sûrement pas perdre la face
et n'admettront jamais qu'ils ont recruté un jean-
foutre ! » C'était bien et clairement envoyé, peut-être
qu'il s'est dit qu'il allait trop loin, alors il m'a donné,
cette fois sur le genou, trois ou quatre bonnes tapes de
la main droite tout en commandant deux fois deux
cocktails dont je n'ai pas compris le nom.

A la table voisine, un garçon de vingt-cinq ans, très
grand, blond, lisait une bande dessinée japonaise. Il
avait l'air si grave, plongé dans sa lecture, qu'on aurait
cru un yuppie new-yorkais d'avant la crise, égaré loin
de Wall Street, et qui se rassurait en lisant le *Financial
Times*. Une grande et belle Américaine, même style,
presque même taille, cheveux blonds sûrement décolorés, est venue s'installer en face de lui, c'est elle qui
a déployé un numéro du *Financial Times*. La jeune
femme a croisé haut les jambes, elle n'était pas mal
du tout. Blaireau a remarqué mon regard : « Allons !
je vois que vous avez du goût... » Puis il est entré dans
le vif du sujet. Il était romancier, j'étais romancier :
pourquoi ne nous mettrions-nous pas à deux pour écrire
des gaudrioles sur les Français de Pékin et leurs amis
chinois ? J'ai voulu protester : n'écrivait-il pas lui-
même, déjà et sans moi, de sacrées gaudrioles ? Il a
haussé les épaules. J'en avais quand même écrit de
foutrement gratinées, en mon temps. Et même si ce
temps, c'était du passé, fallait pas croire que ces
talents-là, ça vous passe comme ça. C'est comme le

vélo, ça ne s'oublie jamais. Lui-même ne se défendait pas mal tout seul, oui. Mais ce qu'il voulait, c'était du plus corsé. Avec l'expérience que j'avais de l'université où j'enseignais, je pourrais mettre en scène des nymphettes lutinées par de vieux poussahs avec trois poils au menton qui ne feraient, en somme, que suivre la mille et troisième leçon qu'avait laissée Mao en héritage. Plus le con de la gamine est imberbe, mieux vous pousse la queue : il paraît que c'était un proverbe chinois. J'ai dû faire la fine bouche, car Blaireau a commandé encore deux fois deux cocktails, mais aux noms différents, et m'a donné un grand coup de coude dans l'estomac. « Vous ne me ferez pas croire que là-bas, à Beida, avec vos étudiantes, vous ne vous en envoyez pas de temps en temps une ou deux, comme ça, vite fait, bien fait ? » Le serveur, qui avait une tête à avoir une maladie de foie, sinon pire, et au dernier degré, nous a apporté les quatre verres, j'en ai bu deux coup sur coup. Devant nous, sur la ruelle étroite qui sépare la terrasse du Lotus bleu du lac, passaient des cortèges de vélo-pousse chargés de couples d'Américains à rendre antiaméricains les plus inconditionnels des admirateurs du pauvre Revel. Ils étaient laids, bruyants, extatiques. Du coup, j'ai été pris d'une nausée et me suis rué à l'intérieur de l'établissement, à la recherche des toilettes. J'ai traversé deux salles enfumées, une petite cour et j'ai pu dégueuler tout mon saoul au milieu d'un faisceau de bambous en pots qui n'étaient pas faits pour ça. Les propos salaces de ce gros bouc de Blaireau, tout cela était en train de me rendre malade. Traversant à nouveau les deux salles enfumées, j'ai reconnu le fils du premier conseiller de l'ambassade allégrement chevauché, ou presque, par une Chinoise rousse de dix-sept ans qui, dans la pénombre, m'avait bien l'air d'être un Chinois. Autour de lui, ses copains se marraient. J'ai retrouvé Blaireau, je lui ai fait le plus avenant des sourires avant de lui promettre de réfléchir à sa proposition. « Vous allez voir qu'à nous deux, on en fera des foutrement salées ! » Puis, comme je me levais pour marcher un peu le long de cette partie du lac par trop colonisée par les touristes, il m'a retenu un instant par le bras : « Et puis, si tu trouves des bonnes suceuses parmi tes étudiantes, pense à moi ! » Il m'avait tutoyé, j'ai senti que j'allais à nouveau vomir, je me suis enfui à grandes enjambées.

J'ai fini par persuader Haimei de déjeuner avec moi. Je l'ai croisée dans un des couloirs de l'université, elle était avec Géraldine. Du coup, j'ai invité les deux jeunes filles, mais seule Haimei a pu me suivre. Géraldine était occupée ailleurs, elle a pris un air mystérieux, je pense qu'elle avait rendez-vous avec son « copain », comme elles disent toutes. Dans le taxi qui nous conduisait jusqu'au grand restaurant de nouilles, près du temple du Ciel, où elle m'a demandé de l'emmener, je lui ai posé la question : et elle, est-ce qu'elle avait un copain ? Je l'ai vue rosir, puis sourire. Non, elle n'avait pas de copain. Elle a ajouté, avec un bon éclat de rire, que c'était bien ainsi.

A l'intérieur du restaurant, il faisait une chaleur moite, avec de grands envols de buée, la fumée au-dessus des cuisines installées dans la salle même, devant les grandes vitrines qui donnent sur l'extérieur. Dehors, des badauds s'écrasent toujours le nez contre la vitre, pour admirer le tour de main des fabricants de pâtes. Ils me rappellent les marchands de guimauve, dans les fêtes foraines de mon enfance. C'était autrefois, sur le boulevard des Batignolles. Quatre pâtes de guimauve différentes, en général il y avait du rose et du vert, d'autres couleurs étaient suspendues à des crochets métalliques. Tout l'art du marchand de guimauve consistait à rattraper avant qu'elle n'atteigne le comptoir la masse étirée, pâteuse, gluante et sucrée de la pâte de guimauve qui s'effilait inexorablement, entraînée par son propre poids jusqu'au comptoir douteux de la boutique ambulante : Monsieur Hulot, vous vous rappelez ? Ici, les cuisiniers malaxent et étirent, allongent et refont en boule avant de l'étirer à nouveau une pâte blanchâtre, farineuse qui, miraculeusement transformée en nouilles et jetée dans un potage bouillant, constitue l'essentiel de ce que l'on sert à des clients pressés. Ceux qui ont un peu plus de temps commandent des petits pains, parfois de la viande. Nous nous sommes assis, Haimei et moi, à une table où se trouvaient déjà trois jeunes gens. J'ai vaguement eu l'impression que l'un d'entre eux, au moins, comprenait ce que nous disions. Du coup, j'ai parlé de la pluie et du beau temps. Mais quand nous sommes ressortis, j'ai proposé à la jeune fille de venir prendre un café chez moi. A ma grande surprise, Haimei a dit oui – pourquoi pas ?

C'est comme ça que nous nous sommes retrouvés dans mon *siheyuan*, ma cour intérieure... Au fond, j'étais assez fier de la lui montrer. Ma première surprise a été de voir que Haimei n'était pas surprise du tout. Elle me l'a d'ailleurs dit un moment après, l'un de ses oncles, membre éminent du Parti, chargé de publier une édition des principaux discours de l'un des grands dirigeants d'avant-hier, habitait une maison toute pareille. « Un peu plus grande, simplement... » En revanche, Haimei s'est extasiée sur les quelques rayons de ma bibliothèque. Par l'ambassade, j'avais encore fait venir trois caisses de livres. C'est sur le journal de Sylvia Plath que Haimei s'est arrêtée : est-ce que je voudrais bien le lui prêter ? C'est la nouvelle édition, complète, de tout ce que l'écrivain n'a pas décidé, un jour, de brûler. Puis elle a vu mes trois volumes de l'ancienne édition de Proust, que j'ai déjà été obligé de renouveler trois ou quatre fois, tant je l'ai, en somme, usée sous moi. Elle a pris le premier tome entre ses mains, si petites, pour le regarder avec quelque chose qui ressemblait bien à de la dévotion. Alors, je ne sais pas ce qui m'a pris, j'ai eu envie de lui faire plaisir : « Vous pouvez l'emporter si vous voulez, je vous les donne... » Ses yeux se sont faits tout ronds, elle m'a dit merci, oh ! merci... Je voyais qu'elle était très émue. Je lui ai demandé si je pouvais la photographier, elle a dit oui avec un grand sourire : pendant vingt minutes, au moins, j'ai tourné autour d'elle. Elle regardait à gauche, à droite, comme je le lui demandais. Elle se laissait faire, gravement. Nous nous sommes ensuite assis sur un canapé pour parler.

Je lui avais dit que j'avais beaucoup d'ennemis à Paris : elle voulait comprendre pourquoi. Parce que c'était bien le cas, n'est-ce pas : beaucoup de gens me détestaient ? J'ai commencé à lui expliquer, j'étais tout près d'elle. Son genou était contre le mien, pour la deuxième ou troisième fois. Je me suis dit que ce n'était pas possible, elle a vingt-quatre ans, vingt-cinq, je ne sais plus, j'en ai presque quarante de plus. Et pourtant, subitement, j'ai osé le geste, je lui ai caressé la joue. Elle s'est laissé faire, assise à ma droite, elle a presque enfoncé son visage contre mon épaule. J'ai senti qu'elle se raidissait, je me suis enhardi. Je savais que c'était une folie, je lui ai caressé les jambes, presque les seins. A New York, c'était dix ans de tôle, une pension alimentaire jusqu'à perpète. Alors, à Pékin... Lorsque j'ai voulu l'embrasser, elle s'est laissé embrasser les yeux, le front. Puis elle m'a simplement dit qu'il ne fallait pas, que j'étais tellement gentil... Lorsque, un peu plus tard, nous nous sommes séparés, je l'ai serrée contre moi, et j'ai senti cette chose étonnante. Je la serrais un peu, elle tentait un peu, à peine, de dégager son buste mais dans le même temps, ses cuisses, presque son ventre s'appuyaient contre moi. Je me suis souvenu de la petite Yen Min, des bals du samedi soir. Mais c'était il y a trente, quarante ans. Ici, je ne comprenais pas très bien ce qui se passait. Haimei m'a répété que j'étais très gentil, j'ai fait un paquet des trois livres que je lui avais donnés, j'y ai ajouté le volume de Sylvia Plath et j'ai glissé le tout dans un sac en plastique. Avant de partir, elle m'a fait un petit geste de la main. C'est elle qui m'a demandé : « Vous n'êtes pas fâché contre moi ? » Elle a encore ajouté : « Je vous demande pardon... » Puis elle est partie. Il était quatre heures et demie de l'après-midi, je l'ai raccompagnée jusqu'à la porte sur la rue. Comme je traversais la cour en sens inverse, Liv Söjberg entrait à son tour dans la maison. Elle était accompagnée d'une copine, aussi blonde qu'elle, un peu plus jeune, me sembla-t-il. Un grand homme, au visage basané, barbu, l'air vaguement arabe, lui tenait le bras. Elle m'a fait un grand bonjour de la main. Je crois que c'est à peine si je lui ai répondu.

A deux ou trois reprises Denis avait revu Wuzi, mais toujours, désormais, en compagnie de Perruchot. Le faux chanteur et le gros responsable du service de la valise formaient un couple tellement désassorti qu'on aurait pu en rire si les attentions de la jeune chanteuse déguisée en chanteur n'avaient eu quelque chose de touchant. Oh, bien sûr, l'un comme l'autre évitaient tout geste qui puisse montrer une affection suspecte, mais c'était simplement une manière d'allumer une cigarette, de la tendre à l'autre tout allumée, de lire par-dessus son épaule une brochure achetée quelques fens dans la rue... Ainsi étaient-ils revenus tous les trois au Yuanmingyuan. Mais devant son ami, Wuzi ne s'était pas laissée aller aux élans lyriques qu'elle avait eus lors de leur première promenade.

Quelques jours auparavant, Marc Hessler, qui semblait recevoir les confidences des deux amoureux, avait raconté à Denis, avec le grand éclat de rire qu'il avait chaque fois qu'il trahissait quelqu'un, que Wuzi, plutôt Maomei, était une petite coquine : elle avait réussi à se faire prêter une chambre chez Chang Ling, l'un des directeurs de sa troupe d'opéra. Celui-ci habitait une petite maison au sud-ouest de la ville chinoise. Et là, dans la semi-obscurité, car la chambre en question était plutôt un cagibi dans lequel l'homme de théâtre entreposait ses costumes de scène, elle pouvait recevoir Perruchot. Les deux amants s'aimaient furtivement, le diplomate boutonneux avait raconté les gestes précis, rapides qu'avait la jeune fille, et son plaisir à lui : c'était la première fois qu'il était vraiment amoureux. Il avait précisé à Hessler qui, naturellement, l'avait immédiatement rapporté à d'autres, que, jusqu'à présent, il avait « simplement baisé des salopes », mais que c'était une « vraie femme » qu'il possédait désormais. Le même rire de Marc Hessler, sans pitié.

Parvenus sur le monticule que domine la grande

porte baroque, la seule toujours debout de tout le jardin, Perruchot avait tendu à Denis son appareil photo : il voulait garder un souvenir de ce qu'il appelait un moment exceptionnel. Que Denis le photographie là, en compagnie de « son camarade » Wuzi. Mais, comme la première fois, le jeune Chinois s'était dérobé. Il avait répété qu'il n'aimait pas que l'on prenne des images de lui. Il avait même précisé que c'était là une forme de superstition. Chez certaines peuplades du sud-ouest de la Chine, on prétendait que tout portrait fait d'un homme ou d'une femme arrachait au modèle une année de sa vie. Cette légende, rapportée par une grand-mère lorsqu'il avait sept ou huit ans, l'avait tellement impressionné que, depuis, il éprouvait une véritable peur panique devant l'œil rond d'une caméra. Perruchot était déçu. Il l'interrogea :

– Et quand tu es sur une scène, et qu'un photographe prend des images de l'ensemble du plateau, tu as toujours aussi peur ?

Mais le Chinois répondit que ce n'était pas la même chose, que sur une scène il n'était qu'un parmi beaucoup d'autres. Et puis il était costumé, il trompait son monde et par la même occasion le démon qui raccourcissait la vie des hommes. Ce qu'il redoutait, c'était l'œil du photographe braqué sur lui. Ou sur nous, ajouta-t-il, avec une œillade tendre à Perruchot qui rougit. Du coup, celui-ci demanda à Denis de le photographier seul, entre les deux colonnes de la même porte, ouverte sur le ciel.

– Tu vois, dit-il à Wuzi, même si tu ne le veux pas, je saurai quand même que tu es là, quelque part, sur cette image.

Le bon gros garçon à l'acné éclatante sur des joues bien rondes devenait décidément trop sentimental.

Denis s'inventa un rendez-vous à l'Institut des langues étrangères et, à grands pas dans l'herbe haute des fabuleux jardins devenus une jachère, il regagna sa bicyclette qu'il avait laissée au bord de la route.

Il semble bien que, depuis quelques jours, Liv Söjberg ne travaille plus. En tout cas, elle passe toutes les après-midi chez elle. Et chaque fois, avec cette grande fille blonde, qui m'a paru un peu plus jeune qu'elle. Souvent, l'Arabe barbu les accompagne. Parfois c'est un autre homme, ils sont toujours trois. Et voilà qu'aujourd'hui elle m'a interpellé : est-ce que je n'avais pas envie de boire un peu d'aquavit, avec du caviar que leur ami lui avait apporté de Moscou ? J'étais en train d'essayer de rassembler des idées. Des images aussi. Tenter de retrouver le Pékin que j'avais si passionnément aimé au cœur du labyrinthe des trois ou quatre périphériques... « Tu es sûr que tu ne veux pas venir boire un verre avec nous ? » Liv Söjberg me tutoyait, elle insistait, je l'ai suivie.

Je suis déjà allé à plusieurs reprises chez elle. Le pavillon principal de sa cour carrée est plus important que le mien, plus haut aussi. Ou plutôt, il donne cette impression lorsqu'on se trouve à l'intérieur, parfaitement nu, meublé à la scandinave. Tout un mur est occupé par un écran de télévision géant, rétroprojecteur. Lorsque je suis entré dans la pièce, l'amie de Liv, qui s'appelle Katharina, était en train de faire une partie d'échecs avec l'Arabe. A mon entrée, ils m'ont tout juste fait un petit salut, trop absorbés dans la préparation de leur coup. Liv et moi nous sommes installés sur l'autre canapé, j'ai commencé à boire. La boîte de caviar, cinq cents grammes au moins, était posée sur une table basse. Avec des petites biscottes grillées. Chacun venait tremper à son tour un morceau de biscotte dans le caviar. Je me suis souvenu de l'un des premiers films de Roger Vadim, dans lequel Robert Hossein mange du caviar à la cuiller à soupe. L'histoire se déroule à Venise, la musique était celle du Modern Jazz Quartet. Ici, je me suis dit qu'on plongeait simplement des mouillettes trop sèches dans un caviar qui aurait mérité mieux. Après un moment, les joueurs d'échecs ont terminé leur partie, ils sont venus nous rejoindre sur le canapé du fond de la pièce. C'est alors que Liv s'est levée, elle a tiré des rideaux, appuyé sur un bouton, et soudain l'écran de télévision géant s'est illuminé. Pour un film pornographique. Franchement, carrément pornographique. Liv est venue s'asseoir alors à côté de l'Arabe, Katharina s'est coulée contre moi. Machinalement, j'ai commencé à caresser les seins de la jeune femme, par-dessus, puis sous son tee-shirt. Elle était maintenant presque couchée sur moi, sur le dos, la tête renversée en arrière sur l'accoudoir du canapé. Elle avait les cuisses ouvertes, sa jupe étroite et courte remontée jusqu'au ventre. J'ai touché entre les cuisses, la culotte était mouillée. De leur côté, l'Arabe et Liv avaient glissé à terre, l'homme à moitié à cheval sur la poitrine de la Suédoise qui le suçait. Ce genre de partie à quatre, ou à plus, ne m'a jamais vraiment emballé. Mais la Katharina était trempée comme une soupe, alors à mon tour j'y suis allé carrément. A pleine main. Elle s'est mise à crier des mots en anglais. J'ai compris qu'elle me disait de chercher un préservatif, son visage était tout près du mien, elle haletait, la bouche ouverte, je me suis rendu compte qu'elle n'était pas vraiment jolie. Elle puait l'alcool, dont elle avait dû boire une bonne demi-bouteille pendant sa partie d'échecs. Je me suis souvenu du corps de la petite Haimei, il y a trois jours : je l'imaginais si douce. « *Bastard !* » m'a-t-elle hurlé au visage en anglais. Parce que je ne l'avais pas encore trouvé, le préservatif qu'elle me demandait. C'est alors qu'elle s'est rendu compte que j'avais débandé. En un instant, elle a glissé au pied du canapé, pour me sucer à son tour. Mais la pauvre fille avait beau faire, je débandais à vue d'œil. Il était trop tard pour avaler un Viagra, d'ailleurs je n'en avais pas envie, les deux autres, roulés sur le tapis, poussaient des cris de bête, halètements et hurlements confondus. Je me suis levé d'un coup, j'ai pris la peine de demander à ces deux dames de bien vouloir me pardonner, j'ai remonté mon falzar et j'ai quitté la pièce.

On rencontrait de plus en plus souvent Wuzi à l'ambassade de France et même dans des ambassades étrangères. Miraculeusement, sa présence aux côtés de Perruchot avait fini par faire accepter le brave garçon à des cocktails, voire à des dîners où nul, jusqu'alors, n'aurait eu l'idée d'inviter un simple agent contractuel dont ni la conversation ni le rang n'avaient réussi à faire, jusque-là, un habitué de ce genre de réceptions. Pourtant, pendant près de trois ou quatre semaines, plus personne à Pékin n'avait vu le gros garçon. Denis, que le couple d'amoureux agaçait parfois, mais qui s'en amusait plutôt, avait fini par interroger Pascaline. La réponse ? Pour des raisons inconnues de tous, le responsable de la valise avait été rappelé en France quinze jours auparavant. Un télégramme de Paris avait demandé à Bernard Perruchot de rompre immédiatement son établissement – c'était la formule consacrée –

pour regagner l'Administration centrale, c'est-à-dire le Quai d'Orsay. Le pauvre garçon n'avait même pas voulu que l'on fasse un pot d'adieu pour son départ. Marc Hessler, qui semblait la bonne fée – à moins qu'il n'en ait été le mauvais génie –, qui veillait sur les amours du Français et de la Chinoise déguisée en garçon, avait donné sa version à lui de l'affaire.

– Personne ne s'en doute, mais probablement que ce con de Perruchot ne savait pas enfiler à l'endroit les capotes anglaises qu'il se faisait rapporter de Hong Kong à chaque valise. En tout cas, capote ou pas, il a réussi à mettre la gamine en cloque. Je pense que ça a dû se savoir quelque part, il a fallu qu'on l'évacue vite fait...

Denis avait voulu en savoir davantage. Par Jacques, il avait retrouvé la vieille caissière du Théâtre du Peuple. Mais la troupe de jeunes chanteurs qui avait produit *Le Serpent blanc* où Maomei avait été un si charmant Serpent vert, était partie en tournée dans le sud-ouest de la Chine, son directeur avec elle. Lorsqu'il avait interrogé la caissière sur Maomei, celle-ci avait fait des yeux ronds : non, elle ne connaissait aucune chanteuse de ce nom dans la troupe. Denis avait bien tenté d'expliquer que Maomei n'avait pas vraiment chanté de toute la saison, qu'elle avait seulement été une remplaçante, qu'on avait formée à tous les rôles au cas où un chanteur aurait fait défaut, mais il n'avait pu en savoir davantage. D'une certaine manière, il aurait aimé revoir la jeune femme, au profil de trop joli garçon, dont la conversation au Yuanmingyuan l'avait touché. Ce fut peine perdue. On pourrait bien attendre le retour de Chong Ling et de sa troupe, mais ceux-ci ne devaient pas se reproduire à Pékin avant l'année prochaine !

Trois semaines plus tard, Marc Hessler quittait à son tour Pékin. Son contrat avec l'Institut des langues étrangères était prévu pour deux ans, mais le Quai d'Orsay, où il avait échoué au concours des secrétaires d'Orient, avait besoin de nouveaux agents parlant chinois. On avait eu recours au premier de la liste complémentaire des admissibles, c'était précisément Marc Hessler. Trois semaines encore à Paris, et il se retrouvait vice-consul à Hong Kong. Dans une lettre adressée à un de ses amis à Pékin, il racontait sa vie dans la colonie britannique. Là, au moins – les putains de Wai Chai ou celles qui servaient de juments aux fonctionnaires de Sa Gracieuse Majesté –, on pouvait s'amuser ferme, même si le préservatif était de rigueur. Il parlait aussi d'argent. Il parlait même beaucoup trop d'argent, pour un agent du Quai d'Orsay.

Meize ne connaissait pas Pékin. Elle n'y était venue qu'une fois, dix ans auparavant. C'est donc Denis qui lui faisait découvrir les quartiers qu'il aimait. Entre eux existait une jolie entente, faite d'amitié, de tendresse aussi, mais que ni l'un ni l'autre ne pouvait exprimer. Et puis la jeune femme avait d'autres amis, des professeurs de son âge, souvent plus âgés qu'elle. Elle était devenue, elle l'avoua elle-même avec un drôle de rire, très « populaire », à l'Institut et même à l'université où elle connaissait d'autres professeurs. Elle sortait souvent le soir, mais elle refusa d'accompagner Denis chez ses amis de l'ambassade. C'était un temps où les Chinois devaient disposer d'une autorisation particulière pour avoir le droit d'assister à ce genre de réceptions. Et Denis savait qu'au retour, ou le lendemain, les bénéficiaires de pareils droits étaient longuement interrogés par ceux-là mêmes qui les leur avaient accordés. Il leur fallait tout raconter de ce qui s'était passé au cours de la soirée, établir la liste des invités, rapporter des conversations. Ce n'était, après tout, qu'une forme d'espionnage très ordinaire. En revanche, Meize acceptait avec plaisir de suivre Denis dans ses promenades habituelles, autour de Shichahai ou dans les quartiers des magasins de la ville chinoise, qu'il trouvait très exotiques, au sens XIXe du mot. Un jour, ce fut elle qui lui annonça qu'elle avait deux billets de cinéma pour un film très rare, un film ancien qu'on ne projetterait qu'un seul soir, dans une salle du quartier de Xidan. Le film avait suscité beaucoup de critiques et de discussions lors de sa sortie, quelques années auparavant. Il s'appelait *Février, printemps précoce*. L'action du film se déroulait à Suzhou, d'où elle venait.

En chemin, ils s'arrêtèrent pour manger des lamelles de porc très épicées, dans un restaurant pas tout à fait populaire dont c'était la spécialité.

– C'est très agréable de se laisser inviter, remarqua la jeune femme en entrant dans le restaurant : pour un peu, je me prendrais pour une jeune femme occidentale qu'un bel étranger courtise !

Mais elle riait. Attablés, ils mangèrent les lamelles de porc, puis Denis commanda encore un plat, puis un autre. La séance du film ne commençait que deux heures plus tard. Le nom de Qeng Yi, l'étudiant de Suzhou devenu meneur de buffles, revint dans sa conversation. Le garçon avait dit que les moments qu'il avait passés avec elle, il ne les oublierait jamais. Elle-même avoua qu'elle n'oublierait pas non plus ces quelques mois. Elle avait retrouvé alors un goût de jeunesse qu'elle avait un peu oublié.

– Je me sens quelquefois si vieille ! s'exclama-t-elle.

Denis savait que ce n'était pas la peine de la rassurer, elle ne faisait que poursuivre un monologue intérieur qu'elle avait dû commencer lorsque son petit amoureux avait été chassé de l'université. Mais elle revint à son âge, la trentaine qui approchait, les jeunes gens qui l'entouraient.

– Pourquoi faut-il que dans notre monde, où l'on prétend que les jeunes deviendront les maîtres de l'univers, ce soient toujours eux qui paient les pots cassés ?

Quelques mois plus tard, les Gardes rouges de la Révolution culturelle viendraient lui lancer un démenti terrible puisqu'alors, ce serait les jeunes qui les casseraient, les vieux pots ! Mais Meize avait reparlé de sa jeunesse, de son enfance, de ses amis. Et c'est ainsi que, comme un parallèle à son histoire d'amour avec Qeng Yi, elle raconta à Denis l'histoire de Meifu. Comme Qeng Yi était tombé amoureux de son professeur, Meifu, qui avait alors dix-sept ans, était tombée elle aussi amoureuse d'un professeur de littérature.

– Meifu était comme une petite sœur pour moi, une vraie petite sœur... Elle était assez grande, très mince, avec un visage dont l'arrondi enfantin semblait s'effacer avec les mois. On aurait dit que l'âge la modelait. Elle avait un nez minuscule, une de ces bouches que les poètes disent en fleur de pivoine...

Meize parlait de sa petite amie avec la même nostalgie attendrie qu'elle avait eue pour évoquer Qeng Yi. Mais elle avait raison : leurs histoires se ressemblaient. Deux histoires jumelles, deux histoires miroirs qui se renvoyaient l'une à l'autre, avec chaque fois la douleur de la jeunesse.

– Mais moi, je n'avais fait que parler à Qeng Yi de Conrad ou d'André Gide, alors que ce diable de

Mandchou, avec une mèche noire au milieu du front, lisait Baudelaire, Verlaine, Rimbaud à son étudiante.

Le professeur mandchou de la petite fille lui avait aussi prêté des livres, des romans qu'on ne lisait guère en classe. Il lui avait même donné un exemplaire – arrivé comment jusqu'à lui ? – du *Grand Meaulnes*. Comment, lisant ces livres-là dans le sillage d'un beau professeur, à la pâleur romantique, ne pas tomber follement amoureuse de lui ? C'est ce qui était arrivé à la gamine, qui ne s'était confiée à personne. Même pas à Meize, qu'elle appelait pourtant sa grande sœur. C'était un secret qu'elle n'avait gardé que pour elle pendant des semaines. Puis, alors que le Mandchou n'avait jamais eu un geste équivoque pour son étudiante, qu'il avait même feint de ne pas apercevoir les regards qu'elle jetait vers lui, la pauvre Meifu avait eu un geste fou. Un de ces gestes qu'on lit dans les livres, dans les romans. Elle savait où habitait son professeur, dans un grand immeuble voisin de l'université où étaient logés une trentaine d'enseignants comme lui. Marié ou pas, chacun disposait de deux pièces. Une nuit, la jeune fille s'était glissée en cachette hors de la chambre qu'elle partageait avec trois jeunes filles. Il faisait froid, elle avait dû frissonner pour aller jusqu'au dortoir des professeurs, éloigné de près d'un kilomètre. Et c'est tremblante, apeurée, qu'elle avait frappé à sa porte. Il lui avait ouvert, mais il avait dû paraître aussi effrayé qu'elle en la voyant. Plus tard, il avait raconté qu'il avait tenté de la chasser, de lui expliquer que ce n'était pas sa place, qu'il était son professeur et elle son étudiante. Mais la jeune fille lui avait fait pitié, alors il lui avait permis de dormir sur un canapé, dans la pièce voisine de sa chambre. Etait-ce là vraiment ce qui s'était passé ? Meize n'en avait jamais rien su.

Toujours est-il que, rentrée dans son propre dortoir avant sept heures du matin, la petite Meifu n'avait entendu parler de rien pendant deux jours. Pourtant, c'est avec encore plus de soin que d'habitude que son professeur avait évité de la regarder lors du cours qu'il avait donné le matin même. Et puis, doucement, une rumeur avait commencé à courir dans l'université. On parlait de quelque chose d'inimaginable qui s'était passé une nuit, voilà deux ou trois jours. Mais dès que Meifu approchait d'un groupe qui chuchotait de la sorte, on se taisait pour la regarder seulement de côté, en attendant qu'elle s'éloigne. Meize elle-même était absente de Suzhou, à ce moment-là. C'est peut-être pourquoi la jeune fille n'avait pu se confier à personne.

– Je suis sûre que si j'avais été là, elle m'aurait tout raconté...

Toujours est-il qu'au bout d'une semaine Meifu avait été convoquée par le président de l'Université. Celui-ci l'avait reçue dans son bureau, assisté de deux administrateurs. Rien n'avait transpiré de ce qui avait pu se dire ce jour-là, mais tout le monde avait vu la jeune fille quitter l'Université en larmes. Elle avait encore cherché, une dernière fois, à revoir son professeur. Mais le Mandchou avait déjà été déplacé, comme l'avait été Meize elle-même. Meifu, elle, n'avait pas été renvoyée à la campagne. On n'avait pas eu besoin de recourir à une telle mesure. En effet, on avait pu la voir passer toute une partie de la journée à errer, l'air hagard, dans les rues de Suzhou. Elle était entrée dans deux ou trois temples désaffectés, dans un temple encore en activité où elle avait allumé quelques baguettes d'encens. Puis personne ne l'avait revue jusqu'à ce que l'on retrouve son corps dans l'un des canaux les plus réputés de la ville, parmi des feuilles de lotus et de longues herbes. C'était sous un pont de pierre sur lequel, les soirs d'été, venaient se promener les amoureux...

– Vous voyez, avait répété Meize à Denis : dans notre pays, l'amour n'a jamais le dernier mot !

C'était bientôt l'heure du film, ils s'étaient dirigés vers le cinéma. Une longue queue de spectateurs attendait déjà devant la porte. Mais la jeune femme devait avoir un billet spécial, ils étaient passés devant tout le monde et s'étaient installés dans la salle encore presque déserte. Bientôt, il y avait eu des spectateurs partout, jusque sur les marches de l'escalier qui menait au balcon. Le film racontait l'histoire d'un jeune professeur nommé dans une ville qu'il ne connaissait pas. Il y rencontrait d'abord l'hostilité de ses collègues puis, peu à peu, il y trouvait le bonheur. Et l'amour. Le film se terminait bien. On l'a dit, l'action se déroulait à Suzhou. Vers la fin du film, la main de Meize s'est posée sur celle de Denis. Les doigts de la jeune femme ont peu à peu serré si fort ceux du garçon que Denis a senti ses ongles qui lui entraient dans la peau. Il n'a pas eu besoin de détourner le visage pour voir que Meize pleurait. C'est en sortant du cinéma qu'elle lui annonça qu'elle quitterait Pékin le lendemain ; non, elle ne retournerait pas à Suzhou. On l'envoyait quelque part dans le Nord, en Mandchourie. Sur le chemin du retour, tous deux sont demeurés silencieux. En arrivant à l'Institut, Meize a seulement serré la main du jeune homme. A la question qu'il lui a posée, elle lui a promis de lui écrire. Mais Denis n'a jamais eu de nouvelles de la jeune femme à la robe chinoise de soie noire, presque moulante, aux pommettes un peu poudrées, une trace de rouge à lèvres sur la bouche. Elle ressemblait si peu aux femmes qu'il croisait tous les jours à Pékin qu'on aurait pu se demander si Meize avait existé ailleurs que dans son imagination. Sur elle, dès le lendemain de son départ, il écrivit quelques pages vibrantes. Il savait qu'il s'en servirait un jour, dans le livre qu'il écrirait peut-être.

Dîner avec Paul Rollet, sa femme Bernadette, et l'une des secrétaires chinoises du service culturel. C'est une toute petite bonne femme, vingt-quatre ans, très maigre, fluette, au visage rond entouré de cheveux frisottés. On l'appelle Mimi, je découvrirai que c'est son vrai nom. Rollet m'a expliqué qu'elle était la fille d'un artiste connu, un peintre qui continue à peindre des paysages traditionnels, à l'encre sur du papier, mais des paysages peu à peu envahis par des milliers de détails où, dans un fourmillement de feuilles qui ne sont plus des feuilles, d'arbres qui ressemblent à des herbes, finissent par disparaître les deux ou trois personnages égarés dans cette nature foisonnante, la minuscule maison, au bord d'un ravin, où ils discutent de l'art et de la poésie de leur temps. Le père du père de Mimi était directeur de théâtre, avant et après la guerre, sa femme, une chanteuse d'opéra célèbre. Mimi est timide, effacée... Nous nous retrouvons au restaurant près du temple de la Terre, le Ditan, au nord de Pékin. Une longue muraille longe l'enceinte. Quelques voitures s'arrêtent là, on en ouvre les portières, les touristes en descendent pour être conduits jusqu'au restaurant dans des pousse-pousse. Le restaurant a une façade traditionnelle. Lorsqu'on y pénètre, un vieil homme qui joue au gardien des lieux hurle très fort quelque chose que je ne comprends pas. Il nous annonce, simplement. A l'intérieur, une immense salle,

358

des dizaines de tables carrées. A droite, une scène sur laquelle, leurs voix terriblement amplifiées par des micros, des acteurs ou des chanteurs s'agitent. Un raconteur d'histoires, puis un chanteur de chansons de l'époque Mao, une fille ensuite qui, plus loin dans le temps, chante des chansons de Shanghai, des années trente.

La foule. A plusieurs tables, des bandes de jeunes. Des gosses. Filles ravissantes, mignonnes, jolies, petit nez en l'air, grosse bouche, petite poitrine, l'air tout à fait amusé par nous. Je tente de les photographier, elles commencent par refuser. Puis je les photographie à tour de bras. Elles viendront s'asseoir à notre table. Elles travaillent pour IBM-Pékin, leur entreprise leur a offert une soirée. Une sortie de groupe. L'une d'entre elles, au visage presque malaisien, me dit qu'elle est de Taïwan. Nous mangeons une sorte de marmite mongole, pas très bonne, mais des nouilles avec une sauce à la viande frite excellente et des légumes. De plus en plus de bruit, des grands rires. Des acrobates, une scène de l'Opéra de Pékin. Bien voir : la salle est en pleine lumière, mais la scène est inondée d'une lumière plus violente encore, les micros et l'amplification poussés à leur maximum. Dans cette grande pièce, tous les serveurs ont l'air de petits garçons qui s'affairent autour de nous, nous apportent qui une serviette, qui des baguettes... A la table voisine de la nôtre, dans cet immense bazar sonore, un homme lit son journal, indifférent à la femme qui est en face de lui. Il est plus âgé. La plupart des clients sont tellement jeunes, tellement beaux... Ils sont chinois. Les étrangers ont l'air patauds, empruntés, ridicules. Je suis l'un d'entre eux et je me rends compte que je suis probablement l'un des plus vieux...

Bernadette, la femme de Rollet, s'efforce d'être gentille avec moi. Elle est très douce, elle a quatre enfants, trois filles et un petit garçon. Blonde, une mèche de cheveux qui lui barre le visage. La petite Mimi, qu'on a sûrement amenée là pour me distraire, n'a rien à me dire. Lorsque je l'interroge sur sa famille, elle rougit. Puis je surprends un regard entre elle et le gentil Rollet et tout d'un coup je me pose une question. Je me souviens de Bertrand Borne, si amoureux de sa femme – et d'Inghe, la secrétaire de l'ambassadeur de Suède.

Sur la scène, un homme volumineux, en costume mao, doit raconter de bien bonnes blagues, je comprends un mot sur deux. Comme si tout mon chinois, dans ce tohu-bohu tonitruant, se dissipait à travers la longueur de la salle. Je remarque qu'une galerie de bois, surélevée de cinq ou six marches, court sur le côté opposé à la porte d'entrée. Là, s'ouvrent les cabinets particuliers. Je vois un Occidental en sortir, j'ai l'impression très nette, mais l'impression seulement, qu'il remonte sa braguette... Je me sens encore plus vieux, encore plus laid, encore plus étranger... Je n'ose plus lever les yeux vers la petite Mimi, si sage...

Denis revit encore une fois Wuzi, quelques semaines avant le déclenchement de la Révolution culturelle. Il reçut de la jeune Chinoise, qui continuait à se faire passer pour un homme, un court billet l'invitant à le rencontrer le dimanche suivant dans le parc de Beihai. La lettre était écrite sur du papier d'origine manifestement étrangère, un papier à lettres bleu foncé, glissé dans une belle enveloppe doublée comme Denis en achèterait plus tard à Londres. Un post-scriptum ajouté au bas de la lettre demandait à Denis de ne parler à personne de ce rendez-vous. Il en glissa quand même quelques mots à Jacques Benoist qui parut s'en amuser :

– Tiens, notre ami remet cela !

Ce n'est que beaucoup plus tard que Denis devait comprendre le sens de cette remarque. Le dimanche suivant, il se rendit donc dans le grand parc populaire. C'était le début du printemps, il y avait la foule habituelle des promeneurs, des enfants surtout, des enfants partout, qui suçaient des pommes au caramel ou léchaient des glaces à l'eau. Son appareil photo à la main, Denis mitrailla tout ce qui passait à sa portée. Ayant quelque peu délaissé les photos de femmes à cette époque, il s'intéressait aux enfants, à ces gros bambins aux joues rebondies que la fin de l'hiver dépouillait peu à peu des mille et une pelures dans lesquelles on les enveloppait. Lui qui ne faisait jamais que de la photo en noir et blanc, il avait commencé à prendre des photographies en couleur, mais comme il devait les faire développer à Hong Kong, il avait toujours à portée de la main un appareil chargé en noir et blanc. Trois enfants sur la même poussette, une grand-mère aux pieds minuscules à l'extrémité d'un grand pantalon boudiné qui tenait par la main un enfant si petit qu'on s'étonnait qu'il pût marcher, un jeune couple rayonnant, un bébé dans les bras : on se laissait photographier, on souriait à l'étranger qui s'intéressait à cette vie d'un jour de fête. Wuzi l'attendait au pied de l'escalier qui montait à la première terrasse du gros dagoba blanc, symbole de Beihai et, presque autant que Tian'anmen, symbole de Pékin tout entier, et Denis rangea ses appareils. Il se souvenait de la phobie de la jeune femme pour les photographies.

En s'approchant d'elle, Denis trouva qu'elle avait

361

un peu grossi. N'avait-on pas raconté qu'elle attendait un enfant ? Wuzi/Maomei fit un geste amical avant de lui serrer la main, avec plus d'énergie, peut-être, qu'autrefois. Puis il l'entraîna dans la foule des promeneurs. De temps en temps il se retournait, comme s'il avait craint qu'on les suivît. Il parlait toujours le même français extrêmement élégant, mais d'une voix plus hachée, avec un débit plus rapide qu'au Yuanmingyuan. Il expliqua que le départ de Perruchot l'avait beaucoup ému, car c'était un bon camarade.

– Vous voyez : nous autres Chinois, nous ne devons pas nous attacher aux étrangers de passage. Ils s'en vont, nous restons...

Il y avait plus d'ironie que de mélancolie dans sa voix. Il ajouta pourtant que, depuis le départ du responsable de la valise, il n'avait plus eu envie de rencontrer d'autres amis étrangers. A la question que Denis lui posa sur la tournée de sa compagnie d'opéra dans les provinces, il répondit d'un haussement d'épaules :

– Oh ! je sais très bien qu'ils peuvent se passer de moi. Et ces derniers temps, j'ai eu beaucoup d'autres choses à faire...

Denis crut, cette fois, que Wuzi allait tout avouer : qu'il était Maomei, qu'un enfant allait naître. Mais Wuzi ne donna pas d'autre explication.

– J'ai pensé à vous. Je me suis dit que je pouvais peut-être avoir à nouveau un ami étranger...

Comme au Yuanmingyuan, Denis éprouva cette sensation étrange : il était en compagnie d'une très jolie fille, déguisée en garçon, qui lui faisait en somme ouvertement des avances ; mais il ne ressentait rien d'autre qu'une grande curiosité. L'autre n'écouta pas la réponse qu'il dut lui faire. Il s'était lancé dans un grand discours sur l'Est et l'Ouest, la Chine et l'Occident, le régime communiste et la liberté qui régnait en France. C'était la première fois que la chanteuse habillée en homme parlait avec autant de liberté. Mais Denis ne l'écoutait que distraitement. Quelque chose le préoccupait, qu'il parvint vite à identifier. Aucun de ses amis chinois ne lui avait jusque-là parlé de la sorte. Il fallait être un vieux Pr. Gao pour se laisser aller à ce genre de confidence. D'ailleurs, tout, dans l'attitude de la fille déguisée en garçon, avait à présent quelque chose de faux, d'outré. Elle se retourna à deux ou trois reprises pour regarder derrière elle. Et il sembla bien en effet à Denis que, à une vingtaine de pas, le même bonhomme, les cheveux en brosse et la vareuse bleue impeccablement boutonnée, affectait avec trop d'application de ne pas regarder dans leur direction. Alors, Denis se décida. Ils étaient arrivés au bord du lac, c'était maintenant par dizaines que les promeneurs les entouraient de tous côtés. Et pourtant, toujours repérable dans la foule, toujours à une vingtaine de mètres, toujours le même personnage à la veste Mao boutonnée jusqu'au cou. Immobile. Denis prit Wuzi par le bras.

– Ça ne peut plus continuer comme cela, Wuzi. Il faut que tu me dises la vérité. Es-tu une fille ou un garçon ? Tu es bien une fille, n'est-ce pas ?

Il vit le visage de Wuzi pâlir. Mais l'homme aux cheveux en brosse était maintenant à trois pas d'eux. Wuzi eut un éclat de rire qui, cette fois, sonnait terriblement faux.

– Qu'est-ce que tu vas imaginer ? Ecoute, si tu veux, on peut se revoir. Retrouvons-nous demain à trois heures au Yuanmingyuan. Devant la grande porte ouverte sur le ciel où tu as photographié Bernard.

Il avait parlé très vite, jetant un regard par-dessus

l'épaule de son interlocuteur. L'homme à la veste bleue était toujours là, immobile, qui le regardait. Alors, sans un mot de plus, Wuzi avait fait quelques pas de côté, l'instant d'après il s'était perdu dans la foule. C'est seulement après son départ que Denis se rendit compte que Wuzi l'avait tutoyé, comme lui-même. Il se rendit le lendemain, à l'heure dite, au Yuanmingyuan. Il dut pour cela se faire remplacer à un cours qu'il donnait le matin, mais il eut beau attendre une heure, presque deux, Wuzi n'apparut pas, ni devant le grand portique baroque ni au pied de la vasque en forme de coquille Saint-Jacques. C'est seulement à son retour à Paris que Denis aurait à nouveau des nouvelles de l'amoureuse travestie du responsable de la valise diplomatique à Pékin, qui avait lui-même été remplacé par une petite attachée d'administration centrale, toute fraîche émoulue d'un récent concours et dont la lèvre était superbement défigurée par un bec-de-lièvre.

Le presbytère n'a décidément rien perdu de son charme ni le jardin de son mystère : depuis quelques jours, on dirait que mille et une petites créatures légères, aux yeux bridés, cheveux tout raides dans le dos et jolies mains occupées à rien que l'on aimerait voir occupées à tout, dansent autour de moi une jolie girandole. Enfin, des milliers ou des centaines, c'est beaucoup dire. Mais elles sont deux ou trois, ces jeunes filles, que je rencontre pour un oui, pour un non. Hélas, c'est souvent et surtout, sinon toujours, pour un non. Qu'importe. Tenez, la petite Camille, ma voisine... Eh bien, elle est venue me rendre visite pour parler avec moi. Elle m'a dit : « Je viens en voisine... » Mieux, elle m'apportait une superbe calligraphie de son père, cinq caractères qui disaient le sophora dans ma cour et le bonheur dans mon cœur. Elle, toute mignonne, m'avait préparé des raviolis sucrés. Elle s'est assise sans façon, les jambes repliées en tailleur, sur l'un de mes canapés. Puis elle m'a demandé de lui faire écouter de la musique. Elle voulait Mozart, va pour Mozart, j'avais un vieux disque d'airs d'opéra chantés par Elizabeth Schwarzkopf. Le sophora dans ma cour, et le bonheur dans mon salon chinois où une petite fille plus que jolie écoutait Mozart, la grande Schwarzkopf — et le bon vieux professeur que j'ai toujours été dans l'âme lui expliquer comment, par moments, la musique frôlait ainsi la beauté.

Mais trop de beauté tue. C'est Stendhal qui l'a dit, à peu de chose près. Bien vite, nous sommes revenus sur terre, c'est-à-dire à la vie de tous les jours dans le hutong où la famille Guo et moi vivons, les uns depuis plus de cinquante ans, moi-même depuis quelques semaines. Puis Camille m'a expliqué que c'était bon de parler en français de ces choses-là : elle était venue pour cela. Pour me parler de Luc, son petit copain... Mme Shi, qui nous avait servi du thé selon un rituel désormais établi dans ma cour carrée, a goûté des raviolis sucrés, qu'elle a trouvés excellents. Lorsque nous nous sommes retrouvés seuls, Camille s'est approchée de moi. Ce qu'elle me demandait, c'était ni plus ni moins de leur permettre, à son Luc et à elle, de venir écouter ensemble de la musique un samedi après-midi, tiens, ce samedi qui vient, dans l'un des pavillons latéraux de ma cour. « Je vous promets que nous ne ferons rien de mal... » Elle était trop mignonne, la petite fille qui voulait pouvoir se faire embrasser en douce par son petit copain, sans que papa n'en sût rien. Je lui ai dit *tu* : « Et tu es vraiment venue pour me demander cela ? » Mais j'avais déjà dit oui, Camille n'avait pas à s'inquiéter. Alors elle a délicieusement menti : est-ce que je n'avais pas compris ? Elle était venue pour m'apporter la calligraphie de son père, voyons ! Un poème qui disait mon sophora, le bonheur dans la cour où nous nous trouvions et, pourquoi pas – elle a ajouté avec un petit rire amusé : le bonheur que d'autres pourraient y trouver ! « Et tu as oublié les raviolis sucrés ? Je croyais que c'était pour cela que tu étais venue... » Je lui disais *tu*, elle me disait un *vous* presque audacieux, lorsque je l'ai embrassée au moment où, virevoltant sur un pied, elle allait s'échapper, je l'ai pressée un peu plus fort contre moi. Comme je l'avais fait avec Haimei. Et je dois dire que, tout heureuse à la perspective du samedi à venir, comme Haimei, Camille s'est presque abandonnée contre moi. Pas vraiment, presque seulement. Mais je n'ai pas senti le mouvement de la petite fille qui, se débattant, s'était pressée davantage contre mon corps, l'autre semaine.

Allons, à mon âge, je devrais m'estimer heureux d'avoir déjà ces petits plaisirs-là...

Denis avait revu Yen Min. S'en souvient-on ? C'était, tout au début de son séjour, la jeune étudiante chinoise avec laquelle il avait dansé à deux ou trois reprises, lors des bals donnés le samedi soir à l'Institut des langues étrangères. Lui, en tout cas, n'avait pas oublié la silhouette fragile, les seins menus qu'il avait pu effleurer quelques instants sous une blouse blanche. Elle avait les yeux cernés, les lèvres boudeuses. Deux fois, trois fois, puis elle avait disparu. Et voilà qu'elle réapparut, un soir d'hiver, dans l'une des salles de classe où Denis achevait de ranger des papiers. Elle était vêtue avec une certaine recherche, même si le corsage blanc et la jupe plissée répondaient encore aux canons habituels dans la Chine de Mao. Debout sur le seuil de la porte, elle parut hésiter un instant. Puis elle s'avança.

– Tu ne me reconnais pas ?

Elle s'adressait à lui en chinois, Denis n'avait pas remarqué, les fois précédentes, qu'elle avait un fort accent du Sud. Il la croyait de Qindao. Il secoua la tête, il la reconnaissait, en effet.

– Tu m'offres un verre ?

Elle paraissait autrement plus hardie qu'il ne l'aurait imaginé. Quand il voulut la conduire à la cafétéria de l'université, elle haussa les épaules : il pouvait bien l'emmener ailleurs, dans un des restaurants du marché de l'Est. N'était-ce pas bientôt l'heure du dîner ? Elle tenait sur le bras un manteau bleu marine, doublé de fourrure, qu'elle se jeta sur les épaules.

– Tu viens ?

Elle n'avait pas de bicyclette, elle refusa de prendre un autobus, Denis dut appeler un taxi de la loge du concierge. Il savait que la voiture mettrait au moins vingt minutes à arriver. Pendant tout ce temps, la jeune fille raconta qu'elle revenait de Hong Kong. Elle avait séjourné chez une de ses cousines qui habitait un appartement, un véritable appartement et non pas un *settlement* comme ceux où s'entassent les Chinois venus de l'intérieur. Là, elle avait vu des films, entendu des concerts, elle avait même écouté un violoniste célèbre, Denis crut comprendre qu'il s'agissait de Menuhin, qui jouait de la musique ancienne. Du Bach, peut-être, elle ne savait pas très bien. Elle fumait des cigarettes à bout filtre, qu'elle allumait avec un briquet doré. Tout cela, sous l'œil médusé des deux employés qui montaient la garde à l'entrée du campus. Quand le taxi arriva, elle s'y laissa tomber, les jupes relevées jusqu'à mi-cuisses. Denis assis à ses côtés, elle se colla presque contre lui et continua à parler du paradis sur terre qu'elle avait connu à Hong Kong.

Arrivée au marché de l'Est, elle choisit un restaurant qui proposait du canard, de la viande, des plats beaucoup plus recherchés que ceux que l'on avalait en vitesse en général dans les bouis-bouis du quartier. Et c'est là, devant un canard piquant, qu'elle raconta à Denis la plus invraisemblable des histoires. Se souvenait-il de Wei Xiaoxiao, cette espèce de salopard qui les espionnait tous, lors des bals du samedi soir ? Eh bien, ce Wei Xiaoxiao avait voulu se faire de l'argent avec elle. Elle disait « se faire de l'argent avec moi », Denis crut comprendre que le garçon avait voulu la prostituer.

– Me prostituer, c'est cela : il voulait que je couche avec des hommes en leur demandant de l'argent.

Oh ! Wei Xiaoxiao n'était pas allé jusqu'à imaginer de lui faire draguer des étrangers dans des hôtels pour touristes ou pour hommes d'affaires européens. Non, il s'était contenté de quelques Chinois d'outre-mer, bourrés de dollars de Hong Kong.

– Tu as accepté ?

– Ce salaud disait qu'il avait un dossier sur moi.

La jeune fille avait déjà dévoré le plat de canard à la sauce piquante qu'on leur avait apporté. Elle se fit servir des crevettes, des boulettes de porc. Denis avait du mal à imaginer que c'était là la jeune fille presque fragile avec laquelle il avait pu danser. Mais Yen Min continuait à raconter les turpitudes de ce Wei Xiaoxiao qui, à l'Institut, avait seulement la réputation d'un espion particulièrement sournois.

– Ce n'est pas tout ! Voilà qu'il a voulu à son tour profiter de moi ! Il a voulu me violer...

– Et alors ?

Denis avait de plus en plus de mal à croire à cette histoire, mais il écoutait quand même, subjugué à la fois par la verve de la jeune fille et par son appétit. Yen Min enfourna la dernière crevette qui gisait encore au fond du plat.

– Alors ? Eh bien, je l'ai tué.

Le plat était vide, pour un peu la jeune fille l'aurait léché. C'était avec un air de défi qu'elle regardait Denis.

– Tu ne me crois pas, n'est-ce pas ?

Il bafouilla quelque chose, crut bon de remarquer que tout cela était peut-être difficile à croire. Il ne comprenait toujours pas pourquoi la jeune fille était venue le chercher jusque dans sa classe pour lui raconter cette histoire.

– Pourquoi ?

– Parce que tu m'as dit que tu écrivais des romans, et que je pense qu'un jour ou l'autre tu devras écrire cette histoire que je t'ai racontée.

Une bonne petite étudiante, fille d'un paysan moyen pauvre, entraînée à la prostitution par un misérable espion, pas même membre du Parti, par-dessus le marché !

Denis n'arrivait pas à savoir si cette Yen Min, qui chuchotait à voix basse tout près de son visage, se moquait de lui. Elle avait un sourire ironique, mais il devinait dans le même temps une étrange âpreté dans sa voix.

– Je ne peux pas croire que tu as tué Wei Xiaoxiao, murmura-t-il.

– Ah, pour ça, je n'ai rien qui puisse te le prouver. A moins que cette carte ne soit une preuve suffisante.

Elle avait tiré de sa poche une carte d'identité chinoise, chiffonnée, maculée, mais sur la photographie on reconnaissait bien le petit espion à cravate hawaiienne qui avait hanté un temps le campus de l'Institut. Son nom y était inscrit, une date de naissance, un lieu de naissance qui était un village du Hunan.

– Si tu veux d'autres histoires, je peux t'en raconter encore..., ajouta Yen Min.

Elle s'était redressée. La même moue ironique flottait sur ses lèvres, mais ses yeux ne souriaient pas. Pour la première fois depuis son arrivée à Pékin, Denis eut peur. Oh ! ce fut très rapide. En quelques mots, il expliqua à son interlocutrice qu'il était, certes, romancier, qu'il avait peut-être l'intention de parler un jour de la Chine, mais pas de cette Chine-là. Faisant un effort pour paraître plus vertueux encore, il se lança dans un bref discours sur l'admiration qu'il portait à ce pays, aux masses qui avaient fait sa grandeur et à l'intelligence de ses dirigeants. Il fut d'une hypocrisie parfaite, redoutant un piège que la jeune femme ne lui tendait peut-être pas. Il ne comprenait pas, c'est tout. C'était peut-être de la provocation, Wei Xiaoxiao était peut-être toujours vivant, peut-être la manipulait-il, Denis ne voulait rien en savoir. Pendant quatre ou cinq minutes, il poursuivit sa profession de foi édifiante. Quand il eut fini, la jeune fille se leva.

Il lut un tel mépris sur son visage qu'il y découvrit presque de la noblesse. Elle repoussait sa chaise, enfilait son manteau doublé de fourrure. Puis, avant qu'il eût pu se rendre compte d'où elle avait sorti l'argent, elle jeta quelques billets sur la table.

– Tu es vraiment trop bête !

Elle était déjà partie, c'était elle qui avait payé son repas, Denis n'avait pour ainsi dire pas mangé une bouchée. Lorsqu'il raconta l'aventure à Jacques Benoist, celui-ci prit l'air mystérieux qu'il savait si bien emprunter en pareille circonstance.

– Tu crois que j'ai eu tort de ne pas essayer d'en savoir davantage ?

Denis voulait que son ami le rassurât. Jacques le rassura, en effet. Denis avait eu parfaitement raison de se conduire comme il l'avait fait. D'une manière ou d'une autre, la petite Yen Min ne pouvait être qu'un agent provocateur. Pour qui travaillait-elle, c'étaient là des choses que personne n'évoquait à haute voix en Chine. Et, presque tous ses regrets balayés, Denis était sur le point d'être tout à fait rassuré quand Jacques murmura encore :

– Cela dit, si j'avais été toi, je ne suis pas sûr que je n'aurais pas voulu en savoir un peu plus...

Une autre petite renarde avait peut-être essayé de donner un rendez-vous à Denis, qui n'avait pas su comprendre.

Ces petites filles que j'aime voir tournoyer, comme de drôles de papillons, autour de ma maison... Ainsi, Camille a-t-elle débarqué, hier, avec son petit copain. Très sagement, ils sont d'abord venus me rendre visite tous les deux. Luc a une bonne gueule, un bon jeune homme sage qui étudie Roland Barthes. Parce que tous ces gamins sont tous étudiants en français, Luc comme ma petite Haimei, déjà presque au niveau du doctorat.

Qui a pu lui dire que je m'intéressais aux photographies anciennes ? En tout cas, le garçon m'a apporté deux photos anciennes, deux familles des années 1920, photographiées en majesté, chacune dans son cadre de carton découpé portant l'un la marque d'un photographe de Shanghai, l'autre d'un atelier de Morrison Street, qui a perdu son nom en 1949. J'ai protesté, pour la forme : pourquoi ce geste ? « Camille m'a dit que vous étiez si gentil avec elle... » S'il savait, le pauvre môme, combien je pourrais être plus gentil encore avec sa petite amie ! Mais il se balançait déjà, d'un pied sur l'autre, impatient d'aller écouter le disque de Mozart, m'a-t-il dit, dont Camille lui avait parlé. Je n'ai tout de même pas poussé la comédie jusqu'à les accompagner à la chambre nuptiale... J'ai simplement ouvert la porte du salon central pour leur désigner la petite pièce, à l'ouest de la cour. « Et bonne musique ! » leur ai-je lancé.

Il faisait très beau et j'ai ouvert la porte sur la cour. Le soleil était encore assez haut. Du pavillon ouest venait le deuxième air de la Comtesse, des *Noces de Figaro*. Un à un, tous les airs du disque ont défilé, puis la musique s'est arrêtée. Ni Camille ni son Luc n'ont jugé utile d'en écouter davantage. Le soleil baissait au-dessus des tuiles grises, deux vols, trois vols de pigeons avec leurs sifflets attachés à la queue ont tour à tour traversé le ciel. C'est à peine si j'osais m'aventurer dans ma propre cour. Et pourtant, je voyais bien que les deux jeunes gens avaient pris soin de tirer les rideaux intérieurs sur les portes vitrées. J'imaginais la lumière qui régnait là, d'un bleu très pâle, puisque les rideaux sont d'une soie d'un bleu très clair. Sans rien voir de ce qui se passait à l'intérieur, je jouais les voyeurs. J'ai tendu l'oreille, il m'a semblé entendre des gémissements, c'était sûrement le vent. Ou alors le sifflet très lointain d'un autre vol de pigeons. Je me sentais heureux et malheureux, seul dans ma cour. Puis le soleil a basculé par-dessus le toit. C'était un beau crépuscule, j'imagine que d'un peu haut, de l'Hôtel de Pékin par exemple, on aurait vu un ciel orangé virer au bleu-vert, au bleu enfin presque transparent, au-dessus des toits de la Cité interdite. J'avais envie d'écrire. Pour la première fois depuis longtemps j'aurais presque écrit de la poésie, quelques vers, n'importe quoi. Pendant que deux gamins étaient peut-être en train de baiser chez moi, à quatre ou cinq mètres de moi. Brusquement, *Les Noces de Figaro* sont revenues en force, mes deux amoureux avaient probablement fini ce qu'ils avaient à faire, et je ne saurais jamais rien de ce qu'ils avaient fait. Dix minutes encore ont passé, un quart d'heure, et la porte s'est ouverte. Luc est sorti le premier, il a allumé une cigarette, on se serait cru dans un film des années trente. Il respirait très fort la fumée, l'air du soir, debout sur les deux marches du perron. Camille l'a rejoint. Ses cheveux étaient impeccablement peignés, pas un pli de ses vêtements ne paraissait avoir été dérangé, tous deux sont venus vers moi, je les ai invités à prendre un dernier verre, mais ils étaient pressés. Camille avait promis au vieux M. Guo de rentrer de bonne heure, il était déjà tard. Avec de nouveaux remerciements, Camille, sur le pas de la porte, m'a fait un dernier salut de la main. Ils étaient partis.

J'étais seul au milieu de ma cour carrée.

Se souvenir alors de Moboto, l'assistant que l'Institut des langues étrangères de Pékin était allé recruter au Mali pour former quelques douzaines d'étudiants chinois au français très pur que parlait l'Africain. Lui aussi avait eu une histoire d'amour. Lui aussi avait cru, l'espace de quelques semaines, pouvoir la garder secrète. Et puis voilà qu'on l'avait retrouvé à demi écroulé dans un escalier qui conduisait au sous-sol des dortoirs. Le visage tuméfié, un œil à demi arraché, un bras et une cheville cassés, il avait été poussé là après avoir été violemment battu à coups de poing, à coups de pied mais aussi à coups de bâton ou de gourdin. Ils s'étaient mis à six pour l'attaquer à son retour au dortoir. On l'avait traité de sale nègre, de séducteur, on l'avait même traité d'impérialiste ! Tous étaient des étudiants ou des employés de l'université. Moboto en avait reconnu au moins deux, qu'il avait croisés cent fois sur le campus, qui lui avaient souri, adressé un petit geste amical. Mais voilà : on avait découvert que Moboto avait une amie chinoise. Pire, certains affirmaient avoir la preuve formelle que le nègre, comme ils disaient, avait osé toucher une Chinoise. Moboto se serait appelé Denis ou Marc Hessler, pour peu que l'affaire eût été ébruitée on l'aurait convoqué devant une manière de conseil de discipline, au pire on l'aurait renvoyé en France. Il aurait été cubain, on se serait borné à lui dire de ne pas recommencer. Cubain, on aurait d'ailleurs sûrement fermé les yeux sur toute l'affaire. On savait bien, à Pékin, que les frères cubains avaient le sang chaud. Et puis, l'affaire de la baie des Cochons, le camouflet infligé par Fidel Castro aux diables américains invitait à toutes les tolérances. Mais Moboto était africain, il était malien, il était noir, c'était un nègre, quoi ! Entre eux, ses étudiants se poussaient parfois du coude : il paraît qu'il sentait fort, leur assistant nègre ! Aussi, lorsqu'on avait su qu'il avait séduit, il n'y a pas d'autre mot, l'une de ses étudiantes, l'administration avait dû donner une manière de feu vert aux cinq ou six héros du peuple qui lui avaient flanqué une correction mémorable.

Denis avait réussi à savoir dans quel hôpital on avait conduit le jeune Noir. C'était un secret bien gardé mais le Pr Gao, qui avait de l'affection pour le jeune homme parce qu'il lui avait dit avoir à deux ou trois reprises croisé Léopold Sedar Senghor, avait accepté de se renseigner pour en informer ensuite Denis. Cela n'avait pas été facile d'arriver jusqu'à la chambre où Moboto était seul, en piteux état : pourtant, la tête recouverte de pansements, une jambe, un bras dans le plâtre, l'Africain paraissait plus heureux qu'il ne l'avait jamais été depuis que Denis le connaissait.

– Qu'est-ce qu'il t'arrive ? Tu ne vas pas porter plainte ? Après tout, la victime, c'est toi !

Moboto riait toujours : porter plainte ? mais auprès de qui ? Non, il riait tout seul depuis qu'il s'était réveillé, après les rafistolages qu'il avait dû subir. C'est qu'il savait que la sanction officielle était tombée : il allait être renvoyé chez lui, c'est-à-dire en France. Parce que, chez lui, c'était Paris, le boulevard Saint-Michel, le quartier Latin...

– Mais la fille avec qui...

Le jeune homme avait haussé les épaules. Cette fois, son visage s'était refermé. Pour la jeune Chinoise, c'était une autre histoire. Comme Cheng Yi, qui avait eu le malheur d'aimer la belle Meize, la pauvre gosse avait été sur-le-champ envoyée à la campagne. Mais Moboto savait déjà – il précisa avec un bon sourire que c'était le tam-tam de sa brousse à lui qui le lui avait déjà appris – qu'elle n'était pas malheureuse, d'ailleurs elle n'était pas faite pour devenir étudiante.

La preuve, c'est que c'était lui qu'on lui avait désigné comme professeur !

Trois ou quatre semaines après, Moboto quittait Pékin. Denis l'accompagnerait à l'aéroport, le garçon claudiquait un peu, son œil gauche était encore sérieusement amoché. Juste avant de s'embarquer, il embrassera avec effusion son ami français en lui recommandant de ne pas faire les mêmes bêtises que lui.

– Encore qu'avec toi, je ne suis pas inquiet, on passerait l'éponge...

Il en riait encore. Denis le vit disparaître en direction de la piste et du gros Tupolev de l'Aeroflot avec un dernier salut, joyeux, de son seul bras valide.

Au fond, puis-je dire que, depuis mon arrivée à Pékin, j'ai réellement baisé une seule fois ? D'accord, il y a eu l'après-midi avec la pute suédoise, chez la Söjberg : scène de partouze ratée en Chine. Et la Canadienne de l'hôtel Palace. Je n'en ai pas parlé ? Je venais de quitter le China Club, je découvrais le hall à l'américaine – on dit *lobby* – du grand hôtel, sa fontaine trop bruyante, sa putain à robe fendue et son quatuor à cordes. Mais la Canadienne, si je n'en ai pas parlé c'est que ce n'était pas la peine. D'abord elle avait au moins quarante ans et, mes meilleurs ennemis le savent bien, ils en font même des gorges chaudes, je ne regarde vraiment que du côté des gamines. Et puis, comme la Suédoise de l'autre jour, la Canadienne était du style vas-y et fonce, mais avec capote. Moi, la capote, je n'ai jamais su m'en servir. Elles sont pourtant touchantes, les gamines qui veulent vous l'enfiler elles-mêmes : comme si ça devait se passer mieux... Mais, un, la plupart du temps, à mesure qu'on m'enfile ce truc, je débande. Deux, quand par hasard je n'ai pas débandé, j'ai l'impression de ne rien sentir. Et comme la Canadienne, c'était capote ou rien du tout, et même si, pour une fois, j'ai réussi, tout seul comme un grand, à me l'enfiler, ma chaussette ! comme de juste je n'ai rien senti. Elle, elle poussait des petits gloussements, moi j'avais pris mon petit Viagra, je faisais mon métier, ni plus ni moins. Je crois d'ailleurs qu'elle s'appelait Catherine, c'est le seul souvenir que j'en ai gardé. Mais quand, le lendemain, elle a voulu remettre ça, j'ai fait celui qui ne comprenait pas.

Je n'appelle même pas ça tirer un coup. Et le soir où je me suis quand même lancé, toutes voiles dehors, vers l'une des putains du hall de l'hôtel, d'abord j'ai trouvé ça cher, ensuite elle tortillait trop pour me faire croire qu'elle aimait ça. Bref, la Canadienne, la putain en robe fendue, l'autre jour la Suédoise qui essayait de sucer alors qu'il n'y avait rien à sucer : non, je ne peux pas dire que j'ai baisé une bonne fois depuis mon arrivée. La seule, au fond, qui m'ait fait bander, c'était la petite Haimei. Son petit ventre plat contre mon ventre à moi, je ne me sentais plus. Tout ce que j'espère, c'est que la petite Chinoise, elle, n'a rien senti du tout...

Quand nous nous sommes revus, elle n'a en tout cas fait allusion à rien, elle m'a seulement remercié à nouveau pour les Proust que je lui avais donnés.

VII

Les papillons autour de moi... Décidément, ces gamines ont toutes les audaces ! Ah ! elle est loin, la belle et ronde innocence des petites filles aux joues bien rondes, deux couettes dans le dos, l'étoile de Mao bien rouge sur la casquette beige, qui rougissaient plus encore lorsqu'elles vous faisaient monter et descendre dans les ascenseurs de l'hôtel Xinqiao... Cette fois, c'est Géraldine qui s'est invitée chez moi et il n'y a pas eu de préliminaires obligés dans un restaurant de nouilles près du temple du Ciel ou ailleurs. « Haimei m'a dit que vous aviez une très jolie maison. Est-ce que vous croyez que je pourrais la visiter ? » Géraldine, son allure de grande fille un peu sauvage sous un blouson à la Calvin Klein avait presque l'air de se moquer de moi. Et, comme Camille, elle a débarqué chez moi en milieu d'après-midi. Elle aussi m'avait apporté un cadeau : une aquarelle moderne peinte sur papier de riz, vingt centimètres sur vingt, qui représentait une jolie fille un peu coquine, au sortir du bain. « J'ai pensé que vous aimeriez cela... » On trouve ces petites peintures, encadrées, pour dix yuan dans tous les marchés de la ville. Non encadrées, on les vend pour la moitié.

Puis, d'un air faussement décidé, elle a commencé

378

à fureter dans les livres de ma bibliothèque, mes disques, mes vidéo-disques. En fait, très sûre d'elle à son arrivée, Géraldine l'était maintenant un peu moins. Puis, après un moment, elle est venue s'asseoir en face de moi. Les jambes repliées en tailleur sur le canapé, comme l'avait fait Camille, cette fois. « Je sais que vous avez donné à Haimei toute la *Recherche du temps perdu* dans la bibliothèque de la Pléiade... » J'ai protesté, ce n'était que l'ancienne édition, en trois volumes. Mais, de l'air de celle à qui on ne la fait pas, elle m'a fait remarquer que c'était précisément celle dont elle rêvait aussi : la nouvelle, en quatre volumes et beaucoup de notes, était beaucoup trop grosse... Comment savait-elle tout ça ? J'ai soupiré : je doutais qu'on puisse trouver à Pékin celle qu'elle voulait. Alors, retrouvant toute son audace : « Peut-être que vous pourriez la commander pour moi à Paris, vous savez, je vous la paierai... » Je l'ai rassurée, elle n'aurait pas besoin de me rembourser, j'essaierai de lui en trouver un exemplaire. Elle a battu des mains, elle m'a remercié d'avance.

« Je sais aussi que Camille et Luc sont venus chez vous, l'autre samedi... » Camille lui avait raconté sa visite chez moi, la première, puis la seconde, Mme Shi qui nous avait servi un thé délicieux. A ce moment précis, Mme Shi est entrée dans la pièce et a déposé un plateau, des tasses, du thé sur la table basse. Alors Géraldine s'est levée, elle a fait la jeune fille de la maison. D'ailleurs, c'est ce qu'elle m'a dit : « Vous permettez que je fasse la jeune fille de la maison ? » Cette gamine était déconcertante. Elle semblait avoir toutes les audaces, mais je n'étais pas au bout de mes surprises.

Raconter tout cela, aussi déconcertant que ce fût, en

effet. C'est moi qui ai amorcé la suite de la conversation : qu'est-ce que sa petite camarade Haimei lui avait encore raconté ? Alors, l'air parfaitement angélique, Géraldine m'a simplement répondu que Haimei ne lui avait peut-être pas tout dit... Le terrain devenait brûlant, mais je devinais que la petite Chinoise prenait le même plaisir que moi à jouer avec le feu. J'ai interrogé : « Qu'est-ce qu'elle aurait pu vous raconter de plus, votre petite copine ? » Géraldine m'a regardé dans les yeux. Jusqu'ici elle jouait, soudain j'ai compris qu'elle ne jouait plus. « Peut-être que vous avez voulu l'embrasser. »

Je suis parti d'un grand éclat de rire, une gaieté parfaitement feinte : moi, à mon âge, embrasser une petite fille comme elle ! J'aurais pu être son père, son grand-père ! Elle était folle, Géraldine, d'imaginer des choses pareilles ! Embrasser Haimei, moi : non, quelle idée ! La photographier, oui, voilà ce que j'ai fait. J'ai photographié sa petite camarade. Mais Géraldine restait aussi sérieuse pour me dire qu'elle aimerait bien, oui, avoir un père, même un grand-père comme moi. Puis elle m'a posé la question, directement : « Et moi, est-ce que vous auriez envie de me photographier ? »

Et dans l'heure qui a suivi, après Haimei si sage, c'est Géraldine qui s'est dandinée, elle, devant mon objectif. Elle avait enlevé son blouson, entrouvert un bouton de sa chemise et un peu plus. Et elle prenait des poses, renversait en riant la tête en arrière. Elle m'a regardé de côté : « Je peux faire mieux, si vous voulez... » Dire que je ressentais une certaine émotion serait sûrement en dessous de la réalité, mais je devinais vaguement qu'il y avait là un danger, peut-être, qu'il me fallait éviter. Alors, j'ai su me tenir. Et me retenir. Je me rattrapais avec mon Nikon, je me disais que je la traquais, qu'elle ne m'échapperait pas et je la photographiais et la photographiais encore : c'était toujours autant, et plus encore et encore davantage, que je garderai d'elle. J'avais le souffle court. Je respirai plus fort : de la photographie considérée comme une autre forme de plaisir... Je me disais qu'à ma manière, je jouais avec cette petite fille pas vraiment nue pourtant...

Un coup de téléphone est venu mettre fin à la scène. Brusquement prise de quelle pudeur, la jeune fille s'est redressée, a disparu dans la salle de bain. Au téléphone, la voix de Clarisse, qui me disait qu'elle était malheureuse. Je lui ai suggéré de passer me voir, un peu plus tard. Mais Géraldine ressortait déjà de la salle de bain, toute gaie. Je ne pouvais pas faire autrement que lui donner le disque d'Elizabeth Schwarzkopf que Camille avait écouté et dont elle lui avait parlé. J'ai voulu y joindre un DVD des *Noces de Figaro*, elle l'a pris, tout en m'expliquant qu'elle n'avait pas de lecteur de DVD. Pas encore ? Je lui ai proposé de lui en offrir un, pourquoi pas ? Elle a répondu pourquoi pas ? Puis elle m'a effleuré les joues d'un baiser rapide avant de s'en aller sur une pirouette.

Cette fois, je n'ai pas jugé utile de raconter l'histoire à Jacques et à Linlin. Etais-je si fier de moi et de ces fichus papillons qui s'amusent à me faire tourner la tête ? La nuit était claire, j'ai tenté de me souvenir.

A la tombée de la nuit, Denis aimait déjà s'avancer au hasard dans des lacis de hutong, n'importe où, au-delà du Linlichang ou du côté de la tour du Tambour ou de celle de la Cloche.

Il aimait se perdre et se retrouver ; çà et là, un repère

le mettait sur le bon chemin. La nuit descendait parfois doucement, il faisait froid ou chaud, selon les saisons, et il regardait autour de lui une Chine inconnue, on aurait dit qu'elle s'élevait doucement de la poussière du sol avec les fumées, les odeurs, une Chine inconnue qui était celle de toujours. Après les vagues enseignes au néon des grandes avenues qui n'étaient encore que de larges rues de village, il suffisait de plonger à droite ou à gauche, dans un dédale de ruelles tortueuses, brusquement coupées par une façade qui débordait sur la chaussée, parfois bordées des murs plus réguliers de ce qui avait pu être un palais, et cette Chine montait littéralement à lui, dans la quasi-obscurité piquée seulement de la flamme rougeoyante d'un brasero ou de l'éclat jauni d'une vitre derrière laquelle on avait déjà allumé une lampe. Il arrivait rarement qu'une maigre succession d'ampoules jaunes, au sommet de poteaux branlants, fît office d'éclairage public. Peu à peu, l'obscurité tout à fait tombée s'habillait de quelques lumières, on allumait d'autres lampes et, par la porte laissée ouverte d'une maison, on devinait l'agitation autour d'un foyer.

Denis aimait aller devant lui, au hasard. Des cyclistes qu'un lancinant tintement de sonnettes annonçait vous frôlaient, sans aucun éclairage. Ce tintement des sonnettes dans les rues du vieux Pékin, il devenait si régulier sur les cinq, six heures du soir en hiver qu'on aurait pu le prendre pour un étrange bruit de cigales ou de criquets. Certains cyclistes allaient par couples, à trois parfois, eux seuls semblaient rire, s'interpeller. Mais la nuit étouffait très vite leurs voix. La plupart, solitaires, étaient des ombres fugitives, souvent indiscernables avant qu'elles vous aient dépassé. Denis aimait ces silhouettes, ces ombres, un vieux qui le croisait, appuyé sur une canne noueuse, ou les yeux écarquillés des gosses assis sur le pas d'une porte et qu'il savait deviner quand, de la main, ils lui lançaient un petit salut. Et puis, on l'a dit, c'étaient les fumées qui montaient, des odeurs. On cuisait souvent à même la rue, ça sentait le goudron, la tourbe, le bois brûlé ou un frichti de chou qui, subitement, vous donnait faim. Denis marchait toujours, pressant le pas parfois pour revenir vers des quartiers moins poétiques mais où, dans la vapeur des pains *mantou* et des marmites de soupe, il dévorerait un bol de nouilles épicées sous le regard bienveillant de bonnes filles rougeaudes, le cheveu raide qui dépassait de leur demi-toque blanche de cuisinière. Il tentait quelquefois une plaisanterie, on riait de bon cœur. Un vieux s'approchait, qui avait connu d'autres temps, il arrivait qu'il prononçât quelques mots en anglais, il arriva même qu'il lançât à Denis un « comment ça va ? » en français. C'était une halte bienveillante. On s'esclaffait de ses réponses : il y avait si peu d'étrangers en ce temps-là dans les rues les plus perdues d'un Pékin qu'ignoraient même les Russes, au beau temps de l'indéfectible amitié sino-soviétique que le révisionnisme de Moscou avait brisé et trahi. C'est que les Russes, les *Sulian* d'alors, ne s'aventuraient guère hors de leur ambassade, des hôtels de l'Amitié, des magasins ouverts pour eux et des quelques grandes boutiques où les femmes de diplomates faisaient de bonnes affaires. Les Français, les Anglais, c'était une autre histoire. Et certains, comme Jacques Benoist, comme Denis, voulaient toujours aller voir plus loin.

Le bol de nouilles achevé avec encore quelques éclats de rire, une main parfois qu'on serrait, trois ou quatre mains poisseuses de gamins qui voulaient imiter la cuisinière-serveuse en toque blanche qui vous disait de revenir, surtout de ne pas manquer de revenir, et l'on regagnait les grandes artères, Qianmendajie, au sud de Tian'anmen, pour sauter dans un autobus bourré de passagers silencieux qui ramenait Denis du côté de l'Institut des langues étrangères.

Dans les hutong les plus reculés, derrière la tour du Tambour ou au sud de la ville tartare, les cyclistes de la nuit portaient souvent l'habituel masque blanc retenu sur la bouche par quatre cordons de coton contre le froid, la pollution et les odeurs.

Nuits de Pékin. La voiture de Suzanne longe d'abord des avenues larges, éclairées. Clarisse, derrière moi, explique : tout cela, un jour ou l'autre, va disparaître. Les avenues seront plus larges, plus éclairées encore mais aux échoppes traditionnelles, aux restaurants à grosses lanternes rouges succéderont des galeries commerciales, des *malls* et des *plazzas*. Comme à Wangfujin. Il y a encore des arbres. Il fait frais, il fait beau, les gens se pressent aux portes des restaurants de Shanghai ou de Canton.

Puis nous nous enfonçons dans un dédale de hutong, à peine éclairés. Des ombres passent... Les trottoirs surélevés : un couple se plaque contre un mur, la ruelle est étroite, la voiture de Suzanne presque trop large. On tourne à gauche, à droite. Dans l'ombre d'une porte, un autre couple est enlacé : ça vous a un côté Paris vu par Prévert, Carné, Brassaï, *Les Portes de la nuit*. Mais c'est Pékin. Peu de lumière. On devine ce café encore ouvert dans la nuit. Un autre. On l'a dépassé, on s'arrête. La portière de Suzanne a claqué. J'ai refermé la mienne plus doucement.

– On essaie ici ?

Ici, c'est là : *There*, le nom du bistrot. Ecrit en anglais. Une dizaine de tables, à peine quatre ou cinq occupées. Une fille très maigre qui a l'air de taquiner un gros type qui, lui, ne rigole pas. Deux ou trois filles, seules, sous des photographies. Il y a des photos en noir et blanc partout sur les murs. Des Chinoises graves. Un homme maigre qui n'a qu'un œil. Une vitrine avec de vieux appareils de photo, un Leica hors d'âge, sa contrefaçon soviétique, modèle doré années cinquante. Et puis des rayonnages de livres. Quelques bouquins à vendre, sur une table. A New York, à Paris, dans le Marais, j'ai vu les mêmes livres. La serveuse nous apporte un Jack Daniel's, deux Jack Daniel's. Le profil de Suzanne : elle me regarde, elle sourit. Puis Théo Gautier est entré à son tour dans la pièce. Il était avec un Chinois en col Mao, on disait jadis un costume. Il est venu vers nous, un petit salut discret. Puis il a eu un signe du menton pour montrer les photographies autour de nous.

– Je savais bien que vous vous intéressiez à la photographie...

Quand nous sommes ressortis, une nappe de brouillard est soudain tombée sur la ruelle. Tout est devenu épais, feutré. Les lumières étaient comme à demi éteintes : le silence. Nuits de Pékin.

Cette fois, c'était entre Liulichang et Dashala qu'une fois de plus, Denis s'avançait dans la nuit. Il avait rendu visite à un vieil antiquaire, en face de la placette aux trois arbres où tous les diplomates habiles, au moins une fois par mois, venaient arrêter leur voiture pour chiner. Depuis quinze jours, il hésitait à acheter une petite montre de gousset ancienne en or, très plate, fabriquée en Suisse pour le marché asiatique, dont le capot arrière se soulevait pour révéler un mécanisme d'autant plus compliqué qu'il était agrémenté de caractères chinois gravés, minuscules, sur toutes ses surfaces plates. Et surtout, le système de sonnerie qu'on actionnait à partir de deux boutons situés de part et d'autre du remontoir central permettait, à quinze minutes près, de faire sonner l'heure et puis le quart, la demie, le trois-quarts. Marion, qui l'avait vue la première (elle avait même voulu, la pauvre, l'acheter à Denis !) avait décrété que c'était « un vrai bijou », mais le bijou en question coûtait quand même cent yuan, c'était une somme, Denis s'était donc décidé à se l'acheter lui-même ce jour-là. Plus plate encore qu'il ne s'en souvenait, la montre était dans le fond de sa poche, il la caressait de la main tout en pressant parfois l'un des deux minuscules boutons pour le seul plaisir de l'entendre chanter, étouffée, argentine pourtant, tout au fond de sa grosse veste de laine.

Une à une, des loupiotes s'étaient allumées sur son chemin. On a déjà dit les odeurs : elles s'élevaient maintenant de partout, avec des fumées qui montaient droit dans le ciel, d'un bleu sombre qui avait viré au noir total. Un vieux, sa cage à canari couverte d'une capote pour la nuit, trottinait devant lui, Denis avait ralenti le pas pour s'accorder un peu au sien. Des vélos le frôlaient, à gauche, à droite, partout. On aurait dit qu'ils fonçaient droit devant eux, pour ne s'écarter du passant qu'à la dernière seconde, tintinnabulant à cœur joie de toutes leurs sonnettes métalliques. Il y eut même une chauve-souris qui zébra de son vol saccadé le ciel. Un gosse s'était mis à pleurer et c'est alors que, sans qu'aucun tintement de sonnette, cette fois, ne l'ait annoncé, un vélo débula dans les jambes du promeneur. Passant presque par-dessus son épaule, le cycliste s'était retrouvé à terre devant lui. Il devait être un peu sonné : Denis l'était lui-même, mais le cycliste était une cycliste.

J'ai tiré mon bureau plus près de la fenêtre qui donne sur la cour. Ainsi puis-je observer le jeu de deux pies qui sont venues camper depuis un jour ou deux dans les branches du sophora. Ce sont de longues pies à la jaquette bleu-noir, quelque part entre les pies bien de chez nous et ces pies de Mongolie qu'on découvre dans les cours et les jardins de Pékin : élégantes, fines, elles poussent des cris discordants qui semblent s'achever chaque fois par un point d'interrogation.

Je les observe et je classe des photographies. Photos d'hier ou d'avant-hier, photographies beaucoup plus anciennes parfois. Je me dis que si je retrouve l'énergie de me remettre enfin à écrire vraiment, ces visages que je feuillette comme on joue d'un jeu de cartes puisque les assemblant devant moi sur la table, les déplaçant, je compose, en somme, des patiences : je me dis que ces visages pourraient aisément devenir personnages d'un livre. Ainsi ces deux gamines qui posaient pour moi dans les vasques et parmi les colonnes brisées de l'ancien Palais d'Eté. Ou la belle serveuse austère du restaurant des Collines parfumées, que sais-je encore ? Les longues demoiselles croisées à la galerie du Court-yard : autant de figurantes qui passeraient en arrière-plan d'une intrigue principale dont, mêlant tous les temps du présent et du passé, Suzanne Vernant, Mme Söjberg ou mes étudiantes de Beida tiendraient les premiers rôles, avec leurs petites sœurs parfois englouties dans la demi-obscurité de souvenirs anciens et dont les photos, elles encore, apportées de Chine à Paris puis rapportées avec moi à Pékin, avivaient à nouveau les traits, oui, mais aussi les âmes. Photos de Marion ou de Pascaline. Photos de la petite Yen Min au bal des étudiants du samedi soir. Photos de Meize. Photos de Meilin...

Meilin paraissait avoir vingt ans. Vêtue de bleu, son masque blanc sur le visage, elle ressemblait à ces milliers de jeunes filles que Denis avait pu croiser depuis son arrivée à Pékin, un peu lourdes peut-être, dans le manteau de tissu molletonné qui les enveloppait sitôt l'hiver venu. Assise par terre dans la poussière du hutong, où elle était tombée avec dix, bientôt cent badauds autour d'elle, un policier à l'étoile rouge surgi de nulle part, regardait Denis les yeux écarquillés. Elle avait enlevé son masque, elle ne ressemblait plus à aucune autre. Une lanterne plantée à deux pas au-dessus d'une porte l'éclairait entièrement. La jeune fille était belle, vraiment belle, Denis aurait tout le temps, plus tard, de la décrire, dans ses notes, bientôt dans le roman qu'il écrirait. De toutes celles qu'il avait rencontrées à Pékin depuis son arrivée, c'était la seule qui le touchât ainsi.

Le policier, les badauds, on a aidé la jeune fille à se relever, elle boitillait un peu mais tout le monde l'a engueulée, il n'y a pas d'autre mot : comment ! elle ne pouvait pas regarder devant elle ? Dans cette obscurité où même les fumées avaient une odeur à part, l'odeur de la nuit, de la Chine tout entière qui va s'éteindre avec le jour pour se réveiller dans un fabuleux désordre aux premières heures du jour, elle n'était pas capable, elle pourtant du quartier, de trouver son chemin ? « Tu ne regardes pas devant toi ? C'est comme ça que tu renverses les amis étrangers qui viennent nous rendre visite ? » Renversée, c'était plutôt elle qui l'avait été. Denis s'est approché d'elle, il voulait lui parler, faire remarquer à tous que ce qui s'était passé l'instant d'avant était de sa faute. C'était lui qui n'avait qu'à regarder devant lui. La rue appartenait aux cyclistes chinois, pas aux visiteurs venus de Dieu sait où qui venaient y jouer les voyeurs. Il n'avait, lui, qu'à ne pas se promener de la sorte la nuit, il n'avait qu'à ne pas quitter son Institut, que sais-je ? ne pas venir en Chine ! Et puis, il voulut lui dire aussi qu'il n'avait qu'une envie, c'était de l'aider à rentrer chez elle – elle boitillait, son vélo était abîmé... – tout simplement parce qu'il la trouvait jolie, et qu'il était confus, désolé, amoureux peut-être déjà. Mais tout ça, on ne pouvait pas le dire à une petite Chinoise de vingt ans dans les rues du Pékin de ces années-là. C'était impossible, impensable. La foule se faisait plus compacte autour de lui. On aurait dit que toute la population du hutong était dans la rue, des vieux, des marmots, des grands-mères, des femmes avec un gosse qui s'endormait sur le dos : et c'était Denis qu'on proposait de conduire à l'hôpital ! Obligeant, le policier était déjà allé chercher du renfort, Denis devinait l'ambulance qui n'allait pas tarder à arriver. Alors la voix de Meilin, dont il ne savait pas encore que c'était Meilin, s'est élevée : « *I am so sorry...* » Elle était désolée. Elle parlait anglais. Elle aurait parlé russe que tout se serait arrêté là, mais elle était *sorry* et, d'un coup, Denis s'est senti sauvé. En une seconde, il a décidé de se lancer à l'eau. *Sorry* ? C'était lui qui était *sorry*. Si *sorry* qu'il voulait la revoir. Là, oui, sur l'instant, il lui a tout dit. Qu'il la trouvait très belle et qu'il voulait que la rencontre ne s'arrête pas là. Autour d'eux, personne ne comprenait. Alors, parce qu'on ne comprenait pas, on riait : il n'était pas fâché, le gentil étranger, il n'avait pas mal, il parlait une langue étrangère avec son agresseur, tout allait bien ! On le regardait en riant plus fort, on se donnait des coups de coude. Denis ne fut pas sûr pourtant qu'un petit vieux au crâne recouvert de la calotte en forme de demi-pastèque ne comprît pas au moins un peu de ce qu'il était en train de dire. Le vieux avait dû être pousse, jadis, ou cuistot dans une légation, debout en face de lui et se marrait, avec des clins d'œil. Confuse, la jeune fille secouait la tête. Elle ne voulait pas l'entendre. Mais tout cela se passait très vite. Le temps de raconter la scène, elle était déjà finie. La jeune fille s'était relevée depuis un moment, un peu poussiéreuse, à la lumière de trois ou quatre loupiotes, une lampe torche que deux garçons étaient allés chercher. De la main, Denis tenta de brosser son épaule, maladroitement. La jeune fille faisait le gros dos, confuse, soucieuse de se dégager de ce trop-plein d'attention, la foule les entourait. On approuvait le geste de Denis, il était bon, il était un bon étranger. Mais la foule, lui, Denis s'en moquait bien. Il ne voyait qu'elle et il redoublait de maladresse pour lui parler, et lui parler encore. Il est allé plus loin. Il a tenté sa chance. Comme ça, tout de go : il lui a donné rendez-vous pour le lendemain soir, six heures, sur le petit pont de Shichahai, en face du restaurant qu'on appelle La Marmite mongole. Elle devait le connaître, non ? Denis était fou. Il voulait la revoir et elle secouait la tête, disait : « *You must not...* » Puis : « *I must go...* » Ensuite, très vite, en chinois, elle répétait qu'elle devait partir, qu'elle était désolée de tout ce qui s'était passé, c'était de sa faute, il ne fallait pas lui en tenir rigueur, mais il fallait qu'elle s'en aille. Denis ne la reverrait pas, elle ne serait pas à six heures le lendemain sur le petit pont devant le restaurant mongol : comment en eut-il alors l'idée ? Sa main gauche s'était à nouveau crispée, dans sa poche, sur la petite montre en or qu'il venait d'acheter. Il a encore eu un geste pour faire comme s'il secouait la poussière de la veste bleue militaire de la cycliste et là, subrepticement, il lui a glissé la montre dans la poche. Dans sa poche à elle. Elle ne s'était rendu compte de rien, mais lui, il savait qu'elle ne pourrait pas ne pas venir au rendez-vous du petit pont, il savait qu'il allait la revoir. Il a ensuite regagné l'Institut des langues étrangères en chantant, pourquoi pas, il s'en est souvenu longtemps encore, en chantant *La Madelon*.

Depuis près de deux ans qu'il était en Chine, Denis n'avait jamais rencontré une fille qui ressemblât à Meilin. Il en avait rencontré dix, il en avait rencontré cent, il savait qu'aucune n'était Meilin. Alors, de retour à l'Institut, enfermé dans sa chambre, il a commencé à écrire. Non pas des notes griffonnées à la hâte sur l'un de ses carnets mais sur une grande feuille de papier blanc faite pour l'encre et le pinceau, il s'est mis à raconter la scène qui s'était déroulée quelques heures auparavant, déjà, quelque part entre Liulichang et Dashala. Longuement, il a évoqué la nuit qui tombait, les lumières peu à peu, les fumées, le ciel bleu de Chine qui devenait plus noir, très noir enfin. Puis le visage de la petite fille. Là, les mots lui ont manqué. Tout lui paraissait si vain. Alors, sur une autre page, il a commencé à écrire un poème. Lorsqu'il s'est relu plus tard, il a trouvé ses effusions tellement naïves qu'il a failli en faire un chiffon.

Sur le coup de dix heures du soir, Marion a frappé à sa porte. La discipline s'était relâchée dans les dortoirs, il n'était plus impensable qu'une jeune femme rendît visite à un garçon, le soir. A condition qu'elle fût occidentale, et qu'elle n'y passât pas la nuit. Marion était en larmes, Franck avait eu une nouvelle crise. La maladie de Franck Desjardins était mystérieuse, par moments on l'aurait dit frappé de stupeur, il se laissait tomber sur un siège, un canapé, n'importe où, parfois par terre, et là, le regard fixe, il ne regardait rien. Cela faisait une demi-heure qu'il était assis de la sorte dans un grand fauteuil chinois en bois de rose que les Desjardins avaient acheté chez un antiquaire près de la tour de la Cloche. Marion n'en pouvait plus, elle s'est attardée dans la chambre de Denis. Elle quémandait un geste, une caresse, pas même un baiser. Seulement un geste de la main qui l'aurait rassurée. Mais Denis était ailleurs, Marion était vêtue d'une longue robe chinoise de soie bleue, boutonnée par des galons, dont elle faisait un peignoir de nuit. Denis devinait sous la soie ses formes pleines, il finit par l'attirer contre lui et, simplement, assis sur son lit, il la serra un peu plus fort. La jeune femme pleurait doucement. Denis se sentait très heureux.

En face du restaurant mongol, le petit pont du lac des Dix Monastères était un point d'observation remarquable. De là, on pouvait voir deux des trois lacs qui se succèdent, au-delà de Beihai. Leurs rives, de terre battue, étaient un lieu de promenade, de rencontre. Souvent, dès la belle saison, des vieux s'y installaient avec des jeux de mah-jong déployés sur un tabouret. Cinq, six personnes s'agglutinaient autour de la table improvisée, on fumait la pipe ou des cigarettes fabriquées de bribes de tabac et qui s'éteignaient aussitôt qu'allumées. Ou alors c'étaient des gosses qui jouaient, des écoliers qu'on emmenait promener, bébés roses et joufflus, leurs vêtements multicolores, chacun tenant de la main droite l'épaule de celui qui le précédait. Parfois, Denis s'arrêtait pour parler un moment avec l'une ou l'autre des institutrices. Aucune n'avait jamais pu soupçonner que s'il photographiait les mioches à tour de bras, c'était sur leurs visages à elles qu'il s'attardait le plus longtemps. Shichahai était aussi un rendez-vous d'amoureux. Pour les photographier, ceux-là, il fallait s'y prendre à la dérobée, car on avait des pudeurs, quand on était chinois et amoureux et qu'on avait vingt ans dans la Chine des années soixante. Armé d'un téléobjectif, Denis avait fait, pendant un temps, la chasse aux amoureux. Il avait développé quelques dizaines de clichés, tiré des images prises à la dérobée, deux ou trois d'entre elles étaient très belles, émouvantes.

Mais ce jour-là, c'était lui l'amoureux et, debout au sommet du pont en dos-d'âne, il surveillait les allées et venues autour de lui. En face, c'était la façade encore grise, presque branlante, du restaurant. On le repeindrait plus tard, il afficherait ses flamboyants panneaux rouge et or. A gauche et à droite, le restaurant formant un angle, s'ouvraient deux ruelles un peu plus larges qu'ailleurs, bordées de boutiques, où les passants étaient nombreux. Il y avait des jeunes filles à vestes à fleurs, rouges ou jaunes, des bonnets d'enfants de toutes les couleurs et même quelques vieilles femmes qui portaient encore des robes chinoises, à la mode d'autrefois. L'une d'entre elles avait des pieds minuscules, survivante d'une Chine d'avant la Révolution, la première : quand les Han se distinguaient des Mandchous et se faisaient encore bander les pieds. La vieille marchait presque allègrement, elle trottinait sur ses deux moignons de pieds, traversant le pont elle adressa un grand sourire à Denis, trois chicots jaunes au milieu d'une bouche édentée. Il était exactement six heures et deux minutes, Denis était arrivé quatre ou cinq minutes plus tôt. Derrière lui, entre les rives des deux lacs qui s'élargissaient après le pont, une ruelle plus petite était bordée de maisons grises. Murs gris, toits de briques arrondies, avec un arbre ou deux qui naissaient quelque part, probablement dans un jardin. Le cœur de Denis battait. Il était six heures cinq lorsque Meilin arriva. Il ne l'avait pas vue venir, probablement de la rue la plus large, celle qui formait le coin gauche du restaurant. Et soudain elle était là devant lui, vêtue de la veste bleue la plus anonyme qui se pût imaginer. On aurait dit que c'était à dessein qu'elle s'était fait deux nattes, très serrées, en queue de rat, presque dressées des deux côtés de la nuque. Elle avait dû le voir de loin, elle tenait déjà la montre à la main.

– Je vous ai rapporté ça !

Elle était venue tout près de lui, pour que personne ne les entende, et s'adressait à lui en anglais. Elle ouvrit son poing fermé pour montrer la montre. Denis se rendit compte qu'il devait la prendre, ce qu'il fit prestement pour la glisser à nouveau dans sa poche. Il y eut un silence, embarrassé. Puis il la remercia d'être venue, il avait eu très peur, dit-il tout de suite, qu'elle ne vienne pas. Bien sûr, elle avait compris le stratagème dont il s'était servi en glissant la montre dans sa poche. Mais ç'aurait probablement été perdre la face

394

que reconnaître qu'elle ne s'était pas laissé abuser. Alors, revenant sur l'incident de la veille, elle s'excusa à nouveau :

– *I am so sorry for yesterday...*

Le même dialogue recommençait, c'était lui qui était désolé, c'était elle qui n'avait pas fait attention, c'était lui qui marchait n'importe comment dans le noir... Puis, après un nouveau silence, il désigna le restaurant mongol en face d'eux : est-ce qu'elle n'avait pas envie de manger quelque chose ? Mais elle refusa, l'air horriblement gêné. Et c'est elle qui suggéra :

– Marchons, marchons plutôt...

Cette fois, elle avait parlé chinois. Ils marchèrent donc, d'abord en silence, sur la rive sud du lac inférieur. C'était la partie la plus étroite, la nuit n'était pas encore tombée, mais les derniers joueurs de mah-jong ou d'échecs chinois repliaient leurs attirails. Personne ne semblait remarquer qu'il était français, un étranger donc, en train de se promener avec une Chinoise. Il l'interrogea : elle n'était pas coiffée de la sorte, la veille au soir ? Il avait oublié comment était alors sa coiffure. Probablement les cheveux simplement raides, de part et d'autre du visage. Mais pas ces petites couettes, un peu drôles, un peu ridicules aussi. Il comprit qu'elle secouait la tête : non, hier soir elle était coiffée n'importe comment. Elle devait sous-entendre qu'à présent elle était coiffée comme une jeune fille chinoise doit l'être lorsqu'elle se trouve en compagnie d'un étranger. Il y eut un nouveau silence puis ce fut elle, soudain, qui fit preuve d'une audace étonnante :

– Pourquoi est-ce que vous m'avez dit tout ce que vous m'avez dit hier soir ?

Pris par surprise, Denis ne comprit pas aussitôt.

– Ce que je vous ai dit ? Qu'est-ce que je vous ai dit ?

Elle aurait dû être embarrassée pour s'expliquer, elle l'était probablement, mais elle rappela simplement quelques mots des propos qu'il avait tenus, l'envie qu'il avait eue de la revoir, ce qu'il avait dit sur elle, sur son visage. Avec une drôle de voix, elle remarqua :

– Vous savez que ce n'est pas très correct de dire des choses pareilles à une fille, dans notre pays ? D'ailleurs, ajouta-t-elle, je ne vois pas ce qu'il y a de particulier à dire sur moi. Je suis une Chinoise comme des millions d'autres...

Denis était paralysé par l'émotion. Il ne s'attendait pas que la conversation prît tout de suite ce tour-là. Il bégaya quelque chose, il dut dire une banalité, qu'il aimait beaucoup la Chine, qu'il aimait beaucoup les Chinois, qu'il aimait leur langue, leur civilisation... Il s'embarrassait dans des phrases creuses, elle lui coupa la parole :

– Et vous, qui êtes-vous ? Vous êtes français, n'est-ce pas ?

Alors Denis commença à parler. La nuit tombait maintenant plus vite, ils ralentissaient pourtant le pas. Devant eux, la surface du lac était parcourue de minuscules vaguelettes. On devinait des canards, quelque part, qui s'ébrouaient dans l'eau. Denis raconta son arrivée à Pékin, son travail à l'Institut des langues étrangères, les amitiés qu'il avait nouées, le Pr Gao, ses amis chinois. Il raconta aussi qu'il voyait beaucoup d'amis étrangers, mais que c'était avec des Chinois, seulement, qu'il avait le sentiment d'apprendre quelque chose. Puis, comme la jeune fille ne disait rien, il parla de sa vie à Paris, avant la Chine. Il parla de l'Algérie, de la guerre. Pour cette première fois, il n'osa pas avouer qu'il avait écrit un livre. Devant tant d'autres filles, il l'aurait fait, avec une certaine forfanterie. N'avait-il pas déclaré un jour que, s'il voulait écrire, c'était précisément pour draguer les filles ? Mais ce soir-là, il devinait bien ce qu'une telle remarque pouvait avoir de hors de propos, à côté de cette jeune femme silencieuse. Alors il parla de l'Auvergne et des livres qu'il avait lus. Il revint enfin à la Chine, aux dortoirs de l'Institut des langues étrangères, aux amis qu'il y rencontrait, les Africains, les Cubains, les bals du samedi soir. Mais là aussi, il savait qu'il ne fallait pas, du moins pas encore, inviter la jeune fille à y participer.

A son monologue, qui avait duré à peu près le temps qu'il faut pour faire la moitié du tour du lac, répondit alors celui de la jeune fille. C'est seulement à ce moment-là que Denis apprit qu'elle s'appelait Meilin. Et comme il l'avait fait, Meilin parla d'elle. Elle fut très discrète sur la vie qu'elle menait à Pékin, se bornant à dire qu'elle travaillait dans une agence de voyages. Luxinshe ? interrogea Denis. C'était l'agence de voyages officielle de la Chine populaire. Elle acquiesça, elle travaillait là, en effet. Mais ce n'était pas le plus important pour elle. Comme il l'avait fait en évoquant Paris, l'Algérie, l'Auvergne surtout, elle parla du pays où elle était née. Sa terre natale : à deux ou trois reprises, elle avait répété l'expression. Sa terre natale, c'était le Sichuan, au sud-ouest de la Chine. Elle était née dans un village près de Chengdu, la capitale, au milieu de la montagne. Sa mère habitait là. Elle avait connu son père venu « pour une inspection » et, tout de suite, les deux jeunes gens avaient été amoureux. Son père habitait Pékin, mais pour des raisons sur lesquelles elle ne s'étendit pas, elle expliqua que sa mère avait longtemps vécu dans son village où elle était revenue, et où son frère et sa sœur étaient nés. Elle parla de la montagne, des promenades qu'on y faisait, des papillons qu'on y voyait, des fleurs qu'on y cueillait, des fruits qu'on y mangeait. Elle décrivait son village natal comme s'il s'était agi d'une peinture traditionnelle ancienne, avec des rochers, des saules au bord d'une rivière, des femmes qui lavaient le linge, des enfants qui s'ébrouaient dans l'herbe. Il y avait des nuages au sommet des montagnes, parfois de la neige, il pleuvait souvent, la terre était gorgée d'eau. On aurait dit que la jeune fille racontait tout cela pour ne pas avoir à parler d'autre chose. Denis le devina, vaguement. Peut-être allait-il lui poser des questions plus précises sur sa vie d'aujourd'hui, lorsqu'elle se rendit compte qu'ils avaient achevé le tour du lac inférieur et qu'ils étaient de retour devant le petit pont de pierre, face au restaurant mongol. Il lui proposa encore de dîner quand elle regarda l'heure à son poignet, il était déjà très tard. C'était subitement Cendrillon qui redoutait le douzième coup de minuit. Il n'était que sept heures et demie, mais il fallait qu'elle rentre. Denis lui demanda son adresse, celle de l'agence de voyages où elle travaillait, mais elle ne répondit pas. Il insista, voulant savoir s'il pouvait la revoir. Elle répondit oui. Mais quand ? Mais où ? Ils étaient exactement à l'endroit d'où ils étaient partis, debout au milieu du pont. Elle eut un coup d'œil circulaire autour d'elle avant de répondre : elle le retrouverait ici même. Quand ? insista Denis : demain ? Elle secoua la tête. Négativement. Après-demain ? Elle murmura oui, lui tendit la main, en bonne camarade, puis disparut en courant.

Rentré chez lui, comme la veille, il se mit à écrire.

Cette fois, ce fut le monologue de la jeune fille qu'il tenta de reproduire, presque mot pour mot. Les oiseaux dans la montagne, les fleurs qu'on y cueillait, les fruits qu'on y mangeait. Les femmes qui lavaient le linge au bord de l'eau... Les papillons...

Géraldine est revenue une fois, deux fois. « Vous aimez bien me photographier, n'est-ce pas ? » Elle est tout de suite entrée dans le vif du sujet. Elle a commencé par glisser un disque dans la machine à musique, un vieux disque de jazz que je promène toujours avec moi. J'ai déjà parlé de la musique de *Sait-on jamais ?* Un cortège sur le Grand Canal. Géraldine sait parfaitement ce qu'est le Grand Canal, elle n'a qu'un rêve, me dit-elle, aller un jour à Venise. Puis elle est venue s'étendre sur le canapé. J'ai fait le reste. C'est-à-dire, comme la première fois, cinq, six rouleaux de photos d'elle. Elle prenait des poses plus audacieuses, ses jambes longues infiniment et dévoilées très haut. Il aurait suffi d'un geste, peut-être. Mais je dois vieillir à vue d'œil : je ne l'ai pas eu, ce geste. Tout près d'elle, un moment, un gros plan de son visage, je devinais son odeur de petite fille, j'allais craquer. L'a-t-elle senti ? De la main droite elle a fait glisser le haut de son débardeur, sous lequel elle ne portait rien. Puis, lentement, avec un drôle de sourire, elle a dégagé un sein. Elle m'a regardée : « Je vous plais, comme ça ? Photographiez-moi. » Son souffle était devenu plus rapide. Le mien... J'étais penché sur elle, je bandais comme un bouc. « Tu me plais, oui... » J'ai senti que ma main tremblait. Elle me défiait : « Alors ? » J'hésitais. Elle s'était cambrée, elle allongeait encore une jambe, écartant l'autre. Elle a mordu sa lèvre inférieure : « Alors ? Vous me photographiez ? » Mais comme la première fois, je me suis relevé. Je suis un vieux Français pas vraiment joli-joli de soixante ans et un peu plus, elle est une jolie petite Chinoise de vingt ans : tout est dit, non ? J'ai saisi mon appareil photo des deux mains. Je m'y agrippais comme à une bouée de sauvetage. Et j'ai pris encore vingt photos, un autre rouleau : la petite salope le devinait bien que, photo après photo, je la possédais quand même. Un peu...

Dès sa deuxième visite, à la troisième encore, hier, je lui ai fait un cadeau : des photos, un cadeau. Elle avait compris le truc. Je savais qu'elle y prenait autant de plaisir que moi et je n'en ai pas vraiment honte. Hier, j'étais à quatre pattes, ou presque, pour mieux cadrer la courbe d'un sein, la ligne d'une hanche – et je lui ai donné le lecteur de DVD que je lui avais promis ! Les bons comptes font les bons amis. Elle m'a ensuite demandé de l'argent pour prendre un taxi parce qu'elle ne pouvait pas rentrer avec ce gros carton sous le bras. Mais elle a insisté pour demander au chauffeur de la retrouver devant la porte de la maison-musée de Lu Xun, toute proche. « Il ne faudrait tout de même pas que tout Pékin sache que je sors de chez vous ! » Je la tutoie, naturellement, j'ai suggéré qu'elle me dise aussi *tu*, mais elle a refusé. « Vous êtes mon professeur, je suis votre étudiante, j'ai trop à apprendre de vous... »

A leur deuxième rencontre, elle accepta seulement de manger quelque chose avec Denis. Dîner, il n'en était pas question, elle dînerait plus tard chez elle. Sinon, son père ne comprendrait pas... Tout de suite, elle avait parlé de son père. Denis devinait que ce père comptait sûrement beaucoup pour elle. Elle voulait bien manger mais refusa pourtant le restaurant mongol parce qu'il y avait trop d'étrangers. Elle se mit à rire. Est-ce qu'il ne pouvait pas trouver un endroit amusant, un endroit qu'il aurait été le seul à connaître ? On aurait dit qu'elle voulait créer, d'entrée de jeu, une sorte d'intimité entre eux. Cette fois, elle ne portait plus les couettes en forme de queue de rat, son visage paraissait moins rond, les yeux doucement allongés, la bouche minuscule, elle était vraiment très belle.

– Si vous n'avez pas d'idée, c'est moi qui vais vous emmener dans un restaurant que je connais !

Et la jeune fille, d'un air décidé, d'achever de traverser le pont pour avancer droit devant elle, droit si l'on peut dire, tournant sans cesse à gauche, à droite, pour reprendre ensuite à nouveau devant elle, vaguement en direction du nord. Elle aurait voulu perdre Denis qu'elle ne s'y serait pas prise autrement. Ils arrivèrent à un petit boui-boui où, glissant d'abord une tête à l'intérieur, elle vérifia qu'elle ne connaissait personne avant d'inviter Denis à la suivre. Ni le cuisinier ni les deux femmes en toque blanche qui l'assistaient ne paraissaient connaître davantage Meilin. Peut-être qu'elle avait vraiment marché au hasard, dans le seul but de trouver un restaurant où personne ne l'aurait reconnue. Elle s'excusa de l'aspect des lieux, par avance de la nourriture qu'on leur servirait. C'était un endroit très simple, elle était une fille très simple, il devait le comprendre. On leur servit d'autorité un plat de nouilles du Sichuan, rouge, très épicé. Cette fois, ce n'est pas de son enfance ni du village près de Chengdu qu'elle parla, mais de sa vie à Pékin. En deux jours, un changement d'attitude étonnant s'était opéré en elle. Elle semblait maintenant tout à fait en confiance et Denis s'en rendit compte. Elle était curieuse, mais aussi heureuse d'être en sa compagnie. Alors il l'écouta lui raconter son travail de chaque jour, à Luxinshe. Elle était dans l'un des bureaux centraux de l'Office du tourisme, au nord de Wangfujin. Comme elle parlait anglais, mais aussi russe et qu'elle bafouillait quelques mots de français – « Je parle français aussi, moi, monsieur... », lança-t-elle avec un petit air gêné –, elle était plus particulièrement chargée des déplacements à l'intérieur de la Chine des résidents étrangers.

– Peut-être que vous avez eu affaire à moi, sans le savoir..., suggéra-t-elle.

Elle lui disait « vous », *ning*. C'est avec un *ni*, « tu » qu'il lui répondit :

– Tu sais, je n'ai encore jamais voyagé en Chine.

Elle parut stupéfaite. Pendant un moment encore, elle usa du *vous* puis, insensiblement, passa à son tour au *tu*. Après sa vie à l'agence, elle en arriva tout de même à sa vie familiale. Son père, ce qu'il faisait ? Eh bien, on pourrait dire qu'il était un « responsable ». Responsable, mais de quoi ? Denis voulait en savoir davantage, elle éluda toute vraie réponse. Il avait des responsabilités, c'était un homme assez important. Très vite elle passa à autre chose et, brusquement, expliqua que sa mère était morte. Elle l'avait perdue quand elle avait une douzaine d'années, c'est pour cela qu'elle vivait seulement avec son père et que celui-ci s'occupait tant d'elle.

Sa mère était morte alors qu'elle attendait son troisième enfant. Elle était revenue à Chengdu, pour accoucher dans la maison familiale. Et voilà qu'un jour, elle avait voulu aller laver son linge au bord de l'eau. C'était une petite rivière qui descendait de la montagne et se jetait dans le fleuve. Elle avait dû avoir très chaud en portant son paquet de linge, elle s'était probablement agenouillée sur la rive, son linge à côté d'elle, quand elle avait dû être prise d'un malaise. Son ventre, peut-être, qui l'avait entraînée en avant. Elle était tombée là, à l'écart du courant, dans une flaque d'eau qui ne devait pas faire plus de soixante centimètres de profondeur. Elle s'était noyée...

Un peu plus tard, la jeune fille expliqua que ce devait être le destin des femmes de sa famille de se noyer ainsi. Elle avait une grand-tante, qui s'était noyée de la même façon, un peu en amont de la même rivière. Mais elle, c'était après un chagrin d'amour. Quant à sa petite sœur, de deux ans plus jeune qu'elle, elle s'était noyée aussi. On n'avait jamais su pourquoi, elle était heureuse, gaie, et pendant des vacances qu'elle passait près de Chengdu, elle s'était levée une nuit, elle avait marché jusqu'à la rivière et on n'avait retrouvé son corps que longtemps après, très loin en contrebas.

Denis l'écoutait en silence. Il avait la conviction qu'elle avait voulu tout de suite lui dire ces choses-là, peut-être pour qu'il sût que, pour elle, autour d'elle, rien n'avait été ni ne serait jamais très simple.

Après le bol de nouilles, on leur avait apporté un poisson avec une sauce toujours très forte. Décidément, c'était bien avec le Sichuan de ses origines que la jeune fille avait voulu renouer en conduisant Denis jusqu'à ce restaurant. La rivière qui descend de la montagne, et, plus bas, un barrage de rochers où l'on avait retrouvé le corps d'une petite sœur : Meilin en disait sûrement plus ce jour-là, et à un étranger, qu'à tous ses amis de l'université, autrefois. Sur un geste de Denis, on avait apporté un petit cruchon de *maotai*, un alcool blanc assez fort dont elle but une petite coupe, sans sourciller.

Denis l'interrogea ensuite sur les étrangers qu'elle rencontrait à l'agence de voyages. Oui, reconnut-elle, chaque fois que l'occasion s'en présentait, elle aimait accompagner des visiteurs. Ainsi, elle commençait à connaître un peu de la Chine. Elle énuméra les endroits où elle était allée, beaucoup d'entre eux étaient interdits aux étrangers. Pour finir le repas, on leur servit un *toufu* dans une sauce sucrée, légèrement parfumée au gingembre. La jeune fille aimait ça, elle but le sirop jusqu'au bout, portant son bol à ses lèvres. Puis elle reposa le bol, poussa un petit soupir. Peut-être qu'il fallait qu'elle s'en aille, maintenant. Elle avait dit ça à regret. Sa main était sur la table de bois, à côté du bol. Elle avait des doigts très longs, des mains fines, d'une jolie couleur un peu sombre. La main de Denis, ses doigts à lui étaient à quelques centimètres de ceux de Meilin. Il vit qu'elle regardait la table, leurs deux mains. Alors, très doucement, il avança la sienne et, du bout de deux doigts, caressa deux doigts de la jeune fille, le majeur et l'annulaire de la main gauche. Elle eut un tressaillement, mais ne bougea pas. Il avait d'ailleurs déjà retiré sa main, il avait payé, ils étaient sortis. La nuit était telle qu'il l'aimait, des hutong très sombres mais ponctués de nombreuses lumières, car il était tôt encore. A main droite, après le restaurant, il y avait des bains publics. Ensuite, un antiquaire dont Denis n'aurait jamais soupçonné l'existence en cette partie de la ville totalement inconnue des touristes. L'échoppe était encore ouverte, un vieux à barbiche somnolait. Il avait dû naître avant le siècle. Denis voulut entrer, mais c'était un magasin pour les habitants du quartier, avec tout juste quelques sceaux anciens, des petits godets à peinture, de minuscules objets, la plupart ne valaient pas un yuan. Pourtant, dans une vitrine, il y avait trois montres, dont une montre en or plate, exactement semblable à celle qui leur avait permis de se rencontrer. Meilin fit mine de ne pas l'avoir remarquée, Denis se promit de revenir l'acheter. Ils se quittèrent le long d'une grande avenue qui descendait vers le sud. Il ne savait toujours pas où la jeune fille habitait, mais ils s'étaient fixé un autre rendez-vous, pour le surlendemain. Cette fois, Denis avait suggéré qu'ils se rencontrent plus simplement chez le libraire ancien du marché couvert de l'Est. Il la vit disparaître à grands pas vers le sud, lui-même remontait vers le nord et l'Institut des langues étrangères.

Paul Rollet a voulu me parler du personnage de Meilin, qu'il a bien sûr rencontrée dans mon roman chinois. Aussi est-il venu m'attendre à la sortie de mon cours pour m'entraîner dans un petit restaurant comme il ne doit pas en rester beaucoup à Pékin. Ce n'est pas loin du temple du Ciel, on vient là manger du canard laqué. Un hutong tout en tours et retours, brusques coudes, parfois culs-de-sac. Avant d'y arriver, sur un mur gris, le beau gris de Pékin retrouvé, une cage avec trois pies. Plus loin, une autre cage avec un minuscule perroquet. Je les photographie, taches de couleur, la queue bleue de la pie de Mongolie, sur le mur gris. Et puis du linge qui sèche. En plein milieu du hutong, un rat crevé, énorme, que je photographie aussi. Et la porte du restaurant, je note l'adresse, n° 11, Nanfengxiang Hutong. Passé la porte, avec des photographies sous une vitrine, où je reconnais Jacques et Linlin, levant un verre de *maotai*, on pénètre dans une minuscule cour, avec des salles à manger privées ouvrant sur trois côtés. Au milieu, pendent des canards ébouillantés, très gros, très blancs, un peu dégoûtants. Ils évoquent pour moi les énormes grenouilles albinos qu'un de mes amis nourrissait, dans un aquarium à New York, de minuscules poissons rouges. Il renouvelait souvent sa flottille de poissons alimentaires... Ici, nous sommes reçus par une petite armée de jeunes filles et par un patron volubile qui demande à Paul des nouvelles de toute sa famille, des nouvelles de l'ambassadeur, des nouvelles de je ne sais plus quel ministre, tous venus là auparavant. Il est peut-être difficile à dénicher, notre restaurant, mais tout le monde semble savoir en trouver le chemin !

Le patron nous introduit dans l'une des salles à manger. Il y fait frais, presque froid. Quelques plats, pour commencer, puis le patron revient, accompagné d'un jeune homme. Ils portent solennellement l'énorme canard laqué que nous allons déguster, à deux. Le travail rapide du cuisinier qui coupe les lamelles de peau, deux gamines qui s'affairent pour nous apporter les petits plats de sauce, les crêpes brûlantes, qui refroidiront si vite... Des oignons, des morceaux de concombre. Comme Jacques et Linlin, un ou deux verres de *maotai*. Paul Rollet m'avait aussi dit qu'il voulait me parler de mes cours, à l'université. J'avais eu un peu peur. Mais c'était un prétexte. Il est passé de Beida d'aujourd'hui à ce Pékin des années soixante où il semble tant regretter de ne pas avoir vécu. Il m'explique combien le personnage de la jeune Chinoise amoureuse que j'y ai mise en scène l'a touché. Puis, brusquement, Rollet me parle de lui. Les années d'autrefois, étudiant jadis lui-même à Beida une quinzaine d'années après mon séjour à Pékin. Puis dix-huit mois passés à Xian. Les jeunes femmes qu'il rencontrait, une chanteuse d'opéra... C'est alors qu'il commence à me parler des femmes chinoises, le désir qu'il en a toujours eu. Il a quarante-cinq ans, maintenant, il est marié, j'ai rencontré ses trois petites filles, son petit garçon blond, aux yeux bleus. Bernadette, au visage très doux qui, comme Suzanne, allaite encore la dernière petite fille... Et lui, Paul, qui se souvient de ses petites amoureuses chinoises d'autrefois. Alors, aujourd'hui... C'est pour ça qu'il est venu, pour me parler. Mes cours étaient un premier prétexte. Meilin peut-être aussi, un autre prétexte. Meilin, Mimi... Il me le dit lui-même, il savait que je comprendrais... Alors il me parle de la petite Mimi, avec qui nous avons dîné dans le restaurant de Ditan. Bernadette était avec nous. Mimi, la petite fille plus maigre que maigre, tellement plate qu'on aurait pu la prendre pour un petit garçon. « Vous vous souvenez ? » Je me souviens, son père est un peintre qui peint des paysages chinois d'autrefois à la manière d'artistes d'aujourd'hui. Son grand-père, directeur de théâtre, sa grand-mère, chanteuse d'opéra. Et la petite Mimi qui est aujourd'hui sa secrétaire et, depuis six mois, sa petite – il me précise : « sa toute petite... » – maîtresse. Bernadette sait tout, il ne peut rien lui cacher. Souvent, le dimanche, comme l'autre jour à Ditan, ils vont déjeuner ensemble. Quelquefois, même, avec les enfants...

– La première fois que j'ai vu la petite Mimi, au bureau, j'ai pensé au personnage de la petite Chinoise, dans votre roman, conclut enfin Rollet.

C'est à ce moment-là que je m'en rends compte : dès la première fois que j'ai aperçu Haimei, à Beida, je me suis moi aussi souvenu de Meilin.

Meilin connaissait la librairie du marché de l'Est. Elle y avait déjà conduit des visiteurs étrangers. Lorsqu'ils s'y retrouvèrent, elle tenait à la main un petit paquet, entouré de papier de soie. C'était une édition un peu ancienne, en français, de l'un des romans les plus célèbres de Lu Xun. Denis l'avait déjà lu, mais il se garda bien de le dire, il la remercia avec effusion. Il pensait qu'il aurait aimé lui offrir la montre plate, dans le même temps il se demandait si elle aurait accepté un cadeau de cette valeur. Des diplomates étrangers entrèrent alors dans la boutique, Meilin voulait les éviter, elle fit signe à Denis de sortir par une porte plus éloignée. Revenus dans Wangfujin, Denis lança sa proposition : est-ce qu'elle connaissait le Yuanmingyuan ? Peu d'étudiants en avaient entendu parler : Meilin, elle, connaissait l'ancien Palais d'été. Un jour son père l'y avait emmenée. Elle était encore toute petite, sa sœur était presque un bébé, leur mère venait de mourir. Denis demanda : c'était donc un lieu de promenade courant à Pékin, que ces ruines baroques envahies par les herbes et les ronces ? La jeune fille se mit à rire. Non, très peu de Pékinois soupçonnaient l'existence de ces ruines. On avait bien affirmé, quelques années auparavant, qu'on allait les restaurer, mais pour l'heure le gouvernement comme la ville de Pékin avaient d'autres préoccupations.

Très vite, ils se retrouvèrent dans la partie centrale du jardin, là où les restes des anciens palais sont les plus présents. Toujours le même grand escalier, la vasque en forme de coquille Saint-Jacques, gigantesque, et surtout, dressé sur le ciel, ce portique impossible devant lequel, cette fois, la jeune fille accepta de se laisser photographier. Alors, en noir et blanc, il commença à prendre plusieurs dizaines de clichés d'elle. Il avait besoin de la voir se découper sur le ciel, au centre de ce portique, mais aussi assise sur les marches d'un escalier, appuyée à une colonne, penchée sur la vasque de pierre. Il se disait que c'étaient encore autant d'illustrations d'un livre à venir dont il ne savait rien d'autre, sinon qu'il parlerait de la Chine et qu'il y parlerait d'elle. Complaisamment, Meilin se laissait faire. Ces jeux, les photos qu'il prit sans discontinuer pendant plus d'une heure les occupèrent si pleinement que ni l'un ni l'autre n'entama une véritable conversation. On aurait dit que la jeune fille avait compris l'importance que pouvaient avoir ces photographies pour son nouvel ami. En quelques mots, il lui avait raconté les centaines d'images déjà entreposées dans l'appartement de Jacques. A s'approcher très près de la jeune femme, à fixer le grain de sa peau dans l'œil de son téléobjectif, comme à détailler le mouvement des lèvres, le lobe de l'oreille, la petite frange sur le front, Denis éprouvait une émotion plus forte encore que celle qu'il avait ressentie à photographier Pascaline ou Marion. C'était une émotion différente, avec Marion il y avait du désir, avec Pascaline le sentiment de toucher par là, et par là seulement, à une réalité qui, pour le reste, lui serait toujours inaccessible. Meilin, c'était autre chose. On aurait dit qu'elle avait fait cela toute sa vie : poser, se déplacer, virevolter avec une extraordinaire élégance devant un appareil de photographie. Et lui, qui lui disait de renverser la tête en arrière, de monter encore une marche ou de s'asseoir ici, sur la margelle de cet ancien puits, il avait la certitude que ce qui était en train de naître entre eux, au-delà de la complicité qui existait déjà, de la tendresse qui commençait à sourdre, deviendrait bientôt du désir, une sorte de révélation que l'un ferait à l'autre, parce qu'ils venaient d'univers différents et qu'ils seraient désormais si proches qu'ils pourraient s'enrichir l'un l'autre, et pour très longtemps.

Puis Denis rangea son appareil. De la besace où il l'avait enfourné, il sortit ensuite un livre, le sien. Il le tendit à la jeune fille.

– Tu ne m'avais pas dit que tu écrivais des livres ! s'étonna-t-elle.

Il corrigea à nouveau, comme il en avait coutume : non pas des livres, mais un roman. Il avait écrit un seul roman jusqu'à présent mais – et c'était la première fois depuis son arrivée à Pékin qu'il l'avouait, fût-ce à lui-même – il était précisément en train d'en commencer un autre.

– On y parlera de ce jardin ?

Meilin regardait autour d'elle. L'ancien Palais d'été pouvait en effet être le cadre idéal d'un roman qui se déroulerait en Chine. Plein d'une assurance qu'il ne se connaissait pas, il approuva avec enthousiasme : oui, dans son livre, il serait naturellement question du Palais d'été. Mais il y serait aussi question d'elle.

– C'est une chose étonnante, tout de même, de pouvoir se parler si librement..., remarqua alors Meilin.

Il y eut un silence. Au loin, un chien aboyait. On voyait très distinctement, à deux ou trois cents mètres d'eux, trois ou quatre paysans penchés dans un champ. L'herbe leur venait jusqu'à mi-corps, mais de là où ils étaient placés, un contre-jour aidant, eux-mêmes ne pouvaient voir les jeunes gens. Denis reprit le livre des mains de la jeune femme. Puis il le posa sur la pierre, à côté de lui. Ils étaient assis côte à côte, les paysans, dans le champ devant eux, avaient disparu.

– Est-ce que je peux te demander quelque chose...,
interrogea-t-il enfin.

Puis, sans attendre :

– J'ai envie de prendre ta main dans la mienne.

Sans rien dire, elle avança sa main, la posa sur le
genou du garçon. Alors lui, très doucement, prit la
petite main, très fine aux longs doigts fuselés entre les
siennes et la caressa longtemps. Plus doucement
encore, il porta la main de Meilin à ses lèvres et y
déposa un baiser. On entendit, tout près d'eux cette
fois, un chien qui aboyait. Des voix de paysans, proches aussi, qui débouchaient bientôt d'un sentier.
Lentement, Meilin avait repris sa main. Elle s'était
levée, Denis se leva à son tour. Ils marchèrent encore
dans le jardin, en se disant ces mots qu'on se dit dans
ces moments-là : que c'était bien de s'être ainsi rencontrés. Mais cette fois, c'était Denis qui était pressé.
Il leur fallut marcher jusqu'au zoo pour trouver un taxi,
celui-ci déposa le Français devant l'Institut des langues
étrangères, Meilin continua vers le centre de la ville.

Il était midi, midi et demi, la jeune employée de
Luxingshe, qu'on appelait plus couramment encore en
anglais *China Travel Service* avait annoncé à son
bureau qu'elle serait très en retard ce jour-là.

J'ai reçu une lettre anonyme. Rédigée en chinois,
probablement pour donner le change, le non-signataire
reprend presque les mêmes termes que ceux de ma
prétendue collègue Yolande pour me mettre en garde :
je joue avec le feu, des bruits courent sur moi, ce ne
sont que des bruits mais le non-signataire en question
sait parfaitement à quoi s'en tenir. D'ailleurs elle
connaît mes derniers livres : les mots pornographe,

pédophile qu'elle souligne en rouge reviennent à deux reprises, comme de doubles crachats. Quant à ma conduite à Pékin, elle est aussi scandaleuse que les insanités que je débite à mes étudiantes pendant mes cours. Un féminin pluriel, sans ambiguïté. Je ne doute pas un instant que la rousse Yolande ait éprouvé une certaine volupté à jouer de la sorte au corbeau. L'infâme Yolande – si c'est elle – parle aussi de ma passion pour la photographie et des séances de pose dans ma cour carrée : je me demande quand même comment la salope a pu savoir !

Je ne peux pas croire que Théo, qui vient d'être l'heureux papa d'une petite bâtarde qu'il a eu le culot d'appeler Méditerranée, pousse, lui, le vice à s'amuser à ces jeux-là. Encore que... Suzanne a sûrement une bonne raison de me mettre en garde contre lui. Suis-je vraiment inquiet de si charmantes attentions ? Je hausse les épaules. Je me dis que je m'en fous...

L'automne est tout à fait venu. Curieusement, dimanche dernier il a plu. C'est précisément le jour où Paul Rollet se faisait une joie de m'emmener voir des temples jadis interdits aux étrangers. Malgré la pluie, nous sommes tout de même partis. Bernadette nous accompagnait. Paul m'a expliqué que la petite Mimi avait accepté de « garder les enfants toute la journée... » Sous la pluie, nous avons d'abord parcouru un premier temple, le Juetaisi, le temple de la Terrasse de l'Abstinence ou de l'Ordination.

Très peu de monde, il fait presque frais, nous avançons, parapluies à la main. Bernadette Rollet a l'air heureuse, elle seule ne tient pas de parapluie. Elle me dit qu'elle aime sentir l'eau qui l'enveloppe de partout.

Le visage renversé en arrière, elle reçoit la pluie. Je tente, comme je peux, de prendre deux ou trois photos d'elle. L'atmosphère est étrange, cette pluie sur les arbres, sur les terrasses, sur les branches, me rappelle un séjour que j'avais fait il y a plusieurs années à Kyoto, avec le directeur de l'Institut français d'alors, qui m'avait invité un peu comme Jacques, par erreur ou par charité. Mon guide s'appelait Daniel Wasserman, il connaissait les bars de Kyoto comme personne. Des filles qui avaient l'air d'avoir dix-sept ou dix-huit ans, mais qui en avaient facilement dix de plus, se joignaient à nous, au retour de nos promenades. Nous buvions du saké. Elles me caressaient doucement la main. Seulement cela : me caresser la main. Autour de ce Daniel Wasserman, on ressentait un étrange sentiment de chaleur. Un jour, comme au Juetaisi, nous avions longuement marché sous la pluie, sous des arbres. C'était une véritable forêt, un sentier couvert de fougères montait jusqu'à un temple. Le long du chemin, il y avait des piles de rondins, des arbres à la belle odeur de camphre, qu'on avait abattus et débités, érigés ensuite en petites pyramides régulières. Quelque part dans un tiroir de la commode de ma chambre, place Saint-Sulpice, je conserve encore une tranche blonde de camphrier ramassé dans cette forêt-là...

Au Juetaisi, nous marcherons longuement, à travers les terrasses et les escaliers escarpés du flanc d'une colline. Des pins admirables dont je photographie l'écorce en gros plan, on dirait des toiles abstraites, du Manessier. Des filles passent, avec des parapluies. Un couple très jeune, ils ont l'air en voyage de noces. Lui, l'air vaguement gêné, freluquet en tee-shirt rouge sous son parapluie. Elle aussi porte un parapluie, elle a des jeans étroits, elle entre dans un temple, semble presque s'excuser de prier. On achète des baguettes d'encens, on s'agenouille sur des coussins, on s'incline plusieurs fois, avec un grand sérieux, devant de monstrueuses statues. En effet, m'apprend Rollet, le temple a été détruit pendant la Révolution culturelle et reconstruit. L'odeur des cendres, l'odeur de l'encens... A l'entrée, devant la porte, un moine pensif, comme éthéré, qui donne l'impression d'être prêt à s'envoler. Il est vêtu de gris, mal rasé, très jeune, le crâne aussi mal rasé que les joues... Dans une autre partie du temple, de grands jeunes gens qui prient.

Nous nous sommes ensuite arrêtés au restaurant qui, avec un véritable hôtel, est enclos dans l'enceinte du temple. Très sérieux, toujours avec le même petit sourire à peine ironique, Paul m'a dit qu'il avait oublié de me montrer le plus beau des grands pins à écorce blanche, celui qu'on appelle « Le Dragon qui s'incline », enraciné depuis plus de mille ans dans une partie du mur qui entoure le temple. Il s'est alors levé, pour aller m'en chercher des cartes postales. Dehors, la pluie avait redoublé, je n'étais pas sûr d'avoir envie de me mouiller davantage pour aller voir son arbre. Pendant que nous l'attendions, Bernadette Rollet a eu un grand sourire pour me dire qu'elle était heureuse, mais heureuse aujourd'hui... Son mari est revenu, une poignée de cartes postales à la main, un petit guide rédigé en chinois. Il a posé sa main sur la nuque de Bernadette, elle s'est retournée vers lui avec un sourire radieux.

De retour chez moi, j'ai tenté d'écrire, de raconter cette journée, la visite d'un temple sous la pluie. Mais je ne suis pas sûr que les cinq ou six pages de prose alambiquée que j'ai commises soient meilleures que ces quelques notes, prises à la hâte pour en dire un peu plus.

Devant moi, une nouvelle lettre anonyme.

Denis et Meilin ne se rencontraient plus qu'à la nuit tombante. Denis s'habillait en Chinois. C'est-à-dire qu'il portait des vêtements aux couleurs anonymes, une veste rembourrée, des pantalons bleus. Parfois, il s'affublait même d'une casquette. C'est tout juste s'il n'épinglait pas, à la hauteur du cœur, un petit portrait sur émail du président Mao. Il importait que tous deux passent inaperçus durant les longues promenades qu'ils faisaient maintenant en bicyclette, au hasard des ruelles de Pékin. Seul, Denis aimait déjà ces randonnées lentes, la sonnerie joyeuse et métallique du petit klaxon, le faisceau jaune, affaibli, de la lampe de poche qu'on accrochait à l'avant du vélo en guise d'éclairage. Mais à deux, son bonheur était devenu parfait. Il se laissait guider par la jeune fille, qui semblait avancer au hasard. Parfois, elle s'arrêtait devant une porte, et lui désignait ce qui avait pu être un temple, une maison patricienne perdue dans le méandre des hutong encombrés de marmaille et de vieillards.

Un jour, comme ils se trouvaient derrière Xuangwumen, la jeune fille freina brusquement pour éviter une vieille dame qui semblait errer, seule, au milieu de la rue. Elle tomba, comme la première fois ce fut un attroupement. Chacun voulait la relever, s'occuper d'elle. Lorsque Denis s'approcha, qu'il ramassa la bicyclette et redressa la roue, légèrement voilée, on le prit pour un Chinois. Cette fois, c'était la vieille dame à qui l'on reprochait, gentiment pourtant, de ne pas faire attention dans la rue. Quelqu'un remarqua que les jeunes étaient pressés, qu'ils revenaient du travail, tandis qu'elle, la pauvre vieille, elle n'avait rien à faire. Elle était confuse, s'excusait. Puis tous deux repartirent. Un peu plus loin, dans Dashala, ils s'arrêtèrent devant un magasin qui vendait des chapeaux, des casquettes, des toques en fourrure. Le printemps arrivait mais un soudain coup de froid s'était abattu sur la ville. Denis avait décidé qu'il achèterait une toque de renard à son amie. Celle-ci avait d'abord refusé, mais il avait expliqué qu'il voulait pouvoir la photographier ainsi, que c'était un cadeau sans grande importance. Meilin avait eu peur, alors, qu'on la regardât d'un sale œil, dans le magasin où un étranger paierait pour elle une toque flamboyante. Mais Denis était parvenu à la convaincre : elle avait même accepté, l'air étonnamment peu gêné, le billet de cent yuan qu'il lui avait tendu pour qu'elle payât elle-même son achat.

Ils étaient montés au premier étage, où un vieux monsieur et une très jeune fille s'affairaient à ne rien faire. Il était tard dans la soirée, mais le magasin fermait plus tard encore. Pas un instant la vendeuse ne soupçonna Denis d'être étranger. En revanche, le vieux vendeur avait un certain sourire. Il alla lui-même chercher l'objet que lui décrivit Meilin, après lui avoir demandé sa taille. Ce fut lui, ensuite, avec des gestes d'une surprenante élégance, presque ceux d'une habilleuse de théâtre, qui coiffa la jeune fille de la toque. Elle se regarda d'abord dans une glace, puis se retourna vers Denis. Les deux bouts de nattes qu'elle se croyait obligée de porter lorsqu'elle était en sa compagnie avaient disparu. Rousse, un peu ébouriffée, légèrement pointue sur l'arrondi du crâne, la toque était très belle. Et Meilin avec la toque, encore plus belle... Elle interrogeait Denis du regard. Alors ? Denis était ému. Elle avait accepté son argent, elle acceptait la toque de four-rure, elle le dévisageait, de peur qu'il ne la trouvât pas assez belle : il sourit et lui dit très vite, presque à l'oreille de peur que les autres entendent, qu'elle était très belle, en effet. Le vieux monsieur sourit à nouveau.

Ils repartirent dans la rue, subitement plus animée, comme si tous les badauds qui en léchaient les vitrines, parmi les mieux garnies de cette partie de la ville, avaient décidé, malgré le froid, de venir se promener après leur dîner. Ils marchèrent un moment, poussant leurs bicyclettes, jusqu'à ce qu'ils atteignent la grande artère qui, de la porte Xianmen, descendait au sud, en direction du temple du Ciel. Là, ils pédalèrent de nou-veau jusqu'à un restaurant situé presque à l'entrée du grand parc où s'élevait le temple du Ciel. C'était un restaurant de Tianjin, on y mangeait des petites bou-lettes farcies de toutes sortes de viandes ou de légumes. Malgré la vapeur qui entourait la cuisine, simplement installée dans une partie de la salle, il faisait très froid. Meilin avait gardé sa toque. Denis regrettait de ne pas avoir son appareil photo avec lui. Mais dans cette semi-obscurité, il aurait fallu utiliser le flash, et il se serait fait remarquer. Comme si elle l'avait compris, Meilin secoua la tête.

– Ce sera pour une autre fois, murmura-t-elle.

A chacune de nos rencontres, je découvre davantage Paul Rollet. Déjeuner aujourd'hui chez sa femme, les trois petites filles et le petit garçon qui se cachent sous une table. L'immeuble où ils habitent, près du marché de la soie, en plein cœur de ce qui fut longtemps le deuxième quartier diplomatique, a des fenêtres grilla-gées de moustiquaires qui donnent au loin sur un nœud d'autoroutes, Pékin qui n'est déjà plus Pékin, à perte de vue. Après son livre sur l'Opéra de Pékin, Rollet en prépare un autre qui racontera les promenades qu'il me fait faire dans Pékin – et beaucoup d'autres ! Au fond, m'explique-t-il, son livre proposera aux visiteurs un véritable art de se perdre dans des rues qui sont déjà perdues... Sa connaissance de la Chine est profonde, j'oserai dire : attendrie...

Après déjeuner, il m'entraîne dans l'une de ses expéditions favorites, l'étonnant marché aux grillons. Et là, Rollet ressemble à un enfant au milieu d'un univers de jouets. Des dizaines de marchands vendent des grillons, des sauterelles, des insectes de combat de couleur noire, enfermés dans des petites cages. Ou alors, des grillons que l'on conserve dans des calebasses fermées d'un couvercle d'ivoire sculptée : dans les grandes poches des robes molletonnées de jadis, abrités bien au chaud, ils chantent. Au carrefour principal, des hommes s'agglutinent, certains tiennent des cages à oiseaux, mais la plupart portent sur la main ces grillons, ou des grosses sauterelles qu'ils se montrent les uns aux autres. Elles sont vertes, rousses, râblées. Pour les obliger à se battre, on les chatouille avec des poils de moustache de chat. Enfant heureux comme un roi, Rollet va d'un groupe à un autre, il m'explique, il me montre. La saison des grillons est passée, m'explique-t-il, il y a un mois, deux mois les marchands étaient dix fois, vingt fois plus nombreux. Nous pénétrons à l'intérieur d'une sorte de marché couvert où l'on vend des cages, des dizaines de sortes différentes de cages à grillons. Il y a même des pèse-grillons, vendus dans des étuis qui ressemblent à des plumiers de bois précieux. Très chers, d'ailleurs. Paul Rollet en négocie un pendant longtemps, il le paie plus de mille yuan.

Lorsque nous sortons, le soir tombe. Des vols de pigeons sillonnent le ciel. La plupart ont des sifflets attachés aux plumes de la queue si bien qu'ils volent avec des musiques qui vont et reviennent, parfois au ras des toits. Le ciel est encore clair mais, dans les rues, les marchands de grillons ont subitement disparu. Dans l'enfilade du hutong que nous prenons en sens inverse, je photographie le Dagoba blanc qui se découpe sur le ciel, ses clochettes agitées par le vent...

Parmi les trois rouleaux de photographies que j'ai rapportés hier du magasin de Wangfujin, deux d'entre elles sont particulièrement belles. Ce sont des photos en noir et blanc, prises au moment où la lumière du soleil couchant, au-dessus des toits de tuiles du pavillon de l'Ouest, vient frapper une dernière fois l'un des deux canapés du salon. Sur la première, le visage une fois de plus renversé en arrière, Géraldine semble rire, d'un rire de l'intérieur, qui l'illuminerait tout entière au milieu du plaisir. Sur l'autre, au contraire, très droite, les yeux clos, les lèvres et les narines pincées, on dirait une morte. Et pourtant, les lèvres pincées esquissent un début de sourire...

J'ai décidé de demander à mon ami Qu Cai d'en faire deux très grands agrandissements...

A chacun de mes cours, maintenant, les sourires que m'adresse la petite Haimei sont de plus en plus timides... Pour remercier Géraldine des photos qu'elle m'a permis de prendre, je lui ai acheté un sac Vuitton, un vrai, dans la boutique Vuitton de l'hôtel Palace. Un sac jaune, que l'on porte sur le dos. Elle s'est amusée à le porter devant moi sur son dos nu. « Vous ne voulez pas me photographier comme cela ? » Je n'ai pas répondu. Elle riait. Géraldine est beaucoup plus belle sur les photographies où on la dirait morte, que lorsqu'elle joue à la petite fille. Son sac, à demi retournée vers moi, elle ressemblait à une photographie publicitaire. Dieu merci, elle a fini par retirer son sac !

Ces foutues photographies ! Jérôme Monnier m'a appelé hier. A mots couverts, il m'a demandé où j'en étais de mes recherches... Assez curieusement, il m'a lui aussi donné des conseils de prudence. Mais à la différence de Jacques, il ne cherche en rien à me décourager dans ma quête, au contraire : « J'espère que tu vas tout de même réussir : c'est une affaire incroyable, trois nouvelles photos sont arrivées sur le marché. Et à des prix !... » Avant de raccrocher, Monnier m'a encore dit que l'épouvantable Théo Gautier avait peut-être quelques idées sur tout ça. C'était un sale type, on ne savait pas très bien d'où lui venait son fric. Il avait déjà interrogé des amis journalistes sur Iris... « Tu devrais explorer cette voie... » Revoir Gautier ? Je n'en avais aucune envie. Mais c'était un jeu de piste, j'allais de repère en indice et je n'ai pas eu besoin d'appeler Théo Gautier, c'est lui qui m'a appelé le premier, comme par hasard, trois heures après ma conversation avec Monnier. Voulais-je venir dîner chez lui le soir même ?

Deuxième dîner chez Théo Gautier. Ce soir-là, il m'a accueilli vêtu d'une veste à la chinoise coupée avec une élégance incroyable. Soie grise, bordée d'un liseré de velours vert foncé, boutonnée jusqu'au col. Il fumait avec un long fume-cigarette, comme dans les films des années trente, entouré de sa femme, sa maîtresse, Suzanne... Parmi les autres convives, j'ai eu la surprise de retrouver un inconnu qui se tenait à l'écart des autres. C'était tout simplement Wei Xiaoxiao, le petit marlou des bals de l'Institut des langues étrangères qu'une gamine devenue presque pute s'était accusée d'avoir assassiné. « Eh oui, c'est moi... » Il a ajouté, l'air malin, qu'il n'ignorait rien de ma « brillante carrière ». Ça promettait...

Pendant le dîner, nous avons parlé de la Chine qui s'en allait, de Pékin qu'on détruisait. Suzanne Vernant s'est souvenue de la première maison qu'elle habitait : elle n'avait même pas pu sauver les quelques poissons rouges, on disait des poissons d'or, qui se balançaient doucement entre les longues algues du bassin artificiel fait de rocailles concassées au milieu de la cour de son ancienne maison. Mais Gautier nous a affirmé, péremptoire, qu'il fallait comprendre, les conditions d'hygiène de certains des quartiers dévastés étaient lamentables... Lui-même, dans sa maison ancienne, ne semblait pas vraiment concerné par ces problèmes-là.

A peine levés de table, Wei et lui m'ont entraîné dans un coin du salon. Wei était donc dans le coup : tout se retrouvait. Les meubles étaient là, des meubles traditionnels chinois, en bois de rose, des tablettes de marbre, partout des pots d'où s'échappaient des fleurs compliquées, aux tiges en torsade mêlées de racines. Quelque part, dans la maison, mais j'ai d'abord cru que c'était un disque, une femme jouait du pipa. Puis la musique s'est rapprochée, la musicienne s'est installée à l'autre extrémité de la pièce où nous nous trouvions. Les invités l'écoutaient, on fumait, pour un peu j'aurais bien imaginé un lit de bois, des pipes à opium. Gautier et Wei avaient leur air de comploteurs. Et c'était bien d'un complot qu'il s'agissait. Wei m'a dit être revenu en Chine pour le plaisir, l'amour de la terre natale, puis il a parlé de notre ami Hessler. Gautier a pris la relève, pour expliquer que notre ami diplomate s'était débarrassé, bien inconsidérément voilà plusieurs années, d'une collection intéressante. A Wei de me dire à son tour qu'aujourd'hui Hessler était prêt à payer très cher pour récupérer les photographies qu'il avait vendues à bas prix. A qui ? Il ne le savait pas... Mais il ne doutait pas – Jérôme Monnier le lui avait laissé entendre – que j'étais peut-être sur une piste. « Tout ce que nous souhaiterions, Hessler et moi, c'est peut-être, comment dire ? que vous nous parliez d'abord à nous de ce que vous auriez trouvé. Quand vous aurez trouvé quelque chose, bien sûr... » Wei Xiaoxiao ou Théo Gautier, Théo Gautier ou Wei Xiaoxiao : l'un et l'autre me faisaient, en somme, une proposition. Si je mettais la main sur les photographies d'Iris, il serait alors préférable que je les en informe avant d'avertir Jérôme... J'ai eu beau leur expliquer que je n'avais aucune idée de l'endroit où se trouvaient les photos, que je n'avais d'ailleurs aucun intérêt véritable dans toute cette affaire, l'un et l'autre m'ont regardé en souriant. Jérôme Monnier ne m'avait-il pas parlé d'une affaire juteuse ? Et ils savaient qu'au fond je n'aurais pas détesté être moi-même partie prenante à l'affaire en question. Je n'ai pas répondu.

Pourtant, à mesure que mon séjour en Chine se poursuit, j'ai le sentiment que tout ce qui m'a amené là – je veux dire qui m'a réellement poussé à venir : ma rupture avec Sarah, l'envie d'en remontrer à mes petits copains parisiens, ce que je pourrais gagner en mettant la main sur les photographies d'Iris – tout s'effaçait peu à peu. C'est moi qui ai mis un terme à notre conversation et me suis levé pour rejoindre les autres invités, près de la joueuse de pipa.

Le lendemain, après mes cours, j'ai rattrapé Haimei dans le couloir. Elle était en grande conversation avec Géraldine mais, dès qu'elle m'a vu m'approcher, Géraldine s'est écartée avec un « je te laisse... » lancé très vite à son amie. Alors j'ai pris mon courage à deux mains. Le vieil écrivain raté – oui, raté : ne mâchons pas les mots – plus que sexagénaire et la douce petite Chinoise au nom de rose et d'océan : j'ai à nouveau invité Haimei à déjeuner. Et cette fois, d'emblée, sans une question, elle a accepté. Nous nous sommes retrouvés au même restaurant de nouilles près du temple du Ciel. Et je l'ai laissée parler. Sa famille, un grand-père vétéran de la Longue Marche, son refus à elle d'adhérer au Parti. On aurait dit qu'entre deux bols de nouilles, elle voulait tout me dire, que je sache tout d'elle, de sa vie, de ses envies aussi. Ses envies ? Aller en France, bien sûr. Paul Rollet me l'avait dit : Haimei a déposé une demande de bourse, elle a toutes les chances de l'obtenir.

– Si c'est nécessaire, je pourrais vous aider...

Mais elle a secoué la main : oh ! non, ce n'était pas nécessaire ! Elle ne voulait pas me déranger. C'est alors, profitant d'un silence, que j'ai voulu m'excuser à nouveau de ce qui s'était passé chez moi, quand elle m'avait rendu visite. Là aussi, Haimei a secoué la main. Ce n'était pas grave, il ne fallait pas que je m'en inquiète. C'est elle qui aurait dû s'excuser. S'excuser de quoi ? Elle a souri pour me dire :

– De m'être conduite en petite fille !

J'ai affecté de rire :

– Mais tu es une petite fille !

J'étais passé du *vous* au *tu*. Elle l'a bien senti, elle a rougi pour protester :

– Pas si petite que ça, tout de même !

Puis, très vite, car elle devait retourner à l'Université pour un cours à treize heures, elle me l'a répété : je ne devais pas m'inquiéter de tout cela. Je l'ai raccompagnée en taxi jusqu'à Beida.

Et le printemps éclata d'un coup. C'était le printemps de 1966. Il serait brûlant... En trois jours, les matins glacés se firent presque doux, les journées déjà tièdes. Il y avait dans l'air de ce printemps de Pékin qui dure si peu de temps une atmosphère très neuve. C'était le deuxième printemps de Denis en Chine, mais il avait tout oublié du premier. Meilin avait abandonné ses grosses vestes de coton rembourrées, jusqu'à ses chaussettes blanches de petite fille que, comme toutes les jeunes femmes d'alors, elle portait, faute de bas. Bien sûr, la jupe bleu marine, le corsage blanc constituaient toujours une manière d'uniforme, mais elle avait également abandonné ses nattes. Les cheveux flous autour du visage, sans plus jamais donner l'impression de vouloir se cacher, elle retrouvait chaque soir Denis un quart d'heure après la fermeture de son agence de voyages. Ils passaient alors une heure, deux heures, parfois plus ensemble. De plus en plus souvent, la jeune fille acceptait de dîner avec lui. Il avait entrepris de lui apprendre le français. Elle en savait déjà quelques bribes, en un mois, deux mois elle avait fait des progrès étonnants. Très vite, elle avoua qu'elle s'était procuré une méthode d'enseignement, un livre, des disques, et qu'elle travaillait chaque soir, seule dans sa chambre. Elle expliqua à Denis que son père parlait un peu de français. Mais elle ne voulut pas en dire davantage.

C'étaient les mêmes promenades à vélo, et Denis récitait à Meilin des poèmes qu'il aimait. Elle lui demanda d'en recopier quelques-uns sur un cahier qu'elle lui apporta un jour, la semaine suivante c'était elle qui pouvait lui réciter, avec un accent qu'il trouvait naturellement délicieux, « Le pont Mirabeau » ou une poésie d'Aragon. Ce jour-là, comme ils étaient allés très loin au nord de la ville tartare, à la hauteur du temple des Lamas, ils mirent pied à terre. C'est un quartier assez désert, presque encore aristocratique. On devinait de grandes et belles maisons derrière les murs gris, les premières fleurs qui jaillissaient dans les cours intérieures. Meilin était en train de réciter le poème d'Aragon, que Denis aimait particulièrement parce qu'il en aimait aussi la musique que Léo Ferré avait composée sur lui : « Mon grand amour d'orange amère... » Ils avaient appuyé leurs bicyclettes contre un mur et s'avançaient maintenant vers la muraille nord de la ville. A leur gauche, le soleil allait disparaître derrière un haut toit de tuiles chevauché de dragons qui se découpaient à contre-jour sur le ciel rougeoyant. L'ombre de Meilin, elle, se détachait sur le fond rose d'un mur gris éclairé de la même lumière. Denis l'écoutait, la regardait, regardait son ombre : il se disait que tout ce qui se passait depuis quelques jours appartenait à un monde qui n'était pas de ce monde. C'était une manière de miracle, il ne pensait pas que l'on pût, à aucun moment d'une vie, vivre des instants pareils...

Le même soir, il dînait chez les Borne. Bertrand était silencieux, devant un numéro du *Monde* vieux d'une semaine qu'il ne lisait pas... Pascaline entraîna Denis dans son laboratoire. Elle voulait qu'il lui parle de

Meilin. Il la sentait un peu jalouse. Enfin, elle posa la question :

– Tu ne l'as jamais vraiment embrassée ?

Brusquement, Denis se rendit compte de ce qu'avaient d'incroyable ses relations avec la petite Chinoise. Depuis trois mois, un peu plus même, il la voyait presque chaque jour. Deux fois, trois fois, à peine un peu plus, il lui avait effleuré les doigts. Une fois, oui, il avait effleuré les lèvres, mais c'était tout. Pascaline regardait Denis. Il devina que son souffle était devenu plus rapide.

– Et toi, est-ce que je t'ai vraiment embrassée ?

Pascaline n'avait pas répondu.

Mais Denis s'en rendait compte maintenant : hormis la jeune femme, personne ne pourrait le croire, s'il racontait un jour ce qui se passait entre Meilin et lui. Au mieux, on aurait un rire équivoque pour l'interroger : ce qui se passait entre eux ? Il voulait dire, ce qui ne se passait pas ! « Je vivais, se souviendra Denis dans le livre qu'il écrira à son retour : je vivais entre la tendresse d'une petite Chinoise qui donnait sa tendresse pour la première fois – et celle de cette amie française, qui était à la fois petite et grande sœur, une amie promise, une bouche, un corps interdit... »

Un samedi de grand soleil, Meilin retrouva Denis au marché de l'Ouest. L'avant-veille, elle lui avait promis une surprise. Ils prirent un autobus qui descendait vers l'ouest la grande avenue de Chang'an. Le trajet dura longtemps. L'autobus s'arrêtait tous les trois cents mètres, l'avenue devait mesurer une dizaine de kilomètres. On roulait au milieu des bicyclettes, parfois une voiture officielle doublait l'autobus, tous rideaux tirés... Normalement, les étrangers n'avaient pas le droit d'aller plus loin que le grand cimetière étagé sur la droite de la route, au flanc d'une colline artificielle. C'était un cimetière où reposaient quelques-uns des plus illustres dirigeants du Parti. Mais Denis avait l'air si chinois que nul n'aurait imaginé que le grand garçon maigre assis sur la banquette de bois à côté de la jeune fille en bleu aux petites couettes réglementaires qu'était redevenue Meilin aurait pu être un étudiant français.

L'extrémité de Chang'an butait net sur l'entrée d'une énorme usine. C'était un complexe sidérurgique qui, toutes cheminées en action, polluait déjà tristement une bonne partie de la banlieue de Pékin. Là non plus, bien sûr, les étrangers n'avaient pas accès. On leur réservait l'air pur des promenades autour des collines de l'Ouest, le temple du Bouddha couché ou celui des Nuages azurés. « Mais il y a tellement plus de temples encore, beaucoup plus beaux, beaucoup plus vastes, seulement un petit peu plus loin... », avait dit Meilin quelques jours auparavant. Ce n'était pas pour rien qu'elle travaillait dans une agence de tourisme : on accordait aux Chinois d'outre-mer, à certains visiteurs étrangers, des faveurs que le régime refusait aux vulgaires diplomates et autres résidents habituels de Pékin.

Devant l'entrée de l'usine, on changea d'autobus. Celui que Meilin et Denis attendirent près d'une heure était un gros petit véhicule brinquebalant, probablement abandonné par les « amis soviétiques » lors de leur grande trahison de 1958. Bourré jusqu'à la gueule de passagers qui, cette fois, étaient de vrais paysans, le bus longea longtemps, par le nord, le mur d'enceinte de l'usine. Aux ateliers avaient succédé des barres de logements grisâtres. A droite de la route, quelques minuscules échoppes se dressaient au milieu des champs en friche. Ici encore, tous les trois cents mètres, l'autobus s'arrêtait, se vidait un peu, se remplissait davantage. Les murs de l'usine étaient de moins en moins élevés, de plus en plus rapiécés. Ils s'effilochèrent encore pendant quelques centaines de mètres puis, d'un coup, on se retrouva en pleine campagne. Au loin, des collines, la ligne bleue d'une chaîne de montagnes, peut-être. C'était pour Denis un territoire si neuf que même le mur de l'usine lui avait paru digne d'intérêt. Mais Meilin le secouait déjà. Ils étaient arrivés. Enfin, presque arrivés. Parce que, ayant mis pied à terre, il leur fallut suivre une route qui partait sur la droite, jusqu'à un village entouré de murs. La rue principale, entre deux rangées de maisons basses, était bordée de quelques étals où de maigres légumes séchaient sous la poussière. Personne ne prêtait attention aux deux jeunes gens qui contournèrent le village jusqu'à un sentier qui s'avançait dans une faille de la colline au-dessus de lui. Tous deux grimpèrent un moment. Denis voyait les toits du temple où il devinait que Meilin voulait le conduire. L'enceinte en était à demi ruinée mais une porte fermée en interdisait l'accès. C'est devant elle que Meilin s'arrêta. Elle avait un bon sourire. « Tu vas voir, maintenant... » – et la porte, lentement, s'était ouverte.

Un jeune homme se tenait devant eux. Maigre, le crâne rasé, il était vêtu d'un bleu de chauffe habituel mais, d'entrée de jeu, Denis sentit, comment dire ? que quelque chose « clochait » dans son apparence. Meilin et lui se saluèrent, avec un doigt de cérémonie. Elle n'hésita pas à présenter Denis comme « un ami français » et le jeune homme s'inclina, cette fois trop cérémonieusement. C'est à ce moment-là que Denis le devina : il ne pouvait que s'agir d'un moine, pas vraiment défroqué, qui occupait le poste de gardien de ce qui avait peut-être été son propre monastère. Mais déjà le jeune homme les entraînait dans une première salle, où il avait préparé de l'eau chaude, des verres : ainsi, ils étaient attendus. D'une voix très douce, le jeune homme leur expliqua qu'ils se trouvaient dans un temple très ancien fondé sous les Ming par l'un des eunuques de l'empereur Yongle. Autrefois, assura-t-il, des dizaines de moines en assuraient le service. Aujourd'hui, c'était devenu un désert où l'on avait permis à un humble fils de paysan pauvre comme lui de vivre depuis de longues années. Tout en buvant à petites gorgées son verre d'eau, il expliqua encore qu'il savait tout ce qu'il devait au père de Meilin, qui avait été le principal artisan de cette faveur. La jeune fille eut un geste de dénégation, mais le jeune homme, qui apparaissait à présent moins jeune – il était sans âge, pouvait avoir entre quarante et cinquante ans –, insista sur la chance de Denis d'avoir une amie comme Meilin pour lui faire visiter certaines parties de la Chine auxquelles si peu d'étrangers, hélas, avaient accès. Puis il se saisit d'une longue torche, posée à dessein à côté des verres d'eau bouillante, et entraîna les jeunes gens dans la cour, dominée par deux arbres gigantesques à la superbe écorce blanche, avant de les faire entrer dans le pavillon principal.

Il y régnait une odeur d'humidité et de moisi, certes, mais aussi d'encens. Devant les grandes statues de Bouddhas érigées au milieu de la pièce, fumaient quelques bâtonnets. Ainsi Denis avait-il vu juste – Meilin le lui confirma plus tard –, leur guide était toujours plus ou moins moine et affecté au service du sanctuaire dont, avec une jubilation qu'il ne cherchait pas à dissimuler, il leur faisait les honneurs. Mais déjà le moine les entraînait vers la gauche des grandes figures dressées et c'est alors que Denis découvrit la raison de leur visite. Trois des murs de la salle étaient entièrement couverts de fresques d'une richesse inouïe, où les images de Bouddhas alternaient avec de véritables paysages, des jardins entourés de haies de bambous, des touffes de pivoines au-dessus de pièces d'eau. Des couleurs profondes, carmin, rouge foncé, des plans d'or. Au-dessus de larges fleurs de lotus ouvertes comme des mains, une Guanyin hiératique avait un visage de très jeune fille. Meilin s'était tenue un moment debout devant elle. Denis avait vu que ses lèvres remuaient.

Plus tard, le moine sans âge qui avait disparu est revenu avec quelques baguettes d'encens qu'il a tendues aux deux jeunes gens. Tous deux les avaient fait brûler devant l'image de la déesse puis, après un moment encore passé avec le moine, ils avaient repris le chemin du village muré, celui du carrefour sur la grand-route jusqu'à l'arrêt de l'autobus qui était arrivé très vite. Sur le chemin du retour, l'air de rien, Denis avait réussi à poser sa main gauche sur le poignet de la jeune fille.

Linlin avait dit : on va y aller entre filles ! Mais les deux filles, Clarisse et Linlin, ont bien voulu de moi. Alors elles sont passées me prendre dans mon hutong pour redescendre vers le sud et gagner Chang'an que nous avons suivi vers l'ouest. Nous avons laissé à main droite le grand cimetière et sa colline et avons encore suivi Chang'an, pendant plusieurs kilomètres. Puis d'un seul coup, nous avons buté sur l'immense usine, de plusieurs dizaines de kilomètres carrés à présent, véritable ville dans la ville, assez forte, assez puissante pour détourner le glorieux axe est-ouest de Chang'an. Nous avons contourné cette nouvelle cité, véritablement interdite, celle-là, malgré les grandes portes ouvertes, les ouvriers, des passants qui vont et viennent. J'ai dit une ville dans la ville, avec ses habitations, des installations à l'aspect très moderne, d'autres beaucoup plus anciennes, comme à l'aube de l'industrialisme chinois : je me souvenais si bien de tout... Mais nous avons dépassé les usines et continué cette fois vers l'ouest.

Linlin, qui avait compris ma passion pour *Le Serpent blanc*, m'en a chanté un air. La femme de Théo Gautier ponctuait le chant de son amie de petits rires et d'applaudissements. Puis Linlin a rendu hommage à mon amour de l'opéra de Pékin. Peu d'Occidentaux – assura-t-elle à son amie – ont su aussi bien que moi apprécier *Le Serpent blanc*. Pour tout dire, j'aime autant *Le Serpent blanc* que l'aimait, jadis, le président Mao ! Elle parlera du *Serpent blanc* dans son prochain roman, c'est promis... J'ai vu le moment où Linlin allait parler aussi de ma passion pour la princesse mandchoue, mais elle m'a fait un bon sourire, et s'est engagée sur une route qui montait lentement à flanc de coteau, laissant à main gauche une vallée de plus en plus profonde.

Elle avait refusé d'avoir recours au chauffeur de l'ambassade. Elle aime conduire, elle n'a passé son permis que très tard, elle en profite... Peu à peu, le paysage est devenu très beau, d'abord mi-industriel, mi-agricole. Des rivières très encaissées, qui brillent dans la lumière du soleil encore bas, parmi des carrières, certes, des sablières, mais on les oublie. On ne voit que l'abrupt des rochers, les pentes d'une montagne, presque à pic au-dessus d'une rivière, qui dégringolent vers la vallée. Et même une cheminée d'usine, dans la brume et dans cette lumière, dans la poussière du soleil, devient belle. Au bout d'un moment, nous avons tourné à main droite pour pénétrer dans une sorte de parc, signalé par un *pailou*, un arc triomphal. Jadis, ces arcs étaient de bois, ils sont aujourd'hui de ciment, mais qu'importe ? Puis nous avons commencé l'ascension qui conduit au Miaofangshan, le plus grand temple taoïste des environs de Pékin. Wuzi m'en avait parlé un jour. Il m'avait raconté y être allé à pied avec ses parents, quand il était encore enfant. Il m'avait dit la lumière très pâle qui nimbait de brume les sommets des montagnes qu'on devinait de là.

La brume qui règne dans les vallées s'est peu à peu dissipée, nous sommes bientôt à quinze cents mètres d'altitude. Il fait presque frais. La route est en lacets, elle monte très dur. Un moment, Linlin chantait si gaiement, emportée par les souvenirs du *Serpent blanc*, que la voiture a fait une embardée. Pour un peu, nous aurions eu un accident. Puis nous avons laissé un village, construit de part et d'autre d'un ruisseau. Quelques maisons, un restaurant. Des latrines, très visibles, sur la droite de la route : des caractères peints en rouge sur fond blanc indiquent avec précision l'usage de ces lieux. Puis la route monte encore, des tournants en épingle à cheveux. Le temple est très ancien, mais il a connu une deuxième vie au XIXe siècle. Une fois par an, une grande fête y réunit des milliers de personnes qui gravissent la montagne à pied, par un petit raidillon qu'on aperçoit, tout en allers et retours et en détours tordus. Mais la route elle-même continue à monter, lente, en belles courbes.

Devant la porte principale, beaucoup de petites échoppes qui vendent de l'encens, des souvenirs, des objets de culte, rouges, écarlates, bordés de doré. Les femmes, devant la porte des boutiques alignées à touche-touche, nous interpellent. Elles nous proposent des petites choses, des rubans rouges, des cordonnets tressés, des papiers découpés. Elles nous hèlent plus fort quand nous passons devant elles, on dirait des chants d'oiseaux. Leurs cris sont les murmures d'une forêt piaillante et jacassante qui est celle de cette Chine que je continue à retrouver, tellement fort. Sur un trépied, dans la cour principale, des bâtonnets d'encens qui brûlent. Deux couples, très bon genre, Chinois de trente-cinq ans. Et deux femmes encore sanglées dans des manteaux de cuir. Elles commencent par allumer de grands faisceaux d'une quinzaine de baguettes qu'elles déposent ensuite dans l'immense vase de bronze et laissent brûler un moment. Puis elles les reprennent en main, s'inclinent et vont ensuite dans chacune des cellules du temple, sacrifier au même rite. A ma grande surprise, Linlin a elle aussi acheté des bâtons d'encens, qu'elle a fait brûler devant nous.

De la terrasse, au-delà d'un parapet de marbre, la vue est immense, très belle. On se croirait dans la Chine du Sud, avec des montagnes pointues, des nuages, de grandes envolées claires et blanches, des tournoiements. Je reste un moment à prendre des photographies. Puis je me retourne, un nouveau couple est arrivé jusqu'à nous. Rustauds, très endimanchés, ils effectuent les mêmes rites. Le grand air, la fraîcheur du vent qui s'est levé me saoulent presque. Partout, des petites pancartes en anglais indiquent : « *Do not sketch.* » Il faut lire l'inscription chinoise dont les trois mots anglais se veulent la traduction, pour comprendre qu'il s'agit de ne pas faire de graffitis sur les murs ou sur les piliers du temple. Un peu partout, pourtant, des graffitis, il y en a ! Du style « Wang Men est venu ici... » ou « Liu Yan salue son amie Fei Fei ». Je me suis dit que j'aurais aimé venir ici avec la petite Haimei.

Les deux filles ont disparu, je suis seul face au paysage. Les photos, là, ne me suffisent pas. Je sors mon carnet noir, je dessine maladroitement la ligne des crêtes, au loin, je me dis que j'aimerais faire de l'aquarelle. Face aux collines pointues, je m'applique... Mais les deux filles sont déjà revenues. J'ai l'impression que Clarisse a pleuré. Linlin la tient par le bras. Elle m'explique alors que les femmes viennent ici brûler de l'encens dans l'espoir d'avoir un enfant... La maîtresse de Théo Gautier, la petite Yin Ja, l'a eu, son enfant : Clarisse, longue et maigre, des taches de rousseur, a le ventre plat... Mais Linlin lui dit quelque chose à l'oreille, et Clarisse rit.

Nous reprenons la route pour descendre jusqu'au village où nous avons vu les latrines annoncées de loin. J'en profite pour les visiter. C'est une tranchée creusée à l'intérieur d'un bâtiment gris, tout en longueur, les hommes d'un côté, les femmes de l'autre, avec des trous nauséabonds. Le plus merdeux de ces trous-là pourrait être une installation d'art contemporain, avec papier journal maculé de chiasses, étrons gigantesques et un paquet d'herbe dont on a dû se servir, faute d'autre moyen, pour achever ce qu'on avait à faire. Je m'offre le luxe de photographier tout ça...

Dans le restaurant, trône un poste de télévision. Deux ou trois tables, tout au plus, et de l'autre côté

434

une épicerie. Nappes en plastique, vaguement poisseuses, mais quelques fleurs. Photographies d'une
table avec sa nappe, le poste de télévision qui diffuse
des matches de football ou des mélodrames chinois.
Nous mangeons un plat de nouilles, de la viande cara-
mélisée. Clarisse plaint ce pauvre Théo, qui n'est
jamais venu jusque-là. « On dirait que sortir de Pékin
est pour lui une véritable souffrance... » Elle dit qu'en
revanche Théo sort presque toutes les nuits, il connaît
des bars, des boîtes de nuit dont même les amis chinois
de Suzanne n'ont pas entendu parler ! Du coup j'interroge : qui sont-ils, ces hommes vêtus de noir, Armani
jusqu'au bout des chaussettes, qui semblent flanquer
en permanence son mari ? Clarisse a un rire méchant :
Kaifeng est gay, je ne l'avais pas compris ? J'avais cru
le comprendre, oui. Et ces deux hommes sont à la fois
ses gardes du corps, ses amants, les maquereaux qui
lui procurent des petits garçons et de féroces agents
qui contrôlent tous ses contrats. Clarisse a parlé d'une
voix très rauque, comme si, réglant un compte avec Li
Kaifeng, c'était avec Théo qu'elle se battait. Mais la
main de Linlin s'est posée sur celle de la jeune femme
aux taches de rousseur : leur ami était un comédien
célèbre, c'était cela qui comptait. Quant à la pauvre
Suzanne... Lorsque nous avons repris la voiture, le
Miaofangshan, que nous voyions maintenant d'en bas,
se découpait au-dessus de nous dans un ciel si bleu
que j'ai seulement voulu garder son image.

De retour chez moi, j'ai appelé Haimei. Son téléphone portable a sonné longtemps avant qu'elle
décroche. Il était tard, elle avait déjà dîné, elle regardait
la télévision avec sa mère, j'entendais la musique d'un

téléfilm sûrement en costumes, coups de gongs et cymbales. Elle m'a dit d'attendre, elle passait dans la pièce à côté et je l'ai rappelée sur sa ligne fixe. Je lui ai raconté ma promenade au temple sur la montagne, elle m'a dit qu'elle n'y était jamais allée. Nous pourrions y monter un jour ensemble ? Elle a ri : pourquoi pas ? Nous avons encore parlé. Je lui ai demandé comment elle était habillée, elle m'a dit qu'elle portait un pyjama rose, je lui ai dit que je n'aurais pas dû poser cette question, elle m'a dit que ce n'était pas grave. J'aurais voulu lui poser d'autres questions. Elle m'a demandé lesquelles. Je lui ai dit que je les poserais une autre fois. Elle a ri, elle semblait n'avoir aucune envie de raccrocher, c'est moi qui ai fini par le faire.

– Mais vous me rappelez, n'est-ce pas ?

Elle a ajouté :

– J'aime bien parler au téléphone avec vous...

Denis suivait Meilin depuis un bon quart d'heure, dans un dédale de rues derrière Xihai, le plus à l'ouest, mais aussi le plus au nord des trois plans d'eau qui constituaient le lac des Dix Monastères. Ce jour-là, ils s'étaient donné rendez-vous au pied de la colline de Charbon. Le parc en fermait ses portes, comme tous les jours à cette heure-là, des ribambelles de petits pionniers, ou de simples gamins et gamines, un foulard rouge autour du cou, déboulaient en piaillant en face de la porte d'or de la Cité interdite. Deux ou trois adultes, qui semblaient eux aussi des enfants, avaient lancé un cri, et les gosses s'étaient tus. Meilin était là, elle parlait à l'un des garçons qui encadraient les gosses. Sans paraître le moins gênée du monde, elle fit signe à Denis qui hésitait à la rejoindre. Elle lui présenta le jeune Chinois. Il s'appelait Li Bai. C'était un ami d'enfance, expliqua-t-elle. Tous les deux s'étaient retrouvés à Pékin après avoir fréquenté le même lycée à Chengdu. Li Bai ne parut pas surpris de voir son amie en compagnie d'un étranger. Il tendit une main carrée, solide, qui serra rudement celle du Français. Puis Meilin fit remarquer qu'ils devaient s'en aller, ils étaient pressés... Li Bai eut un petit rire, il lança deux ou trois mots en une langue qui devait être le dialecte du Sichuan. Meilin lui répondit de même, puis elle enfourcha son vélo. Les gosses qui entouraient Li Bai et les deux garçons et la fille qui l'accompagnaient avaient observé la scène, toujours silencieux.

– Nous sommes arrivés...

Arrivés où ? Denis n'en avait pas la moindre idée. Et pourtant, devant la grosse porte cloutée que Meilin lui désignait, les lions de pierre grimaçants qui en ornaient, de part et d'autre, le bas du chambranle, il avait deviné. Il laissa la jeune fille pousser seule la porte, sans lui poser de question. A l'intérieur, c'était une cour carrée parfaite, semblable à celle de la maison du Pr Gao ou du Dr Ma. Plus belle peut-être, avec un prunier, à peine incliné au-dessus d'un bassin et de quelques bambous, de deux ou trois gros nénuphars. Des poissons rouges étaient parfaitement immobiles dans l'eau claire.

Les deux jeunes gens poussèrent leurs vélos à l'intérieur de la cour dont Meilin referma la porte. Déjà, une vieille femme arrivait, un grand tablier bleu noué autour de la taille. Elle était toute petite, marchait difficilement, on aurait pu croire qu'elle avait les pieds bandés d'une vieille femme han des dernières années de l'Empire. Mais ce n'était pas le cas, elle boitillait, simplement. Meilin s'adressa à elle dans le même

437

dialecte du Sichuan dont elle s'était servi avec Li Bai. Puis elle expliqua à Denis que cette vieille femme l'avait élevée. C'est seulement alors qu'elle lui dit ce qu'il avait déjà compris, qu'ils étaient dans sa maison.

– La maison de mon père, précisa-t-elle.

Son père n'était pas là, seules la vieille femme et une très jeune fille, bonnes joues rondes et roses d'une petite cuisinière qui était l'arrière-petite-fille de la vieille dame, s'agitèrent autour d'eux. Est-ce qu'ils n'avaient pas faim ? Est-ce qu'ils ne voulaient pas boire quelque chose ? Meilin refusa : elle se débrouillerait toute seule. La vieille dame voulut insister, la jeune fille secoua à nouveau la tête : qu'elle aille se reposer, elle ferait elle-même les honneurs de leur maison à l'ami étranger.

La maison était composée de deux cours carrées. Meilin fit d'abord entrer Denis dans le pavillon ouest de la deuxième cour. C'était le bureau de son père, elle voulait le lui montrer. Un bureau qu'on aurait dit hors du temps. Un bureau à la chinoise, meubles de bois de rose, un lourd fauteuil devant une table sur laquelle étaient posés des encres, une pierre à encre, des pinceaux. Sur les murs, quelques calligraphies. Meilin expliqua que chacune d'elles – il s'agissait la plupart du temps du premier vers de ce qui pouvait être un poème – était l'œuvre d'un ami de son père. Elle prononça des noms que Denis ne connaissait pas, d'autres qu'il connaissait : Guo Moro, d'autres vétérans de la Longue Marche, cadres du régime... A l'exception des calligraphies, simplement encadrées, sans verre, dans des baguettes de bois doré, il n'y avait aucun objet personnel, pas une photographie, rien qui puisse révéler une présence humaine.

Le pavillon du milieu, le plus important, était un

vaste salon, également meublé à la chinoise. Un grand tapis à fond doré en occupait presque toute la surface. Il y avait des fleurs fraîches dans des pots, quelques peintures ironiques, des vieillards contorsionnés penchés sur l'eau ou sur une fleur, un moine à cheval sur un baudet, en étaient les seules décorations sur les murs. Mais une chaîne haute fidélité flambant neuve, Bang et Olufsen, était installée contre un mur, avec de grands haut-parleurs et une vingtaine de disques de musique traditionnelle chinoise, d'opéra de Pékin, et quelques musiques révolutionnaires. En dépit de ce qu'avait demandé Meilin, la vieille dame était arrivée avec un thé servi à l'occidentale, du thé noir, des petites tasses de porcelaine à grain de riz, quelques gâteaux secs très chinois, eux. Meilin la remercia, avec un bon sourire.

– Nous allons porter tout cela dans la chambre, dit-elle à Denis.

Les deux jeunes gens passèrent alors dans le troisième pavillon, qui était la chambre de Meilin. Ils déposèrent le plateau, le plat de petits gâteaux dont ils s'étaient encombrés, sur une table basse à côté du grand lit, lui aussi à la chinoise, un vrai *kang*, bien carré. Puis, sans dire d'abord un mot, Meilin regarda Denis. Le silence dura.

– Je veux que tu m'embrasses maintenant, dit-elle enfin.

Il s'approcha, ce fut elle qui l'embrassa la première. Il était comme ça, debout au milieu de la pièce, il sentait tout le corps de la jeune fille plaqué contre lui.

– Retourne-toi, je vais me déshabiller...

Denis se retourna, quelques secondes après la jeune fille lui dit qu'il pouvait la regarder, elle était nue devant lui. Alors, nue, il l'embrassa à nouveau. Ce fut

encore elle qui l'attira vers le lit, sur lequel ils tombèrent doucement. Elle n'eut pas besoin de lui préciser
que c'était la première fois, il le savait.

Il est minuit. Une petite pluie fine tombe encore
cette nuit sur Pékin, sur mon sophora dont les feuilles
pendent, lamentablement. Il a plu toute la journée, il a
plu toute la nuit précédente, toute la journée d'hier
aussi et, depuis quelques heures, je me sens brusquement inquiet. Il faut dire que la visite que m'a rendue
Théo Gautier y est pour quelque chose. Pourtant,
Suzanne m'avait averti.

Il m'a téléphoné hier. Il avait envie, m'a-t-il dit, de
faire un portrait de moi. Après tout, j'étais un écrivain,
un nouveau professeur invité à Pékin pour une série de
cours à la prestigieuse université de Beida : cela méritait bien un article quelque part dans un journal français. Pourquoi pas dans *Libération* ? *Libération* ?
Pourtant, le journal a un correspondant permanent à
Pékin, non ? L'autre saligaud a écarté mon objection.
Libé, m'a-t-il dit, accueillait toujours avec plaisir ses
articles. J'ai senti que j'aurais dû refuser, ou du moins
me dérober, remettre l'interview à plus tard. Mais Gautier a insisté, lourdement, et j'ai fini par accepter.
Autant en être débarrassé. Et Gautier est arrivé chez
moi sur le coup de six heures du soir. Il était trempé.
Il était venu en vélo de chez lui, profitant d'une
accalmie, mais la pluie avait redoublé. Tout de suite,
il a admiré mon sophora. « Et vous avez pu vous payer
une maison comme celle-là ! » Sa remarque étonnée
n'avait rien d'amical. Eh oui, mais peut-être parce
qu'elle serait bientôt détruite, la maison ne me coûtait
pas cher. Il a haussé les épaules, puis il est passé devant

moi, sans rien dire, pour se laisser tomber sur l'un des deux canapés du salon central. Au mur, il y avait une gravure de Poliakoff, que je traîne avec moi depuis mes années d'étudiant. C'est Nadège qui me l'avait offerte... A l'époque, nous passions souvent devant la galerie de la rue de l'Université qui exposait ce peintre. Elle me l'avait donnée pour l'un de mes anniversaires. « Ah ! vous aimez Poliakoff... » J'ai compris que, pour un Théo Gautier, Poliakoff faisait partie d'une vieille école de Paris, depuis longtemps oubliée. Il a regardé, en revanche, avec plus d'attention, quelques photographies que j'avais également accrochées au mur. Dont la photo d'Iris, que m'avait donnée Simon, jadis. Une jeune femme presque nue, vue presque de dos. « Ah ! parce que vous aimez aussi le travail d'Iris... » A son ton, cette fois, c'était un compliment. Mais ç'a bien été le seul qu'il m'ait fait durant l'heure et demie que nous avons passée ensemble.

Pendant une heure et demie, en effet, sans relâche, il m'a posé des questions. D'abord, il est revenu sur ma vie, qu'il semblait bien connaître. Il a évoqué mon livre sur la Chine, pour me dire qu'à l'époque il était trop jeune pour le lire. On le lui avait donné lorsqu'il avait été nommé à Pékin. Il l'avait parcouru, ce n'était pas mal... « Et comment peut-on écrire de la pornographie après cela ? » Voilà, il était entré dans le vif du sujet. J'ai tenté une explication laborieuse, me réfugiant derrière quelques arguments boiteux, la pornographie ou l'érotisme des autres, Georges Bataille, la littérature et le mal... Gautier m'écoutait, il prenait des notes, sa petite machine à enregistrer enregistrait, enregistrait, tournait... Il m'a ensuite interrogé sur l'un de mes amis, écrivain, accusé voilà peu de temps de racisme. Je n'avais pas voulu y croire. « On peut savoir pourquoi vous avez choisi ce camp-là ? » Tenter d'expliquer ce qu'il y avait de dérisoire dans la vérité des propos que l'on reprochait à mon ami, était-ce vraiment nécessaire ? *Never explain, never complain* : jamais je n'ai cru devoir satisfaire à cette devise, et pourtant, cette fois-ci, je m'y suis rallié. Mieux, j'ai fait le con : « Parce que c'était lui, parce que c'était moi... » Jusqu'à cette histoire de petites filles, dont j'avais truffé l'un de mes romans et qu'on m'avait déjà reprochée à l'époque. Le livre avait été interdit à la vente aux mineurs et aux moins de dix-huit ans, personne n'en avait fait l'histoire qu'on fait aujourd'hui quand un ministre de l'Intérieur attente, qu'ils disent, à la liberté d'expression en menaçant de faire interdire une bluette rose bonbon – moi, je m'étais écrasé, voilà tout. « C'est tout de même étonnant qu'après tout cela, vous ayez été invité à enseigner pendant six mois à Beida, non ? » J'ai ri, cela n'avait rien d'étonnant du tout, j'étais un écrivain, j'avais connu la Chine d'hier, c'est peut-être aussi pour cela qu'on m'avait choisi. Là, Gautier m'a arrêté. J'avais connu la Chine d'avant la Révolution culturelle, j'avais même connu la Révolution culturelle, j'avais écrit sur ces deux Chines-là. Il m'a regardé trop fixement : mais depuis ? Il attendait une réponse, qu'il a faite pour moi. Depuis, en somme, je n'avais rien écrit, ou presque. Sinon de la pornographie, du cul, de la merde, quoi ! Il n'a pas dit ça, mais c'était tout comme. D'ailleurs, il a répété le mot cul, l'air plus dégoûté que méprisant. Ou le contraire. Pourquoi, dès lors, me faire inviter à Pékin ? Je n'étais plus vraiment un écrivain, n'est-ce pas ? Il n'a pas parlé d'écrivain raté, mais c'était tout comme. J'ai haussé les épaules.

Théo Gautier s'est levé, puis il est parti, après avoir

vidé trois verres de mon Jack Daniel's. Il avait l'air content de lui, je ne l'étais guère de moi. Mme Shi m'a servi à dîner, et c'est ensuite que l'angoisse a commencé à monter.

VIII

Trois jours après s'être rendu dans la maison de Meilin, Denis quittait Pékin. C'était un voyage prévu de longue date, organisé par Bertrand et Pascaline Borne. Le vieil agrégé de grammaire qui était leur ambassadeur encourageait tous les diplomates français alors à Pékin à visiter le pays chaque fois qu'ils en avaient la possibilité. Mais la plupart des autorisations de voyage adressées au ministère des Affaires étrangères étaient rejetées. Celle déposée en bonne et due forme par Bertrand ne l'avait pas été. A l'exception du Taishan, cette montagne sacrée du Shandong qu'à la suggestion de Franck Desjardins, Bertrand voulait faire découvrir à sa femme, toutes les étapes qu'avait souhaitées le jeune couple au cours d'une pérégrination de près de trois semaines avaient été acceptées. C'est alors que Bertrand avait eu l'idée de proposer à Denis de les accompagner. « Et tu crois que les Chinois accepteront ? » Denis n'y croyait nullement. A sa grande surprise, la réponse, cette fois aussi, avait été positive.

Cela faisait maintenant des semaines que le trio mettait au point son voyage. La mort dans l'âme, Denis se disait qu'il était trop tard, qu'il ne pouvait plus refuser d'accompagner ses amis. Pourtant, l'idée de quitter Meilin pour quelques jours le faisait reculer. Ce fut elle qui l'encouragea : il n'aurait probablement jamais la possibilité de refaire un voyage comme celui-là... Quant à elle, elle serait toujours à Pékin à son retour ! Elle avait ajouté qu'elle en profiterait pour passer les soirées à « potasser » – ç'avait été son expression : où l'avait-elle trouvée ? – son français. Elle avait eu un petit rire : elle faisait plus de progrès seule avec ses disques et son livre qu'en compagnie de Denis. Avec lui, elle pensait à tellement d'autres choses ! A demi convaincu, Denis était donc parti.

A chaque étape de ce voyage, qui avait commencé dans les derniers jours d'avril, il avait le sentiment de s'enfoncer plus profondément dans une Chine qu'il désirait depuis toujours. Jinan, Qufu, qu'on appelait alors Chufoo, Luoyang Wuhan, Xian : les trois amis visitaient indifféremment sites archéologiques et communes populaires, musées et usines. Naturellement, c'était plus volontiers des exploitations agricoles ou des usines de montage de tracteurs qu'on leur montrait. Alors, ils devaient discuter ferme. Bertrand, qui parlait le chinois plus mal que les deux autres, était le plus acharné à réclamer qu'on les amenât voir un temple ou un tombeau récemment ouvert. Obtenir la visite d'un ancien palais de gouverneur ou d'une grotte bouddhique dont seuls des guides anciens mentionnaient l'existence était une manière de victoire.

A Qufu, Denis avait connu deux jours d'émotion intense : comme jamais, il l'avait deviné, il n'en connaîtrait plus. Selon les renseignements fournis par l'agence de voyages de Pékin, celle-là même où travaillait Meilin, ils devaient arriver à Qufu, le village natal de Confucius, à 11 h 26. A 11 h 26 très exactement, leur train est bien arrivé en gare de Qufu. A

445

peine Denis et ses compagnons eurent-ils le temps de descendre qu'il était reparti. Tous trois se trouvaient en rase campagne au milieu des champs de blé encore verts. Le vent soufflait, très faible. La gare était minuscule et vide, mais en contrebas de la voie un autocar rouge et bondé de voyageurs, attendait. Poussant, tirant, avec de grands sourires, on y introduisit les trois Français entre les paysannes à baluchons et les enfants qui piaillaient.

L'autocar s'est ébranlé pour s'arrêter quelques mètres plus loin, sur un chemin de terre aux ornières sèches. Des chariots de charbon encombraient le passage, dans l'attente des enfants et des vieillards qui allaient les tirer sous le grand soleil et dans la lumière jaune. Enfin l'autocar est reparti à travers une campagne bien verte peuplée de peupliers. De place en place, s'élevaient dans les blés des stèles de pierre, en groupes ou isolées. On devinait déjà des célébrations très anciennes, l'hommage à des morts, des saints qui s'étaient établis là, en marge du domaine immense, sans frontière, de maître Kong. Les hameaux qu'il traversait – chaque fois le véhicule brinquebalant s'arrêtait pour décharger quelques voyageurs, des paquets de journaux, des sacs indéfinissables – étaient à peu près déserts. Les maisons étaient de terre battue, les toits en chaume et, un peu partout, des arbres très hauts ombrageaient des cours ou des petites places. Denis imaginait que le Berry de George Sand devait ressembler à cette campagne : la lumière verte filtrait entre les feuilles, des chants d'oiseaux, parfois une vieille assise sur un banc de bois. C'était aussi le décor de *Giselle* au Bolchoï de Moscou. Mais c'était plus simplement un village de Chine, du Shandong, au milieu des blés.

Après une quinzaine de kilomètres, l'autocar est arrivé à destination. Jamais Denis n'avait vu de champs de blé plus verts. C'est que Qufu n'était alors pas une ville. A peine un village mais un village qui, deux mille ans auparavant, avait vu naître le maître à penser de tous ceux qui osaient penser en Chine. Sa tombe, l'immense temple qui lui était dédié étaient là, perdus dans l'océan des blés. Pascaline tenait la main de Bertrand. Comme Denis, elle était émue. On les avait aussitôt installés dans l'unique hôtel, qui était un palais. Enfin : une partie, une dépendance, les communs du palais des Kong, l'immense famille des descendants de Confucius qui, depuis soixante-dix-sept générations, avaient vécu là.

De part et d'autre d'une petite cour carrée, un puits au milieu, deux arbres, un jujubier et un sophora, Denis occupait un étroit pavillon de bois, Bertrand et Pascaline celui qui lui faisait face.

Et dès le premier soir, à Qufu, Denis avait commencé à écrire. Miracle : Qufu préservée des ans dans ses murs de brique qu'ouvrent seulement cinq portes : une au nord pour les tombes ; une au sud pour les rois ; une à l'ouest pour les vents ; une à l'est pour l'esprit et la porte unique qui ne mène qu'au temple, au-delà des douves.

Miracle : qu'on vive ici à l'heure des oiseaux, des grues géantes et folles, et qu'un épervier à midi fonde sur un poussin dans la rue, qu'on chasse les faisans au ras des blés. Miracle : que les lettres rouges et blanches sur le mur des tombes s'effacent si vite, que le vent fasse onduler les épis, que vous sentiez ce soir où le soleil tombe une manière de joie à nulle autre pareille. Miracle : que ces visages ouverts et riants, au soleil, ce soit la Chine aujourd'hui.

Denis avait retrouvé deux vers du poète Wang Bo :
« Le soleil tombe : la montagne et les eaux se calment,
le vent fait naître pour vous une voix dans les pins. »
Il écrivait toujours.

Il savait qu'à peine rentré à Pékin, il ferait lire à
Meilin tout ce qu'il avait écrit. Il se disait que c'était
pour elle qu'il écrivait. Toute la journée, il avait parcouru les grandes cours du temple, les vastes salles
encore imprégnées de l'odeur de l'encens qu'on y avait
brûlé près de vingt ans auparavant. Il avait pris des
photographies des arbres bruissants d'oiseaux dont il
voyait les longues ailes déployées au-dessus de lui,
quand ils s'envolaient dans les branches, comme
d'immenses mains amies qui lui auraient fait des
signes. Puis, rentré chez lui dans l'ancienne demeure
des Kong, il avait envie de réinventer ce miracle. Pour
Meilin.

Il avait aussi pris beaucoup de photos : les arbres,
les grues dans les feuilles des arbres, les stèles cou-
chées dans l'herbe ou levées comme d'autres mains.

Assis sur une marche du pavillon de la maison des
Kong où il avait sa chambre, Denis s'était rendu
compte qu'il avait quitté Pékin sans emporter avec lui
une photo de Meilin. Il se souvint d'un vers de Victor
Segalen : « Je règne par mon absence... »

Pascaline et Bertrand allaient devant. Quelques pas
en arrière, il sentait la même émotion que la veille
l'envahir. Les mots pour dire ce qu'il ressentait
venaient à lui par vagues, légères. Des notes très

simples qu'il retrouverait le soir venu, comme la veille, en les transcrivant dans son cahier d'écolier.

Dans le temple de Confucius, des pierres gravées marquent le temps ; un empereur à robe très longue et coiffé d'une manière de bonnet phrygien pêche au-dessus d'un lac où baignent un pavillon, une barque, une rive ; où nagent de longs poissons à queue d'étoile. Ses femmes, ses serviteurs, ceux qui sont la parure de sa gloire, guettent l'instant propice où le poisson – firmament qui danse dans l'eau nue – se laissera prendre pour se ranger ainsi à l'ordre d'en-haut. C'est une stèle han qu'on a retrouvée à deux *lis* au nord de la ville et transportée sous ces ombrages.

Denis, plus tard, rajoutera quelques notes au texte qu'il a écrit. Comme la veille, ce seront quelques lignes de Segalen, qu'il copiera dans le petit volume de *Stèles* : « Moment : ce que je sais d'aujourd'hui en hâte je l'impose à ta surface pierre plane, étendue invisible et présente ; ce que je sens – comme aux entrailles l'étreinte de la chute – je l'étale sur ta peau, robe de soie fraîche et mouillée ; sans autre pli que la moire de tes veines ; sans recul hors l'écart de mes yeux pour bien te lire ; sans profondeur hormis l'incuse nécessaire à tes creux. »

C'est en revenant de la « Forêt de Stèles », à Xian, ce fantastique musée où ont été rassemblées par des générations de lettrés amoureux de leur terre, des générations de monuments récoltés dans toute la province, et au-delà, que Denis lut pour la première fois dans un numéro du *Quotidien du Peuple* daté de la veille que la Chine entrait dans l'ère d'un nouveau grand mouvement populaire. Après les Cent Fleurs et le Grand

Bond en avant, c'était à présent la Grande Révolution culturelle prolétarienne. Quelques personnalités très en vue autour du maire de Pékin semblaient en être déjà les premières victimes.

Le lendemain de son retour à Pékin, il s'entendit répondre par la standardiste de l'agence de voyages chinoise où travaillait Meilin que celle-ci n'était plus employée de Luxinshe. Il se rendit le soir même jusqu'à la grande maison à l'ouest de Shichahai. Mais il eut beau frapper, tambouriner à la porte, personne ne lui répondit. Soupçonneuses une voisine, deux voisines, trois voisines que le tapage qu'il faisait dans cette rue silencieuse avait attirées dans la rue le regardaient sans aménité. A la question qu'il finit par poser, on lui répondit que la maison était vide. Et où en étaient donc passés les occupants ? On se regarda, on le regarda, on prit l'air de qui n'a rien à dire puis de qui on ne sait que dire, on répondit, avant de tourner les talons, qu'on n'en savait rien.

C'est comme il regagnait à pied les quartiers du centre que, pour la première fois, quelque part dans le haut de Xinjiekou Nandajie, la musique éclata soudain dans toute l'avenue. Il ne l'avait pas remarqué, on avait installé des haut-parleurs aux carrefours, au-dessus des vitrines de magasins, on les avait parfois suspendus au milieu de la rue, au-dessus de la circulation. Et l'on venait de les mettre en marche. C'était un tonnerre, une musique entraînante, joyeuse, vaillante, terrible : l'un des quatre ou cinq airs qui allaient ponctuer, désormais pendant des mois, des années, toutes les étapes de la Révolution culturelle. Accompagné par un orchestre aux stridences exaspérées, un chœur de voix unies d'un seul élan chantait.

La Révolution culturelle avait d'abord pris la forme d'une querelle de lettrés lorsque, au cours de l'hiver précédent, les philosophes et les politiques s'avisèrent que les ennemis du peuple maniaient encore le pinceau d'un vertueux humanisme.

En novembre 1965, un certain Yao Wenyuan publia dans le *Wenhuibao* de Shanghai un long article dirigé contre Wu Han, vice-maire de Pékin. L'auteur s'en prenait principalement à une pièce écrite par ce vice-maire trop lettré : *Pourquoi Hai Ju renonça à son mandarinat*, jouée en 1961.

Hai Ju représente le type même du mandarin intègre qui préfère démissionner plutôt que d'appliquer une politique injuste. Selon l'auteur de l'article, Wu Han fait de Hai Ju un héros, alors qu'il n'est que le complice de la classe possédante puisque son intégrité ne peut que retarder la révolution. « Mieux vaut un mandarin vénal et méchant qui suscite la saine fureur du peuple et, à terme, son soulèvement, qu'un humaniste bien-veillant dont le rôle est négatif dans le développement historique des courants révolutionnaires. » Hai Ju vivait au XVIᵉ siècle... En condamnant Hai Ju et Wu Han, Yao Wenyuan et ceux qui l'ont suivi s'en pre-naient en réalité à toute la littérature chinoise héritée des années trente, à la littérature soviétique et à tout ce qui ne correspondait pas exclusivement à une conception rigoureuse du héros révolutionnaire positif.

Au cours de cet hiver qui dura longtemps, on parla beaucoup d'histoire et de littérature. On refit le monde, on écrivit des textes pour nier l'existence de ce qui fut ou de ce qui aurait dû être. Pour le style, disaient certains ; la forme, répliquaient les autres. Le fond se taisait : il savait déjà l'opprobre et l'infamie dont on enrobe parfois la raison.

Mais l'hiver tenace accrochait du givre aux plus frêles discours. On parlait toujours d'années obscures et révolues où de vieux professeurs traçaient au pinceau d'innommables vérités qui paraissaient ci-devant mortes. Il fallait déchiffrer, découvrir, approfondir. C'était une vertu que de ne pas se taire ou d'écrire de longues épîtres au bas de mots sacrés. L'histoire était alors sur la sellette. L'hiver en permettait l'étude. On courut réveiller au fond de hutong glacés quelques vieux lettrés qui, déjà, ne savaient pas l'ordre du jour : on les somma de s'expliquer. Ils se turent. Des fonctionnaires zélés en firent de même avec obstination puis par simple crainte d'être bannis de la Cité : doucement, le monde s'acheminait vers le premier printemps de la redécouverte.

Les foules, dès lors, qui s'étaient levées. Mais Denis ne s'était rendu compte de rien. C'était le temps où, de Pékin, il ne voyait rien d'autre que Meilin.

Descendant du train qui le ramenait de Xian, Denis l'avait vu pour la première fois : devant la gare, une centaine de gosses faisaient cercle. Du groupe montait un cri unique fait de cent voix d'enfants qui hurlaient à la mort, des insultes, des quolibets, des jurons. Et puis, par moments – l'un d'entre eux avait-il dit quelque chose de plus drôle que les autres ? –, un grand éclat de rire parcourait le cercle comme une vague. Jusqu'à ce qu'une voix plus forte que les autres intimât le silence : qu'on recommence à hurler ce qu'on était venu là pour hurler.

Alors les gosses hurlaient de plus belle. Ils avaient

autour du cou un foulard rouge, certains brandissaient déjà le petit livre de la même couleur. Indifférents aux quelques passants curieux qui s'arrêtaient un instant, pour voir, ils criaient à pleins poumons leur haine d'un ordre qui n'était pas le leur.

Leur haine pour ces deux vieillards, au milieu du cercle qu'ils formaient. Un homme et une femme, un couple, probablement. Denis avait pensé : leurs professeurs. Qu'on avait coiffés de bonnets d'âne, ou plus précisément, de hauts chapeaux de papier en forme de cône étroit et blanc, démesurément allongés, peints de caractères noirs tracés d'une main ferme : le noir de celui qui dénonce la pourriture d'une société trop vieille pour comprendre que ce monde aujourd'hui, le nôtre, c'est d'abord à cette jeunesse en folie qu'il appartient.

Hagards, couverts de crachats, de boue, d'immondices, les deux vieillards qu'on avait revêtus d'une blouse blanche pour que se vît mieux la merde éclaboussée sur le tissu clair : les deux vieillards se sont mis à pleurer. Alors les cris des gosses se sont transformés en un nouvel éclat de rire qui était un éclat de rire d'enfants. Les haut-parleurs au-dessus du cercle des enfants diffusaient la même musique héroïque. La vieille est tombée à terre, le vieux a voulu l'aider à se relever, on l'a bousculé à son tour, deux petites filles, roses et fort jolies, se sont retournées vers Denis, qui observait tout cela. Elles le prenaient à témoin. Il est parti très vite.

Denis passera encore six mois à Pékin. Son séjour aurait dû s'achever au début de l'été, avec la fin de l'année universitaire. Mais d'année universitaire, il n'y en a plus. La Révolution culturelle a tout balayé : les années d'avant, qui n'étaient que nuit, obscurantisme et vieilleries ; les universitaires d'aujourd'hui, qui ne l'ont pas compris. Alors, dans le formidable tohu-bohu qui s'abat sur la Chine, retranché avec quelques camarades dans le dortoir des étrangers de l'Institut des langues étrangères, Denis va attendre. En dépit de ce qu'il voit tous les jours dans la rue, des rumeurs qui courent parmi les étudiants, des dazibao vengeurs qu'on affiche sur tous les murs, il n'a pas perdu l'espoir de retrouver Meilin.

Dès lors, tandis qu'on insulte de vieux professeurs coiffés d'un bonnet d'âne qu'on couvre de crachats ; alors qu'il a pu voir de ses fenêtres trois gamines à genoux au milieu de la cour que d'autres obligent à rester droites, immobiles, pendant des heures à écouter des sermons d'une haute moralité ; pendant qu'il croise sur les grandes avenues de la ville des camions remplis d'hommes sans âge, nus jusqu'à la taille, tassés les uns contre les autres, qu'on conduit vers des destinations inconnues ; comme il apprend le suicide de tel de ses camarades qu'on a poussé par la fenêtre du quatrième étage d'un dortoir voisin – lui-même parcourt la ville en tous sens, à la recherche du moindre indice qui lui révèle où se tient Meilin.

Il a d'abord écumé toutes les officines de l'agence de voyages chinoise. Peu à peu, celles-ci fermaient une à une. Le bureau du nord de Wangfujin a été le premier dont il a trouvé porte close. Bientôt ne restaient plus ouvertes que les officines installées dans les deux ou trois grands hôtels où pouvaient encore descendre des étrangers. Mais là, des gamins au visage fermé, occupés à tamponner de rouge des dizaines de minuscules chiffons de papier, ne répondaient même pas à ses questions. Ensuite, il a traîné dans le quartier à l'ouest de Shichahai. L'animation qui y régnait contrastait étrangement avec le silence des semaines précédentes. Là aussi on avait installé des haut-parleurs qui diffusaient nuit et jour les mêmes hymnes héroïques qu'on entendait jusque dans les dortoirs de l'Institut, jusque sous les fenêtres des résidences des diplomates étrangers. Mais surtout, des bandes de gosses en brassards rouges commençaient à déferler sur la ville, et le quartier de Meilin n'était pas épargné. Très vite, ces enfants eurent un nom, c'étaient les Gardes rouges. Tantôt en cohortes serrées, tantôt par groupes de deux ou trois, ils frappaient aux portes des maisons, en faisaient sortir les occupants, posaient des questions d'un ton rogue, interrogeaient, harcelaient des vieillards ou des enfants. Les plus effrayés semblaient les hommes mûrs, les adultes qui se voyaient tous les jours traiter comme des coupables pris en flagrant délit d'hérésie. Aristocratiques, les hutong de cette partie de la ville avaient été parmi les premiers visés. Dès lors, comment l'un quelconque de leurs habitants aurait-il osé donner à cet étranger qui traînait avec trop d'insistance devant leur porte un renseignement sur une jeune personne, une famille qui devait avoir été parmi les premières mises en cause par l'ordre nouveau. Meilin avait dit que son père était un « responsable » : jamais Denis n'avait su de quoi. Mais ce devait être un haut responsable, responsable maintenant de tous les maux dont l'accusait une jeunesse ivre de toutes les rages.

Denis chercha ailleurs, n'importe où. Il marchait au hasard, dans l'espoir fou de tomber nez à nez en face d'une Meilin déguisée en paysanne montée à la capitale pour répondre aux appels répétés lancés par Mao.

Il passa tout le mois de juin à errer ainsi, témoin des grands rassemblements qui se tenaient chaque jour plus nombreux sur la place Tian'anmen.

Découragé, il a fini par s'enfermer dans sa chambre. Il ne sortait plus que rarement, pour se rendre en vélo jusque dans le quartier des ambassades, autour de l'ambassade de France. La Grande Révolution culturelle prolétarienne n'en était encore qu'à ses balbutiements. Certains, parmi les étrangers, se disaient que ce que l'on voyait dans la rue, les violences commises envers des vieillards, les humiliations qu'on imposait à des professeurs, n'étaient qu'une mise en scène destinée à frapper leur imagination à eux, qui ne voyaient de la Chine que ce qu'on voulait bien leur laisser voir. En dépit de ces fausses certitudes, chacun se rendait compte que la Chine d'avant ce mois de mai 1966, où Denis avait appris à Xian que le pays entrait dans une ère nouvelle, avait disparu à jamais. Ce n'est que plus tard que l'on apprit les temples saccagés, les morts, les millions de jeunes gens, et de moins jeunes, envoyés dans les campagnes. Pour le moment, dans les salons de ces messieurs-dames les diplomates, on s'esclaffait bêtement devant ces jeunes fous qui, parce que le rouge était la couleur de la révolution, décrétaient haut et fort que les voitures ne devraient plus s'arrêter aux feux rouges, mais foncer au contraire en avant, comme le peuple chinois sous le drapeau rouge aux cinq étoiles jaunes ! Que c'était drôle ! On assurait avoir été témoin de dizaines d'accidents de la circulation.

Seul Jacques Benoist écoutait avidement ce que Denis pouvait lui raconter de la vie de tous les jours dans le quartier des universités. Pour lui, il faisait comme quelques autres étudiants ou assistants français à Beida ou à l'Institut des langues étrangères : il ramassait tous les tracts qu'il pouvait trouver, décollait parfois une affiche que Jacques traduisait ensuite.

Dans les rues, les avenues surtout, la place Tian'anmen, les foules se rassemblaient plus souvent. Denis les observait de loin. Car c'était un spectacle, une kermesse mi-farce mi-sérieuse, qu'une grande manifestation à Pékin. Elle commençait très tôt, la veille parfois, lorsque débarquaient dans la ville ceux qui étaient venus de loin. De longs défilés de camions où s'entassaient pêle-mêle étendards et enfants en apportaient à proximité du centre la matière première qui, engourdie par le voyage, s'ébrouait, s'étirait et déployait ses fanions. Puis, sur la grande avenue qui traverse la ville de part en part, se formaient les premiers convois. Ils étaient encore hésitants, clairsemés. Des banderoles mal déployées pendaient. Des portraits du Président jouaient à se cacher l'un l'autre mais comme il y aurait cent mille portraits du président dans la foule qui, tout à l'heure, allait converger vers Tian'anmen, cela importait peu.

L'ordre naissait maintenant. Hauts de trois ou quatre mètres, les grands oriflammes claquaient dans le premier vent. Les groupes étaient chaotiques mais réguliers. Des filles allaient devant avec des fleurs de papier. Des gongs et des cymbales jouaient un rythme unique, parfois interrompu de moments de silence. Des haut-parleurs diffusaient alors des chants – toujours les mêmes – et la marée montante de *L'Orient rouge, Dongfanghung*, murmurée d'abord, amplifiée ensuite, et qui surgissait de la foule maintenant réunie sur la place géante. C'était une mer à l'infini de visages levés et de gerbes de soie : les mille et un drapeaux rouges dans la lumière opalescente dès dix heures du matin.

C'était une mer à l'infini de portraits et de petits livres rouges, pensées choisies du Président.

Dongfanghung déferlait sur eux, venant du plus profond d'eux-mêmes, et le cri qui montait était celui d'un peuple entier : un peuple de jeunes hommes et de jeunes femmes à qui l'on disait qu'ils allaient devenir les maîtres du monde.

Puis les Gardes rouges sont entrés dans la belle maison du Pr Gao, à l'est des murailles pourpres au-dessus des douves. Ils sont arrivés à cinquante, soixante peut-être, armés de gourdins et de slogans. L'un d'entre eux brandissait une hache, une véritable hache de bûcheron. Ils auraient pu frapper à la porte, mais c'était un plus beau geste que de la défoncer. Elle s'est ouverte d'un coup, car on en avait simplement poussé les battants. Ce jour-là, le Pr Gao était à l'université. Cela faisait longtemps qu'il avait interrompu ses cours, mais il s'y rendait deux ou trois fois par semaine, pour bien montrer qu'aucune accusation ne pesait encore sur lui. Lorsque les Gardes sont entrés, c'est la vieille Mme Gao, son sourire de pleine lune, qui a couru la première dans la première cour. On l'a tout de suite entourée, bousculée. Puis les deux nièces sont arrivées, les deux petites-nièces. C'est sur elles, surtout, que les jeunes gens en colère se sont acharnés : « Comment, à leur âge, n'avaient-elles pas voulu rejoindre les rangs de la Révolution ? Comment pouvaient-elles rester barricadées dans cette maison bourgeoise en compagnie d'un vieillard qui, c'était de notoriété publique, abusait d'elles ? » Les gamines s'étaient effondrées en larmes, on les avait entraînées, personne ne les avait revues. Quant aux deux nièces, à l'épouse, elles avaient dû assister à l'autodafé. Dans chacune des cours, on avait arraché par rangées entières les livres étrangers des bibliothèques de bois sombre. Celui qui menait l'attaque était un élève du professeur, il s'appelait Zhou Nanbin. Lui aussi avait lu Baudelaire, même Mallarmé. Il était un des plus déchaînés. C'est vers la bibliothèque française qu'il s'est précipité le premier, choisissant à dessein, comme pour se pardonner à lui-même les faiblesses qu'il avait eues, les livres qu'il avait le plus aimés. Même à cinquante, à soixante, il en faut, du temps, pour vider quatre pièces de bibliothèques bourrées jusqu'à la gueule de toute la littérature du monde. Quand le Pr Gao est revenu, le travail n'était pas achevé. Mais on s'y employait si activement que nul, d'abord, ne s'aperçut de son retour. Il était là, impuissant, face au désastre. C'est quand il s'est penché sur le grand amas de livres, au milieu de la première cour, pour ramasser un livre de Thomas Mann, déjà brûlé à Berlin, qu'un Garde rouge l'a remarqué. Il s'est rué vers lui, croyant que c'était un voisin venu voler quelques livres, et lui a arraché le gros volume relié de vert foncé. Mais Zhou Nanbin a reconnu son professeur. Alors, d'un air qu'il voulait plus résolu encore qu'il n'était, il est venu se planter en face du vieil homme et a commencé à l'insulter. C'était à cause de lui que la mauvaise graine avait été dispersée aux quatre vents. C'était lui, le professeur Gao, qui avait failli empoisonner son esprit à lui, Zhou, fils d'un paysan pauvre, monté à Pékin pour apprendre la pensée du président Mao : il avait failli réussir, c'est pourquoi lui, Zhou Nandin, s'était mis lui-même, volontairement, à la tête d'une équipe de Gardes rouges venus d'une usine de la banlieue ouest, tout près de Beida, pour mettre le feu à ce tas de poison qui avait failli le corrompre. Et ce fut lui, le premier, qui tenta d'allumer le bûcher de livres. On dit qu'il tenta, car il n'y réussit pas du premier coup. Il ne suffit pas de jeter une allumette enflammée sur un tas de livres pour le faire brûler. Il faut choisir quelques pages, peut-être les plus belles de Thomas Mann, de Valéry ou de Wittgenstein, les arracher, en faire une première torche qu'on allume alors pour l'approcher du reste de la pile. Encore faut-il que les livres eux-mêmes ne soient pas trop tassés, que le feu puisse prendre à quelques pages isolées. Mais lorsqu'il a pris, c'est le brasier, tout flambe. Tout ne se consumera peut-être pas. Certains livres en réchapperont, brûlés seulement sur les côtés, mais avec un cœur de texte, de pensées, de poésie demeuré intact. Alors il faudra y revenir, s'y reprendre à deux fois, à trois fois pour brûler un gigantesque bûcher de livres dont les flammes, au milieu de chaque cour de la maison du professeur Gao, s'élèveront au-dessus des toits.

Le professeur Gao n'a rien dit. On l'avait forcé à se mettre à genoux, il s'était mis à genoux. On était allé chercher ses deux nièces, sa vieille épouse, qu'on avait agenouillées à côté de lui. Et tandis que tous les livres qui avaient fait le bonheur de trois ou quatre ou dix générations d'étudiants de Beida, dans la classe du professeur Gao, brûlaient éperdument, on lui lisait et on lui relisait des pensées du président Mao.

A la fin, à la nuit, le bûcher qu'on avait ranimé pour la deuxième fois brûlait encore, mais les Gardes rouges en avaient eu assez. Ils étaient tous partis, laissant l'un d'entre eux, qui était une jeune fille, à la garde de la maison. Elle venait du Yunan et s'endormit très vite dans l'une des salles qui avait été autrefois une bibliothèque. Il faisait subitement un peu frais, elle ne portait qu'une tunique de toile kaki, la femme du professeur Gao la recouvrit d'une couverture. Seul gisait encore un album de photographies. C'étaient des photos du temps de la Longue Marche et de Yennan. On y voyait Gao en compagnie de Zhu Te et de quelques autres de ces vétérans qui avaient fait l'histoire de la Chine et qui, comme Gao lui-même, étaient soumis aux pires humiliations. Sur l'une des photos, même, éclatait, avec sa verrue au menton, le sourire du président Mao.

Denis le savait : il n'y avait pas que ses professeurs à tomber sous les coups. Un matin, son ami Lin Dongzu, celui qui lisait Proust, avait été réveillé par des coups frappés à la porte de la chambre qu'il partageait avec trois camarades. Il était encore très tôt, les autres dormaient, lui redoutait déjà le pire. Une demi-douzaine de Gardes rouges étaient alors entrés, poussant des cris furieux : ils savaient que c'était en territoire ennemi qu'ils pénétraient, et ils avaient bien l'intention d'en tirer les conséquences. Lin s'était levé, ridicule dans son pyjama de coton recouvert d'un vieux pull-over troué. Mais les autres n'avaient pas eu un regard pour lui. C'était vers sa bibliothèque qu'ils s'étaient tout de suite dirigés. Les trois compagnons de chambrée du garçon faisaient mine de dormir. A la volée, les livres arrachés aux rayonnages étaient éparpillés aux quatre coins de la pièce. Les dormeurs dormaient toujours. Lorsque enfin les Gardes rouges tombèrent sur les trois volumes de Proust, Lin Dongzu comprit qu'ils avaient trouvé ce qu'ils cherchaient. D'ailleurs, l'un de ses camarades avait glissé un œil de sous sa couverture : c'était lui qui l'avait dénoncé. Satisfaits de ce qu'ils avaient trouvé, les Gardes rouges repartirent, trois d'entre eux munis chacun d'un volume, comme s'ils avaient découvert un dépôt d'armes. Mais c'était tout simplement des preuves de la collusion du grand Lin avec des forces étrangères hostiles au communisme chinois. Trois ou quatre semaines plus tard, il allait apprendre ce qu'il lui en coûterait. Denis a su que Lin avait été envoyé très loin à la campagne, en Mongolie.

En revanche, sans qu'on sache vraiment pourquoi, l'un des trois dormeurs qui dormaient si bien lorsque les premiers Gardes rouges étaient entrés dans la chambre de Lin avait été trouvé défenestré un matin sous les fenêtres de son dortoir. Son corps était resté trois jours et trois nuits à pourrir dans la chaleur de l'été, on crachait parfois dessus, quand on faisait le détour pour le regarder de plus près...

C'était la Révolution culturelle dans toute sa splendeur : étudiants et professeurs se partageaient les mêmes crachats. D'ailleurs, des foules de gosses, venus de province – on les amenait par trains entiers, la gare de Pékin était alors un gigantesque caravansérail où ils dormaient, mangeaient, chantaient des journées, des nuits entières –, montaient à l'assaut des universités bourgeoises de la capitale méprisées, repères d'artistes, de contre-révolutionnaires, d'ennemis du peuple.

Denis ne pouvait pourtant pas ne pas voir, quelque part entre l'Observatoire des jésuites et le quartier de Sanlitun, ces rangées de très jeunes filles, presque des enfants, qui défilaient, armées de fusils de bois, devant sept ou huit petites filles de leur âge, à genoux sur la terre battue sur le bord du trottoir. Qu'avaient-elles fait ? Qu'adviendrait-il d'elles ? Elles avaient sept ou huit ans de moins que Meilin. Comme Meilin, elles devaient être les filles ou les petites-filles de quelque haut fonctionnaire, d'un professeur, d'un ennemi de classe. On disait qu'il fallait trois générations pour extirper la mauvaise graine de cette engeance. L'une des enfants à genoux devant les autres avait vu Denis, son vélo arrêté un peu plus loin. Elle lui avait lancé un regard...

Denis savait que, cette fois encore, il aurait dû tourner le dos. Mais il était resté. Il voulait voir. D'ailleurs, personne ne lui disait rien. Au bout d'un moment, le fusil de bois à l'épaule, les gamines qui défilaient s'étaient arrêtées, figées en un garde-à-vous impeccable devant leurs victimes. Denis avait hésité un instant, puis il avait sorti son appareil de photo, muni d'un téléobjectif. Les petites justicières avaient commencé à regarder de son côté. L'appareil à la main, Denis hésita à aller plus loin. Mais trois ou quatre des filles au fusil de bois, bientôt une douzaine, bientôt une rangée entière, tout le bataillon en somme, bomba le torse. Elles prenaient la pose. Sans hésiter davantage, Denis les avait alors photographiées. Ce n'est qu'en tirant plus tard ses photos chez Pascaline qu'il remarqua, à l'écart du groupe, une petite fille seule et triste appuyée à un mur.

On parla aussi à Denis de ce couple de diplomates russes, conspué par la foule devant son ambassade. Bientôt, ce serait un couple de Français qu'il connaissait bien, qu'on garderait prisonnier dans une belle Renault flambant neuve, martelée de pierres et de coups de bâton. Ou le chargé d'affaires britannique, moustachu comme un colonel de l'armée des Indes mais qui couchait avec sa secrétaire. Ou ces étudiants noirs, amis de Moboto, qui devaient regagner leur Afrique sous les huées de leurs camarades chinois. Ou cette petite fille qui sortait, comme Meilin, d'une maison noble de la ville tartare et qu'on couvrait, elle aussi, gluante, de crachats.

Ou ces escouades d'enfants, fils ou filles de paysans pauvres qui, armés de planches de bois, pénétraient, une à une, dans toutes les maisons de cette rue où il avait rendu visite au Dr Ma, le médecin des ambassades, et qui ne resteraient que dix minutes dans chaque cour carrée : le temps de casser tout ce qu'on peut casser en dix minutes dans une maison noble de la cité tartare...

Il y avait encore parfois des dîners, plus jamais de grandes réceptions ou de cocktails. Un soir, chez les Borne, Denis se fit harponner par Liliane Boudet, l'épouse du premier secrétaire. Il lui trouva le visage épais, la bouche plus écarlate que d'habitude. Elle voulait lui parler, il fallait absolument qu'il l'écoute. Denis voulut se dégager, mais la jeune femme se faisait insistante. Il se laissa entraîner dans le couloir. Et c'est là, devant une grande peinture chinoise aux montagnes flottant dans des nuages, que la femme du premier secrétaire lui annonça, avec un sourire mauvais, qu'elle attendait un enfant de lui. D'abord il ne voulut pas y croire, cela faisait trop longtemps qu'il avait cessé toute relation avec elle. Mais Liliane devint véhémente, elle expliqua – mais il ne s'en rendait pas compte, donc ? – qu'elle était enceinte de sept mois, que son fils, son fils à lui, parce que ce devait être un garçon, allait naître au mois d'août. Denis lui demanda, plus calmement, ce qu'elle attendait de lui. Elle eut brusquement un rire triste : elle n'attendait rien, elle voulait simplement le prévenir. Son mari, qui n'avait jamais jusque-là réussi à lui faire de gosse, était ravi, lui... Elle tourna les talons, le plantant là. A partir de ce moment, Denis ne se rendit même plus aux dîners auxquels il était convié. Cette fois, il demeura bel et bien enfermé dans sa chambre. En rentrant chez lui, il avait failli vomir. Puis il s'était ressaisi. Il avait pris une feuille de papier et, avec un crayon dont il taillait et retaillait la mine toutes les dix ou vingt lignes, il avait commencé à écrire. Il parlait de Meilin. Il ne voulait parler que d'elle. Pendant toute la fin du mois de juillet, pendant tout le mois d'août, le début du mois de septembre qu'il passa encore à Pékin, Denis ne fit à peu près rien d'autre que noircir des pages pour raconter Meilin. Il ne savait même pas s'il s'en servirait un jour dans le livre qu'il écrirait à son retour. Il sentait seulement le besoin de parler de la jeune fille. Dehors, la folie, l'hystérie étaient à leur comble. C'est trois jours après avoir appris un nouveau suicide – celui de la petite Yen Min, agent provocateur, espionne ou pauvre gosse paumée, qu'on avait retrouvée un matin pendue dans la cage d'escalier d'un dortoir de filles – qu'il quitta enfin Pékin. Il pensait ne jamais y revenir.

IX

A son retour en France, Denis ne fit que passer par Paris. Sa mère aurait voulu le garder plus longtemps, il s'échappa très vite. Il n'avait aucune envie de retrouver la petite pièce, au bout de l'appartement de la rue de Leningrad, où il avait passé toute son enfance. C'est ainsi qu'il se retrouva dans la maison des Arcs, où il n'était pas revenu depuis cinq ou six ans. Pendant tous les mois d'été, elle était pleine de cousins et de cousines, des oncles, des tantes... Mais dès la fin du mois de septembre, elle était fermée. La maison n'avait pas de chauffage central, d'un coup, l'Auvergne basculait alors dans l'hiver. La fermière vint de la maison voisine pour lui en ouvrir la porte. Si au moins Denis l'avait prévenue, elle aurait fait un peu de ménage. Mais la maison n'était pas sale, elle avait l'air seulement abandonné, avec de grands draps rapiécés jetés en guise de housses sur les meubles. Elle parut aussi plus petite à Denis que dans son souvenir. Il décida de s'installer dans le salon, il dormirait sur le petit divan d'angle, au velours brun râpé. Au moins, dans la cheminée, on pouvait allumer un petit feu.

Le petit divan, le petit feu : tout lui paraissait soudain petit, en même temps que très familier. Il revenait de Chine et tombait en admiration devant un grand tableau, au-dessus du divan, qui représentait deux paysannes en train de traire une vache rousse, dans un pré du Cantal. Il avait presque oublié combien le dessin avait pu lui en être familier, pendant tant d'années.

Du premier étage, il descendit une table qui servait de bureau à son oncle. Il l'installa au milieu de la pièce, à la fois devant le feu et, à sa gauche, devant une fenêtre qui ouvrait sur la campagne. On voyait d'abord la grille de fer longtemps blanche mangée à présent de lierre qui entourait le jardin. La porte, jamais bien fermée, et qui grinçait toujours. Puis, au-delà, le bûcher, les grands tas de bois mort dans lequel les fermiers venaient, deux ou trois fois par jour, puiser de quoi remplir l'immense cheminée de la cuisine de la ferme. Au-delà, c'était un premier pré, le ruisseau où il pêchait des goujons en s'évertuant d'attraper une truite, puis les prés qui remontaient d'abord en pente douce jusqu'à un premier bois, un second bois ensuite qu'on appelait le bois Carré. Enfin, tout au fond, le Gros-Mont où il montait quelquefois, avec une cousine. Et là, sur cette table, il commença à tracer les grandes lignes d'un plan, qui devait être celui de son roman.

Il était revenu, oui. La tête encore pleine de tant de souvenirs, certains très beaux, d'autres très douloureux. D'autres enfin, monstrueux. Il y avait les petites filles à genoux dans la cour de l'Institut des langues étrangères. Mais il y en avait d'autres, d'autres filles, des garçons, que l'on avait insultés, humiliés devant lui. Au détour d'un hutong, quand il osait encore rôder du côté de la maison qui avait été celle de Meilin, cette autre petite fille encore, poursuivie par des gosses plus petits qu'elle qui lui lançaient des pierres... C'est de tout cela qu'il voulait aussi parler. Mais il se disait qu'il n'avait pas le droit de juger, que ce qui se passait depuis six mois en Chine était d'une telle importance pour ce pays et pour ceux qui l'habitaient qu'un étranger comme lui ne pourrait jamais le comprendre vraiment. Alors, sur des grandes feuilles de papier à petits carreaux, il prenait des notes au crayon qui, peu à peu, s'embrouillaient...

Parfois, lorsque le temps le permettait, il partait en voiture, pour revoir quelques-uns des lieux qui lui avaient été si familiers dans son enfance. C'est ainsi que, un guide du Cantal des années vingt à la main, il se mit à explorer systématiquement toutes les églises romanes des environs, qu'il n'avait jamais fait que regarder trop vite. Cette fois, il s'arrêtait longuement devant chaque façade, puis en poussait la porte pour respirer à pleines goulées l'air humide, déjà glacial qui régnait à l'intérieur. Après deux ou trois expériences malheureuses, il avait compris que pour découvrir ici la beauté d'un chapiteau, là celle d'une statue reléguée dans un coin obscur, il lui fallait se munir d'une torche électrique. Alors, avidement, il redécouvrait les églises de son enfance, le plafond peint de celle de Cheylade ; le chevet de l'église de Saint-Hippolyte ; plus loin, sur la route d'Allanches, un portail miraculeux au milieu d'une cour de ferme. Sur chacune de ces retrouvailles, rentré à la maison des Arcs, il prenait aussi des notes. Il achetait les quelques cartes postales qu'on pouvait trouver dans les bureaux de tabac ; il lisait et relisait les explications qu'en donnait le vieux guide.

Quelquefois, l'un de ses amis l'accompagnait. Il s'appelait Michel, c'était le fils du médecin qui, aussi loin qu'il s'en souvînt, avait soigné sa famille. Michel aussi était médecin, mais Denis n'arrivait pas à le prendre vraiment au sérieux. Et pourtant, il savait que Michel était un bon médecin, aussi attentif à ses patients que son père qui, comme son père avant lui, faisait parfois ses visites à cheval dans des fermes lointaines que la neige bloquait plusieurs semaines par an. Michel avait une 2 CV, il connaissait toutes les routes de l'arrondissement. Il ne cessait d'interroger Denis sur la Chine ; Denis, de son côté, lui posait des questions sur sa vie en Auvergne, sur les longs hivers, sur ce qu'il pouvait rester des veillées à l'ancienne, les paysans réunis autour du *cantou* qui se racontaient des histoires pour se faire peur. Michel avait souri, tout cela appartenait au passé. Pourtant, il y avait bien encore des veillées, la télévision n'avait pas encore totalement envahi les longues soirées d'hiver.

Denis interrogeait aussi Michel sur un ami qui avait été celui de son père. Une photographie très ancienne montrait le père de Denis et l'écrivain, photographiés au sommet du puy Mary. La photo avait été prise par le père de Michel. Les jeunes gens portaient tous les deux un canotier. C'était une des rares photographies que Denis avait conservées de son père. Il soupçonnait sa mère d'en avoir détruit la plupart. Trois jeunes filles, en jupe courte comme c'était alors la mode, étaient assises aux pieds des deux garçons. Michel expliqua que son père avait longtemps entretenu une longue correspondance avec l'écrivain, mais qu'à la mort de celui-ci, il l'avait brûlée.

Denis avait aussi retrouvé Louisette, la fille de la pharmacienne. Elle avait une drôle de réputation, et Louisette lui ressemblait. Il avait été amoureux d'elle quand elle avait treize ans. Denis en avait alors dix-sept, il s'était dit qu'il était impossible qu'il se passât quoi que ce soit entre eux. Et pourtant, Louisette se faisait aguichante, des petits seins, minuscules, qui pointaient sous sa robe de Vichy. Un jour, presque fièrement, elle avait lancé à celui qui était simplement un camarade de jeu qu'elle ne portait pas de culotte : « Tu veux voir ? » Elle avait soulevé sa robe un instant, puis très vite l'avait laissée retomber. Denis n'était pas vraiment sûr d'avoir vu quoi que ce soit. Maintenant, Louisette avait la réputation de sa mère. On racontait qu'elle avait des amants, beaucoup d'amants, parmi les notables des environs. Sa mère était malade, on ne savait de quoi. Elle avait vendu sa pharmacie, c'était sa fille qui la faisait vivre. Lorsque Denis la revit pour la première fois, c'était à la sortie de la messe du dimanche. Il était entré dans l'église, par désœuvrement. Bientôt, il y reviendrait, plus régulièrement, simplement parce qu'un moment, il faillit retrouver un peu de la foi qu'il n'avait jamais vraiment eue. Louisette était habillée d'une robe blanche, boutonnée jusqu'au cou. Ils allèrent boire un apéritif, comme autrefois un Byrrh-Cassis, au café Morel, en face de l'église. Assise à côté de lui sur la banquette de moleskine, Louisette montrait ses jambes. La première fois, c'est elle qui l'entraîna dans sa chambre, dans le petit appartement qu'elle habitait avec sa mère, au-dessus d'une boulangerie. La porte de la chambre était entrouverte, l'ancienne pharmacienne somnolait, en chemise dans la pièce voisine.

Tout cela, Denis l'écrivait aussi.

Mais d'abord, parler de la Chine. Encore une fois. Dire la Chine, raconter la Chine, se raconter la Chine ou se raconter à travers la Chine : la Chine-miroir qui renvoie notre image, déformée, monstrueuse, trop vraie, mais qui nous reflète tels que nous avons cependant voulu nous voir. Il y a ma Chine, ta Chine, sa

Chine ; notre, votre, leur Chine. La Chine que j'ai vécue et celle que tu as refusé de voir ; la caricature qui en a été faite, l'image à la lumière de laquelle nous avons aimé nous complaire et celle que vous vous êtes offerte, comme ça, pour le prix du voyage ; celle, enfin, que nous leur avons laissée, à eux, les centaines de millions alors qui la vivaient ensemble.

On débite la Chine, on la vend à l'encan : depuis vingt ans, elle est à la mode. On la solde donc en gros volumes inutiles et poussiéreux, laissés pour compte de ces trois semaines que nous y avons passées – l'an prochain, ce sera le Chili ! – pour en faire cet article, cette série de reportages, deux fois rien, à peine un gros livre. Et ça rapporte quelquefois, la Chine, alors, pourquoi pas toi ? Ainsi, peu à peu, plusieurs récits étaient-ils en train de se mettre en place sur les grandes feuilles de papier à petits carrés que Denis couvrait de notations minuscules, reliées entre elles par des traits de couleur rouge, bleue ou verte. Mais ce n'était toujours que le plan de son roman... Il resta ainsi à la maison des Arcs jusqu'au milieu du mois de novembre. Il hésitait...

A son retour à Paris, Denis croisa un journaliste qu'il avait rencontré à Pékin. C'était place Saint-Sulpice, les deux hommes s'assirent un moment au Café de la Mairie. Le journaliste n'était pas revenu en Chine depuis le commencement de la Révolution culturelle. Pourtant, dans l'hebdomadaire dont il était l'un des éditorialistes politiques les plus respectés, en même temps qu'une espèce de grand reporter qu'on envoyait à l'occasion aux quatre coins du monde pour – c'était son expression – « témoigner », le journaliste avait écrit des articles enthousiastes sur ce qui se déroulait en Chine. Denis se refusait toujours à porter le moindre jugement mais il avait en mémoire des scènes précises, celles qu'il avait vues – et d'autres. Il y avait surtout la disparition de Meilin mais de cela, il ne voulait parler à personne. Il ne le pouvait pas. « Ce que vous avez vu ? Et alors ? » L'autre, qui buvait un grog parce que l'hiver était venu, partait d'un grand éclat de rire. Puis il regarda son compagnon de côté, comme pour s'assurer de sa complicité : les articles indignés de tant de bons apôtres...

– Vous n'allez tout de même pas, vous aussi, vous mettre à hurler avec les loups !

Autour d'eux, il y avait des étudiants, des garçons et des filles beaucoup plus jeunes que Denis. Le journaliste eut un mouvement du menton en avant, pour les désigner :

– Vous ne voyez pas que, pour tous ces gosses, ce qui se passe en ce moment en Chine est aussi important, sûrement plus important que pour vous et moi ! A chacun d'y voir ce qu'il veut – ou ce qu'il peut ! – y voir...

Puis il s'était levé et avait laissé Denis régler les consommations. En dépit de ce qu'il avait pu « mettre de côté », comme disait sa mère, pendant son séjour en Chine, Denis vivait toujours très chichement.

Puis Denis reçut la visite de Wuzi. Ils ne s'étaient pas revus depuis leur rencontre à Beihai et, même s'il avait été parfois troublé, Denis prenait toujours Wuzi pour une femme. Une femme, donc, qui portait toujours un costume d'homme, mais bien coupé cette fois, qui n'avait rien du ridicule des trois pièces épais arborés à Pékin.

A son entrée dans la chambre que Denis avait à nouveau louée place Saint-Sulpice pour fuir l'odeur de frichti et de fer à repasser qui régnait chez sa mère, Wuzi fit d'abord mine de s'intéresser aux livres, aux tableaux qui étaient aux murs. Il furetait à gauche et à droite, se forçant pour admirer la vue qu'on avait de l'église. Il avait des mouvements brusques, comme gêné. Et peu à peu, ce fut pour Denis la révélation. L'ahurissante, l'invraisemblable vérité. Et tout de suite, il pensa : quel con ! quel con j'ai été ! Il n'en revenait pas de sa crédulité : enfin seulement il s'en rendait compte ! En dépit des affirmations de Perruchot, de Marc Hessler, cette fille déguisée en garçon qui tournicotait dans la pièce, cette Maomei habillée en Wuzi, ce Wuzi plutôt qui s'était maintenant laissé tomber dans un fauteuil et allumait sa cigarette avec des gestes trop délicats, eh bien, ce personnage brusquement resurgi à Paris de ses années pékinoises ne pouvait pas être une fille ! Et n'avait jamais été une fille. C'était évident ! Alors même que, sous les vêtements grossiers qu'elle portait en Chine, Wuzi-jeune femme pouvait faire illusion ; habillé avec simplement un peu plus d'élégance, ou moins ridiculement accoutré, Wuzi-garçon apparaissait bien pour ce qu'il était, un homme, tout simplement. Denis se rendit d'ailleurs compte qu'au fond il l'avait peut-être compris depuis longtemps. Ce pauvre Perruchot avait bien caché son jeu, lui qui parlait de sa fiancée chinoise avec des yeux d'amoureux transi. A moins qu'il ait été plus bête encore qu'il ne le paraissait. Le Chinois ne chercha d'ailleurs nullement à pousser plus loin la supercherie :

– Il faut que tu m'aides, dit-il après quelques mots d'explication : il faut que tu m'aides et que tu dises que tu as toujours su que j'étais un homme.

La situation parut cette fois franchement grotesque à Denis. Que ce jeune homme qui avait mis tant d'application à se faire passer, aux yeux du tout-Pékin des diplomates, pour une chanteuse d'opéra, lui révélât tout de go qu'il était un chanteur était déjà pour le moins surprenant. Mais que, dans la foulée, il avouât sans sourciller, comme il le fit ensuite, qu'il avait été payé par les services chinois pour se déguiser en fille afin de mieux séduire ce gros imbécile de Perruchot, c'était tout bonnement ahurissant. Et pourtant, c'était la vérité. Avec une profusion de détails, il expliqua à Denis de quelle manière il avait pu berner son pseudo-amant. Il était peut-être inconcevable que celui-ci n'y ait vu que du feu, comme il devait l'affirmer lui-même par la suite – c'était pourtant le cas.

– Tu comprends, continua Wuzi, j'avais un frère malade, qu'on avait envoyé à la campagne : ils m'ont fait chanter pour obtenir de moi ce qu'ils voulaient...

Ils : l'une de ces officines installées dans un immeuble anonyme du grand Pékin, voire dans le *compound* même d'une ancienne ambassade, et qui tirait les fils de quelques pauvres marionnettes comme Wuzi, pour obtenir sur les étrangers en poste dans la capitale chinoise des informations qui ne leur serviraient à rien. Une minable et triste affaire d'espionnage, en somme, rien de plus.

– Mais il faut que tu saches que je l'aimais bien, ce pauvre Perruchot...

Il ajouta encore :

– Je l'aime toujours beaucoup...

Denis était effaré. Perruchot rappelé pour espionnage. La fausse chanteuse lâchée par ses employeurs et bientôt arrêtée en France : plus tard, le monde entier connaîtrait l'histoire des amours improbables d'un attaché d'ambassade français et d'un espion chinois déguisé en chanteuse d'opéra. On en ferait même une comédie musicale, un film. Mais pour le moment, comme Jacques Benoist qui avait été l'un des premiers à deviner la vérité, Denis recevait cette invraisemblable vérité de plein fouet. Et Wuzi qui continuait à le supplier : la police française, des services secrets, la DST – qu'en savait-il ? – avaient été alertés par ceux-là mêmes qui avaient mis en place ce réseau ridicule. Le pauvre Perruchot ne pouvait rien apprendre de sérieux à l'informateur chinois, celui-ci ne servait plus à rien à ses maîtres puisque le frère malade envoyé à la campagne avait fini par y mourir : que la France se débrouille avec le couple qu'on lui avait livré sans le moindre remords ! Perruchot était en tôle. Quant à Wuzi, on lui avait inventé une double nationalité pour l'expulser plus aisément de Chine. Le jour tombait sur la place Saint-Sulpice, les lumières du Café de la Mairie s'étaient allumées. Wuzi se retourna vers Denis.

– Je sais que tu trouves tout cela complètement fou. Mais moi aussi, je n'y comprends plus rien. Par exemple, je suis certain que les agents de votre DST savent parfaitement que je suis avec toi en ce moment.

Denis regarda à son tour par la fenêtre. Quelques passants traversaient la place. Un couple était arrêté près de la fontaine. Un chien, tenu en laisse par un homme long et maigre, pissait contre un arbre. Un agent de la DST parmi ces figurants mis en place dans le désordre par un metteur en scène sans talent ? Denis se retourna vers le Chinois.

– Et si je prétends avoir toujours su que tu étais un

garçon, tu crois que tu pourrais t'en tirer sans trop de dégâts ?

L'autre releva simplement les sourcils : peut-être... Trois jours après, Denis était effectivement convoqué dans un bureau étroit, quelque part dans un grand bâtiment construit dans les années trente sur les boulevards extérieurs, du côté de la porte de Versailles. Deux hommes l'interrogèrent pendant un peu plus d'une heure sur ses relations avec Perruchot, avec Wuzi. On prononça même le nom de Jacques Benoist : était-il vrai que dès le début Jacques avait su lui aussi que la fausse doublure du Serpent vert était un homme ? A tout hasard, Denis répondit oui. Environ un mois après, la presse révéla toute l'affaire, faisant des gorges chaudes sur la naïveté du malheureux Perruchot, qu'on s'obstina à présenter comme un diplomate français alors qu'il n'était – et la nuance avait pour ces messieurs du Quai son importance – qu'un agent contractuel !

Denis revit aussi Christophe, cet ami à peine un peu plus âgé que lui qui avait, comme lui, été étudiant aux Langues orientales avant d'entrer chez un éditeur dont il était très vite devenu le plus proche collaborateur. C'était lui qui avait publié le premier roman de Denis. Puis l'éditeur était mort, et Christophe avait pris sa place.

– Alors, ce grand roman sur la Chine, quand tu me le donnes ?

La Chine devenait furieusement à la mode, on en parlait tous les jours davantage dans le tout-Paris qui se croyait le Paris de ceux qui pensent. Quelques semaines encore, quelques mois tout au plus, et les bons jeunes gens qui l'animaient, ceux qui faisaient ses grands soirs et ses petits matins frileux, s'enrouleraient sous la bannière d'un maoïsme made-in-France, mais de si bon goût... Chacun, alors, le ferait, son voyage en Chine, et lancerait du haut de sa tribune, la revue ou le magazine à sa botte, les alléluias de rigueur. Mais on n'en était pas là. Editeur, Christophe sentait simplement le vent qui tournait dans le bon sens, c'est-à-dire le grand souffle qui venait de l'Est.

– Tu vas tout de même nous donner quelque chose, non ?

Ils étaient au bar du Pont-Royal. Sur la banquette en face de la leur, la moleskine déjà un peu fendue, un écrivain barbu buvait un pastis. A côté de lui, un petit homme maigre lisait une feuille de droite. En face, une femme déjà tassée, entre deux âges, dont on devinait qu'elle avait été très belle, commentait pour une amie un livre de son mari qui racontait des parties à trois, à quatre. Ils étaient tous plus ou moins écrivains, éditeurs, critiques, Christophe était à sa place parmi eux, Denis s'y sentait étranger.

– Alors, tu nous le donnes quand, ce livre ?

Denis en expliqua les grandes lignes, le ton, les personnages, Meilin à mots couverts, Wuzi avec un sourire amusé, les lieux qui s'y chevauchaient. Il évoqua le séjour qu'il venait de faire en Auvergne et qui servirait de contrepoint littéraire, mais l'autre l'arrêta :

– Pas trop d'Auvergne, s'il te plaît, et beaucoup plus de Chine. Avec de la fesse aussi, je sais que tu n'y es pas tout à fait indifférent.

Denis eut aussi une drôle de surprise. Il traversait le Luxembourg quand, passant devant l'une de ces reines de France dressées en pierre sur les terrasses, il aperçut Liliane Boudet. Vêtue d'une robe rouge, la bouche peinte d'un rouge plus éclatant que jamais, elle lui fit signe de loin. Elle l'avait reconnu, il aurait voulu l'éviter, il ne put faire autrement qu'avancer vers elle. Et c'est sous la statue de Blanche de Castille qu'elle lui montra la chose, toute rouge également, qu'elle promenait dans un landau haut sur roues.

– Tiens, regarde ton fils : tu ne trouves pas qu'il te ressemble ?

Denis était atterré. Devant lui, à moitié enfouie sous des couvertures bleues et des draps joliment brodés, la chose rouge vagissait. Elle avait une crête ébouriffée, des yeux qui ne regardaient rien. Denis se dit qu'il n'avait, de sa vie, vu un bébé aussi laid.

– Devine comment je l'ai appelé ? interrogea encore la femme.

Sans attendre sa réponse, elle lança avec un petit rire satisfait :

– Denis, naturellement !

Denis se crut obligé de prêter un peu d'attention à cet autre Denis, fripé, rougeaud, qui se mit soudain à hurler. Mais lorsque Liliane Boudet lui expliqua que son mari ne verrait sûrement aucune objection à ce qu'il vienne, de temps en temps, rendre visite à son fils – elle disait : *ton fils* avec un petit rire de gorge –, il s'enfuit très vite, il avait à faire, un rendez-vous urgent...

Toujours debout sous la Blanche de Castille de pierre sale, Liliane lui criait des « au revoir » et des « à très vite » qu'il n'entendait plus. Il s'était mis à pleuvoir.

Denis avait refusé le poste d'assistant qu'un ami de Franck Desjardins lui avait proposé aux Langues O. Lorsque le Pr Nivert, dont il avait suivi les cours pendant deux ans, lui avait donné rendez-vous dans un café de la rue des Saints-Pères, pour le faire revenir sur sa décision, Denis avait eu un sourire à la fois attendri et un peu ironique :

– Tout cela m'est impossible maintenant... J'ai tant de choses à faire.

Le professeur avait insisté :

– Tant de choses ?

– Tant de choses, oui. Ou peut-être une seule : écrire.

Ecrire ce roman dont il n'en finissait pas de préciser le plan, d'en définir et redéfinir encore les grandes lignes d'une construction de plus en plus complexe, était devenu une obsession. Pourtant, hormis les notes qu'il avait pu prendre, les centaines de photographies avec lesquelles il jouait parfois, les mélangeant puis les étalant sur une table comme un jeu de cartes, Denis n'avait pas encore écrit une ligne de son livre.

Puis, il commença à rencontrer la foule de ces gens qui s'intéressaient à la Chine et voulaient l'en entendre parler. Ce n'était pas seulement sur la Révolution culturelle qu'on l'interrogeait, mais sur la vie de tous les jours, l'Université, les contacts qu'il pouvait avoir avec les rares Chinois plus ou moins officiellement autorisés à rencontrer des étrangers. Ainsi le vieux docteur Belmont, qui vivait depuis 1949 aux environs de Paris dans l'appartement prêté par des amis au sein d'une grande abbaye, le fit appeler. Belmont avait connu Iris et tous ceux, parmi les étrangers, qui étaient entrés dans la légende d'un Pékin « d'avant ». Denis lui rendit visite. Le vieux monsieur occupait deux pièces, remplies de livres, de photographies, de collections.

Devant l'intérêt du jeune homme qui ne se lassait pas d'explorer les rayonnages de sa bibliothèque, le docteur Belmont hocha un peu tristement la tête : c'était tout ce qu'il avait pu « sortir » de Chine...

– Et vous aviez beaucoup d'autres choses ?

Même hochement de la tête : oui, l'ancien médecin – bien avant le Dr Ma – de la colonie française possédait des peintures, des jades, une collection remarquable de sceaux anciens, qu'il avait été obligé d'abandonner derrière lui. Certains d'entre eux avaient trouvé leur place dans les vitrines du salon de l'ambassadeur ; d'autres étaient probablement encore dans des caisses entreposées à l'ancien centre culturel de Taiji-chang ; beaucoup enfin avaient disparu à jamais. Mais le vieil homme avait pu sauver une grande boîte en carton, plate et de couleur orange, qui contenait quelques grands tirages de photographies d'Iris. Il fit cadeau de l'une d'elles à Denis. Elle représentait une petite fille au visage fermé, le front penché en avant, les bras serrés sur une poitrine à peu près inexistante. Le reste de son corps était nu, elle portait aux pieds des mules de soie brodées... Le docteur Belmont expliqua que le modèle qui avait posé ainsi était une nièce de l'un de ses collègues, médecin à Pékin. Denis voulut en savoir davantage :

– Le docteur Ma ?

Mais le vieux monsieur eut un geste vague, comme s'il ne se souvenait pas vraiment. Denis savait pourtant que la mémoire du docteur Belmont était surprenante. De retour dans sa chambre, Denis se dit que, sans le savoir et depuis le premier jour, il avait besoin de la photographie de la jeune fille à la mule chinoise. Il la fit encadrer, l'accrocha sur un mur, à côté de son bureau.

Il revit aussi ceux de ses amis français qui avaient quitté la Chine à peu près en même temps que lui. Il y eut ainsi un dîner chez les Desjardins. Ils habitaient un sixième étage sans ascenseur sur la montagne Sainte-Geneviève. L'appartement était minuscule, les livres avaient achevé de déborder des bibliothèques pour s'élever en masses épaisses, même pas branlantes tant ils étaient nombreux, sur chaque meuble, sur le sol, jusque dans la salle de bain. Denis arriva le premier, Marion s'affairait encore à la cuisine, Franck achevait de taper une page à la machine. Il expliqua que c'était la traduction du journal d'un professeur à Beida qui avait pu le lui faire passer avant d'être envoyé à la campagne. Franck avait l'intention de le publier, mais les deux éditeurs auxquels il s'était jusqu'à présent adressé rechignaient à faire paraître chez eux un livre dont le traducteur avait eu la précaution de leur indiquer que le texte en était parfois « très dur pour la Chine ». L'heure n'était pas à être dur pour la Chine. Les voyages en Chine des maîtres penseurs du moment se multipliaient maintenant, ils publiaient des textes enthousiastes, délirants... Souvent sans y avoir jamais mis les pieds, on se surpassait hautement en superlatifs pour dire l'admiration qu'on portait au pays ; au régime qui avait tiré six cents millions d'hommes de la misère ; au Grand Timonier qui présidait à leur destinée ; au rouge éclatant de ce nouveau soleil qui se levait plus à l'est encore. Franck haussa les épaules :

– De toute façon, ils finiront bien par comprendre...

Mais on sonnait déjà à la porte, c'était Marc Hessler accompagné d'une jeune femme très belle, au visage poupin. Il la présenta comme sa femme, ou plus exactement, avec un rire qu'il voulait plein d'humour, comme sa « première épouse ». Denis la reconnut, c'était cette nièce du prince Sihanouk qu'il avait rencontrée à Pékin. Denis trouva qu'elle s'était épaissie. Parfaitement à l'aise, elle souriait tout en babillant. Elle parlait sans cesse, mêlant des remarques presque intéressantes sur la vie qu'elle avait pu mener aux côtés des exilés cambodgiens à Pékin, à des futilités que Hessler relevait, ironiquement.

Puis Bertrand et Pascaline Borne arrivèrent à leur tour. Décidément, les Desjardins avaient voulu faire une grande soirée de retrouvailles. Cela faisait maintenant six mois que Denis avait quitté Pékin. Il remarqua tout de suite que Pascaline était enceinte. Il voulut la prendre à part, mais Pascaline évita de se trouver seule avec lui. Il eut comme un pressentiment. Alors, il comprit les regards que Marc Hessler échangeait avec la jeune femme. Hessler était toujours en poste à Hong Kong, les autres étaient rentrés définitivement d'Asie, lui n'était à Paris que pour de courtes vacances. Denis eut la certitude que c'est à dessein qu'il évoqua, pendant le dîner, un séjour que Pascaline avait effectué dans la colonie. Le visage de la jeune femme s'éclaira, elle parla d'une promenade en bateau à l'île de Landau. La petite Cambodgienne pépiait toujours. Marion Desjardins passait plus de temps dans sa cuisine qu'avec ses invités, elle aussi ne semblait pas particulièrement soucieuse de se retrouver seule avec Denis. En fait, il n'y avait que Franck pour évoquer avec nostalgie les années qu'ils avaient passées ensemble.

Il y eut ensuite une séance de photographies. On projeta des diapositives. Chacun avait apporté deux ou trois chargeurs que l'on installait dans l'appareil que maniait Marion. Franck, un peu à l'écart, souriait. Toutes les photos représentaient l'un ou l'autre des amis réunis ce soir-là, parfois plusieurs d'entre eux ensemble. C'étaient des photographies anodines, anecdotiques, prises en toutes saisons. Clichés d'un Pékin tellement familier qu'ils parurent soudain superflus à Denis : une grande cour de la Cité interdite un jour de neige ; le temple du Ciel en plein soleil ; un enclos reculé dans les tombeaux des Ming, un arbre aux beaux fruits kaki dorés par le soleil d'automne, etc. Pascaline, qui avait fait de si belles photographies en noir et blanc de leur Chine à tous deux, Denis et elle, s'exclamait de plaisir en voyant le visage de son mari, ou même celui du pauvre Perruchot, se détacher sur le ciel très bleu de Pékin en hiver.

On se quitta ensuite, soulagés, en se promettant de se revoir.

Là-bas...

Jamais mieux qu'en hiver, Pékin ne se découvre hors du monde. La rigueur de ses gris et de ses cendres se développe, éclatante, sur un ciel toujours bleu. La plaine de Pékin est jaune et dure du gel qui dure. Les arbres déchiquetés sont des fantômes aux contours précis. Denis avait vu dans la plaine une armée entière creuser un canal dans le sol dur comme le marbre dur. Ils revenaient vers le soir en chantant avec des banderoles multicolores qui flottaient dans la poussière lumineuse.

L'hiver sur Paris, cette année-là, fut long, froid, humide...

Puis on demanda à Denis d'écrire des articles sur la Chine. Au *Figaro*, il décrivait la Chine qu'il avait connue : il parlait, dans les pages consacrées aux livres dans *Le Monde*, de quelques grands romans chinois que l'on commençait à traduire en France : Mao Dun ou Bajin. Pierre Dumayet, qui produisait alors une émission de télévision très admirée à Paris et beaucoup regardée en province, l'invita pour parler d'une traduction de Lao She. On venait d'apprendre le suicide du grand écrivain dans les quelques centimètres d'eau boueuse d'un lac empuanti au sud de la ville chinoise. La préface en était de Franck Desjardins, mais celui-ci s'était récusé. Denis se sentit flatté d'intervenir à la place de son ami. Pour la première fois, lui qui se gardait si précautionneusement jusque-là de prononcer le moindre jugement sur la Chine où il avait vécu, se hasarda à quelques louanges des premiers mois de la Révolution culturelle auxquels il avait assisté. Après une révolution politique, puis une révolution économique, n'était-il pas normal qu'une culture quelque peu sclérosée soit remise en question ? L'intervieweur s'étonna : et les excès de cette remise en question, il ne s'en étonnait pas, lui ? Denis bafouilla un peu, tenta de minimiser les excès en question, il se disait qu'il ne voulait pas, comme avait dit le journaliste rencontré place Saint-Sulpice, hurler avec les loups. Il se trouvait pourtant qu'à cette époque, le nombre des admirateurs éblouis du maoïsme tel que l'exprimaient les jeunes Gardes rouges de la Révolution culturelle, était bien supérieur, dans les milieux qui croyaient penser, à ceux qui s'en indignaient, mais Denis ne les fréquentait pas assez pour le savoir.

« Chaque fois, écrivait-il, que je cherche à m'enfoncer plus avant dans cette Chine où j'ai vécu, je me heurte à un mur. La grande muraille des sourires ou des visages fermés : un silence qui dure et qui est un refus. Je vois ces hommes et ces femmes penchés sur un feu ouvert au milieu de la cour la plus reculée d'un ancien temple transformé en commune, et *je sais* que, parlerais-je encore mieux le chinois, le pékinois le plus courant qui se puisse entendre entre Tian'anmen et la tour du Tambour, il y aura toujours un gouffre entre eux et moi que je ne saurais franchir. Je suis, nous sommes étrangers au sens le plus fort du mot.

« Ainsi, peu à peu, me suis-je installé dans un univers qui était tout à la fois l'histoire de la Chine, l'image de la Chine, la lecture et la musique de la Chine. Je sentais, je devinais, j'effleurais, je plongeais au plus vif, mais je gardais mes distances, comme ces six cents, sept cents millions d'hommes et de femmes autour de moi avaient gardé les leurs. Je sentais, d'ailleurs, bien que, face à leur immense volonté de faire la Chine, je n'étais moi qu'à la recherche de ces petites émotions qui me permettraient peut-être un jour, simplement un peu plus, de sentir, deviner, d'effleurer. »

Lorsque les excès les plus violents de la Révolution culturelle commencèrent à être connus hors de Chine, on interrogea encore Denis : « Et vous avez pu vous sentir à l'aise dans cette Chine-là ? » A l'aise ? C'était risible. Il y avait le souvenir lancinant de Meilin. « Alors, ce qui se passe là-bas est horrible, n'est-ce pas ? Indicible ? Monstrueux ? » Mais Denis secouait la tête, sans répondre. Pourquoi ? Il ne le pouvait pas, tout simplement.

Huit mois après son retour, Denis perdit sa mère. La vieille dame mourut seule, dans l'appartement de la rue de Leningrad, où son amie, Mlle MacDonald, était venue s'installer avec elle. Le jour de sa mort, Mlle MacDonald était partie pour Nancy, rendre visite à des neveux. La mère de Denis n'avait pas eu le temps, comme on dit, de se voir mourir. Elle n'avait prévenu personne du premier malaise qui l'avait touchée, et ce n'est que deux jours après son décès que son amie la découvrit, étendue sur son lit. Elle était partie dans son sommeil.

Denis pleura beaucoup. Il tint à ce qu'on l'enterrât non pas dans la petite église voisine de son appartement, mais à Saint-Sulpice. Il avait une affection particulière pour la grande fresque du combat de Jacob avec l'ange peinte par Delacroix. La cérémonie eut lieu un jour de semaine, à six heures du soir, une vingtaine de personnes, tout au plus, s'y retrouvèrent. Puis Denis monta à l'avant de la voiture mortuaire, on ne disait plus un corbillard, qui ramena le corps en Auvergne. On l'enterra un jour de grand soleil, dans le bourg à la belle église romane, à trois kilomètres de la maison des Arcs.

Trois mois après, Denis abandonnait sa chambre pour acheter, à l'étage en dessous, un véritable appartement avec la somme, considérable pour elle, que sa mère avait économisée pendant toute sa vie. Dès lors, il fréquenta plus assidûment encore le Café de la Mairie. Mais il n'avait toujours pas réussi, au-delà de son plan, de ses plans, des multiples graphiques, des paquets de fiches, des montagnes de photographies qu'il maniait, des tableaux à double entrée sur lesquels il faisait figurer les échanges entre ses personnages : il n'avait toujours pas réussi à entrer dans la phase d'écriture de son livre.

Retrouver des images. Tout près du temple du Ciel, le quartier du Pont du Ciel était l'un des plus anciennement connus de Pékin. Longtemps, ç'avait été un haut lieu de la pègre. On y volait à la tire, on y proposait l'opium pour quelques sous et des filles pour moins encore. Mais c'était aussi, nous l'avions vu en hiver, une gigantesque foire permanente, où acrobates, équilibristes, diseurs de contes y exerçaient leurs talents en plein air. Après la Libération, le grand vent du puritanisme maotien a chassé les prostituées et les voleurs, on a drainé les coupe-gorge pour reconstruire des hangars et des bicoques où s'exhibent les artistes populaires qui ont survécu à ces bouleversements. Les lutteurs torse nu qui roulent dans la poussière en se lançant des quolibets, avec des yeux de statues furibondes. Les joueurs de sabre, qui font valser en danses théâtrales et truquées de gigantesques lames nues en fer-blanc. Le théâtre d'ombres. Les marionnettes. Les conteurs d'histoires, surtout, qui racontent encore de vieilles légendes à grands coups de gorge, d'onomatopées et de longs récitatifs. Et le public valait autant que le spectacle : fasciné, suivant les moindres détails des récits ou des saynètes, manifestant à haute voix son enthousiasme. Mais les temps ont changé et à la nuit les lumières s'éteignent vite dans les cahutes. Très vite les lutteurs rentrent chez eux après leurs huit heures de travail et le Pont du Ciel redevient un quartier de Pékin aussi silencieux que tous les autres.

C'est plus de dix mois après son retour que Denis se lança enfin dans l'écriture de son roman. Jusque-là, il avait accumulé tant de notes, dessiné tant de tableaux, inventé tant de personnages qui s'ajoutaient à ceux de la vie réelle que, pendant quelques semaines encore, il lui avait semblé que le projet lui échappait. Il se sentait écrasé par sa propre ambition. Puis il s'était ressaisi. Il avait établi un ultime plan et à corps perdu, s'était alors lancé.

Lui qui ne s'était jamais imposé la moindre contrainte, il descendait à présent prendre son petit déjeuner au Café de la Mairie, puis, sur le coup de neuf heures, s'installait à sa table. Il travaillait ensuite toute la journée et ne s'interrompait parfois que pour de grandes marches dans un Paris retrouvé. Avec une curiosité qu'il avait oubliée, il regardait les visages, observait la démarche de ceux qu'il croisait. C'était le même regard, oui, qu'il posait voilà si peu de temps sur des pelotons serrés de Chinois en bicyclette, ou sur des gamines aux sages nattes en couettes derrière le dos, quelque part à Beihai ou au nouveau Palais d'Eté.

A Paris, c'était souvent dans des quartiers qu'il avait toujours voulu ignorer, peut-être parce que trop proches de la rue de Leningrad, qu'il se promenait en curieux, en flâneur. La rue Notre-Dame-de-Lorette ou la rue La Bruyère, un petit bout de rue Boursault, où il savait que Berlioz avait vécu. Il poussait des portes cochères, pénétrait dans des cours, l'ancien atelier de Delacroix, avant que celui-ci s'installât place de Furstenberg.

Entre deux errances, il s'asseyait à la terrasse d'un café, n'importe où, au coin de la rue Lamartine ou de la rue Victor-Massé. Et de là, il observait. Il y avait les habitués, chez celui qui était encore le bougnat du coin, il y avait des filles fatiguées qu'on voyait arriver à onze heures du matin, le visage livide, les yeux cernés de mauve. Tout cela, surtout son Simenon, vous avait des allures de clichés, sortis tout droit des photographies d'un Brassaï d'entre les deux guerres. Alors, sur son petit carnet de moleskine, Denis notait, il notait tout. Il était subitement très loin de la Chine, jamais il n'en avait été plus près.

Rue Victor-Massé, rue Saint-Georges, l'église de la Trinité : Denis sautait alors dans un taxi et regagnait la place Saint-Sulpice. Aussitôt, il se remettait au travail. Les putains fatiguées de la rue Bréda, les pauvres gamines tristes du Select ou du Dôme pouvaient vous avoir des allures de Youki de Montparnasse, elles n'avaient de place dans les carnets de Denis que parce qu'il attendait le retour des autres : ces visages d'enfants surprises en escouades amusées dans les jardins autour du temple du Ciel ; les amoureux timides dont il avait dérobé l'image quelque part entre le zoo et l'université de Pékin ; ou même Inghe, photographiée un jour juchée sur l'éléphant de marbre de l'allée triomphale qui menait aux tombeaux des Ming. Ce fut à peu près à cette époque – la Chine venait de rompre ses relations diplomatiques avec une Indonésie tout entière plongée dans un bain de sang anticommuniste – qu'il fit la connaissance de Marguerite.

En dépit de son prénom, Marguerite était chinoise. Elle s'appelait en réalité Linze. Mais elle avait décidé une fois pour toutes de s'appeler Marguerite. Elle avait à l'époque vingt-sept ans, ses parents avaient quitté Shanghai alors qu'elle était une petite fille. Mais de sa famille, elle ne voulut jamais rien dire à Denis. Un jour, celui-ci comprit qu'ils habitaient quelque part dans le XIIIᵉ arrondissement, qui commençait à devenir une colonie chinoise au cœur de Paris. Mais chaque fois que Denis voulut l'interroger plus avant, savoir quel était le métier de son père, dont elle évoquait la collection de peintures anciennes, Linze éludait sa question.

Il l'avait rencontrée au Luxembourg. Par désœuvrement, il relisait sur la terrasse qu'il appelait la terrasse des Reines de France un roman de Lao She. Et il lisait Lao She en chinois. La jeune fille s'était approchée de lui.

– Vous parlez chinois ?

La question était idiote. Denis ne parlait pas, il lisait. Mais il lisait en chinois et Linze était jolie, Denis lui offrit de s'asseoir à côté de lui. Trois heures plus tard, à sa grande surprise, elle acceptait de le suivre place Saint-Sulpice. Sans un mot, sans aucune de ces pudeurs qu'il croyait être celles de toutes les jeunes Chinoises, Linze, dite Marguerite, se déshabilla devant lui. Mieux : on aurait dit qu'elle l'avait fait exprès, mais elle se déshabilla devant le miroir de l'armoire à glace qu'il avait pieusement rapportée de la chambre de sa mère, rue de Leningrad. Le corps de la jeune fille était beau, très pâle, avec seulement la touffe noire, comme violente, au bas du ventre. Et c'est avec violence, mais aussi avec une incroyable expertise, qu'elle l'aima. Car on ne peut pas dire que ce fut Denis qui lui fit l'amour. Linze eut pour lui toutes les attentions qu'il imaginait être celles des courtisanes, jadis, de Dashala ou des concubines d'autrefois dans les palais les plus reculés de la Cité interdite. C'est avec science et méthode que Linze pratiquait les jeux de l'amour. Avec une infinie délicatesse, un sens du toucher impeccable et une technique du ralenti brusquement suspendu entre deux moments d'excitation intense que Denis ne pouvait que hautement admirer.

Il admira, en effet. Il apprécia aussi, plus encore. Mais il ne comprenait pas. Et dans les semaines qui suivirent, il ne comprit pas davantage. Ce qu'il comprit, en revanche, très vite, c'était que Linze faisait tout cela pour de l'argent. Et là aussi, elle n'avait aucune pudeur. Elle ne demandait rien, mais acceptait tout, et faisait parfaitement comprendre, elle aussi, qu'elle aurait accepté plus encore. Denis n'était pas très riche, c'est le moins que l'on pût dire, mais il était fasciné par tant d'habileté à manier le sexe comme son portefeuille.

A plusieurs reprises, Denis voulut lui faire rencontrer ses amis revenus de Chine mais Linze refusa. Un jour, elle lui expliqua qu'elle l'avait choisi parce que, le jour de leur rencontre au Luxembourg, elle s'était dit qu'elle rêvait d'aimer un homme qui lirait Lao She.

– Aimer ? Parce que tu m'aimes ?

Le mot « amour » revenait souvent dans leurs conversations. Mais c'était de l'amour au sens le plus physique qu'il s'agissait, de ces mille et une variations sur un thème peut-être éculé, mais que la Chinoise savait renouveler infiniment. En revanche, il n'avait jamais été question entre eux d'un autre amour. Cette fois, alors même qu'elle était en train de le chevaucher, elle s'arrêta doucement :

– Je t'aime, oui, mais je ne te le dirai plus jamais.

Et Linze parla encore souvent d'amour avec Denis, fais-moi l'amour, je te fais l'amour, on fait l'amour : elle n'utilisa plus jamais le mot « aimer ». Denis, lui, dépensa pour elle à peu près tout l'argent que lui avait laissé sa mère. Lorsque ce fut fini, que ses cadeaux devinrent de simples petites babioles sans valeur, Linze parut d'abord attendrie, puis elle disparut.

Denis n'avait qu'un numéro de téléphone pour la retrouver, après l'avoir appelée à plusieurs reprises sans succès une voix lui répondit enfin. C'était un homme, avec l'accent corse, qui lui déclara d'une voix furibonde qu'il n'y avait jamais eu de Linze à ce numéro-là...

– Tu te souviens de l'histoire de ma petite renarde, celle qui m'avait entraîné dans les escaliers incertains de sa tour ?

Jacques Benoist était lui aussi rentré en France. Il était maintenant un étudiant presque sage, qui s'était déjà juré de revenir en Chine, mais d'y revenir en ambassadeur. Il habitait trois chambres de bonne transformées en appartement, tout au début du boulevard Beaumarchais, près de la place de la Bastille. Là, il vivait déjà avec une jeune Chinoise, fille comme Linze d'une famille qui avait quitté la Chine au tout début des années cinquante. Mais Linze était de Shanghai, Xiangyun était du Tianjin. Et Xiangyun n'entretenait aucun mystère autour de ses parents, qui tenaient un restaurant rue de Tolbiac. Elle était petite, timide, lorsque Denis raconta à son ami les exploits de sa Marguerite disparue, Jacques Benoist se contenta de sourire : en ce domaine, Xiangyun était d'une pudeur et d'une modestie qui le ravissaient, lui.

– Tu vois, on peut tout à la fois désirer violemment des petites renardes et adorer infiniment des petits chatons apeurés...

Il regardait Xiangyun qui, vêtue d'un pantalon de soie sur lequel tombait une longue chemise blanche boutonnée jusqu'au cou, leur servait du thé avec des attentions de petite chatte.

– Ta Linze était de la race des renardes. La nuit, à Pékin, ces renardes-là se transforment parfois en vampires : heureusement pour toi, tu l'as rencontrée au Luxembourg et vous avez fait l'amour place Saint-Sulpice. Le bon Dieu et les deux tours de l'église étaient en face de toi pour te protéger de ce danger-là !

Jacques Benoist avait l'air presque sérieux, sa petite Chinoise semblait plus douce que jamais, Denis ne savait pas si sa rencontre avec Linze avait été un moment d'étonnante jubilation ou un rêve plus étrange encore qui s'était arrêté net au moment où il allait se transformer en cauchemar. Mais il écrivait toujours.

Quand Denis eut achevé son livre, la France entière pataugeait joyeusement dans la fièvre soixante-huitarde ou tentait déjà d'en extirper ses escarpins salis : place Saint-Sulpice, presque au cœur de la bourrasque, Denis n'en entendait même pas les rumeurs. Il écrivait, écrivait, écrivait...

En quelques semaines, tous les personnages qu'il avait inventés avaient convolé en de fabuleuses noces avec ceux laissés en Chine ou ceux qui, comme lui, en étaient revenus. Des bribes arrachées à leur vie ou nées de son imagination devenaient des destins. Ses photographies s'organisaient en une manière de danse tour à tour macabre ou ironique. Nostalgique, aussi, puisque la Chine qui s'enfonçait alors, un peu plus profondément chaque jour, dans la Révolution culturelle avait pour lui des couleurs, des odeurs, des fièvres de paradis perdu. Le vieux président Liu Shaoqi, sa barbichette blanche et son épouse indigne, Peng Chen, le maire de

Pékin, disparaissaient dans les oubliettes creusées par les Gardes rouges. C'étaient des millions d'hommes, de femmes, d'enfants qu'une même tempête soulevait. A Paris, trois mille étudiants selon les organisateurs, beaucoup moins, selon la police, allaient exprimer leur solidarité aux grévistes de Boulogne-Billancourt : on a les ardeurs qu'on mérite, Denis, lui, n'écoutait que les chansons révolutionnaires diffusées à plein régime par les haut-parleurs du campus de l'Institut. Mais ces chants guerriers appelaient d'autres musiques, infiniment plus douces, des images aimées en noir et blanc, de grandes gerbes de couleur ou le sourire déjà lointain d'amis qu'il savait ne plus revoir.

Le jour où un million de personnes remontèrent les Champs-Elysées derrière des drapeaux tricolores, le jardin du Luxembourg avait retrouvé son calme, Denis était revenu y achever la lecture du roman de Lao She qu'il avait en main lorsqu'il avait rencontré Linze. La chienlit selon qui l'on sait s'achevait en eau de boudin, le Printemps de Prague vivait ses derniers soleils.

D'abord, il n'avait pas compris. Mal réveillé, il contemplait l'enveloppe qu'il avait entre les mains. C'était une enveloppe carrée, de format ordinaire, qui portait en haut à gauche le nom et le petit cheval symbole de sa maison d'édition. Sa maison d'édition : celle où il avait publié son roman sur l'Algérie, et dont Christophe, son ami, avait repris en main les destinées. C'était le plus naturellement du monde qu'il était passé un matin rue des Saints-Pères y déposer son volumineux manuscrit. Avec Christophe, il avait plaisanté un moment. L'éditeur, devenu prématurément chauve, avait désormais une tête de tueur américain. En riant, Denis avait remarqué que cela lui allait parfaitement.

– Peut-être que tu ne crois pas si bien dire ! s'était exclamé Christophe.

Puis les deux hommes avaient encore évoqué quelques souvenirs d'enfance. Christophe avait à peine cinq ou six ans de plus que lui. Denis avait posé une main sur son manuscrit.

– Tu verras, tu trouveras peut-être que c'est un peu long... Il faudra peut-être couper, ici ou là...

L'autre avait évalué le nombre de feuillets déposés devant lui : un peu long, en effet, un peu gros, en tout cas... Il n'avait pas répondu. Et voilà que sa réponse arrivait, par la poste, alors que la maison d'édition était à dix minutes à pied de chez lui. Pourquoi, subitement, Denis redouta-t-il l'impossible ? Mais il fallait conjurer le sort. Il prit le temps de revenir à sa table, se munit d'un coupe-papier et, lentement, il fendit l'enveloppe.

La lettre de Christophe faisait deux bons feuillets, dactylographiés serré. Cela aussi, c'était trop long. Beaucoup trop long. Mais encore une fois, Denis ne voulut d'abord pas y croire. La lettre commençait par tant de compliments, qu'il aurait déjà dû redouter le pire. Mais après deux paragraphes d'éloges sur le roman qu'au moins trois lecteurs professionnels de la maison d'édition avaient lu attentivement, Christophe se voyait contraint, écrivait-il, de ne pas publier le livre de son ami. Du moins, pas en l'état. Il suggérait non seulement des coupes, mais une refonte de l'ensemble du manuscrit. Le projet était ambitieux, assurait-il, peut-être était-ce précisément par là qu'il péchait : Denis avait tenté d'en dire trop, de trop en montrer... Mais c'était précisément cela qu'il avait voulu, Denis : en dire et en montrer beaucoup, fût-ce trop.

Est-ce que la Chine, ses provinces, ses minorités ethniques, ses centaines de millions d'habitants étaient à la mesure de deux étages d'une maison d'édition à Saint-Germain-des-Prés ? Brusquement, un accès de rage l'avait saisi. Il ne comprenait pas, il avait mal. C'étaient deux ans de séjour en Chine, puis deux ans de travail acharné sur ces centaines de pages que l'ami Christophe rayait du trait de plume dont il soulignait sa signature.

Il descendit lentement ses quatre étages et gagna le Café de la Mairie. Complice, le garçon qui le connaissait bien lui apporta un double express, deux croissants. Denis les mastiqua, le regard vide. Puis, oubliant de payer, il se dirigea vers la rue Bonaparte qu'il descendit en direction de Saint-Germain. En post-scriptum à sa lettre, Christophe lui indiquait qu'il conservait son manuscrit, tenant tout particulièrement à le lui rendre lui-même. Rue Bonaparte, boulevard Saint-Germain, la rue du Dragon, ce n'était pas par le chemin le plus court que Denis gagnait la maison d'édition qui avait refusé son livre. Lorsqu'il en poussa la porte, la jeune femme chargée d'accueillir les visiteurs lui adressa, comme le garçon de café, un sourire complice. Mais pas plus qu'au garçon de café, Denis ne lui répondit. Il monta lentement l'étage qui conduisait au bureau de Christophe. Une secrétaire voulut l'arrêter, mais il traversa le bureau sans lui adresser la parole. La porte capitonnée de cuir était fermée, il l'ouvrit. Christophe était assis à son bureau, un vieil auteur de la maison en face de lui. Il se leva, voulut sourire.

– Je suis content de te voir, Denis. C'est bien que nous parlions... Mais tu vois, en ce moment je suis occupé.

Denis ne l'écoutait pas. L'autre continuait.

– Veux-tu repasser..., disons : dans une heure ?

Denis n'écoutait toujours pas.

– Tu as dit que tu me rendrais mon manuscrit, rends-le-moi.

Il l'avait déjà repéré, parmi cinq ou six autres, sur une étagère où s'amoncelaient des livres en piles incertaines. Christophe le vit s'avancer jusqu'au meuble, tirer sans ménagement le gros manuscrit enfermé dans une chemise toilée jaune fermée d'un élastique. En attrapant le manuscrit, Denis en renversa trois ou quatre autres, qui s'éparpillèrent sur le sol. Le vieil auteur de la maison le regardait faire, incrédule. Mais Denis s'était déjà redressé, il avait arraché le gros élastique qui maintenait les feuillets en place et, d'un geste brusque, lançait le manuscrit tout entier au milieu du bureau. Les feuilles tourbillonnaient dans la pièce. C'était au moins spectaculaire.

– Je n'ai finalement pas besoin que tu me le rendes. Garde-le : tu pourras au moins t'en torcher le cul !

La première porte du bureau claqua, la porte capitonnée retomba avec un bruit sourd, Christophe, environné des feuillets épars du roman de celui qui n'était plus son ami, n'avait rien trouvé à dire.

A trois reprises, lettre ou coup de téléphone, Denis s'était encore vu refuser son livre. Parce qu'il avait besoin d'argent, il avait tout de même accepté un poste de professeur dans un collège américain en partie établi à Paris. C'était Marion Desjardins qui le lui avait déniché. Douze heures par semaine, rue de la Grande-Chaumière, il racontait à des étudiants, auxquels il aurait pu faire croire tout ce qu'il voulait que Claudel était un génie et Céline un jean-foutre. Comme il était censé enseigner la littérature comparée, il naviguait parfois du côté de Pavese ou même, par provocation, chantait les louanges d'Ezra Pound, mais ses étudiants, qui étaient toutes des étudiantes, trouvaient qu'il avait de beaux yeux. Il coucha avec l'une d'elles, qui s'appelait Gail ; puis avec une autre, qui s'appelait Carrie ; la troisième s'appelait Jessica, elle était grande et rousse, avec de douces mamelles de bonne vache laitière : ce fut elle qui le perdit. Vite fatigué, il l'avait abandonnée, elle raconta l'affaire à la directrice du collège, Denis dut quitter honteusement le terrain d'exploits trop faciles.

Le lundi qui suivit son renvoi, un coup de téléphone d'un vague ami qu'il avait chez Gallimard lui apprenait que son livre y avait été accepté. C'était au mois de mai, les marronniers de la place Saint-Sulpice étaient en fleur. Le roman parut sans coupures au mois de septembre suivant. C'était la saison des prix. Denis sut tout de suite qu'il en obtiendrait un. Le premier lundi de novembre, passant entre les mailles d'autres jurys prestigieux, c'était le Goncourt qu'on décernait à son livre.

X

Du jour au lendemain, la vie de Denis a changé. Du jour au lendemain, il est devenu un autre homme. Les journalistes d'abord, qui le harcèlent. Les gens de lettres et affiliés qui reconnaissent bruyamment en lui l'un des leurs. Les dames du monde et celles qui en sont presque qui donnent des dîners pour lui. Sans parler des gamines qui ont vu sa photo dans le journal et qui, journées dédicaces à Brive, Toulouse ou Saint-Etienne, ne demandent que ça. Quand on pense qu'à vingt ans, il disait qu'il voulait écrire pour « épater les filles »... Il parle déjà de son nouveau livre.

On lui propose d'écrire des préfaces pour tout et pour n'importe quoi, des conférences sur la Chine à Lille ou à Strasbourg. Il revoit ses amis d'autrefois et affiche une liaison avec une femme encore jeune, toujours belle et encore plus riche qui l'a pris sous sa protection : l'année qui suit son prix Goncourt est celle de tous les triomphes. Son éditeur l'interroge parfois : et votre prochain livre ? Mais Denis élude la réponse. Heureux comme un prince, comme un coq en pâte, il découvre la vie facile, Saint-Tropez, Saint-Moritz, Deauville, les Bahamas où Nadia, la jeune femme encore belle et plus riche que jamais, est sur le point d'acheter une maison – « pour toi, mon ange... », a-t-elle murmuré sur l'oreiller. Dans le même temps, il a une liaison avec son attachée de presse qui s'appelle Laure, ce qui ne l'empêche pas – à Cannes ou au Festival de Venise –, de coucher avec des starlettes pleines d'appétit. On l'interroge encore :

– Alors, ce nouveau bouquin, il en est où ?

Denis secoue la tête : il travaille, il travaille... En fait, il n'en fout pas une rame, il n'a pas le temps. Une année entière se passe ainsi, entre émissions de télévision, reportages et villa sur la Côte où Nadia sait l'attirer. Laure, l'attachée de presse, semble l'aimer vraiment, Denis lui-même n'a pas le temps de s'en rendre compte que l'année est déjà passée : le prix Goncourt de l'automne suivant échoit à une jeune femme corse, maigrichonne, qui raconte une histoire d'inceste et de vengeance. La photo de Bernardina Forcali est en première page de tous les journaux, *L'Express, France-Observateur*, Denis, lui, n'est plus le perdreau de l'année. Pour lui, c'est fini.

L'argent que lui a rapporté son Goncourt – « un Goncourt qui n'a pas vraiment bien marché », il faut quand même le dire, son éditeur ne s'en est pas privé, après coup – s'est envolé depuis longtemps. Mais il y a toujours Nadia pour payer les travaux de la maison à Ménerbes, qu'il a achetée sur un coup de tête. L'argent ? Son nouveau roman a fini par paraître, il a fait un bide. Un bide noir, même. Après avoir raconté sa Chine, il avait imaginé de raconter son Auvergne bien-aimée. Mais trop d'Auvergne, c'est comme trop de potée de la même origine ou trop de patranque qu'on appelle aussi aligot, c'est de l'étouffe-chrétien pour ceux qui ne sont pas nés natifs du Cantal et des départements limitrophes. Pour continuer à survivre sans l'aide de Nadia qui commençait à se lasser, Denis a dû choisir l'exil. Londres n'est qu'à une heure d'avion, un peu plus en chemin de fer, le lycée français de Cromwell Road où Jacques Benoist, premier secrétaire à l'ambassade de France au Royaume-Uni, a réussi à lui trouver un poste de professeur, c'est la porte à côté de la place Saint-Sulpice.

Londres en ces années-là vivait les derniers feux de ce qu'on s'émerveillait d'appeler les *Swingin' Sixties*. Mais y débarquer avec, en tête, les rumeurs de Pékin, un nouvel ordre en marche, austère ou déchaîné, petites filles aux nattes gentiment ridicules sous la casquette ornée de l'étoile rouge ou gamins aux regards farouches qui brandissaient des fusils de bois, pour se retrouver sur le trottoir de King's Road un samedi après-midi, c'était tout de même un sacré contraste ! Le temps des Beattles à mouiller des bataillons entiers de collégiennes, celui d'un modèle qui s'appelait Twiggy ou de Christine Keeler qui posait nue à cheval sur une chaise très design après avoir fait vaciller un gouvernement : celui, surtout, de ces milliers de gamines, minijupes ras-les-fesses et bottes longues éperdument qui arpentaient les rues d'une capitale qui s'était donnée à elles : Londres, où Denis était venu vivre, le laissa d'abord sans voix.

– Tu ne peux pas savoir ce que c'était que de débarquer comme ça, d'un coup, sur une autre planète...

A Christophe avec qui il s'est réconcilié, à ses anciens amis de Chine et aux nouveaux de Paris, Denis raconte Londres à chacun de ses retours à la Closerie des Lilas où il a établi son quartier général : il dit « ma cantine », l'air satisfait.

Du coup, il dérive... Il n'y peut rien, les filles ont des jambes si longues et si nues, elles disent oui pour un rien, elles disent parfois non mais ce n'est pas grave, elles ont toujours une copine pour les remplacer. Vertigineux ébats, dès lors, entre Notting Hill Gate, bon enfant, et Chelsea, meilleur genre, Mayfair un peu faisandé mais plus collet monté. Et Denis de continuer à prendre des notes et des photographies. Il les photographie toutes, jambes longues, parties de jambes en l'air, pâles héritières de grands noms qu'un verre de gin ou la fumée de ce qu'il faut suffit à transformer en nymphos inaltérables, filles au pair françaises rabattues du côté de Leicester Square ou étudiantes de Sainte Hilda, à Oxford, qui ferment joliment les yeux mais savent s'y prendre pour vous ouvrir la braguette.

Denis ne pensait plus qu'à ça, même s'il était revenu en France et s'était remis à écrire. En six mois, il a torché un roman sitôt publié que terminé, « interdit à l'affichage et à la vente aux mineurs de moins de dix-huit ans », selon la formule en vogue, qui n'aura pas de prix, non, mais se vendra comme des petits pains. C'était la mode, ces années-là, d'un érotisme bien cru qu'on enveloppait de littérature pour faire passer la pilule. La pornographie tient mieux la route que l'érotisme, c'est elle qui fera un temps sa fortune, mais aussi sa vogue d'écrivain du second rayon. Le suicide de Nadia – toute la presse en parlera – qui avait voulu renouer avec lui, parachèvera son image extralittéraire mais n'améliorera pas la stature de grand écrivain à laquelle il aspirait tant. D'ailleurs, un début d'estomac placé, hélas, là où ces sales petites graisses se donnent généralement rendez-vous, n'arrangera pas non plus son image tout court. Bref, Denis qui fut un jour prix Goncourt du jour a pris du poids, des années. Son prestige auprès des dames, et même des gamines, tient encore le coup, mais son prestige littéraire, lui, commence à en prendre un coup. D'ailleurs, la porno-

graphie distinguée est elle-même passée de mode.
Denis s'ennuie.

Seule émotion, un retour à Londres le temps d'une
visite à Iris. La première visite à Iris... Elle habitait
alors Hampstead, une grande maison qui donnait sur
le parc. On y arrivait par une minuscule ruelle, interdite
à la circulation, où Denis avait découvert une librairie
qu'il fréquenta beaucoup pendant son séjour à Londres : chaque fois qu'il s'y rendait, il y restait plusieurs
heures, prenait parfois un café dans la boulangerie voisine, sans savoir que celle dont à Pékin il avait admiré
les œuvres vivait à deux pas de là. La photographe
voulut bien le recevoir. Il pleuvait ce jour-là une formidable averse. Malgré la pluie, des enfants, des
grands chiens rouges et fous tournaient en rond sur
l'herbe verte qui dominait de très loin le brouillard et
Londres, si bas en dessous d'eux.

Une femme entre deux âges l'accueillit. Il trouva
Iris au premier étage, en train de regarder la pluie, les
enfants et les chiens, la brume sur Londres. Elle lui fit
signe de la rejoindre.

– Vous voyez, je passe maintenant des heures, simplement à regarder par cette fenêtre. On peut voir tant
de choses, dans le simple rectangle d'une fenêtre
ouverte sur un parc...

Elle parlait à voix basse, d'une voix rauque, embuée
de cigarette, d'alcool peut-être. A voix basse : on aurait
dit qu'un éclat trop fort aurait effarouché ceux qu'elle
épiait de la sorte. Au bout d'un moment, elle quitta sa
fenêtre pour revenir au milieu de la pièce. La femme
entre deux âges leur avait apporté du thé, des gâteaux.
Denis avait interrogé la photographe : elle se contentait
de regarder ? Elle ne gardait pas des images de ce
qu'elle voyait ? Iris avait secoué la tête :

– Tout cela ne m'intéresse plus beaucoup...

Quel âge pouvait-elle avoir ? Une soixantaine d'années peut-être... Mais sur le front et de part et d'autre des lèvres, son visage était marqué de grandes rides verticales. Avec une frange grise sur les yeux, ses cheveux paraissaient coupés au bol. Ce fut la femme entre deux âges qui parla la première des photographies de Chine. Comme une somnambule, Iris se leva. Elle disparut dans la pièce voisine, revint avec un carton, repartit, revint avec deux cartons, puis trois cartons, puis quinze cartons. Ensemble, ils fouillèrent dans les boîtes. Les photos étaient dans un désordre inimaginable. Mais c'étaient toutes des photos très sages, des paysages, des familles... Lorsque Denis l'interrogea sur les autres photographies, celles qu'elle prenait pour M. Liu et pour ses amis, pour des membres importants du régime, elle alluma une cigarette. C'était une gauloise. Elle en souffla longuement la fumée avant de répondre :

– Tout cela est resté là-bas. Je les avais confiées à une amie, je crois bien qu'elle est morte.

Denis le savait, l'amie en question était la fille du Dr Ma. Ils parlèrent encore de la Chine, des amitiés d'alors, des liens si forts qui pouvaient exister entre quelques Chinois et quelques Français, quelques Européens que l'exil avait réunis. Puis la voix de la photographe devint plus rauque encore, plus basse, la femme qui s'occupait d'elle fit signe à Denis qu'il était temps de s'en aller. Depuis un moment, la femme semblait s'impatienter, elle allait et venait entre la pièce voisine et celle où ils se trouvaient. Lorsqu'il sortit, la pluie avait cessé, il faisait un soleil radieux, ce soleil d'entre les nuages qui ne peut naître que d'une averse très forte, à Londres. Denis avait apporté un appareil photographique, il se mouilla les pieds dans l'herbe pour prendre quelques photos, en une sorte de contre-champ, de la grande fenêtre rectangulaire par laquelle Iris observait le parc. Mais l'embrasure de la fenêtre était vide. Denis devina que celle qu'il était venu voir devait être étendue sur son canapé, la femme entre deux âges occupée à lui faire la piqûre, lui glisser entre les lèvres la pilule dont elle avait besoin. Curieusement pourtant, lorsqu'il revint dans la chambre noire qu'on lui prêtait pour développer ses photos, un visage apparut bel et bien dans le cadre de la fenêtre qui sortait du révélateur. Mais ce n'était pas celui d'Iris, c'était un visage d'homme... Dehors, la pluie avait déjà repris de plus belle, Londres tout entière fut noyée sous la pluie pendant les deux ou trois jours qui suivirent.

C'est cet été-là, et après un nouveau voyage à Londres, quelques journées dans le parc de Hampstead, qu'il écrivit un court roman qui racontait la vieille dame à sa fenêtre, sous la pluie. Iris y était devenue Marnie, elle était naturellement photographe mais écrivait aussi des poèmes. Ce fut peut-être son meilleur livre, mais personne ne le lut. Il écrivit encore beaucoup. Pour rien.

La chute a duré ainsi des années, quinze ans peut-être. Denis a même écrit le scénario d'un film que la stupidité des censeurs de notre République classa X. On sait ce que ça veut dire. Il faut dire qu'il avait eu, lui, l'imbécillité de jouer les figurants dans un coin à gauche d'une image, elle, franchement corsée. On ne pardonne pas ces choses-là. Projeté en marge du Festival de Cannes, dans une salle spécialisée de la rue d'Antibes, le film connut pourtant son petit succès et, pendant six ans, Denis coucha avec la vedette qui portait un nom de fille du Crazy Horse. L'étiquette de pornographe lui colle salement à la peau.

Il tentera alors de se refaire une santé. Le voici revenu en Auvergne. Le front appuyé contre la vitre du salon de la maison des Arcs, là encore il regarde tomber la pluie. C'est une masse d'eau uniforme, sans faille, qui s'abîme devant lui, sur le jardin, les prés au-delà de la haie d'aubépine. Au-delà encore, après le ruisseau où il ne pêchera plus jamais d'écrevisses, le coteau qui monte, abrupt, jusqu'à la grange de la Nastra. Curieusement, la pluie, épaisse, lourde, est parfaitement transparente. Denis peut voir la grange au toit en corps de chaume aussi clairement que les fleurs écrasées par cette masse d'eau dans les plates-bandes le long de l'aubépine.

Sur la table qu'il a installée devant la cheminée, quelques feuillets raturés en tous sens : c'est son travail de la veille au soir. Ce matin, malgré la pluie, il va enfiler de lourdes bottes de caoutchouc vert-de-gris, un ciré brun qui lui tombe jusqu'aux genoux et, respirant d'abord un bon coup sur la terrasse face au Gros-Mont, l'odeur des prés détrempés, il va s'avancer parmi eux, la tête couverte d'une casquette de marin bientôt transformée en éponge, l'eau qui ruisselle sur son visage.

Il traverse le premier pré, devant la maison de ferme, celui qui longe l'enclos où une demi-douzaine de porcs sont terrés dans la boue, puis il descend jusqu'au ruisseau qu'il franchira sur un pont de larges pierres plates posées voilà plus d'un demi-siècle sur des troncs d'arbres. Ensuite, il remontera jusqu'à la grange, qu'il atteindra après avoir passé deux ou trois fils de fer barbelé contre lesquels il pestera, accrochant immanquablement le velours côtelé de son pantalon. Parvenu à la porte à double battant dont la partie supérieure de l'un d'eux, toujours ouverte, exhale déjà des odeurs de foin sec, il allongera le bras pour en repousser le verrou intérieur. Puis, un long moment, à l'abri sous le haut porche de la grange, assis sur un tabouret de bois qui servait jadis à la traite, en dessous, à l'écurie, il regardera à nouveau, comme avant le front appuyé contre la vitre, la pluie tomber devant lui. Mais cette fois, pas de fenêtre ni de vitre : il entendra la pluie qui écrase les ronces, le chemin embarrassé de fougères mortes qui mène plus haut, jusqu'à ce qu'on appelle « la montagne », et qui n'est qu'un haut plateau, à mille deux cents, mille trois cents mètres d'altitude, enfoncé comme un coin entre deux vallées. C'est là qu'il montera ensuite, suant et soufflant parmi les bruyères puis au milieu des grands prés, très plats, qui précèdent la grimpée finale, entre des roches de basalte éclatées en forme de grandes orgues qu'une guerre aurait anéanties. Immobiles, figés et d'un roux qui devient plus sombre sous la pluie, des troupeaux de vaches, parfois un taureau, plus lourd, plus râblé, parsèment les prés sous le plateau. Au sommet, il n'y a plus rien, que le ciel qui se déverse comme une masse grise sur l'herbe rase, la bruyère qui la ronge en plaques noirâtres, les tiges rompues des gentianes rousses. Jadis, dans l'anfractuosité d'un rocher, il s'était aménagé une manière d'observatoire d'où il découvrait tout le paysage. Il montait aussi y lire. C'est là qu'il avait découvert Dostoïevski, que pendant tout un été il avait dévoré, montant presque tous les jours jusqu'à « la montagne ». A présent, le paysage est noyé jusqu'à un horizon tout proche, puisque, à ces hauteurs, la pluie n'a plus rien de transparent. Il devine en contrebas des hameaux, la maison où est né un grand-père, très loin la petite ville où, deux fois par semaine, il se rend pour faire ses courses. Et c'est seulement quand il est trempé jusqu'à la moelle des os, comme on dit, en dépit du ciré, des bottes, l'eau qui s'infiltre partout, sa casquette devenue trop lourde et qu'il finit par retirer, tordre avant de la fourrer dans une poche de l'imperméable, les cheveux alors plus mouillés encore que la casquette, c'est seulement alors qu'il se décide à revenir à la maison des Arcs. Il lui faut parfois une bonne heure, enjambant d'autres fils de fer, des barrières de bois qu'on appelle des claies, passant à nouveau le ruisseau sur le point de déborder puis remontant le long de l'enclos aux porcs, pour regagner la porte du jardin qui grince toujours. A la maison, la fermière a rallumé le feu de bois, il se débarrasse de ses vêtements, jetés n'importe où sur des chaises dans le vestibule, le café préparé par la fermière est encore chaud, sur la cuisinière de fonte, il en boit une tasse, deux tasses, puis se met à écrire. Il a entrepris, comme tant d'autres avant lui, de raconter son enfance, son adolescence, ses promenades en été à travers les champs à présent détrempés. De vieilles lettres retrouvées dans des placards, des boîtes entières de photographies, quelques albums : tout cela alimente ses souvenirs. Il retrouve une tante qu'il avait beaucoup aimée, amoureuse d'un beau militaire : elle avait rompu leurs fiançailles lorsqu'elle avait appris l'homosexualité du jeune homme. Il y a aussi des photos de brochettes entières de jeunes filles, assises sur des bancs et qui font des grimaces ou qui, dans la partie du jardin qu'on appelle l'enclos, devant le petit bois de charmille, lèvent toutes ensemble la jambe, comme des girls de music-hall, parce que c'était amusant, en ces années des premiers

Kodak, de faire le zouave – ou les girls ! devant l'objectif.

Plus ancienne, beaucoup plus ancienne, une image jaunie, format carte de visite, représente une jeune femme assise devant un bureau, absorbée dans la lecture d'un livre, lui-même appuyé sur deux autres livres posés sur la table. Elle porte une vaste robe blanche, un ruban noir autour du cou : on ne distingue pas le médaillon qui y est sûrement attaché. Ses cheveux, ramenés en chignon sur la nuque, sont divisés au-dessus du front par une raie blanche parfaitement dessinée. Mais ce sont surtout ses yeux baissés, ses cils et ses sourcils dessinés aussi avec une netteté incroyable, accentuant de la sorte l'intensité qu'elle semble apporter à sa lecture, qui ont touché Denis. Au-dessous de l'image, on peut lire « Dagron et Cie, photographes, de S.M. l'Empereur (ainsi, la photo remontait au second Empire), 66, rue Neuve-des-Petits-Champs. Paris ».

Posée devant lui, appuyée contre une bouteille d'encre ou un verre vide, il regarde souvent la photographie de la jeune fille inconnue, antérieure à la construction même de la maison, qui remonte très exactement à l'année 1900. Il se dit que l'application que met la jeune personne à laquelle il ne peut donner un nom à lire l'ouvrage déployé devant elle, est presque contagieuse : devant elle, qui l'ignore parfaitement, concentrant toute son attention sur son livre, il sait qu'il travaille mieux. Les pages succèdent aux pages, à l'heure du déjeuner il se contente d'un peu de pain, de fromage et de jambon. Le soir, la fermière dira avec un éclat de rire qu'elle « vient lui faire la soupe ». Il se couchera de bonne heure. Il a la certitude d'écrire enfin le livre qu'il attend.

Puis il rentrera à Paris. Le livre sortira à la rentrée suivante, personne ne le lira, ou presque. La jeune femme qui a eu le Goncourt après lui, siège à présent au jury. Denis, lui, fait ce que d'aucuns appellent des « ménages » à gauche et à droite : une préface, une conférence, un article de commande. Mais on lui en commande de moins en moins et dix ans encore s'écoulent ; quinze, vingt livres qu'on ne lit toujours pas. De vrais romans ou de petits contes salaces dont il s'est fait une spécialité. Un jour, il s'était posé la question : il avait été un jeune écrivain, n'est-ce pas ? Eh bien : quand est-ce que l'on cesse d'être un jeune écrivain ? Cinq ans ont passé. La question qu'il se pose à présent : a-t-il jamais été un écrivain ? Il ne tente même plus de se jouer la comédie à lui-même. C'est alors qu'il a rencontré Sarah.

Les mains de Sarah. Le corps de Sarah, déployé comme une vague. Les baisers de Sarah : Denis avait cru revivre. Puis Sarah était partie : elle venait de trop loin, ne pouvait que passer... Ah ! il était venu à point, lui, le coup de téléphone de Jacques Benoist qui l'invitait en Chine.

XI

La nuit est sombre. Autour de la maison, j'entends des éclats de voix. De la deuxième cour montent les rires de la Suédoise, deux rires d'hommes aussi. Quelque part, un poste de radio. Mais il me paraît très loin. La musique du *Serpent blanc*, derrière moi. Il fait doux dans la cour. J'ai recouvert de sa housse la cage de mon canari. Il est neuf heures du soir. Il y a plus d'une heure, Mme Shi m'a apporté un plat de nouilles très pimentées, à sa façon, et un petit pain à la vapeur, rempli de confiture. J'ai bu un verre, deux verres de Jack Daniel's. D'un coup, depuis une demi-heure, j'ai le sentiment que des centaines d'idées me traversent la tête. Comme si, enfin, Pékin m'avait donné le coup de fouet attendu. Peut-être que, sans m'en rendre compte, lorsque, il y a quelques semaines, je somnolais, quelque part au-dessus du lac Baïkal, entre Irkoutsk et Omsk, les deux villes-relais de nos voyages de Paris vers la Chine en passant par ce qui s'appelait jadis l'URSS, peut-être qu'alors, inconsciemment, j'y ai pensé pour la première fois.

J'étais confortablement assoupi dans mon fauteuil et je ressassais ce que j'avais laissé derrière moi, quand un mot s'est imposé : « réactionnaire ». Voilà, ce que toute ma vie j'ai été, ce que je suis aujourd'hui, plus que jamais : réactionnaire. Mais sûrement pas dans le sens politique que les plus tendres de mes ennemis pourraient lui donner. Ma réaction, c'est celle qui, toute ma vie, m'a amené à réagir avec violence contre ce qui était le « bien-penser » du moment. On ne disait pas encore la pensée unique... Quelle que fût l'époque, quelle que fût la pensée, j'étais *contre*. Envie de réaction. Envie de refuser les cadres, les schémas établis. Un souvenir, un seul : ce n'était pas encore la guerre d'Algérie, c'était la guerre d'Indochine. A l'époque, j'avais déjà gribouillé un peu. Mais je peignais aussi, j'étais persuadé que ma vocation, si vocation il y avait, c'était la peinture. Alors, je peignais à tour de bras des tableaux pleins de feu et de sang. Ils racontaient la guerre d'Indochine, toutes les guerres... Se souvenir du regard interloqué de cet ami de ma tante des Arcs, colonel ou général, je ne sais plus, à qui, tout attendrie, la tante en question avait expliqué que c'était quand même une drôle d'idée, pour un petit Français, de peindre de méchants Français en train de tuer de pauvres Viêtnamiens. Je fulminais, mais j'étais fier de moi, oui ! Et plus tard, en ai-je signé des manifestes, jusqu'à des articles que je parvenais parfois à passer dans des journaux d'étudiants, une libre tribune dans *Témoignage chrétien*. Dix ans plus tard, quinze ans, je m'affirmais haut et fort compagnon de route de quelques-uns de mes amis du parti communiste, qui étaient cinéastes, écrivains, quelquefois simplement jean-foutre, parfois très malins. C'était l'époque où les socialistes se déchiraient entre eux, je ricanais... Par quelle aberration un sous-ministre de droite plus ou moins engagé dans les choses de la culture imagina-t-il me prendre à son cabinet : on le prévint discrètement, je n'étais pas fiable... Avec un bon sourire, il m'a finalement reçu pour m'expliquer que, non, la chose était trop difficile. Je devais comprendre... Je fulminais encore. Il faisait partie de ces gens dont le confort d'énarque solidement ancré dans la vie me hérissait le poil. J'étais contre lui, contre tous les autres : qu'aurais-je fait au cabinet de ce ministre-là ?

Les bien-pensants sont aujourd'hui ceux qui pensaient comme moi hier. C'est alors que je suis devenu un vieux con réactionnaire, a remarqué un jour je ne sais plus lequel de ceux que je prends encore pourtant pour un ami... Du coup, je deviens méchant. Mais tout seul, cette fois devant mon poste de télévision. Méchant contre mes amis qui m'écoutent parfois, atterrés. Méchant contre ceux qui ne partagent pas mes opinions mais, plus méchant encore, contre ceux qui me donnent l'impression de les partager. Un jour, voilà vingt ans, j'ai affirmé à tel autre ami que je n'avais pas d'opinions mais que je n'aimais pas celles des autres. C'était presque vrai. L'ami en question en a fait la première page d'un mauvais livre, il est mort peu après, j'ai pensé qu'il l'avait, après tout, mérité. Méchant enfin à l'égard de tous ceux qui ne comprennent pas mes fatigues, mes épuisements, la tristesse aussi absurde, inutile que vraie que je cache derrière mes ricanements, mes sautes d'humeur, mes sautillements. Voilà, c'est tout cela que j'ai laissé derrière moi.

Je ne sais pas si j'y ai vraiment pensé, quelque part dans le ciel au-dessus du lac Baïkal. Mais depuis que je suis installé dans ma cour carrée, tout près de la maison où a vécu l'auteur de *Quatre générations sous un même toit*, voilà ce à quoi je commence peu à peu à réfléchir. Réfléchir, c'est d'ailleurs un bien grand mot : jamais de ma vie, je n'ai su réfléchir. Au mieux, j'ai brossé des images, inventé des bribes de dialogues.

Quand les mots se taisent, que les images s'effacent, il ne me reste rien. Mais avant-hier, hier, ce soir, devant mon sophora qui perd doucement ses feuilles, le vent du soir, deux chiens amoureux qui se battent sous une lune qui ne se décide pas à se lever, les dialogues pourtant assourdis d'un téléfilm chinois dans le logement de Mme Shi, John Coltrane ou Miles Davis au-delà de la seconde cour, dans le pavillon de Mme Söjberg, la musique du *Serpent blanc* qui vient de s'éteindre sur ma machine à musique et que je me suis levé pour remettre en marche : ici, de retour dans cette Chine qui, voilà trente ans et plus, m'avait fait découvrir ce que Victor Segalen appelait l'esthétique du divers, le mélange des genres, le monde du dedans, si serein en apparence, enchâssé dans la gangue rugueuse et bouillonnante du dehors où je me suis frayé tant de routes, j'imagine un autre personnage, et qui me ressemblerait.

En inventer dès lors l'histoire. Il aurait mon âge, il aurait trop vécu, comme moi, et si peu. Il porterait la Chine en lui, comme un souvenir oublié. Pendant cinq ans, dix ans, elle avait habité sa mémoire, puis elle s'était éteinte. Et le voilà, mon personnage, à nouveau plongé au cœur de cette Chine. Hier, la semaine dernière, du sommet du Miaofangshan, j'ai vu des montagnes pointer à travers l'horizon des nuages, c'était un rouleau de peinture ancienne, comme j'en découvrais autrefois, la main tremblante d'émotion, chez un vieil antiquaire de Liulichang. La semaine dernière, rentrant du temple dans la montagne, je suis passé par un autre temple où j'ai vu le soleil se coucher parmi les feuilles d'un ginkgo d'or. Ses petites étoiles dorées tournoyaient dans le vent du soir avant de tomber à plat sur le sol, à plat comme des petites mains dorées, des étoiles aussi. Et pourtant, ce soir, au milieu de cette cour carrée si comparable aux maisons d'un temps révolu que je n'ai jamais pu habiter, je me sens irrémédiablement étranger. Ou plutôt dépossédé. Dépossédé d'une Chine que je croyais être le seul à garder en moi, comme une sorte de trésor. J'aimais tant en parler ; tant d'autres, depuis, en ont parlé mieux que moi. Aujourd'hui, ce sont des hordes de touristes qui s'abattent sur la Chine... Surtout, ce sont des hordes d'étrangers, des Américains, des Japonais bien sûr, et surtout des Français : ce sont ces Français-là qui m'irritent le plus – des hordes de Français qui ont investi la Chine. Ils sont si nombreux à parler chinois, au moins aussi bien que moi, dans des magasins dont je n'ai jamais soupçonné l'existence. Ils sont ici chez eux, comme je l'étais lorsque je vivais dans les dortoirs de l'Institut des langues étrangères. Ils sont ici avec femme, enfants, maîtresse, domestiques, chauffeur, bureaux à air conditionné, clubs, ils sont entre eux et se reconnaissent. Du jour au lendemain, s'ils le désirent, ils pourront reprendre l'avion pour Paris. Un vol Air-France chaque jour au départ de Pékin. Un vol Air-France chaque jour et plus au départ de Shanghai. Aller, venir, c'est une routine... Nous avions, nous, tant de villes qui nous étaient interdites : dans la Chine d'aujourd'hui, on peut aller partout. On peut tout acheter. Des fausses antiquités, pour rien du tout ; de vraies antiquités, très chères ; des filles, des gamines, des petits garçons aussi.

J'ai retiré l'enveloppe de tissu qui recouvre la cage de mon canari, les lumières de la terrasse ne sont pas celles du grand jour, mais ce pauvre imbécile d'oiseau s'y laisse prendre, il chante, chante éperdument.

Brusquement, l'idée de la parution imminente de l'article de Théo Gautier me fait froid dans le dos. J'imagine ce qu'il va pouvoir dire sur mes années londoniennes, les livres publiés alors. Je vois déjà la tête de Mme Mu qui ne pourra pas ne pas entendre parler de l'article. Et mes étudiants...

– Mais comment avez-vous pu accepter de répondre à ses questions ?

Suzanne Vernant a entendu parler de ma rencontre avec Gautier. Elle m'a rendu visite. Elle porte un pullover à col roulé en angora. Je ne verrai pas les veines bleues de sa gorge blanche...

– J'ai été stupide, voilà tout !

La jeune femme a secoué la tête. Elle est bonne, elle est compatissante. Elle s'intéresse à moi. Elle attend peut-être quelque chose de moi, qui n'ai plus rien à donner. Alors, je rive le clou :

– Je suis stupide... Un vieux con.

Elle a sursauté.

– Oh ! ne dites pas ça !

Sa main sur la mienne, un instant. Sa main est un peu moite, comme était moite la main de Sarah. Dans la cour, une pie s'est soudain abattue sur une branche du sophora. Deux pies. Elles crient. Une radio qui s'est mise en marche dans la cour voisine. De la musique occidentale, techno, ce doit être la petite Camille.

– En tout cas, maintenant c'est fait, c'est fait !

Je m'écoute en train de sortir ce n'importe quoi, un vieux con et qui n'a plus rien à dire, oui...

– Peut-être qu'en fin de compte, Théo ne publiera pas l'article.

Elle a un vague sourire, résigné.

– Il n'est pas pire que mon mari, si ça peut vous rassurer...

J'ai vu des marbrures bleuâtres à son avant-bras. Suzanne a tiré les manches de son pull-over lorsque j'y porte à nouveau le regard. Elle a eu le même sourire, puis elle sourit franchement.

– Allons ! Tout cela n'est pas si grave.

C'est alors qu'elle s'est levée pour venir jusqu'à moi. Elle s'est inclinée vers mon visage et, très doucement, a posé ses lèvres sur les miennes. Ce n'était pas un baiser, seulement ses lèvres sur les miennes. Elle s'est aussitôt redressée :

– Il faut que je file... L'*ama* qui s'occupe de ma fille m'a demandé de revenir pour midi.

Il était midi moins le quart. La jeune femme a eu un sourire gentil.

– J'espère que tout cela ne vous inquiète pas trop.

J'ai haussé les épaules et c'est vrai que je pouvais les hausser, mes épaules : on en avait tant dit, tant écrit sur moi ! Mais au moment de partir, Suzanne a pris ma main. La peau très pâle de Suzanne, sa main un peu moite... La main de Sarah qui se crispait sur ma main gauche, quand je la caressais...

Suzanne est partie. C'est alors que l'angoisse a recommencé à monter. Bien sûr, j'étais inquiet. J'imaginais tout ce que ce salaud pourrait écrire de moi ! Je tenais à mon poste, à mon séjour à Pékin : qui sait ce que l'ordure de Gautier n'aurait même pas besoin d'inventer ! Avec l'âge, ces grandes bouffées d'angoisse qui me soulèvent depuis mon retour de Londres, quand tous ceux qui m'entouraient donnaient si fort l'impression de se dérober autour de moi ; avec l'âge, ces grandes inquiétudes et ces menues angoisses sont devenues de véritables terreurs. Le Témesta que j'avale

par tablettes entières chaque semaine, les anxioly-
tiques, dans les moments les plus douloureux... Mais
de tout cela, je préfère ne pas parler. Ce soir, je suis
allé me coucher très vite, demandant simplement à la
vieille Mme Shi de me préparer un plat de pâtes. Je
devinais subitement le pire, l'effet dévastateur de
l'article de l'horrible Théo sur mes amis parisiens et,
surtout, sur mes amis chinois.

Ce matin, ils me regardaient drôlement, ces gamins
trop sages qui sont mes étudiants. J'avais le sentiment
que, cette fois, mes rapprochements acrobatiques entre
littérature de gare, romans branchés et copinage média-
tique, ça ne passait plus. Seules Haimei et Géraldine
se donnaient la peine de faire semblant de prendre des
notes. La buveuse de thé, au premier rang, somnolait,
la bouche ouverte. Les filles peinturlurées du fond de
la classe me regardaient, l'œil absent. Il n'y avait que
le grand escogriffe, devant elles, pour avoir l'air de se
marrer franchement. Là-dessus, voilà qu'un type que
j'avais à peine remarqué jusque-là, chemise blanche
montée sur un cou de fille, cheveux gominés et gour-
mette dorée avec chaîne assortie comme les week-ends
d'hiver sur les planches à Deauville, se lève d'un coup,
bousculant ses petits copains, les mains crispées sur le
ventre. Il me lance un « Excusez-moi, monsieur le professeur » en se ruant vers la porte de la salle. Un rire
énorme a secoué la classe tout entière. Seule Haimei
se tenait immobile, écarlate. Pas écarlate, non : lorsqu'une Chinoise rougit, elle vire au sang-de-bœuf. J'ai
attendu que tout ça se calme pour continuer. Puis j'ai
changé de registre, j'ai parlé de Valery Larbaud, qu'ils

ne connaissaient pas. Et décidé que le chapitre « Littérature contemporaine » était désormais fermé.

Monnier m'a téléphoné. Encore une fois. Toujours ces foutues photos. Pourquoi me suis-je embringué dans cette affaire ? Il était neuf heures du matin à Paris, quatre heures de l'après-midi ici, je rêvassais dans mon salon-bureau-bibliothèque. Je me disais que Camille devait avoir rompu avec Luc, ils n'avaient plus recours à mes services de taulier. Même du côté de Mme Söjberg, on paraissait s'être calmé aussi. Je m'endormais, Monnier m'a réveillé. « Tu sais la nouvelle ? » Bien sûr que non, je ne savais pas. Au fond de ma cambrousse pékinoise, comment voulez-vous que j'apprenne quoi que ce soit de ce qui se déroule dans le vaste monde, en dehors des coucheries du petit monde en forme de panier de crabes où j'essaie de survivre ? « Tu sais la nouvelle ? Eh bien, six photos d'Iris sont passées en vente chez Christie, à New York. Tu ne sais pas le prix que ça fait ? » Ça non plus, je ne le savais pas. Mais ce n'était pas la première fois qu'on redécouvrait en salles de vente les talents plus si secrets que cela de notre photographe préférée. Jérôme Monnier s'énervait à l'autre bout du fil. « Ne ris pas, je t'en prie. Tout cela devient grave... » Grave ? Astronomiques, les prix atteints pour les six photographies ! Et ce n'était pas tout. La veille au soir, on avait cambriolé son magasin. Enfin, on l'avait mis sens dessus dessous. Et l'un de ses assistants, qui faisait là des heures sup, à moins qu'il n'ait travaillé à cette heure pour son propre compte, s'était fait tabasser. Mais il n'avait rien vu. Rien vu, rien entendu, le Nanar – c'était le surnom affectueux que Jérôme Monnier donnait à son assistant vaguement kabyle – qui s'était retrouvé sur le carreau. Mais on n'avait rien volé ? Apparemment rien, non. On cherchait quoi ? Mais les photos d'Iris que Jérôme avait heureusement planquées ! J'étais en plus trop con de poser la question. « Tâche quand même de m'en dégotter quelques-unes ! » m'a lancé mon ami avant de raccrocher. Comme si je n'étais venu à Pékin que pour cela ! Les photos d'Iris, je commençais à en avoir plein le cul.

Et ce n'est pas fini. C'est Hessler qui a débarqué chez moi. J'étais pourtant en plein effort. Un grand livre illustré ouvert sur mon bureau, je tentais de me frayer un chemin parmi les quelques grands noms de la peinture Song qu'avec mon indécrottable paresse, je continue à confondre allégrement depuis plus de trente ans, Fan Guan ou Guo Xi, des montagnes qui s'accumulent vers le ciel et l'eau qui sourd de leurs vallons. Tous les deux ou trois ans, je me dis que je devrais m'y mettre sérieusement, suivre un cours, au moins lire un livre de bout en bout, prendre des notes, mais j'en suis bien incapable désormais. L'arrivée d'Hessler m'a tiré d'une somnolence distraite.

– Tu n'as donc pas fini de foutre la merde dans nos affaires !

Il était en face de moi, furibond, gesticulait alors que je ne l'avais même pas vu traverser la cour.

– Tu n'as pas encore compris que ces photos m'appartiennent ? Figure-toi que moi aussi, j'ai envie d'en terminer avec cette affaire. Et je ne sais pas quel jeu tu joues mais si tu continues, tout ça va se terminer mal !

Il avait vieilli. Pommettes saillantes, yeux larmoyants, plus un poil sur le crâne : j'avais oublié qu'on peut devenir si laid. Il continuait à éructer, fulminer. Je l'ai laissé faire. Profitant d'un moment où il reprenait son souffle, je lui ai dit la vérité, que les photos d'Iris, je n'en avais plus rien à foutre. C'était une vérité toute neuve puisque, la veille encore, j'avais appelé Qu Cai, histoire de voir si, de son côté, il n'y avait pas du nouveau. Mais cette fois, je me disais que j'en avais vraiment marre. Hessler ne m'a pas cru, bien sûr, il n'avait pas tort, il n'avait pas raison non plus. L'affaire de l'article de Théo m'avait déboussolé, je ne savais plus vraiment où j'en étais. L'autre a continué. Des insultes, des menaces... Je ne suis même pas sûr qu'il cherchait à me faire peur. Il a fini par se calmer. Il s'est laissé tomber sur mon canapé. Il respirait difficilement. Je lui ai proposé un verre d'eau, qu'il a avalé d'un trait. Puis il est reparti en me laissant un numéro de téléphone de portable chinois griffonné sur un bout de papier : si je finissais par savoir quelque chose, que je l'appelle ! Il me parlait comme à un gosse qui n'a pas été sage, nous étions deux vieux messieurs en train de nous disputer comme de tristes maffiosi à la petite semaine mais, lui, il voulait jouer au dur. Je suis revenu à mes peintres Song, Guo Xi ou Fan Guan. Mme Shi, inquiète du bruit que nous avions fait, avait fini par sortir dans la cour. Elle m'a proposé du café, j'en ai bu deux tasses. Puis Suzanne m'a appelé. Elle m'invitait à un dîner pour le soir même. Une fête, a-t-elle dit. Organisée par son mari, s'il vous plaît. Va pour la fête, ça me changera des photos !

Depuis quelques jours, j'ai le sentiment de regarder autour de moi une comédie absurde, une manière de film accéléré qui s'agite en désordre, gestes saccadés, paroles souvent incohérentes. C'était déjà la sarabande des pantins, ça devient la danse folle d'une Chine des étrangers et de leurs compères chinois, tous si parfaitement à l'aise, à qui je suis subitement étranger.

La fiesta promise par Suzanne ? Un dîner organisé par les Armani brothers dans un restaurant à la mode du nord de la ville. J'étais déjà allé au Green Tea : un écrin de chinoiseries années trente, sophistiqué jusqu'au bout des ongles de sa propriétaire qui, chaussée des protège-ongles en forme de griffes métalliques, jouait du pipa au milieu de gerbes de pivoines et de grappes de jasmin. C'était hier, c'est-à-dire il y a longtemps. Tout va plus vite encore, à Pékin. La boutique de la dame était devenue trop petite pour sa clientèle, gay en diable, starlettes et starlos de la Chine d'aujourd'hui et étrangers qui se veulent dans le coup. En six semaines, le Green Tea a changé de cadre, de quartier. Tout changé et doublé sa clientèle, tout juste gardé son nom. Hier, c'était la réouverture du Green Tea repensé dans le style minimaliste qui fait pour l'instant fureur à Pékin, tables et bancs aux formes si épurées qu'on ne sait plus comment se tenir à table, dossiers de chaises hauts de deux mètres et qui ressemblent à des lames de kriss forcément malais, coussins, poufs fluo et les toilettes pour dames qui s'illuminent vers l'extérieur le temps qu'une jolie pute en pousse la porte. Dans le genre super-kitch, on ne fait pas plus kitch. Marlène, la proprio, nous accueillait avec un décolleté jusque-là et la jupette collante, à la chinoise mais qui vous ouvre l'œil jusqu'à la cuisse et bien plus haut. Quant aux invités, c'était la faune dans laquelle je me mouvais depuis mon arrivée à Pékin. Sarle qui arbore le petit ruban rouge de la lutte contre ce que vous savez ; les frères Armani, les sourcils faits comme dans un vieux film de Renoir ; Cu Qai et sa copine Linan, déjà camée à mort, qui flottait ; Clarisse suivie d'un Théo qui m'a serré la main avec trop de bonhomie. Suzanne Vernant était lointaine : c'était elle, pourtant, qui m'avait invité. Mais Hessler occupait une grande partie du terrain. Il pérorait, m'ignorait, pelotait des deux mains une petite salope en qui j'ai bientôt reconnu l'une des quatre vamps du fond de ma classe, à Beida. Après un moment, elle est venue vers moi, le sein gauche tout juste rentré dans la niche : « Quel plaisir de vous rencontrer ici, monsieur le professeur qui nous lisez de drôles d'histoires ! » m'a-t-elle lancé. Un moment, on aurait dit que ce salaud d'Hessler véri- fiait sa braguette : « Qu'est-ce qu'il te raconte, notre intellectuel de série B ? » La petite ne devait pas savoir ce qu'étaient les films de série B – à Pékin, on ne voit plutôt que des films pour enfants, c'est-à-dire des polars rouge sang assassinés à la science-fiction amé- ricaine de l'année – mais elle a parfaitement compris quand même et a raconté à ce salaud quelques-unes des insanités que je débitais pendant mes cours. Et Hessler de se marrer. Du coup, la fille – elle s'appelle Véronique, le nom français que ces connards qui s'amusent à rebaptiser leurs élèves lui ont donné – a ajouté que j'étais amoureux fou de l'une de mes étu- diantes. Ça se voyait si bien que je rougissais quand je la regardais. Là-dessus, Linlin est intervenue, qui a fermé la gueule à Hessler : « Toi, mon vieux, si je disais ce que j'ai envie de dire, tu ne ferais pas le malin... » Elle était menaçante, la femme de l'ambas- sadeur. A deux doigts du chantage, mais c'était pour la bonne cause : Hessler a fermé sa gueule. Je n'avais pas ouvert la mienne, ce qui se déroulait au-dessus de moi, c'était le dialogue d'un film en version tellement originale que ça passait plus haut encore. Je n'étais pas largué, j'étais ailleurs.

« Ils sont horribles, ces gens-là... » Qu Cai m'avait rejoint. Il tenait par la taille sa Linan à présent en manque. Marlène, la patronne, allait de table en table, flanquée de la Judith squelettique du bar techno de mes premiers pas à Pékin : gougnottes, pas gougnottes, allez savoir ! L'arrivée de l'ambassadeur a été saluée par un brouhaha flatteur, j'étais toujours ailleurs. J'ai vaguement deviné qu'une autre altercation avait éclaté. C'était Kaifeng, le mari de Suzanne, et deux des Armani brothers qui s'engueulaient avec trois ou quatre petits Chinois qui, aux yeux de tous les autres, avaient au moins le tort de ne porter ni l'uniforme d'Armani ni celui de Calvin Klein. Ils avaient d'ailleurs une bonne gueule. Mais Marlène a sorti ses ongles d'acier, elle devait être menaçante, la tigresse, et tout est rentré dans l'ordre. Plus absente que jamais, entourée d'un nuage de fumée qui ne sentait certes pas le thé vert, Suzanne Vernant m'a seulement dit que les quatre inconnus étaient des poètes, invités par elle. « Mon mari n'a jamais aimé la poésie... » Mais le mari avait déjà disparu à l'horizon. Il complotait avec Hessler. J'ai vu de loin Théo Gautier les rejoindre, c'était vraiment pas la bande de mes copains.

La soirée a duré longtemps. D'autres étrangers, des Français surtout, rejoignaient les rangs des amateurs de thé vert et de champagne. Comme les autres, je buvais mon champagne tiède. La petite Linan est venue s'asseoir près de moi. Sa cuisse était tiède, contre la mienne, je plongeais à vue sur son décolleté qui était plat mais amusant. Elle avait le hoquet et souriait de côté, l'air de s'excuser. La musique, là aussi, était techno en diable, tout ce qu'on aime ou qu'on n'aime pas. On a servi des desserts, deux boules de glace au thé, perdues sur un plateau de glaçons tout juste tirés du freezer. Enfin Linlin m'a rejoint sur le banc inconfortable qu'avait déserté Linan. Elle m'a parlé de Shanghai : « Qu'est-ce que tu en penses ? Ça te changerait les idées ? » Comme Suzanne, elle m'a parlé de la Biennale de Shanghai, l'attraction du moment depuis qu'à Paris et autour, tous les petits cons et autres vieux cons s'ébahissent de découvrir une Chine qui s'est enfin mise à l'heure du reste du monde. Dali disait : les cocus du Vieil Art Moderne, c'était il y a un demi-siècle, ça n'a pas changé. J'en ai fait la remarque à la femme de Jacques qui s'est marrée : « Eh bien, ça te dirait de jouer les cocus avec trois jolies filles comme mes copines et moi ? » J'ai compris qu'elle parlait de Suzanne et de Clarisse. « C'est O.K. ? » C'était OK, j'ai topé là. Elle a encore eu un bon sourire : « Et puis, tu verras que Shanghai te donnera plein d'idées. D'ailleurs, si tu n'en as pas assez, je t'en donnerai aussi ! » Je l'ai embrassée. La soirée est repartie de plus belle. Après les pétards faits main, c'était un peu de poudre qui circulait, ici et là. Nuits de Chine, Nuits d'Amour au beau milieu du tout début du XXIe siècle. J'ai quitté le Green Tea dans un coma profond dont il m'a fallu toute la journée du lendemain pour me remettre. Je ne suis pas sûr que la poussière qu'on a foutue dans mes bulles ait vraiment été un brin de thé vert, comme dit la publicité de la boîte.

La valse des pantins. Suite. Ce matin, à Beida, les gamines peinturlurées ne se sont même pas donné la peine de se taire. A mon arrivée elles parlaient de moi.

J'ai entendu le mot pornographie. Bravo, Hessler, tu as fait du beau boulot ! Du coup, j'ai fait le grand écart, moi, et je leur ai parlé de Francis Jammes, vous savez, *Clara d'Ellébeuse* et autres culculteries, la petite fille amoureuse du bel officier qui se croit enceinte de lui parce qu'elle a posé son petit cul, précisément, dans le fauteuil de pierre du jardin, précédemment chauffé par le postérieur dudit officier. Véronique ne se marrait plus, elle m'écoutait, effarée. J'ai regardé Haimei qui rougissait aussi et le tortillait délicieusement, sur son banc, son petit cul à elle : sans m'en rendre compte, j'avais dû toucher une corde sensible dans l'imaginaire de ces gamines. Et le grand escogriffe étalé des quatre membres devant Véronique et compagnie avait l'air tout aussi interloqué que ses copines. Si quelqu'un comprend pourquoi une portée de petits Chinois s'est retrouvée en chaleur après une lecture commentée de Francis Jammes, qu'on me l'explique, s.v.p.

A la sortie, Haimei est venue me retrouver à la cafétéria où je buvais un café exécrable. Pour me dire que Véronique lui avait recommandé de se méfier de moi. « Mais qu'est-ce qu'elle vous a dit ? » Je voulais savoir. Elle a haussé les épaules. Puis, brusquement, elle a posé sa main sur la mienne, s'est ravisée aussitôt, nous étions dans l'enceinte de l'université où elle est étudiante et je suis son professeur... – m'a regardé droit dans les yeux. « Je ne crois pas aux mensonges de cette fille ! » Et là, dans la foulée, comme pour me montrer qu'elle me faisait confiance, elle m'a demandé si elle pouvait venir boire un café chez moi. Chez moi, oui ! Demain ou après-demain !

C'était à mon tour d'être effaré !

Haimei est bel et bien revenue dans ma cour carrée. Il faisait froid. Depuis trois jours, Mme Shi a allumé la chaudière, dans l'entre-cour qui me sépare de Mme Söjberg. Haimei a enlevé son blouson, un premier pull-over et s'est assise sur le bout des fesses au bord du plus inconfortable de mes fauteuils. Je lui ai proposé d'écouter un disque, elle m'a demandé Léo Ferré. « Vous avez dit Léo Ferré ? » Si elle savait, la mignonne, que je ne me déplace jamais sans mon Léo Ferré. On a tous ses faiblesses. Je me pâme comme tout le monde aux suites pour violoncelle de Bach. Le quintette avec deux violoncelles de Schubert, c'est presque l'orgasme. Mais Léo Ferré, c'est autre chose. En Algérie, j'avais emporté son disque de chansons sur des poèmes d'Aragon : *Est-ce ainsi que les hommes vivent...* J'ai posé la question à Haimei : « Tu les connais, les poèmes d'Aragon par Léo Ferré ? » Elle ne connaissait pas. On a écouté une chanson, deux chansons, puis je lui ai fait signe de se rapprocher de moi. Sur le canapé. D'ailleurs, Mme Shi avait disposé le plateau du thé devant le canapé. « Tu ne veux pas venir t'asseoir ici ? » Je l'avais tutoyée. Haimei a eu un petit sourire. Elle a dit : « Je veux bien. » Nous avons écouté d'autres chansons. « J'aimais déjà les étrangères quand j'étais un petit garçon... » Je sentais la chaleur de la jambe de Haimei contre la mienne. Le faisait-elle exprès ?

« J'ai envie de te prendre la main. » Je lui disais toujours *tu*, elle m'a tendu sa main, qui était minuscule, tiède, parfaitement sèche dans la mienne. Nous sommes restés ainsi encore un moment, puis le disque s'est arrêté. Alors Haimei m'a dit qu'elle avait confiance en moi, qu'elle savait que je l'aimais bien, que je ne lui ferais pas de mal. J'ai serré un peu plus fort sa main dans la mienne. Elle me regardait, avec un point d'interrogation dans les yeux. Je me suis penché vers elle pour lui déposer un baiser sur le bout du nez. « Ton petit bout de nez de petite Chinoise... » Elle s'est laissé faire. Attendez ! Elle est Chinoise, je suis toujours son prof, je suis fou. Mais je l'ai attirée vers moi. Comme la première fois. Comme la première fois, elle a résisté, mais je l'ai sentie qui se laissait aller. Qui se durcissait, tenait bon mais ployait en même temps. J'avais presque peur. Mais elle restait là. J'ai avancé une main. Effleuré un sein, le soutien-gorge rembourré des petites Chinoises de ce siècle. Elle ne disait rien, résistait, se laissait faire. Elle a fini par se lever et c'est moi qui l'ai laissée faire. Il fallait qu'elle parte, il était temps, ses parents s'inquiéteraient. Je comprenais, il fallait qu'elle parte, oui... Elle a vingt-deux ans, je suis un vieux, le vieux con que j'ai dit. J'ai voulu l'embrasser pour lui dire au revoir. Je l'ai attirée contre moi. Elle ne se débattait pas, le buste seulement rejeté en arrière, le ventre plaqué contre le mien. Elle ne pouvait pas ne pas sentir que je bandais.

J'ai fini par la lâcher. Elle est restée un instant debout, presque en déséquilibre au milieu de la pièce. Puis elle a eu un sourire éclatant pour me dire qu'elle était désolée, qu'elle me demandait pardon mais... qu'elle reviendrait une autre fois ! Si je voulais bien... Je l'ai vue traverser la cour de son petit pas rapide, sur le dos un sac jaune en faux Vuitton qui est peut-être vrai. Je me suis dit que Francis Jammes et *Clara d'Ellébeuse* vous avaient de drôles d'effets sur les petites filles, dans ce pays. Haimei reviendrait-elle ?

Toute la nuit qui a suivi, j'ai rêvé de ce petit corps si mince, plaqué contre le mien, qui résistait mais qui ne se débattait pas. A mon âge, on peut se permettre ces conneries-là !

J'attends la parution de l'article de Théo Gautier. J'ai dîné hier à l'ambassade. Jacques, qui remplit son rôle d'ambassadeur avec toute l'application d'un premier grand rôle sur le théâtre de notre petit monde, recevait trois écrivains français de passage, la Chine est vaste mais si petite pour ceux qui l'aiment comme nous d'un si grand amour... Les trois godelureaux déguisés en écrivains ne sont pas véritablement de mes amis. L'un d'entre eux, qui publie de minuscules opuscules, minimalistes comme il se doit, m'a interrogé, goguenard. « Il paraît que vous enseignez la littérature française d'hier aux Chinois d'après-demain ? » Les deux autres, la fille surtout qui accompagnait le plus jeune, semblaient beaucoup s'amuser. Très sérieusement, Jacques a tenté de remettre les choses au point : je connaissais parfaitement la Chine, j'avais écrit un livre sur la Chine qui faisait date... Qui faisait date ? Qui datait, oui ! et du déluge ! J'ai senti le moment où ces bons jeunes gens allaient sauter sur la remarque de mon ami pour s'en donner à cœur joie. Mais à ma grande surprise, le plus jeune, dont la petite amie semblait tellement s'amuser à me voir mettre en boîte, a demandé aux autres de se taire. Alors, très calmement, il leur a expliqué qu'il avait lu le livre en question, que c'était sûrement pour lui l'une des plus belles réflexions sur l'exil et la violence écrites dans la deuxième partie du XXᵉ siècle. Rien que cela ! Je ne suis pas certain que les amis chinois qui assistaient à ce dîner se soient rendu compte des propos que tenait le petit groupe, réuni au moment du café à une extrémité du salon. Soudain très « Madame l'Ambassadrice », Linlin trônait sur un canapé, à l'autre bout de la pièce. Vertueusement rassemblés autour d'elle, deux jeunes secrétaires d'ambassade l'écoutaient disserter, devant quatre ou cinq écrivains et professeurs chinois, du roman de Gao Xingjian, lauréat chinois du prix Nobel de littérature, bien malgré la Chine. Il est de bon ton à Pékin, sitôt que l'on se pique un peu de littérature, de descendre en flammes celui qui apparaît à ses compatriotes comme un renégat. Mais j'ai aimé le livre, je savais que Linlin l'avait aimé elle aussi. Pourtant, aucun des jeunes traducteurs de littérature française – il y avait même parmi eux un poète – que mon amie avait réunis autour d'elle, aucun ne pourrait se résoudre à aimer le roman de Gao Xingjian, qui a, c'est l'expression convenue, « trahi son pays ».

Et puis toute cette affaire de photographies d'Iris qui vous a maintenant une allure de complot. Ainsi cet autre coup de téléphone reçu hier matin, anonyme naturellement. Une voix d'homme que je ne connaissais pas, c'était un Chinois, il parlait en anglais. Est-ce que je pourrais le recevoir ? J'avais un cours ce jour-là, mon interlocuteur a paru dépité. Alors, demain ? Va pour demain, nous sommes convenus que l'inconnu me rendrait visite le lendemain matin avant le déjeuner. Et ce matin, avant le déjeuner, c'est M. Zhou qui m'a rendu visite : M. Zhou ? Il y a mille M. Zhou, mais ce Zhou-là, c'est l'assistant de Qu Cai, celui qui m'avait attendu au bord de la route avec sa bicyclette. Je l'ai reconnu lorsqu'il a passé la porte d'entrée, traversant la petite cour pour venir droit jusqu'à ma porte. Comme si lui aussi avait su très précisément où j'habitais. Il tenait un lourd paquet sous le bras. Ce ne pouvaient être que des photos. Il pouvait y en avoir une centaine. Sans prendre le temps de donner la moindre explication, Zhou a proposé de me vendre les photos d'Iris. Il ne m'a pas demandé si j'étais intéressé par leur achat : il voulait que je les achète. Et que je les paie, là, tout de suite. Je n'ai pas eu besoin d'aller très loin dans mon exploration du paquet de photographies : c'était toutes des tirages récents. Il y avait des nus parfaitement anonymes, quelques très jeunes filles, quelques images aussi prises avec des Chinois dont le visage m'était parfaitement inconnu. La qualité des tirages était médiocre : on ne s'était pas donné la peine de choisir un papier qui pût faire illusion. J'ai refusé la proposition. Le prix demandé était absurde, ridiculement bas s'il s'était agi de tirages d'époque, de ce qu'on appelait des *vintages* ; ridiculement élevé pour ce que j'avais sous les yeux. L'autre insistait : il fallait que j'achète ce lot de photos. Plus tard, il en aurait peut-être d'autres, plus intéressantes... Mais il fallait que j'achète celles-là tout de suite, que je paie tout de suite. Ses mains tremblaient tandis qu'il feuilletait le paquet de photographies pour en extraire deux ou trois images, particulièrement obscènes celles-là.

Je l'ai interrogé : est-ce que c'était encore une fois Hessler qui l'envoyait vers moi ? Zhou a secoué la tête. Il ne savait pas. Alors, est-ce que c'était Théo Gautier ? Mon interlocuteur a secoué la tête, faisant comme s'il ne comprenait pas. Mais il continuait à fouiller dans le paquet, en tirait encore deux ou trois, plus obscènes encore que les précédentes. J'ai fini par être obligé de lui enlever moi-même la pile de photos des mains pour en refaire le paquet. De même, j'ai renoué la cordelette de soie qui le fermait, j'ai mis tout cela dans les bras de l'assistant de Qu Cai et je l'ai poussé dehors. Alors il s'est mis à crier, à m'insulter. Il mélangeait l'anglais et le chinois, j'ai compris qu'il allait en référer aux autorités, qu'il parlerait à la police, qu'il me dénoncerait... Il a ainsi vociféré jusque dans la rue, des voisins, une voisine se sont approchés, il a fini par s'engouffrer dans une voiture qui attendait sur le bord du trottoir, avec chauffeur, sans cesser de crier des mots chinois que je n'étais pas sûr de comprendre.

Le surlendemain, Mme Niang, ma vendeuse de photographies du Hong Qiao – photographies de familles chinoises, cela s'entend : celles que je continue à collectionner –, m'a raconté, comme une bonne blague, qu'un couple d'Américains cherchait les mêmes photos que moi. Ils lui avaient d'ailleurs acheté tout un stock sans même en discuter le prix. Puis – Mme Niang s'est mise à rire pour me le raconter – l'homme, qui parlait parfaitement le chinois, lui avait demandé si elle n'en avait pas d'autres. D'autres plus spéciales, anciennes. « Beaucoup, beaucoup plus spéciales », aurait encore précisé l'Américain. Mme Niang s'est alors raclé la gorge, elle a craché dans un mouchoir avant de se lamenter. Si au moins je ne lui avais pas déjà acheté toutes ses photographies prises dans des bordels. Je dirai à ma décharge que les photos en question étaient bien innocentes, les filles y jouaient avec leurs enfants, je ne savais que bordel il y avait que parce qu'elle me l'avait dit pour me les vendre un peu plus cher... Mais Mme Niang n'en doutait pourtant pas : c'étaient des photos beaucoup plus spéciales encore que voulaient ses clients américains. Quant à moi, je n'en doute pas un instant : eux aussi sont en chasse.

Promenade dans un hutong non loin de chez moi. Ici rien n'a changé, ou presque. Jusqu'à ce temple transformé en marché et qui l'est resté, l'animation de la première salle, où l'on vend l'équipement complet du parfait Chinois des années Mao, les crayons et les petits carnets recouverts de plastique, des casquettes de toile, des pull-overs rudimentaires. Un peu plus loin, une gamine à vélo, vêtue de bleu, comme Meilin jadis. Elle porte les mêmes tresses. Puis, soudain, une autre qui s'avance, doucement. Jean collant, le cul bien haut, les cheveux décolorés. Je ne l'ai vue que de dos. Au-dessus d'elle, au-delà de la boutique grise et multicolore, basse, étroite, qui propose chewing-gum et Coca-Cola, les quinze étages d'un building qui s'élève d'un jet et l'acrobatie des ouvriers qui grimpent dans les échafaudages.

Je reviens sur mes pas. Cent mètres encore et je suis chez moi. Où je trouve Suzanne Vernant qui m'attendait. Le temps s'est radouci, il fait très chaud dans la pièce qui me sert de salon. Suzanne a retiré sa veste, elle porte cette fois un pull-over gris sur ses seins toujours gonflés. Etrange sentiment devant elle, mais pas vraiment du désir. Elle voulait me parler. Elle est venue me parler. Elle me parle. Je l'écoute de loin.

Elle l'a remarqué lors du dîner au Green Tea : je n'aime guère Marc Hessler, n'est-ce pas ? Non, je n'aime pas Hessler. Hessler est très proche de Kaifeng, son mari. Tous deux se retrouvent à Shanghai, à Hong Kong surtout. Ils sont en affaires, ensemble. Quelles affaires ? Suzanne Vernant a un geste évasif. Comme si elle ne voulait en dire davantage. Un moment, alors, elle parle de Kaifeng, qu'elle a rencontré à son arrivée à Pékin, voilà six ans. Elle était venue avec un journaliste belge, qu'elle a aussitôt quitté pour Kaifeng. Il était si beau, le jeune acteur qui montait ! Suzanne a le petit rire triste que je commence à lui connaître. Si gentil aussi. Mais gentil, il ne l'est pas vraiment resté. Beau, si. Il est toujours très beau.

Je la laisse parler. Je devine bien qu'elle voudrait que je m'intéresse davantage à ce qu'elle dit, que je pose des questions. Mais si je m'intéresse à ce qu'elle dit, je ne peux pas poser de questions, c'est tout. Kaifeng est l'ami de Théo, et Théo va publier cet article qui... Est-ce ma faute si je ne pense qu'à ça ? Alors Suzanne continue.

Elle tourne autour du pot. Le bébé, son père, son père, le bébé, pour me lancer, dans une sorte de cri qui la déchire, que je dois bien m'en douter : l'enfant n'est pas de lui ! Cela fait des années que Kaifeng ne s'intéresse plus aux dames. Elle me dit cela pour que je comprenne. Le père, le vrai père ? Je n'ai pas posé la question, Suzanne fait comme si. Le père, je le connais. C'est l'un des poètes que j'ai croisés l'autre soir, au Green Tea. Personne ne le sait mais elle voulait le dire. C'est pour cela que, depuis la naissance de l'enfant, Kaifeng est plus dur encore avec elle.

Suzanne Vernant parle toujours. Sur le théâtre de cette Chine des étrangers où mille farces et autres pantalonnades se jouent sans fin, elle tient un rôle de taille. Par moments, le désir d'elle m'effleure. Son odeur, lavande, eau de Cologne, un peu de sueur mêlée dans la chaleur de la pièce, je suis touché par elle. J'avance ma main vers la sienne, la sienne s'agrippe à la mienne. Je sais que je ne dois pas faire un geste de plus, alors qu'elle attend plus, peut-être. En face de moi, une grande peinture sur verre, comme j'en ai ramené trois de mon premier séjour, représente une femme avec un enfant. Ces peintures étaient en général destinées à orner l'entrée des maisons closes de la ville chinoise. Elles allaient par paires et représentaient la putain sous deux profils. Mais celle-ci : un enfant dans les bras. Une putain avec son bébé à la place de l'éventail traditionnel qui promet tous les plaisirs. Elle est plus grande, la peinture en est plus fine que la plupart de celles que j'ai vues jusqu'ici. La main de Suzanne Vernant serre très fort la mienne : « Je me sens larguée, dit-elle : larguée. Je ne sais pas pourquoi, j'ai voulu vous dire tout ça, aujourd'hui. Mais il fallait que je vous parle. » Lui répondre ? Je crois bien que j'allais le faire, mais le téléphone a sonné. J'ai décroché et suis revenu à Suzanne. Elle s'est ressaisie, recroquevillée sur son coin de canapé. Elle s'excuse. Me prie de l'excuser.

Le corps de Suzanne est lourd, blanc, charnu. Je sais qu'elle s'ouvrirait doucement. Si facilement. Je ne peux rien lui dire. Elle me parle alors subitement, d'une voix trop enjouée, de la Biennale de Shanghai : Linlin lui a dit que je les y accompagnerais peut-être, est-ce vrai ? Je ne m'en souviens pas vraiment. J'ai dû le dire, oui... Je ne pense, moi, qu'à l'article de Théo qui va paraître.

Comme tous les samedis matin, j'ai fait ma grande tournée au Panjiayuan. Une fois de plus, j'ai cherché des photographies. Non pas des images d'Iris, bien sûr. Mais ces photos que j'ai commencé à acheter depuis mon retour en Chine, photographies de familles, photographies de mariages, vieilles femmes du début du XXe siècle, aux petits pieds encore bandés ou jeunes personnes délurées des années trente. Chaque week-end, parcourant le Panjiayuan ou cet extraordinaire supermarché aux fausses antiquités qui s'appelle Curio City, je reviens avec une bonne vingtaine d'images. Certaines sont très belles. J'en trouve moins qu'au Hong Qiao, mais l'atmosphère y est autrement plus amusante. Excitante aussi. Toujours ces centaines, ces milliers d'étals installés, souvent à même le sol, où des vrais marchands, mais aussi des paysans, des grosses petites filles déjà emmitouflées dans des vestes molletonnées, des vieilles femmes à l'air sévère, des vieux édentés, vendent tout et n'importe quoi.

Mais ce matin, tandis que je me promenais parmi les stands, j'ai eu la certitude d'être observé. Ils sont des centaines, des milliers, ceux qui vont, comme moi, au hasard des petits étalages. Mais je le savais, je le sentais, quelqu'un me surveillait. On suivait de très près tout ce que je faisais. J'étais en compagnie de Paul Rollet, lui-même n'a rien remarqué. Il était en train de marchander un paquet de vieux livres, des recueils de compositions qui avaient servi à des examens, sous l'Empire. Je me suis penché vers un paquet de photographies, trois femmes, trois enfants devant un décor peint, quelque part à Shanghai dans les années trente. Puis je me suis relevé brusquement. En face de moi, à deux ou trois rangées de distance, un homme en veste bleue. Il regardait dans ma direction. Mais aussi un autre, un peu plus loin, sur la droite. Et un autre, encore, beaucoup plus près. Et puis chacun, tour à tour, a paru s'absorber l'un dans une conversation avec une jeune femme, l'autre dans l'examen d'un objet qu'il s'était penché pour prendre en main. La

foule redevenait indifférente, chaleureuse, même...
J'avais peut-être rêvé...

Encore les photographies d'Iris pourtant : Jacques
m'a invité à dîner. Nous étions seuls dans la grande
salle à manger aux gravures en noir et blanc illustrant
les palais jésuites du Yuanmingyuan. Mon ami Jacques
avait sa tête des mauvais jours. Je devinais bien ce dont
il voulait me parler. Alors, je lui ai facilité les choses :
« Vas-y, dis-moi ce que tu as à me dire. Les photographies d'Iris, bien sûr... » Déjà, la première fois que
nous avions évoqué le sujet, Jacques Benoist, ambassadeur de France en Chine, l'un de mes plus anciens
amis, m'avait mis en garde : il ne fallait pas toucher à
ces choses-là. « Et tu n'as pas suivi mes conseils,
n'est-ce pas ? » J'ai fait le gros dos, j'ai tenté d'expliquer que moi aussi, autrefois à Pékin, j'avais entendu
parler d'Iris, de Pendergast : n'était-ce pas normal,
après tout, que j'aie voulu en savoir un peu plus ? « Et
tout cela, c'était pour de l'argent ? » Non, pas seulement pour de l'argent. Il y avait autre chose... Trop de
coïncidences aussi : à la fois ma passion véritable pour
la photographie, cette espèce de plongée en chambre
noire dans laquelle je m'étais engagé, depuis combien
d'années ? Et puis, la visite que j'avais rendue à la
photographe, jadis un peu ivre à Londres, l'autre mois
malade, dans sa maison du parc Montsouris. La petite
Chinoise qui s'occupait d'elle. L'autre petite Chinoise
qui suivait Denise Ma comme une ombre... Jacques
a haussé les épaules, comme s'il était rassuré. Il est
parti d'un bon rire : « Allons ! c'est mon Denis romancier que je retrouve là ! » Mais avant de quitter la
résidence, ce même soir, j'ai dû lui promettre, presque

solennellement, de ne plus chercher à retrouver les traces d'une collection de photographies qui n'existait probablement que dans mon imagination et qui, de toute façon, était devenue dangereuse.

C'est en rentrant chez moi que trois hommes m'attendaient dans l'ombre de mon hutong. L'ai-je encore une fois rêvé ? Il m'a semblé reconnaître l'un des frères Armani qui veillaient sur le mari de Suzanne. Un autre était américain, j'en suis sûr. Je suis sûr surtout qu'à trois, ils étaient plus costauds que moi. Un coup de poing dans l'estomac d'abord. Ils étaient trois, en deux minutes j'étais à terre. Ils auraient pu continuer. On voit dans des films américains des règlements de comptes au fond d'une impasse, qui s'achèvent en coups de la pointe du soulier dans le ventre ou sur la gueule... Mais ils en sont restés là. En anglais, l'Américain m'a seulement conseillé de ne plus m'occuper de ce qui ne me regardait pas.

Puis ils sont partis. J'étais sur le pas de ma porte, je n'étais pas trop abîmé : après tout, la tabassade n'avait pas duré deux minutes. Curieux, d'ailleurs, comme ces messieurs semblaient avoir pris soin de ne pas me faire vraiment mal. Peut-être que c'est cela qu'on appelle un « avertissement ». Je n'ai même pas eu à me traîner jusqu'à ma chambre. Je me sentais seulement bien seul. J'ai écouté mon répondeur, il y avait un message de Haimei, qui partait pour Qingdao pour quelques jours. J'étais seul, oui...

Toute la nuit, j'ai à nouveau rêvé du corps de Haimei. Ou plutôt, à demi éveillé, je me racontais le corps de la jeune fille. Et voilà qu'au matin, c'est Géraldine qui a débarqué. « Il y a longtemps que vous ne m'avez pas appelée : ça ne vous amuse plus de prendre des photos de moi ? » Une jupe large qu'elle relevait déjà jusqu'aux cuisses. Provocation ? « Aujourd'hui, je ferai tout ce que vous voudrez », a précisé la coquine. Pourtant, cette fois, je n'ai pas voulu comprendre. Il faut dire que la raclée de la veille m'avait tout de même un peu remué. Mais la gamine n'a pas remarqué ma lèvre gonflée, le bleu qui marquait le bas de mon visage. Le débardeur qui flottait large sur les seins, elle a pourtant fureté un moment dans la pièce, aguicheuse et le regard en coin, puis elle a fini par laisser retomber sa jupe. Non, je ne voulais pas ? Rien de rien ? Mais elle me proposait quoi, au juste ? Rien, précisément... Elle avait l'air vaguement gêné. « Je peux tout de même emporter ça ? » Ça : une poignée de disques, de DVD, une pochette de soie jaune que j'aime bien mais qu'elle devait aimer aussi. J'ai fait oui de la tête, prends ce que tu veux, elle avait l'air tout penaud, elle avait déjà disparu. Dans une semaine, je pars pour Shanghai avec Linlin, Suzanne et Clarisse. Je me mets à compter les jours.

Je n'ai plus envie de me promener. Pourtant, Rollet a encore réussi à m'entraîner. Sur la partie ouest de Chang'an, à quelques centaines de mètres de l'ancienne muraille, on a dessiné un jardin futuriste, où le gazon trop vert alterne avec de maigres édicules faits de galeries de verre, de pyramides, de demi-globes qui sont autant de portes ouvertes conduisant à un monde souterrain de galeries commerciales. Jadis, c'était Xitan, le marché de l'Ouest. A l'extérieur, sur l'esplanade, il y a sept ou huit petites boutiques en plein air, ce sont des photographes de mariages. L'une d'entre elles s'appelle Le Bel Paris, en lettres romaines. La traduction chinoise dit à peu près la même chose, c'est un hommage rendu au luxe français. Là, devant des arceaux métalliques et quelques arbres nains, on photographie à bon marché de jeunes couples de mariés qui se succèdent, le samedi et le dimanche. L'un d'entre eux se présente, descendant de voiture, la robe blanche trop empesée, comme aseptisée. Ce sont des couples qui ne peuvent pas se payer le photographe, voire le cameraman qui les suivrait pendant une heure, pendant deux heures, afin de garder un beau souvenir de cette belle journée. Alors, sur l'emplacement de ce qui était l'ancien marché de l'Ouest, ils se font photographier, avec un gentil sourire pour les badauds qui les contemplent.

De la photographie considérée comme un placement de famille...

XII

La Biennale de Shanghai mais aussi les derniers travaux de notre ami Qu Cai. J'ai découvert ainsi que notre ami conjugue ses talents de photographe avec ceux d'architecte. Une galerie de Pékin lui a demandé, voilà déjà plusieurs mois, de restaurer un building historique du Bund. Shanghai années trente, des girandoles de lumière, la Banque de Chine, ce Club des marins de Shanghai où Maurice Roy, qui servit de modèle au René Leys de Segalen, s'est tué en tombant dans un escalier. Je crois que c'est aussi au Club des marins que se trouvait le Long Bar, le bar le plus long et le mieux fourni de toute l'Asie. C'est Qu Cai qui va nous faire les honneurs de tout ça : ce qui en reste – et le reste.

Nous avons fait le voyage, tassés à l'arrière d'un Boeing fatigué qui ressemblait aux vieux appareils soviétiques qui faisaient déjà le même trajet, voilà plus de trente ans. Je reconnais tout, petits plateaux d'une bouffe infecte, Linlin qui s'amuse, Clarisse qui reste grave, Suzanne, pour changer, qui allaite son bébé. Je suis à côté d'elle, vue plongeante sur les deux seins, cette fois, car le deuxième est à moitié découvert. La petite fille a de grands yeux, qu'elle ouvre tout grand en me regardant, tétant, tétant éperdument. J'ai apporté

541

un volume de Proust : rien que ça ! Mais je n'ai pas le courage de lire. Linlin m'explique que Qu Cai est devenu, en quelques années, un architecte réputé dans la Chine entière. « Comment, tu ne le savais pas ? » Elle s'étonne, je m'étonne. « Mais ses photographies ? » Il fait toujours des photos, oui, mais il construit surtout des maisons autour de Pékin, imitées de celle dans laquelle je lui ai rendu visite. Il a été un moment marié à une jeune Française, Marielle, qui a fini par le quitter... « Ça ne doit pas être facile tous les jours, de vivre avec un Qu Cai... »

Arrivée à Shanghai : c'est par Shanghai que j'ai quitté Pékin, en pleine Révolution culturelle, voilà plus de trente-cinq ans. Le Bund, la rue de Nankin grouillaient de Gardes rouges au bord de l'orgasme, qui brandissaient des pancartes. Des haut-parleurs, des chants révolutionnaires, l'air d'une gaieté parfaitement feinte, parfaitement sérieuse aussi, terriblement grave.

Mes trois amies vont habiter au dernier étage de l'immeuble qu'est en train d'aménager Qu Cai. Il y a déjà installé un petit appartement où elles camperont. Pour moi, on m'a retenu une chambre à l'Hôtel de la Paix. Le Heping Fandian, sur le Bund. L'hôtel le plus célèbre d'Asie, peut-être, avec ces palaces de Singapour ou de Ceylan où je me suis arrêté, lorsque j'arrivais à Hong Kong en bateau. Il y a quinze ans, on y a réinstallé, dans son célèbre bar du rez-de-chaussée, un non moins célèbre orchestre de jazz. Tous les musiciens devaient avoir alors au moins soixante-dix ou quatre-vingts ans, c'étaient les rescapés d'une autre époque. Jacques, alors ministre conseiller à Pékin, m'a raconté. Ils jouaient *Saint Louis Blues* ou *The Lady Is a Tramp*. Il y avait un saxophoniste aux grosses lèvres violettes, les cheveux presque crépus, on aurait cru un nègre de La Nouvelle-Orléans. On avait dû leur dire qu'un diplomate français se trouvait dans la salle, à l'arrivée de Jacques dans le bar, ils avaient entamé une *Marseillaise* swinguée du plus bel effet. Aujourd'hui, dans le hall de l'hôtel, une foule compacte de touristes, qui va dans tous les sens. Des fourmis affairées sur la planète Chine, tout entière à découvrir : on commence par le plus facile... Beaucoup, d'ailleurs, ne font que traverser le hall pour aller écouter les fils ou les petits-fils des joueurs de jazz des années d'autrefois. Les échos de la musique nous parviennent, il en coûte cinquante ou quatre-vingts yuan, pour pénétrer dans la salle. Plus les consommations. Ce n'est rien, pour beaucoup de Chinois c'est beaucoup. Pas pour ceux que nous croisons, Rolex au poing.

Mes amies m'attendent dans le hall pendant que je dépose mes bagages. On m'explique que, comme au Palace de Pékin, la réception se trouve là-haut, quelque part dans les étages : on ne fraie pas avec le commun des mortels ! On me loge, en effet, dans une chambre dite « club » ou « affaires » – vocabulaire de voyagiste – bien que je n'aie rien demandé. Un petit signe d'amitié de Jacques, j'en suis sûr. Là-haut, je retrouve brusquement toute la Chine d'autrefois, avec une vieille femme accompagnée d'une plus jeune aux uniformes gris-bleu, parfaitement neutres. Elles sont toutes deux assises derrière des tables, et mettent dix bonnes minutes à enregistrer mon nom, mon adresse à Paris, mon adresse à Pékin, sur des petites fiches de papier très minces, que des feuillets de papier carbone permettent de reproduire en trois ou quatre exemplaires. On retourne mon passeport dans tous les sens avant de retrouver mon numéro de visa.

Qu Cai nous a donné rendez-vous au dernier étage

d'un immeuble voisin, où s'est installé un restaurant chic. Très français, tenu par des Australiens ou des Néo-Zélandais gays. C'est fou ce qu'il y a comme Néo-Zélandais en Chine. Jamais je n'en ai vu autant de ma vie. Notre ami photographe nous attend, en compagnie de deux très jolies filles. Je comprends qu'elles sont sœurs – il y a Tang Yu et Tang Sa. Peut-être jumelles, très longues, des lèvres charnues. Leurs traits parfaitement réguliers, sinon parfaitement identiques. Un nez très fin, profil aigu, le front haut. Toutes deux ont les cheveux relevés en des chignons compliqués. Elles sont vêtues à l'occidentale : jupes, blousons de cuir, bottes, Hermès des pieds à la tête. Qu Cai ne m'étonne pas beaucoup en m'expliquant que l'une et l'autre travaillent pour Hermès à Shanghai. Je prends quelques photographies d'elles, Qu Cai me dit que si je veux les photographier autrement, et je ne sais pas trop ce qu'il veut dire par « autrement » : ou plutôt, je ne le sais que trop – elles se feront un plaisir de poser pour moi. Shanghai années trente, les grandes putes eurasiennes des clubs pour messieurs seuls, on ne disait pas forcément des bordels... Mais Tang Yu et Tang Sa semblent davantage sortir de la boutique de la rue du Faubourg-Saint-Honoré que d'un claque, fût-il de luxe. Elles ne parlent pas français, leur anglais à toutes deux est zozotant... Linlin me le fait remarquer : c'est bien à une sortie de filles qu'elle m'a convié ! A l'exception de notre ami photographe, je suis le seul homme. Pas vraiment un perdreau de l'année, mais elles feront avec, les poulettes.

Le dîner est presque bon. Les deux Néo-Zélandais ont promis à Linlin, qu'ils paraissent connaître, de bien s'occuper de nous. Du foie gras chaud, du foie gras froid, du foie gras tiède : j'ai le sentiment que Néo-

Zélandais et foie d'oie des Landes ou du Périgord constituent l'essentiel de la cuisine shanghaïenne. Les deux demoiselles Tang titillent ce qu'elles ont dans leur assiette, trouvant manifestement tout cela peu à leur goût. Mais Mr. John, le maître d'hôtel, s'est bien occupé de nous...

Nous nous embarquons ensuite dans deux taxis pour gagner l'ancien quartier des légations. Et le quartier français, encore presque intact avec ses rues à la française, ses maisons qui ressemblent, ici ou là, à des chalets basques. Nous nous arrêtons au fond d'une impasse. On veut me montrer une galerie de peinture, fameuse dans toute la Chine et au-delà. C'est vrai, l'art contemporain chinois... La Biennale ouvre ses portes dans deux jours mais jour et nuit, la galerie où nous nous trouvons le montre à qui veut le découvrir et, plus encore, l'acheter, l'art contemporain chinois. Le propriétaire est un Suisse, la galerie pourrait être n'importe où à Paris, rue Louise-Weiss, derrière la nouvelle Bibliothèque nationale. Atmosphère, pays de connaissance. Linlin m'a emmené à Shanghai pour me changer les idées, elles se changent à vue d'œil, mes idées. Le dire ? Je ne le reconnais que trop, le monde où je débarque. Le Suisse expose entre autres les œuvres de ce Chinois qui prend des photographies de pandas. Un panda philosophe, dans des situations anthropomorphiques. Le galeriste, lui, parle des artistes chinois connus en France. Il paraît qu'ils sont légion. Citer un nom ? On se souvient aussi de Shen Zhen, qui vivait à Paris où il est mort d'un cancer et de son ultime installation : une batterie de gongs, comme il en existe traditionnellement en Chine, mais faite, celle-là, de pots de chambre qu'on a dû déménager. Atteinte à la liberté d'expression, et cetera : on s'est indigné ferme.

Suite de la découverte de ce Shanghai-là. Nous débarquons dans une boîte techno. Une autre. On boit je ne sais quoi, je bois bêtement un Coca-Cola. Un monde fou, un bruit épouvantable, pas moyen de parler. Deux ou trois filles, assez belles, dans un angle obscur, dansent avec des garçons dont nous ne voyons pas la tête. Dans un autre angle de la pièce, il y a des canapés. Un gros homme, affalé dans un fauteuil, verse du champagne à la régalade autour de lui. Nous apercevant, il vient vers nous pour nous servir. Il est jeune mais très gras, l'air obséquieux. Il a reconnu l'une des deux jumelles ? Mais Tang Sa, ou sa sœur, détourne à peine la tête pour refuser son offre. Sans même se donner la peine de chercher à baisser la voix, elle remarque que le garçon est un voyou ; sa sœur renchérit : le garçon vend de la cocaïne et des filles... D'ailleurs, je vois deux hommes, l'air de Chinois du Nord, s'approcher du cercle vers lequel le verseur de champagne est revenu. L'une des filles assises à côté de lui se lève pour tirer une sorte de rideau entre eux et le reste de la salle, tout le groupe est maintenant à l'abri des regards, si la musique n'était aussi violente, je suppose qu'on entendrait des éclats de voix.

C'est à ce moment que Suzanne m'a demandé de l'inviter à danser. « Dans cette foule ? Dans ce vacarme ? » Je n'en avais nulle envie mais la jeune femme m'a pris par la main. Nous nous sommes frayé un chemin dans la foule compacte des danseurs, ou plutôt de ces gamins et gamines tout juste en mesure d'osciller sur place, serrés, compressés par les dizaines, les quelques centaines peut-être de gamins et gamines comme eux qui oscillaient de la même manière autour d'eux. J'ai posé une main sur la taille de Suzanne, j'ai eu le sentiment de retrouver les surprises-parties de ma jeunesse, l'émotion surtout, lorsqu'une jeune femme que je désirais depuis longtemps me donnait l'impression de s'abandonner. Pourtant, je n'avais jamais vraiment désiré Suzanne, j'ai jusqu'à présent seulement admiré la blancheur de sa peau, ce que je crois être la fermeté de ses chairs. Mais elle était toute tiède contre moi, parfumée à un Guerlain que je ne connaissais que trop, et c'est presque moi qui me suis abandonné. Comme une bouffée de désir... Moi qui ne sais plus, en somme, désirer que des gamines, cette femme de quarante ans, peut-être un peu moins, au visage touchant de petite fille blessée, l'ovale des joues et du menton, les lèvres à peine teintées, les paupières baissées tandis qu'elle dansait contre moi : je me disais que, toute ma vie, j'avais peut-être attendu une femme comme celle-là, que j'aurais pu protéger. C'était très étrange.

A coup sûr, j'étais le plus âgé de l'assistance. Mais, lourdaud et balourd, avec contre moi une femme qui, elle aussi, était peut-être l'une des plus âgées à danser dans cette pièce, si l'on appelle ça danser : je ne voyais ni les gamins ni les gamines autour de moi, je n'entendais plus la musique, je ne savais plus où j'étais.

Quelqu'un m'a tapé sur l'épaule, c'était Qu Cai : peut-être le moment était-il venu de partir, non ? Au moment où nous nous en allions, nous avons croisé un jeune Chinois, fluet, blondinet, aux cheveux parfaitement décolorés, une boucle d'oreille à l'oreille droite qui est, paraît-il, un extraordinaire chanteur de jazz. A la porte, une fille un peu ronde, au pull-over d'angora rose, se balançait au son de la musique, totalement seule. Je me sentais brusquement épuisé, j'ai refusé l'offre de mes amies qui sont allées boire un dernier verre dans l'immeuble de Qu Cai.

C'est Jean Françaix, l'attaché culturel du consulat de France à Shanghai, qui est venu me chercher. La quarantaine un peu lourde, des cheveux gris retenus en catogan sur la nuque, des petites lunettes sans monture, il écrit de la poésie. Il est l'un des rédacteurs en chef de ce qui fut une grande revue littéraire française, pendant la guerre et au lendemain de la guerre. Qui la lit aujourd'hui ? Dans un moment d'égarement, probablement, il m'a proposé de lui donner un « texte ». On dit un texte, oui. Je doute qu'il s'en souvienne... Nous allons d'abord prendre un café dans Nanjinlu, la vieille et célèbre rue de Nankin, déjà fourmillante de passants. Accrochés par des sangles et des cordes, comme des alpinistes en haute montagne, des laveurs de carreaux montent et descendent le long des façades de verre des immeubles les plus modernes. On dirait un ballet contemporain, ils sont vêtus de jaune, avec des casques rouges. Nous tournons à gauche, dans une ruelle, pour monter au premier étage d'un immeuble étroit. Tout juste la largeur d'une pièce. Un bar à ce premier étage, une grosse femme qui dort, Jean Françaix m'explique que la vieille femme est l'une de ses amies, qu'il l'a persuadée d'acheter la meilleure machine à faire du café de tout Shanghai. Le café est en effet excellent... Soulevant une tenture, derrière le comptoir, une fille de quatorze ou quinze ans apparaît, en chemise de nuit. Comme les sœurs Tang, la veille, elle a un profil très aigu, des lèvres bien dessinées. Elle embrasse Jean Françaix avec tendresse, ses deux petits bras serrés de part et d'autre du cou de ce colosse un peu rond. Nous quittons ensuite le bar, pour regagner le Bund. En chemin, Jean Françaix m'explique encore que l'adolescente écrit d'étonnants poèmes où elle raconte la vie qui est la sienne, derrière ce rideau de tissu un peu sale, dans ce bar du premier étage d'une maison si étroite qu'il n'y a qu'une pièce en façade – mais quatre ou cinq, ensuite, en enfilade... L'attaché culturel ne m'en dit pas plus, sinon qu'il est en train de traduire en français les poèmes de la jeune fille.

Nous nous retrouvons devant l'immeuble de Qu Cai, face à la rivière, aux allées et venues des bateaux, les tours du quartier de Pudong qui se dressent sur l'autre rive. On y pénètre par une rue perpendiculaire au Bund et, la porte passée, c'est aussitôt un immense chantier. De la cage d'escalier monumentale dans laquelle nous nous trouvons, on découvre au-dessus de nous les huit ou neuf étages d'architecture de ciment et de métal. Les propriétaires des lieux ont l'intention de faire des magasins dans les étages inférieurs, des galeries de peintures, de photographies, un restaurant, un bar au sixième ou au septième étage. Qu Cai vient à nous, Linlin à un bras, Clarisse à l'autre. Suzanne est un peu en arrière, je l'embrasse, elle se serre contre moi. Mais elle s'éloigne très vite. Son mari, l'acteur, nous observe d'un peu plus loin, toujours accompagné des deux mêmes amis. Tous les trois sont, curieusement, vêtus de longues robes chinoises à l'ancienne. Nous visitons les lieux. Un architecte néo-zélandais nous guide à travers les salles. Au premier étage, on a recueilli l'extraordinaire charpente de bois d'un temple de la région de Suzhou, détruit pour construire à la place un quartier d'immeubles. Le Néo-Zélandais m'explique qu'il est en train de faire restaurer ces boiseries anciennes, peintes, superbes. Il a, précisément en Nouvelle-Zélande, un acheteur qui va lui payer tout cela une fortune. Lui-même l'a acquis pour une bouchée de pain ? Même pas : on l'a payé pour qu'il débarrasse le chantier près de Suzhou de ces vieilleries !

Au dernier étage, à côté de ce qui sera le bar, il y a donc le petit appartement que Qu Cai a fait aménager. Les lits des filles sont encore en désordre. Linlin s'excuse, elle téléphone à Jacques. Elle précise sans se gêner pour Clarisse qui est à deux pas qu'il faut bien remonter le moral de la femme de Théo. Je comprends que la concubine chinoise de celui-ci a fini par avoir la peau de la légitime. Théo a suggéré à Clarisse d'aller passer quelques jours à Shanghai. D'où notre voyage à quatre...

Linlin a préparé du café, moins bon que celui de la grand-mère de la petite fille poète. Puis les trois hommes en robes chinoises sont arrivés à leur tour dans l'appartement. Ils affectaient de parler très vite, en anglais. J'ai remarqué que Kaifeng avait un accent d'Oxford brillamment imité. Il parlait d'un artiste qui avait trahi son marchand, et à qui celui-ci avait promis de faire la peau. Quand je vous dis que l'art contemporain est une affaire sérieuse dans la Chine d'aujourd'hui ! Les deux autres applaudissaient au projet de vengeance du galeriste. « On doit se tenir les coudes, non ? Sinon, le marché craque ! » Je m'étonne. Je croyais Kaifeng acteur ? Suzanne sourit : cela ne l'empêche pas de s'intéresser aussi à l'art contemporain. C'est vrai, il fait tant d'affaires... Je prête une oreille plus ou moins distraite à ces propos, tout en admirant une fois de plus Suzanne, en train d'allaiter, une fois encore. Son mari n'a pas un regard pour moi.

Shanghai : deux ou trois jours après. Hier matin, on a trouvé le corps de l'architecte néo-zélandais fracassé sur le pavé de l'immeuble de Qu Cai. Ce sympathique trafiquant est tombé de l'un des deux derniers étages dans la cage de l'escalier. Mais selon le gardien du chantier, lorsqu'il a découvert le corps, celui-ci portait une plaie béante à la nuque. Comme si quelqu'un lui avait fracassé le crâne avant de le précipiter dans le vide. Dès onze heures du matin, un collègue du Néo-Zélandais est venu faire enlever les boiseries du temple près de Suzhou. De quoi alimenter les conversations de la journée.

Pour Jean Françaix, cette mort est sûrement en rapport avec d'autres affaires de temples démantelés un peu trop vite dans la région de Shanghai. Pourtant, la mort du Néo-Zélandais ne semble pas vraiment affecter aucun de mes amis. Seul Qu Cai se désole, parce que ce Johnson avait, seul, vraiment compris ce qu'il voulait faire... Du coup, il m'a entraîné dans le studio que Johnson et lui avaient déjà aménagé, au sixième étage. Et c'est alors que nous avons eu la seconde surprise de la journée. Qu Cai, architecte et photographe, a voulu me montrer quelques-unes des images qu'il avait prises ces derniers mois – des photos de jeunes personnes ramassées dans des bars, et ailleurs, à Shanghai –, et qu'il a soigneusement enfermées dans un petit cabinet à la porte de fer, blindée, dissimulée derrière un paravent. Nous avons poussé le paravent, ouvert la porte avec deux clefs, tellement de précautions ! pour trouver la petite pièce vide. On avait volé toutes les jeunes filles de Shanghai... Qu Cai a seulement haussé les épaules : c'est presque en s'esclaffant qu'il a raconté ensuite ce qui lui était arrivé, à Linlin et à ses amis, à Jean Françaix, l'attaché culturel, qui avait l'air de s'amuser plus encore que lui. En passant, Françaix m'a dit que si les maisons construites autour de Pékin, et maintenant autour de Shanghai par notre ami photographe avaient tant de succès, c'est qu'il savait admirablement marier la Chine ancienne et le design le plus contemporain. « Ainsi, il est passé maître dans la réutilisation de charpentes ou de colonnes de temples à des fins pas seulement décoratives... » Un peu comme, partout en France, on se sert de charpentes de granges anciennes pour construire des maisons de campagne.

La voiture du consul venu nous chercher fend la foule qui se presse devant des grilles de jardin public : gardé par des flics en uniforme comme aux plus beaux jours de la Chine-Mao. A moins que ce ne soient des miliciens, ou encore des figurants : après tout, on loue bien des figurants comme flics, à l'heure et à la journée, pour un vernissage d'exposition, à Pékin. J'aperçois l'une des deux jumelles de Qu Cai qui brandit en vain une invitation. Pour des raisons que je n'ai pas le temps de comprendre, on la refoule.

Le Meiguoyuan, où se tient la Biennale, est un bâtiment ancien aux étages tarabiscotés qui semblent se superposer dans le désordre. Et là, c'est la foule des visiteurs que j'observe, plus encore que les œuvres exposées.

Les œuvres, on les a déjà vues à New York, à Londres, à Berlin et même à Paris. Il y a une internationale de l'art contemporain comme, avant la Renaissance, il y avait un style gothique dit international. Mais aujourd'hui, il semble bien qu'on peut l'attendre longtemps, la Renaissance. A Paris ou à Berlin, tout le monde fait la même chose. Ou presque. Une année, c'est la tendance photo qui l'emporte (on a même inventé la photographie plasticienne) ; l'année suivante, les installationnistes prennent le pouvoir ; l'an prochain, la peinture fera un retour en France. J'oubliais la percée persévérante de la vidéo : à Berlin, à New York, à Paris, même combat. A Paris, on a même cassé un superbe palais années trente pour le montrer plus à son aise, l'art du début du XXIe siècle.

Et l'art chinois de notre temps ? Bien sûr que je l'admire ! Sinon, je ne serais pas où je suis. Juste quelques noms : Fang Lijun et Cang Xin, vous connaissez ? Moi, je ne connais que ça, mais je n'arrive pas à m'en souvenir. Je mélange les noms. Je ne retiens que celui de Yu Hong, parce qu'elle est jolie et que j'aime la façon dont elle raconte sa vie. Et puis les frères Guo. Parce qu'ils ont le même nom que mon voisin. Mais quel est celui des deux Guo qui peint, sur fond bleu, des petites filles maigres et nues qui se battent contre des moustiques, je serais bien en peine de le dire.

L'art chinois, donc : comme à Berlin ou à New-York, sauf que : primo, les artistes chinois sont quand même chinois avant d'entrer dans la carrière où leurs amis ne seront plus. Alors, ici et là, partout, une touche qui la dit, cette sacrée Chine dont ils sont si fiers ! Avec, à l'infini, le sourire béat de Mao, l'étoile rouge, les gardes de la même couleur à référence ironique. L'ironie ! Voilà leur arme à eux, pauvres artistes chinois de ce siècle qui commence, avec les marchands qui s'abattent sur eux comme la vérole (c'est bien ce qu'on dit ?) sur le bas-clergé ! L'ironie. La dérision. Même si, au fond d'eux-mêmes, ils se prennent drôlement au sérieux, les pauvres diables, sinon ils ne seraient pas des artistes au goût du jour, en surface ils n'ont garde d'oublier de sourire. Le clin d'œil ! Ils vous voient venir, Occidentaux bien-pensants débarqués d'une autre planète et qui vous extasiez sur ces petits Chinois qui, eux, ne demandent qu'à vous montrer qu'ils peuvent faire aussi bien que chez vous. Mais on l'a bien compris, que moi, je les aime, mes petits Chinois. Et les petites Chinoises, donc ! D'abord, ils savent si bien, derrière leurs fous rires gênés, se foutre de vos gueules à vous, qui croyez les entuber. Entubera bien qui enculera le dernier ! Et ils sont un milliard quatre cents millions, ou plus, à enculer : vous ne le verrez pas de sitôt, le dernier.

Bon. Je reviens à ma Biennale. Ce n'est pas tout à fait vrai que le gothique international d'aujourd'hui nous a bouffé aussi la Chine. Nous, nous avons nos petites terreurs et nos menues angoisses, merci French doctors et consorts, à la mesure de nos mal-bouffes ou de l'éternel souci de n'oublier personne au moment de sauver l'humanité. Alors qu'eux, les artistes chinois qui pataugent dans leur Chine jusqu'au cul, jusqu'au cou et plus haut encore, ils savent de quoi ils parlent. La destruction, les villes mises à mort, les campagnes défigurées, les gravats, un monde qui a été si fort le leur sacrifié sur l'autel d'un monde qu'on veut d'aujourd'hui, ils les ont sous les yeux à chaque carrefour. J'ai dit le caractère « détruire » tracé à la peinture rouge sur les murs gris ou blancs des maisons de Pékin promises demain au bulldozer. Hier encore, ce matin, on vivait là heureux. On avait bouffé, roté, pété, déféqué la veille et baisé pendant la nuit, pour peu qu'on en ait eu encore l'énergie. Au réveil, on s'était lavé les dents face au petit carré de miroir posé devant la fenêtre. De l'autre côté de la vitre, le voisin vous avait fait un petit signe d'amitié. Et puis, « détruire » : un seul caractère pour dire qu'il ne reste plus rien. Il existe même à Pékin un artiste, il s'appelle

554

Zhang Dali, qui peint, filme et photographie à l'infini des murs au travers desquels on voit un champ de ruines par une fenêtre percée au marteau piqueur. On l'invite même, l'artiste, quand on donne un dernier dîner avant la chute finale du premier mur de votre maison qu'on va raser. C'est bien une idée de Français de Pékin : il illustre la cérémonie pour un petit bout d'éternité. Demain, il restera des ruines.

Les ruines, donc, la peinture – et le corps qui la vit. Nos Chinois, ils peignent, tracent, dédoublent, filment, mettent à nu, déchiquetant et reconstruisant leur corps d'une manière ou d'une autre, dans l'espace et dans le temps – le leur ou celui des copains, mais le leur surtout. A la précédente, il y a deux ans à Shanghai, et même si c'était la biennale dite *off* (et qui s'intitulait *Fuck off* : tout un programme), les bons esprits occidentaux s'extasiaient ou s'indignaient devant une vidéo en noir et blanc. On y voyait un Chinois extirper du vagin bien ouvert de sa douce ce paquet de chairs informes peut-être déjà vivantes qu'on appelle un fœtus. Après tout, c'était peut-être son fils ou sa fille : il en avait bien le droit. Comme il avait le droit de le faire ensuite rôtir dans un four à micro-ondes et de le déguster à belles dents, tout chaud et cuit à point, l'ex-fœtus-bébé qui ne verrait jamais le jour ! C'était la chair de sa chair, à cet homme qui se montrait là plus nu que nu, fatigué qu'il était, lui ou un sien collègue, de courir comme un dingue à poil sur la Grande Muraille.

Cette année, à Shanghai, on est beaucoup plus sage. Mais on s'extasiera quand même : après tout, on est venu de loin pour ça.

Parisiens ou New-Yorkais, caméra au poing pour ne rien perdre et tout rapporter, ils étaient une petite centaine à être descendus de leur sphère où l'art se conjugue à tous les modes du mot fric, rien que pour voir si, à Shanghai aussi, ils ne pouvaient pas se faire encore un peu plus de blé. Ah ! je les reconnaissais bien. L'année dernière encore, je les voyais bourdonner comme des mouches à ce que vous savez dans les hangars de la Porte de Versailles où ils s'abattent en essaims sur la FIAC en affirmant pourtant haut et fort qu'à Bâle ou à Kassel, c'est tout de même mieux. Là-bas, ils tenaient déjà le haut du pavé, parmi les minets gominés et les petites putes ébouriffées qui découvrent la photographie avec vingt ans de retard. Ici, le rôle des figurants est tenu par des centaines de petits Chinois/Chinoises graves qui n'en reviennent pas encore d'avoir été admis à pénétrer sur cette scène dans un pays qui est pourtant le leur. Impérialistes des temps nouveaux rôdant un carnet de chèques à la main parmi de pauvres bougres d'artistes qui n'en reviennent pas davantage de voir leur nom figurer sur le chèque (modeste, n'exagérons pas !) qu'on va leur signer, cette poignée de galeristes et de critiques occidentaux qui font leur business du nouvel art chinois écrasent de leur mépris ceux qui ne font pas partie de la chapelle. Je n'en suis pas, on ne me voyait pas, je riais en douce.

Je ne me suis vraiment arrêté un moment que devant les images en noir et blanc tachées de rouge d'une Japonaise de Pékin, qui se photographie en robe de mariée, de la toilette du matin au sacrifice final, éclaboussée de sang, exsangue alors, sur le lit de ses noces. C'est une amie de Suzanne, elle, ses photos disent dans la violence ce que celles de Suzanne m'ont suggéré dans la douceur. Avec elle, la Japonaise de Pékin, nous sommes montés jusqu'au dernier étage de ce Palais habité par les doubles égarés de ceux qui font la une à Berlin, New York et même un peu à Paris, pour faire croire que, rue Louise-Weiss ou au fond du Marais, on patauge encore dans la mare. On donnait un cocktail sur la terrasse, avec vue panoramique ouverte à 360 degrés, un Shanghai tout entier qui brillait de milliers d'enseignes lumineuses où Nokia et Sony l'ont déjà emporté sur les idéogrammes au néon qui font encore les belles nuits de la rue de Nankin. Double, triple filtrage pour accéder à la terrasse. Puis nous avons fini la soirée dans un bar tranquille qui s'appelle Le Garçon chinois. Nous avons perdu la Japonaise en route mais Linlin nous avait suivis. Un disque jouait la musique de *Casablanca* : lentement, nous sommes revenus à la vie...

Dernière soirée à Shanghai. Le *Face*. C'est un hôtel-bar-restaurant situé au milieu d'un jardin qui appartenait jadis au directeur de je ne sais plus quelle énorme entreprise occidentale. Un jardin et plusieurs pavillons. Après la Révolution, c'est devenu une résidence d'accueil pour les membres les plus éminents du parti communiste de Pékin en goguette à Shanghai. C'est aujourd'hui un lieu branché fréquenté par Chinois riches et Occidentaux qui ne le seront jamais autant.

Des lanternes aux arbres. Le pavillon principal, une terrasse, en été on y boit, assis dans de grands fauteuils de bambou. L'un des cocktails servis ici s'appelle *Screaming Orgasm*. Les salons s'emboîtent les uns dans les autres. Un lit à opium où de jolies filles faites pour cela montrent des jambes à n'en plus finir. Une odeur d'encens, peut-être. Paresseusement allongées, un verre à la main, fume-cigarette (pourquoi pas ?) de l'autre, elles semblent sur le point de défaillir. Elles se montrent (jupes fendues haut retroussées...), elles sont résolument chinoises, ces messieurs sont venus pour elles. Les mêmes, mais debout cette fois, s'agitent doucement, un film projeté au ralenti, autour d'un billard dans la pièce à côté. Un éclairage de billard. Elles ont des gestes très longs, largement mesurés, pour allonger les queues de billard au-dessus du feutre vert. Des gestes d'expertes pour relever aussi haut que leurs copines sur le lit d'à côté leurs jupes fendues plus haut encore. On se damnerait pour ces cuisses-là... Au bar, des jeunes hommes, beaux, boivent des alcools de couleur avec des Occidentales qui ne sont pas très belles. A l'étage, un restaurant bourré d'étrangers, des couples illégitimes, ça pue l'adultère à plein nez, des collègues de bureau en vadrouille, des groupes vociférant en toutes les langues, comme au bar quand nous redescendons. Comme sur la terrasse où de grands Américains à peine un doigt trop débraillés font leur numéro d'Américains qui sont Américains mais qui connaissent bien la Chine, parlent chinois avec affectation et méprisent avec la même humeur égale les autres étrangers qui voudraient bien, eux aussi, se sentir chez eux.

Linlin s'amuse de sentir bouillir en moi l'indignation. « Mais tu n'as pas compris qu'aujourd'hui, c'est ça, votre Chine. » Je me suis retourné brusquement vers elle, qui sirotait son *Screaming* ou *Red Orgasm*, comme vous voudrez : « Parce que toi, tu en as une autre à nous proposer ! » Elle a souri encore : « Peut-être... Mais tu la connais aussi bien que moi... »

Les Américains ou les Néo-Zélandais passent et repassent devant moi, s'interpellent, parlent fort. Je me souviens des marins américains de la VIe Flotte, il y a des années-lumière à Hong Kong, de grands gaillards ivres, vêtus de blanc, comme dans la *Lola* de Jacques Demy, dents blanches et bonnet blanc, qui entraînaient de misérables petites putes vers quel paradis sous l'œil indulgent d'autres gaillards casqués, bottes et le brassard MP – *Military Police* – au bras gauche. Mon ami Frédéric Merlot, qui m'avait accueilli là-bas, m'en avait montré un qui pissait dans l'embrasure d'une porte d'hôtel devant une grande fille à la robe fendue, l'air triste. Il aurait rêvé de casser la gueule au marin et, bon prince, de payer la fille en se servant directo dans le portefeuille du mec – avait encore dit Frédéric. Mais ici, au *Face*, les longues Chinoises qui glissent dans le sillage des Américano-Zélandais n'ont pas l'air triste du tout. Et je ne les hais que davantage, ces jeunes gens si sûrs d'eux, si contents d'eux, qui leur parlent à l'oreille, à ces putes, et les font rire.

Je bois deux, trois Jack Daniel's l'un après l'autre. Et moi aussi je vais pisser. Mais dans des chiottes, comme un garçon sage – enfin : un vieux monsieur bien élevé. En reboutonnant ma braguette, j'ai entendu deux Américains qui se lavaient les mains en échangeant des commentaires sur leurs belles. « Tu peux pas savoir, bordel ! elle a le feu au cul, cette fille... » Quand je me suis retourné, ils ne se gênaient pas pour moi. « Tiens, tâte un peu : j'en bande encore ! » Et le deuxième Américain de saisir la main du premier – ou le contraire – et de l'appliquer sur sa braguette à lui.

Ils sont sortis devant moi. Je les ai suivis : pour voir. Et c'est vrai que leurs deux putes, bon Dieu ! c'était quelque chose. Longues infiniment, et les seins rembourrés à point ! J'avais vu l'une d'elles à demi étendue sur le lit à opium. Un de ces culs, oui ! Et c'est moi qui me suis mis à bander. Comme ça : rien que de jalousie peut-être, à voir ces Chinoises à plat ventre devant des porcs et qui faisaient monter l'enchère avant de se faire défoncer, deux heures plus tard et cinq ou six *Screaming Orgasms* après.

Je suis revenu vers mes amies, mais c'était à ces longues silhouettes de Chinoises amoureuses de faux marins américains que je pensais.

Clarisse a un peu bu, elle chantonne. Il fait doux pour ce début d'hiver, nous traversons à pied le jardin qui fut celui d'un ancien *comprador* avant d'accueillir les ébats de ces messieurs du parti de Pékin puis de ces jeunes banquiers étrangers. Je dégueule au pied d'un cocotier...

Plus tard, Suzanne m'a raccompagné à mon hôtel. Elle est montée avec moi. Son corps était beau et pâle, un peu lourd, je n'ai rien pu faire.

Le retour à Pékin a été pire que tout ce que je pouvais imaginer : tout le monde a tiré à vue – et c'était sur moi qu'on tirait.

Tout d'abord, la première salve : l'article de Théo. Un portrait en dernière page de *Libé*. Avec photo en couleurs papelarde et ventripotente. Une photo que j'avais oubliée. Déjà, sur la photo, je n'étais pas gâté. Mais ce n'était qu'un début, camarades ! Ensuite, tout y passait. Jusqu'au seul livre pas trop mauvais que j'avais écrit dont le gentil Théo se demandait quand même si le succès rencontré n'avait pas été surfait... Pour le reste... Romans de gare et pornographie, il ne m'épargnait rien. Petit-bourgeois saisi par la débauche, le cul des filles, le nichon plat des petites filles, l'ami Théo a fait de moi un pédophile, un homophobe maladif qui préférait le ballet rose au ballet bleu, tout juste s'il ne m'a pas trouvé un peu de crasse raciste sous les ongles. Il a ressorti la vieille histoire de ce bouquin écrit à Londres dans mes années de galère, que la justice de mon pays avait trouvé le moyen, en ces temps antédiluviens, d'interdire à l'affichage et à la vente aux mineurs de moins de dix-huit ans. Et ce salaud en a recopié une phrase qui, hors de tout contexte, était plutôt gratinée. Jugez-en. Une gamine tout à fait demeurée, douze ans, pas plus, ne s'allumait d'un demi-volt d'intelligence que lorsqu'elle jouait à la poupée avec le gros zizi mou du monsieur qui payait sa maman pour lui laver ses calcifs. Et ça se passait à Hong Kong, par-dessus le marché ! Et voilà ce que la France de Le Pen et de Jules Ferry avait trouvé à envoyer pour enseigner la littérature française contemporaine à de pauvres petites Chinoises qui ne lui avaient rien fait ! Pour faire bonne mesure, le salopard racontait aussi l'histoire des photos pornos d'une vieille photographe dont les prix fracassaient les plafonds et sur laquelle je ne pensais qu'à me faire du blé. Au passage, Théo Gautier s'arrangeait tout de même pour ne pas évoquer le copinage qui m'avait ouvert les portes de Beida, histoire de ne pas se brouiller tout à fait avec l'ambassadeur.

Condoléances. Ils y sont tous passés. Jusqu'à Jérôme Monnier qui a laissé un message sur mon répondeur et qui m'a rappelé. Il est atterré. D'autant que son nom figure dans l'article comme l'un des spéculateurs acharnés à faire monter le cours de l'obscénité photographique.

Et puis Jacques, le lendemain : toute cette histoire est grotesque. Il sait, lui, par ses amis de Beida, que mes cours sont très populaires parmi les étudiants.

Mais c'est Linlin qui a eu les mots qu'il fallait : « Ce type est un infâme salaud ! Compte sur moi pour le lui faire payer ! » Je sais que je peux compter sur elle. Le Théo va le payer cher – mais moi, je serai déjà parti !

Elle est venue me voir dans la matinée. La pluie, les oiseaux effarouchés qui se sont tus dans ma cour. On patauge dans la gadoue. Par-dessus le marché – détruire oblige ! voilà que le hutong voisin a été à demi rasé pendant mon absence. Linlin ne décolère pas : « Tous des cons ! » C'est beau de voir une belle et grande Chinoise en colère, qui jure en français comme une portée de charretiers : « Des cons ! Tous des cons, des salauds et des enfants de pute ! » Et si mon hutong, ma maison étaient voués à leur tour à la destruction ? Mais c'est Théo Gautier et ceux qui ont publié son article qu'elle écrase d'une belle hargne. Elle a un rire méchant pour répéter : « Tu verras qu'on va le leur faire payer ! » Son rire est devenu plus menaçant encore : « Tu sais que tu devrais raconter tout cela aussi. L'écrire aussi... » Pauvre Linlin ! Mais cela fait plus d'un demi-siècle que je raconte mes grandes terreurs et mes menues angoisses à coups de giclées d'encre sur un papier qui peut toujours en recevoir plus. Elle a bu la tasse de café que Mme Shi avait déposée devant elle, un espresso comme j'ai appris à la chère dame à les faire avec la machine faite pour ça « courts », mousseux et brûlants.

Après Linlin, c'est Rollet qui m'a appelé. Puis les choses se sont précipitées avec l'arrivée de Suzanne. C'était en fin d'après-midi. Nous sommes restés un moment à boire le thé de Longshan préparé par Mme Shi puis nous sommes allés dîner dans un restaurant Dongsibei Dajie où Rollet m'avait emmené tout au début de mon séjour. Un grand buste de Lu Xun en garde l'entrée. Le restaurant s'appelle le Kongyiji, c'est le nom, je crois, d'un personnage d'un roman de cet écrivain. A l'intérieur règne une atmosphère bon enfant, les serveuses sont jeunes, elles s'amusent de tout. Des tables rondes, beaucoup de jeunes aussi, pas d'autre étranger que Suzanne et moi. Suzanne a commandé pour moi un plat de porc qui était, me dit-elle, le plat préféré du président Mao, c'est du *gencaimenrou*, des morceaux de lard servis sur un lit de légumes très parfumés. A la table voisine de la nôtre, quatre filles dînaient ensemble, elles partaient de grands éclats de rire en regardant dans notre direction. On nous a servi du vin jaune dans des petits cruchons bleu et blanc gardés au chaud dans une deuxième tasse pleine d'eau bouillante. J'ai vidé un cruchon, deux cruchons de vin jaune. Suzanne a commencé à me parler du livre qu'elle avait entrepris d'écrire sur l'art contemporain chinois. Je l'écoutais, distraitement. Je me disais que j'étais bien avec elle, que tout autour de moi était subitement doux, tiède, calme, comme elle-même était douce et devait être tiède. Elle paraissait très calme. Lorsque nous sommes revenus par chez moi, elle m'a posé une autre question : « Si vous voulez, je pourrais rester ici cette nuit » – mais je savais que ç'aurait été inutile. Je l'ai serrée un instant contre moi, le taxi qui nous avait ramenés attendait dans le hutong, la portière a claqué. Sur mon répondeur, d'autres messages de sympathie. Comme à un grand malade.

Et ça continue. Lorsque je suis entré ce matin dans ma salle de cours, Haimei et Géraldine étaient à leur place, un bon sourire aux lèvres. La buveuse de thé, toujours au premier rang, avait un sourire de pleine lune. Tout paraissait normal. Sauf qu'au fond de la salle, le grand échalas dégingandé avec une mèche de cheveux sur l'œil droit lisait de l'œil gauche, déployé largement devant lui, le numéro de *Libération* que je n'avais même pas eu moi-même en main. Derrière lui, les quatre pin-up se marraient. J'étais déjà assis devant mon bureau. Je m'en suis tiré le moins mal que j'ai pu. J'ai interpellé le garçon. Je savais qu'il s'appelait Li Pan, et je l'ai appelé « Monsieur Li Pan » pour lui demander, avec tout ce que je pouvais mettre de trop d'humour appuyé dans ma voix, s'il était satisfait d'avoir pour professeur un homme à qui le grand quotidien de gauche français consacrait une si belle page. L'autre est resté bouche bée puis a réagi, mais pas comme je l'attendais. J'aurais dû le savoir : depuis la formidable explosion de la Révolution culturelle, tout est rentré dans l'ordre en Chine. Ou presque... Tian'anmen et le mouvement de contestation qui a précédé les événements de juin n'ont jamais remis en cause l'autorité des professeurs dans les universités. En dépit de sa provocation, M. Li Pan est un étudiant, je suis un maître. Il a lentement replié son journal, l'a posé à plat devant lui sur sa table avant de me dire qu'il y avait des éléments extrêmement positifs dans l'article qu'il venait de lire. Alors, sans me démonter, je lui ai suggéré d'en faire une traduction en chinois pour la publier dans le journal de l'université. C'est M. Li Pan qui s'est alors démonté. Il n'était pas tout à fait sûr qu'un article pareil puisse être imprimé en Chine dans un journal d'étudiants.

Nous en sommes restés là. J'ai repris mon cours où je l'avais laissé et je suis revenu à Simenon, puisque tous les chemins mènent à Rome, c'est-à-dire à cette

Mecque-là du vrai roman noir français. Allons, tout ne s'était pas trop mal passé. J'ai parlé de *La Danseuse du Gai Moulin* et de l'odeur de transpiration sous l'aisselle des pauvres filles que sait deviner Simenon.

Lundi soir. Tout va vraiment pour le pire dans le pire des mondes. Photographie, photomanie, pornographie, voilà que c'est l'affaire des photos d'Iris qui me pète à présent entre les doigts. Tout va pour le pire oui ! Subitement, ce lundi, on a vu fleurir sur tous les marchés d'antiquités de Pékin, de Liulichang, au Hong Qiao, des dizaines, des centaines de photographies qui ressemblaient aux photos d'Iris. Toutes parfaitement neuves mais savamment vieillies, jaunies, usées sur les bords, mal encadrées, elles représentaient toutes des gamines. Certaines, comme les photos que m'avait montrées Simon rue Guynemer, avaient été coupées en deux, chaque fois on avait bien pris soin de laisser apparaître les mains, une partie du corps du partenaire masculin qui s'acharnait sur les pauvres gosses. Ebahis par la bonne aubaine, les résidents étrangers de la capitale qui fréquentaient régulièrement les marchés aux fausses antiquités, se sont rués sur ces curiosités d'un type nouveau, qui remplaçaient avantageusement pour un temps les bleus-et-blancs Ming fabriqués le mois précédent, les pierres à encre grossièrement sculptées et les boutons de jade ou de pierre de lune fondus dans des ateliers de Suzhou ou de Chengdu. Quelques vrais amateurs de photographies s'y sont même laissé prendre, moi je ne les reconnaissais que trop. La floraison n'a pas duré longtemps, le dimanche matin c'était fini. Mais le lundi, un article du *China Daily*, le journal en langue anglaise qu'on trouve dans tous les hôtels de Pékin, publiait en page trois une information selon laquelle un photographe, nommé Zhou Renje, le Zhou de Qu Cai, avait été condamné pour trafic de drogue et de matériel pornographique et exécuté.

– Tu commences à comprendre pourquoi je te disais de ne plus toucher à ça, m'a dit tout à l'heure Jacques.

J'ai baissé la tête : une fois de plus, le vieux con se rendait compte de l'étendue de sa connerie... Heureusement, assise sur un canapé en face de moi, Linlin m'a fait un sourire complice. Lorsque je suis rentré chez moi, tout était silencieux. Suzanne m'avait laissé un petit mot, avec une fleur piquée dans un vase. Elle m'embrassait.

C'est le surlendemain qu'en revenant de chez Paul Rollet, j'ai trouvé les quatre flics. Un chauffeur au volant d'une Mercedes flambant neuve, une interprète, un sous-commissaire et un commissaire. Poliment, ces messieurs-dame m'ont invité à monter avec eux et ce qui a suivi, ç'a été six heures d'interrogatoire dans un grand immeuble déjà ancien au nord de Beihai. En face de moi, un gros homme qui, lui, devait être une manière de super-commissaire fumait cigarette sur cigarette. Des lucky, comme dans un vieux polar américain. Il parlait doucement, j'ai voulu répondre en chinois mais l'interprète n'était pas là pour rien. Elle était d'ailleurs mignonne, vingt-cinq ans tout au plus, avec comme une mouche très XVIIIe au coin des lèvres. C'est de photographies qu'on voulait me parler. Le nom de Zhou Renje n'a pas été prononcé mais on voulait tout savoir sur mes collections de photographies, mes rapports avec Mme Niang, mes visites répétées dans tous les marchés aux puces de la ville : que cherchais-je précisément ? Je me suis réfugié derrière l'alibi des photos de familles. On m'a encore interrogé : est-ce que je ne collectionnais pas aussi des photos plus anciennes ? des photos plus particulières ? J'ai nié énergiquement tout autre intérêt que celui qui m'a fait courir depuis des semaines à la recherche d'images édifiantes, grand-père et grand-mère, papa, la bru, le gendre, les domestiques et toute la famille, bébés compris, saisie par l'objectif d'artistes en la matière dans les années 1910-1930. On m'a écouté, on a pris des notes, on fumait toujours, on ne m'a pas proposé de cigarette mais on était très poli. Puis, toujours très poliment, on m'a expliqué qu'on voulait examiner ma collection de photographies.

Cette fois, le super-commissaire bedonnant est lui aussi venu chez moi. Il m'a fait asseoir à côté de lui, à l'arrière d'une limousine aux rideaux tirés comme au bon vieux temps du maoïsme crépusculaire. Arrivé dans ma cour carrée, j'ai ouvert les tiroirs, les cartons où j'avais enfermé le butin de mes expéditions au Panjiayuan et dans ses environs. Les deux flics en civil qui accompagnent le commissaire ont fouillé, calmement, poliment. Au bout d'un moment, ils ont extirpé de mes piles d'images celles achetées chez Mme Niang où l'on voyait des pensionnaires de bordel jouer le plus innocemment du monde avec leurs enfants dans des décors de soieries et de coussins. Sur l'une, l'une des filles montre à un petit garçon une poupée occidentale. Comment ces messieurs pouvaient-ils seulement savoir que les images avaient été prises à l'intérieur d'une maison close ? Ils ont montré les cinq ou six photos à leur patron, qui les a considérées longuement, s'est raclé la gorge. Un moment encore, et la flicaille dégageait les lieux. Non sans avoir saisi au hasard une vingtaine de photos : pas même les sages photographies de bordel. Pièces compromettantes ou pièces à conviction ? Avec un sourire malin, le patron aux cigarettes m'a recommandé de ne pas quitter Pékin pour le moment. Il a toutefois précisé que, si d'aventure je voulais regagner la France, personne n'y verrait d'inconvénient.

Et de trois. Un petit mot de Mme Mu, la directrice du département de français, m'attendait dans mon casier où un peu de courrier m'arrive, parfois, à l'université. Mon cours commençait à dix heures, la directrice me demandait de passer la voir avant, tout s'est ensuite déroulé très vite. Sans autre explication, Mme Mu m'a annoncé, de but en blanc, qu'elle était désolée mais que la décision avait été prise à l'échelon supérieur, elle ne faisait que me la transmettre. Mon contrat s'arrêtait là. Naturellement, l'université allait continuer à me verser le traitement prévu jusqu'au début du printemps, mais il n'était plus nécessaire que j'assure mes cours. J'ai posé la question : qu'en était-il de celui que je devais donner dans quelques minutes ? Mme Mu m'a rassuré. Elle avait bien compris que je m'inquiétais de mes étudiants, c'était tout à mon honneur, mais l'un de ses assistants avait eu l'amabilité d'accepter de me remplacer au pied levé. Sans me laisser le temps de poser une autre question, Mme Mu m'a tendu la main. Elle était heureuse d'avoir fait ma connaissance. Elle espérait que les trois mois que j'allais peut-être vouloir encore passer à Pékin seraient intéressants et renforceraient les excellentes relations qu'elle savait que j'avais déjà avec beaucoup d'amis chinois. Je me suis retrouvé dans le couloir, dans l'escalier, dans le vestibule d'entrée. J'ai croisé Véronique, la fille qui accompagnait Marc Hessler au Green Tea, les yeux écarquillés, elle m'a regardé sortir du bahut.

La seule idée qui me tournait alors dans la tête, c'est que j'avais loué mon appartement parisien jusqu'à Pâques à un couple de professeurs irlandais : je ne pouvais même pas rentrer chez moi !

L'affaire des photos d'Iris : point final ? Je reviens de chez Qu Cai. Mon ami photographe a passé quatre ou cinq jours en Thaïlande, il est de retour, m'a invité à dîner. Comme il a aussi invité Suzanne, la jeune femme a proposé de me conduire en voiture.

Pas plus que le chauffeur de taxi, lors de ma première visite, Suzanne n'a su trouver la maison de Qu Cai sans plusieurs hésitations, coups de téléphone passés à notre ami, demi-tours et autres errances. Comme la première fois aussi, Qu Cai a envoyé un jardinier ou un assistant nous attendre sur le bord de la route. Ce n'était pas M. Zhou, on s'en serait douté. Je n'aurais d'ailleurs pas pu me tromper : à la hauteur du chemin qui conduit chez mon ami, une grosse Mercedes noire était arrêtée sur le bas-côté. Quatre mecs à l'intérieur : on ne la jouait pas discrète... Comme la première fois, nous avons traversé le village de maisons de torchis, le petit coin de marché aux légumes, la viande exposée à même la terre sur des vieux journaux. Deux jeunes femmes, longues et minces semblables à celles qui m'avaient accueilli la première fois, se sont levées à notre arrivée. C'étaient peut-être les mêmes... Pourtant, Qu Cai m'a présenté l'une comme étant un mannequin, l'autre une artiste. Pas de haute couture, cette fois. Il avait ouvert deux bouteilles de champagne rosé. Qu Cai parlait de tout, de rien. Un autre photographe nous a rejoints. Il portait une petite barbiche, il parlait mieux français encore que Qu Cai. C'est ce Gao Bo qui a su si bien photographier les enfants du Tibet. Nous sommes passés à table, on nous a servi du gigot d'agneau qui fleurait le thym et les Alpilles. Au dessert, une énorme glace au caramel, des petits fruits confits. Pas une seule fois Qu Cai n'a fait allusion aux photographies d'Iris, à plus forte raison à son assistant exécuté pour trafic de pornographie. Après le dîner, j'ai quand même voulu évoquer la question. Il a haussé les épaules. Zhou ? C'était un trafiquant, oui. Mais sûrement pas de pornographie. On s'était trompé. C'était bien pire, il se promenait entre Hong Kong et la Chine avec rien moins que de l'héroïne. Qu Cai souriait. On aurait dit qu'il était payé pour dégonfler toute l'affaire. Quant aux photographies d'Iris, c'était une vieille histoire... Personne n'avait vraiment vu cette collection, Marc Hessler s'en était débarrassé parce qu'à l'époque elle ne l'intéressait pas. On pouvait supposer que tout avait été maintenant perdu, détruit. A moins que les photos soient revenues en France. Je n'avais qu'à interroger mon ami Jérôme Monnier : il pourrait sûrement mieux me renseigner.

J'étais de retour à la case départ. Pour un peu, Qu Cai m'aurait expliqué que j'avais rêvé toute cette affaire. Pourtant, au moment où nous allions partir, il m'a glissé entre les mains, l'air de rien, l'un de ces tubes de carton qui servent à transporter des dessins, des estampes, ou des photographies. « Tu verras cela en rentrant chez toi... » Et de retour à la maison, j'ai découvert le cadeau qu'il m'avait fait : une admirable photographie d'Iris, une jeune femme d'une vingtaine d'années celle-là, nue mais parfaitement pudique, qui jouait à dissimuler son visage avec sa main droite. Les doigts de la main étaient suffisamment écartés pour que l'on puisse la reconnaître. Ou du moins pour que je croie la reconnaître : c'était, ou ce pouvait être, la fille du Dr Ma. Iris et la jeune Denise d'alors avaient été très liées... Quant au reste, j'avais dû le rêver. Je n'ai plus revu ni la Mercedes ni l'interprète à la mouche Pompadour.

Rien d'autre ne peut m'arriver maintenant ? Bel optimisme. Le gros caractère *chai* peint en noir d'une couche bien épaisse marque depuis ce matin le mur de ma maison. *Chai* : à détruire ! Rien ne peut m'arriver d'autre, non.

XIII

J'ai encore passé trois mois à Pékin. J'ai d'abord hésité. Après mon entrevue avec Mme Mu, j'ai reçu une belle lettre signée du président de l'Université pour me remercier de l'excellent travail que j'y avais accompli. Il regrettait que des circonstances indépendantes de sa volonté l'aient obligé à mettre fin à un enseignement dont il savait que mes étudiants avaient sûrement tiré un grand profit. Le soir même, Jacques m'avait déjà téléphoné. On lui avait appris la nouvelle. Il avait un dîner ce jour-là, des hommes d'affaires de passage, c'était la routine, le lendemain il était encore pris toute la journée par le retour de Chengdu d'une délégation ministérielle, une de plus, mais nous nous verrions le surlendemain, qui était un dimanche. Et le dimanche, un peu avant l'heure du déjeuner, Jacques est venu me chercher. J'avais passé les deux journées précédentes à ranger mes affaires, classer des papiers, des photographies. Quand bien même l'appartement de la place Saint-Sulpice ne serait pas libre avant plusieurs semaines, j'avais décidé de rentrer plus tôt en France. D'ailleurs, *chai* ! On allait raser ma maison. Les bulldozers étaient peut-être déjà en marche ! Et moi, je baissais les bras. Le monde dans lequel je m'étais si imprudemment aventuré ces derniers mois, mes provocations à l'Université, les photographies d'Iris et mon impuissance devant la tendresse de Suzanne Vernant, pour ne pas parler de mes rencontres avec mes étudiantes : je n'avais plus l'âge ni l'énergie de jouer à ces jeux-là. J'ai aussi relu toutes les notes que j'ai pu prendre depuis mon arrivée. Pour un peu, j'aurais tout détruit. Mais cela fait tant d'années que je conserve le moindre bout de papier, de mes vieux cahiers de lycéen à toutes les lettres que j'ai reçues, les premières esquisses, les plans de tous mes romans, mes manuscrits...

Les photos, aussi... Je me rends compte que ce qui m'amuse le plus, dans tout ce fatras, ce ne sont ni les photos jamais retrouvées d'Iris ni celles que j'ai prises moi-même au hasard de mes promenades, mais ces photographies anciennes achetées à Panjiayuan ou à Curio City. Photos de famille dans leur encadrement de carton décoré ou albums, plus récents, que j'ai discutés, payés et emportés souvent sans même les regarder. Aussi me suis-je replongé dans ce qui, en si peu de temps, représente déjà une assez jolie collection. Et c'est toute une Chine, disparue parfois bien longtemps avant même mon premier séjour, que j'ai retrouvée. Ces photos de groupes sur lesquelles cinq ou dix personnes, les vieillards au milieu, les enfants, les petits-enfants, jusqu'aux domestiques disposés de part et d'autre, figés, graves, devant l'objectif. Sur beaucoup d'images, les vieilles femmes ont encore les pieds bandés. Les vendeurs vous montrent ces petits pieds qui attestent l'ancienneté d'une photo, pour faire grimper les prix. Sur deux ou trois de ces photos, le père de famille, tout fier, brandit un gamin au bas du corps joyeusement dénudé pour mieux montrer le zizi du gosse : on a eu un fils, dans la famille ! On est fier !

Sur une autre, les deux « jeunes » de la maisonnée posent fièrement, aux deux extrémités de l'image : le garçon en canotier, la fille en jupette de tennis et la raquette qui va avec.

D'autres images, plus anciennes, plus pâles, semblent réveiller des escouades de fantômes en robes anciennes, longues, étroites, soigneusement boutonnées pour les hommes, plus vastes, fourrées de coton et de papier pour les femmes. Les enfants y sont de gros bébés au visage stupéfait, les yeux écarquillés. Ou encore, d'autres photos représentent les membres d'une association, d'une guilde, des prêtres, des marchands. Les hommes sont tous vêtus de noir, les mêmes longues robes, la calotte noire sur la tête. Ils portent parfois des lunettes rondes comme on en voit dans les vieux films de Buster Keaton ou semblables à celles du pauvre Brasillach qui, après tout, n'a peut-être eu que ce qu'il méritait.

Dans les albums entiers que j'achète aussi, je trouve une autre vie. Ainsi ce gros volume des années cinquante où l'on découvre les travaux et les jours d'une jolie gamine aux bonnes joues rondes, les petites couettes que j'ai si bien connues. Elle est rayonnante, la petite Chinoise de dix-sept ans des années Mao. Rayonnante en famille. Rayonnante dans sa classe. Rayonnante avec ses copines en sortie aux tombeaux des Ming ou, plus simplement, au palais d'Eté, comme n'importe quelle touriste. La jupe qu'on sait bleue, le corsage blanc, le foulard rouge, elle chante à tue-tête ou, gravement penchée sur un livre, elle doit en être à la lecture du volume six ou sept des œuvres de son cher Président. Elle était heureuse et souriait. Et si nous, qui portions de si loin, sans savoir, nos jugements à l'emporte-pièce : et si nous, nous n'avions jamais rien compris ? Elle s'appelle Mianmian, la jeune fille sage, j'ai vu son nom sur la page de garde. C'est aussi le nom de l'une de ces jeunes femmes écrivains de Shanghai qui font scandale aujourd'hui. Tout à la fin de cet album, on a collé une photographie beaucoup plus récente d'une femme âgée, mon âge peut-être, lourde, le visage carré. On ne la reconnaît pas, mais j'imagine que c'est Mianmian aujourd'hui ou hier. Je me dis que c'est peut-être une main pieuse qui a parachevé ainsi cet album en collant la photo d'une morte...

Jacques m'a surpris dans l'examen, ou plutôt le rapide survol de ces images. Son bon sourire : « Toujours des photographies ! Décidément, tu es indécrottable ! » Il riait. Il voulait ne pas avoir l'air de trop prendre au sérieux ce qui m'arrivait. Puis il m'a entraîné avec lui. Sa voiture, le chauffeur nous attendaient dans un renfoncement du hutong. Il faisait une lumière pâle, froide. Deux petites filles à petites couettes dansaient dans une flaque de soleil. « Allons, viens, on va se balader... Sauf si tu as mieux à faire ! » C'était la formule ironique qu'il me lançait quand il passait me prendre à l'Institut des langues étrangères ou me retrouvait au café russe du marché du Peuple, avant de m'entraîner dans l'une de ces expéditions qui, pour sembler au départ sacrifier au hasard, avaient toujours un but bien précis, le temple qu'on allait découvrir, une boutique insolite, un marchand de porcelaines rapiécées qui vendait aussi quelques bouquins, des rouleaux de peintures arrachés à quel pillage ? Jacques se souvenait comme moi. « N'aie pas peur, je ne vais pas t'emmener à la tour du Renard... » Le repaire hanté des petites renardes devenu une galerie branchée ripolinée. Non, Jacques voulait simplement m'entraîner dans un dédale de hutong que même un Paul Rollet n'a pas su me faire découvrir, je ne sais pas où, quelque part au nord de la ville.

Une enfilade de ruelles qui se succèdent avec, ici ou là, comme un déhanchement. Des rangées de façades nues de simples maisons d'habitation alternent avec d'étroites enfilades de commerces, des boutiques déversant dans la rue leurs étals de légumes, de fruits, de pousses de champignons, de racines séchées. Des casiers grillagés, des poules, des canards. Des chats – mais il ne faut pas le dire parce qu'on les rôtira, à moins qu'on en fasse un ragoût odorant... Un vieux qui réparait des godasses, vieilles elles aussi : un autre temps. Parfois des jeunes filles surgissent en face de nous, bras dessus bras dessous, le visage épanoui, quelquefois les petites couettes de la petite fille de mon album de photos, d'autres fois des jeans bleus, délavés. Il y a des rues où nous devons nous frayer un passage parmi la foule des boutiquiers ou des chalands ; d'autres où une seule silhouette s'éloigne, comme en dansant, ou vient vers nous, très vite. Nous nous sommes arrêtés devant un étal de petits pains cuits à la vapeur, purée de haricots presque sucrée. Les deux filles ont de bonnes bouilles de paysannes. Jacques m'a offert un pain *mantou* brûlant, il s'est lui aussi brûlé les doigts. Puis, peu à peu, les ruelles se sont faites plus vides. Le caractère fatidique, *chai*, a commencé à faire son apparition. Nous avons encore marché un moment et la voiture, le chauffeur nous attendant dans la grande artère sur laquelle nous sommes venus buter.

De là, nous sommes allés jusqu'à la colline de Charbon, ce monticule artificiel qui clôt, au nord, l'enfilade des toits dorés de la Cité interdite. C'était dimanche et, dans le parc qui s'étale en bas de la colline, il y avait foule, des enfants, des vieillards, des couples, des amoureux. Mais surtout, s'étaient donné rendez-vous cet après-midi-là des dizaines de chorales, voire des chanteurs seuls qui venaient se joindre à des groupes pour entonner, ensemble, des airs que j'ai bientôt reconnus. Pour la plupart, c'étaient des chants révolutionnaires du temps du maoïsme triomphant ou de la Révolution culturelle. Il y avait beaucoup de vieux, nostalgiques d'un temps qui n'était plus, mais aussi des jeunes, garçons ou filles, certains l'air grave, d'autres au contraire le visage ébloui de cette même lumière que j'avais vue sur les traits de la petite Mian-mian, photographiée un demi-siècle auparavant et dont j'avais gardé les images. D'un groupe à l'autre, les voix se chevauchaient, les chants se superposaient, dans une animation de plus en plus fiévreuse à mesure que nous approchions du pied de la colline. Ensuite et jusqu'au sommet, les chanteurs étaient plutôt solitaires, entourés seulement d'une cour de badauds. Aux hymnes révolutionnaires s'ajoutaient parfois, en surimpression, des airs d'opéra italien. Un vieux musicien, dont les joues creuses s'enflaient démesurément lorsque sa voix touchait aux notes les plus élevées, clamait le « *Di quella pira* » du *Trouvère*. *Le Trouvère* devait être à la mode, en ce début d'hiver, une belle femme, la quarantaine solide, la voix très grave, chantait un peu plus loin un air d'Azucena, la gitane du même opéra. Autour d'elle, des petites filles qui retenaient leur souffle. Un jeune garçon l'accompagnait à l'accordéon. Presque au sommet, une jeune femme chantait un air du Gansu ou du Sinkiang, accompagnée, elle, par un violon chinois. Et tout cela était gai, spontané, inattendu. Jacques paraissait heureux.

Il est revenu vers le beau mezzo qui chantait la *zingarella* de Verdi. Elle venait d'achever son air. Il lui a parlé un moment. On aurait dit de vieilles connaissances. Elle était employée dans une agence de tourisme privée, parlait bien l'anglais, un peu le français, mais c'est en chinois qu'elle racontait à Jacques la passion qu'elle avait pour l'opéra italien. Il était français ? S'il voulait, elle lui chanterait *Carmen*. Elle chanta la « Habanera », on s'était rassemblés autour d'elle, on l'applaudit. Un homme vint tirer la manche de Jacques, c'était un autre chanteur qui l'entraîna un peu plus bas, sur les faux rochers du parc, pour lui chanter l'air de Don José. Plus loin, nous tombâmes sur un groupe de danseurs accompagnés par deux violons. C'était des femmes de cinquante, soixante ans, elles portaient des robes rouges, jaunes, chamarrées, des turbans kirghizes ou ningxia. Je me suis souvenu que, traversant le parc de Beihai quelques semaines avant le début de la Révolution culturelle, j'étais tombé sur une fête populaire où des danseurs, des danseuses de toutes les minorités nationales dont la Chine de Mao était si fière, dansaient et chantaient de la sorte, au milieu des badauds. J'avais pris beaucoup de photographies. De son côté, Pascaline, qui se promenait ce même dimanche, avait pris d'autres photos, elle aussi. Comparant nos résultats, quelques jours après, nous avions découvert que nous avions tous deux photographié la même jeune fille, au visage large. Les yeux immenses, une toute petite bouche et qui, grave sur la photo de Pascaline, souriait gaiement sur la mienne. Jacques m'a montré l'une des danseuses, soixante ans, un beau visage large, la bouche minuscule. « Elle est belle, cette femme, tu ne trouves pas ? »

Nous avons ensuite quitté le parc pour remonter vers

le nord jusqu'à l'intersection de deux hutong, miraculeusement préservés au milieu d'une friche d'immeubles en construction. Sur une sorte de terre-plein entouré de buissons rabougris, trois tables de ping-pong et des vieux qui échangeaient des balles avec une incroyable vigueur. Les dépassant, nous avons tourné à droite, pour arriver à une sorte de courte impasse terminée par une belle porte rouge. Une jeune femme est venue nous ouvrir, vêtue à l'ancienne mode, une veste de soie matelassée fermée de galons et une longue jupe. Jacques lui a serré la main avec un rien de cérémonie. On nous attendait, c'était évident. La jeune femme nous a conduits jusqu'au pavillon au fond de la deuxième cour où l'on avait disposé sur une table un plateau, des tasses, des gâteaux. Bientôt, un vieux monsieur est arrivé. Jacques m'a présenté à lui. J'étais « un écrivain français qui avait beaucoup écrit sur la Chine ». Le vieux monsieur m'a serré les deux mains avec effusion. La jeune femme est revenue avec de l'eau bouillante qu'elle a versée sur le thé déjà dans les tasses. Puis nous avons commencé à parler du Pékin que j'avais connu, de celui d'avant, que je n'avais pas connu.

Après un moment, le vieux monsieur est allé ouvrir un coffre de bois dont il a sorti quatre photographies qu'il a déposées devant nous avec d'infinies précautions. C'était les dernières photos prises de Lao She, le grand écrivain assassiné ou suicidé le premier automne de la Révolution. Lao She avait été son ami, tous deux étaient partis ensemble pour les Etats-Unis, ils étaient revenus ensemble en Chine après la victoire des communistes. Le vieux monsieur avait passé dix ans dans un camp de rééducation mais avait miraculeusement échappé à la Révolution culturelle. Il était alors réfugié dans le Sichuan. Pendant dix ans, il avait marché dans la montagne.

Il a alors commencé à nous raconter ces dix années passées hors du monde, à errer seul dans l'un des plus beaux paysages de Chine. Il couchait dans des trous de rochers, parfois dans des temples abandonnés. Souvent, des paysans lui offraient un refuge. Il les remerciait d'une peinture, d'une calligraphie qu'il traçait en quelques coups de pinceau sur une feuille de papier qui avait déjà servi deux fois, trois fois, à envelopper n'importe quoi, des légumes, et que ceux qui l'accueillaient conservaient précieusement ou, au contraire, s'empressaient de faire disparaître, de peur d'un mouchard qui les trahirait.

Puis notre hôte est revenu à Pékin, à Lao She, au fils de Lao She qui vit toujours ici et préside une association d'écrivains. Les photos du romancier ? C'était son plus précieux trésor. Si je voulais, il m'en donnerait des copies. L'arrière-petite-fille qui repassait silencieusement derrière nous, sa thermos d'eau bouillante à la main a ramassé les quatre cahiers sur la table basse pour les remettre à leur place, dans le coffre en bois qu'elle a refermé d'un gros cadenas chinois de cuivre.

Lorsque nous avons quitté la maison de M. Li Lioming, il faisait tout à fait nuit. Jacques m'a ramené chez moi. Mme Shi avait allumé les lanternes rouges de la cour dont elle m'avait dit, à mon arrivée, qu'on ne les allumait qu'au printemps. C'était pour fêter, me dit-elle sur un ton triomphant, le départ de Mme Söjberg. Etait-ce possible ? En une demi-journée, la Suédoise avait déménagé. Elle avait tout vidé des pavillons de la deuxième cour : je n'avais qu'à y aller pour me rendre compte. Jacques m'a accompagné. Il ne restait que des cartons vides, de la paille qui avait servi à envelopper les objets fragiles et, dans une cour, toute une pile de magazines pornographiques. Nous sommes revenus de mon côté de la cour. « Tu as encore la possibilité de rester ici au moins trois mois, peut-être plus, m'a dit Jacques : tu ne vas pas t'en aller comme ça ! » Mme Shi nous apportait des verres, des bouteilles, j'ai bu un Jack Daniel's puis je l'ai dit à Jacques : j'allais finalement rester. C'est au moment où j'avais pris ma décision que le téléphone a sonné : Linlin. Elle a parlé un moment avec Jacques, j'ai compris qu'elle allait venir nous retrouver. Mme Shi, décidément de bonne humeur, a couru jusqu'au petit marché ouvert tard dans l'ancien temple voisin de la maison où vécut Mao, après la Première Guerre mondiale. Une heure plus tard, elle nous servait de la viande de porc sautée aux piments, des nouilles comme je les aime, très fortes, très épicées, et c'est à la fin de ce dîner improvisé que Linlin m'a dit que son prochain roman paraissait en France dans trois mois. « Ne t'inquiète pas, a-t-elle aussi remarqué : je sens bien que pour toi, les choses sont aussi en train de démarrer. » Linlin secouait la tête, d'un air assuré. Allons, Linlin elle aussi est un peu sorcière, comme si Jacques l'avait quand même épousée, sa petite renarde ! Pendant les quelques semaines où je suis encore resté à Pékin, j'ai continué à tenter de mettre en place mes idées, réfléchir à l'organisation d'un autre livre : tout ce que je faisais si aisément jadis, et que j'ai presque oublié.

A nouveau, j'écoute les bruits de la nuit. Un enfant qui pleure, je sais que c'est le fils de la maison en face de la mienne. Son grand-père est un artiste. Il m'a invité dans son atelier. Son atelier aussi, on va le détruire, et aussi sa maison : il en profite jusqu'à la dernière goutte. C'est une grande pièce seulement occupée par une table oblongue sur laquelle il étend ses feuilles de papier de riz. Il peint des pivoines et des fleurs de prunier comme son père, son grand-père en peignait avant lui. J'ai vu aussi un étrange portrait de jeune homme triste. Mon voisin – il s'appelle Wei Nanhou – m'a dit qu'il avait voulu reproduire de mémoire une peinture qu'il a vue voilà longtemps au musée de Tianjin. Le jeune homme s'appelait Zin Gen, il était peintre, comme lui. Et c'est un autre peintre qui l'a peint, comme surpris dans un rêve triste. Je ne sais pas à quoi ressemble la peinture du musée de Tianjin mais celle que mon voisin, M. Wei, a déroulée devant moi est d'une grande beauté : jaune sur fond jaune, le jeune homme triste esquisse tout de même un sourire. « Vous aimez vraiment cette peinture ? » m'a demandé mon voisin. Et comme je lui répondais que je l'aimais, oui, il m'a dit son étonnement. « A vous voir, à savoir qui sont vos amis, j'aurais cru que seul l'art contemporain occidental vous intéressait. »

Le lendemain, M. Wei m'a fait porter le portrait du jeune homme en jaune. Je l'ai accroché dans la pièce où je travaille. Il est beau et triste en face de moi. Je crois qu'à sa manière à lui, il me réapprend la Chine. Que pouvais-je offrir à M. Wei en échange ? J'ai essayé d'écrire un petit texte qui dise les pensées en chinois du jeune homme en jaune...

Les cris du bébé s'apaisent. Je n'ai jamais vu que de loin, de dos ou très vite, la fille de M. Wei, la mère du bébé qui, maintenant, s'est rendormi... L'hiver vient doucement. Un brusque coup de froid puis l'automne, éclatant, de retour. Au-dessus du mur de la maison voisine de celle de M. Wei, une vingtaine de kakis à l'orange éclatant sont encore accrochés aux branches nues de leur arbre.

On dirait bien que le jeune homme en jaune en face de ma table de travail me donne envie de continuer à écrire. Comme s'il ravivait des souvenirs, aussi. Les bruits de la rue, une branche qui craque dans la cour. La télévision de Mme Shi s'est tue. J'ai retrouvé un paquet de photos prises jadis par Pascaline et que je traîne avec moi depuis toujours et partout, dans une boîte de papier à lettres d'autrefois. Des photos en noir et blanc des tombeaux des Ming, jadis... Je feuillette ces photos si calmes, si lointaines. Et des couleurs reviennent. J'ai envie de les dire : Couchant d'automne aux Ming, Tombeaux des rois Ming. Rêver soudain : revoir ce couchant d'automne aux Ming rouges sur un monde orangé dans le plus bleu des ciels. Je cueillais là des kakis orange et pulpeux. Un tombeau, c'était une avenue d'ormes, un pont de pierre, un autel, des ruines et des portiques éteints. J'allais de l'avant, cherchant des restes de colonne, ce qui reste de ce qui fut, des colonnes d'énormes fûts en bois précieux et lourds qui venaient du Yunan. Puis le dernier pont passé, une tour se dressait, cernée d'un long chemin de ronde, tumulus géant d'où tombaient des briques jaunes dans le désert des ronces et des dragons de marbre sur les allées désertes ; où tombait à son tour le soir. Un enfant ramassait une feuille rouge. C'était l'automne à Pékin.

Alors, aux côtés de Linlin, cette longue balade, d'est en ouest, en direction de Tianmen Dajie. Beaucoup de détours, de retours. Les murs gris, naturellement. Parfois, des amoncellements de sacs, des paquets, voire des ordures. Dans un hutong, bloqué par un triporteur qui décharge des briques en poussière de charbon, un autre triporteur, tiré par un policier en bicyclette, paraît hésiter. L'homme aux briques de charbon l'ignore superbement, c'est le policier qui va être obligé de reculer, péniblement, dans la ruelle trop étroite, pour faire demi-tour.

Entre deux marchands de légumes, un sex-shop. Vu de la rue, il ressemble à une pharmacie. Un rideau de plastique tient lieu de porte. « Tu as envie d'entrer ? » Linlin a osé m'y précéder. A l'intérieur, c'est vraiment une pharmacie, tous les produits qu'on y vend sont enfermés dans des petits emballages de carton, parfois de plastique. Seuls, comme insolites dans cet environnement qui est pourtant le leur, d'énormes phallus tout roses, tout gros, tout dressés. Pour le reste, des petites boîtes et des grosses boîtes, de minuscules étuis, des inscriptions en petits caractères. Jusqu'aux cassettes de films érotiques qui sont elles-mêmes vendues sous un emballage plus que convenable. Pourtant, à droite du comptoir principal, un petit salut à la Chine d'autrefois : des pots de verre aux bouchons scellés dans lesquels on distingue des poudres rouges ou brunes, ginseng ou corne de rhinocéros, que sais-je ? qui servaient jadis aux messieurs défaillants à retrouver un peu de leur force... Allons ! le Viagra n'a pas remplacé la poudre de corne de cerf ! Le pharmacien en blouse blanche nous a vus entrer sans plaisir, mais il n'a pas d'autre regard pour nous. Amusée sous l'œil interloqué du faux pharmacien, Linlin furète dans la boutique. Lorsque nous ressortons, trois gosses nous dévisagent, ils éclatent de rire. « Tu vois, je suis sûre que ça aussi, ça va te donner une idée ! » s'est exclamée Linlin.

Sous le regard du jeune homme en jaune, j'essaie sans trêve de renouer avec les années passées sans jamais quitter la Chine au présent que je redécouvre passionnément. Flamboyant, le grand cortège de l'automne disparaissait au rythme lancinant des tambours et des cymbales. Un drapeau rouge avait traversé de part en part l'envol des ballons de toutes les couleurs : c'était hier, j'avais vingt ans, à peine plus. Mais à présent, comme hier, les jours sont devenus plus pâles. Le soleil dure toujours, mais pâle lui aussi, aux orangés baignés d'un gris opalescent. D'abord, là non plus, on ne devine rien, on ne sent rien : Pékin est toujours la même ville – et voilà qu'un matin, le sol entier est recouvert d'une croûte dure, d'une sorte de poussière blanche de glace friable, et nous sommes installés dans l'hiver qui va durer quatre, cinq mois. C'est ce temps de mémoire gelée, cet encerclement, cette mise en sommeil que je voudrais revivre.

C'est presque tous les jours, désormais, que Linlin me rend visite, avant de m'entraîner avec elle dans les rues de Pékin. Chaque fois, nous poussons la porte d'un ancien temple, pénétrons dans la cour carrée de ce qui fut un palais, une administration, et rencontrons une jeune femme ou un très vieux monsieur qui nous apporte du thé, des graines de pastèque ou n'importe quel *cookie* par trop américain, mais qu'importe. Et nous parlons. Les vieux racontent inlassablement ce qu'ils ont vécu, leur traversée de plus d'un demi-siècle de Chine, de l'occupation japonaise à ce monde qu'ils ne reconnaissent plus. L'un d'entre eux va même jusqu'à nous montrer quatre ou cinq de ces photos monstrueuses que les Japonais prenaient à Nankin des femmes qu'ils avaient violées, posant en uniforme à côté des malheureuses nues, échevelées, humiliées, dont ils se feraient ensuite une joie si délicate de transpercer à nouveau le ventre souillé mais, cette fois, d'un coup de baïonnette. Les tirages sont jaunis, le papier écorné. Le vieux monsieur a proposé de m'en donner un, j'ai refusé.

C'est le même vieux monsieur qui a ensuite longuement décrit, en termes presque lyriques, son enthousiasme, à l'entrée des communistes à Pékin. Il m'a dit : « Le souffle immense... » Puis son visage s'est refermé pour parler de ses amis battus à mort, déportés pendant la Révolution culturelle. Il a pris ma main : « Mais je n'oublie rien, et il ne faut rien oublier : ni ceci, ni cela. » Les jeunes femmes sont des camarades d'études de Linlin, d'anciennes étudiantes devenues pour la plupart professeurs, chercheuses. Linlin les interroge pour moi, elles nous racontent leur vie, comment à présent elles peuvent sortir de Chine. L'une a été étudiante à Paris, habitait rue de Seine, elle évoque les librairies du quartier et m'écoute lui raconter celles de jadis à Pékin, la librairie du marché du Peuple. Une autre raconte comment le bouddhisme, découvert à quinze ans, a changé sa vie. « Mes grands-parents, mes parents même, avaient une foi inébranlable en l'avenir, parce qu'il y avait la Chine, le Parti, le président Mao. Après lui, la Révolution culturelle et tout ce qui a suivi, nous nous sommes retrouvés si seuls, comme nus... » Elle parle de l'argent qui maintenant aiguise les appétits de ses camarades. Elle parle de promenades en montagne, à travers le Sichuan, le Yunan. Elle parle de ses rencontres, d'autres amis qui, comme elle, marchent pendant des semaines à travers la Chine. Elle travaille dans un pavillon de ce qui fut l'ancienne Bibliothèque nationale de Chine, à côté du temple de Confucius. Au printemps, les saules de la rue qui longe le temple et la Bibliothèque laisseront pendre les longs cheveux défaits de leur feuillage. Des oiseaux chantent. Linlin écoute comme moi les récits de ses amies. Je pose des questions. Je n'éprouve plus le besoin de prendre des photographies. Nous rentrons ensuite chez moi.

« Sais-tu qu'un jour je me suis dit que nous devrions écrire un livre ensemble ? A deux voix, quatre mains : toi et moi. Ta Chine et ma Chine. » Nous buvions le thé brûlant que nous avait préparé Mme Shi et Linlin a continué : « Mais je crains que tu n'aies plus besoin de moi pour ça ! » Je n'avais allumé que deux lampes. L'une éclairait le jeune homme en jaune, l'autre le visage de Linlin qui fumait une cigarette, assise très droite sur une chaise chinoise au dossier de bois dur. Devant mon air peut-être effaré, elle s'est mise à rire. « Si tu y tiens vraiment, je veux bien être un personnage de ton livre. Mais c'est tout ce que je peux faire pour toi ! »

J'ai ri à mon tour. A son départ, je me suis assis à mon bureau. J'ai écrit jusqu'à minuit en écoutant tour à tour *Le Serpent blanc* et des cantates de Bach. Je me rends compte que, hormis les Suites pour violoncelle et les Sonates et les Partitas pour violon, je n'écoutais jamais de Bach, jusqu'à présent.

Enfin, il y a eu la visite au Fahaisi, le temple de l'Océan de la Loi. C'est Haimei qui m'a téléphoné.

Pour me dire que les cours à Beida étaient devenus ennuyeux, qu'on ne leur parlait plus que de Michel Foucault et d'Alain Robbe-Grillet – qu'elle croyait morts tous les deux. Puis elle m'a dit qu'elle voudrait me voir. « Si vous m'accordez une journée entière, j'aurai une surprise pour vous. » Son ton m'a semblé différent de celui de la petite fille timide si sagement assise à gauche de la salle à côté de cette coquine de Géraldine. Voilà pourquoi, un matin à neuf heures, Haimei a débarqué chez moi. Elle m'apportait des petits pains, des gâteaux au riz glutineux et sucrés que j'ai mangés en guise de second petit déjeuner en l'écoutant me dire à nouveau combien elle s'ennuyait maintenant aux cours que donnait M. Yu Dan, l'un des deux assistants de Mme Mu.

La première surprise, c'était une Citroën Picasso flambant neuve dans le renfoncement du hutong. La seconde, c'était Haimei qui s'est mise au volant. Oui, elle conduisait. Cela faisait un mois qu'elle avait passé son permis, nous allions en profiter. Nous avons alors pris une route que je connais bien, la grande avenue de Chang'an en direction de l'ouest, celle qui mène au Miaofangshen. Mais nous ne sommes pas allés si loin. Sitôt passé le grand complexe industriel de Yanshan qui va, dit-on, être démantelé pour que soit plus pur l'air du Pékin des Jeux olympiques à venir, nous avons obliqué sur la droite et nous nous sommes brusquement trouvés dans la minuscule ruelle d'un village fortifié d'une Chine des derniers Qing. Le sol défoncé, les murs de pisé et une foule compacte de paysans qui ne s'écartaient qu'à peine devant la voiture. A droite, d'autres ruelles en pente montaient à flanc de colline, à travers le dédale des stalles d'un marché en plein air. J'ai interrogé Haimei : où me conduisait-elle ? Elle a pris un air mystérieux pour ne pas me répondre. Nous avons ensuite tourné nous-mêmes à gauche, dans une rue moins encombrée que les autres et c'est ainsi que nous sommes arrivés au pied d'un grand escalier de pierre aux marches hautes et étroites qui grimpait dru jusqu'à la porte du temple.

Le temple, c'était le Fahaisi, je ne l'ai pas tout de suite reconnu. Pourtant, lorsque nous en avons passé le seuil, un jeune homme nous a accueillis avec un sourire presque familier. Puis, avant de nous faire entrer dans la première cour, il a insisté pour que nous nous reposions un moment dans une salle du pavillon d'entrée. De gros fauteuils enhoussés de coton blanc, deux tables basses recouvertes de verres, du thé fumant bientôt dans des tasses en bleu et blanc qui avaient l'air anciennes : le jeune homme nous a expliqué que le temple était désaffecté. Il n'avait pas trop souffert de la Révolution culturelle, puis des équipes de « spécialistes » – ce furent ses mots – étaient venues l'étudier, ils avaient même publié un livre qu'il me montra, puis on lui avait permis de s'installer dans les lieux. Il était moine lui-même, comme son père et son grand-père l'avaient été, que les hasards de l'après-guerre et les tourments des années soixante et soixante-dix avaient tout de même permis de demeurer là. Et c'est à ce moment que j'ai tout reconnu, la cour qu'on voyait par la porte entrebâillée, les deux ginkgos géants aux troncs inclinés, le silence, surtout, la qualité de silence qui régnait là, à deux ou trois kilomètres de la plus grande usine de cette partie de la Chine, à cinq cents mètres d'un marché populaire. Tous les bruits semblaient s'y être éteints, c'était au Fahaisi que m'avait conduit Meilin, lors de la seule promenade que nous ayons faite hors des murailles de Pékin.

« Je voulais que vous voyiez avec moi les fresques du Fahaisi, elles sont fameuses dans la Chine entière », m'a dit Haimei qui a remarqué, l'instant d'après : « Mais je suis sûre que vous étiez déjà venu. Je crois que rien n'a changé, n'est-ce pas ? »

Rien n'avait changé, en vérité. Nous étions seuls avec le petit-fils du moine qui m'avait déjà accueilli ici. Nous avons traversé la cour où, comme à Qufu jadis, de grands oiseaux battaient des ailes entre les arbres, puis gravi les quelques marches de pierre qui menaient au temple principal. Là, les grands bouddhas que je connaissais nous attendaient dans la pénombre : à gauche et à droite, sur le mur derrière eux, l'immense fresque se déployait dans la semi-obscurité, seulement trouée du pinceau de la lampe que Haimei tenait à la main, éclairant le jardin aux eaux claires dont je me souvenais à présent si bien. Il y avait aussi des animaux, des perroquets blancs, des dragons, un chien étrange à deux têtes et une panthère – parmi des pivoines et des enfants merveilleux, si beaux que la légende les disait de bijoux.

La lampe de Haimei s'est arrêtée un moment sur les mains d'un personnage couronné d'un diadème, la main droite, allongée, qui retenait un ruban et la gauche surtout, les doigts d'une finesse extrême, dont on devinait les caresses.

– Ce sont les plus belles mains du monde, a murmuré la jeune fille.

Je regardais sa main à elle, ses doigts qui tenaient la lampe... Ses lèvres étaient celles de l'une des deux servantes d'Indra, que son trait de lumière effleura. J'ai voulu le lui dire, elle a ri. Puis, après une dernière halte auprès d'un dieu qui mangeait les petits enfants avant d'en devenir le protecteur – la main du dieu sur le front de l'enfant en prière... –, le jet de lumière s'est mis à tournoyer dans la vaste salle, comme si Haimei voulait m'en faire découvrir tout à la fois les mille et une richesses et l'espèce de frénésie, presque de folie, qui avait habité les peintres des Ming qui l'avaient décorée, sous la houlette d'un eunuque impérial qui voulait laisser son nom au pied de cette colline, à vingt kilomètres tout au plus de la capitale.

Haimei qui, jusque-là, m'expliquait chaque détail de la fresque, ne disait plus rien. C'est en silence que nous avons quitté la salle. Dehors, dans les arbres au-dessus de la haute terrasse qui précédait le temple, les mêmes grands oiseaux noirs battaient lourdement des ailes. Le petit moine nous attendait. Il a tendu à Haimei un paquet de baguettes d'encens qu'elle est retournée faire brûler à l'intérieur du temple. Seule. Le jeune moine m'a dit qu'il avait été jadis, dans une autre vie, un camarade de jeu de mon amie. Mais lorsqu'elle est revenue, il a souri en mettant un doigt sur ses lèvres : peut-être n'aurait-elle pas aimé que je sache cela. Il nous a offert du thé, un beau livre sur le temple, puis nous avons redescendu l'escalier de pierre abrupt qui menait vers le village.

Le moine nous a fait un dernier salut de la main et nous avons regagné la voiture, au pied du grand escalier de pierre. Le marché était dispersé depuis longtemps. Comme nous revenions vers Pékin, Haimei m'a expliqué que seuls les vrais amoureux de la vraie Chine connaissaient les fresques du Fahaisi. En général, les touristes du dimanche et les étrangers préféraient se rendre plus loin, au Miaofangshen, tellement plus vaste et plus spectaculaire, avec ses salons de thé étagés en escaliers sur de fausses rocailles. « Aussi, pour moi, ce temple est une sorte de trésor personnel, que je garde pour moi et pour les gens que j'aime... » Elle ne m'a rien dit de son amitié, jadis, avec le jeune moine. J'ai compris que ma petite Haimei n'était pas une si petite fille que ça...

Le trajet a duré cette fois près d'une heure et demie. Les grandes cheminées du site de Yanshan se découpaient sur le ciel, dans une lumière grise et sale : dans l'enceinte du temple, la lumière était verte, légère. Puis les embouteillages de l'ouest de Pékin, le visage morne des passagers des autobus immobilisés à côté de la voiture, leur regard... Parfois un sourire. Haimei conduisait calmement, ses deux mains minuscules posées bien droit de part et d'autre du volant. Je pensais aux mains de Meilin. Je me disais qu'elle avait probablement survécu à la tourmente qui en avait pourtant emporté tant d'autres, et qu'elle vivait peut-être dans l'un de ces grands immeubles des nouvelles ceintures de Pékin. Dix fois j'avais tenté, depuis mon retour, de retrouver la maison où nous ne nous étions aimés qu'une seule fois. Mais le quartier, à l'ouest de l'ancienne Cité impériale, avait été détruit depuis longtemps. Haimei m'avait permis de retrouver le fils ou le petit-fils du moine qui nous avait raconté son bonheur de vivre dans une salle d'un temple que tous, alors, avaient oublié. Je ne lui avais jamais parlé de Meilin, mais je devinais pourtant que c'était autre chose que le hasard qui l'avait conduite à m'emmener jusque-là.

Il faisait froid dans ma maison. Mme Shi s'est dépêchée de ranimer le chauffage, elle nous a apporté une soupe de nouilles, des petits pains, nous n'avions rien mangé depuis le matin, nous avons englouti son repas en quelques minutes. Puis j'ai voulu écouter une sonate de Mozart, c'est Haimei qui est venue s'asseoir près de moi, c'est elle qui a pris ma main. « Je voulais vous dire... » Pourquoi voulait-elle que je le sache ? D'une voix très douce, avec des accents chantants de petite fille chinoise qui chante, elle m'a raconté que ça y était : elle était amoureuse. J'étais la seule personne à qui elle osait le dire. Elle m'a alors raconté la tendresse, les gestes très doux qui étaient ceux de celui que j'avais connu dans ma classe comme un M. Li Pan au sourire sarcastique, une mèche au travers du front. Le grand escogriffe qui, le premier, m'avait fait comprendre que mes étudiants avaient lu l'article de *Libération*. Tout en parlant, elle gardait ma main droite entre les deux siennes, sa voix devenait un souffle. Elle s'est alors inclinée vers moi, j'ai cru retrouver le geste de Sarah, la première fois.

J'ai embrassé Haimei qui s'est abandonnée contre mon épaule, la taille si souple, cette fois, comme ployée sur mon bras qui la pressait contre moi. Je savais que, cette fois, je pouvais serrer plus fort encore ce petit corps minuscule dont j'avais si souvent rêvé. Je le pouvais, oui : avec elle, j'étais revenu au Fahaisi. Nous sommes restés un moment ainsi, puis j'ai lentement écarté mon bras. Je me suis levé, j'ai versé un peu d'eau chaude sur les feuilles de thé luisantes au fond de nos tasses. Mozart s'était tu, je l'ai remplacé par *Le Serpent blanc*, Haimei s'est mise à rire, c'était vraiment un rire de petite fille. Un peu plus tard, je lui ai parlé de son « fiancé », elle a ri encore pour me dire qu'ils n'étaient pas vraiment fiancés. Je me suis dit qu'à présent je la désirais comme je ne l'avais jamais désirée. Je devinais sous la robe de laine boutonnée par devant, de haut en bas, les seins minuscules, les cuisses à peine un peu larges. C'est alors qu'elle a poussé un soupir. Elle me regardait, j'ai cru qu'elle allait me dire qu'elle devait partir. Mais elle s'est approchée de moi. « Je vous aime beaucoup, vous savez... » Sa voix était un souffle. Elle a tendu les lèvres vers moi et c'est elle, la petite Chinoise, elle qui m'a embrassé. Je la serrais très fort mais je l'ai sentie glisser doucement entre mes bras. Nous étions devant le canapé, elle m'entraînait avec elle et elle ne s'est arrêtée de m'embrasser que pour me le répéter : elle m'aimait beaucoup, je le savais, n'est-ce pas ? Et elle s'est faite aimer, là, doucement : j'osais à peine la toucher. Lorsque j'ai vu qu'elle pleurait, je l'ai interrogée doucement encore : « Tu es triste ? » Non, elle était heureuse. Elle voulait depuis si longtemps que je sois heureux, moi aussi. Elle était grave.

Elle est ensuite partie très vite, elle avait rendez-vous pour dîner avec son ami. Je ne lui en voulais pas ? Le même air inquiet, très doux. Non, je ne lui en voulais pas. Et je savais qu'elle reviendrait peut-être me voir, mais autrement. Comme avant : en petite fille chinoise qui rend visite à son professeur. Elle a ri, puis a eu un geste de la main : *zaijian !* au revoir... Resté seul, je me suis mis à écrire. J'avais devant moi, le jeune homme en jaune, complice. Ouvert sur la table à côté de moi, le grand volume aux fresques du Fahaisi. Le jeune moine voulait me l'offrir, il a accepté que je le paie mais a tenu à écrire, sur la page de garde, un poème pour me remercier de ma visite.

Les dernières semaines, je ne sortais plus de chez moi, que pour ces promenades. J'ai refusé toutes les invitations : je n'avais plus aucune envie de rencontrer les Français de Pékin. J'ai même refusé les soirées à l'ambassade. Jacques ne m'en a pas voulu, il fait son métier, j'essayais de retrouver les fils perdus du mien. Suzanne, parfois... Clarisse, un soir, deux soirs. Elle a passé deux nuits, trois nuits dans ma cour carrée. Nous nous sommes aimés sans nous aimer. Puis elle a réintégré le domicile conjugal, Gautier a retrouvé les joies du ménage à trois, à quatre puisqu'au milieu se trouve une petite Harmonie, la fille de la concubine que l'épouse en titre a adoptée. Mais ces gens ne m'amusent plus. Et puis, on a fini par arrêter le mari de Suzanne. Sans raison, ou trop de raisons peut-être. L'un de ses amants Armani a été retrouvé mort, une balle dans la tête : je ne sais même pas si l'un ou l'autre pourrait devenir un personnage de roman. Suzanne est revenue, j'avais fini par oublier Sarah. Les larges épaules de la pauvre Suzanne, les seins veinés de bleu qui me faisaient rêver sont ceux d'une femme qui passe parmi tant d'autres. Qui est déjà passée... Iris, Simon me l'avait dit, sortait souvent la nuit, fumait encore l'opium chez quelques-uns de ses riches clients du côté de la porte qui conduisait au « marché aux légumes », où l'on exécutait les condamnés.

Au même endroit, j'ai vu un jour une petite fille s'avancer vers moi, venant du fond d'une rue en impasse. Elle m'a fait un petit sourire puis a commencé une série de sauts, des figures acrobatiques d'une audace inouïe, comme cela, toute seule au milieu de la ruelle. Elle sautait, elle dansait, elle virevoltait, minuscule et légère – un petit elfe qui me saluait au passage. Je me suis dit qu'elle me remerciait peut-être d'être venu de si loin. Lorsqu'elle s'est arrêtée, j'ai entendu le rire d'un vieil homme, derrière moi, qui la regardait aussi. Après une dernière pirouette, la petite fille a salué très bas, comme au théâtre, puis s'est envolée.

Au début, je guettais au matin le bruit des bulldozers rôdant dans les hutong alentour et qui allaient, un jour ou l'autre, s'attaquer à ma maison. Les grondements étaient lointains, mon enfance à Paris pendant la guerre, celui des avions américains. Puis, de la même manière qu'au Fahaisi, le silence est revenu dans mon quartier. Il y a seulement, certains soirs, des musiques très lointaines, qui sont des airs d'opéra de Pékin chantés par de vieux chanteurs, très loin, morts depuis très longtemps. Ce sont des flots d'images qui reviennent avec quelques-uns des airs les plus connus. Lorsque les voix s'estompent, je recommence à écrire. Des visages sortent de l'ombre, celui de la petite renarde de la tour d'angle, au-dessus des douves asséchées des remparts, au sud-est de la ville tartare, qui glisse lentement parmi ceux des gamines aux jeans étroits qui hantent à présent les vernissages de la Red Tower où un Néo-Zélandais binoclard vend très cher les peintures ou les photos de quelques artistes chinois déjà passés de mode. C'est à Dashanzi, un village d'artistes installé dans une ancienne usine à l'est de Pékin, qu'il faut aller pour trouver aujourd'hui l'art véritable d'aujourd'hui. Là, d'autres visages se sont avancés vers moi, Chen Linyang, petite princesse photographe ou Inri, la Japonaise de Pékin que j'y ai retrouvée. Ils oscillent dans le sillage de la petite amie fantôme d'un Jacques Benoist de vingt ans, parmi des donzelles aux cheveux décolorés qui rient en buvant de l'orangeade tiède dans des verres en plastique : les années se confondent en une même mémoire. De même le sourire narquois du grand Jacques Marcuse, qui dirigeait alors le bureau de l'AFP à Pékin, l'œil bleu, son monocle, juge-t-il sans pitié les Théo Gautier et autres clowns du moment, si fiers de l'être. Pourtant, le successeur immédiat de Marcuse était lui aussi un ami, sa femme s'appelait Suzanne, c'est peut-être pour cela que j'ai donné le nom de Suzanne à celle-là, que j'aurais pu aimer. Mais les jours passent si vite. J'écris très vite, aussi. Les feuillets s'amoncellent à côté de moi en une pile presque régulière. Parfois, je m'interromps un moment, le temps de retrouver une photographie et le visage qu'elle me rappelle, ou un nom, dans l'un de mes plus anciens carnets. A ceux de Meilin et de Haimei, jumelles, s'ajoutent ceux de Helen, la fille de M. Fou, jadis au marché du Peuple, ou de Yen Min, la petite fille maigre du bal du samedi soir à l'Institut des langues étrangères. Mais il y a aussi Mimi, la petite secrétaire de Paul Rollet et Linlin, bien sûr, et Denise Ma. Les ombres plus transparentes de Pascaline ou de Marion planent encore dans l'arrière-pays de mes souvenirs de groupes avec un voyage, ici, à Qufu, là cette promenade au Fahaisi que j'ai faite deux fois, une fois dans chacune de mes vies. La Révolution culturelle a tant balayé qu'on se raccroche aux images qui restent. Trente ans plus tard, on fracasse des toitures de tuiles vernissées parmi les gravats des quartiers qui feront place à des immeubles de bureaux et à des hôtels de luxe.

Je me suis réveillé tard ce mardi matin. Toute la nuit, ou presque, j'avais travaillé. C'était peut-être ma meilleure nuit depuis mon arrivée à Pékin. J'avais bu, oui, un peu. Mais j'avais écrit. Un à un, chacun de mes personnages avait à présent pris sa place dans le ballet tour à tour très lent puis brusquement déchaîné qu'ils

597

dansaient dans ma mémoire. A cinq heures, je n'étais pas fatigué mais les premiers bruits du matin, déjà, naissaient dans les ruelles entières de la maison. J'ai deviné le taxi collectif qui emmène chaque jour jusqu'à l'autre bout des voisins que je ne connais pas. J'ai bu un dernier café puis je suis allé me coucher.

Lorsque j'ai enfin ouvert un œil, j'ai entendu mes oiseaux qui chantaient dans la cour. Un moment, j'ai écouté leur chant. C'était très beau, ils chantaient dans le silence. On aurait dit que tout, autour d'eux, s'était tu pour qu'ils puissent s'égosiller en un chant ininterrompu, qui montait haut dans le ciel. Puis je me suis étonné. Tout s'était tu, oui. Pas un bruit dans la rue ni dans les maisons alentour. Je suis encore resté un moment comme ça, étendu, à guetter le silence avant de me décider à me lever. Ma cour était vide, nue, silencieuse elle aussi. Mme Shi n'a pas répondu à mon appel. Les oiseaux, surpris par moi peut-être, s'étaient tus eux aussi. J'ai passé quelques vêtements et je suis sorti dans la rue. A gauche, à droite, le hutong était désert. J'ai fait quelques pas. Les portes de mes voisins étaient ouvertes. Par l'entrebâillement de celle de M. Guo j'ai vu sa cour vide, comme la mienne. Mais j'ai eu beau appeler, personne n'a répondu. De l'autre côté de la ruelle, la maison de M. Wei, le peintre qui m'avait offert mon jeune homme en jaune, avait également été désertée. Je me suis avancé dans sa cour, les premiers pavillons : tous avaient été vidés de leur contenu. Plus un meuble, plus une peinture, au plancher des papiers déchirés, quelques détritus. C'est en ressortant que j'ai vu, à l'extrémité est du hutong, le premier bulldozer qui, immobile, grondait pourtant.

Je suis revenu trois jours plus tard sur l'emplacement de ce qui avait été ma ruelle. Prévenu par les autorités municipales, Jacques avait envoyé le matin même deux camionnettes pour m'aider à effectuer, dans la hâte, mon déménagement. Mais un homme en chemise blanche, cravate sombre, avait déjà frappé à ma porte pour me dire que rien ne pressait. J'étais un étranger, un ami de la Chine, on me donnerait le temps qu'il faudrait pour « m'organiser ». Il m'avait parlé en anglais : *to organize yourself*... Je me suis donc organisé. Trois agents de l'ambassade, dont l'un des gendarmes français affectés à la garde de la chancellerie, m'ont assisté dans mon déménagement. En quatre mois, j'en avais accumulé, des choses. J'ai tenu à ranger moi-même mes photographies dans plusieurs cartons, que Berger, l'adjudant-chef, avait préparés à cet effet. Après le Poliakoff, c'est le *Jeune homme en jaune* que j'ai, le dernier, décroché du mur. Je l'ai soigneusement roulé, il est le seul témoin de ce séjour au cœur du plus vieux Pékin que j'ai accroché au mur des deux chambres de la résidence que Linlin a préparées à mon intention. Et là, sur une table de bois de rose que nous avons achetée ensemble au sud de Panjiayuan, dans un hangar bourré jusqu'à la gueule de meubles plus ou moins restaurés, je me suis aussitôt remis à écrire, sous le regard du Jeune homme.

Le troisième jour, j'ai tenu à revenir du côté du temple de la Sauvegarde de l'Etat. De ma ruelle et de ses alentours, il ne restait rien. Un champ de débris encore hérissé de poutres éclatées, de fragments entiers de murs. Mais ma maison, seule, était toujours là. Au milieu de ce champ de ruines. Seule. Debout. Intacte. Linlin m'accompagnait. La porte était fermée, il a suffi de la pousser. Le sophora au milieu de la première cour, les quelques pierres qui formaient un bassin à son ombre, étaient en place. Dans la précipitation du déménagement, j'avais oublié mon canari dans sa cage. Comme je m'avançais vers eux, l'homme en chemise blanche qui m'avait dit de prendre tout mon temps, de « m'organiser », est sorti de ce qui n'était plus mon bureau. Il souriait en me montrant le canari : « Je savais bien que vous reviendriez pour lui... » Il avait une bonne tête. « Je vous avais dit de ne pas vous presser. » Je n'ai pas voulu entrer dans la maison. Du seuil, je voyais des papiers d'emballage qui traînaient encore, une caisse de bois dont je n'avais pas eu besoin. Linlin et moi avons décroché la cage, aidés par celui qui nous accueillait avec un sourire si affable. Le chauffeur de l'ambassade s'est précipité, il a pris la cage pour la ranger à l'arrière de l'Espace Renault qui nous avait amenés. Le Chinois à la cravate noire a refermé doucement la portière de la voiture sur Linlin qui était, après tout, la femme de l'ambassadeur. « Vous êtes sûr que vous n'avez rien oublié ? » La voiture a tangué sur le champ de gravats où l'on distinguait à peine la trace d'une ruelle.

Deux jours encore : j'ai tenu à revenir. Quelle curiosité malsaine ? Il ne restait, cette fois, plus rien. Les bulldozers avaient détruit la dernière maison encore debout dans cet univers de ruines. Pas très loin, des immeubles neufs se dressaient à gauche, à droite, devant moi, un peu partout. Des grues, jaune vif, qui se découpaient sur le ciel. On avait ouvert une nouvelle grande rue est-ouest, deux fois quatre voies, bientôt un flot de voitures dans les deux sens. Mais l'emplacement de ce qui avait peut-être été ma maison, il me fallut un grand moment pour le retrouver ; cette fois encore, Linlin m'accompagnait, ce fut elle qui le trouva... Le sol en avait été, à présent, totalement aplani. Tout juste si, çà et là, quelques glaneurs de débris tentaient, comme les premiers jours, lors de mes promenades à l'est de l'hôtel Palace, de ramasser des éclats de n'importe quoi qu'ils emportaient sur des remorques plates accrochées à leurs bicyclettes.

J'ai avancé au travers de ce terrain nivelé. C'était, comme près du Palace, une espèce de patchwork dont le fond gris, du beau gris poussière si lumineux de Pékin, enchâssait des fragments de tuiles, des lambeaux d'étoffe, des déchirures de bois. Le bleu d'un vase, éclaté en quatre ou cinq morceaux que la roue du bulldozer avait incrustés dans le sol. Des feuilles aussi, vertes, une vieille savate, un éclat d'argent qui était une lame de couteau brisée. Et puis un pan de foulard rouge, le coin d'une affiche où l'on reconnaissait la verrue du président Mao, un faisceau broyé de baguettes d'encens. On aurait dit un kaléidoscope figé à l'échelle d'un quartier entier où tout ce qui avait été le Pékin d'hier et d'aujourd'hui se retrouvait, en un à-plat vertigineux. Linlin marchait à côté de moi. Nous nous baissions parfois pour ramasser une baguette qu'il fallait arracher au sol. Linlin a trouvé le visage écrasé d'une statuette de bois qui avait pu être un dieu ou un démon.

J'ai photographié une dernière fois le sol, devant moi, à mes pieds, entre mes pieds. Des fumées s'élevaient de deux ou trois feux devant lesquels des groupes d'hommes et de femmes battaient la semelle. Il ne me restait plus qu'à finir mon livre. C'est vrai : l'hiver était vraiment venu.

DEMI-SIÈCLE

ÉTAT DE GRÂCE

BERLIOZ

Chez d'autres éditeurs

LE SAC DU PALAIS D'ÉTÉ, Gallimard, Prix Renaudot, 1971

URBANISME, Gallimard

UNE MORT SALE, Gallimard

AVA, Gallimard

MÉMOIRES SECRETS POUR SERVIR À L'HISTOIRE DE CE SIÈCLE, Gallimard

RÊVER LA VIE, Gallimard

LA FIGURE DANS LA PIERRE, Gallimard

LES ENFANTS DU PARC, Gallimard

LES NOUVELLES AVENTURES DU CHEVALIER DE LA BARRE, Gallimard

CORDELIA OU DE L'ANGLETERRE, Gallimard

SALUE POUR MOI LE MONDE, Gallimard

UN VOYAGE D'HIVER, Gallimard

RETOUR D'HÉLÈNE, Gallimard

ET GULLIVER MOURUT DE SOMMEIL, Julliard

MIDI OU L'ATTENTAT, Julliard

LA VIE D'ADRIAN PUTNEY, POÈTE, La Table Ronde

LA MORT DE FLORIA TOSCA, Mercure de France

LE VICOMTE ÉPINGLÉ, Mercure de France

CHINE, UN ITINÉRAIRE, Olivier Orban

Composition réalisée par IGS-CP

Achevé d'imprimer en février 2007 en France sur Presse Offset par

C P I
Brodard & Taupin

La Flèche (Sarthe).
N° d'imprimeur : 40309 – N° d'éditeur : 83531
Dépôt légal 1re publication : mars 2007
LIBRAIRIE GÉNÉRALE FRANÇAISE – 31, rue de Fleurus – 75278 Paris cedex 06.